Series of Comparative
Literature and Cultural Studiues

比较文学与
文化研究丛刊

第1辑·2013

张晓希 ◎ 主编

图书在版编目(CIP)数据

比较文学与文化研究丛刊/张晓希主编.
— 北京：中央编译出版社，2014.3
ISBN 978-7-5117-2042-9

Ⅰ. ①比…
Ⅱ. ①张…
Ⅲ. ①比较文学－丛刊 ②比较文化－丛刊
Ⅳ. ①I0-03 ②G04-55

中国版本图书馆CIP数据核字(2014)第017738号

比较文学与文化研究丛刊

出 版 人：	刘明清
责任编辑：	邓　彤
责任印制：	尹　珺
出版发行：	中央编译出版社
地　　址：	北京西城区车公庄大街乙5号鸿儒大厦B座(100044)
电　　话：	(010)52612345(总编室)　　(010)52612339(编辑室)
	(010)66161011(团购部)　　(010)52612332(网络销售)
	(010)66130345(发行部)　　(010)66509618(读者服务部)
传　　真：	(010)66515838
经　　销：	全国新华书店
印　　刷：	北京瑞哲印刷厂
开　　本：	787毫米×1092毫米　1/16
字　　数：	404千字
印　　张：	29.25
版　　次：	2014年3月第1版第1次印刷
定　　价：	80.00元
网　　址：	www.cctphome.com　　邮　箱：cctp@cctphome.com
新浪微博：	@中央编译出版社　　微　信：中央编译出版社(ID:cctphome)

本社常年法律顾问：北京市吴栾赵阎律师事务所律师　闫军　梁勤
凡有印装质量问题，本社负责调换，电话：(010)66509618

《比较文学研究丛刊》编辑委员会

主　编
张晓希

执行主编
曾　琼

编委会（按姓氏拼音顺序）
蓝　峰　　黎跃进　　潘道正　　藤田梨那　　曾琼　　张绍斌
张晓希　　周和军

目　录

东亚汉学

禅与朝鲜—韩国汉诗 ………………………………………… 孟昭毅 / 3
五山文学与五山文化 …………………………………………… 张晓希 / 13
清代诗文学对朝鲜后期诗坛的影响
　　——以《湖海诗钞》东传朝鲜为个案 ………………………… 刘　婧 / 27

理论探索

审丑论 …………………………………………………………… 潘道正 / 43
福柯空间理论解析 ……………………………………………… 周和军 / 50
米兰·昆德拉小说梦之叙述研究 ……………………………… 刘英梅 / 60

比较研究

日本翻案文学中的中国文学经典传播 ………………………… 王晓平 / 71
日本和歌、俳句在中国 ………………………………………… 王向远 / 97
"夏目漱石与中国"（笔谈，4 篇） …………………… 黎跃进　等 / 131

域外视点

Rabindranath and modernism in Bangla poetry ············ Ipshita Chanda / 173
From the De-Based Literati to the Debased Intellectual:
   A Chinese Hypochondriac in Japan ·················· Feng Lan / 189

译学评论

《苏尔诗海》苏达玛功行诗歌译释·························姜景奎 / 223
《吉檀迦利》冰心译本疑难点探析
   ——孟、英、中《吉檀迦利》对照研究 ················ 曾 琼 / 243
中西译坛上"美丽的错误"
   ——季羡林《罗摩衍那》和黑山《红楼梦》
   翻译对照考察 ·· 唐 均 / 256

青年论坛

"心词论"与中国诗论
   ——以言志、缘情说为中心 ························· 占才成 / 271
虎关师炼《诗话》中的"美"与"善" ························ 安 娜 / 285
绝海中津汉诗的古典意韵 ·································· 朱雯瑛 / 300
"异托邦"视域下的天津城市空间研究 ················· 王 素 / 313
论克里斯蒂娃《恐怖的权力》中的 abjection 机制
   ——兼谈塞利纳的"卑贱"式写作 ·················· 苏凌滢 / 326
印度德瓦达茜制度与印度宗教 ···························· 任锦华 / 343
阿拉文德·阿迪加小说中的动物意象 ················· 王鸿盼 / 358

学术动态

2012年英法文学动态	孙鲁瑶 /	369
2012年北美地区文学动态	杜冰卉 /	381
2012年德意西葡年度文学报告	黄筱莉 /	394
2012年俄罗斯等东欧国家文学动态	胡凯月 /	406
2012年大洋洲文学动态	刘　骏 /	412
2012年拉丁美洲文学动态	安　宇 /	415
2012年度东亚（日韩朝）文学动态	于慧珺 /	431
2012年印度文学年度报告	李一松 /	442
2012年西亚地区文学动态	黄杭西 /	445
2012年东南亚文学动态	刘　凌 /	450
2012年非洲文学动态	刘　骏 /	456

◆

东亚汉学

禅与朝鲜—韩国汉诗

孟昭毅

朝鲜—韩国（以下简称"朝韩"）的汉诗创作是亚洲汉文学中中国域外成就最突出的文学现象。这是因为古代中国和朝鲜半岛的关系最为密切，汉字传入也早于越南和日本。《高丽史》卷七一中就有西周初箕子在朝鲜实施"八条之教"的记载。《三国史记》卷一〇《新罗本纪第一〇·元圣王》都有建立"读书三品制"的记载。朝韩古代诗人也一直以创作汉诗为主要言志抒情的工具和载体。由于这种血肉联系，朝韩汉诗与中国诗歌之间不仅在内容、形式和风格上联系密切，而且在禅佛思想上产生了诸多的共鸣。

中国佛教的禅宗名义上源于印度，实际上是与中国传统文化相结合的产物。东汉末年来华的波斯（今伊朗）高僧安世高（安清）带进的禅学属于小乘，而后流传于中国的达摩禅法则属于大乘。两种禅法完全不同。以达摩顿悟为主的禅宗理论和实践进入中国诗的时间约在两晋南北朝。禅宗勃兴于唐，盛于宋，其间相继传入朝韩，并慢慢浸润了它们的诗坛，因此汉诗得以与禅结缘。正如严羽在《沧浪诗话》中所说："禅道惟在妙悟，诗道也在妙悟。"二者的契合点和相通之处恰恰在"悟"上。诗自渗入禅理而愈显灵性，禅自有了诗意而尤显深幽。朝韩的僧俗两类诗人同在用汉诗表达的禅的意境中觅得思想归宿。诗禅的结合令他们心驰神往、浮想联翩，成为他们表现自己文化心理结构和审美感受的最佳选择。他们常将那些江松暮雪、山村落照、渔歌晚唱、远浦归帆、石幽水寂、林泉野趣等有禅机的意象,巧妙地纳入自己用汉诗构筑的自由王国,追求一种清远幽深的意境,在享受自然风物之美的同时,含蓄委婉地传达出自己的心性所在。但是,正如东方学家季羡林先生指出的:"诗与禅,或者作诗与参禅的关系,是我国文学史、美学史、艺术史、思想史等等中的一个重要问题。在一些与中国文化有关的国家,比如韩国和日本等等中,这也是一个重要问题。"①

一 悟:无我、空

禅是梵文 Dhyana 和巴利文 jhana 的音译缩写,意译为"静虑"、"冥想",英文为 meditation。禅宗认为,要开发真智必先入禅,只有心绪宁静关注,才能深入思虑义理,才能有所悟,非顿悟,即妙悟。禅宗主张远避俗世,修身于自然,提倡"五戒"与"六根清净"。这种以天地自然为静,并以之为修身养性之所,以求有所悟的禅宗思想,时隐时现地贯穿于朝韩汉诗的发展进程中。禅宗所提倡的无论是达摩之顿悟,还是古人所云之妙悟,都指出参禅要悟到"无我"的境界,要悟出"空"的层次。禅宗五祖弘忍在选择衣钵传人时,就是因为神秀之偈颂不如慧能之偈颂在"无我"与"空"的问题上悟得彻底,才将慧能定为六世禅祖的。这种追求无我的境界与空的思想,在进入受汉文化影响很深的朝韩的汉诗创作以后,"其结果是将参禅与诗学在一种心理状态上联系了起来。参禅须悟禅境,学诗须悟诗境,正是在'悟'这一点上,时人在禅与诗之间找到它们的共同之点。"②

禅宗在朝鲜半岛影响很大。早在中国禅宗盛极之前,新罗僧人法朗就从中国禅宗四世祖道信(580—651)学得禅法,返归新罗。神行(又

---

① 季羡林:《人生絮语》,浙江人民出版社,1996 年,第 64 页。
② 敏泽:《中国美学思想史》(第 2 卷),齐鲁书社,1989 年,第 290 页。

名信行、慎行，704—779）随法朗学禅法后觉不足，又赴唐投师北宗禅神秀弟子普寂（大照禅师，651—739）的门人志空的门下修习，返回新罗后弘扬北宗禅法。但是真正使禅宗在朝韩大行其道的却是南宗禅慧能之法孙道义等。道义、洪直、惠彻、玄昱、道允、无染、梵日等新罗僧人，都先后到过唐朝，向不同流派的禅师学法，归国后成为朝韩各派禅法的大师。因此，朝韩《东诗话》云："吾东自新罗至高丽，禅释盛行，儒教则仅存其名而已。"在这种氛围中，禅理入诗尤显三昧之境，诗中有禅则更多解脱之趣。

高丽前期诗人崔冲（985—1068）擅长汉诗，不少作品立意新颖。《补闲集》云：侍中上柱国崔公，功名富贵之极，雅尚出尘，诗语清婉。忽一夕，风清月朗，松篁自籁，不觉吟一绝云：

满庭月色无烟烛，入座山光不速宾。
更有松弦弹谱外，只堪珍重未传人。

这首《绝句》诗借月夜景物抒发胸臆，自然流露出空寂的禅佛之趣。全诗以象外之象、意外之意描绘出一个静极的空灵意境，只有内心与外物合一，才能体味到月色、山光、松弦那种"无烟烛"、"不速宾"、"未传人"等空寂的禅旨，已入禅家"即空即有，非空非有"之境。

高丽中期诗人李奎报（1169—1241），号白云居士，崇尚苏轼（号东坡居士），通晓中国经史、诸子和佛、老典籍，长于汉诗文写作，流传至今的汉诗有2000余首，有《东国李相国集》53卷问世。其中《咏井中月》一诗最具禅味：

山僧贪月色，并汲一瓶中。
到寺方应觉，瓶倾月亦空。

诗中写有山僧去汲井水，水和月满瓶中而归，入寺瓶空无所见，方知色是空。此诗如偈颂，点出佛心禅修，佛境禅理。诗中以月喻微妙的禅义，山僧渴求，并汲于瓶中，于是瓶中之月随瓶倾而空，虚空一片，无色可取。大有"道可分不可分，无在无不在"的禅机妙悟。

李奎报另一首寓禅理于诗中的名作是《北山杂咏三首》之一：

　　　　山花发幽谷，欲报山中春。
　　　　何曾管开落，多是定中人。

北岭上的山花静静地在幽谷中怒放，静中有动，简中有繁，无意中春的信息已进入山中。无人关注这些山花的花开花落，因为能看到这些山花的多是禅定之人。"定"是梵语的意译，三学或六度之一，指的是修行之心专注于一境而不散乱。可见要想修得禅悟首先要进入禅定的思想境界，心无旁骛，四大皆空，方可成功。

宋翰弼（生卒不详）《偶吟》一诗，虽名为偶吟，但却是作者的慎思常想：

　　　　花开昨夜雨，花落今朝风。
　　　　可怜一春事，往来风雨中。

前两句"花开"、"花落"表明随时间推移，万物枯荣，瞬息变化，都不必放在心上，即外物无非是幻空的思想。诗中后两句流露出超越时空的一夜间的花开花落之事却能完成一个春季之事的感慨。春天花开花落的轮回无异于风雨之一瞬。这种超生死得佛道、不求自外之物的心态，让人豁然开朗，也是一种禅悟。

高丽诗人李岩（生卒不详）风流高致，官至都金议府赞成。晚年与息影庵禅老为方外交，扁舟往还，至辄忘返。曾作《寄息影庵禅老》一诗：

浮世虚名是政丞，小窗闲味即山僧。

个中亦有风流处，一朵梅花照佛灯。

此诗于清绝可爱之处尽显禅意。诗人将入仕为官视为"浮世虚名"，而羡慕"小窗闲味"的山僧息影庵禅老，遁世归隐之心跃然纸上。后两句点出其中的风流处，即禅旨在于"梅花照佛灯"，此处梅花非真实物，暗示追求禅境非世俗所能理喻，它以超思维、反知性的语言说明"真知"、"禅心"无以言说。

由此可见，禅与诗的融通，这种精神文化领域内的互相渗透在朝韩汉诗中并不鲜见。尽管禅悟与诗悟有心领神会的相通之处，但也有明显区别。禅悟毕竟是一种佛教哲学所追求的精神境界，诗悟则是从艺术审美的角度对外部世界的感发。不需要文字表达，只需参禅者精神投入与参与的禅悟，在朝韩汉诗作者的心中向诗悟转化，并述诸文字。汉诗中禅悟原本那种神秘感、形而上倾向，被公开化、通俗化。这使汉诗中禅悟所传达的神韵更趋向于艺术之美，是哲学表现为艺术哲学的一种进步与发展。

二 悟：自然、山水诗

在表现禅趣的朝韩汉诗中，一个显著的特点即是多妙悟、顿悟，绝少烟火，而洋溢着一派山林、田园蔬笋的清新之气。尽管佛祖释迦牟尼一生并未号召僧人普遍坐禅，也不提倡佛法与山水、田园有何关联，但是"灵山会上，如来拈花，迦叶微笑"，这种禅的起源之说还是有了自然的因素。至于释迦牟尼在王舍城外尼连禅河畔伽耶的一株毕钵罗树下，坐禅七天七夜达到"觉悟"；悟道之后到贝拿勒斯城外的鹿野苑宣讲佛法，初转法轮，也无一不是在大自然环境中进行的，只是不格外强调而已。佛教传入中国以后，禅宗初祖达摩所修大乘禅法认为，修禅最好远离尘嚣，因而他于梁武帝时期（约6世纪前半叶）来中国授法，并不住在洛阳城外的白马寺中，而是远遁隐居在嵩山少林寺。达摩之后的二祖慧可、三祖僧璨、四祖道信、五祖弘忍、六祖慧能，甚至包括神秀在内，基本上都提倡独宿孤峰，端居树下，空山静坐，以求有所大彻大悟。

　　禅的实质即为悟，而只有悟出"无我"或"空"，才能称得上"觉"。要达到此目的，参禅者的主观条件是必须要达到一个标准，即不论"心如明镜台"（神秀语），还是"明镜亦非台"（慧能语），都要求"慧心"。佛学上的"慧心"一词，指的是能够顿悟真理之人，一尘不染。而在参禅者的思想深处，无论"身是菩提树"（神秀语），还是"菩提本无树"（慧能语），都会变为自然界景物之一的景象。当心中之物与外物相沟通，达到物我合一的程度，才会产生悟解。即五世禅祖弘忍所说"法以心传心，当会自悟"，才会参透禅之妙法。参禅者求"悟"的客观条件，就禅的本质而言，要想"静虑"、"冥想"，理应是在一个静谧的自然环境。它最好是秋意浓郁的溪，春花绚烂的林，云雾缭绕的山，宁静明澈的水，漂泊不定的船，黑夜明亮的月，古朴简陋的屋，青灯木鱼的刹，以及与此背景融和为一体的情趣。这一切就使那不受尘世干扰的深山野林成了最理想的静悟之地。

　　禅宗所谓人人皆有悟性，与诗家所说"人性中皆有悟"① 有相通之处。但"悟"不会自然生出，只能有感而成，即触景生意而有所悟。这对于那些在山林深处坐禅与闲云野鹤为伍的僧人，或者徜徉于名山大川之中的旅人，都是很自然的事。他们将心中所悟之意外化为诗，由禅家的不立文字，到诗家的大立文字，见自然山水之景，悟禅佛之道，引起他们内心的共鸣，于是山水诗就成了他们表现"悟"的最得心应手的工具。刘勰在《文心雕龙·明诗》中说："宋初文咏，体有因革，庄老告退，而山水方兹。"在玄言诗为山水诗所取代的晋宋时代，正是佛教日隆之时，禅宗思想也杂糅其间。山水诗日后成为诗坛重要组成部分，恰为那些企图从自然山水景物中求禅悟的僧俗两界诗人准备了条件。诗歌空

---

① 钱钟书：《谈艺录》，中华书局，1984年版，第99页。

前繁荣的唐、宋时代，恰逢禅宗鼎盛，在山水诗中表现禅悟势在必然。而深受唐、宋诗影响的朝韩汉诗，也一脉相承，并有不少佳作问世。

9世纪与10世纪之交的高丽诗人朴仁范（生卒不详）曾到唐求学，写有《泾州龙朔寺》一诗：

> 翚飞仙阁在青冥，月殿笙歌历历听。
> 灯撼萤光明鸟道，梯回虹影倒岩扃。
> 人随流水何时尽，竹带寒山万古青。
> 试问是非空色里。百年愁醉坐来醒。

诗人面对青冥中的龙朔寺"翚飞仙阁"、"月殿笙歌"，顿生飘飘欲仙之感。而"灯撼萤光"、"梯回虹影"尽写龙朔寺的超然之静。"流水"、"寒山"这些表面看来的实在之物无非是假象。诗人悟出是非真理即在色空之中，在于醉醒之间。《般若心经》讲："色不异空，空不异色，色即是空，空即是色。"这里的"色"指有形质、能感触到的事物，"空"则认为客观事物皆假象，都不是独立存在的实体。诗人在禅宗的色空观中发现了一生愁醉、悟道即可醒的禅理。

朝鲜李朝另一位诗人成侃（1427—1456）的《渔父》诗写道：

> 数叠青山数谷烟，红尘不到白鸥边。
> 渔翁不是无心者，管领西江月一船。

这首山水诗句与句之间并无必然的逻辑联系，明显暗示禅理。前两句写青山、白鸥是远离世俗之景物，渔翁垂钓的本意也并不在鱼，而在禅理（西江月）之中，暗示了禅家追求禅旨有所得后的参悟之喜悦。

高丽末期诗人郑道传（？—1398）能诗善文，其汉诗有唐风，崇尚朱子理学。在《访金居士野居》一诗中表现了一种求禅悟的无我空寂之境：

> 秋云漠漠四山空，落叶无声满地红。
> 立马溪桥问归路，不知身在画图中。

这首诗禅同道的诗，诗中有画，以秋云山空，落叶无声，来表现自然外物之空寂。心怀禅机的诗人进入无我之境，心问禅旨在哪里，不知不觉恍然觉悟，原来身在图画中，流露出一种心向佛性、参悟得道的喜悦。全诗意在表明"人性中皆有悟"，只要能善持自性，就会发现围绕在身边的快乐。

高丽诗人李仁老（1152—1220）曾因躲避武臣迫害而削发为僧，隐居深山。还俗后被列为"海左七贤"之一。现存部分汉诗，其中《山居》一诗写道：

> 春去花犹在，无晴谷自阴。
> 杜鹃啼白昼，始觉卜居深。

诗中将奥妙的禅理"心即佛，佛即心"寄寓山水之中。"花犹在"、"谷自阴"表示时间的不可确定，在不定中参透禅定。直至"杜鹃啼白昼"时，才从中觉悟到真性，即悟得事物的真实，"始觉卜居深"。

朝鲜李朝诗人金时习（1435—1493）自幼有才名。1455年得知世祖废端宗登基后绝食焚书，削发为僧，四处流浪，开始文学创作。他汉文化功底很深，多有汉诗创作问世。《无题》诗写道：

> 终日芒鞋信脚行，一山行尽一山青。
> 心非有想奚形役，道本无名岂假成。
> 宿露未晞山鸟语，春风不尽野花明。
> 短筇归去千峰静，翠壁乱烟生晚晴。

诗中的"芒鞋"和"行尽"二句也表明作者的行脚僧身份。"心非有想"、"道本无名",又说明其中的禅味:有而若无,实而若虚,只能心悟,不可言说。后两句"山鸟语"、"野花明"在"露未晞"、"风不尽"的一动一静之中,与"千峰静"、"生晚晴"的一动一静相呼应,这就使全诗笼罩在一派无禅语、有禅趣的意境中。

从上述山水诗的分析、阐发之中可以进一步发现,禅的实质就是要通过自我调心达到主体自我与客体自然界的和谐、统一,达到精神上的超脱、安宁。这种心境在朝韩的汉诗中,经常通过欣赏自然山水田园之美来达到表现作者内心的安恬,或从对人事和自然现象的观察反省中抒发万法皆空、人生如梦的感触,以及随缘任远、超脱自如的生活态度。这种禅味是朝韩汉诗受到佛教影响后而表现出的一种特殊意境。对这种艺术境界的欣赏,形成了受中国禅宗思想波及的朝韩文人的一种特殊的审美情趣与感受。

其实,诗歌创作几乎是世界上所有的民族最初所共有的精神活动之一。闻一多先生就曾在《文学的历史动向》一文中指出:"对近世文明影响最大最深的四个古老民族——中国,印度,以色列,希腊——都在差不多同时猛抬头,迈开了大步。约当纪元前一千年左右,在这四个国度里,人们都歌唱起来,并将他们的歌记录在文字里,给流传到后代……"。① 而参禅却不是所有民族所共有的精神活动,它似乎仅限于在信奉佛教禅宗的少数国家里流行。朝韩在禅宗兴起以前,就已开始了汉诗的写作,这表明作诗与参禅并无必然的逻辑联系。但当禅宗流行,且作诗与参禅在"悟"这一点上找到共通之处,即诗之言与禅之意相统一以后,禅悟便以汉诗为载体大行其道。正如钱钟书先生在论及"妙悟与参禅"问题时所指出的:"了悟以后,禅可不著言说,诗必托诸文字。"② 正是禅宗之禅将朝韩汉诗从一般的说理、写景的玄言诗、山水诗、田园诗的层次,上升

---

① 闻一多:《闻一多全集》(第1卷),三联书店,1982年版,第201页。
② 钱钟书:《谈艺录》,中华书局,1984年版,第101页。

到"理趣"的高度和成熟的境界。这些汉诗在空灵、清淡、恬静、和谐的意境中,将禅的博大宏深,以及深受禅理影响的那种文人的精神境界表现得如此淋漓尽致,以至营造出一个令后人永远神往的诗禅合鸣的艺术世界。

作者简介

孟昭毅,天津师范大学文学院教授、博士生导师。

五山文学与五山文化

张晓希

日本中世初期，连年的战乱使社会经济文化受到了严重破坏，庄园制瓦解，各地的守护大名控制了所管辖的土地和民众，旧佛教腐败衰微，掌握了政权的武家与旧贵族之间的矛盾呈多元化状态，因此，幕府希望用新兴的禅宗来代替旧宗教势力，模仿南宋禅宗寺院体制建立了五山十刹[①]的官寺制度，从而奠定了禅宗的主导地位，也使五山禅僧接触中国的新佛教、新儒学和先进文化成为可能。五山禅僧中有赴宋元明求法的日本禅僧，也有渡日传法的中国高僧，还有幕府派遣的勘和贸易遣明船的遣明使僧，这些禅僧以其高度的文化修养成为幕府的外交、文化顾问，五山文学的创作主体和外来文化的传播者，在政治、经济、文化等领域发挥了重要作用。本文拟从宗教、思想、文学、艺术几个方面论述五山禅僧如何传播中国文化，进而对日本中世多元化文化形成和发展所产生的重要影响。

---

① 五山是当时日本朝廷模仿南宋所制定的禅寺的等级，将镰仓的建长寺、圆觉寺；寿福寺、净智寺、净妙寺，京都的天龙寺、相国寺、建仁寺、东福寺、万寿寺列为最上位的五山，而将南禅寺定为五山之上。将净妙寺、禅兴寺、圣福寺、万寿寺（京都）、东胜寺、万寿寺（乾明山、相模）、长乐寺、真如寺、安国寺（山城、北禅寺）、万寿寺（蒋山、丰后）列为十刹。

一 禅宗东移入扶桑

南宋社会经济发达，是中国古代海外贸易发展的兴盛时期，对外开放程度较高，尤其是造船技术的提高，为海外贸易的发展创造了有利条件。因此，南宋统治者积极鼓励对外贸易。南宋初期，时值日本白河法皇主持院政①后期，政权由外戚藤原氏家族移于武家平氏之手。由于平清盛在保元之乱②中助后白河天皇平乱有功，升任大宰府太贰③掌九洲政务，因见日宋贸易有利可图，对外采取积极推进政策，奖励海外贸易，此外还修筑兵库港，整备濑户海峡等，以利于船舶的往来，使日僧大批入宋成为可能。据梅应发、刘锡撰《开庆四明续志》卷八中记载："倭人冒鲸波之险、舳舻相衔、以其物来售"，而随商船求法渡宋的僧人也络绎不绝。仅史料中有姓名记载的入宋僧就有一百二十余人④，其中大部分为五山禅僧。最著名的当属日本禅宗的开山之祖明庵荣西。荣西曾于1168年、1187年两度入宋，师从临济宗黄龙派第八代传人虚庵怀敞，参禅问道。1191年孝宗皇帝赐其"千光法师"之号。归国后，荣西以九州为中心，在肥前（佐贺、长崎县）、筑前（福冈县西北部）、筑后（福冈县南部）、萨摩（鹿儿岛西部）等地兴禅布教，开创了圣福寺等多所寺院。禅寺多模仿宋代丛林清规，其建筑也为宋代禅刹之样式，由于荣西在宋时曾营造天台山万年寺三门的两廊、智者大师的塔院，还襄助过天童山千佛阁等建筑工程，获得许多建造寺院的经验，这给日本禅寺建筑以很大影响⑤。此外，他还撰述世称日本禅宗创立的宣言书《兴禅护国论》，阐明

---

① 太上皇或法皇（出家的太上皇），日本中世执政的一种政治形态。
② 保元元年（1156年）7月日本朝廷中发生的内乱。崇德上皇与后白河天皇、摄政、关白家的藤原赖长与藤原忠通的对立激化，崇德、赖长一方以源为义的军队为主，后白河、忠通一方以平清盛的军队为主展开了激战，结果崇德大败，被流放到赞岐。保元之乱成为日本武士登上政治舞台的契机。
③ 大宰府的次官。
④ 木宫泰彦：《日華文化交流史》，冨山房，1955年，第323页。
⑤ 同上，第404页。

禅宗宗旨，介绍唐宋禅宗的特色，并申明兴禅"护国"的道理。在新兴的镰仓幕府皈依、支持和保护下，创建了寿福寺，在京都创建了台、密、禅三宗兼学的道场建仁寺，为日本禅宗的全面展开奠定了基础。荣西对禅的大力提倡给当时的日本佛教界以极大的刺激，引起了人们对禅宗的兴趣，因憧憬南宋的禅风而入宋者接踵而至。其弟子道元1223年入宋求法，登天台山万年寺，历游天童、阿育王、径山等著名寺院，学禅于天童山如净禅师。回国后，1227年在日本深草建兴圣寺，为日本最初的禅堂。1243年在越前（福井县东部）开创永平寺，成为日本曹洞禅宗的开山之祖。其法孙圆尔辨圆1235年入宋，巡游于天童、净慈、灵隐诸寺，复登径山，学禅于径山无准师范，1241年回国开创东福寺，弘扬教禅一致之学。为弘扬临济正宗禅的宗旨，圆尔曾先后向后嵯峨天皇进讲中国五代宋时高僧延寿纂辑的禅学名著《宗镜录》，为执权①北条时赖、后嵯峨上皇、龟山上皇等授禅戒，对日本临济禅的兴隆、发展和临济宗的独立发挥了举足轻重的作用。这些禅僧在宋长期学禅，学成归国时，带回大量的佛书、禅书、僧传等。荣西于1168年初次入宋携归天台新论章疏三十部60卷；泉涌寺不可弃法师入宋僧俊芿于1211年归国时携带佛教典籍1008卷、世俗典籍919卷；俊芿的弟子闻阳湛海嘉祯末年初次入宋，归国时携经论疏数千卷②。这些经书和典籍不仅对日本的佛典研究产生了极大影响，还直接刺激了日本印刷业的发展。通过五山禅僧的努力，在京都、镰仓等诸禅院相继出现了宋元刻本的仿刻板。印刷了如《虚堂和尚录》、《镇州临济慧照禅师语录》、《佛果圆悟真觉禅师心要》等大量的高僧语录和禅籍等。《景德传灯录》、《禅林类聚》、《五灯会元》、《宗镜录》、《佛祖传记》等宗教史上的重要经典也是这个时代出版的。镰仓、室町期间刊行的五山版包括禅籍在内的佛教书籍共195种，佛教以外的经

---

① 幕府政权中辅佐将军的最高长官，源实朝时任命北条时政为此职，后由北条家族世袭。
② 王勇、大庭修：《中日文化交流史大系［9］·典籍卷》，浙江人民出版社，1996年，第84页。

史子集等78种①，这极大地促进了禅宗及中国文化、文学在日本的传播。

宋、元、明的求法僧归国后对禅宗的传播，使日本朝野对中国盛行的禅宗有了初步了解。他们仰慕中国佛教，积极劝请中国高僧渡日直接传法。因此，五山禅僧中不乏宋、元、明的渡日传法僧。首位渡日传法僧是宋代阳山无明慧性法嗣的兰溪道隆。他于1246年应日本入宋僧明观智镜之邀，携弟子义翁绍仁、龙江等人乘船渡日传授佛教文化，仿宋禅寺之貌，建成临济宗建长寺派大本山，为镰仓五山第一大寺，成为日本最初的纯禅道场。1260年，宋南禅福圣寺僧兀庵普宁渡日后，当时的执政北条时赖受其感化，达到大彻大悟之地，对镰仓武士政权与禅的结合作出了很大贡献。后来大休正念、无学祖元等高僧接踵渡日，举扬临济禅风。1299年，元代佛教界首屈一指的禅僧一山一宁作为元朝外交使节渡日，在日二十年，先后住持过南禅、建长、圆觉等大寺，在镰仓、京都大张法筵，大振禅风，并创立了"一山派禅学"。一宁在日期间，弘扬佛法，传播宋学。因其人格高尚、博学多才，深受日本朝野上下各阶层的尊信，给予日本国民精神上的影响甚大，后宇多法皇在其示寂后特赐"国师"称号，赞曰"宋地万人杰，本朝一国师"。经过他坚持不懈的努力，极大地改变与加深了日本朝野、佛教界对临济禅的认识，有力地促进并扩大了临济禅在日本的弘扬与传承，奠定了日本禅宗独立的基础。

二 宋学思想的传播及根植

中世的日本，由于贵族阶级在政治和经济上失去了实力，思想领域里曾经占主导地位的儒教也呈现出衰微的征兆。然而此时，中国的南宋正处于文化高峰期，儒学高度发达，理学风靡学术界和思想界。宋学的理念和方法论与禅宗十分接近，禅与宋学相互影响，三教一致思想认为

---

① 王勇、大庭修：《中日文化交流史大系［9］·典籍卷》，浙江人民出版社，1996年，第84页。

儒教、佛教、道教其本质是相同的。宋代以后很多禅僧宋学修养很高，并将宋学作为传教的手段。受此思潮的影响，入宋僧在传入禅宗的同时，也自然将这种"宋学"思想引入日本。日本禅宗史上著名禅僧圆尔辨圆（圣一国师）回国时携带中国经籍数千卷，收藏于京都东福寺，从其藏书目录中可见许多与宋学相关的书目①。后来，几乎所有的五山禅僧在修禅的同时都不断提高自己的宋学修养，并将其作为传教的手段。由于五山禅僧的努力而兴盛起来的新儒教后来逐渐普及到全国各地，在与日本固有思想的融合过程中，逐步成为独立的学术思想。

入元僧中岩圆月少年时代剃发为僧，学习密宗，后随东明慧日、虎关师练习禅宗。1325年渡海到元，游历禅山名刹，历时7年之久。其勤奋好学，精通程朱理学，诸子百家、天文、地理、阴阳五行无所不晓。元代僧人竺仙梵仙称其"学通内外"。归国后向将军足利义满和摄政关白二条良基讲儒学的新旧两义，力说儒学的意义。所著《中正子》一书，提倡儒佛一致，论诸子百家，被日本学者誉为古代日本哲学思想史上的宏篇巨擘。东福寺的岐阳方秀是一名彻底的宋学信奉者，他讲朱子的《四书集注》，并为其标注日文读法，使一般人也能理解原著内容，为儒学在日本的普及开拓了新局面。了庵桂悟曾任东福寺、南禅寺的住持，师从云章一庆，习禅宗经典及庄子等外典，向舟桥宗贤学诗传四书等旧注儒学，潜心研究《宗镜录》，与禅、净一致的思想产生了共鸣。晚年应后土御门天皇（1442—1500）之命，在宫中宣讲《金刚经》、《般若心经》等，并以83岁的高龄作为遣明正使率第八次遣明船入明，受到明武宗的厚待，在明期间还与明代最著名的思想家王阳明往来，深得阳明学精髓。桂庵玄树代表了日本当时宋学繁荣和普及的最高水平。其9岁入南禅寺，师从兰坡景茝，又随建仁寺云龙庵的惟正明贞和东福寺的景召瑞棠学习《四书》的新注。1467年随遣明使天与清启入明，在明7年，

---

① 严绍璗、王家骅、马兴国、王晓平、王勇、刘建辉：《比较文化：中国与日本——中西进教授退官纪念文集》，吉林大学出版社，1996年，第70页。

受宪宗之宠，遍游苏杭，历访诸儒探究程朱之学，其中最崇《尚书》。1473年归国，恰逢应仁大乱①，因难以在京都弘教，遂到九州、肥后（熊本）、萨摩（鹿儿岛）等西部地方，向武士及庶民传播儒学，以至达到宋学风靡西部边陲的盛况②。1481年刊行的桂庵玄树的朱子《大学章句》是日本历史上出版的第一部朱子新注，此书在1492年再版，成为极珍贵的藏书。另外，玄树还著有《家法倭点》一书，对岐阳方秀标注的《四书》"汉籍和点"加以修正，辨新古。《四书》的读法、标点符号在其《家法倭点》中得到统一。桂庵玄树的学问被弟子们所继承，为日本近世朱子学的形成奠定了基础。

三 日本汉文学的巅峰——五山文学

以偈颂或佛教法语为主的宗教文学始于唐代。到了南宋，以诗文扬名的禅僧辈出，形成了禅宗文学的黄金时代。由于五山禅僧将禅宗传入日本，宋、元、明文学也随之船载以入，中国禅林尊重文笔的风习也直接传入日本。但是，这种"以文为本，学道其次"的倾向最初在五山禅林内被认为是"邪道、俗人所为，忘记了禅僧的本分"而受到责难。后来，诗文的功效逐渐被认可。竺仙梵仙认为"道如主食，诗文如副食，诗文可助学道"，桂庵玄树主张"诗熟则文必熟，文熟则禅必熟"，禅与诗是表里一致的关系③。这种文学观逐渐风靡整个禅林，禅僧们开始关注和学习大陆禅僧和文人的诗文集，并对诗文的著述倾注了极大的热情。五山文学就是在这种背景下形成的。

当时，五山禅僧中流行以内外典兼通为尚的禅林学术理念，"朝经暮

---

① 1467年（应仁元年）至1477年发生的内乱。因足利将军家和畠山・斯波两管领家的继承问题，细川胜元的东军和山名宗全的西军分别率领诸大名在京都展开了激战。战乱扩大到了地方，出现了战国时代。从此，幕府失去了权威。
② 森末義彰：《東山時代とその文化》，秋津书房，1942年，第171页。
③ 芳賀幸四郎：《芳賀幸四郎歴史論集Ⅳ，中世文化とその基盤》，思文阁出版，1981年，第116页。

史昼子夜集"蔚然成风。五山求法僧崇尚中国文化，在中国体验丛林生活、参禅求法的同时，云游山川大刹，结交中国博学俊颖之士，究儒学、弄诗文，回国时带回了大量的禅僧诗文集，广传至禅林之中。除中国禅僧的诗文集以外，僧侣们涉猎的范围逐渐扩大到中国文人的诗文集。主要作品有《诗经》、《楚辞》、《文选》、晋代陶渊明、唐代李白、杜甫、白居易、王维的诗；韩愈、柳宗元的文章；宋代苏轼、黄庭坚、王安石、陆游、欧阳修等的诗文；元代黄溍、虞集、程钜夫，明代的宋濂、张楷等的诗文①。还有赋诗撰文所需的《礼部韵律》、《古今韵会举要》、《韵府群玉》等韵书以及《太平御览》、《事文类聚》、《皇朝类苑》、《记纂渊海》等，这些典籍在五山禅僧汉诗文的研习和创作中起到了重要作用。

　　五山文学中，宋元明的渡日传法高僧的影响极大。他们对日本五山禅林界进行了直接指导，成为五山文学创作的源流。如镰仓末期渡日元僧一山一宁被称为五山文学的始祖，其博学多才，不仅精于禅学，而且从儒道百家，到诗文、小说、乡谈、俚语、书法、绘画无不精通。慕名来挂塔的修行者络绎不绝，一山只好通过作偈颂的考试进行选拔②。以古诗、律诗、绝句等诗歌形式作偈颂需要深厚的中国古典文学功底。因此，此举被禅林视为促进五山禅僧提高汉诗文修养的重要契机。一山之后，东明慧日、清拙正澄、明极楚俊等元代高僧相继渡日。竺仙梵仙在将元代的禅林文学新风传入日本发挥了重要作用。据说五山的文笔僧几乎都与其有过交流，其《天柱集》、《来来禅子集》、《东渡集》等多部著作的问世，促发五山文学兴起的机运得以成熟。

　　在一山一宁的直接指导下，五山禅林中优秀诗僧辈出。有入元僧雪村友梅、龙山德见、虎关师炼等。虎关师炼被尊为五山文学翘楚，是集汉学之大成者，经史子集无所不通，完成了日本佛教史上著名的僧人传

---

　　① 芳賀幸四郎：《芳賀幸四郎歴史論集Ⅳ，中世文化とその基盤》，思文閣出版，1981年，第121页。
　　② 王勇、中西进：《中日文化交流史大系［10］·人物卷》，浙江人民出版社，1996年，第248页。

记《元亨释书》（30卷），其诗文全部收录于《济北集》（20卷），文风洗练，纵横奔放。中岩圆月个性率真，曾入元求法，精通程朱理学，仰慕李白、杜甫的诗风，所著《东海一沤集》（30卷）内容丰富，说、论、杂文、诗具备，由元代百丈山禅师东阳德辉作跋，赞为"疑是大唐人作"，被誉为五山文学兴盛期里程碑式的作品。绝海中津和义堂周信为五山文学的双璧，绝海中津曾作为遣明使入明9年，回国前受到明太祖的接见，其应制所赋熊野三山之诗被称为千古绝唱，在中日文化交流史上留下了一段佳话。明僧录道衍曾为其诗文集《蕉坚稿》作序时说："禅师得诗之体裁，清婉峭雅，出于性情之正，虽晋唐休彻之辈，亦弗能过之也"，赞叹其技法、诗风。义堂周信的汉文、汉诗卓越超群，是五山文学之集大成者，其所著的《空华集》（20卷）洗练、纯熟，为五山文坛带来了新风。五山文学后期的代表诗人一休宗纯著有诗集《狂云集》和《续狂云集》，其自由奔放的诗风和放荡不羁、疾恶如仇的性格在当时的五山禅林独树一帜。五山文学的棹尾，最后一名遣明使僧策彦周良博学多识，熟悉中国文化，擅长汉诗文，著有《谦斋诗集》、《城西联句》等，明人称"读其文有班马之余风，诵其诗有二唐之遗响也"①。五山文学后期，禅僧们的热情转移到了中国诗文集的鉴赏和研究，留下了大量的注释书。这些注释书虽然缺少独创性，但对汉诗文的鉴赏和研究起了很大作用。可以说五山文学除文学史价值之外，文化史上也具有十分重要的意义。作为禅宗史丰富的史料，儒学史上重要的成就，具有多重丰富的内涵。

四　从唐式茶会到日本的茶道

中国的吃茶之风盛行于唐代，据考证，在奈良时代遣唐使就将此风习和唐代其他文化一起传入日本。《日本后纪》以及平安时代的敕

---

① 牧田諦亮：《策彦入明记の研究》，佛教文化研究所，1955年，第333页。

撰汉诗集《凌云集》、《文华秀丽集》和《经国集》中就有很多描写当时上流文人间流行吃茶的汉诗。遣唐使废止后，这种风习也逐渐消失①。

日本与中国茶文化的再次相遇是在宋朝。中国宋朝时禅法已甚流行，而茶具有遣困、养生之功效，故禅林逐渐有吃茶的风气。吃茶的礼仪、行法更成为禅门生活中重要的一环，于是有"茶禅一味"的说法。《栂尾明惠上人传记》中写道："建仁寺长老（荣西）赠茶，关于医师，知茶有遣困、消食、快意之效，然此物日本不多，乃寻得其实，植两三株，诚有醒眠，舒气之功，亦使众僧服之或谓此茶子，乃建仁寺僧正禦房（荣西）由大唐携来植育而成者"。荣西在华多年，受天台山寺庙茶礼影响很深，两次入宋，都将茶种带回日本。归国后在他开创的镰仓寿福寺、博多圣福寺、京都建仁寺等寺院设立每日修行中吃茶的风习。他带回的茶种传到各地，诸国也流行起了饮茶风。荣西在《吃茶养生记》中说："茶者，养生之仙药也，延龄之妙术也；山谷生之，其地神灵也；人伦采之，其人长命也。天竺唐上同贵重之我朝，日本曾嗜爱矣，古今奇特之仙药也。"说明茶可去病醒神、养生延龄、益于人生。又从《太平广记·茗部》上引用33条关于茶的说明，从茶的名称、功效、采摘、制作等方面全面介绍了中国茶②。1215年荣西献上二月茶，治愈了源实朝将军的病，自此，饮茶之风更为盛行。

到了南北朝时期，兴起了唐式茶会（类似中国唐宋时期的茶宴、茶会）。这种唐式茶会由入元禅僧传入日本，最初在禅林中进行，后来在与禅宗关系最为密切的武士社会流行开来。当时流行着"众人聚之，品茶催兴"，荣西在《吃茶往来》中写道：众人来集，请于客殿，以飨点心，然后"水织酒三献，次索面茶一返，以山珍海味劝饭，以林园美果甘

---

① 芳賀幸四郎：《芳賀幸四郎歴史論集Ⅳ，中世文化とその基盤》，思文阁出版，1981年，第139页。

② 滕军、沈仁安审订：《中日文化交流史考察与研究》，北京大学出版社，2011年，第209页。

哺"。用过点心，众人"其后起席，或对北窗之筑山、避暑于松柏之阴，或临南轩之飞泉，披襟于水风之凉"。点茶仪式在可以眺望周围风景的茶亭二楼进行。室内的装饰有出自思恭、牧溪等中国名画家之手的释迦、观音、文殊、普贤等佛画，桌上铺着金襴，古铜花瓶中插有红花、青莲，烛台、香炉中插着香匙、火箸等。在房间的一角，放置屏风、设置茶炉煮茶，旁边装点着许多有名的茶壶、茶碗等，用的是中国的青峰、雅州、茂山等名茶，客位、主位之席放置交椅、竹椅①。此外，还有点茶仪式、斗茶游戏以及宴会歌舞等，从形式到内容完全是豪华复杂的唐式茶会风格。茶会的这种奢华风习到了室町中期开始改变。当时流行书院茶，书院茶的主要特点是摒弃了斗茶以胜负为目的的游戏性以及娱乐性，重视对精品唐物的欣赏和系统的茶礼的制定，形成了风雅而又庄严的茶会风格。后来村田珠光在书院茶的基础之上吸收了民间茶简素的风格，将禅的思想导入茶道，奠定草庵茶的基础。茶会的人数从多到少，从茶亭到简单的茶室，从复杂的室内装饰到简素的陈设，茶已从单纯的趣味、娱乐性质发展到一种精神上的追求。这与当时日本社会的政治形势、文艺思潮和艺术审美观有密切的关系。中世后期，上层社会一方面追求优雅艳丽、情趣和官能上的感觉美，另一方面向往简素枯淡、闲净清雅的情趣，这两种文化现象互相影响，互相融合，形成了一种独特的文化。这种文化审美的特点是在闲寂清素中追求雅趣，豪华复杂的唐式茶会就这样逐渐发展成闲寂清素的茶道。

  唐式茶会不但为日本茶道的形成和发展奠定了基础，期间与茶道相关的诸艺术领域，如庭园、建筑、室内装饰、书法、绘画、香道、花道等都呈现出相同的发展轨迹。可以说茶道承载了诸多的文化艺术内涵，同时也反映了中国文化与日本传统文化、禅宗文化和贵族文化之间的对立和融合。

---

① 木宫泰彦：《日華文化交流史》，冨山房，1955 年，第 513—514 页。

五　从宋元的山水画到日本的山水画

随着入宋、入元僧与渡日禅僧的频繁往来，宋元的许多文化传至日本。其中之一便是宋元的绘画。包括人物画、山水画、花鸟画等。宋元画分为院体写生画和水墨画两种。其中，浑然一色的水墨画所蕴含的特殊画境与禅宗的悟境及思想背景一脉相通，因此，宋元水墨画传到日本后立即成为贵族、寺院竞相追逐收藏的对象。镰仓时代末期至南北朝初期，仅镰仓圆觉寺的一所小寺院佛日庵就收藏了牧溪等的宋元画20余件①。由于皈依禅宗，武士、贵族与寺院禅僧来往密切，加之执政的武家逐渐贵族化，其兴趣爱好也深受其影响。因此，宋元画逐渐被武士们所重视，从山僧的寺院传到了武将、又变成了武将向将军进献的礼品或武将之间的赠答品。1481年大内政弘向将军献画时，一次就进献了32幅名画。武家之间形成了宋元画的收藏热，自足利义满起，历代将军都利用其手中的权力大量收藏，室町将军家收藏总计90件，279幅名画。其中人物画114幅、花鸟画91幅、山水画74幅，包括名画家30余人的作品②。据说这只是其收藏的一部分，足见宋元画流入日本的数量之惊人。

随着禅林界、上层武士社会对宋元名画的理解和鉴赏的深化，社会上兴起了收藏、鉴赏热。到了室町时代中期，名画的价格飞涨，因此，五山十刹的禅寺中出现了许多临摹宋元名画的画僧。开始是给禅诗配画，后逐渐出现了专门的画家。如相国寺禅僧如拙，其画属于道释画向山水画发展的最初阶段，1410年前后完成的《瓢鲇图》，简洁的构图技巧和雄劲的笔法被认为是深受南宋著名画家马远的影响。道释画至天章周文时已发展为水墨山水画，周文笔法学自于南宋的马远、夏圭，经过禅的修养醇化达到清淡雅逸的意境，形成了日本水墨山水画的主要风格，代表

---

①　森末義彰：《東山時代とその文化》，秋津书房，1942年，第252页。
②　芳賀幸四郎：《芳賀幸四郎歴史论集Ⅳ，中世文化とその基盤》，思文阁出版，1981年，第128页。

作有《山色峦光图》、《竹斋读书图》、《三益斋图》等。确立日本水墨画的独立地位，开创水墨画新纪元的是被称之为"画圣"的雪舟等杨。雪舟自幼入宝福寺修禅，天生好画。后入相国寺，敬仰如拙，师从周文，也临摹传入日本的宋元画。1468年雪舟随大内氏的遣明船渡明，在明期间，他入"天下禅宗五山"之一的四明山天童禅寺修禅，被推为天童禅寺禅班第一座。期间还应明人之邀，画了富士山、三保之松原和清见寺三绝景图。不久，他离开天童寺上京，在北京礼部院制作壁画，深得明朝宫廷赞赏。在明一年多的名山胜景游历，使他有机会接触到曾经在宋元画中憧憬的中国山水风物，并认为"明国的山川草木皆我师"①。之前的周文等一流山水画家只能通过宋元画来想象、间接表现大陆风景，雪舟的收获是可以将大陆的山川景色直接入画，这也反映在他的《夏冬山水图》等作品中。归国后，他不再拘泥于取法一两家，而是兼收并蓄，除了继续习夏圭、梁楷、牧溪、玉涧等画风，还广泛吸收中国宋元画样式，开创了根植于现实土壤，洗练、畅达、雄劲、富有生命力的新画风。雪舟的画题材丰富、画风多样，主要作品大多出于南宋院体的严谨笔法中，同时强调水墨淋漓、丰富的空间构成和强烈的个性。如他的《泼墨山水图》具有抽象的意蕴，从其泼墨法即可看出明代画家张有声或李在的画风，也能窥出玉涧、牧溪山水画的笔法。另外，他还一改前人只画大陆风景的作法，将日本本土山水风景绘入画中，完成《天桥立图》等巨制。雪舟从宋元摹本到师法中国自然风物，再到师法日本自然风物的过程中，完成了具有日本民族特点的水墨画——汉画。以他为代表的新绘画潮流奠定了室町时代绘画的主流——汉画派的基础，并给即将到来的日本近世绘画以极大的影响。至此，在宋元山水画的影响下，与禅宗密不可分的日本山水画逐渐脱离了对宋元山水画的单纯模仿，形成了清淡雅逸、气韵自然的日本独特画风。

---

① 森末義彰：《東山時代とその文化》，秋津书房，1942年，第273页。

结　语

　　日本中世文化是在没落贵族文化的基础上发展起来的武家文化框架，由禅僧为其充实了内容。由于当时其自身文化还没有成熟，使日本社会产生了渴望汲取和掌握宋元明先进文化的心理需求。为适应这种时代的要求而登场的便是以镰仓、京都的五山十刹为中心的五山禅僧。他们当中无论是到中国直接体验禅林生活的日本禅僧，还是渡日传法的中国禅僧，带到日本的禅宗其物显示了新宗教的魅力，船载以入的学问、艺术、趣味等均是当时最为流行的宋、元以及明代的先进文化。这些禅僧中许多人历任京都、镰仓五山等大寺的住持，接受朝廷、武士政权的支持和崇信，确保了作为特殊的文化形态的宗教在日本中世佛教界独占鳌头的地位，成为当时社会的精神指导者。尤其是五山势力在幕府的大力保护下，得到了经济上的安定，取得了文化形成的最基本条件之一，即具有充分的物质基础和闲暇、充裕的精神。除佛学以外，作为当时的文人，五山禅僧还潜心多方面的学问，具有极高的文化修养。因此，属于知识阶层中最上层、最优秀的禅僧聚集在五山，他们要以学问和教养来满足社会，尤其是要满足保护者——当时执政者的期待，便以极大的热情积极地传播并介绍中国文化。这种外来文化中的积极因素与日本本土文化相融合，逐渐形成了一种具有日本民族特色、新的文化体系。可以说，五山禅僧是当时先进文化的代表者，也是日本中世文化形成、发展的主要推动力和中坚力量，而这种文化由于它自身的价值，又成为日本近世文化的母体。

参考文献

释东初：《中日佛教交通史》，东初出版社1989版。

杨曾文：《日本佛教史》，浙江人民出版社1996版。

芳賀幸四郎：《芳賀幸四郎歷史論集Ⅰ東山文化の研究》，思文阁1981版。

芳賀幸四郎：《芳賀幸四郎歷史论集Ⅳ中世文化とその基盤》，思文阁1981版。
山口修：《日中交流史》，東方书店1996版。
梶谷宗忍訳注：《絶海和尚語録》，思文阁1976版。
西尾賢隆：《中世の日中交流と禅僧》，吉川弘文館1999版。
愈慰慈：《五山文学の研究》，汲古書院2004版。
竹田和夫：《五山と中世の社会》，協友社2007版。

作者简介

张晓希，天津外国语大学比较文学研究所教授，研究方向：中日比较文学，日本古典文学。

清代诗文学对朝鲜后期诗坛的影响
——以《湖海诗钞》东传朝鲜为个案*

刘　婧

一　序　言

中国和朝鲜的文化同属东方汉文化圈，两国之间的文化交流已经有两千多年的历史。书籍作为朝中两国文化交往的媒介，在文化交流的过程中发挥了重要的作用。其中，历代传入到朝鲜的中国诗文集作品，在朝鲜广泛传播，有的还被再次改编和翻刻，成为朝鲜文人用来阅读和学习的对象，大大地促进了朝鲜古典文学的创作和发展。

本文所要考察的《湖海诗钞》，即是朝鲜文人主动接触、接受中国文学的一个很好的例子。这部诗话集是朝鲜后期译官文人金奭準（1831—1915）所选编的一部清人诗话集，其前身即是清代中期文人王昶（1725—1806）编撰的《湖海诗传》。王昶是清代著名学者沈德潜（1673—1769）的弟子，在年轻时即有诗名。后来因沈氏在乾隆十八年（1753）编选《吴中七子诗选》而名声大振。《吴中七子诗选》这部诗选

---

* 本论文的前身是《以〈湖海诗钞〉看清诗话的东传》一文，曾于2009年8月15日在中国延边大学举办的"国际东方诗话学术大会"上发表，后刊载在韩国《東亞人文學》第16輯（2009.12）上。本论文在此基础上再次修改、补充完成。

集不仅在清朝流传广泛，在刊印后还很快传入日本①，而作为"七子"之一的王昶不仅在诗文创作方面声名显赫，其编选的这部清代诗文选集《湖海诗传》也很快传入朝鲜和日本②，可见王昶的诗文学都曾对朝鲜和日本的诗学产生过不同程度的影响。

朝鲜后期金奭準编选的这部《湖海诗钞》作为第一次介绍的新材料，不仅对清代诗文集的朝鲜传播这一课题提供了重要的参考文献，也为研究朝鲜后期中人阶层③的文学活动提供了翔实的数据，其文学文献价值是不可忽视的。另外，《湖海诗传》也是中国汉文学域外传播研究的重要典型。中国文学典籍的域外传播也是域外汉文学形成的基础，中国典籍在域外传播以及被接受，而后引起反响，甚至出现回流的现象，便是中国文学在域外传播和重新诞生的过程，不仅如此，通过域外汉籍个案的传播过程和影响细节的研究，对于我们研究汉文化共同圈内的东亚汉文学的特点，也是具有很大启发意义的。

基于以上的研究宗旨，本文在论证《湖海诗传》在朝鲜传播的情况之前，首先对金奭準所编选的这部《湖海诗钞》的抄写和选编情况做一个初步分析，再从《湖海诗传》传入朝鲜的背景、时间、影响这一角度，来考察朝鲜后期在接受清诗话方面的一些具体细节，以此来考察文献流通和传播的具体过程及其影响。本文在介绍新资料的同时，也对朝鲜后期文人接受清代文学的背景、态度，以及清代文学对朝鲜后期文学

---

① 文中的"吴中七子"，即钱大昕、王鸣盛、王昶、吴泰来、赵文哲、曹仁虎、黄文莲，他们都是沈德潜的门生。关于《七子诗选》在日本的传播研究，请参考陈曦钟《关于"大学头"及其他——〈七子诗选〉流传日本考辨》（《北京大学学报》第41卷，第6期，2004年11月）、《再谈高彝与〈七子诗选〉——〈关于"大学头"及其他〉补说》（《北京大学学报》第43卷，第1期，2006年1月）；迄今为止，还没有发现《七子诗选》在韩国的藏本，对于这部诗选是否传入过朝鲜这一问题，还有待作进一步的考证工作。

② 根据大庭修《江户时代唐船持渡书之研究》（关西大学东西学术研究所，1967年）的结果，可知日本收藏王昶的《湖海诗传》如下：文政十二年（1829）四部；文政十二年（1829）五十部；安政六年（1859）一部。由以上数据可略知《湖海诗传》传入日本的时间和数量。

③ 朝鲜王朝的中人身份，狭义的可认为是从事医学、观象学（天文气象）、译学、算学、图书、写字等的技术官阶层；广义的概念可认为是在技术官的基础上又包括庶孽、胥吏、乡吏（衙前）、军校等。

所产生的影响作了进一步梳理工作。希望通过这一个案研究，对以后有关清诗话的东传研究及朝鲜后期和清代诗学的比较研究起到一定的铺垫作用。

二 金奭準及其评选的《湖海诗钞》

1. 金奭準的生平

金奭準（1831—1915），字姬保，号小棠，堂号有孝里斋、墨指道人、研白堂等，祖籍善山。朝鲜后期汉译官，一八五二年中第译科，曾任金知中枢府事。

金奭準曾师从李尚迪（号藕船，1803—1865）、玄錡（号希庵，1809—1860）、金正喜（号阮堂、秋史，1786—1856）等学者。作为汉学译官，金奭準和他的老师李尚迪和玄錡都属于中人阶层。李尚迪作为朝鲜后期译官四大家之一，曾十二次前往清朝。李尚迪的诗文造诣很深，其诗文集《恩诵堂集》曾在燕京刊印，在清朝和朝鲜影响颇大。而玄錡在朝鲜曾有"诗神"之称，对金奭準的诗文创作影响很大。另外金正喜作为汉学大家，不但在诗文学，在金石、考据、书画等方面的造诣亦非常深厚。金正喜在被流放结束后曾暂居果川（1852—1856），期间金奭準常出入其门，阅读了金正喜的大量作品，并受到金正喜的悉心教导，不仅使其在诗文书画方面的鉴赏能力得到了培养，也为他接触清代文学打开了方便之门。金小棠受李尚迪和金正喜的影响，和清代文人在学术上交往频繁，在1852年中第译科后，曾多次前往清朝，并和清文人孔宪彝、冯志沂（1814—1867）、沈秉成（1823—1895）、王轩（1823—1887）、潘祖荫（1830—1890）、周裳（1806—1876）等清文人有很密切的交流。

从金奭準师出多门这一点上，也可以看出他的学问旨趣不拘一家，和他的多才多艺。他诗文方面的成就在国内外都得到了好评①。金奭準的文学活动还表现在他积极组织六桥诗社②方面,这一诗社成员大部分是中人阶层的年轻成员,他们定期聚会进行文学创作活动,曾刊印《六桥联吟集》行世。另外,就是金奭準在整理和编撰前人的诗文集上卓著的成绩。他曾经编撰李尚迪的传记作品为《李藕船先生传》,为研究李尚迪提供了可靠的依据。在李尚迪去世五年之后的一八六九年又刊印了《藕船精华录》。在玄锜去世十年以后,他从新选编出师傅的诗文刊印了《希庵诗略》。此外,金奭準在和清文人交往的过程中,积极介绍朝鲜诗文,也积极向清文人介绍自己的作品,后来又编撰同门弟子的诗文选集《海客诗钞》以求得董文焕等清文人的点评③。金奭準的著述主要有《红药楼怀人诗录》和《红药楼续怀人诗录》、《怀人诗录》,《和国竹枝词》等。

2. 金奭準评选的《湖海诗钞》

《湖海诗钞》现保存在美国哈佛大学燕京图书馆,以抄本形式存世,一册不分卷④。抄写形势为:每页十行,一行二十字,以整洁楷体书写。

---

① 尹廷琦赞其诗:"较古人有过而无不及。"《舫山先生遗稿》卷三。清代文人董文焕称赞其诗文:"视前说为更备,不出户知天下。今小棠此编,尤足补前贤所阙略。"《红药楼》序文。尹廷琦赞其尺牍曰:"尺牍则上窥苏黄,下肩随园,笔记则览之如入波斯市,小棠之尺牍笔记,大抵无凡俗语也。"《舫山先生遗稿》卷三。小棠不仅通晓诗文,还擅长书法,在隶书和绘画方面成就突出。其绘画才艺不仅在朝鲜,在同时代的清朝也受到很高的评价。金正喜称赞他:"小棠独以沈静处得力,虽学颜平原,而敛其矗犷之气,如文弱人,深得颜书,拙意此为学颜上乘。"《阮堂集》。郑芝润(1808—1858)赞其曰:"鸭水以东无此作,艺林不朽小棠名。"《皎亭诗集》。中国文人孔宪彝在给李尚迪的书札中说:"小棠风雅人,书法尤古厚可爱。"《海邻尺素》。金小棠也戏称自己为"墨指道人"。其友人也赞叹说:"堂堂墨指法,盖自小棠始。"《碧梧堂遗稿》。

② 六桥诗社是由朝鲜后期姜玮(1820—1884)、金景遂(1818—?)、金奭準等三十多名中人阶层为主的年轻人组织的文学集团,主要活动时期为1877年到1882年之间,曾有《六桥联吟集》问世。参照许敬震《朝鲜委巷文学史》(太学社,1997)中的《开化期的主力——六桥诗社》一节。

③ 因迄今为止对中人文学的研究还处于起步阶段,对金小棠的研究成果更少。有关金小棠生平的部分,参考了拙稿(2005)《〈海客诗钞〉研究——传抄本为中心》一文(韩国延世大学硕士论文)。

④ 这部《湖海诗钞》的抄本,是恩师许敬震教授几年前在美国哈佛大学燕京图书馆首先看到并复制回来并交予笔者进行研究的。

无序文和跋文，书后题有："同治甲子初烁雨中小棠山人朱评"，可以知道这部诗话选集成书于同治甲子（1864）的秋天。

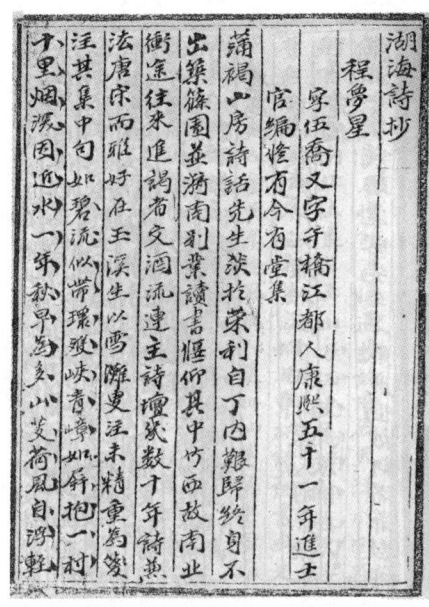

图1 《湖海诗传》内标题

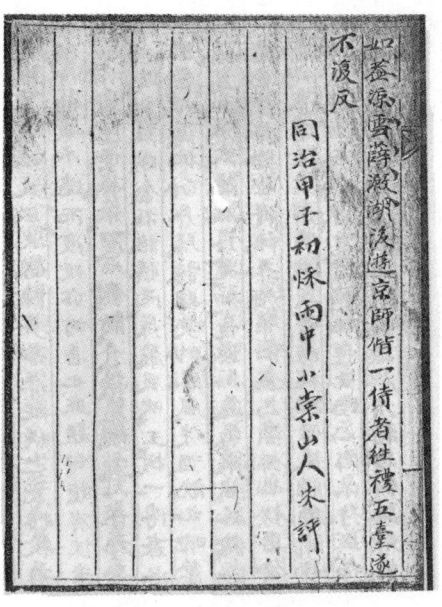

图2 《湖海诗传》书后

这部诗话选集共收录了清代五十一人的诗话，所收录者依次为：程梦星、查为仁、彭启丰、梁诗正、商盘、秦蕙田、陈撰、翁照、阿桂、袁枚、金农、蔡珽、刘墉、惠栋、梁同书、钱载、周天度、纪昀、陶璜、张栋、查歧昌、徐坚、朱云骏、蒋士铨、毕沅、王文治、吴璥、谢启昆、吴泰来、赵翼、董潮、曹传虎、冯应榴、储秘书、赵文启、朱炎、潘奕隽、邹炳泰、吴兰庭、吴蔚光、史国华、李骥元、王复、黎简、朱彭、黄易、翁春、阮元、洪亮吉、吴嵩梁、实源。

其编选体例和《湖海诗传》相同，先是介绍作者名号、家乡籍贯、及第时间、官职、著作，后引用《蒲褐山房日记》诗话部分，诗话后没有收录作者的诗文。"朱评"是在诗话中引用的诗文部分用朱色作了批点，没有评语。从这部诗话选集的名字、内容及编选体例来看，很明显地是出自清代文人王昶所编撰的《湖海诗传》。

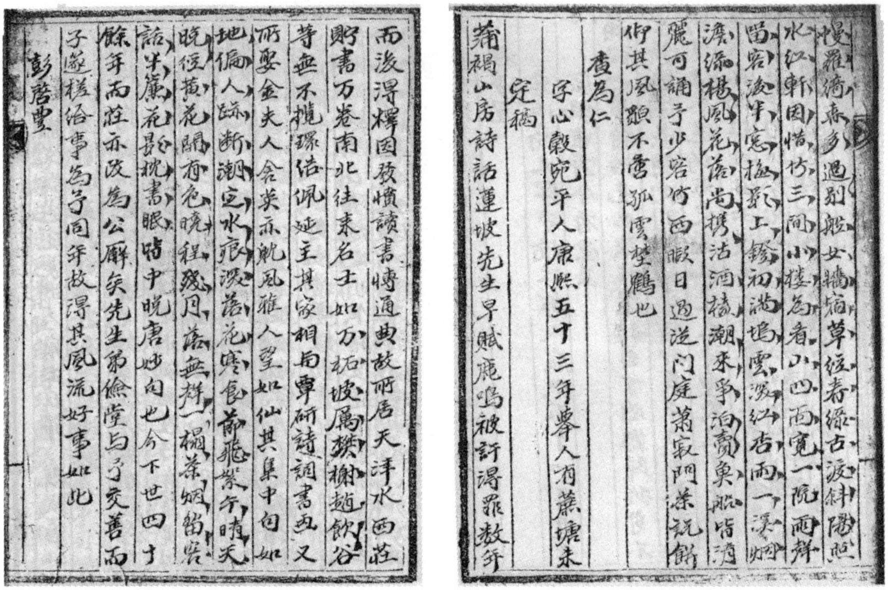
而後得釋因發憤讀書博通典故所居天津水西莊
貯書万卷南北往來名士如万柘坡厲樊榭趙飲谷
等無不攬環結佩延主其家相與尊研詩詞書画又
所娶金夫人含英亦耽風雅人望如仙其集中句如
地偏人跡斷潮定水痕淺落花寒食節飛絮午晴天
晚徑黃花瘦荷邑晚程殘月落無聲一榻茶烟留客
話半簾花影枕書眠皆中晚唐妙句也今下世四十
餘年而莊亦改為公廨矣先生弟綸營與予交善而
子遂樸給事為予同年故得其風流好事如此
彭啓豐

幔羅綺來多過別船女嬌偏草經春綠古渡斜陽照
水紅軒因惜竹三間小樓為看山四面寬一院雨聲
留客淡半窗梅影上簾初消鴨雲淡紅杏雨一溪烟
澹添楊風花落尚携沽酒棹潮來爭泊賣魚船皆清
麗可誦予少客竹西暇日過從門庭蕭寂門無說餅
仰其風韻不啻孤雲野鶴也
查為仁
字心穀宛平人康熙五十三年舉人有蔗塘未
定稿
蒲褐山房詩話蓮坡先生早賦鹿鳴被訐得罪數年

图 3 《湖海诗传》收录查为仁诗话

《湖海诗传》本身就已经具备诗文选集选本的批评形式，而《湖海诗钞》从《湖海诗传》所选编的六百多家中又精选出五十一家，也能体现金奭準对清人诗文批评的倾向。因这部诗话选集没有序跋，很难确切地把握选家的评选目的、标准等①，下面只先对金小棠选编这部诗话集的目的及标准作一个初步的推断。

从编选这部诗话选集的目的来看。首先，金奭準作为朝鲜译官身份，不但要研习汉语语言，也要不断提高自己的诗文创作水平。他选这部诗话选集可能是他学习汉语及诗文的一个范本。不只是译官，对于其他朝鲜文人，诗话历来都是学诗者的最好教材，如李德懋的孙子李圭景在其

① 《湖海诗钞》所选五十一家的“标准”这一问题，还有必要通过相关资料的挖掘整理，再结合金奭準的个人文学创作再作进一步的分析研究。

《五洲衍文长笺散稿》中也曾强调:"诗话者,诗之流亚,而作诗之楷模也"①。从选编这部诗话集的时间来看,当时金奭準不过三十三岁,正值学习的青年时期。金小棠之所以还没有对这部诗话中的作品作出评语,可能是感觉自己功力还不足。在诗文旁批点,也只是把自己要学习的"名句"选为学习对象而已。其次,就是《湖海诗传》的作者及这部诗话选集在朝鲜曾有一定的影响,从下一节分析结果来看,金奭準师傅金尚迪也曾经研习过《湖海诗传》,并想模仿这部诗话集编辑一部《海邻论世集》②。受其师傅影响,《湖海诗传》也成了金小棠学习诗文及编撰诗文选集的模仿对象,因为《湖海诗传》所选人物众多,故选其精者先来学习。

从选编这部诗话集的标准来看,选出的这五十一家,并没有统一的文学倾向,其中性灵、格调、肌理派三家的著名代表人物都收入其中,也有几家是在经学和书画方面的大家。从这儿可以看出,金小棠选编《湖海诗传》中的五十一家为《湖海诗钞》,并没有门户之见,而是为吸收各家之长来提高自己。另外,从所选的清文人来看,如纪昀、阮元等人,都和朝鲜"北学派"人物有过直接的交往,这些清文人的文学作品也就被较早地介绍到朝鲜来,他们的文学思想在朝鲜已经有了很大的影响。金奭準作为北学者的后继传人,再次选录这些名家诗话,也有"温故而知新"的目的。

另外,如果要进一步了解金小棠选编这部诗话选集的渊源问题,还得分析这部诗话集的前身,即《湖海诗传》传入朝鲜的过程及影响。

---

① 李圭景(1982),《五洲衍文长笺散稿》卷下,明文堂影印本,第54页。
② 李尚迪在《朱伯韩禔侍御寄赠〈来鹤山房文集〉,并见怀七古一首,仍叠次原韵,题之卷前》小注中云:"余近岁仿王述庵《湖海诗文传》例,钞辑海内知旧投赠之作,积成卷袠,名曰《海邻论世集》,盖取海内知己、天涯比邻之意也。"又根据韩国学中央研究院所藏道光十七年(1837)经讯堂刻本《湖海文传》中,有李尚迪印,更可以印证李尚迪不但收藏过《湖海诗传》和《湖海文传》,而且还模仿其体例,要编辑一部《海邻论世集》。迄今为止还没有发现李尚迪所编撰的这部《海邻论世集》,以后还需要通过对这一材料的进一步发掘,再对《湖海诗传》在朝鲜的影响研究作进一步的补充。

三 《湖海诗传》传入朝鲜的过程及其反响

　　《湖海诗传》的编撰者王昶（1725—1806），字德甫，号述庵，又号兰泉。江苏青浦（今上海市青浦）人。他一生为官南北，既以处理政务的卓越才能被乾隆皇帝赞许为"人才难得"，又以对经史考据、金石学的重大贡献和良好的诗词古文素养"炳着当代"，与倡议编撰《四库全书》的朱筠互主骚坛，并称"北朱南王"。王昶于学无所不究，名满天下而不立门户。他一生著述极丰，在学术上的成就是多方面的：在经学方面，受惠栋影响，忠于汉学，讲究音韵训诂之学。在金石考证方面，王昶穷极半生精力收罗商周铜器及历代碑刻拓本一千五百余种，编成《金石珠萃编》一百六十卷，内容非常丰富，是一部极有价值的学术性、数据性著作。王昶在方志学上也有不少积极的贡献，曾参与纂修《大清一统志》、《续三通》等。在文学艺术方面，王昶工诗善文，早年与王鸣盛、吴泰来、钱大昕、赵文哲、曹仁虎、黄文莲并称"吴中七子"，他的诗文集有《春融堂集》等，曾编撰有《湖海诗传》、《清浦诗传》、《湖海文传》、《明词综》、《国朝词综》等重要文献学诗词著作。①

　　对于《湖海诗传》的编撰目的，王昶在其《湖海诗传自序》中云："予弱冠后，出交当世名流，及洊登朝宁，扬历四方，北至兴桓，西南出滇蜀外，贤大夫之能言者，揽环结佩，率以诗文相质证，披读之下，往往录其最佳者，藏之箧笥，名曰《湖海诗传》。"从其序文可以看出，王昶编撰《湖海诗传》的数据源，即其平生所交游的师友及门人弟子之间的相赠诗文。其中所选之诗，以科第为次，起于康熙五十一年（1712），终于嘉庆八年（1803），共收有六百余人的诗作。其间著名作者不少，"性灵"、"格调"、"肌理"三派的代表人物亦都囊括其中。其中，每位

---

① 王昶的生平，参照王慧华：《王昶的文学文献学研究》，华东师范大学2006年硕士论文，第3—6页。

诗人都各有小传，传末缀有"蒲褐山房诗话"，充分显示了这部作品的诗话特征。《湖海诗传》编成后，引起很多朝中学者的重视，毛庆善在道光三十年（1850）抽录其附载诗话编成《蒲褐山房诗话稿》，但是并没有刊印行世，另外也有几种其他抄本被保留下来①。

《湖海诗传》传入朝鲜的渊源，还得从18世纪后期到19世纪初期朝鲜的诗风说起。18世纪中期，朝鲜学人洪大容（号湛轩，1731—1783）的入燕，是朝鲜文人对清代学术认识转变的一个重要契机。18世纪后半期，被称之为朝鲜"四家"的李德懋（1741—1793）、柳得恭（1748—1807）、朴齐家（1750—1806）、李书九（1754—1825）掀起了"北学"的思潮。直接表现在文学活动上的，则是他们积极学习清人诗文并收集编撰清人诗文选集。"四家"在使清之前，已经对清代学术表现出极大的兴趣，他们已经阅读了沈德潜的《国朝诗别裁》、王士禛的《带经堂集》、《精华录》、《池北偶谈》、《香祖笔记》、《感旧集》等。1777年，柳得恭的叔父柳琴在出使燕京时，携带四家的诗文选集《韩客巾衍集》向清代著名文人潘庭筠和李调元求序并得到潘李的评点。此后，四家和潘李为首的清代文人书信往来，开始了频繁的交往，这种交往的成果即是四家收集编撰了清人的诗选集《巾衍外集》、《中洲十一家诗选》及诗话集《清脾录》。此后四家通过多次燕行②，接触到清代考证学派、性灵派等文人，更深入地了解到清代文风。他们不但接受清代诗文创作理论，还模仿清人作品进行了大量的创作实践。后来柳得恭把和清文人交流的诗文作品汇编成《并世集》，这部诗集充分体现了四家对清代学术的浓厚兴趣及在朝鲜广泛传播清代学术思想的志向。

朝鲜学人对王昶及其《湖海诗传》的接触，其渊源也应始于洪大容

---

① 根据蒋寅：《论清代诗文集的类型、特征及文献价值》（河北师范大学学报，2004. 1）小注所记，《蒲褐山房诗话》有北京大学图书馆所藏清抄本、上海图书馆藏道光间郑乔迁抄本、台湾中央图书馆藏毛庆善重编稿本、韩国民族美术研究所所藏抄本。

② 1778年李德懋和朴齐家的第一次燕行，1790年柳得恭第二次，同年朴齐家的第二次和第三次燕行（第二次回国后实时出发第三次，1791年回国），1801年柳得恭的第三次和朴齐家的第四次燕行。

的入燕，据《湛轩书外集》卷三〈干净笔谈〉中云：

> 初一，我等之座师钱大人，传谕于是日。黎明斋集，率领同人，拜谒大老师，此亦旧例。所谓大老师者，老师之老师者。余曰：钱大人谁也？力闇曰：钱大昕，日讲起居注官翰林侍讲学士。①

洪大容所要拜见的"大老师"，即是当时名震诗坛的"吴中七子"之首的钱大昕。由以上所记内容可知，在洪大容出使燕京之前对钱大昕并不了解，通过这次拜见"大老师"，才知道钱大昕其人，通过这次见面，才可能使朝鲜学人对"吴中七子"有了初步了解。而后，在1790年柳得恭出使燕京时，又结识了钱大昕的侄子钱东垣，柳得恭在《冷斋集》卷五中亦收有〈钱东垣〉一首②，可见四家在第二次燕行中已经和七子及其后人有所交往，在这次交往中，他们了解到"七子"的诗文创作，这也应该是《并世集》收录"七子"诗文的原因③。另据柳得恭在《燕台再游录》辛酉三月十二日条中记载：

> 曹江字玉水，江苏青浦人，书肆中识之。年二十一，美姿容。问其所寓，正阳门外蒋家胡衕云间会馆也。出游琉璃厂时，多历访，见其独处习隶书，日益亲。备问家阀，玉水父锡宝字剑亭，乾隆末，以监察御史，劾奏太学士和珅，现赠副都御史。玉水恩给七品荫生，奉母寓居京师，聘户部尚书朱珪从孙女，曹习庵仁虎，乃其同宗叔辈。副都御史陆锡熊，王兰泉昶子肇嘉，皆其姊夫也。姻族多名流，

---

① 洪大容：《湛轩书外集》卷三。
② 其诗曰："可庐十种书曾闻，便有佳儿字既勤。郑志刊行家学畅，晓岚宗伯独推君。"钱东垣，字既勤，江苏嘉定人。可庐，大昭子。辛楣，大昕从子。
③ 根据李庚秀：《中国燕行之前的清诗受容》（《汉诗四家的清代诗受容研究》，太学社，1995年）可知：四家在出使清朝之前，已经对清初代表性诗人沈德潜的《国朝诗别裁》等诗文作了详细的理解。"吴中七子"作为沈的门人，且沈曾编选《吴中七子诗选》，朝鲜文人也不可能对此不知。但是迄今为止在韩国还没有发现《吴中七子诗选》的藏本。对于此文集是否曾传入朝鲜，还有待进一步考证。

而性沈静可喜，约游厂中，则不肯，曰此名利场，易招谤，其言又是也。临别赠余扇。

1801年柳得恭在琉璃厂书肆中遇到曹江时，了解到曹江和"吴中七子"中的曹仁虎和王昶的姻亲关系，也说明柳得恭对当时这些京师"名流"已经有了很详尽的了解。

又根据柳得恭《燕台再游录》辛酉三月十二日条中云：

余曰，苏州七子之目，可得闻与。晓岚曰，此王礼堂，钱辛楣之同社也。中多佳士，亦有好名者附其间，今已无人道之矣。七子社只王钱二公为寔学，他皆依草附木耳，二公皆敝同年也。余曰，辛楣所著廿三史刊误，已成完帙否。曾闻其子东壁凤慧能诗。晓岚曰，辛楣之子，才亦可取。而不及其侄东垣，能世其家学，新举于乡。

当时柳得恭入京，在拜见纪昀时打听"吴中七子"（文中称之为苏州七子），且不管纪昀对"七子"的评价。这次燕行，柳得恭向纪昀打听"知人"的情况，其目的也是了解他们的学术动态。王昶作为"七子"中的一员，也自然地在"四家"的关注范围之内。但是王昶编撰的《湖海诗传》在1803年才刊印出来，这部诗选是否为四家中的某一人所购入，还有待进一步考证。但是《湖海诗传》传入朝鲜，是和四家的"北学"及和清文人的密切交流有着直接的关系。

迄今为止，还没有查找到《湖海诗传》具体传入朝鲜的时间。张伯伟在《清代诗话东传略论稿》中论证到："王昶的《蒲褐山房诗话》是从其《湖海诗传》中辑出的，《湖海诗传》见于《承华楼书目》，此楼为宪宗（1834—1849年在位）所建，《湖海诗传》定在此前传入"[①]。不过，

---

① 张伯伟：《清代诗话东传略论稿》，中华书局，2007年，第145页。

从现在所藏韩国的《湖海诗传》刻本来看，有嘉庆八年（1803）三泖渔庄刻本和同治四年（1865）绿荫堂刻本两种版本。前一种版本应如张伯伟所说，为宪宗在位之前传入。通过以上四家直接和清文人的交往，同时代朝鲜"北学"文人中对清文人学术的关心程度来看，《湖海诗传》在嘉庆八年刊行以后，应很快就传入到了朝鲜。另外的同治四年绿荫堂刻本则应该是同治四年刊印之后传入朝鲜的。

现在韩国各大图书馆所收《湖海诗传》有：首尔奎章阁藏本，同治四年（1865）年绿荫堂刻本，共四十六卷，十六册。有"集玉斋"、"帝王图书之章"印；首尔成均馆大学尊经阁藏本，嘉庆八年（1803）三泖渔庄藏本，共四十六卷，十二册；雅丹文库所藏，刊年未详，三卷一册。首尔韩国学中央研究院藏本，嘉庆八年绿荫堂刻本，共四十六卷，十六册。有"赡山堂图书记"、"长崎□□管史□□"、"李家图书之章"印；另有相同刻本一套，有"□坐躯区使欲及时堂古今书"、"旧宫"、"李王家图书之章"印。另外，首尔涧松美术博物馆藏有《蒲褐山房诗话》抄本，三卷三册，具体抄写情况不详①。以上为韩国几所公立及大学图书馆所收藏的《湖海诗传》情况，对私家藏书馆的收藏还有待于进一步的调查和整理。不过从以上调查结果也可看出《湖海诗传》在两次刊印后都曾传入到朝鲜，而从数量来看，也不算太少，可见这部诗话在朝鲜时代是受到一定重视，并积极输入传播开来的。

张伯伟通过《湖海诗传》传入朝鲜后就出现了评论此书和效仿此书者来阐述此书在朝鲜的反响②，本稿中不再复述。不过通过金奭準评选的《湖海诗钞》，我们又可以了解到《湖海诗传》传入朝鲜后，也有朝鲜人

---

① 首尔涧松美术博物馆，又称涧松美术研究院，藏有《蒲褐山房诗话》朝鲜人抄本，蒋寅：《论清代诗文集的类型、特征及文献价值》（河北师范大学学报，2004．1）小注和张伯伟：《清代诗话东传略论稿》（中华书局，2007年）中都曾提及，但是没有涉及具体抄写情况，笔者曾到涧松美术博物馆，因为是个人藏书，不给外人阅览为由，未能确认抄写情况，非常遗憾。

② 张伯伟在《清代诗话东传略论稿》（中华书局，2007，第190—191页）中，在谈到评论此书者时，引用了申纬《题复初斋集选本二首》之二中所评翁方纲诗句；而谈到仿效其书者时，则列举出李尚迪《朱伯韩禔侍御寄赠〈来鹤山房文集〉，并见怀七古一首，仍叠次原韵，题之卷前》自注。

另作选集出现的情况。也可以通过这个选本了解到：18世纪后半期以洪大容和后四家为首的"北学派"所掀起的积极学习清代学术的热潮，后来又传承给申纬、李尚迪、金奭準。他们的这种积极的"北学"态度，才使得清代的各类诗文集传播到朝鲜。

自18世纪中后期开始，朝鲜的诗文创作倾向是比较复杂的。如安大会在《朝鲜后期诗话史》中所说："19世纪既有申伟、金正喜等北学文人，也有以洪奭周、丁若镛等为代表的保守诗人，他们反对北学。另外也有赵秀三、张混等委巷诗人①"。从这儿也可以看出，清代诗文集之所以不如前代的诗文集传入的数量多，和当时朝鲜后期的文学思潮有着直接的关系，这就决定了某一种文集的传播是和这些书籍的"享有阶层"密切相关的，《湖海诗传》就是一个很好的例子。

结　论

本稿以朝鲜译官文人金奭準编选的《湖海诗钞》为研究个案，在介绍新材料的同时考察了这部选集编选的目的、选录标准，并对这部选本的底本，即清代文人王昶编撰的《湖海诗传》传入朝鲜的渊源、时间、数量等问题作了进一步考證工作。希望通过清代文集《湖海诗传》在朝鲜的选编和传播这一个案，能够较清晰地勾勒出清代诗文学对朝鲜后期诗坛影响的具体轮廓，为以后清代和朝鲜后期文学的比较研究以及中朝文化交流等研究工作提供一定的铺垫作用。

迄今为止，还没有对传入到朝鲜的清代诗文集作过具体全面的统计，全寅初编撰的《韩国所藏中国汉籍总目》② 以及金学主所编《韩国所藏明清别集目录》③ 中所收中国清代诗文集可以作为一个参考，不过其中统计不全的例子太多，特别是流入到地方和私人藏书馆的各类清代诗文集

---

① 安大会：《朝鲜后期诗话史》，国学资料院，1995年，第182—183页。
② 全寅初：《韩国所藏中国汉籍总目》，学古房，2005年。
③ 金学主：《韩国所藏明清别集目录》，学古房，1991年。

并没有收入其中。对传入到朝鲜的清代诗话数量统计，张伯伟在其《清诗话东传略稿》中列出五十余种，对传入朝鲜的清代诗话作了一定的整理工作。不过对清代文学东传的研究工作还只是开始，特别是对文献的整理还有必要做进一步的统计整理。

参考文献

陈曦钟：《关于"大学头"及其他——〈七子诗选〉流传日本考辨》，载《北京大学学报》2004年第41卷，第6期。

陈曦钟：《再谈高彝与〈七子诗选〉——〈关于"大学头"及其他〉补说》，载《北京大学学报》，2006年第43卷，第1期。

蒋寅：《论清代诗文集的类型、特征及文献价值》，载《河北师范大学学报》2004年。

王慧华：〈王昶的文学文献学研究〉，华东师范大学硕士论文2006年。

张伯伟：《清诗话东传略论》，中华书局2007版。

大庭修：《江户时代唐船持渡书研究》，日本：关西大学东西学术研究所1967年版。

安大会：《朝鲜后期诗话史》，韩国：国学资料院1995版。

洪大容：《湛轩书》，首尔：新朝鲜社影印本1939年版。

金奭準（编）：《湖海诗钞》，美国：哈佛大学燕京图书馆藏本。

金学主：《韩国所藏明清别集目录》，首尔：学古房1991版。

李庚秀：《汉诗四家的清代诗受容研究》，韩国：太学社1995版。

李圭景：《五洲衍文长笺散稿》，韩国：明文堂影印本1982版。

李尚迪：《恩诵堂集》，韩国：亚细亚文化社影印本1983版。

刘婧：《〈海客诗钞〉研究——传抄本为中心》，韩国：延世大学硕士论文2005年。

全寅初：《韩国所藏中国汉籍总目》，首尔：学古房2005版。

许敬震：《朝鲜委巷文学史》，韩国：太学社1997版。

作者简介

刘婧，韩国梨花女子大学，中文学科，助教授。

◆

理论探索

审丑论

潘道正

一

丑是什么？同美一样，古往今来没人说得清。肯定者有之，否定者有之。事实上，丑既存在也不存在。我们不妨以洋葱为喻，试作说明。洋葱是圆的，在空间上有个"中心"，观念上也可以想象出"洋葱心"来，但层层剥开洋葱皮，却并不存在"洋葱心"这么一个实体。丑就好比这洋葱心（美同样如是）。把洋葱心剥出来进行研究，这显然是不可能的，因为它根本就不存在。就此而言，独立的丑的分析是虚幻的，因为根本不存在丑这么一个"东西"。然而，我们仍然可以说出"洋葱心"三个字，并围绕它来思考整个洋葱。我们经常说"洋葱是圆的"，"洋葱皮层层包裹起来"，这儿"圆的"、"包裹"之类的"认识"，正是以"洋葱心"这一观念的存在为前提。这同样可以用来说明丑这个没有实体对象的观念的重要性。不可否认，从唯物的思想出发，对丑的认识，丑的观念的形成，源自于现实中的客观对象，但同样不可否认的是，若没有丑这个观念的存在，与之相关的宏大的知识体系是很难确立起来的。

洋葱的譬喻不仅能使我们对丑这个观念有着形象的认识，还能在方法上给我们以启发：第一，就像洋葱心一样，丑不过是观念上的存在，那么以之为核心范畴的本体论研究也只能限定在观念的领域，至少不能硬套于现实的生活，也就是说生活中不可能存在纯粹的丑；第二，对洋葱心的认识总是以洋葱为对象，同样，对丑的认识也必须以客观对象物为基础；第三，任何认识都是人的认识。离开人，作为实物的洋葱当然还会存在，但只作为观念而存在的洋葱心就无从谈起了。对丑的研究同样不能离开作为主体的人，这儿的关键是在作为主体的人和作为客体的观察对象之间确立一种动态的关系模式。只有在这样一种关系模式中，对丑的研究才有可能。

主体和客体一旦相遇就会形成复杂的关系，这种关系是个共时性的整体，客观上是不可分的，但在观念上可以划分出不同的层次，如感性关系、经济关系、伦理关系，等等。其中感性关系是最基本的层次。所谓感性关系，简单地说，指的是主体建立在知觉基础上的、指向客体的关系。我们无法对这儿的"知觉"作准确的定义，但可以进行大致的"划界"：它首先是一种认识方式，离不开理性的参与，但理性参与的程度很低，逻辑推演的"痕迹"不明显，就此而言，可称之为非理性的直觉；其次，若从认识论的角度来说，它属于认识的最初阶段，就此而言，它相当于鲍姆加登用以界定"美学"的"低级认识"[①]；最后，它在很大程度上依赖于人的感觉器官（内在和外在），具有直接性，因此，主客体相遇，虽不一定发生经济关系、伦理关系，但必定会发生感性关系，否则就无所谓"相遇"了，就此而言，所谓"视而不见"、"听而不闻"在现实性上是不存在的。

二

感性关系是主体指向客体的动态过程，它又可细分成三个层次的关系：肯定/否定、快感/痛感和美感/丑感。

---

① [德]鲍姆加登著，简明、王旭晓译：《美学》，文化艺术出版社，1987年，第13页。

主客体之间最基本的感性关系就是肯定/否定的关系，它远非逻辑意义上的关系，而只能是生命意义上的关系。主客体相遇最原始最本能的感性冲动就是肯定或否定对方的生命，这就是"性本恶"的基础。只是文明发展到了今天，诸多理性的因素把它层层包裹起来，难以被人们意识到，甚至于谈出了人们的观念。另外，理性的因素也的确抑制了它，使人类不至于总是处在动物式的残暴状态中。但这并不代表它不存在，也许最合理最方便的想象是它积淀在了人们的内心深处，并不时爆发出来，否则就无法解释人类至今如是的战争和仇杀了。当然，在大多数时候，人们习惯于用经济、政治等外在因素来解释战争和仇杀，但稍作思考并对照经验，都会明白，这些外在的因素在生命面前是没有任何说服力。"鸟为食亡"可以是常态，因为那是出于生命的需要，但"人为财死"在现实中只能是例外。在生命和百万金币之间，若无其他因素的干扰，正常人谁都会选择生命。

肯定/否定作为最原始的生命关系构成了其他一切关系的基础，也是形成快感/痛感关系的前提。与肯定/否定必然相伴的是愉快或痛苦的情感。快感/痛感正是一种情感关系。从最原初的意义上来说，快感总是源自对生命的肯定，而痛感总是源自对生命的否定。我们遇到爱人会感到愉快，是因为爱人的存在是对我们生命的肯定和彰显。一者，爱首先是对生命体的爱，否则便无所附丽；二者，只有对"我们"的爱，我们才会愉快。当然，在很多情况下，人死了，爱总会持续一段时间，但这并不能否定爱的生命基础，因为在这种情况下死者的生命其实是以观念的形式仍在持续着，并代替死者成为爱的对象。所以我们不论在现实中，还是在文学艺术中，都能看到爱者坚信死者还活着的场景，而观念中的生命一旦消失，这信念必然破灭，爱不存在，爱者要么万念俱灰，要么彻底忘却。只是作为主体的被爱者因有机生命的失去，早就无所谓愉快了。相反，当我们遇到仇人时则会感到痛苦，这是因为仇人的存在对我们的生命形成了威胁。仇恨的深层内涵不过是对生命的否定或消灭。

需要强调的是，在情感关系中，不论快感还是痛感，都是就广义而言的，前者指的是所有积极的情感，后者指的则是所有消极的情感。同样，也必须对生命作广义的理解，它不仅指个体本身的生命，还指由这个体衍化的生命，如有血缘关系的亲属。另外，像没有血缘关系的亲朋好友，乃至无生命的所有物，如财产等，都应该纳入到广义的生命范围之内，因为它们都打上了个体本质力量的烙印。从广义生命的层面而言，"爱屋"必然会"及乌"，因为爱首先是对生命的爱，而"乌"则是广义生命的一部分。与此同时，对"乌"的肯定就像对"屋"的肯定一样，都会让主体感到愉快。赞美孩子，母亲会感动高兴，道理即在于此。同理，对自身生命的否定会让主体感到痛苦，对亲朋好友，乃至所有物的否定也都会让主体感到痛苦。也正因此，打狗才会让主人愤怒。广义的生命甚至还应该包括毫不相关的其他生命，因为如果不考虑其他因素，仅仅在"生命"的名义下，所有的生命都是同类，因而也是息息相关的，这正是俗谚"死者为大"的生活基础。事实上，人们总是因肯定生命的行为高兴，因否定生命的行为而痛苦。诞生无论如何总是高兴的事，而死亡总是令人悲伤。当然，影响生命的因素太多，这样一种大生命观往往是淡薄的，并非所有人都能达到。《阿Q正传》中，阿Q被判死刑，游街示众，这在作者鲁迅无疑是痛苦的，但小说中的未庄人却从中得到了无尽的乐趣，就像看戏一样。这并不能否定未庄人情感关系中的生命基础，只不过因愚昧麻木而被遮蔽了。

只有在弄清生命关系和情感关系的基础上，才能理解美感/丑感关系。所谓美感指的是绝对的肯定和纯粹的快感；所谓丑感指的是绝对的否定和纯粹的痛感。孩子的出生是对生命绝对的肯定，母亲看着孩子时感受到的就是纯粹的快感，这快感就是美感，此时的孩子在母亲的眼里无疑是最美的。《圣经》中，夏娃第一次怀孕，"生了该隐，便说：'耶和华使我得了一个孩子'"（《创世记》4：1）"该隐"的意思是"得"，这正是对生命无条件的肯定，而当夏娃说"耶和华使我得了一个孩子"时，兴奋之情溢于言表，那就是一种纯粹的快乐，也是第一次真正人类意义上的快感，具有原型意义。夏娃当时的感受就是美感。然而，"该隐起来，打他兄弟亚伯，把他杀了。"(《创世记》4：8）该隐的行为无疑是丑陋的，因为他是人类生命的第一个否定者。在汉字中，丑的繁体写作"醜"，《说文解字》释为："可恶也。从鬼，酉声。""鬼，人所归为鬼。"段玉裁注："古者谓死人为归人。"丑正和生命的消逝有关。在古希腊神话中，唯一的、也是真正堪称丑的形象的莫过于奥德修斯漂流海上时遇到的女妖斯库拉，"她的样子十分丑陋，她的模样，／不但凡人不乐，即使是天神，也极力回避。／她下面长着十二条腿，在空中荡荡垂下，／上面长着六根细长的脖子，／每个脖子上都顶着一个可怕的脑袋，／嘴里呲着密密麻麻的三层坚硬的牙齿，／放射出黑黝黝的死亡的光芒。"(《奥德赛》12．88—94）斯库拉就是生命的吞噬者，也正因此而"十分丑陋"。

三

在美感/丑感关系中，主体的知觉包括审美和审丑两个方面。审美是主体指向客体的美感状态，是主体对客体的无条件的欣赏。康德意义上的对一朵花无功利、无目的的欣赏就是审美。审丑虽然在观念上和审美对应，却不能把它定义为主体指向客体的丑感状态，因为既然跟丑相关的是否定性，是痛感，那么主体就会对客体产生拒斥，也就不可能进行直接的欣赏。审丑因而必须经过"审"的过程，实现由否定到肯定的转换，这样痛感才能转变成快感，丑感才能转变成美感。也只有如此，审丑才有可能，它指得同样是主体指向客体的美感状态。审丑的关键是实现某种转换，转换的达成则有赖于外在因素的介入。《荷马史诗》中，阿喀琉斯残忍地杀死了赫克托尔。如果把这行为单独抽取出来，那么就像所有无条件的残杀行为一样，无疑也是丑陋的。然而，史诗虽然对两人的厮杀进行了详细地描写，却并不让人感到恶心，而且非但没有丑化阿喀琉斯，反而更突出了他的英雄气概。这儿，审丑的实现有赖于以下三个主要因素：一 这场厮杀是出于命运的必然，无所谓正义和非正义；二阿喀琉斯为友报仇才杀死赫克托尔；三 阿喀琉斯是在明知杀死赫克托尔他自己也必死的情况下杀死后者。想想，如果把阿喀琉斯换成希特勒会产生怎样的效果呢？答案是：以上三个因素将会失效，就是荷马再生怕也改变不了希特勒的丑陋。由此可见，审丑不是对丑的欣赏，而是同审美一样是对美的欣赏，只不过要经过某种转换，因而美感/丑感关系也可称之为审美关系。

在美感/丑感关系中，作为对象物的客体包含形式和内容两个方面，两者又形成四种组合：形式美/内容美、形式丑/内容美、形式美/内容丑、形式丑/内容丑。第一种是肯定的组合，引起绝对的美感，第四种是否定的组合，引起绝对的丑感，而作为肯定和否定的完善的状态，这两种组合只具有观念上的可能性，在现实生活中是不可能存在的，它们的美学价值在于为审美和审丑确立了一个不可企及的理论坐标。生活中的常态是第二、第三种组合：美丑之间形成矛盾，形式和内容之间产生张力，主客体之间构成了动态的关系，知觉效果则取决于形式和内容各自美丑的程度。美超过丑，引起的就是美感，客体就表现为美的对象物；反之，丑超过美，引起的则是丑感，客体就表现为丑的对象物。需要强调的是，当我们诉诸语言的时候，主体的美感、丑感同客体的美、丑，只能体现为历时性的存在，但在客观现实上，它们永远是感性关系中的共时性的存在。换句话说，离开感性关系，就无所谓主体的美感、丑感，也无所谓客体的美、丑。

主客体之间的距离在美感/丑感关系中扮演着重要的角色。主体和客体之间距离越大，生命安全感就越强，情感上就越愉快，美感也就越突出，就此而言，"距离产生美"之说是有其客观基础的。但"距离"是一个复杂的观念，至少可以分成"空间距离"和"心理距离"两种。在生命的意义上谈论的只能是空间距离。空间距离是可以产生美的，所谓雾里看花，朦胧美，所谓远看一枝花，近看牛屎巴，都跟距离感是分不开的。越远越美，越近越丑，当然，这得有限度，太远太近，出离了视觉，关系不存在，也就无所谓美感和丑感了。心理距离以情感为内容，对美感和丑感的影响更复杂。心理距离越近,情感越亲密,容易形成美感。最亲密的人无疑是"爱人",所以人们总是说"亲密的爱人",而"情人眼里出西施","爱人"也总是最美的。相反,心理距离越大,情感越淡漠,也就越易形成丑感。距离大到一定程度,客体陌生化,在生命关系上表现为对主体的否定,主体在情感关系上产生了痛感,在审美关系上形成了丑感。于是,越陌生越丑,越熟悉越美。所谓"初看很丑,看常了还可以",所谓"丈母娘看女婿,越看越可爱",等等,诸如此类常识的基础即在于此。当然,心理距离也是有限的,太远出离了主体感性知觉,太近和主体同一化,两者都形成不了情感关系,美感和丑感也就无从谈起。

作者简介

潘道正,天津外国语大学比较文学研究所研究员,博士,副教授。研究方向:西方文学,圣经文学,西方美学。

福柯空间理论解析

周和军

福柯（1926—1984）是20世纪极富挑战性和反叛性的思想家，他的理论著述波及历史学、医学、经济学、社会学乃至犯罪学等学科，然而他对于后现代地理学中空间理论的建构却鲜为人识。福柯对于空间理论的贡献必须从考古学的角度加以挖掘，因为他总是将"自己先锋性的空间理念的转变深藏于前瞻性历史预见的漩涡之中。"[①] 他在《知识考古学》（1964）中指出，考察话语形态不能只从特定的对象、样式、概念或不变的主题入手，应该从陈述系统的播撒形式来把握，这种注重系统的空间关系的论述与后现代地理学中的空间理论不谋而合。从他1961年发表的《疯癫与文明》到后期的《性经验直史》（1978）等著作里，我们可以断定他的确是一位后现代地理学家。福柯对于空间问题的直接论述主要出现在他的讲稿和访谈录中：《不同空间的正文和上下文》（1967）（一译为《另类空间》）、《关于地理学的若干问题》（1976）（中文本译为《权力的地理学》）和《空间、知识、权力》（1982）。本文从"空间的着魔"（Spatial Obsessions）、空间与权力的关系和圆形监狱：空间与权力的极致范例（Par Excellence）三个层面分析福柯的空间理论。

---

① Edward Soja, *Postmodern Geographies*, London: Verso, 1989.

"空间的着魔"

时间和空间是人类感知、把握世界的两个重要维度,由于受历史决定论将意义和行为理性地还原为社会存在的时间建构的影响,时间在人文、社会学科中的发展长期居于主导地位。19世纪,历史决定论处于不容置疑的霸权地位,直接导致了这样的结果:时间的高扬与空间的沉寂。后柏格森主义也认为时间是丰富的、多产的、辨证的,而空间是无生命的、被动的。空间问题在20世纪以前遭到了漠视和贬损。"空间被看作是死亡的、固定的、非辨证的、不动的。相反,时间代表了富足、丰饶、生命和辨证。"① 这种局面直到福柯的《不同空间的正文和上下文》和列斐伏尔的著作《空间的生产》(法文本发表于1974年)的问世以后才发生了根本改观。他以批判性的眼光强调空间的中心地位:时代的焦虑与空间有着根本的关系,时间只是许多个元素散布在空间中的不同分配运作之一,而空间却与整个社会的发展、进步、创新和活力休戚相关。福柯把空间置于社会的中心地位的界定无疑是前瞻性的和大胆的,具有挑战世俗的勇气。

福柯在自己广泛的研究领域中很早就有意识地涉足空间问题的研究,他在《疯癫与文明》(1961)中考察禁闭的起源时引用了英国慈善家霍华德的事例,这位慈善家曾在18世纪末遍访英国、荷兰、德国、法国、意大利、西班牙等国的主要监禁场所——医院、拘留所和监狱。寻访的结果让他的博爱之心几近窒息,因为这些机构把违反习惯者、家庭浪子、无业游民等正常人和精神病人禁闭在同一个高墙内,"禁闭已成为各种滥用权力因素的大杂烩。"② 福柯从权力运行、发生作用的场所——监狱、精神病院等来研究权力化的空间构形(configuration)。

---

① 包亚明主编,严锋译:《权力的眼睛——福柯访谈录》[C],上海人民出版社,1997年。

② 福柯著,刘北成、杨远婴译:《疯癫与文明》,三联书店,2004年。

他在《知识考古学》(1964)中指出话语是外在性的空间,在这个空间里,展开着一个不同位置的网络,用一种空间概念来界定话语,与当时的研究方法迥然有异;他在论述话语的形成时特别强调话语的关系体系,这样,由描述连接起来的空间被打开了:"原始的或真实的关系体系,间接的或自反的关系体系或人们可以干脆称作话语的关系体系。问题在于呈现后者的特殊性及其与另外两个关系体系的游戏。"① 话语的关系体系即话语在不同学科间的空间联系,福柯把话语置于一个开放性、包容性和空间化的语境之中。

福柯作为一名历史学家对他所关注和倾心的历史也进行了整合性的建构:给历史添加了关键性的联结:空间、知识、权力之间的关系。这种联结贯穿于他的所有著作。福柯认为,所有的历史事件应被还原为各种空间化的描述,每一个历史事件中位置的迁移、疆界的划分、历史地图和列表的重建,都不仅仅是简单的线性时间的记录,要对其进行权力关系的分析,可简化为:历史的过程→空间化的知识描述→权力的意图和实效。福柯用后现代地理学的空间理论来观照历史学的研究不仅是匠心独运的,而且是独到和深刻的。福柯在 The Eye of Power 中这样表述:"一部完全的历史仍有待撰写成空间的历史——它同时也是权力的历史(此两词都是复数)——它包括从地缘政治学(geo-politics)的重大策略到细微的居住策略。"②

福柯在与 Herodote 杂志编辑交谈中承认,空间理论为他所研究的对象、叙述的事实、得出的结论和建构的理论提供了支持和可能。他认为对话语的形成和知识谱系学所进行的分析,"不应是根据意识的种类、感知的方式和思想的形态来进行,而应该从权力的战略和战术的角度出发。战略和战术通过对领土的移植、分配、分界、控制,以及对区域的组织来实行,这就构成了某种地理政治学。在这种地理政治学中,我所从事

---

① 福柯著,谢强、马月译:《知识考古学》,三联书店,1998年。
② 包亚明主编:《后现代性与地理学的政治》,上海教育出版社,2001年。

的工作将和你们的方法联系起来。……看来，地理学确实必须成为我所关心的课题核心。"① 福柯习惯于用战略、战术等军事术语来解释概念，在于这些术语凸显了权力运作的过程。战术就是对于人员、军事设施的空间部署，生物学上的分类就是生物的秩序空间。

福柯对于空间的呼吁和论断是鼓动人心的，"当今时代或许应是空间的纪元。我们身处同时性的时代（epoch of simultaneity）中，处于一个并置的年代，这是远近的年代、比肩的年代、星罗棋布的年代。我确信，我们处在这么一刻，其中由时间发展出来的世界经验，远少于联系着不同点与点之间的混乱网络所形成的世界经验。或许我们可以说：特定意识形态的冲突，推动了当前时间之虔诚继承者与被空间决定之居民的两极化对峙。"② 福柯从个人的感悟、历史的经验和现存的事实出发，认为在漫长的时间过程中积累的生命经验与联系着各个点且与自身交叉相连的空间的经验相比无疑是相形见绌的。虽然时间在现阶段还有与空间对峙的可能，但空间的重要性会随着人类实践的深入和社会的发展趋向而深得人心。

"人们时常以空间的着魔（spatial obsessions）责备我，这些着魔的确曾使我分心，但是，我认为通过它们，我确定达到了我追寻的根本目标：权力与空间可能存在的各种关系。"③ 福柯对于空间的着魔在于他发现了空间与权力的关系。

空间与权力的关系

福柯的权力理论被学界认为可与弗洛伊德的精神分析理论比肩，福柯认为"要探讨权力关系得以发挥作用的场所、方式和技术，从而使权

---

① 包亚明主编，严锋译：《权力的眼睛——福柯访谈录》，上海人民出版社，1997年。
② 包亚明主编：《后现代性与地理学的政治》，上海教育出版社，2001年。
③ 同上。

力分析成为社会批评和社会斗争的工具。"① 这是福柯权力理论研究的场域,他注重从权力发生作用的各种经验性的局部空间,诸如监狱、医院、精神病院等场所来研究权力的运作方式和形态特征。

他认为权力应该首先被看做是"一种生产性的实践或者说生产性网络。作为生产性实践的权力体现了权力作为事件(event)的一面,它具有复杂多变的技术形式,通过社会肌体的各个不同的局部点,体现为形形色色的灵活策略,而不是死板的规则;而作为生产性网络的权力,则体现了权力作为关系(relation)的一面,这种'阴暗而结实的网'不断创造出社会成员关系之间的崭新联系,在不同的社会组织形式之间建立新的相互作用线。"② 福柯突出强调了权力是一种"生产性的网络",他试图突破传统的权力的所用物的观念,用一种空间的概念——网络来阐释权力的运作机制、权力与知识、空间之间复杂而微妙的关系,从空间的角度来理解现代社会权力的运作方式。

我们来考察一下权力发生作用的局部空间——规训机构,它最初的设计理念首先应遵循一个基本原则:"完美的规训机构应能使一切都一目了然,中心点应该既是照亮一切的光源,又是一切需要被了解的事情的汇聚点,应该是一只洞察一切的眼睛,又是一个所有的目光都转向这里的中心。这就是勒杜(Ledoux)在建造阿尔克·塞南(Arc-rt-senan)盐城时所设想的东西。所有的建筑物被排列成一个环形,门窗对着里面。中间点是一个高大建筑物。这里行使着行政管理职能,治安监视职能,经济控制职能,宗教安抚职能。这里发号施令,记录各种活动,察觉和裁决一切过错。而做到这一切仅仅需要一种精密的几何学的直接帮助。"③这种中间点建筑物和以它为圆心的环形建筑的几何学的能够行使行政管理、治安监视、经济控制等多种政治职能的空间设计,福柯把它称之为"全景敞视主义",他进一步来解释这种封闭的、被割裂的空间:处处被

---

① 谢立中主编:《现代性 后现代性社会理论》,北京大学出版社,2004年。
② 同上。
③ 福柯著,刘北成、杨远婴译:《规训与惩罚》,三联书店,2004年。

监视，每个人都被镶嵌在一个既定的位置，个体的任何行为都受到监视，任何情况都被记录在册，权力完全按照等级制度运作，每个人都被不断地检查、确定和分类，归入不同的范畴。所有这一切构成了规训机制的一种微缩模式。这种微缩模式在后来的国家机器和社会机构中得到普遍运用。

  监狱是规训机构的典型范例，福柯在《规训与惩罚》中深入考察了监狱的诞生，他把监狱比喻为"灵魂"，这个"灵魂"的机制与体系实践并昭示了权力的意图，"这种现实的非肉体的灵魂不是一种实体，而是一种因素，它体现了某种权力的效应，某种知识的指涉，某种机制。借助这种机制，权力关系造就了一种知识体系，知识则扩大和强化了这种权力的效应。围绕着这种'现实—指涉'，人们建构了各种概念，划分了各种分析领域：心理、主观、人格、意识等等。……这个灵魂是一种权力解剖学的效应和工具；这个灵魂是肉体的监狱。"① 福柯把监狱视为一种体现权力的效应和工具，借助监狱这个空间的概念，权力建构了一种权力—空间的知识体系，这种体系具有现实指涉的深广意义。这样，"一个宏大的监狱体系设计出来了，它的各种级别将严格地与中央集权的行政管理的各种级别相吻合。……被一种庞大的、封闭的、复杂的等级结构所取代，而这种结构则被整合进国家机器之中。一种全然不同的实体，一种全然不同的权力物理学，一种全然不同的干预人体的方式出现了。"② "宏大的监狱体系"即各种空间的指涉物：断头台、惩罚剧场、拘留所、监狱、医院、教养院、军营等，被整合进国家机器和社会机构，与中央集权的行政机构等级设置一致，通过这些空间"筑巢"来达到干预人体的目的，执行权力的意图，产生了一种"全然不同的权力物理学"。

  规训机构另一典型范例是军营，军营中权力的运作和执行清晰而透明，它采用了层级监视的空间构形确保了军队的有效统治和令行禁止。

---

① 福柯著，刘北成、杨远婴译：《规训与惩罚》，三联书店，2004年。
② 同上。

军营无疑是权力运作过程透明化的范本,在很长一段历史时期中,军营模式"至少是它的基本原则——层级监视的空间'筑巢'——体现在城市发展中,体现在工人阶级居住区、医院、收容所、监狱和学校的建设中。这是一种'嵌入'(encastrement)原则。军营是十分可耻的监视技巧的一种运用。正如暗室是伟大的光学的一种运用。由此就出现一个很大的问题:一个建筑物不再仅仅是为了被人观赏(宫殿的浮华)或是为了观看外面的空间(如堡垒的设计),而是为了便于对内进行清晰而细致的控制——使建筑物里的人一举一动都彰明较著。用更一般的语言说,一个建筑物应该能改造人:对居住者发生作用,有助于控制他们的行为,便于对他们恰当地发挥权力的影响,有助于了解他们,改变他们。砖石能够使人变得驯顺并易于了解。"① 福柯把军营的管理模式称为"层级监视的空间'筑巢'",监视技巧在军营中得到十分可耻的运用,推而广之,建筑物的空间设计的目的发生了根本改变,不仅仅是为了美观、实用和奢华,而且要"便于对内进行清晰而细致的控制——使建筑物里的人一举一动都彰明较著",空间实际上充当了权力的帮凶。

所以,当 Paul Rabinow 采访福柯时问他,在权力分析中,忏悔相对于纪律,空间在其中是否也扮演了主要角色时,福柯回答道:"是的。空间在任何形式的公共生活中都极为重要;空间在任何的权力运作中也非常重要。"②

圆形监狱:空间与权力的极致范例

全景敞视建筑是圆形监狱的原型,全景敞视建筑有诸多好处:既能监视又能观察,既能有效隔离又能确保安全,既能聚焦个人,又能掌控全局,这种建筑格局在监狱得到最佳的展现,所以,"19 世纪 30 年代,

---

① 福柯著,刘北成、杨远婴译:《规训与惩罚》,三联书店,2004 年。
② 包亚明主编:《后现代性与地理学的政治》,上海教育出版社,2001 年。

全景敞视建筑成为大多数监狱设计方案的建筑学纲领。它最直接地体现了'砖石纪律的智慧'（Lucas，I，69）；它能使建筑物最直接地根据最新的人道主义法典和教养理论来安排空间。"①

空间作为权力表征的理想模式和极致范例（Par Excellence）是边沁（Jeremy Bentham）所发明的圆形监狱，是福柯称之为"全景敞视主义"的运用，这种洞察一切、运筹帷幄之中的中心塔、一个透明的圆形铁笼，对于统治者而言，无疑是一个完美的规训机构的设计方案。

圆形监狱由一个中心高塔，以及以它为圆心的一系列建筑物所构成，这些建筑物被分割成鳞次栉比的牢房，每个牢房都有两扇窗子：一扇引入光线，而另一扇则朝着中心高塔。这些牢房其实就是一个舞台，每个人的饮食起居、行为活动对于监视者而言都是清晰可见的，而且是被单独地看到。每一个牢房的空间都进行了精心而周密的设计，为了进行更仔细、更有效和更富弹性的控制，规训机构把空间作进一步的划分，把不同的个体分类放置在特定的空间内，从而知道每一个成员的确切位置，随时监控他们的行为，制止危害安全的沟通。这种建筑的空间设计对于统治者而言，是高效而实用的，节省了人力、物力和时间。边沁提出了一个颇受统治者赏识的设计原则："权力应该是可见的但又是无法确知的。所谓'可见的'，即被囚禁者应不断地目睹着窥视他的中心瞭望塔的高大轮廓。所谓'无法确知的'，即被囚禁者应该在任何时候都不知道自己是否被窥视。"② 禁闭者无从得知监视者是否在塔内，即使是监视者缺席，圆形监狱仍可有效运转。

而作为统治者代理人的控制者，圆形监狱也有一个针对控制者的监视系统，居于圆形监狱中央高塔的监视者自己也不断陷入自我确认和自我约束的矛盾之中。这是这种空间构形所引发的各种运用中最残酷的一面。在这种监控模式中，不存在一种完全凌驾于他人之上可以拥有、加

---

① 福柯著，刘北成、杨远婴译：《规训与惩罚》，三联书店，2004年。
② 同上。

诸他人的权力,每一个人都在"看"与"被看",不管是权力执行者,还是受控者都一样。无疑,圆形监狱的空间构形是空间—权力运作方式的最好注脚。

圆形监狱这种理想的权力机制示意图,是建筑学、光学和政治学的完美结合,由监狱逐步扩展到学校、军队、医院、工厂等机构,边沁在《全景敞视监狱》的前言中列举了这种"监视"能够带来持续可见的各种好处:道德得以改良,健康受到维护,工业焕发活力,教育广为传播,社会负担减轻,经济基础增强,济贫法也切实可行,所有这一切都是靠建筑学的一个简单想法实现的。所以,圆形监狱,不仅可以用来改造犯人,也可以用来对待病人、教育学生、禁闭疯人、监督工人,甚至可以用来强制游手好闲的乞丐和懒汉工作,成为现代社会的一项广泛采用的权力技术。它是一种在空间中安置个体、根据权力关系划定空间、按等级体系分布人员、设计权力的中心点和辐射机制、确定权力干预的手段与方式的样板。

就建筑本身而言,圆形监狱是中性的,它并不是权力的象征,从其空间的运作方式来看无疑是极致范例。圆形监狱并非是某些人认为的是权力的本质,而是权力运作特殊形式的一个令人惊讶的准确呈现。它是"权力机制化约为其理想形式的简图。"① 圆形监狱这种空间构形就是权力形式的表征性运用。福柯与 Herodote 杂志编辑谈起圆形监狱时,"我想到的是许多机制的集合体,在通过权力扭结在一起的程序中发挥作用。圆形监狱是权力命令创造的技术发明,就如同蒸汽机是根据生产的要求创造出来一样。这种发现具有特殊性,它先是在局部得到运用,在学校、兵营和医院。这是监禁实践进行试验的场所。……我在书中引用了一段优美的描述,把总检察长说成皇帝的眼睛,从巴黎的总检察长到外省卑微的助理公诉员,他们都用同样的目光注视着任何对秩序的破坏,预防着罪恶的危险,对任何越轨的行为实施处罚。这种普遍的注视一旦松懈

---

① 包亚明主编:《后现代性与地理学的政治》,上海教育出版社,2001年。

下来，国家的垮台就迫在眉睫了。"①

总之，权力是影响空间构形的"幕后黑手"，不管是圆形监狱、边沁的辐射状规划的机构建筑等空间的物质实体，还是政府、警察、司法、军队等机构等"软体空间"都是权力的表征形式的一种。每一座城市都是一座"监狱之城"，位于城市中心的通常是市政厅、司法、检察等各级权力机构，它们总是通过一个不同因素组成的复杂网络：封闭的高墙、规训的空间、统治机构、规章等来试图控制该城市，这种嵌入、监视和观察的空间构形是规范权力的最大支柱。所以，福柯得出了这样的结论："与其说是国家机器征用了圆形监狱体系，倒不如说国家机器建立在小范围的、局部的、散布的圆形监狱体系之上。"②

与列斐伏尔的"空间的生产"理论、索亚的"第三空间"理论、哈维的"时空压缩"等空间理论相比，福柯（1984年去世）没有时间对空间理论作进一步缜密的逻辑建构和理论探索，但他对于空间问题的"先锋性"的重视和研究，对于空间、知识和权力之间关系的揭示，无疑是后现代地理学的奠基者之一，"一个几乎不被人注意但在后现代批判地理学中却具有建构力的学术进程，该进程潜隐于历史决定论的顽固的霸权明确承认的地理学里。"③

作者简介

周和军，天津外国语大学比较文学研究所研究员，博士，副教授。主要研究方向：文艺理论、比较文学、电影批评。

---

① 包亚明主编，严锋译：《权力的眼睛——福柯访谈录》，上海人民出版社，1997年。
② 同上。
③ Edward Soja *Postmodern Geographies* London：Verso，1989.

米兰·昆德拉小说梦之叙述研究

刘英梅

梦是人类生命中最常见的一种精神现象，充满了神秘色彩。从遥远的古代开始，人们对梦的形成和解说一直持续不断。伴随着现代科学的发展，人们对梦的形成机制有了一些了解，如《简明不列颠百科全书》认为，"梦是入睡后脑中出现的表象活动。对梦的本质认识各异，或认为梦是现实的反映、预见的来源、祛病的灵性感受，或认为梦也是一种觉醒状态，或把梦视为一种潜意识活动"。① 进入 20 世纪后，著名的心理学家弗洛伊德从心理学的角度对梦作出了系统的分析和解释，《梦的解析》一书成为著名的关于梦的研究的著作，他的理论开启了人们对梦在新的领域的关注和研究。

在文学作品中，梦的叙述或描写也成为作家们构建作品的一个重要方式，通过梦这个手段，拓展人物的精神世界，同时也深化作家的某些思考，使文学作品获得一种多元的意蕴。在米兰·昆德拉的小说中，梦是经常出现的一个场景，《生活在别处》中就有许多章节是梦境或者梦幻的情节，《不能承受的生命之轻》、《笑忘录》、《身份》、《无知》等作品中也都有不少梦境的情节场面。

---

① 《简明不列颠百科全书》第 5 卷，中国大百科全书出版社，1986 年，第 845 页。

一 米兰·昆德拉关于梦的理论

在昆德拉的小说《无知》中，流亡法国的伊莱娜和丈夫马丁流亡之后不久就经常做一些很奇怪的梦。在梦中，他们并未逃出，还在自己的故乡布拉格，这样的恐怖经历并非伊莱娜独有，"凡流亡者，都会做这样的梦，所有人，没有例外"①。一群素不相识的人，流亡在不同的国度，却在睡眠中经历着大同小异的噩梦，正如米兰·昆德拉所说的那样，"流亡者之梦，二十世纪下半叶最奇怪的现象之一。"② 那么，流亡之梦在这里究竟有何深意呢？

奥地利著名的精神分析学家弗洛伊德在经过大量的研究后得出结论，"梦的内容在于愿望的达成，其动机在于某种愿望"③。梦不是偶然形成的，它的发生是人的愿望受到压抑后转化而成的表现。人在白天清醒时，有些愿望受到理性意识的监视，难以直接表达出来。在睡眠状态中，人的理性意志的自我阻止、干扰和抵抗的能力有所减弱，白天被压抑的欲望就得到了表现的机会，转入梦中求得自己愿望的"满足"。

对于流亡者来说，他们的愿望就是缓解思乡的痛苦，而回归就是最好的药方。但是，流亡者的内心非常清楚，回归不是一件容易的事情，流亡与回归之间横亘着一道沟壑，这就是记忆与现实的矛盾对立。流亡之梦中的恐怖经历正是这种记忆与现实互相对立所产生的结果。"'流亡'，是20世纪下半叶东欧历史难言的痛楚。痛苦的存在，沉淀为伤心的集体记忆，而伤心的集体记忆又幻化为毫无例外的可悲的'流亡之梦'。由残酷的存在到深刻的集体意识，再到小说中所描写的梦境所反映的潜意识，构成了一条环环相扣的记忆之链。"④ 体现在流亡者身上的这

---

① 米兰·昆德拉著，许钧译：《无知》，上海译文出版社，2004年，第14页。
② 同上，第15页。
③ ［奥］弗洛伊德著，赖其万、符传孝译：《梦的解析》，作家出版社，1986年，第37页。
④ 许钧：《流亡之梦与回归之幻——论昆德拉的新作〈无知〉》，《外国文学评论》，2004年第4期。

些记忆潜藏在意识深处，在夜晚一次次地袭击他们的灵魂，展现着现实与梦境的深层矛盾。

对于梦在小说叙述中的作用，昆德拉是这样说的："梦幻叙述，更确切地说：是想象摆脱理性的控制，摆脱真实性的要求，进入理性思考无法进入的景象之中。梦幻只不过是这类想象的一个典范，而获得这类想象在我看来是现代艺术的最大战果。"①昆德拉所认为的梦与弗洛伊德所阐释的梦的理论不太相同。昆德拉认为，梦不仅仅只是一种现实的折射，梦还是美的，这是弗洛伊德梦的理论的一个遗漏。"梦不仅仅是一种信息交流（也许是一种密码信息交流），还是一种审美活动，一种想象游戏，这一游戏本身就是一种价值。梦是一种证明，想象或梦见不曾发生的东西，是人内心最深层的需求之一。"②

由米兰·昆德拉的这几句话，我们可以对他关于梦的理解进行一个总体的分析，这里主要分为两个方面来看：第一，从叙述形式的角度来看，昆德拉小说中的梦也是作为情节的一个独立部分出现的，它和其他的叙述一起构成了小说的复调组合，现实世界和梦幻世界在作品中都同样为阐释主题服务。昆德拉赞同卡夫卡小说中的梦幻与现实的交融，认为这是一场巨大的美学革新，是一个艺术奇迹。昆德拉在自己的小说中引入梦幻叙述，以及梦幻所特有的想象，与卡夫卡不同的是，昆德拉不是将梦幻与现实交融，而是"采用一种复调式的对比。'梦幻'叙述只是对位法的几条线索之一。"③在小说中，梦幻叙述与现实叙述同等重要，"这里的人物、背景、情节和构成它们的时间与因果关系一样，基本上不会遵从平常意义上的真实性原则，但是它们展现的方式却与我们所谓的'真实'故事，也就是说在原初的虚构世界里展开的故事进行叙述的方式

---

① [法]米兰·昆德拉著，董强译：《小说的艺术》，上海译文出版社，2004年，第101页。
② [法]米兰·昆德拉著，许钧译：《不能承受的生命之轻》，上海译文出版社，2003年，第71页。
③ [法]米兰·昆德拉著，董强译：《小说的艺术》，上海译文出版社，2004年，第102页。

非常相近。"① 第二，从梦的意义角度来看，昆德拉小说中的梦组成了一个梦的世界，这个梦的世界与现实世界是不一样的，或者说是相反的。小说中的人物在白天的现实世界中，因为理性等力量的控制隐蔽了她们内心深处的意识，而在夜晚的梦中，随着理性控制的减弱，那些受到压抑的思想或情感如同开闸的洪水奔涌而出，揭露了她们的另一个自我，另一种可能性。这与弗洛伊德的梦的理论有些相似。可以说，人物在梦中的经历是向现代世界投去的最清醒的目光，又是最不受拘束的想象。

二 变奏曲中的梦幻叙述

在米兰·昆德拉小说中，梦幻叙述作为小说叙述的一个重要组成部分，与哲学思辨和故事叙述相辅相成，共同组成了阐释主题的对位艺术。从总体上来看，昆德拉小说中的梦幻叙述几乎在每一部作品中都有呈现，如小说《生活在别处》、《笑忘录》、《不能承受的生命之轻》、《不朽》、《慢》、《身份》、《无知》等作品无一例外。在这些作品中，梦幻与现实的边界有一个从明确到模糊的发展过程。在《生活在别处》、《笑忘录》、《不能承受的生命之轻》等作品中，梦幻世界和现实世界之间的界限是比较清楚的，两种世界没有混淆在一起，读者可以很清楚地感受到梦幻与现实的分界。有时候，昆德拉在小说开始叙述前就讲明这是人物的梦，如《不能承受的生命之轻》中特蕾莎的梦就是这样。特蕾莎从梦中惊醒，接下来就是讲述梦的情节，我们很清楚地知道这是属于梦的世界。有时候，昆德拉没有在叙述开始时表明梦境的进入，如《生活在别处》中第二部分《克萨维尔》的故事，读者虽然在开始阅读时没有意识到这里讲述的是梦幻世界的故事，但读到后面却会恍然大悟：克萨维尔的故事原来只是主人公雅罗米尔的梦境，或者说是他的另外一种可能性。即使如

---

① ［加］弗朗索瓦·里卡尔著，袁筱一译：《阿涅丝的最后一个下午——米兰·昆德拉作品论》，上海译文出版社，2005年，第132页。

此,我们也可以毫不费力地找到两个世界之间的边界。

从《笑忘录》开始,昆德拉小说的梦幻世界与现实世界之间的界限开始模糊起来,梦幻故事直接续接着现实故事,以至于读者对故事何时开始滑入梦境有些迷惑。如《笑忘录》第六部分《天使们》中塔米娜的故事就是这样的。自从"失去的信件"彻底失去之后,留给塔米娜的是无法抗拒的对丈夫的遗忘以及因此而带来的无限愧疚,她的生活不再有色彩和希望。直到有一天,一个名叫拉斐尔的青年来到咖啡店,提出带塔米娜到一个万事万物都没有重量、也没有愧疚感的地方。年轻人的红色跑车载着塔米娜,在路上奔驰,

> 车外的景色渐趋荒芜,绿茵越来越少,赭石越来越多,草木越来越少,沙土越来越多。然后,汽车离开公路,驶向了一条狭窄的小道,在小道的尽头,突然出现一个陡峭的斜坡。年轻人停下车。他们往下走。他们走到了斜坡的底下。再往下十米左右的地方,有一条细长的粘土质河岸,再往下,是一片褐色的浑水,看不到边际。①

一个十二岁左右的男孩驾着小船将塔米娜载到了河对岸——儿童岛,那里只有十几个孩子。塔米娜想要离开,想要抗争,但却无从抗争。在经历了短暂的失去重量的快乐轻松之后,塔米娜再也不能忍受了,她跑到水边,却找不到船。为了躲避孩子们的追逐,塔米娜跳到水里,尽力顺着一个方向游了一夜,天亮后才发现,一百米处还是那个小岛,她只是在原地游了一个晚上。筋疲力尽的塔米娜放弃了挣扎,慢慢地沉到了水中,从水面上消失了,也从小说中消失了。

我们会发现,要想找出塔米娜的故事从什么地方开始进入了梦幻世界是不容易的,从拉斐尔出现的时候?从跑车在路上奔驰的时候?还是

---

① [法]米兰·昆德拉著,王东亮译:《笑忘录》,上海译文出版社,2004年,第257页。

从塔米娜登上小船的时候？而这一切好像又是属于现实世界的情节。在这里，昆德拉模糊了现实世界与梦幻世界的界限，而在后来的小说《身份》中，这种模糊又往前进了一步。

在小说《身份》中，从小说开始一直到尚塔尔踏上去往伦敦的火车，我们还能够明确地感觉到现实世界的氛围。当尚塔尔置身于伦敦那座白色的二层楼房时，小说就一下子滑入了梦幻世界，而且，从现实世界到梦幻世界的延展是那么自然、微妙，丝毫找不到接界的地方。在小说最后，尚塔尔从惊恐中醒来，发现自己是在让-马克的怀抱中，整个故事好像是他们的一个梦，但我们不知道是谁做了这个梦，尚塔尔有可能，让-马克也有可能。总之，就是在这个梦境中，尚塔尔和让-马克体验到了另一种身份，体验到了失去一切的可能。

在《身份》这部作品中，米兰·昆德拉始终以第三人称的角度进行叙述，他冷静地站在旁边，任由尚塔尔和让-马克的故事发展下去，直到最后两节，叙述者以"我"的身份直接出现在作品中，和读者一起发出了疑问，

> 谁梦见了这个故事？谁想象出来的？是她吗？他吗？他们两人？各自为对方想出的这故事？从哪一刻起他们的真实生活变成了这凶险恶毒的奇思异想？是在列车下英吉利海峡的那一刻？更早些？那个她跟他说要去伦敦的早上？还要早些？在笔迹专家事务所里遇到诺曼底小城的咖啡馆招待的那一天？或者还要更早些？是让-马克给他发第一封信的时候？可他真的放了那些信了吗？或者他只是在脑子里想象着写了？究竟确切地是在哪一刻，真实变成了不真实，现实变成了梦？当时的边界在哪里？边界究竟在哪里？①

昆德拉没有告诉读者这个边界，他也不会告诉。小说只提出问题，而不

---

① ［法］米兰·昆德拉著，董强译：《身份》，上海译文出版社，2003年，第190页。

是回答问题。他借助梦幻世界与现实世界边界的模糊性,提出了人的存在的诸多可能性。现实世界和梦幻世界的边界虽然存在,但它是模糊的、不确定的,一不留心就会越过。当我们醒悟到小说人物是在梦中时,却找不到梦开始于何时、何地。在梦幻与现实两个场景的转换中,有一些真实的东西坍塌了,世界变得谵妄、虚幻起来,使身处其中的人们如同掉进了一团迷雾中,分不清方向。而小说世界也借助这样的梦幻叙述获得了不同寻常的艺术魅力。

三 梦幻想象与可能世界

从米兰·昆德拉的小说来看,梦除了是一种叙述手段外,还是我们理解人物复杂精神的一个视角,同时也是理解昆德拉小说观念的一个维度。

从小说人物的角度来看,白天的现实世界和夜晚的梦中世界代表着他们复杂精神的两极。在现实世界中,理性占据着意识的主导地位,压制着人物的真实心理;在梦中,理性的力量减弱,白天被压抑的欲望得到了表现的机会,梦明白无误地揭示出了人物内心埋藏的恐惧及现实的残酷。从这个方面来说,它与弗洛伊德的梦的理论相一致。

在小说《不能承受的生命之轻》中,特蕾莎的梦就是如此。丈夫托马斯情人不断,特蕾莎却没有办法将灵魂与肉体分割。白天,在理性的控制下,特蕾莎压制自己的嫉妒,忽略丈夫的不忠,充满爱意;晚上,灵魂承受的痛苦和嫉妒在梦中放肆地爆发出来,总是以哭叫收场,"噩梦承担了诉说这一切的责任。"[①] 小说《无知》中的伊莱娜同样如此,白天,故乡旧时的景象时不时地掠过,唤起她对失去的故乡的怀念;晚上,恍然回到故乡的梦中出现的却是等待逮捕她的警察。伊莱娜的白天和黑

---

① [法]米兰·昆德拉著,许钧译:《不能承受的生命之轻》,上海译文出版社,2003年,第70页。

夜就是这样交替出现,"白天闪现的是被抛弃的故土的美丽,夜晚则是回顾故土的恐惧。白天向她展现的是失去的天堂,而夜晚则是她逃离的地狱。"①

由此看来,梦中世界反而是清醒的,它以这种方式呈现了人物内心最深处的感觉,这些感觉是她们不愿提及或不敢承认的,梦代替她们诉说出来,通过梦的展现,小说人物体验到了另外一种可能的生活,这也正是昆德拉思索人类存在中的不同可能性的一个方面。"存在并非已经发生的,它属于人类可能性的领域,所有人类可能成为的,所有人类做得出来的。小说家画出存在地图,从而发现这样或那样一种人类可能性。"②特蕾莎想要证明,她的肉体是独一无二、不可替代的。但是在梦中,她却和别的女人一模一样,放弃灵魂,归顺肉体,这种选择是现实中的她希望而又无法做到的事情,她希望割裂灵魂和肉体的愿望在梦中得以实现,但潜意识里对没有灵魂的肉体的拒绝又让她梦中的体验充满了恐惧。"她的生命已经被一分为二,白昼和黑夜争夺着对她的控制。"③ 在现实世界中,特蕾莎的爱压制着嫉妒,展现的是她理性独特的一面;在梦的世界中,她放弃了努力维持的信条,让自己坠落到托马斯的只有肉体没有灵魂的世界里,体验了另外一种可能性。伊莱娜的梦和特蕾莎的梦实质相同。白天,思乡与回归的情感煎熬着她;夜晚,回归故土的恐怖也提醒着她。失去的天堂和逃离的地狱的画面轮番转换,凸显了伊莱娜在回归与逃离中备受煎熬的矛盾。理性地看,对于选择了流亡的伊莱娜来说,回归故乡是不可能的,虽然在情感上难以接受,但梦中回归的恐怖恰是不得不承认的残酷现实。如果她真的选择回归,等待她的也会是真的警察。在梦的世界里,她真切地体验到了这一可能。

从小说思索存在的可能性角度来看,人物在梦中世界中所经历的事

---

① [法] 米兰·昆德拉著,许钧译:《无知》,上海译文出版社,2004年,第16页。
② [法] 米兰·昆德拉著,董强译:《小说的艺术》,上海译文出版社,2004年,第54页。
③ [法] 米兰·昆德拉著,许钧译:《不能承受的生命之轻》,上海译文出版社,2003年,第72页。

情通常都是现实世界的另外一个方面,或者说,梦中世界是现实世界的另外一种可能性,是她们在现实中思索或者极力逃避的事情。从这个意义上来说,梦反而是真实的,它代表了一种现实的、清醒的眼光,穿透了事物的表象揭露了真相。

参考文献

许钧:《流亡之梦与回归之幻——论昆德拉的新作〈无知〉》,《外国文学评论》2004年第4期。

张红翠:《"流亡"与"回归"——论米兰·昆德拉小说叙事的内在结构与精神走向》,北京师范大学出版社2011年版。

[加]弗朗索瓦·里卡尔著,袁筱一译:《阿涅丝的最后一个下午——米兰·昆德拉作品论》,上海译文出版社2005年版。

[奥]弗洛伊德著,赖其万、符传孝译:《梦的解析》,作家出版社1986年版。

李凤亮:《诗·思·史:冲突与融合——米兰·昆德拉小说诗学引论》,商务印书馆2006年版。

[法]米兰·昆德拉著,许钧译:《无知》,上海译文出版社2004年版。

[法]米兰·昆德拉著,董强译:《小说的艺术》,上海译文出版社2004年版。

[法]米兰·昆德拉著,许钧译:《不能承受的生命之轻》,上海译文出版社2003年版。

[法]米兰·昆德拉著,王东亮译:《笑忘录》,上海译文出版社2004年版。

[法]米兰·昆德拉著,董强译:《身份》,上海译文出版社,2003年版。

作者简介

刘英梅,天津外国语大学比较文学研究所研究员,博士,讲师。主要研究方向:西方现代主义文学、比较文学。

◆ 比较研究

日本翻案文学中的中国文学经典传播

王晓平

"翻案"是日本历代文学家迅速利用中国小说艺术成果的独特形式，就是以中国小说（或故事）为原本，取其主题、情节、人物关系等，换上日本的名称，或改以日本历史环境为背景，重新连缀成篇。这种形式出现于奈良、平安时代，盛行于室町时代，十七、十八世纪又成为借用中国白话小说以满足江户市民对新文学渴求的应急手段。

在长篇读本中，也有部分穿插中国小说翻案的，如曲亭马琴《椿说弓张月》中便利用了《五杂俎》的猴乱故事翻案，篇幅大为扩充①；也有整部作品依傍中国小说，以中国故事结合日本史实编写的，又如山东京传《忠臣藏水浒传》，是将《水浒传》中高俅林冲的矛盾、武松打虎、鲁智深拳打镇关西、宋江杀阎婆惜、智取生辰纲等故事与日本历史上的赤穗义士的故事糅合在一起写成的②。《三国演义》的翻案也很多，有《风俗女三国志》、《三国志画传》、《倾城三国志》、《五虎猛勇传》、《风俗伊势物语》等。连与《西游记》有关的也有《风俗女西游记》、《绘本西游记》、《金毘罗船利生缆》等多种。

1951 年基亚在其所著《比较文学》中提出对译作的研究可以帮助我

---

① 曲亭马琴著、后藤丹治校注：《椿説弓张月》，岩波书店，1978 年。
② 李树果译：《日本读本小说名著选》上、下编，天津人民出版社，2005 年，第 172—256 页。

们了解译者情况时说:"水平最差的译者也能反映一个集团或一个时代的审美观,最忠实的译者则可以为人们了解外国文化的情况作出贡献,而那些真正的创造者则在移植和改写他们认为需要的作品。"① 在江户时代几乎所有的戏作者都在某种程度上从事过"翻案"活动,这为中国文学、特别是明清小说进入日本缔造了氛围,它的精神影响延续到明治时代。明治初年不少西方文学作品也被以类似的方法移植到日本。近现代作家对翻案的认可和熟悉也是和日本江户时代以来的翻案传统一脉相承的。

何谓翻案?翻案为何在江户时代如雨后春笋般出现?它对中国文学经典的传播有哪些正负面的影响?这些都是值得重新考察的问题。

一 "翻案"和"本歌取"

"翻案"一词,本来是中国诗歌创作论中的术语,所以最先接受的自然是汉诗人。在汉诗批评中,将对原诗加以改动以表达新的内容的方法,称之为"翻案",这和杨万里《诚斋诗话》中视东坡"何须更待秋井塌,见人白骨方衔杯"视为杜甫的诗句"忽忆往时秋井塌,故人白骨生青苔"的翻案,意思是一样的。例如十四世纪成书的《三体诗抄》中有这样的说法:

> 公道世间惟白发,贵人头上不曾饶……东坡所作"白发进来渐不公"诗即翻案此诗。

"翻案"一词用于和歌,见于《太平记》卷七《千剑破城军书》。书中写大战即将停止,各方军队各守其城,无以再进,这时有人吟咏和歌一首,"此歌翻案一首古歌",被张贴于大将阵前,这首和歌是:"よそ

---

① 基亚著,颜保译:《比较文学》,北京大学出版社,1983 年,第 26 页。

にのみ見てややみなん葛木の高間の山の峰の楠"①，而它只是将《新古今集》恋下佚名所咏的一首和歌"よそにのみみてややみなんかづらきやたかまの山の嶺のしら雲"中的"しら雲"改为"楠"。这种翻案，以诗文、和歌为对象，同所谓"本歌取"无异。

在《前摄政家歌合》中，将"翻案"视为一种创作方法，说："在另一体中，照原样使用本歌的词语，而表达不同的心境，诗家将此称之为翻案"。

二 翻案是文学"归化"的快捷方式

在研究中日文学交流或日本文学史的书籍中，"翻案"都是不难碰到的词语。日本不少辞书都将"翻案"列为词条，说明"翻案"不是绝无仅有的无意义的个别现象，而是因为对学界来说具有相当的认知度，因而有必要提出加以界定，但是各种辞书的界定却又有微妙的差别。下面是集中主要辞书的解释：

改变他人作品的结构情节，以及这样的作品。(《大言海》)
根据原作趣向进行改作。(《明解国语辞典》)
改变前人作品的趣向，特别就小说。戏曲而言。(《广辞苑》)
小说、戏曲等，启动原作，不改变大情节的改作。(《大辞林》)
对本国古典或外国小说、戏曲的大致情节、内容作人情、风俗、地名、人名加以私意而进行的改作。(《日本国语大辞典》)

以上是一般辞书的定义。那么在专业辞典中是怎样解说的呢？

一句话，位于翻译与创作之间的文艺作品，称为翻案。(《日本

---

① 長谷川端校注譯：《太平记》(1)，小学館，1994年，第344页。

近代文学大辞典》，木村毅）

　　在文学作品中，情节、结构、梗概借自他作，多少加以改变的改作。(《世界大百科词典》)

　　将外国文学的固有名词、风俗等，改为本国范儿以及内容脱胎换骨的作品。(《万有百科大辞典》)

　这些解说对翻案概念的捕捉各有侧重。高岛俊男提出了满足翻案的三个条件：

　1. 原据能够指出个别作品（不是《夏洛克·福尔摩斯故事》那样笼统的东西）。

　2. 情节大体相同（不是"猛男活跃波澜壮阔的故事"、"单身青年与大龄有妇之夫的恋爱"这样的作品或基本结构）。

　3. 主要人物一对一地对应。①

　尽管德田武对这三条还不满意，认为所说得面窄了些，但他大体概括了翻案的主要特点，将翻案与其他改写形式区别开来。本文探讨的主要只是将中国小说改编为发生在日本的故事，并在这个意义上来使用这个概念。从以上各种辞典的说解来看，在日本文学史上还有更多的翻案品类，让作品的背景和人物转换文化环境。

　那么，从什么时候起，翻案出现在小说中呢？《源氏物语》有《史记》的影响，《松浦宫物语》有《汉书》的影响，但还不能称为翻案，汉诗题的和歌、《蒙求和歌》等也是同样。见于《源平盛衰记》中的远藤武者盛远和袈裟御前的故事，是根据《列女传·京师节女》和唐小说《冯燕传》改写的话，从这个时候，翻案便出现了，不过，对此也有否定的说法。这样说来，与佛典的相比，汉籍的影响是很小的，室町时代以前，唐白行简的《李娃传》在日本后光严时代被翻案成《李娃物语》，是很寂寞的。

---

　① 高岛俊男：《水浒伝と日本人》，大修館书店，1991年，第135页。

三 戏作史大部分是翻案文学史

中世文化是佛教支配的文化，进入江户时代，逐渐转型为儒教支配，因而部分的翻案不计其数，成为文化史、文学史上醒目的现象。浅井了意的《伽婢子》（宽文六年，重印题作《御伽婢子》）①是翻案之作，这连江户时代的人也有所觉察。森岛中良《凩草纸》（宽政四年）序中说："《剪灯新话》，《剪灯续话》两部，翻为国字，是为《御伽婢子》，从《古今小说》、《今古奇观》、《警世通言》、《拍案惊奇》四部拔萃，作出《英》（《英草子》）、《繁》（《繁野话》）二书，此三篇之书，《御伽婢子》是为母本，作意之奇，作文之巧，翻旧如新。"

汤浅常山《文会笔记》说："君修评曰，伽婢最少，好书也。《五朝小说》中故事润色者也。君修之友人小鹜好读之者也云。"

中国文言小说的序言往往竭力说明阅读这些作品对于世道人心的教化作用，它们总像是在面对"子不言乱力怪神"的信条面前为自己辩护。

《伽婢子》有两篇序，一篇是浅井了意自撰的假名序，一篇是云樵撰写的汉文序。从《古今和歌集》以来，不少著述都有书前后各有一篇汉文序、一篇假名序的做法。浅井了意的序言，译为汉语如下：

　　夫圣人说常传道，施德修身，明理养心。以天下移其风、易其俗为宗旨，总不语怪力乱神，然不得意之时，亦著述为则。以此，《易》言龙战于野，《书》言雄雌于鼎，《春秋》记乱贼之事，《诗》国风载郑风之篇，传于后世，以为明鉴。况佛经教三世因果之理，戒四生流转之业，或说神通，或言变化之品。又神道之幽微，载草木土石皆有神灵之事，明不测之妙理。三教无不教言灵理、奇特、怪异、感应之不虚，以为引人入道之媒。圣经贤传、诸史百家之书，可谓已汗

---

① 松田修、渡辺守邦、花田富二夫校注：《伽婢子》，岩波书店，2001年。

牛充栋，是本朝记述之编、古今笔作之文，何止五车？其中花山法皇之《大和物语》，宇治大纳言之《拾遗物语》，此外《竹取》、《宇津保》之俊景（当为俊荫）之卷，皆载怪异奇特之事，不遑枚举。

然此《伽婢子》，非取远古，乃载近闻者也。非为娱有学智者之目、洗有学智者之耳而作，唯为惊儿女之闻、自新其心，以为趋于正道之一补也。疑其目，信其耳，古人之所戒也。

阴阳五行，天地造化，广大难测，幽远难知。勿以未见而疑今之所闻云尔①。

《御伽婢子》除了故事多为中国小说的翻案之外，序言也重复中国文言小说的思路：

伽婢子，松云处士之所著也。凡若干卷，概言神怪奇异之事，言辞之藻丽也，吟咏之繁华也，脍炙人口者不可胜言焉。《论语说》曰："子不语怪神矣"。兹书之作不免怀诈欺人之谤乎？云：不然。厥士之志于道者，搜载籍之崇阿。涵礼法之渊源，择言择行，积善累德而施不灭之名。若夫庸人孺子之不知读诗书，耳无博闻之明，身无贞直之厚，虚浮之俗，日日以长，偶闻精微之言，疾首蹙额啾啾焉退。经典之沈深，载籍之浩瀚，譬如会聋而鼓之，何益之有？《伽婢子》之为书，言拥新奇，义极浅近，怪异之惊耳，滑稽之说人，寐得之醒焉，倦得之舒焉，是庸人孺子之所好读易解也。如言男女淫奔，则念深诫；幽明神怪，则欲核理。虽非君子达道之事，愿欲便庸孺之监戒而已。②

宽文六年龙集丙午正月下澣

云樵

---

① 松田修、渡辺守邦、花田富二夫校注：《伽婢子》，岩波书店，2001年，第9—10页。
② 同上，第11页。

《伽婢子》连书名都是一种翻案。"伽婢子"一词又是根据《牡丹灯笼》翻案的篇名。这种翻案是通过训读完成的。"婢子"一词，本出于《剪灯新话》中出现的反映"淫雌妖庙"习俗的"盟器婢子"，而浅井了意将"婢子"训读作"ぼうこ"，在日语中指保佑幼儿的偶人，再加上一个"伽"字，令人联想含有小故事之意到"御伽众"一词①，就将具有鲜明中国特色的"牡丹灯笼"完全日本化了。

　据考证，《伽婢子》中，出自《剪灯新话》的达十六篇，《剪灯余话》的两篇，出自朝鲜《金鳌新话》的两篇，出自《五朝小说》中的多达四十五篇，有唐《梦游录》七篇，另外还有出自《说郛》等书的九篇，几乎全是翻案之作。不过翻案的方法，只是变中国的地名和人名，大体追随原作的故事线，是比较单纯的翻案。

　《伽婢子》中的《鲜红丝带》是根据《剪灯新话》中的《金凤钗记》翻案的。我们以此来看看翻案和翻译与原作的不同关系。

　原文中妹妹深夜与姐夫幽会，劝说姐夫从根本上接受自己，一起逃奔：

　　妾处深闺，君居处馆。今日之事，幸而无人知觉。诚恐好事多磨，佳期易阻，一旦声迹彰露，亲庭罪责，闭笼而锁鹦鹉，打鸭而惊鸳鸯，在妾固所甘心，于君诚恐累德。莫若先事而发，怀璧而逃，或晦迹深村，或藏踪异郡，庶得优游偕老，不致睽离也②。

　《奇异怪谈集》中的《姐姐魂魄借妹妹身体成婚的故事》的相应部分是：

　　今まで人の知らざるは、まことにさいはひを得たり。かくの

---

① 松田修、渡辺守邦、花田富二夫校注：《伽婢子》，岩波书店，2001年，第498页。
② 瞿佑等著，周愣伽校注：《剪灯新话》，上海古籍出版社，1981年，第25页。

如き事には、魔の障りおほし。もし現はれて、老父の責めあらば、縁を絶し、眉目をうしなはん、我が閨奥深し。忍び出づるに、通路めぐりまがる。重々の関を出づるゆへに、身も心もやすらかならず。願はくは、玉を抱きて逃がれゆき、遠村に隠さんと思ふはいかん。①

《伽婢子》的翻案部分则为：

今までは人更にしらす。されどもことはもれやすければ、もしあらはれて、うきめをやみん。君我をつれて垣をこえて、跡をくらまし給へ。心すやく偕老を契らん。②

《伽婢子》68 篇几乎皆为中国小说的翻案。它被视为怪异小说的杰作和假名草子的白眉。在它问世之后，仿作续作相继，如 1671 年刊行有《续御伽婢子》、1683 年刊行有《新御伽婢子》等。

继《伽婢子》之后，都贺庭钟的《英草子》、《繁野话》、《莠句册》有些根据"三言"中故事翻案的作品③，以后，一些读书人像发现了写书的诀窍似的，纷纷拿来新传入的明清小说做起"翻案"小说来。至曲亭马琴更把翻案一法大为光大。论者在讨论那一时代翻案何以大行其道的原因时常常举出明清小说大量输入、官方对儒家文化的提倡、商业发达与印刷文化的普及等等。从文化供求关系来考虑，就不难发现，当时町人的文化需求已很旺盛，文化传播的技术力业已具备，而为他们写作的学人却还没有足够创作力量，供求之间存在着巨大缺口。恰好此时，明

---

① 吉田幸一编：《近世怪異小說》，古典文库，近世文藝資料，1955 年，第 264 页。
② 松田修、渡辺守邦、花田富二夫校注《伽婢子》，岩波书店，2001 年，第 48—49 页。
③ 中村幸言、高田衛、中村博保校注：訳《英草子・西山物語・雨月物語・春雨物語》，小学馆，1979 年；德田武、横山邦治校注：《繁野話・曲亭伝奇花釵児・催馬楽奇談・鳥辺山調綫》，岩波书店，1998 年；严绍璗、王晓平著：《中国文学在日本》，花城出版社，1990 年，第 108—171 页。

清小说可以扮演他们编故事、讲故事的导师,他们既可以吸收明清小说的叙事技巧来讲述日本传说旧事,也可以将其现实社会的人物装进中国故事的框架中使其鲜活起来。幸田露伴在《马琴小说与其实社会》一文中指出:"马琴描写的人物尽管都是过去的人,即与曲亭生存当时实社会隔得很远的人,其实却是实社会的人物。"① 他的很多作品正是借用了明清小说讲故事的方法讲出了当时"实社会的人"的梦想,在商业化的运作中赢得了读者。也正是供求的缺口,町人接受了读本所谓"和汉混淆、雅俗折中"的夹生文体,学人也无视与包容了作者的剽窃行为,翻案也就成为町人从看图取乐到读文知事的阅读习惯转变的推手。

四 用中国小说构思为日本熟客写故事新编

黄昏突然下了一阵雨,一位商人从奈良贩了棉花,正往大阪方向赶路。从后面赶过来一个八旬老人,请商人背他一程。商人把老人背到松树林,老人要置酒答谢。从老人嘴里不仅呼出了杯盏佳肴,而且还呼出一个妙龄少女。但是,在老人睡去的当儿,少女却从嘴里又呼出一个英俊少年。不过,在老人快醒来的时候,少女已经把少年吸入口中……②

这是江户时代的大作家井原西鹤写的一篇故事,名字叫《金锅存念》,收于《西鹤诸国故事》卷二③。取故事结尾老人给商人留了口金锅做纪念之意。虽然西鹤将老人写成见于日本佛教典籍《元亨释书》中的生马仙人,结尾又给商人加了一段颇有和歌意境的梦幻描写,但是熟悉志怪小说的人一眼就看得出来,这是根据《续齐谐记》里的"阳羡书生"

---

① 幸田露伴著:《露伴全集》第 15 卷,岩波书店,1978 年,第 300—311 页。
② 宗政五十绪、松田修、暉峻康隆校注:《井原西鹤集》(二),小学馆,1973 年,第 103 页。
③ 同上,第 103—105 页。

改写的,同类作品还有《灵鬼志》当中的"外国道人"而它们又都出于佛典《譬喻经》。钱钟书把这类故事称之为"鹅笼意境",比西人说的"连锁单相思"更富有诗意。

佛典中原没有鹅笼,只有吐纳的奇想。这个构思到了中国,变成了鹅笼意境,带上了明显的中国特色。那么这中国特色是什么?鹅笼意境妙在哪里?我国有学者指出,它已不像《譬喻经》那样单纯地以炫耀口中吐物吐人的法术为意,而发展到以幻中出幻的形式揭示人的感情世界的隐秘。

井原西鹤这是用阳羡书生的构思给日本人熟悉的生马仙人写"故事新编"。他的《武家义理物语》卷五第二篇《同一个孩子是丢是抱》,源出《列女传》中的《鲁义姑姊》,《怀砚》卷一的《人之花散疮苍山》很像《列女传》中的《梁寡高行》。《男色大鉴》中卷二的《东之伽罗样》①。

读本作者是中国小说的流播最直接的受益者。读本之称,是以之前流行的以图为主、以字为辅的"画本"为母体的,"画本"是读图文化的标志,由读图到读文,是读者欣赏习惯的转变,这种转变的条件除了读者方面阅读能力的提升之外,更需文字内容积蓄足够的吸引力。中国小说的输入和刺激,特别是长篇小说的结构、人物性格的设定、叙述方式的转化、情理关系的统一,都称为读本作者模仿的对象。从文学样式来讲,读本正是"画本"与中国小说结合的产儿。

在所谓读本前期,图的比重还相当大,文是在阐释图的过程中壮大自己的地盘,这被称为"读本方法的修业时代",即习作时代。这一时期的佳作,几乎全是中国小说的翻案,即将中国故事改名换姓、汉冠日戴、变风易俗,都贺庭钟的三部曲《英草纸》(宽延二年)、《繁野话》(明和三年)、《莠句册》(天明三年),三书二十七篇当中,主要改写自《古今

---

① 宗政五十緒、松田修、暉峻康隆校注:《井原西鹤集》(二),小学馆,1973年,第380—385页。

小说》(《喻世明言》)、《警世通言》、《醒世名言》，也采用了《青琐高议》中的《王幼玉记》中的情节。安永五年刊出的上田秋成的《雨月物语》，其中的《应梦鲤鱼》写的是收录在《古今说海》的《鱼服记》、《太平广记》中的《薛伟》、《醒世恒言》中的《薛录事鱼服证仙》一类变形故事，而又将人物设定为见于《古今著闻集》中的人物兴义和当代画家葛蛇。上田秋成师出都贺庭钟之门，可谓青出于蓝而胜于蓝，在消化中国短篇小说技法和吸收日本文化元素方面都大迈一步，在他的作品中，《万叶集》、和歌、《日本书纪》、《源氏物语》的古典名著中的语汇，自如地穿插在那些脱胎于中国小说的人物的描写之中，翻案方法由此大为丰富。

对于当时的戏作者来说，翻案是消化中国小说技法最有效的手段，更是写书出书的快捷方式。早期的翻案者，多不避讳翻案的底本。如《繁野话》序言：

> 《手束弓》故事系《任氏》传奇，使好色之徒有所悔悟；《白菊》之卷乃假《白猿》、《梅岭》之旧趣，说占卜之前数，励女教之名实俱全；《唐船》之弥言道尽聚散之悲欢；《望月》之寓说明龙雷之表里；《江口》之始末乃翻《杜十娘》，话侠妓之偏性，为子弟诫；宇佐美、宇津宫之战略，显军机之得失，乃示南朝不绝之古物语。①

以上明确点明，第三篇《纪关守灵弓一旦化白鸟》，粉本为沈既济《任氏传》，第五篇《白菊夫人猿挂岸勇射怪骨》，粉本为唐人小说《补江总白猿传》和明代《喻世明言》中的《陈从善梅岭失浑家》，第八篇《江口侠妓愤薄情怒沉珠宝》，粉本为《警世通言》中的《杜十娘怒沉百宝箱》。

---

① 德田武、横山邦治校注：《繁野話・曲亭伝奇花釵児・催馬楽奇談・鳥辺山調線》，岩波书店，1998年，第3页。

云府观天步《栈道物语》是根据收于《醒世恒言》中的《张淑儿巧智脱杨生》翻案，作者自序中说："吾以为将中国世间故事，翻为我所见过之情貌，能使千里春风，馨香同兴，故以戏为便，改为本国土产，奉赠与含苞童子。"

《忠臣水浒传》山东京传序，说明了自己的作品出自《水浒传》的故事：

> 余栖遑市尘，营生之余读书，最好稗说。尝每检施耐庵《水浒传》，觉有类乎戏曲者也。遂翻思构意师直之秉权与高贞之获罪，比诸高俅及林冲，作《忠臣水浒传》。固是寓言附会，然示劝善惩恶于儿女，故施国字，陈俚言，令儿女易读易解也。使所谓市井之愚夫愚妇，敦行善耳。观者恕焉。①

1782年（安永十年）伊丹椿园著《唐锦题辞》序，更对小说的渊源做了梳理，原文为日文：

> 小说以《夷坚》、《齐谐》为祖，宋孝皇令侍从日探民间奇事，以慰太上，通俗演义之一种始盛行，元之施、罗二子，极巧尽妙，大述斯道，至明，渐盛，其书不遑枚举，虽曰作意之巧拙，文章之高下不等，然名公巨卿，多好而玩之者。坐时读经书，卧时读小说。为多识蓄德之助，君子岂废之哉！读书者博观稗官诸家，可谓如嗷梁肉而弃脍醋，堂皇坐而废台沼。华人之厚嗜如此。于我国，紫媛可谓小说之翘楚，《源氏物语》首尾贯通，逼真写得人情世态，文章之艳丽，卓然今古，唯堪与《水浒》、《三国》匹敌。诸明公之评注纷纷，无所玩味。其余《宇津保》(《宇津保物语》)、《竹取》(《竹取物语》)之类，《宇治大纳言》之编著，古人亦云味同嚼蜡。正可

---

① 李树果译：《日本读本小说名著选》上册，天津人民出版社，2005年，第172页。

恨无与紫媛比肩之作者出矣。近顷冈岛（冈岛冠山）、陶山（陶山南涛）、冈（冈白驹）诸名士深好小说，博通俚言俗语，译解明畅，了无所遗，往昔所未至，以是海内靡然，玩赏中华小说，且虽偶有本邦小说，事新奇而文字拙，文辞稍可观者，乃为照译中华小说，则更无备识者所观者。仆虽云深嗜此道，汉文不精，和文更不通，雨晨月昏，与友人相聚，多闻奇事异。撰录其中尤佳者九条，编为四卷。……本于和歌，题为《唐锦》。为集于几边之妇人童子所把玩，则唯加拙绘以求唤。时安永八年己亥初秋，晓霞楼上弄笔之桂园主任也。①

其书载有升圃所撰《跋》云此书"事事新奇而备写人世变化之歧，极摹悲欢离合之致，可谓为导愚谕俗之书。"

伊丹椿园著有《唐锦》，草官主人（本名未详）著有《垣根草》，云府馆天步著有《栈道物语》等，森罗万象（森岛中良）著有《月下清谈》，富士谷成章著有《白菊奇谈》等，他们都是热心的翻案家。清田儋叟著有《中世二传奇》，有马息焉将《剪灯新话》两篇翻案，书名未详，中井履轩著有《しがらみ》，《红叶传情》雅文小说化，也都出手小试。翻案称为知识分子的时尚之举，而阅读以中国小说为母胎的日本故事，也就培养了读本的读者，使原来的一部分画本读者将兴趣逐步转移到读本中，学会了体会到"读文"的乐趣，迈进"读文"的层次。

某一部中国小说流行，常常是翻刻、翻译和翻案共同作用的结果，它们或先或后以不同的面貌出现于不同的读者手中。和刻本的预期读者是懂得训读的读者，翻译本的读者是有一定汉学修养的人，而翻案读者更为广泛，把妇女儿童也吸引过来。以明清情色文学为例，1705（宝永二）年后《肉蒲团》和刻本刊行，1768年（明和五）其翻案之作《风流

---

① 日本名著全集刊行會編：《日本名著全集》第一期，《江戸文学之部第十卷·怪談名作集》，日本名著全集刊行會，1927年，第607—700页。

六女竞》问世，译本《译肉蒲团》也在大阪刊行。另一部情色小说《则天皇后如意君传》在1763（宝历十三）刊行后，1767年（明和四）出现了译本《通俗如意君传》，进而有了翻案之作《花之幸》①。较之译本，翻案之作当中日本读者不熟悉的汉语词汇要少得多，所描写的人物和事件都披上了日本的外衣，专门瞄准町人的口味添油加醋，离町人的生活近了，自然也就意味着离明清小说远了，其中国来源也就隐蔽起来了。

五 翻案造就了一代写手和最初的小说学者

长篇小说影响读本最巨者当然是《水浒传》。最早的当属据推测根本武夷所作《湘中八雄传》（明和五年），这是一部没有完成的作品，写朝夷义秀为中心的八位智者的离合散聚。其中也有些《平妖传》的影响。建部绫足的巨制《本朝水浒传》（正篇，安永二年；后篇，写本，未完稿），一名《芳野物语》，虾夷人、唐人依次登场，日本全土为舞台，在《万叶集》的时代背景下演出一场古代文武交锋的大剧②。享和元年问世的《日本水浒传》只有开头部分有模仿《水浒传》的内容，其余则是与《水浒传》不甚相干。天明三年，伊丹椿园的《女水浒传》，是曲亭马琴合卷《倾城水浒传》的先声，将《水浒》故事女性化，虎头蛇尾，不见完稿。经振鹭亭的《いろは水浒传》、曲亭马琴《高尾船字文》，再到宽政十一年、享和二年山东京传《忠臣水浒传》，长篇读本终于羽翼丰满。《忠臣水浒传》以《假名手本忠臣藏》为表，以《水浒传》为里。由此形成了长篇翻案的固定模式，即将日本的史书、演剧、传说统统吸收进来，以日本某一时代为背景来演绎中国古代故事。马琴、京传、振鹭亭在只有通俗书、训释书等的条件下，尽力去读懂中国白话小说。《椿说弓

---

① 太田辰夫、饭田吉郎编：《〈中国秘籍丛刊〉全二卷（别卷一·研究篇）》，汲古书院，1987年，第6页。

② 高田衞、田中善信、木越治校注：《本朝水滸傳·紀行·三野日記·折々草》，岩波书店，第3—137页。

张月》里吸收了《水浒后传》、《朝夷巡岛记》还吸收了《快心编传奇》、《近世美少年录》① 中吸收了《梼杌闲评》，都说明了马琴消化中国小说的胃口是很大的。

曲亭马琴的代表作《南总里见八犬传》，自1814年第一辑发行至1841年九辑五十三卷出齐，前后历经二十八年。此书之成与中国古典小说关系甚密。在全书序言中，曲亭马琴虚构了来客谈论八犬士事迹的梦境之后，便谈到全书之成，有赖于唐山（注：唐山即中国）故事，"窃取唐山故事，撮合以缀之，如源礼部辨龙，根于王丹麓《龙经》；如灵鸽传书于陇城；拟于张九龄《飞奴》；如伏姬嫁八房，仿高辛氏以其女妻梁瓠，其它不遑毛（枚）举。"② 日本近代小说家评论家幸田露伴谈到《八犬传》与《水浒传》的类似点，同时又指出，曲亭马琴并不是只以《水游传》为稿本的，他曾从为数众多的中国各代小说，特别是明清两代白话小说中吸取营养，为己所用。

在读本当中，有一种雅文小说。建部绫足的《西山物语》和《本朝水浒传》，上田秋成的《雨月物语》、石川雅望《飞驒匠物语》、《近江县物语》和《天羽衣》，村田春海的《筑紫船》都有中国小说翻案的部分。

石川雅望、村田春海均堪称拟古文的高手，石川雅望的《飞驒匠物语》（文化五年）③，故事主要出自《笠翁传奇十种曲》中的《蜃中楼传奇》，配上了《巧团圆传奇》。《近江县物语》④（文化五年）出自《巧团圆传奇》。他的《天羽衣》（文化五年）出自《醒世恒言》中的《两县令竞义孤女》，村田春海的《筑紫船物语》（文化十一年）以《今古奇观》中的《蔡小姐忍辱报仇》为主，稍微配上其他故事，再现了王朝时代。

读本是当时翻案的先行者，跟风而至的就是各种形式的町人读物，狂言、讲谈之类的娱乐演出也都得享其惠。当时大阪狂言作者，有位名

---

① 德田武校注：訳《近世美少年録》，小学馆，2000年。
② 〔日〕曲亭马琴著，李树果译：《南总里见八犬传》，天津人民出版社，1992年，第1页。
③ 塚本哲三编：《石川雅望集》，有朋堂，1926年，第139—294页。
④ 同上，第1—138页。

叫司马芝叟,相传是从长崎来的唐人后裔,他和其他人一起搞起了一种名叫"长话"的讲谈形式。多将中国故事日本化,他死后,有两三种以读本形式刊行,其中有一种名叫《绘本卖油郎》(文化三年),是根据《今古奇观》中的《卖油郎独占花魁》翻案的。

合卷是江户时期的大众插图小说草双纸的一种。草双纸经赤本、黑本、青本、黄表纸之后,发展为一种通俗性与传奇趣味浓郁的插图小说,每页有图,占据页面中心,周围布满细笔画的假名文字,文图相辅相成。合卷当中,曲亭马琴将中国趣味轻松利用,文政七年开始刊行的《金毘罗船利生缆》,模仿《西游记》的趣味,特别是文政十年的四编以后,专据《西游记》里面的故事改写。这本书获得好评。文政八年,写侠义女性的《倾城水浒传》刊出,博得江户女子的好感。天保二年,《新编金瓶梅》问世。

江户中期到末期流行一种叫做洒落本的小说形态,取材于妓院,以对话为主,描写嫖客和妓女的姿容笑貌,情节简单而多写实,也有取材于妓院习俗或就此发议论的。洒落本中,山东京传宽政元年刊出《通气粹语传》,大秀才学,后人争先模仿。"赞极史"、"通俗子"等模仿《三国志演义》的作品争先问世。为水春水运用马琴合卷使用的方法,写出了《风俗女西游记》,柳亭德升写出了《风俗女三国志》,但都是东施效颦,文笔拙劣。

继洒落本之后,市场上又流行起人情本来。这种小说与洒落本不同,专以妇女为读者,是从文政(1818)初年到明治初年都很盛行的写实性的恋爱小说。人情本也渗透着中国小说趣味。文政年间,二世楚满人,即为水春水的《折荻·枝》,翻案于《醒世恒言》中的《乔太守乱点鸳鸯谱》。

不过,就翻案的影响来说,这些小说的作者无人可与曲亭马琴比肩。幸田露伴在《运命》一文中称曲亭马琴为"古小说之雄",并绝赞道"马琴之作,长篇四五种。《南总里见八犬传》之雄大,《椿说弓张月》之壮大,江湖皆啧啧称许,而于以上两者相比有优而无劣者,乃《开卷惊奇侠客传》。"① 他还谈到《侠客传》"自《女仙外史》换骨脱胎而来，虽然其中一部有藉《好逑传》者，整体从《女仙传》而来则不可掩。"幸田露伴从人物关系来说破："此姑摩媛，即彼月君，月君为建文帝而举兵，必为姑摩媛为南朝效力之蓝本。此虽为马琴腔子里之事，假令马琴在，听吾之言，当含笑点头。"②

　　翻案激发了系作者研读中国戏曲的兴趣。根据德田武研究，曲亭马琴所著《马琴传奇花钗儿》是根据李渔的剧本《玉搔头》翻案的。他在《自叙》中说："湖上觉世翁作剧，醒蒙昧之耳目"，表明对李渔的敬意。在角色、台词、动作、曲词等各方面模仿蓝本。该书目次将中日两国故事对照列出：

　　　　拈要　　观场不落传奇开场始事
　　　　第一出　汉　浪游看花　　和　室町殿风流
　　　　第二出　汉　嫖院缔盟　　和　神崎假枕
　　　　第三出　汉　拾愁雠玉　　和　稻荷山之赛
　　　　第四出　汉　戍节亡命　　和　留念之肖像
　　　　第五出　汉　认假做真　　和　桂桥缘故③

　　金太郎主人伊藤周辅著有《复仇枣物语》，一名《赛凤池》，1827年（文政十）刊行。在该书的序言中，描述了当时以翻案小说的形式进行创作的风气盛行的情况，其中说：

　　　　近时国译小说之书，汗牛充栋，流布于海内。凡自操觚诗文家，
　　　　至谑客风流之徒，手有文者皆无不为④。

---

① 幸田露伴：《幽秘记》，改造社，1925年，第3—4页。
② 同上，第4页。
③ 德田武、横山邦治校注：《繁野話・曲亭伝奇花釵児・催馬楽奇談・鳥辺山調線》，岩波书店，1998年，第131页。
④ 德田武：《日本近世小説と中国小説》下，青裳堂书店，1987年，第428页。

这里说，所谓写作"国译小说"者，不仅有诗文家，而且还有作者看来不是什么正经文人的人，无不就卷入到这一风潮之中。作者自己也深受感染，以前读到过《凤凰池》一书，当时并没有什么感觉，因"无意于著作"，不过是"一时之涉猎"而已，在这股风潮的冲击下，重新去读解此书，翻案写出了《复仇枣物语》①。

在"国译小说热"风靡文士之中的时候，对中国小说戏剧的研究，既是翻译、翻案顺利进展的必要条件，而解读中国小说的需要，反过来又给小说戏剧语言研究提供了动力。不仅写作翻案小说的人，热心小说、戏剧语言研究，就是有机会接触新传来小说戏剧之书的学士文僧，也参与到语言研究中来。

最早对读本进行系统研究的日本学者石崎又造在他的著作中指出："近世小说史上所谓读本这种形式，是由这些中国小说学者的翻译或翻案创制的，因此读本大量吸收了中国特有而我国文学中所缺少的奇谈或者怪谈之类，作为演史小说的影响，产生出以史实为主材的未曾有的长篇之作。至于它们的文章用语，在以前的汉文和佛家语录之外，还输入了很多宋、元、明、清的常用俗语，丰富了日语的语汇。在描写方法上，也确立了自由简洁的和汉混淆体。"② 在石崎又造之后，麻生矶次、德田武等学者不仅以大量的作品研究证实了上述观点，而且多方面论述了中国小说翻译和翻案对读本形成的重大影响。说中国小说，特别是白话小说是孕育读本的母胎也并不过分，可以说，没有中国小说的翻译或翻案，不仅不会有读本的兴盛，而且整个近世文学都会显得格外贫乏和苍白。

六　翻案传播了中国戏剧小说美学

马琴有两部小说可以称之为《金瓶梅》的翻案，一部是《新编金瓶

---

① 德田武：《日本近世小说と中国小说》下，青裳堂书店，1987年，第424—443页。
② 石崎又造：《近世日本における支那俗语文学史》，清水弘文堂，1967年，第283页。

梅》①，一部是《云妙间雨夜月》，它们最明显的特点是对人物关系的设置，都与《金瓶梅》意义对应，即：

《金瓶梅》	《新编金瓶梅》	《云妙间雨夜月》
武大郎	大原武大郎	伊原太郎武泰
武　松	大原武松	伊原二郎武章
潘金莲	おれん	莲叶
西门庆	西门屋启十郎	西启②

在江户时代，小说的翻案和翻译是一对孪生兄弟，翻案中混杂着大量翻译的段落，而在翻译时也会多少做些改写，从中国小说美学的传播来说，翻案所起的作用甚至比翻译更大，尽管很多时候作为"粉本"的中国小说被掩盖，成了"幕后英雄"或"无名英雄"，戏作者有时毫不在意地剽窃和毫无顾忌地改动"粉本"，但是中国小说，特别是白话小说传来的叙事手法、描写技巧和情节结构组织方法，却以土生土长的方式无障碍进入日本读者的接受通道。

上田秋成的《雨月物语》是研究江户时代短篇小说时不能不提到的作品，是雅文小说的翘楚，文字古雅优美，情节紧凑，有些接近《聊斋志异》那样的用传奇法写志怪的风格，似乎很难与《水浒传》这样的白话小说联系起来，实则不然。一个显著的例子就是《青头巾》一篇的结构。日本学者早就指出，这篇作品从情节到用语都是有翻案《忠义水浒传》（与无穷会织田文库藏百回本《忠义水浒传》同版为底本，前十回1728年刊）第五回《小霸王醉入销金帐，花和尚大闹桃花村》到第六回《九纹龙剪径赤松林，鲁智深火烧瓦罐寺》的痕迹。德田武在《秋成与〈水浒传〉——在〈青头巾〉中》一文里曾经列出两者共有的情节：

---

① 曲亭馬琴著、歌川国安絵：《新编金瓶梅》，芝神明前三岛町，1831—1847年。
② 德田武：《日本近世小説と中国小説》下，青裳堂书店，1987年。

1. 游方僧人进到村里，村里人无不惊恐疑虑。
2. 大户人家的人支开众人，把僧人让进家中。
3. 主人给僧人讲述众人慌乱的原因。
4. 僧人想让给村民和家人添乱的人回心转意。
5. 僧人到了破败的寺院。
6. 寺院里始终没人出来应接，终于走出来一位瘦和尚①。

《水浒传》第六回描写鲁智深到瓦罐寺看到一篇破败景象，知客寮门前大门也没了，四围壁围全无，只见满地都是燕子粪，门上一把锁锁着，锁上尽是蜘蛛网。这些细节都被《青头巾》所吸取。鲁智深与僧人的对话，也被改腔换调，变成了快庵禅师与瘦僧人的对话：

（鲁智深）叫了半日，没一个答应。回到香积厨下看时，锅也没了，灶头都塌损。智深把包裹解下，放在监斋使者面前，提了禅杖，到处寻去，寻到厨房后面一间小屋，见几个和尚坐地，一个个面黄肌瘦。智深喝一声道："你们这和尚好没道理！由洒家叫唤，没一个应。"那和尚摇手道："不要高声。'智深道："俺是过往僧人，讨顿饭吃，有甚利害？"老和尚道："我们三日不曾有饭落肚，那里讨饭吃。"②

山院人とゞまらねば。樓門は荊棘おひかかり、經閣もむなしく苔蒸ぬ。蜘網をむすびて諸佛を繋ぎ、燕子の糞護摩の牀をうづみ、方丈廊房すべて物すざましく荒はてぬ。日の影申にかたふく比、快庵禪師寺に入て錫を鳴し給ひ、「遍参の僧今夜ばかりの宿をかし給へ」と。あまたたび叫どもさらに應なし。眠藏より瘦槁たる僧の漸々とあゆみ出で、咳たる聲して、「御僧は何地へ通るとて

---

① 德田武：《日本近世小説と中国小説》下，青裳堂书店，1987年，第304页。
② 施耐庵、罗贯中著《水浒传》上，人民文学出版社，1985年，第84页。

ここに來るや。此の寺はさる由縁ありてかく荒はて、人も住まぬ野らとなりしかば、一粒の齋糧もなく、一宿をかすべきはかりごともなし。はやく里に出よ」といふ。①

下面是李树果译文，可以对照：

  山寺长久无人居住，殿门遮满荆棘，经阁也生满青苔。在众佛之间遍结蛛丝，护摩坛满是燕子粪，方丈室和走廊荒废得满目凄凉。在太阳西下的申时，快庵禅师进入寺内，摇铃道："云游各国的僧人今夜想在此借宿。"虽唤了多次，但无人答应、过了些时才从寝室走出个枯瘦的僧人，以嘶哑的声音问道："贵僧往何処去而来到这里？此寺因故荒废得这般模样，成了无人居住的破庙，所以无一粒粮食，一宿也无法留住，快到村里去吧！"②

《青头巾》讲的看来是一个地道的日本故事，但在快庵禅师的形象设计上显然有鲁智深的影子，上面一段文字作者视角的移动乃至像燕子粪、蜘蛛网这样的物象无不有来处。这样一段将翻案痕迹完全隐蔽的文字，恰好说明了上田秋成这位读本前期的作者是怎样一边读着明清小说，一边琢磨着怎样直接将其运用到个人写作中来的。从结构故事，刻画人物，到遣词造句，可谓细大不捐，拿来就改，改了就用。

中村幸彦在论述中国白话小说及其理论对日本小说发展的影响时，曾从七个方面加以剖析：

一、情节构成之妙。特别是长篇构成之妙，日本从来的作品中，是完全不能媲美的。

二、赋予作品中人物以明确的性格，并使这种性格很好地参加到构

---

① 中村幸彦校注：《上田秋成集》，岩波书店，1959年，第127页。
② 〔日〕李树果译《日本读本小说名著选》，天津人民出版社，2005年，第161页。

成中。教会日本人作品的"性格"这一概念的,是金圣叹的《水浒传》评点。

三、不止以情节的巧妙获取一时之乐,而且有触动读者心灵的人情味。

四、它们的描写、表现,由于采用俗语而精细入微,保持着人的体嗅(身体的气味,比喻切身感受)和生活的真实。

五、中国人使用劝善惩恶及寓意于中的词语,有着赋予作品以思想内涵的作用,作者将自己的思想感情寄寓于作品之中。而在日本白话小说的序中也常讲"导愚"、"儆俗"等等。

六、文章可称白话,但有值得知识分子阅读的价值。

七、金圣叹、毛声山等人的批评,既教给人小说的阅读方法,也教人写法。

中村幸彦概括得相当全面,不过,应该指出的是,翻案在日本学者接受中国白话小说影响的过程中曾经发挥了特殊的作用,这是因为翻案具有实践性,使他们对中国小说不止于阅读,而且还要尝试"挪用"和"窃取"其中的部件,翻案中存在着大量从中国小说中翻译的部分,无形中加深了钻研的深度。身为翻译、翻案者很自然地升格而担当起小说美学的构建者、阐释者的角色。高润为清田儋叟《孔雀楼笔记》撰写的序言中,说儋叟不仅为《书经》、《论语》、《史记》、《通鉴三编》、《明纪本末》、《韩文》、《历代小史》这些"受业之书"做过校雠批评,而且为《鹤林玉露》、《辍耕录》、《五杂组》、《水浒传》做了校雠批评①。曲亭马琴在《南总里见八犬传》中提出"主客、伏线、衬染、照应、反对、省笔、隐微"这稗史七原则,荻原广道在《源氏物语评释》中列出"正反、奇对、结构、照应、主客、伏线、抑扬、缓急、省笔、讽喻、首尾"等二十多项,一一加以解说,并从《源氏物语》中举出实例加以阐发②。可以说,这些翻案

---

① 中村幸彦、野村贵次、麻生矶次校注:《近世随想集》,岩波书店,1976年,第264页。
② 中村幸彦:《中村幸彦著作集》第八卷,中央公论社,1982年,第358—362页。

者、阐释者看待小说的眼睛上已经戴上了副明清小说的眼镜。

这样一副眼镜，还通过他们的作品传给了明治时代的学者。

明治时期的坪内逍遥在《小说神髓》中批判的劝善惩恶小说观念，很多是翻案者们从中国白话小说中原样"兑"过去的。坪内逍遥还直接指出："马琴将《源氏物语》、《平家物语》、《太平记》、《水浒》、《西游记》各书的文字加以混淆折衷，形成了一大独创，这是马琴的自得之文。其中，也有牵强，也有杜撰，但是马琴的牵强杜撰，是马琴以他那纵横自在的才笔、临机应变写出来的。在某种情况下，这种牵强杜撰反而具有神妙之处。这是因为马琴能够以他自由自在的才笔加以适当处理的缘故。"① 马琴的雅俗折中、和汉混淆的文体，是在他从事带有很多"翻案"成分的小说写作过程中形成的，是适应于"翻案"、服务于"翻案"、有利于"翻案"的文体，而这种"翻案"中锤炼出来的带有大量汉语词汇的文体，又转过来运用于描写日本本土故事。

中国白话小说被列入俗文学，然而这种"俗"并不是有俗无雅、一俗到底的那种俗，而是一种有着深厚文化底蕴的俗，所以常常表现出雅俗纷呈、俗中有雅、俗不掩雅的多彩面貌。日本江户时代的戏作者各以自己的眼光看到自己喜爱的那一部分，加以改作，所以我们在江户时代的假名草子、浮世草子等各种问题中，都可以看到明清小说中的一部分。包括笑话、公案小说、狎邪小说在内的各种内容、风格的形式，都有翻案的戏作与之呼应。雅文小说汲取其俗中之雅，假名草子等汲取其俗中之俗，可谓各得其所，各不相扰。

有哪些中国小说戏剧在日本文学家翻案过呢？这是一个十分有趣的问题。迄今为止，还没有一个全面的统计。

这里仅就笔者所掌握的资料，列一个简表，主要资料来源是石崎又造、麻生矶次、中村幸彦、德田武等学者的相关研究，再根据笔者所搜集的材料加以补充。这个统计肯定会有所遗漏，特别是写本部分，还有

---

① 〔日〕坪内逍遥著，刘振瀛译：《小说神髓》，上海译文出版社，2010年，第131页。

待于继续发现，但最主要的资料应该说都在下面了。由于短篇小说篇目繁多，不能一一列出，这里就只能就主要长篇中的经典著述统计了。

中国作品	日本作品
《西游记》	曲亭马琴《金毘罗船利生绳》
《三国志通俗演义》	曲亭马琴《南总里见八犬传》
	曲亭马琴《三七全传南柯梦》
《水浒传》	曲亭马琴《南总里见八犬传》
	曲亭马琴《开卷惊奇侠客传》
《金瓶梅》	曲亭马琴《新编金瓶梅》
	《云妙间雨夜月》
《梼杌闲评全传》	曲亭马琴《近世少年美少年录》
《平妖传》	曲亭马琴《开卷惊奇侠客传》
《水浒后传》	曲亭马琴《开卷惊奇侠客传》
《平山冷燕》	曲亭马琴《松浦佐用姬石魂录》
《快心编传奇》	曲亭马琴《朝夷巡岛记》
《济颠大师醉菩提全传》	曲亭马琴《青砥藤纲模棱案》
《桃花扇》	雨香园马田柳浪《朝颜日记》
《通俗金翘传》	雨香园马田柳浪《朝颜日记》

应该说明的是，以上统计是很不全面的，首先因为很多读本的情节有多重来源。诚如幸田露伴所说，曲亭马琴常常在一部长篇读本中从各种中国小说中寻求故事，如《开卷惊奇侠客传》主线来自《女仙外史》、《好逑传》，在故事发展过程中又不断吸取《平妖传》、《快心编传奇》、《拍案惊奇》、《水浒传》等作品中的故事加以翻案[①]。其次，在江户时代的各类小说中，翻译、翻案、自主写作常常越界穿行，或者说本没有严

[①] 横山邦治、大高洋司校注：《开卷驚奇俠客伝》，岩波书店，1998年，第774页。

格的界限，彼此穿插，不加区分，随意混杂，率性而作，是很普遍的现象，所以要想从里面将中国小说的因素完全爬抉出来就相当费力了。

另外，还有从题名来看像是翻案，其实则不是，这可以叫做"同名异实型"。太宰治 1933 年 3 月发表的短篇小说《鱼服记》①，描写日本本州岛北端马秃山瀑布旁经营茶铺的女子，变身鲋鱼的故事，虽然用的是人鱼变形的构思，也使用了与唐代小说同样的名字，但作品的精神迥异。

加藤周一在《杂种的日本文化的希望》一文中曾指出："中国文化曾成为日本文化创造的开端，但是，西方文化至今还未发挥过这种重要的作用。"② 从表面上看，有些翻案只是将中国的地名、人名、物名换成了日本地名、人名，实质上已经构建了一个文化"混成"（macaronic）的平台，即将两种文化深深交织在一起。上述作品，虽然同以翻案相称，但其中的文化转换程度却各不相同，总会有一些中国文化因素有意或无意原样保留下来，因而这种翻案不仅对于中国文学经典的传播具有直接推动作用，而且对于有助于中国多种文化元素与日本文化的融合。

通过翻译、翻案的文化摄取与融合，还促进了对日本自身文化的关注与研究。被中村幸彦称为"古义堂的小说家"之一的清田儋叟（1719—1785），读过很多中国小说，他腿脚不佳，到京都到江户还乘坐一种名叫"驾笼"的轿子前往，驾笼里面放着《水浒传》，途中以读书为乐，有评论《水浒传》的文字流传至今。他也很喜欢《源氏物语》，说过"《搜神》、《齐谐》，不入《夕颜》之垣，《琵琶》、《西厢》难从《浮舟》之足"③，《夕颜》、《浮舟》都是《源氏物语》中的帖名。可见他从对照中，看出两国小说存在的巨大差异。他还在《孔雀楼笔记》中用中国小说评点的语言来评论《源氏物语》，如说"熏中将得源氏之骨，匂（韵）宫得源氏之肉，以此二人未足云一光源氏"，称赞《源氏物语》中对浮舟

---

① 太宰治：《富岳百景・走れメロス》，岩波书店，1967 年。
② 〔日〕加藤周一著，叶渭渠、唐月梅等译：《日本文化论》，光明日报出版社，2000 年，第 286 页。
③ 中村幸彦：《中村幸彦著作集》第 8 卷，中央公论社，1982 年，第 359 页。

入水前情景的精心描写也没有写到她的死写法是"可谓妙境,亦可谓神境"①,更是中国评点语言的套用。

总之,翻案是日本文化中模仿力的体现,带有鲜明的日本文化特点。翻案之法不仅对江户时代吸收消费中国白话小说中大受青睐,而且也为明治大正期间吸收西方文学提供了样板。岛田谨二在《翻译文学》(1951)中说:"在创作方面,明治大正时代究竟产生了多高有价值的东西呢?谈就谈夏目漱石,谈森鸥外,他们无疑是一代巨匠,它们到底有多高的价值呢?……斗胆说,明治大正时代的特色,从西方文化出于日本文化中心这一根本事实来看,甚至不能不认为'翻案'、'翻译'比起'创作'产生了更代表那一时代的有趣性而且更有价值的东西。"② 加藤周一在《日本文化的杂种性》一文更概括日本文化把两种因素深深交织在一起彼此难分难解的状况用"杂种性"来加以概括③,而翻案正是中日两种文化因素混杂的典型形态。

作者简介

王晓平,天津师范大学文学院教授,博士生导师。

---

① 中村幸彦、野村貴次、麻生磯次校注:《近世随想集》,岩波书店,1976年,第318—319页。
② 亀井俊介编:《近代日本の翻訳文化》,中央公论社,1994年,第5—6页。
③ 〔日〕加藤周一著,叶渭渠、唐月梅等译:《日本文化论》,光明日报出版社,2000年,第257—274页。

日本和歌、俳句在中国[*]

王向远

一 《万叶集》及古典和歌的译介

和歌是日本民族诗歌的主要样式,日本最古老的和歌总集是《万叶集》,在日本文学史上,《万叶集》的地位相当于《诗经》在中国文学史上的地位。《万叶集》收集了自公元四世纪到八世纪约四百年间的和歌四千五百余首,全书共二十卷,其中大部分是八世纪奈良时代的作品《万叶集》写作和成书时,日本自己的"假名"文字还没有诞生,故全部借用汉字标记日语的发音(后被称为"万叶假名"),同时直接使用汉字(即所谓"真名")来表义,真名、假名混杂难辨,难以卒读。经日本历代学者研究考订,才有了我们现在所看到的用日语文言文整理出来的本子。《万叶集》中的各种体式的和歌都是五七调,但与汉诗的五言或七言的对偶句不同,一首和歌的句数和字数都是奇数的。其中"五七五七七"五句三十一字音的短歌在《万叶集》占绝大多数,《万叶集》之后便成为和歌的唯一体式。

---

[*] 本文是国家社科基金重大研究项目《新中国外国文学研究60年·日本卷》(项目批准号:09&ZD071)的先期成果之一。

明代的李言恭、郝杰编纂的《日本考》中，有编纂者翻译的日本和歌（短歌）三十九首，或许是中国最早的和歌翻译，译文形式不一，最多是的五言四句，其次是四言四句。晚清黄遵宪在《日本杂事诗》中，也有对日本和歌的介绍。第一六二首云："弦弦掩抑奈人何，假字哀吟伊吕波。三十一声都怆绝，莫披万叶读和歌。"并注云："国俗好为歌。上古口耳相传，后借汉字音书之。'伊、吕、波'作，乃用假字。句长短无定，今通行五句三十一言之体，始素盏鸣尊《八云咏》。初五字，次七字，又五字，又七字，又七字，以三十一字为节。声哀以怨，使人辄唤奈何。《万叶集》，古和歌名作。有歌仙、歌圣之名。"这是对和歌的最早的较为概括的介绍。第一五七首诗及诗注介绍了和歌在宴饮等场合的使用，还介绍了日本古代的"歌垣"（赛歌会）的盛况。

到了现代，最早介绍和歌的是周作人，1921 年，他发表《日本的诗歌》（《小说月报》第 12 卷 5 号）一文，介绍了日本和歌，并在与中国诗的比较中，对和歌的基本特点做了提示性的总结。他认为，和歌的特点是由日本语言的特点所决定的，"日本语很是质朴和谐，做成诗歌，每每优美有余，而刚健不足，篇幅长了，便不免有单调的地方，所以自然以短为贵。""诗形既短，内容不能不简略，但思想也就不得不含蓄。"他认为和歌与中国的诗比较起来，是"异多而同少"，这是由和歌的特殊形式所决定的，和歌短小，擅长抒情而不擅长叙事，也不能像汉诗那样使用典故。所以他认为和歌很难译成中文。周作人之后，谢六逸在 1925 年 6 月《文学周报》上发表了关于《〈万叶集〉》的介绍性文章。

对于中国的和歌研究而言，和歌特别是《万叶集》的翻译，是研究的基础和出发点。《万叶集》翻译一方面是中国学者、读者阅读理解的津梁，另一方面，对翻译者而言，翻译本身需要对原作有透彻的理解、准确的语言转换，需要对日本学者的相关研究成果，包括注释、出典等加以鉴别和吸收，因此，汉译本身就是一种研究，而且是一种充满困难和挑战的研究。

最早翻译《万叶集》的是钱稻孙（1887—1966），他早在 1940 年代便在《北平近代科学图书馆馆刊》上发表了选译，题为《万叶集抄译》。1958年8月，他在《译文》（今《世界文学》的前身）杂志发表了《〈万叶集〉介绍》一文；1959年，钱稻孙选译的《万叶集》三百余首曾由日本学术振兴会在日本东京出版。1960年代，他又在此基础上增译了379首，准备在国内出版，但由于后来的"文化大革命"，出版已无可能。直到1992年，钱稻孙译的《万叶集精选》才由文洁若翻译整理，由中国文联出版公司正式出版发行。2012年，上海书店出版社年在中国文联版的基础上，将1949年前发表在有关报刊上的译文加以汇集整理并编入，出版了该书的增订本。钱稻孙的《万叶集精选》的特点是，一、对同一首和歌提供了至少三种译文。一种译文采用中国《诗经》及楚辞的用词和格律形式，一种手取唐宋诗词的用词和句式，一种则采用现代白话文译文。《万叶集精选》的编者文洁若在编辑时将钱稻孙的三种不同格式的译文一一列出，可使读者在比较中品味鉴赏，不同的译文可带来不同的审美感受，避免了一种译文所带来的理解上的局限性，对于读者全面地理解原作，提供了多种视角和参照。钱译《万叶集精选》的第二个特点，就是除了原注以外，在译文前后、译文中间夹带了不少解说和注释的文字，对原歌中所涉及的知识背景、地名人名物称，以及用词用典等，均做了简明扼要的说明。因此，该译本同时也是一个译者自己的评注本，具有较强的学术价值。王晓平先生在《钱译万叶论》（见《日本研究集刊》1996年第2期）一文中评论说："总的来说，钱氏在尽量调动中国诗歌表现手法的同时，也注意到'力存其貌'、'力存其奇'。既要'存其貌'、'存其奇'，又要做到如同歌人在用汉语作诗，译者便不能不为之呕心沥血。"又说："钱译可称为《万叶集》的'学问译'。应该说，钱译万叶很适合一部分读过较多古书而又希望了解日本古代文学的人的口味，因为钱氏始终在拟古与'力存其貌'、'力存其奇'之间寻求平衡。"可谓切中肯綮之论。

《万叶集》的第一个全译本的译者是杨烈（1912—2001）。早在1960年代杨烈就译完了《万叶集》。这是20世纪我国《万叶集》的仅有的一个全译本。但也由于国内政治社会动乱等原因，该译本一直到了1984年才由湖南人民出版社作为"诗苑译林"之一种出版。关于为什么需要《万叶集》的全译本，杨烈在译序中说："中国至今没有全译的《万叶集》。虽然有人和我自己都曾发表过少许，但在全书四千五百首中，所占比例大小，不足以窥全豹。所以仅从文献的立场看，也应该有此书的全译本问世。"杨烈的《万叶集》译本的最大价值，在于它是全译本，填补了我国日本文学翻译中的一大空白。《万叶集》中有许多歌，意义暧昧难解，翻译更难，全译本无法跳过。全部译出，难能可贵。杨译本除了译文本身的欣赏价值之外，还有重要的文献资料价值。曾帮助杨烈校对译文的施小炜在《万叶集、古今集以杨译浅论》（见《日本文学散论》第21页）中说：面对诗歌翻译的内容与形式之间的矛盾和难题，"杨先生作了一次用中国古典诗歌形式翻译外国诗歌的成功尝试：杨先生将长歌和旋头歌等全部用五古和七古的形式译出，而短歌则全部译成格律严谨的五绝，既传神达意，又形式完美，而且符合我国读者的欣赏习惯，兼得形似与神似之妙"。的确，严格按中国的五言律诗的韵律和体式来译，译文风格统一。用整齐的汉诗体来翻译"五七调"的和歌，实在很不容易，这其中不但是意义的传达翻译，也势必是原作的意义的增值和阐释，译者为此付出的心血、智慧和创造性劳动可想而知。另一方面，全部以汉诗的体式来翻译和歌，原作的形式便不可兼顾了。例如，以短歌而论，短歌的"五七五七七"五句共三十一音节大约只相当于十个左右的汉字所承载的信息，以五绝的形式翻译的三十一个音节的短歌，往往势必会增加原作中没有词和意义，这在形式上不可谓"忠实"的翻译，但确实符合中国一般读者的欣赏趣味。

还应该提到的是杨烈对《古今和歌集》的翻译。《古今和歌集》，又简称《古今集》，是继《万叶集》后，在10世纪初年出现的第二部和歌集。同时又是第一部由天皇下诏编辑成书的所谓"敕撰和歌集"，也是第一部由刚创制不久的"假名"文字写成的和歌集。《古今集》仿《万叶集》的体制，也分为二十卷，收录了《万叶集》未收的和歌与新作和歌一千一百一十首，除个别例外，全部是"短歌"，篇幅约有《万叶集》的四分之一。《古今集》的风格与《万叶集》的雄浑、质朴颇有不同，其风格特点被称为"古今调"，题材狭窄，专写四季变迁、风花雪月，人情与爱情，风格纤细婉曲，精镂细刻，讲究技巧与形式。《古今集》代表了和歌的成熟状态，对后来出现的和歌集的影响也超过了《万叶集》。杨烈的《古今集》的翻译，也是在六十年代完成的，但直到1983年，才由上海复旦大学出版社出版。杨烈在《译者序》中说："我在六十年代先后译完《古今和歌集》和《万叶集》。六十年代对我来说是寂寞的年代，住在斗室之中以翻译吟咏为事，每每译出得意的几首，便在室内徘徊顾盼，自觉一世之雄，所有寂寞悲哀之感一扫而光。"杨烈的《古今集》译文，绝大多数仍使用五言古诗的句式，大部译得合辙押韵，朗朗上口。如译著名女歌人小野小町的歌："念久终沉睡，所思入梦频，早知原是梦，不作醒来人"；"莫道秋长夜，夜长空有名，相逢难尽语，转瞬又黎明"等等，都很有韵味。

在已有的翻译的《万叶集》及古典和歌翻译的基础上，到了1979年改革开放后，我国日本文学研究界就《万叶集》及和歌的汉译理论与方法问题展开了一场讨论。引发这场讨论的是李芒（1920—2000）在《日语学习与研究》1979年创刊号上发表的题为《和歌汉译问题小议》的文章，认为以往的和歌翻译有两种主要的情形。第一种情形是钱稻孙的翻译，钱的翻译在正确理解原意，遣词造句等方面，达到了相当高的水平，但大部分译文使用《诗经》的笔法，文字过于古奥、难懂，不利于让更多的读者了解《万叶集》，因此其译法是不可取的；第二种情形是主张一律用五言或七言四句的形式（杨烈译文），这种译法使译文具备中国古诗的形式，如果在实践上做得好还是可取的。但是，以短歌而论，句法和内容多种多样，应采取相应的译法，而不宜在形式上强求一律，宜从原歌出发，使用七言（一般多用于翻译长歌）、五言、四言和长短句等多种多样的形式。该文发表后，李芒又在《日语学习与研究》1980年第一期上发表《和歌汉译问题再议》，通过进一步举出自己和他人的译例，将前文的观点加以展开，认为和歌汉译最重要的要做到"信"，同时也要有一定限度的灵活性。李文发表后，引起了较大的反响。罗兴典在《日语学习与研究》1981年第1期上发表了《和歌汉译要有独特的形式美——兼与李芒同志商榷》一文，认为李芒译的短歌，在译文形式上多种多样，但"作为一首首不定型的和歌，似乎还缺少他独具的特色——形式美"，因此他提出："除了李芒同志采用的那些和歌汉译句式以外，能否还采用一种和歌固有的句式——'五七五七七'句式。"他认为，虽然这样译，要在译文中增加原文中没有的字词，但"为了解决这一矛盾，在不损害原诗形象的前提下，汉译时可以适当增词，灵活地变通。这在翻译理论上也是容许的"。对此，李芒在发表《和歌汉译问题三议》（《日语学习与研究》1981.4）中，认为"不能片面地绝对地界定诗歌的形式问题"，多种多样的译法也有"另一种形式美——参差美"，同时认为罗兴典提出的按和歌原有句式来翻译，也可以作为"多种多样"的译法的一种。王晓平又在同刊1981年第二期上，发表《风格美、形式美、音乐美——向和歌翻译工作者提一点建议》，认为和歌翻译中这三"美"都必须兼顾，不可单纯强调一方面而忽视其它。沈策在同刊1981年第七期上，发表《也谈和歌汉译问题》，指出：《万叶集》"这部歌集基本上是用当时的口语写成的。……实际上那些和歌在当时的读者中，听起来是很容易明白和欣赏的"，他提出也可以用汉语口语来翻译和歌，并举出了自己的一些译案。接着，孙久富发表《关于〈万叶集〉汉译的语言问题的探讨》，对沈策的说法提出质疑，认为《万叶集》所使用的是日本上代古语，它同现代日语差别很大，将《万叶集》译成现代日语，对传达原作风格尚且有很大局限，而以现代汉语翻译《万叶集》，局限性就更大。他最后说："我认为采用中国古代诗歌的语言翻译这部歌集更为有利。"接着，孙久富又发表《关于〈万叶集〉古语译法的探讨》，进一步举例探讨了用古汉语翻译《万叶集》的可行性问题。丘仕俊在《日语学习与研究》1982年第三期上，发表《和歌的格调与汉译问题》，提出为保持其格调，和歌直译成"三五三五五"的格式。总之，关于和歌汉译问题的讨论，历时四年多，而且若干年后余音不绝，是中国的日本文学译介史上少有的就日本文学某一体裁的翻译所进行的专门的讨论和争鸣。这次讨论，吸引了读者对日本文学翻译问题的注意，对和歌的翻译实践具有一定的指导意义，同时，也增进了人们对和歌与《万叶集》的阅读与研究的兴趣。

　　李芒翻译的《万叶集选》，是改革开放后译出的第一种《万叶集》的选译本。这个译本被收入人民文学出版社《外国文学名著丛书》，1998年10月正式出版。《万叶集选》选译和歌七百三十四首。李芒在《译本序》中说："我们过去的译文，有的偏重于古奥，有的较为平易。但有人照搬原作的音数句式，由于中日文结构迥异，这样译成中文必然比原文长出不少，就难免产生画蛇添足的现象。然而，总的来说，大家都为我国的《万叶集》欣赏和研究作出了贡献。本书译者参考了上述种种译作，采取在表达内容上求准确、在用词上求平易、基本上运用古调今文的方法，以便于大学文科毕业，喜爱诗歌又有些这方面常识的青年知识分子，个别词查查字典就能读懂。"李芒的译文是他和歌汉译理论主张的实践，即译文不拘泥于某一种格式，根据情况灵活变化。他在《万叶集选》中的绝大多数译文使用的是五言律诗的形式，少量译文五、七言并用，或夹以长短句。李译本较为晚出，有条件借鉴前译，加之所选和歌均为《万叶集》中之珍品，也为现代日本读者所广泛传颂。译文锤炼精当，既有古诗之风，又晓畅易懂，具有较强的欣赏价值。

　　赵乐珄《万叶集》译本是继杨烈译本后的第二个全译本。1980年代开始翻译，到2000年全部完成，2002年由译林出版社出版，历时20多年。赵乐珄在"译序"中谈到了此前的《万叶集》存在的四个方面的问题——

　　　　一是古奥，以为古歌要用古语，因此译得比《诗经》还难懂。当时日本的语文不见得那么古。

　　　　二是添加。"戏不够，神来凑"似的，字数不够硬要凑，便添加了一些原歌没有（不可能有）的词，甚至改变了歌的主旨或意趣。

三，打扮。本来是些朴实无华的作品，却有意尽量选用一些华丽的辞藻，浓施粉黛，打扮得花枝招展，似乎这才是"诗"。

四，改装。不论原作的表现特点如何，一律纳入起承转合的四句里，倒也像"诗"，只是不是那首"歌"。

上述问题，在钱译本、杨译本中的确是存在的。总起来说就是重视中国读者的阅读感觉，而使和歌"归化"于中国的汉诗，而不太尊重原作独特的形式，赵译本是对此前译本的一种反拨，强调尊重和歌（主要是短歌）的形式，打破过去的五言、七言律诗的译法，采用日本近代以来流行分三行分写的短歌体式，每句字数不等，使用现代汉语而不是古文，以直译为主，尽量不添加原作中没有的意义和词语。相对于钱译和杨译的"归化"和"仿古"的翻译，赵译则是一种以"存貌"为主要原则的"异化"翻译，文字上文白夹杂，有时长短句参差交错，有时句式整齐划一，不避俚语俗语，也有古语雅词，还照顾了中国读者的感觉，就是在句末使用了汉诗才有的韵脚。这样的翻译，就许多中国读者而言，在欣赏性上可能不如归化的"翻译"，例如，"苦恋阿妹／古昔，有人亦如我耶／辗转不能眠／"（第497首）；"我家院中，／花橘零落结珠实，／可串绳。"（第1489首）；"坐立等，不耐烦；／来此幸逢君，／胡枝子，插发端。"（第4253首）实际上是一种"述意"（转述大意）式的翻译，这一点上有似于当年周作人在小林一茶俳句翻译时所采用的方法。但俳句以古拙、幼稚为美，和歌则以古雅为尚，这种带着"拙"味的"述意"式的翻译是否适合和歌美的呈现，不能不说还是一个问题。不过，另一方面，考虑到当今中国读者、特别是年轻读者对日本和歌的了解比此前增多、对日本文学样式的理解和接受度也比从前大有提高，赵译的这种"异化"的翻译在"归化"的翻译之外，更有出现和存在的价值。特别是对于《万叶集》的研究而言，以前不通、或粗通日文的研究者大多以杨译本作参照，但由于杨译本常常增加原作中没有的字词，例如谈到日本的色彩感，有的论者直接以杨译本为根据，找出其中的红绿黄白之类的词，实际上原文未必存在，有时是靠不住的。在这种情况下，赵译本更尊重原文，力求对原作的信息不增不减，对于中国的《万叶集》研究者、中日诗歌比较研究者，更有可靠的文献意义和参考价值。

赵乐甡全译本出版几年后（2008年），金伟、吴彦夫妇的合译本由人民文学出版社列入《日本文学丛书》出版，这是第三种汉语全译本，一律采用现代汉语翻译，形式不拘一格。译者在"译序"中说："本书在翻译期间，参考了各种《万叶集》相关的注释书、校本、索引、辞书、年表、定期刊物、学会杂志以及各种中日古辞书，在此不一一列举，谨表感谢。"但不知为何，唯独不提对已有的多种汉译本是否有所参考。从翻译学上的"复译"的角度来看，如果复译者不知道之前有汉译本存在，则属无知，是译者和研究者的大忌；如果故意无视已有的译本的存在、不参考已有的诸种译本，要扬长避短、超越以前的译本、发挥出自己的特色，是不可想象的，甚至连复译的必要性、合理性都成了疑问。比较地看，这个译本的特点是所有的篇目都用现代汉语来译，而且不使用韵脚，从语体的口语化上看要比赵译本来得更彻底；短歌有时写为三行，有时写为四行或五行，从形式上也看也比赵译本来得更为自由。要之，该译本比此前的译本更为通俗易读。值得提到的是，在此之前，金伟、吴彦还根据岩波书店《日本古典文学大系·古代歌谣集》翻译出版了《日本古代歌谣集》（春风文艺出版社2001），使用现代汉语，对散见于《古事记》、《日本书纪》、《风土记》等文献中的古代歌谣做了系统翻译，对研究日本和歌及日本古典民俗文化，都具有重要的参考价值。

二 俳句的译介及汉俳的兴起

俳句是从和歌中演化、独立出来的日本古典诗歌样式之一，经典的俳句在形式上是"五七五"三句共十七个音节，其中在用词或句意上要暗含着表示春夏秋冬某一季节的"季题"或"季语"。还要使用带有调整音节和表示咏叹之意的"切字"。近代以前俳句一般称为一般"俳谐"，

"俳谐"与中国古代的"俳谐诗"有着一定的关系。

据周一良先生在《八十年前中国的俳句诗人》(《日语学习与研究》1980.4)和郑民钦《中国俳人苏山人》(《中日文化与交流》第2辑,1985)的研究和介绍,清末的旅日人士罗卧云(俳号苏山人)是第一个写俳句的中国作家,在当时日本俳坛也有一定影响。而最早翻译和详细介绍俳句的,则是周作人。1916年,周作人(启明)在《若社丛刊》第三期上,用文言文发表了题为《日本之俳句》的小短文,是说日本的俳句"其体出于和歌,但节为十七字,以五七为句,寥寥数言,寄情写意,悠然有不尽之味。仿佛如中国绝句,而尤多含蓄。"又说:"俳句以芭蕉及芜村作为最胜,唯余尤喜一茶之句,写人情物理,多极轻妙。"并说俳句的翻译,自己"百试不能成,虽存其词语,而意境殊异,念什师嚼饭哺人之言,故终废止也。"他在《日本的诗歌》(《小说月报》1921年5月)一文中,对俳句的由来、体式、不同时代的代表人物松尾芭蕉、与谢芜村、正冈子规等做了介绍,认为:"芭蕉提倡闲适趣味,首创蕉风的俳句;芜村是一个画人,所以作句也多画意,比较地更为鲜明;子规受到了自然主义时代的影响,主张写生,偏重客观。表面上的倾向,虽似不同,但实写情景这个目的,总是一样。"周作人还对俳句的通俗变体"川柳"做了介绍,谈到川柳"与俳句一样,但没有季题与切字这些规则",关于川柳的用语,周作人说:"短歌俳句都用文言,(一茶等运用俗语,乃是例外)川柳则用俗语,专咏人情风俗,加以讽刺。"实际上,短歌用文言雅语,而俳句包括蕉门俳谐,虽然不少使用汉语词汇,但也都是提倡使用俗语的,蕉门俳论书《二十五条》更鲜明地提出俳谐创作就是"将俗谈俚语雅正化",与谢芜村在《春泥发句集序》中也提出俳谐应使用俗语,可见,在使用俗语的问题上,并不是小林一茶是"例外"。在这篇文章中,周作人还再次强调了日本诗歌(包括和歌、俳句)"不可译"。但他还是译了几首,如松尾芭蕉:"下时雨初,猿猴也好像想着小蓑衣的样子";"望着十五月的明月,终夜只绕着池走"。小林一茶:"瘦虾蟆,不要败退,一茶在这里";"这是我归宿的家吗?雪五尺"等。可见，周作人一开始就知道和歌俳句不可译，所以他干脆完全不管俳句的"五七五"的形式，而只是做解释性的翻译，即他所说的"译解"，即把意思翻译、解释出来就行了。译出后，他又承认："各自美妙的意趣，但一经译解，便全失了"。然而另一方面，他却是知其不可为而为之，这一点集中体现在他此后对小林一茶的译介中。

  在日本的俳人中，周作人对小林一茶可谓情有独钟。他在1921年《小说月报》12卷11号上，发表了题为《一茶的诗》的文章，开篇就写道："日本的俳句，原是不可译的诗，一茶的俳句尤为不可译。俳句是一种十七音的短诗，描写情景，以暗示为主，所以简洁含蓄，意在言外，若经翻译直说，便不免将它主要的特色有所毁损了。一茶的句子，更是特别；他因为特殊景况的关系，造成了一种乖张而慈悲的性格。他的诗脱离了松尾芭蕉的闲寂的禅味，几乎又回到松永贞德的诙谐与洒落（Share 即文字的游戏）去了。但是在根本上却有一个异点：便是他的俳谐是人情的，他的冷笑里含着热泪，他的对于强大的反抗与对于弱小的同情，都是出于一本的。他不像芭蕉派的闲寂，然而贞德派的诙谐里面也没有他的热情。一茶在日本俳诗人中，几乎是空前绝后，所以有人称他作俳句界的彗星……。"这段话不长、也不深奥，却把小林一茶俳句的特点精确地点了出来。"五四"新文化时期的周作人之所以特别推崇小林一茶，恐怕与他的"人的文学"的提倡、与他的人道主义的思想主张是密切相关的。他在这篇约五千字的文章里，一连译出了一茶的俳句四十九首，且翻译且评议，可以说将一茶最有特点的作品大都翻译出来。至于翻译方法，一如他的《日本的诗歌》一文中所采用的方法，就是用散文译述大意，去掉了原文形式的外壳，却歪打正着，不经意间传达出了一茶俳句的"俳味"，而令人觉得清新可喜，如"来和我游戏罢，没有母亲的雀儿！""笑罢爬罢，二岁了呵，从今朝开始！""一面哺乳，数着跳蚤的痕迹"；"秋风啊，撕剩的红花，拿来作供"等等，这种天真稚拙、轻松随意、悲凉而又温馨的小诗，与"诗言志"、"文以载道"的严肃板正的中国古典诗歌相比，形成了极大的反差，与"五四"时期的新青年文化、与"五四"诗坛的"少年中国"的气息,不期而合。所以,周作人的俳句翻译很快引起了人们的兴趣,在周译俳句和泰戈尔的小诗的影响下,1920年代的最初几年,中国诗坛产生了不大不小的"小诗"运动,"小诗"在很大程度是对周作人俳句翻译的模仿,也是对中国传统古诗的矫枉过正。

1937年,周作人发表《谈俳文》(《文学杂志》1卷2期,1937年7月),由俳句而进一步谈到"俳文"(俳谐文),这也许是中国最早地系统介绍日本"俳文"的文章。周作人给俳文下了一个简单的定义:"俳文者即是这些弄俳谐的人所写的文章。"认为日本的"俳谐"这一名词源自中国,"俳文"和中国的"俳谐文"有着渊源关系,并指出:"用常语写俗事,与普通的诗有异,即此便已是俳谐",认为"日本的俳文有一种特别的地方,这不是文人所作而是俳人及俳谐诗人的手笔,俳人专做俳谐连歌以及俳句(在以前称为发句,意云发端的一句),也写散文,即是俳文,因为其观察与表现方法都是俳谐的,没有这种修炼的普通文人便不能写。……归纳起来可分为三类,一是高远清雅的俳境,二是谐虐讽刺,三是介在这中间的蕴藉而诙诡的趣味。但其表现方法同以简洁为贵,喜有余韵而忌枝节,故文章有一致的趋向,多用巧妙的譬喻适切的典故,精炼的笔致与含蓄的语句,复有自由驱使雅俗和汉语,于杂糅中见调和,此其所以难也。"并指出"现今日本的随笔(及中国的小品)实在大半都是俳文一类",这就点出了当时中国盛行已久的小品散文与日本古代俳文、现代随笔之间关系。

谈到俳文的时候,必须说到的是,周作人所说的"俳文",到了70年后的2008年有了系统的翻译,那就是翻译家陈德文的《松尾芭蕉散文》。松尾芭蕉的俳文不是日本最早的俳文,但堪称古典俳文的典范。陈德文在"译者前言"中指出:在"照现在的观点,所谓俳文,就是俳人所写的既有俳谐趣味、又有真实思想意义的文章。这种文章一般结尾处附有一首或数首发句(俳句)。"这是通常的定义,也与周作人的俳文定义一脉相通。陈德文在《松尾芭蕉散文》中,将芭蕉的散文分为"纪行、日记编"和"俳文编"两类,这也是权宜的分法,其实纪行和日记等总体上都视为"俳文"也未尝不可。《松尾芭蕉散文》将芭蕉俳文的主要作品都翻译出来了,对读者来说,译者实现了在"前言"中所说的"送您一个完整的芭蕉"的承诺。

此外,在1930年代,还有傅仲涛发表了《松尾芭蕉俳句译评》(《新月》第四卷第5号,1932年11月1日),翻译介绍了松尾芭蕉的若干作品;1936年,徐祖正发表《日本人的俳谐精神》(《宇宙风》,1936年10月1日)。抗日战争及此后的国共三年内战乃至新中国成立后的直到改革开放前,像俳句这种闲适脱俗的、纯审美的诗体的译介就失去了环境和余地。

到了1980年代,诗人、翻译家林林(1910—)的《日本古典俳句选》由湖南人民出版社作为"诗苑译林"之一种,于1983年底出版。译本选译了松尾芭蕉、与谢芜村、小林一茶三位最著名的俳人作品约四百首。林林的译文,基本上使用了白话、散文体的译法,即使有的译文用了较整饬的文言句式,也都通俗易懂,一般分两行或三行。如松尾芭蕉的几首俳句,译文如此:"请纳凉,北窗凿通个小窗";"知了在叫,不知死期快到";"蚤虱横行,枕畔又闻马尿声";"旅中正卧病,梦绕荒野行"。小林一茶的俳句:"小麻雀,躲开,躲开,马儿就要过来。""瘦青蛙,别输掉,这里有我一茶";"像'大'字一样躺着,又凉爽又无聊"。可以说译文风格基本承袭了周作人。值得注意的是诗人、民俗学家钟敬文为林林的译本所写的序言,是一篇颇得俳句的要领和精髓的文章,钟敬文从比较文学角度,指出中国古今有一些诗体,如两句成章的信天游(陕北)、爬山歌(蒙古一带)等,在同是形制短小这一点上,与日本的俳句是相通的。关于俳句的体味和欣赏,钟敬文形象地指出:俳句是凝缩的,"它像我们对经过焙干的茶叶一样,要用开水给它泡过来,这样,不但可以使它那蜷缩的叶子展开,色泽也恢复了(如果是绿茶)。更重要的是它那香味也出来了。对于俳句这种小诗。如果读者不具备上述的那些条件,结果恐怕要像俗语所说的'囫囵吞枣'那样,不知道它到底是什么味道了。"他并结合芭蕉和一茶的俳句,对俳句的思想感情、情绪感觉、象征、同感等手法的运用等等,做了细致的分析。关于俳句的翻译,钟敬文认为,尽管采用口语散文体来翻译有缺点,但它也有两点颇为值得注意的好处,一是它能尽量保存原文中的感叹词,如"や""かな"等,这些叹词很重要,往往起着传神的作用;第二它有利于表现出异国情调,因为我们译的毕竟是外国诗。……钟敬文作为一个诗人曾写过汉俳,对日本俳句之美有着深切的体会,故能有切中肯綮之论。

在译介古典俳句的同时,现当代俳人的作品在1990年代也陆续被译介了不少。其中,葛祖兰的《正冈子规俳句选》出版最早的近代俳句译作集。正冈子规(1867—1902)是明治时代人,也是19世纪后半期由古典走向近代的俳句革新的领袖人物。译者葛祖兰(1887—1988)本人也是一个俳人,从1940年代起一直写作俳句。1979年,他的《祖兰俳存》在日本出版,引起重视,日本还为他树立了"句碑"和铜像。葛译《正冈子规俳句选》1985年由上海译文出版社出版。共选译、注释子规的俳句163首。每首都先列原文,再列汉译,最后是作者的注解和译者的注解。译文大都用七言两句或五言两句的古诗句式翻译,和上述的周作人、林林的翻译属于不同的两种路数,与钱稻孙、杨烈用中国古诗替翻译和歌一样,葛祖兰可以说是俳句翻译中的"归化"派。

李芒在当代俳句的译介翻译方面做了大量的工作。他在1993年译出了《赤松蕙子俳句选》,1995年出版了《藤木俱子俳句、随笔集》(中国社会出版社);由李芒主编、主译,南京译林出版社1994—1995年出版的《和歌俳句丛书》,出版了金子兜太、加藤耕子、赤松唯等俳人的作品数种,全部采用原文与汉译对照的形式,就译介的系统性和规模而言,都是前所未有的。

在日本俳句的翻译介绍的同时,仿照俳句的"五、七、五"格律写成的"汉俳",也悄然兴起了,并成为近1980年以降中国诗坛的一种崭新的诗体。

早在五四时期,在所谓小诗中,郭沫若等就曾用"五、七、五"句式写过作品,也可以说是最早的"汉俳"。但那时的诗人在写作时,并没有"汉俳"的自觉意识。汉俳的真正发足,还是在1980年代。1980年5月底,在欢迎以大林野火为团长的中日友好协会代表团时,赵朴初仿照俳句的"五七五"的格律写了几首别致的诗,其中一首诗曰:"绿荫今雨来,山花枝接海花开,和风起汉俳。"这大概就是"汉俳"一词的由来。此后,杜宣、林林、袁鹰等相继发表了一些汉俳作品。北京的《人民文学》、《诗刊》、《人民日报》、《中国风》,江西的《九州诗文》等报刊,提供了发表的园地。"汉俳"作为诗歌之一体,逐渐为人们所了解。到了1990年代后,汉俳创作的势头有了更大的发展,《香港文学》、《诗刊》、《当代》、《文史天地》、《人民论坛》、《民俗研究》、《中国作家》、《日语知识》、《佛教文化》、《金秋》、《扬子江诗刊》、《黄河》、《人民文学》、《中国作家》、《天涯》、《中华魂》、《北京观察》等许多报刊陆续刊登汉俳。到2012年为止,大陆和香港地区已出版的各种汉俳集有二十多种,如香港的晓帆汉的《迷蒙的港湾》(香港,1991),谷威的《情丝》(北岳文艺出版社1991)、林林的汉俳集《剪云集》(北京大学出版社1995),林岫的《林岫汉俳诗选》(青岛出版社1997)、段乐三的《段乐三汉俳诗选》(珠海出版社2000),刘德有的《旅怀吟笺——汉俳百首》(文化艺术出版社2002)曹鸿志的《汉俳诗五百首》(北京长征出版社2004),张玉伦的《双燕飞——汉俳诗百首选》(河南人民出版社2009),肖玉的《肖玉汉俳集》(香港2001)、杨平的《杨平汉俳诗选》(中国人文出版社2006)等。此外,中日俳句、汉俳交流的集子也有出版,如上海俳句(汉俳)研究交流协会编辑的中日汉俳、俳句集《杜鹃声声》,北京的中国社会出版社出版的、日本竹笋(たかんな)俳句访华团和中国中日歌俳研究中心共同创作和编辑的《俳句汉俳交流集》等。一些城市和地方(如长沙、益阳、长春等)还成立了汉俳协会之类的团体。如1995年在北京成立了以林林为顾问、李芒为主任的"中国中日歌俳研究中心"、2009年长春成立长春汉俳学会,以及全国性的"中国汉俳学会"等,还出现专门的汉俳同仁杂志,如长沙的《汉俳诗人》、长春的《汉俳诗刊》等。

其中，香港的晓帆（原名郑天宝，1935— ）是《迷蒙的港湾》是中国最早的汉俳集，1993年出版的《汉俳论》是最早的专门论述汉俳的理论著作，在理论与创作方面具有相当影响。后来，晓帆在1997年《香港文学》杂志（1997年10月）上发表《汉诗—俳句—汉俳：中日文化的双向交流》的文章，该文根据作者在广州中山大学中文系的讲座稿修改而成，也是作者此前观点的一种提炼和概括，对汉俳的来龙去脉、艺术特点、世界十几个国家的俳句（英俳、法俳、德俳、美俳等）创作情况，还有本人的汉俳创作心得，都做了清晰的表述。晓帆认为，日本俳句之所以能在世界上广为流行，在于俳句有以下几个特点：一是"题材发现的独特性"，二是"创造的新奇性"，三是"简练的必然性"、四是"捕捉实态"，五是"象征的力量"，六是"季语的作用"。其中在第五条中说："俳句要求有深刻的内涵、令人寻味的余韵和朦胧美，我想这就是人们所欣赏的'俳味'。这种功能靠象征来完成。"提出"汉俳的艺术技巧"主要是要表现出"意象美、意境美、含蓄美"，他把自己写作汉俳分为五种不同的风格，并举例证之。即"雅俳"（典雅优美、押韵，如《紫荆》："山色浮窗外/燕子低飞紫荆开/幽香落满腮"）、"俗俳"（通俗平易、口语化，如《香港时装》："时装走天涯/香江风情染华夏/难辨是哪家"）、"谐俳"（风趣、活泼、诙谐，押韵，如《寻句》："手扶辛弃疾/踏遍深山绕小溪/不怕没有句"）、"讽俳"（讥笑、讽刺，押韵，如《蜜语》："蜜语一箩箩/苦口良药常缺货/今朝无华佗"）、"散俳"（自由抒发的现代散文式小诗，可不押韵，如《琴手》："自从那一夜/弹响了你的心弦/我才算琴手"）。晓帆的理论与创作，对后来的汉俳理论与创作都产生了一定影响。此外、汉俳理论方面的专著还有林克胜的《汉俳体式初探》（长春出版社2009）等，李芒、刘德有、纪鹏、罗孟东、段乐三，都写过汉俳论方面的文章。

最早出版的诸家汉俳合集《汉俳首选集》（青岛出版社1997），收集了包括老中年三代、共三十三名汉俳诗人的代表作，如钟敬文的"终于见面了/多年相慕的心情/凝在这一握"；赵朴初的"入梦海潮音/卅年踪迹念前人／检点往来心"；林林的"相招开盛宴／远客尝新荞麦面／深情常念念"；公木的"逢君又别君／桥头执手看流云／云海染黄昏"；杜宣的"葡萄阴下坐／蕉扇不摇凉自生／断续听蝉声"；邹荻帆的"高树衍根深／地层泉水青空云／自有天地心"；李芒的"白梅辞丽春／缤纷蝶翅离枝去／犹遗青梦痕"；屠岸的"画室满春风／笔下桃花万朵红／身在彩云中"；袁鹰的"昨夜雨潇潇／梦绕樱花第几桥／未知归路遥"；纪鹏的"金门邻厦门／两岸烟幻彩云／炎黄骨肉亲"；刘德有的"霏霏降初雪／欣喜推窗伸手接／晶莹掌中灭"；陈明远的"青涩的果子／一夜之间变红了／只是为了你"；林岫的"西服套袈裟／儒释而今各半家／蛋糕输讲茶"；郑民钦的"秋野雨初晴／月色今宵分外明／可怜冷如冰"等三十三人的汉俳约三百首，可以说是汉俳精品的集大成的选集。林岫为此书写的《和风起浪俳——兼谈汉俳创作及其他》附于书后，论述了俳句与汉俳的关系，总结了汉俳写作在格律、季语（俳句中表示或暗示四季的字词）方面的特点。

  汉俳在中国的迅速发展，是 1980—1990 年代中日文化交流深化的结晶。汉俳虽是日本俳句影响下产生的外来诗体，但鉴于古典俳句受到了中国古典诗歌的影响，所以我国有些学者、诗人并不把汉俳看成是纯粹外来的东西，鉴于历史上中日诗歌和中日语言的特殊的姻缘关系，汉俳在中国的发展相当快，作者和欣赏者不多，理论与创作上都有声有势。但是，另一方面，汉俳作者们对日本俳句的美学精髓加以体会与把握的不多，在理论上，对汉俳的外在形式谈得多，而对汉俳的审美特征、特别是对"俳味"的体悟与论述太少。所谓"俳味"，也就是俳谐精神，归根到底要归结于"俳圣"松尾芭蕉及蕉门弟子提出并论述的俳谐审美概念——"寂"。"寂"就是一种闲适、余裕的生活态度，洒脱、游戏的艺术精神，静观、写生的诗学方法。就是要求俳人有独特的"俳眼"，能够看到"寂之色"；要有独特的"俳耳"，能聆听到"寂之声"，要有独特的"寂之心"，能去感受和体悟虚与实、雅与俗、老与少、"不易"与"流行"的和谐统一，还要有对这一切的艺术地、审美地表达，那就是"寂姿"。要之，汉俳应该在审美上将俳句这些美学精髓吸收过来，才能一定程度地矫正中国传统诗歌那种"文以载道"、"忧国忧民"、"发愤"、"言志"、"风骨"等传统士大夫的泛社会化、泛政治化的思维习惯，才能在中国的源远流长、根深蒂固的传统诗学与诗作中吹进异域之风，从而丰富我们的诗学趣味。这才是我们输入汉俳这种外来诗体的根本意义和价值。否则，汉俳只不过是用"五七五"写的传统意义上的汉诗而已，就失去了"汉俳"存在的意义。实际上，日本俳句的审美特色是与中国传统诗歌互为对比和补充的，而现有的绝大部分汉俳却是以汉诗词的创作思路与习惯来写的，徒有"五七五"的外形，仍自觉不自觉地沿袭古典诗词的思维方法和写法，严肃雅正有余而轻松潇洒不足，使很多作品在立意、取景、遣词上都十分平庸，没有汉俳应该有的潇洒、机警、超脱与新鲜味，甚至一些作品用汉俳来揭露、批判社会丑恶等社会问题，过于"文以载道"、过于"工具化"，便没有了汉俳应该有的超越与余裕。尽管如此，随着日本俳句研究及"寂"的美学研究与体悟的深入，随着国人精神境界的进一步超越和拓展，可以相信，"汉俳"作为一种新兴的诗体，在中国将会有一定的发展前景。

三 李芒、王晓平等的《万叶集》及歌俳研究

中国和歌俳句的研究，一开始是与和歌俳句的汉译是联系在一起的，李芒先生是中国最早对歌俳翻译问题做出理论探索的学者，生前曾从长期担任中国日本文学研究会会长，是改革开放以来中国的日本文学研究的带头人与开拓者之一。他在日本文学研究上的贡献主要在于两个方面，一是和歌俳句，二是现代日本的无产阶级文学。1986年前发表的相关成果都收入了《投石集》（海峡文艺出版社1987）一书中。现在看来，李芒在歌俳方面的文章似乎更有学术价值。如上所述，他在1979—1982年间在《日语学习与研究》杂志上连续发表的数篇相关文章，曾引发了关于歌俳翻译问题的讨论，推动了歌俳在中国翻译传播乃至汉俳的产生，在中国的日本文学研究史上，是值得记忆的。

比较研究

　　《投石集》中的相关文章的总体特点，是作者以日本文学的启蒙者的姿态，从鉴赏的角度出发，对日本文学之不同于中国文学的审美特质，做了具体的分析解说。他的基本理论根据，一是马克思主义的历史唯物主义，二是来自日本文学评论家吉田精一、加藤周一的日本文学特征论，在结合他自己的中日文学比较论，然后加以诠释和发挥。除了上面提到的1979—1982年间发表关于和歌汉译问题系列文章之外，还有若干文章，设计歌俳研究问题。其中，《壮游佳句多——日本俳句访华佳作译评》（《日语学习与研究》1981年第4期）是一篇将纪游、评论、研究熔为一炉的文章，将日本俳句作家访华时吟咏中国山水景物的作品，加以介绍和评析，在1980年代初期，起到了促使国人注意俳句的、欣赏俳句的启蒙作用。《日本文学欣赏刍议》（《日语学习与研究》1984年第3—4期）从和歌俳句、物语等日本独特的文学样式出发，对吉田精一等人提出的日本文学的特点做了概括，如"喜爱阴翳和朦胧，追求深幽的余韵和优美"、无逻辑的结构、局部描写的细腻与光彩等，做了进一步的论证。《日本古典诗歌的源头——记纪歌谣》（《日语学习与研究》1986年第1期）是周作人之后我国研究记纪歌谣的最为翔实的一篇文章，对《古事记》与《日本书记》中的古代歌谣做了系统介绍，又将其中的重要作品引出原文并译成中文，并从诗歌起源的角度，比较了中日两国偏重"言志"和偏重"抒情"、表现社会政治与疏离社会政治的两种不同的诗学传统。《从和歌到俳句》（《日语学习与研究》1886年第5期）一文，介绍了从和歌、连歌、再到俳句的发展演化历程，并援引不同时代有代表性的歌俳作品，原文之后加上汉译，做具体的个案分析，是歌俳知识的启蒙性文章。《和歌·俳句·汉诗·汉译》（《日本研究》1986年第3—4期）是一篇总结性的长文，从中日诗歌比较的角度，将作者此前关于歌俳及其汉译问题的思考、特别是歌俳汉译形式多样化的主张，进一步加以发挥和强调。

　　1980年代后期至1990年代，李芒的日本文学研究成果集中体现在他的第二本论文集《采玉集》（译林出版社2000）中。作者把《采玉集》

中的四十篇文章分为五个栏目：依次为"中日比较文学"、"古代日本文学"、"日本近现代短歌、俳句和汉俳"、"日本现代文学"和"日本文学的翻译"，其中第一、三、五的栏目中的全部文章全都属于歌俳研究的，但全部论文集的一大半，可见，李芒后期的日本文学的重心仍在和歌俳句。除了继续强调他在此前提出的一些观点主张外，这些文章还在两个方面有所拓展，一是中日诗歌的比较研究。这主要体现在第一个栏目的几篇讲座稿中，作者对和歌、俳句与中国诗歌、芭蕉的俳句和杜甫的诗歌等做了比较的讨论，他表示不同意那种将芭蕉说成是日本的杜甫那样的比附方法，在该书"前言"中强调：比较研究"就是要分清中日两国文学的特点和相异与相同之处，为正确地理解和欣赏日本文学提供充分的、符合实际情况的资料和参考观点"，在实际研究中，比起"求同"了，李芒似乎更倾向于"求异"，即通过比较揭示日本歌俳的独特的民族特点。第二个方面的拓展就是通过赏析文章、序文等方式，对日本近现代和歌、俳句，如石川啄木、上头火、赤松穗子、加藤耕子、宇咲冬男等的俳句创作做了更多、更深入的评介和研究。更值得提到的，李芒在《日本短歌的翻译及汉歌——1998年4月初在中日两国短歌研讨会上的发言》中，提出了"汉歌"的概念，并说："关于汉歌的创作，起步比汉俳的创作较晚，更是处于摸索阶段。大体一致的作法，是在字数句式遵循日本短歌的格律，比较普遍地采取押韵的方法……在形式方面无疑受到了日本短歌的影响，在艺术上也必然继承中国诗词的方法。"并提出自己的一首汉歌："西天一片霞/胭脂红似梦中花/采撷趁仙槎/瑶台今夕尝佳果/蓬莱明朝问酒家。"这样的"汉歌"看上去很像是中国传统的长短句，是中国古词中早就存在的。尽管作者对"汉歌"的内容与形式上的独特的审美价值没有展开论证，没有使"汉歌"特点突显出来，故后来和之者甚寡，但是提出"汉歌"的概念本身就是很有意思的事情。

总之，李芒是改革开放后最早关注歌俳及其汉译问题、并发表文章最多、影响最大的学者之一，对此后和歌、俳句的翻译与研究、对汉俳的创作与研究，都产生了一定的积极影响。

王晓平在《万叶集》及其与中国文学关系研究上也有突出成绩,他本人早年研究《诗经》,并学习日语,从而发现了《万叶集》和歌与《诗经》的关系并进入研究。1995年,他翻译了日本著名学者中西进的《海边的婚恋——万叶集与中国文学》(四川人民出版社)一书,从中西进的《万叶集比较研究》、《万叶史的研究》、《万叶和大海彼岸》、《山上忆良》四部著作中,选取了十几篇文章,从不同角度论述了《万叶集》与中国文学的关系,及《万叶集》反映的9世纪之前中日文化之间的交流关系。这本书大概是最早的一本中文版有关《万叶集》与中国文学关系的专门著作,对国内读者及研究者而言,有相当的启蒙价值和参考作用。这本书和两年后由石观海翻译出版的日本学者辰巳正明著《万叶集与中国文学》(武汉大学出版社1997)一道,成为中国读者窥视日本学界《万叶集》及其与中国关系之研究的窗口。十年后,王晓平和隽雪艳、赵怡合作翻译了另一个日本学者川本浩嗣的《日本诗歌的传统——五七五的诗学》(译林出版社2004),这是一部站在比较文学角度写成的论述日本歌俳及其特点(特别是体式和韵律上的特点)的著作。

除上述的翻译作品之外,王晓平在日本和歌及中日诗歌比较方面的代表性的著作,是与中西进合著的《智水仁山——中日诗歌自然意象对谈录》(中华书局1995)。采用"对谈"的方式著书,在日文出版物中颇为常见,这种著书方式的好处是不必过于顾及全书的体系建构,话题转换较为灵活,风格较为平易近人,可强化学术著作的可读性。《智水仁山》也具备了这类书的优点。尽管是对谈,但没有失之于散漫,全书的主题是相对集中的,就是以《万叶集》及9世纪前的日本诗歌为中心,对中日诗歌中的自然意象的描写,包括风花雨雪、日月山河、草木飞鸟等,都结合具体作品的赏析,进行了细致地分析和比较。在这本书中,中西进将自己此前的许多研究成果,转化为对谈的方式加以更为通俗易懂的表述,而王晓平则站在中国学者的立场上,对相关话题加以引导、并发表自己的看法。两人的对谈可谓探幽发微、珠联璧合,通过跨文化比较和相互发明式的对话,表明从《万叶集》时代起,日本和歌借用中国诗歌中的意象、特别是自然意象、包括想象性的意象，以便更好地抒情表意，这种现象已经很普遍了。作者不仅仅指出了这种现象，而且对这背后的文化背景、审美心理等都做了分析，在中日诗歌比较中，既见出两国文化的深刻联系，也反衬出两个诗歌各自不同的民族风格。

《智水仁山》出版的前一年（1994年），梁继国的《万叶和歌新探——汉文虚词在万叶和歌中的受容及其训读意义》一书由苏州大学出版社出版，这是运用比较语言方法对万叶和歌所作的独辟蹊径的研究。《万叶集》本来就是全部使用汉字作为标记符号（万叶假名）来书写日语的。其中，汉字绝大部分作为纯粹的符号来使用，但也有一小部分是直接引进的汉语词，形音义兼具，因此，研究汉字与万叶假名的复杂关系，是历代学者解读《万叶集》的关键环节和必由之路。《万叶集》成书不久，由于假名的发明使用及语言的变化，对日本人来说已经很读懂了。在这种情况下，公元951年（天历五年），村上天皇授命五位学者（所谓"梨壶五人"）对其进行初步训点，直到镰仓时代的1269年才出现了对它进行全面校对注释的著作、即学僧仙觉的《万叶集注释》。此后一直到17世纪江户时代所谓"国学"思潮的兴起，五百年间几乎没有出现注释训读的有价值的成果。而在江户时代"国学家"契冲在《万叶代匠记》、贺茂真渊在《万叶考》等著作中，对《万叶集》进行训释，奠定了万叶和歌释义的基础。但是，那些江户国学家是站在弘扬日本国学、贬低中国文化的日本民族主义立场上进行《万叶集》训释的，他们千方百计淡化和漠视中国语言文化的影响，因而有些观点和结论是不科学的。战后一批日本学者在此基础上进行了更为科学的研究，基本解决了《万叶集》训释中的绝大部分问题。但是，梁继国认为，在的万叶和歌的汉语虚词使用的研究，还非常薄弱。他指出，在虚词方面，汉语和日语都没有词尾变化现象，因此，汉语虚词较其它词类更容易被日语所吸收和使用，换言之，日语与汉语最具关联性的主要是虚词部分，因而，研究万叶和歌中的虚词的使用及其变化过程，是研究《万叶集》吸收中国语言文化的重要的线索。鉴于此，他在该书中对四十多个副词、二十多个助词、十多个助动词在万叶和歌虽的使用做了考察，对其中的"同音多词"、"一词多训"、"呼应现象"等做了辨析，对汉语虚词在万叶和歌中被赋予的"新意"做了考辨，并提出了对有些汉语虚词重新释义的必要与可能。他强调，在万叶和歌中，有些汉语虚词不仅仅是作为表音符号来使用，而且也与古汉语中的意义、用法有深刻联系。在万叶和歌中，许多汉字虚词，如"太"、"胡""当"等。不仅仅用作表音，他在汉语中作为虚词的意义、用法常常被保留，具有表音兼表意的双重作用，而按照这个思路，可以对有关和歌作出更合理、更合逻辑的释义。尽管作者的观点在相对保守的日本《万叶集》研究界不一定轻易被接纳，但这种大胆立论、小心求证的学术态度，还有从语言学与文学的跨学科研究方法，是非常值得肯定的，中国学者万叶和歌研究中独树一帜。

自 1990 年代中期《智水仁山》、《万叶和歌新探》问世之后的十几年间，用中文撰写并在中国国内出版的有分量的关于《万叶集》研究有分量的著作很少见。2007 年宁夏人民出版社出版的刘雨珍著《万叶集的世界》一书，分"前篇——《万叶集》中的主要歌人及其作品"和"后篇——《万叶集》与中国文化"两部分，是一部对《万叶集》的内容及与中国文学的关系加以祖述的书，对于读者系统了解相关知识应该是有用的。但其中的许多段落与论述，与已有的研究成果大体相同，如后篇的第六章《〈万叶集〉与汉语》，从观点到材料（包括举的例子）许多是来自日本学者中西进在《智水仁山》等著作中的相关论述，可惜作者却未做注释和说明，该书还有极为严重的文字上的错误（如第 179—180 页）。此外还有张继文著《日本古典短歌与唐诗的隐喻认知研究》，（日文版，大连理工大学出版社 2009）等，单篇论文中，有吕莉的论文《"炎"考：关于万叶集第 48 首的探讨》（《外国文学评论》1996．2）、《"西渡"考：关于万叶集第 48 首歌的探讨》（《日语学习与研究》1996．4）等文章，都有自己的特定视角，着眼于微观的比较分析和出典研究，不避琐屑，以细致见长。

在俳句及其中日比较方面，杭州大学的路坚与日本学者关森胜夫合作撰写的《日本俳句与中国诗歌——关于松尾芭蕉文学比较研究》(杭州大学出版社1996,该书副标题文法上稍有不通)是1990年代值得注意的成果,是一位研究中国古典文学学者与日本的俳句专家合作研究的结晶。该书在形式上独具一格,全书选出芭蕉俳句一百多首,每首都作为相对独立的一节,先列出日文原作,在原文之下注明该句的季语为何,之后依次是"汉译"、"引评"和"备考"三部分。其中,汉译的方法一律使用俳句原有的"五七五"格律,有些译文相当成功,如第八首,芭蕉的原文是"花ううき世我酒白く食黑し",汉译为:"世道忧心头,浊酒淡饭解我愁,赏花人如流。"又如第61首,原文:"初しぐれ猿も小蓑をほしげ也",汉译为:"初冬时雨期,猿猴也要小蓑衣,朔气冷凄凄",都十分传神,富有俳味。汉译之后是"引评",对该首俳句的写作背景、含义加以解说,并提出主题、题材或意境上相关的中国古典诗歌,加以比较研究,或提出并分析芭蕉可能受到的中国诗歌影响,或做平行对比,并比较中加以评论和鉴赏。最后是"备考",补充一些"引评"中插不进去的内容,提供一些可资参考的知识与资料。在陆坚执笔的全书"前言"中,对芭蕉俳句与及其与中国古典诗词在意境、炼字、痛感等方面的相似与关联,也做了总体论述。总之,这是一部属于以细读、细品为特征、带有研究性质的赏析之作,具有工具书与专门著作的双重价值,同时,也没有同类著作中的咀嚼过细、嚼饭哺人的过度阐释,而是有话则长,无话则短,点到穴位,关乎痛痒,可谓恰当好处,对于从作品出发理解芭蕉俳句及其与中国古典诗歌的关联,颇具参考价值。

进入21世纪后,对和歌俳句的研究有出现了一些新动向、新作者和新成果。

首先,出现了相关的学术组成,2000年,北京大学日本研究中心成立"中日诗歌比较研究会",会员达到60多人,由刘德有任会长,并主编出版了《中日诗歌研究》第一辑(国际文化出版公司2000)和《中日诗歌比较研究》(中国文联出版公司2003),收中日两国学者、作者的相关论文及作品多篇,是一个相当好的交流园地,很可惜这样的不定期出版的学刊此后似乎未得为继。

其次，中日诗歌比较研究的文章与著述陆续出现，平均一年约有两三篇，虽然不多，但也不绝如缕。其中，有的文章承续1980年代上半期关于和歌、俳句汉译的话题，继续进行探讨，如宿久高的《和歌的鉴赏与汉译》(《日语学习与研究》2002．1)、佟君的《俳句汉译的形式美》(《内蒙古大学学报》2000．3)；有的文章论述松尾芭蕉及俳谐与中国文化之关系，如郑宗荣的《论禅宗思想对日本俳句的影响》(《重庆三峡学院学报》2005．2)、吴波的《日本禅宗文化影响下的古典俳句诗探析》(《南华大学学报》2010．6)、唐小宁的《松尾芭蕉俳句中的中国文化因素分析》(《安徽文学》下半月，2011．10)、齐金玲的《松尾芭蕉俳谐作品中汉诗的点化》(《安徽文学》下半月，2011．12)、郑腾川的《管窥芭蕉俳句之中国文化因子》(《集美大学学报》2005．3)；有的从"意象"表现为切入点做中日诗歌的比较，如刘海军《从月意象看中日古典诗歌审美差异》(《福建论坛》2006．1)、曹颖《唐诗远播扶桑时：从意象"竹"分析唐诗对于日本文学的影响》(《社会科学论坛》2008．8)，邹茜的《松尾芭蕉俳句中的三种花意象》(《世界文学评论》2008．2)、万芳的《日本古典和歌中"雪月花"的美意识研究》(《时代文学》下半月，2011．3)；有的从色彩的表现来研究俳句的审美特点，如钱国英的《论俳句中色彩语的审美效应》(《世界文学评论》2007．1)等。

尹允镇、徐东日、禹尚烈、权宇四位教授合著的《日本古代诗歌文学与中国文学的关联》(黑龙江朝鲜民族出版社2005)，共30万字，从上古时代的《万叶集》开始谈起，到《古今和歌集》以及近世俳谐。论述了日本在上古、中古、中世、近世的日本诗歌与中国的文化交流关系，涉及"记纪歌谣"、《万叶集》、汉诗集《怀风藻》和"敕撰三集"《凌云集》、《文华秀丽集》、《经国集》，敕撰和歌集《古今和歌集》、《新古今和歌集》，五山汉诗，连歌、俳谐、近代汉诗等日本诗歌的主要样式和重要作品。通过文献资料的引用和作品文本细读，分析、列举了日本诗歌在不同发展阶段所包含的中国要素，将传播研究与影响研究与平行研究结合起来，指出中国文学对于日本诗歌的深刻影响，包括主题、题材、意象、构思、修辞手法等方面对中国诗歌与中国文化的借鉴与吸收。撰写该书的四位教授都是朝鲜族出身，本身也精通朝鲜文学，这本书的特点也主要体现在把中日诗歌关系纳入中日韩东亚文化圈的视野中进行研究，指出了朝鲜半岛在中日诗歌文化交流中所起的津梁作用，并随时将三国诗歌进行比较分析，具有自觉的东亚区域文学的视野。书中涉及的问题较为全面，具备了史的线索与构架，但显然还不是全面的中日诗歌关系史的研究。或许由于立意角度或材料的限制，有些重要问题未能纳入研究范围，如第四章第二节《近世和歌论与中国文学》，对于近世和歌论的重要理论家及其歌论著作，如贺茂真渊的《歌意考》，荷田春满的《国歌八论》、本居宣长的《石上私淑言》，香川景树的《〈新学〉异见》等歌论经典著作及对中国文学的反思与批判，或一语带过，或没有提及，这对"近世和歌论与中国文学"这一论题而言是一个缺憾。第三章第五节《连歌、小歌与中国文学》，没有对日本连歌与中国"联句"之间的关系做出分析，第四章第四节《近世俳谐与中国文学》也没有就中国的汉代以后的"俳谐诗"、"俳谐文"等与日本"俳谐"这一概念的形成之间的关系做出应有的分析。但无论如何，该书作为一部严肃的、有深度的学术著作，是有一定的创新价值的。

2006 年，西北大学外语系日文专业的高兵兵（1967— ）《雪、月、花——由古典诗歌看中日审美之异》（三秦出版社 2006）是在日本获得的博士学位论文的基础上充实改写而成的 15 万字的小册子，是一个在内容上有一定关联性的多篇文章的结集。该书在冠于卷首的《汉诗与和歌之间——代序》中认为，以往对日本汉诗文的研究，过多强调的是中国六朝及唐代文学的影响，"这是基于日本人追踪溯源的立场，当然有一定道理，但同时又不免有其片面性。站在中国文学的立场，以一个中国人的眼光来看，日本创作的汉诗、汉文，与中国文学之间，只能说是形似。在本质上，日本汉诗反而与和歌更为神似，而且日本汉诗与和歌的许多的共同点都与中国文学相异。"基于这一认识，作者主要从求"异"的角度,展开中日诗歌的比较分析,强调中日文学的本质区别,这种立意显然可取的。作者主要以"花"为中心,论述了日本文学对"白色"描写的偏好,又分析了中日诗歌中"残菊"、"莺花"意象表现的不同,还举例式地对中国诗歌与和歌进行平行比较,包括李清照与紫式部笔下的"梅花"、中日古典诗歌中的"以花插头"题材。本书在结构与言说方式上,深受日本主流学界的研究方法的影响,全书没有体系构架,选题细小,对文本的细微之处做了细致赏析,但作为学术论著,特别是获得博士学位的博士论文,在"论"上较为乏力,其思想的含量、理论的展开、分析的深度都相对缺乏。作为全书核心结论的"日本人及日本文学"偏好白色"的问题,也是日本学界早就有的定论,例如中国人较为熟悉的今道友新的《东洋美学》中就有论述。但即便如此,该书作为高雅的普及性学术读物来看,是可取的、有益的。

  这方面的普及性读物还有数种。其中,郑民钦编著《和歌的魅力——日本名歌赏析》(外研社2008),以春夏秋冬四季为题,选取古典和歌200多首加以赏析;刘德润、孙青、孙士超编著《东瀛听潮——日本近现代史上的和歌与俳句》(外研社2010),选取60多人的短歌148首,50多位俳人的俳句157首,共305首加以赏析。刘德润编著《小仓百人一首——日本古典和歌赏析》(外研社2007),对日本传统上类似中国的《唐诗三百首》的著名选本《小仓百人一首》,有日语原文、日语现代语译文、重点词语解释、作者简介、鉴赏几个部分,对日语有基础的和歌爱好者是一本很好的入门读物。北京第二外国语学院日语学科教师铁军、潘小多、王静、施雯合著《日本古典和歌审美新视点——以〈小仓百人一首〉为例》(中国传媒大学出版社2010),按题材将《小仓百人一首》重新加以分类,其中包括爱情歌、咏月歌、山水情结、原野情结、春夏歌、秋歌、冬歌、动物昆虫歌、自然现象歌、花草木歌、作者、技巧等十三类,并对同类作品加以整体赏析与研究,虽然分类标准并不统一,但对了解和歌的传统主题与题材是有助益的。早早(张春晓)的《东瀛悲歌:和歌中的菊与刀》(复旦大学出版社,2009)一书,采取

"以诗证史"的方法,以名歌介入日本历史,分为"武家卷"、"战国卷"、"风月卷"、"怨灵卷"、"宫闱卷"、"风雅卷",讲述历史事件,分析日本历史人物、呈现民族文化心理,将学术随笔与和歌赏析融为一体,在构思写法上别具一格。

四 郑民钦等的歌俳史研究

专题史著作的出现,常常是某一学术领域得以形成的标志,也是学术研究体系化的表征,对于中国的和歌、俳句的研究而言也是如此。在中国,最早为日本的和歌、俳句写史的,是上海的日本文学研究者彭恩华(1944—2004)教授。

彭恩华的《日本俳句史》是由中国人编写、在中国出版的第一部系统的日本俳句史专著。为中国读者全面系统地了解俳句的历史发展演化的过程,提供了可靠的参考书。据彭恩华在本书序言中自述,该书原稿完成于1966年,字数约40万左右,但在"文化大革命"运动中散失无遗,改革开放后重写。虽然篇幅只有16万字,但以时代为经,以俳人为点,对从古至今各时代俳人的佳作及俳论都有较为简要而又具体的评析,尤其是最后一章论述俳句在西方各国及中国的传播与影响,可以见出俳句的国际性。在日本、俳句史方面的著作很多,用中文撰写俳句史可以参考日本的同类著作,从资料上看照理说不算很难,但最困难的,是要将大量的俳句译成中文之后,方可称为中文版的俳句史。彭恩华的《日本俳句史》涉及俳句原作上千首,因此,俳句史的写作最重要的其实在于俳句的翻译。彭恩华有其自己的固定的翻译方法,就是将五七五格律的俳句,译成五言体两句或七言体两句,多数采用五言的句式。在用词上基本上与原作相当,一般不用额外添加原文中没有的词,同时符合中国读者的阅读习惯,但鱼与熊掌不可兼得,俳句的"五七五"的形式则被淹没了。作者用这种方法,译出了古今俳句名作一千首,并且以日汉对照的方式,作为附录附于书后。所以说,《日本俳句史》不仅是一部俳

句历史书，同时也是一部有特色的俳句译作集。如松尾芭蕉的"草の叶をおつるよりとぶほたる哉"，彭译作"流萤翩翩舞，起落草叶中"；芭蕉的"送られつ送りつはては木曽の秋"，彭译作"君送我兮我送君，往来木曽秋气深"。宝井其角的俳句"虫の音の中咳き出すねぎめかな"，彭译作："咳嗽梦惊醒，人在虫声中"，等等，均能达意传神。

1986年，彭恩华又出版了《日本和歌史》的姊妹篇《日本和歌史》（上海学林出版社）。这也是由我国学者编写的第一部日本和歌史的著作。其写法与俳句史相同，仍使用以陈述史实、赏析作品为主、以介绍歌人为中心的写作方法。在1980年代中国一般读者对和歌还很陌生的情况下，这样的书、这种写法是必要的、也是很有用的，也为中国的和歌研究及日本文学研究提供了基本的参考。全书依次论述"记纪"歌谣、《万叶集》、以《古今和歌集》为中心的平安朝和歌、以《新古今和歌集》为中心的镰仓朝和歌、南北朝和室町时代的和歌、江户时代的和歌、明治与大正时代的和歌、昭和时代的和歌，并附录《古今和歌佳作一千首》（日汉对照），其译文大多采用七言两句的古诗句式，整饬而又雅致。可以说，在以古诗句式翻译的和歌译作中，彭恩华的两句译案与杨烈的四句译案，代表了"古诗派"翻译的两种主要形态。

1996年，马兴国先生的《十七音的世界——日本俳句》的小册子（上下两册，共14万字）作为《世界文化史知识丛书》之一，由辽宁大学出版社出版。该书印制相当粗陋，但作为知识性的读物，也不乏学术价值，内容颇为可取。全书分为《俳句的产生及发展》、《古典俳句与松尾芭蕉》、《近代俳句与正冈子规》、《当代日本俳坛》、《俳句规则》、《俳句与禅文化》、《俳句与中国》、《俳句与世界》共八章，对俳句做了纵向和横向的梳理、评介和分析，与上述彭恩华的歌俳史以歌人、俳人为单位的纵向评述的写法有所不同。特别是最后三章，不仅提供了许多新鲜的资料，而且也有颇得要领的分析。例如《俳句与文化》一章，借鉴日本学者铃木大拙等人的看法，对禅宗东传及如何影响日本的自然观乃至人生观，对松尾芭蕉作品中的禅意禅境，特别是芭蕉的"寂"与禅宗思想的关系做了分析。但马兴国仍沿用此前彭恩华等的译法,将"寂"(さび)译为、并理解为"闲寂",显然是将这个词的内涵缩小了,也进一步限定了一般中文读者对"寂"作出的"闲寂"的理解。《俳句与中国》一章,对松尾芭蕉、与谢芜村、正冈子规与中国文学的关系做了介绍结为概括的分析,对俳句在中国的译介及汉俳的诞生做了评述,都不乏参考价值。

此后不久,北京大学的王瑞林编著的《日本文化的皇冠明珠——短歌》(清华大学出版社1998)一书出版,全书共分"短歌的起源"、"短歌的历史"和"短歌赏析"三章,既有和歌起源与历史沿革的梳理,也有名家名作的原作、翻译及鉴赏分析,对一般读者而言,是一本内容系统、通俗易懂的和歌知识入门书。

进入21世纪后,中国的歌俳史研究更上一层楼,而登楼者就是日本文学研究家、翻译家郑民钦(1946—)。

2000年,郑民钦《日本俳句史》由京华出版社出版,这是一部内容系统翔实、资料丰富、富有学术性的日本俳句通史。日本的俳句史类的著作非常多,但很多的书流于堆砌材料和句作赏析,郑民钦的这部史充分吸收借鉴了日本同类著作,但是同时自觉突显中国学者的学术追求,写成了一部贯通古今、有史有识的俳句史。他在"后记"中说:"我写作的立足点是站在中国人的立场上,以自己的眼光审视历史,力图表现个性,即自我见解。要做到不落窠臼,有所创新,实非易事。在占有丰富翔实的材料和了解各家学说的基础上,披阅爬梳,去粗取精,吸收营养,自成机杼。当然,不是为了创新而创新,而是在研究过程中的确觉得有自己的话要说,有一些与众不同的体会。"统观全书,对这些,作者都完全做到了。写史除了掌握充分史料外,关键是要有"史识",要有史家自己的文化立场、学术理念和独到的鉴别分析,这就要将史料与史论结合在一起,《日本俳句史》最大的特点是史论结合。作者无论是俳句史的叙述、还是对俳人创作的分析,都在史料的使用中渗透着透辟的理论分析,从而形成了一种叙述张力,使读者在阅读中不但能体会到求知的快乐,而且能够享受到思维与思想的快感。一般受日本式思维影响过重的中国学者，常常自觉不自觉地沾染传统日语特有的那种拖沓绵软的表述、缺乏理论思辨的写生式的表达，而郑民钦的书，却通篇充满着中国学者的阳刚文气，处处可见透彻的评论与辨析，这是十分可贵的。这样写出来的《日本俳句史》虽然篇幅不小（34万字），读之却不觉得疲沓，急欲读毕而后快。例如，在第四章对小林一茶的创作的时候，作者写道："在近代俳句史上，一茶与芭蕉、芜村齐名，但三人的风格以及在历史上的作用各不相同。芭蕉为俳谐正风之祖，把俳句升华为真正的文学、走进艺术的殿堂。他的理论对后世产生极其深远的影响。芜村是中兴俳坛的第一人，对俳谐的复兴和天明时期的新风的树立做出光辉的业绩。而一茶处在俳谐相对衰退的时期，又离开江户，回答家乡定居，他的独具奇特魅力的句风未能被世人理解，没有得到社会上的承认，在俳坛几乎没有影响。……一茶属于'生前寂寞生后荣'，在他死后，人们才认识到他的俳谐的真正价值。那种充满泥土气息的、极具个性的作品给芭蕉、芜村以后沉滞、衰竭的传统风雅观注入野性的血液……。"全书几乎通篇都是这样的以史代论、夹叙夹议的写法。假如没有对日本俳句史各方面知识的熟稔于心与融会贯通，是难以做到这一点的。

2004年，郑民钦在《日本俳句史》的基础上，将俳句与和歌熔为一炉，出版了《日本民族诗歌史》（北京燕山出版社）。全书68万字，这是一部厚重的著作，评述了一千多年的和歌和六百多年的俳句的发展历史，从和歌的萌芽时期的记纪歌谣写起、到《万叶集》时代、《古今集》时代，中世《新古今集》等，到连歌、连句、俳句、川柳、狂歌的产生和发展的轨迹，都做了系统的评述，特别是对近现代短歌、俳句用了占全书一半的篇幅加以评述，指出了和歌、俳句在现代社会生活中的生存发展及其困境。在写法上仍然采用《日本俳句史》那样的以史代论的方法，但由于将和歌、俳句作为一个日本民族诗歌的整体加以处理，在内容上更为条贯，更能强化历史的纵深感，对一些问题上的思考与表述进一步细化和深化。其中最突出的特点是将和歌论、俳论纳入，并分专门章节加以评述，对各家理论观点做了分析阐释，从而将和歌、俳句史写成创作与理论相辅相成的历史。这更强化了该书的理论色彩和学术思想含量。因而，可以说该书不但是日本民族诗歌发展演进的历史，也是从诗歌角度切入的日本民族的审美意识、审美思想和文学理论的历史。当然，一般而论，理论问题涉及越多，值得商榷的地方相对也就越多，该书也不例外，例如，第五章《和歌理论》，以"余情"、"幽玄"、"有心"三个概念为中心，论述了中世纪和歌理论的概貌。但作者没有对三个概念是并列论述的，没有加以逻辑层次上的厘定和划分，若站在日本美学和文论的发展史上看，"幽玄"应该是中世和歌理论的最高概念，而"余情"、"有心"等，应该是"幽玄"的从属概念；第九章谈到松尾芭蕉的俳论的时候，将"风雅之诚"论作为芭蕉俳论的最根本审美概念，实际上，"风雅之诚"就是"俳谐之诚"，重心在"诚"字上，而这个"诚"作为文学真实论，早在芭蕉之前的古代文论中就被反复强调过了，这是日本文论的一般概念，与中国文论、西方文论的中的真实论相比，也缺乏理论特色。对蕉门俳论而言，真实论即"风雅之诚"论似乎并不是芭蕉俳论的核心，更不是芭蕉俳谐美学的最高理想，这个最高的理想境界应该是"寂"，关于这一点，大西克礼等现代日本美学家已经做出了充分地论证。再如该书第九章第六节《松尾芭蕉的俳论——寂、余情、纤细》中，将"寂、余情、纤细"三个概念作为并列的概念加以论述，实际上，对蕉门俳论的内在理论体系加以细致考察就会看出，"余情"和"纤细"（或译为"细柔"）只是"寂"的次级概念，是"寂"的具体化表现。另外，第四章第四节"平淡美与极信体的理念"，在标题中出现了"极信体"这个令人困惑的词（抑或概念），而在该节正文中却没有使用这个词，更没有做任何解释，不知是出于印刷错误还是别的原因。不过，另一方面，任何一部好的学术著作都不是一劳永逸地向读者呈现真理，而是启发读者去思考真理、追求真理，《日本民族诗歌史》也是一样，在这个意义上，它作为一部面向中国读者的专题文学史，填补了和歌俳句整体纵向研究的一处空白。可以说，这样高水平的著作，在日本同类著作中也是出类拔萃的，显示了当代中国学者对日本文化与文学的钻研已经达到相当深入的程度，具有重要的学术意义和参考价值。

郑民钦在理论上的追求，使得在和歌理论方面的研究进一步聚焦和系统化，于2008年出版了《和歌美学》（宁夏人民出版社《人文日本丛书》）一书，该书是在上述两部书的基础上提炼而成的。以和歌美学的重要范畴，以二十万字的篇幅，分九章分别对"抒情"、"物哀"、"心·词·姿·实"、"余情"、"幽玄"、"有心"、"风雅"、"优艳"、"无常"这些范畴和概念做了分析。这也是我国第一部关于和歌美学的著作，在日本，以"和歌美学"为题的著作似乎也没有，因而又填补了选题上的一个空白，是一个很有价值而又相当困难的选题。关于日本古代文论与美学，日本学者虽然做了大量研究，但或许是由于偏向情感思维而不善理论思辨的传统思维方式的集体无意识遗传的影响，除大西克礼等少数学者外，大部分日本学者在这个问题的研究上缺乏深度感和思辨力。因此，要对和歌美学的历史轨迹、特别横向的结构体系加以建构，可资参考的成熟的著作并不多，是一项充满挑战性的工作。《和歌美学》的立足点在"和歌"，而不是"美学"本身，是从文学批评的、文艺美学的角度对历代和歌论与和歌的审美内涵所做的分析，作者所采用的主要方法是基于和歌作品的分析来印证相关的范畴和概念，而不是用美学思辨的方法，对概念和范畴的内在理论逻辑加以寻绎并加以美学体系化。《和歌美学》一书的特点和局限都在这里。作者第一次对和歌美学——它占据了日本传统美学的半壁江山——的基本范畴，结合和歌史和歌论史做了动态的梳理，为中国读者系统了解这些独特的审美范畴提供了知识与参考。但是，由于这些概念进行相对孤立的分别论述，因而对概念之间的逻辑关系的清理就受到削弱。同时，对属于和歌的独特的审美概念，和那些不仅属于和歌的一般的思想性、宗教性概念，也未能加以严格区分，例如第一章"抒情"，将"抒情"这个一般词汇作为和歌概念来处理，就显得勉为其难，导致这一章的分析论述很一般化。再如第九章"无常"所论述的"无常"，是来自佛教的日本人传统的世界观，当然也与审美观相联系，但无论如何不是和歌独有的概念。第八章的"优艳"，实际上在歌论的中最经常地写为"艶"（えん），"艶"有时候训读（解释为）"优"（やさし），但"优艳"作为一概念的使用是很少的，倒是"妖艳"一词更常见。总之，《和歌美学》作为开拓性的著作，解决了一些问题，也留下一些问题，为进一步的研究思考提供了一个参照和起点。

作者简介

王向远，北京师范大学文学院教授、博士生导师。主要从事比较文学、翻译文学、东方文学、日本文学，文艺理论及美学、中日关系等方面的研究。

"夏目漱石与中国"（笔谈，4篇）*

主持人语：夏目漱石是日本近代文学的大文豪，有"国民作家"之称。他的创作深受中国文学和文化的影响，也为20世纪以来的中国文学广泛接受。夏目漱石与中国关系的研究，是比较文学"影响研究"富于特色的个案。本组笔谈的4篇论文，以夏目漱石的作品为对象，或分析作品在中国的译介和传播，或探讨作品中的中国文学元素，是基于事实考察的微观研究，但对推进"夏目漱石与中国"课题的研究，乃至中日文学、文化交流具有积极意义。

主持人简介：黎跃进（1957— ），男，湖南资兴人，天津外国语大学比较文学研究所讲座教授，天津师范大学文学院教授，博导，中国东方文学研究会副会长。研究方向为东方文学、比较文学。近期出版的著作有《东方现代民族主义文学思潮发展论》、《东方文学史论》、《多重对话：比较文学专题研究》等，目前主持教育部人文社会科学研究规划基金项目"夏目漱石与中国"。

---

* 本组笔谈是教育部人文社会科学研究规划基金项目"夏目漱石与中国"（10YJA752013）的阶段性成果。

《我是猫》在中国的汉语译本

黎跃进

《我是猫》是日本明治大文豪夏目漱石的成名作,也是他的代表作之一。这部作品也是在中国译介最多、传播最广、影响最大的夏目漱石的作品。梳理《我是猫》在中国的汉语译本的情况,是中日文学交流的题中之义。

从相关文献提供的信息得知,《我是猫》在中国最早的翻译是1926年。20世纪80年代东北师范大学外国问题研究所出版的《五四运动以来日本文学研究与翻译目录》所收录的夏目漱石的译本目录中,列有《我是猫》的一个译本,即"程伯轩译,风文书店1926"[①]。刘振瀛先生在谈到漱石作品在中国翻译时,也谈到了1926年出版的《我是猫》的译本[②]。虽然笔者没有看到这个译本,但查上海图书馆书目,可以看到"东京凤文书院1936年程伯轩、罗茜翻译的《我是猫》"译本的信息,大概这一版本就是前一译本的再印或再版。主译者程伯轩是著名旅日华侨和语言学学者,在20世纪30年代先后出版过《日语公式(成语熟语)详解》(1935)、《日本文言文法》(1936)、《日本文章解剖》(1937)、《抗战与太平洋问题》(1937)、《暴日侵华血史》(1938)'等语言学和政治学著作。

之后出版的《我是猫》的新译本是大陆1958年的《夏目漱石选集》中收了胡雪、由其的合译本和台湾地区李永炽的译本。20世纪90年代以

---

① 东北师范大学外国问题研究所日本文学研究室:《五四运动以来日本文学研究与翻译目录》,《日本文学》1983年第4期,第312页。

② 刘振瀛:《日本文学论集》,北京大学出版社,1991年,第216页。

来，这两个译本不断再版，同时出现新的译本。

根据不太完全的统计，在大陆和台湾地区①，《我是猫》的翻译版本（包括再版本）达30多种，列表如下：

序号	译名	译者	出版社	出版时间	列入丛书
1	《我是猫》	程柏轩	风文书院	1926	
2	《我是猫》	程柏轩、罗茜	风文书院年	1936	
3	《我是猫》（《夏目漱石选集》上卷）	胡雪、由其	人民文学出版社	1958	日本文学丛书
4	《我是猫》	尤炳圻、胡雪	人民文学出版社	1997	世界文学名著文库
5	《我是猫》	尤炳圻、胡雪	人民文学出版社	2006	名著名译插图本
6	《我是猫》	于雷	译林出版社	1993	
7	《我是猫》	于雷	译林出版社	1994	译林世界文学名著
8	《我是猫》	于雷	译林出版社	1999	世界文学名著百部珍藏本
9	《我是猫》	于雷	译林出版社	2002	
10	《我是猫》	于雷	译林出版社	2010	
11	《我是猫》	于雷	吉林大学出版社	2000	日汉对照·世界名著丛书
12	《我是猫》	于雷	吉林大学出版社	2009	日文名著·日汉对照系列
13	《我是猫》	刘振瀛	上海译文出版社	1994	
14	《我是猫》	刘振瀛	上海译文出版社	2003	世界文学名著普及本
15	《我是猫》	刘振瀛	上海译文出版社	2007	译文名著文库
16	《我是猫》	刘振瀛	上海译文出版社	2011	译文名著精选
17	《我是猫》	罗明辉	南方出版	2003	外国文学名著大系
18	《我是猫》	蒋蜀军	广州出版社	2008	世界文学名著典藏
19	《我是猫》	朱巨器	长江文艺出版社	2008	世界文学名著典藏
20	《我是猫》	郭涵等	延边人民出版社	2001	

① 限于资料，香港、澳门地区没有统计。

续表

序号	译名	译者	出版社	出版时间	列入丛书
21	《我是猫》	王学兵	远方出版社出版	2001	
22	《我是猫玩偶之家》		吉林摄影出版社		世界文学名著精粹
23	《沙恭达罗我是猫》		伊犁人民出版社		世界名著百部
24	《我是猫》	卡吉	小知堂文化有限公司	2001	世界文集系列
25	《我是猫》	卡吉	立村文化	2009	
26	《我是猫》	赵慧瑾	星光出版社	1995	
27	《我是猫》	石榴红文字工作坊	花田文化股份有限公司	1995	日本经典文学大系1、2
28	《我是猫》	李永炽	远景出版事业公司	1976	世界文学全集85
29	《我是猫》	李永炽	远景出版事业公司	1997	
30	《我是猫》	李永炽	桂冠出版社	1994	桂冠世界文学名著45
31	《我是猫》	李永炽	书华出版事业有限公司	1995	世界文学全集66
32	《我是猫》	刘振瀛	志文出版社	2001	新潮文库450

从上表中可以看到，《我是猫》在中国的翻译影响最大、流传最广的是尤炳圻、胡雪的合译本和于雷、刘振瀛、李永炽的译本。这四种译本都称得上是名家名译，五位译者都精通日文，是著名的翻译家，或者是大学教授、作家、学者。

尤炳圻（1912—1984），江苏无锡人，20世纪30年代初在清华大学学习英国语言文学，1934年至1937年留学日本，在东京帝国大学研究院研究英国和日本文学。回国后，他先后在北京师范大学日本文学系、北京大学日本文学系讲授日本文学、日文语法等课程。1950年以后他任教于西北师范学院中文系。尤炳圻著有《日本语文法》（1941）、《日本文学史》（北京艺文杂志于1943年7月至1944年9月连载）等著作，30年代翻译出版日本学者内山完的《一个日本人的中国观》（1936），受到鲁迅的称赞，还翻译出版夏目漱石的《梦十夜》（1936）、藏原惟人的《日本新民主主义文化运动》（1950）、岛崎藤村的《破戒》（1958）、木下尚江的《火柱》（1981）等作品。尤炳圻的《我是猫》译文最早在1942年12月至1943年12月连载于天津的《庸报》。1958年人民文学出版社出版《夏目漱石选集》，上卷即《我是猫》，译者署名为"胡雪、由其"，大概是以尤炳圻40年代的译文为基础，由胡雪做了校订和修改，故署名两人合译（"由其"即尤炳圻），而90年代人民文学出版社出版《我是猫》单行本时，署名为"尤炳圻、胡雪"。胡雪（1909—1985），湖北黄冈人，1925年大学毕业后入黄埔军校。1927年至1931年留学日本。归国后任上海神州国光社编辑，从事文学、哲学研究和翻译工作。抗战时期曾任国民政府军事委员会政治部第三厅对日宣传核心小组文艺写作组组长。1947年任国立湖北师范学院教授，1948年任中华大学中文教授兼系主任，讲授文艺学、西洋哲学史、英语、日语等课程。1952年以后任华中师范学院中文系教授兼外国文学教研室主任。其著译有《欧洲思想史》、《中国资本主义发达史》、《高尔基评传》、《现代世界文学小史》、《帮闲文学》等。尤炳圻、胡雪合译的《我是猫》是在中国流行时间最长的译本。

于雷（1924—2010）吉林梅河人，1945年开始发表作品，1950年毕业于东北师范大学文学院国文系，之后在东北人民出版社、辽宁人民出版社从事文学编辑工作，曾被错划右派，下放农村劳动。"文革"后任春风文艺出版社外国文学室主任、《春风译丛》副主编、编审，辽宁省作家协会中外文学交流委员会主任，辽宁省文学翻译协会会长。著有报告文学《沙河桥边的喜事》、《吕根泽》、《人与鬼：日本战犯关押纪实》，诗词集《苦歌集》，学术专著《日本文学翻译例话》，主要译作有清少纳言的《枕草子》、夏目漱石的《我是猫》和《明暗》、德富芦花的《不如归》、谷崎润一郎的《春琴抄》、石川达三的《风雪》、井上靖的《彩色的暗露》和《猎枪》、石坂洋次郎的《绿色的山脉》等，计400余万字。于雷的《我是猫》译文顺畅活泼，比较受读者欢迎，译本在译林出版社多次重版，还有吉林大学出版社以日汉对照出了两版。译者本人对译文也很得意，在吉林大学出版社2009年版的"序言"中写道："此次编排《我是猫》对译时，采用译本为购买版权的旧译本，译者于雷的译笔精准，已成定论，恕不赘述。"①

刘振瀛（1915—1990）辽宁沈阳人，自小喜欢文学，中小学阶段大量阅读中国古典和现代新文学作品，1935—1941年留学日本，毕业于日本东京高等师范大学日本国文系，期间研读日本和西方的文学名著。回国后任教于北京师范大学日本文学系和北京大学东方语言文学系，担任日语和日本文学课程的教学，著有《日本文学论集》（1991）、《日本文学史话》（1995）、《日本近现代文学阅读与鉴赏》（上、下，1993）、《日语中谓语的附加成分与汉译》，译著有夏目漱石的《我是猫》、《哥儿》、西乡信纲的《日本文学史》（古典部分，1978）、坪内逍遥的《小说神髓》、世阿弥的《风姿花传》、藤原定家的《每月抄》等。对于文学翻译，刘振瀛曾经说过："一个有功底的文学翻译者，不但要有一般的文化修养，文学素养和驾驭双方语言的能力，而且更需要对原作品、乃至对原作者的整个创作的倾向、特色，下一番研究工夫。换句话说，一个译者，不但要对着手翻译的原作品所涉及的语言，有精确理解，而且也应当是他所从事翻译的那个作家的研究者，或者退一步说，也应当是个好的理解者。"② 他也谈到《我是猫》的翻译，认为这是一部具有"俳文"精神和风格的作品，"对于这样一部作品，如果想要真正理解它的语言上的特色，就不能不探索它与'俳文'传统的继承与发展的关系，并在'俳文'的艺术特点上，下一番研究工夫。只有这样，才能充分体会作者在《我是猫》这部作品中苦心孤诣的独创性，才能更好地完成这部作品的汉语翻译的工作。"③ 刘振瀛的《我是猫》译文，是一种研究性的翻

---

① 于雷：《我是猫·序言》，吉林大学出版社，2009年。
② 王寿兰编：《当代文学翻译百家谈》，刘振瀛：《片断的感想》，北京大学出版社，1989年，第211页。
③ 同上，第212页。

译,不仅仅是语言的转换,而是原作文化、文学精神与韵味的传达。他的译本在上海译文出版社一版再版,还在台湾出版发行繁体文版。

李永炽(1939—)台湾台中县人,1958—1966在台湾大学历史系和历史研究所学习,硕士毕业后在台湾大学历史系任教,是著名的史学家和翻译家,致力于日本和中国历史研究。著有学术专著《福泽谕吉社会思想之研究》、《日本的近代文化与知识分子》、《日本史》、《日本近代思想论集》、《中国历史一百讲》、《西洋历史一百讲》、《莽原集》、《历史的长城——史记》、《不屈的山岳——雾社事件》、《历史的跫音》、《台湾历史年表,终战篇》、《日本式心灵——文化与社会散论》、《日本近代史研究》、《历史·文学与台湾》、《世纪末的思想与社会》等;日本文学的译著有吉田兼好的《徒然集》,井原西鹤的《好色五人女》,森鸥外的《雁 山椒大夫》,夏目漱石的《我是猫》、《之后》、《矿工》、《行人》,岛崎藤村的《春》,志贺直哉的《暗夜行路》、《和解》,武者小路实笃的《幸福家庭》、《友情 爱与死》,芥川龙之介的《芥川龙之介精选集》,川端康成的《山之音》、《雪国》、《千羽鹤》,三岛由纪夫的《金阁寺》、《假面的告白》、《蓝色时代》,井上靖的《黑蝶》、《夜之声》、《西域的故事》,水上勉的《马儿啊!在大地上安息吧!》、《越后.亲不知》,大江健三郎《万延元年的足球队》,《当代世界小说家读本大江健三郎》,太宰治的《当代世界小说家读本太宰治》,宇野千代的《我要活下去》,吉行淳之介的《等待的女人》,藤堂志津子的《熟夏》以及作品集《"内向世代"小说选》、《日本掌中小说选》等,几乎对近现代日本文坛的重要作家都有涉足,还组织过几套日本文学"丛书"的翻译。他的《我是猫》译本在台湾多家出版,是台湾流传最广、影响最大的译本。

正是由于这样的名家名译,才使《我是猫》在中国得以广泛传播。而就这四个译本而言,可谓各有特色,我们以开篇的第一段为例,来比较考察四部译作的翻译特点与风格。

原文:

吾輩は猫である。名前はまだ無い。
　どこで生れたかとんと見当がつかぬ。何でも薄暗いじめじめした所でニャーニャー泣いていた事だけは記憶している。吾輩はここで始めて人間というものを見た。しかもあとで聞くとそれは書生という人間中で一番獰悪な種族であったそうだ。この書生というのは時々我々を捕えて煮て食うという話である。しかしその当時は何という考もなかったから別段恐しいとも思わなかった。ただ彼の掌に載せられてスーと持ち上げられた時何だかフワフワした感じがあったばかりである。掌の上で少し落ちついて書生の顔を見たのがいわゆる人間というものの見始であろう。この時妙なものだと思った感じが今でも残っている。第一毛をもって装飾されべきはずの顔がつるつるしてまるで薬缶だ。その後猫にもだいぶ逢ったがこんな片輪には一度も出会わした事がない。のみならず顔の真中があまりに突起している。そうしてその穴の中から時々ぷうぷうと煙を吹く。どうも咽せぽくて実に弱った。これが人間の飲む煙草というものである事はようやくこの頃知った。

1. 尤炳圻、胡雪的译文：

　　我是猫，名字还没有。
　　出生在什么地方，我一点也不清楚，只记得曾在一个昏暗潮湿的地方，咪唔咪唔地哭泣着。我在那地方第一次看到叫做人的这个东西。后来听说那便是所谓书生①，是人类之中最凶恶的一种。据说这类书生常常捉住我们，把我们煮了吃掉。不过，那时我还不大懂事，所以倒不觉得怎样可怕，只是当他把我放在手掌上，猛一下举起来的时候，心里有些摇摇晃晃的。我在书生的手掌上稍稍定下心

---

① 书生亦可译作青年学生。——原注。

来后,才向他的脸一望,这大概就是我第一次看见所谓人的开始罢。当时我那种奇怪之感,至今都还存在着。本来应该有毛的那张脸,却是光溜溜的,简直像个开水壶。后来我也碰见过很多的猫儿,可一次也未曾见过这样带残疾的脸。不仅这样,脸的中央还凸得很高,从那窟窿里面不时噗噗地喷出烟来,呛得我实在难受!到了最近,我才知道那就是人类所吸的香烟。

2. 于雷的译文:

咱(zá)家是猫。名字嘛……还没有。

哪里出生?压根儿就搞不清!只恍惚记得好像在一个阴湿的地方咪咪叫。在那儿,咱家第一次看见了人。而且后来听说,他是一名寄人篱下的穷学生,属于人类中最残暴的一伙。相传这名学生常常逮住我们炖肉吃。不过当时,咱家还不懂事。倒也没觉得怎么可怕。只是被他嗖的一下子高高举起,总觉得有点六神无主。

咱家在学生的手心稍微稳住神儿,瞧了一眼学生的脸,这大约便是咱家平生第一次和所谓的"人"打个照面了。当时觉得这家伙可真是个怪物,其印象至今也还记忆犹新。单说那张脸,本应用毫毛来妆点,却油光崭亮,活像个茶壶。其后咱家碰上的猫不算少,但是,像他这么不周正的脸,一次也未曾见过。况且,脸心儿鼓得太高,还不时地从一对黑窟窿里咕嘟嘟地喷出烟来。太呛得慌,可真折服了。如今总算明白:原来这是人在吸烟哩。

3. 刘振瀛的译文:

我是只猫儿。要说名字嘛,至今还没有。

我出生在哪里,自己一直搞不清。只记得好像在一个昏暗、潮湿的地方,我曾经"喵喵"的哭叫来着,在那儿第一次看见了人这种怪物。而且后来听说，我第一次看见的那个人是个"书生"①，是人类当中最凶恶粗暴的一种人。据说就是这类书生时常把我们抓来煮着吃。不过，我当时还不懂事，所以并不懂得什么是可怕，只是当他把我放在掌心上，嗖的一下举起来的时候，我有点悠悠忽忽的感觉罢了。我在书生的掌心上，稍稍镇静之后，便看见了他的面孔。这恐怕就是我有生以来第一遭见到的所谓人类。当时我想："人真是个奇妙之物！"直到今天这种感觉仍然深深地留在我的记忆中。甭说别的，就说那张应当长着茸毛的脸上，竟然光溜溜的，简直像个烧水的圆铜壶。我在后来也遇到过不少的猫，可是不曾见过有哪一只残废到如此的程度。不仅如此，面部中央高高突起的黑洞洞里还不时地喷出烟雾来，呛得我实在受不了。最近我才知道那玩意儿就是人类抽的烟。

4. 李永炽的译文：

我是猫，还没有名字。

在哪里出生的，一点儿也不记得。只是在印象中仿佛曾经在一个阴暗潮湿的地方，喵——喵——地叫着。在这里我头一次看到了人类。而且，后来才听说这就是所谓的书生——是人类之中最狰狞凶恶的一种。这种书生，听说偶尔还会捕捉我们，烹猫而食呢！可是，当时我还没什么思想，只是在他的手掌上嗖——地一声被提了起来时，感觉到有一点摇摇晃晃罢了。在他的手掌上稍微稳定后，所看到的书生的脸孔，大概就是初次见到所谓的"人类"吧！

直到现在，当时那种奇妙的感觉仍然残留着。首先，应该是长满毛的脸，却光滑发亮地像个茶壶一样。在那之后我也碰见过许多猫，但是像这样残缺不全的动物，倒再也没有遇见过。再加上脸孔正中央还高高地突起一块，同时从那洞中呼——呼——地冒出烟来。

---

① 指寄食人家，边照料家务边上学的书童。——原注。

我被呛得实在受不了,最近我终于知道,这就是人类所抽的烟草。

一般而言,开篇的译文是译者最用心的,它往往奠定了全篇的基调。从几部译作的开头一段我们可以看到,尤炳圻和胡雪的译文简洁流畅、轻快洒脱,以忠实原文的直译传达出原文的内容,但对原文中表达的语气,婉转细微处有所忽略。

于雷的翻译在整体上忠实原文的基础上更多为传神而做出的创造性改造,表达更加中国化。下笔将"吾辈"译成"咱(zá)家",译者在"译序"中有专门的说明,还引起过学界对"吾辈"翻译的讨论,体现了于雷译文本土化的努力。译文中的"压根儿"、"寄人篱下"、"六主无神"、"打个照面"、"记忆犹新"、"油光崭亮"、"周正"、"折服"等都是非常中国化的语言,也赋予译文以文采,体现出身为作家的译作风格。但对原文的理解有些可商榷之处,如将"この書生というのは時々我々を捕えて煮て食う"译成"这名学生常常逮住我们炖肉吃",原文中的"この書生",承前文看应该是指"这类书生",是群体,而不是特指这一个。

刘振瀛的译文字数最多,对原文的把握非常精确,不仅传达文句原意,还将原文中的细微处表达得准确到位。有研究者分析下笔的"我是只猫儿。要说名字嘛,至今还没有"一句的译文:"这句译文看上去虽简单无奇,但显然包含着译者对作品的深刻的体会,'我是只猫儿',表示猫的量词'只'以区分表示人的量词'个',这就使得"猫"自己不屑与人类为伍的自负语气强调出来了;不用'猫'而用儿化音'猫儿',就很轻松地传达出了原文的滑稽幽默;'要说名字嘛,至今还没有',其中的'要说……嘛',语气中有轻微的转折和迟疑,这就把'猫'因'至今还没有'名字而造成的不满足感和不易觉察的自卑感体现了出来。"[①]译文中的"只记得……"、"好像……"、"叫来着"、"据说……"、"不

---

① 王向远:《八十多年来中国对夏目漱石的翻译、评论和研究》,《日语学习与研究》,2001年第4期。

过……"、"只是……罢了"、"竟然……"、"简直……"、"不仅如此"这些句式将原文中猫的心绪、神态做出细腻的刻画。刘振瀛的译文逼近细腻,还很严谨,注重句子成分的完整,体现长期从事日语语言教学研究的学者译文的特点。这样的细腻与严谨,显得译文的简洁稍嫌不足。如译文中每句的主语"我",不必每句不缺,有些承前省略不会影响内容的表达,而会更加简洁流畅。

  李永炽的翻译比较忠实原文,也注重细微的语气,特别注重场景气氛的再现。"喵——喵——地叫着"、"嗖——地一声"、"呼——呼——地冒出烟来"这样拟声拟态的表达,生动传神,给人以身临其境的画面感。不过,译文中的一些地方可以再斟酌,如将原文"この書生というのは時々我々を捕えて煮て食うという話である"中的"時々"译为"偶尔"似乎不确。虽然作为副词的日语词"時々"(ときどき)可以作"经常,时常"和"有时,偶尔"等多种解释,但在上下文的语境中,译成"经常"或"常常"更确切,更能表现"猫"对这类书生烹食同类的恨意。再如将"ただ彼の掌に載せられてスーと持ち上げられた時"一句翻译成"只是在他的手掌上嗖——地一声被提了起来时"也可商榷,"在手掌上"和"提起来"在情理上不能连用,"提"必须是手掌蜷拳才能做的动作,原文中的"持ち上げる"本意就是"举起"或"抬起",另外三个译本都译作"举起"是准确的。

  总之,《我是猫》作为日本20世纪文学的名作,在中国广泛传播,以前述的几位译者为代表,他们通过各有所长的翻译,为中国广大读者走进夏目漱石的艺术世界搭建起桥梁。

作者简介

  黎跃进,天津师范大学文学院教授,博士生导师。

《草枕》中的中国文学元素

田 羽

　　夏目漱石1906年创作的《草枕》，是他所有作品中，中国文学元素体现得最为集中的一部。《草枕》是一部带有唯美色彩，"以美为生命"的俳句式小说，风格朦胧氤氲，语言优美多彩。作品讲述一位青年画工为逃避现实世界，追寻非人情美感而经历的一段旅程，以及旅程中的种种感悟。作为反对日本明治时代的工业文明以及自然主义文学理念的实践之作，漱石在这部著作中所宣扬的就是一种回归自然、回归传统美的"东洋趣味"，将大量的笔墨用于感受性的渲染。作品之所以给读者独特的审美感受，不仅源于作者对日本古典美学的熟练驾驭，也离不开他对中国文学典籍和思想的巧妙运用。

　　《草枕》中曾多次引用到汉文典籍中的诗词语句，尤其以对陶渊明诗歌的引用最为直接和精彩，它们不仅丰富了文章的内容，而且为文章增添了非本土的情趣。从被引用的诗句中，也可以反映出夏目漱石的创作思想和倾向。

　　原文：うれしい事に東洋の詩歌はそこを解脱したのがある。採菊東籬下、悠然見南山。ただそれぎりの裏に暑苦しい世の中をまるで忘れた光景が出てくる。垣の向うに隣りの娘が覗いてる訳でもなければ、南山に親友が奉職している次第でもない。超然と出世間的に利害損得の汗を流し去った心持ちになれる。[①]

[①] 夏目漱石：《草枕》，《夏目漱石全集3》，筑摩书房，1987年，第5页。

译文：可喜的是，有的东方诗歌倒摆脱了这一点。采菊东篱下，悠然见南山。但从这两句诗里，就有完全忘却人世痛苦的意思。这里既没有邻家姑娘隔墙窥探，也没有亲戚朋友在南山供职。这是抛却一切利害得失，超然出世的心情。①

这段文字出现于文章的第一章节，其中的"采菊东篱下，悠然见南山"一句出自中国东晋时期著名诗人陶渊明的《饮酒二十首》第五首中的诗句。

作者在前文中，就诗歌创作与人情世故的关系问题进行了论述，阐明了自己对诗歌的看法，认为诗歌应当脱离世俗人情的纠缠，放弃俗念，使人的心情脱离凡尘。夏目漱石认为西洋的诗歌是有悖于这个标准的，即使其中的精华之作也无法摆脱人情的桎梏，不能真正的称其为"诗"；而在东方诗歌中，却能看到与作者审美境界产生共鸣的作品，即陶渊明的这句"采菊东篱下，悠然见南山"，寥寥数笔，勾画的景象其实非常简单，但是已经传神地表现了一种超脱人情俗物之外，与自然相融相合的超然境界。

陶渊明是中国最具代表性的山水田园诗人，他吸收了老子思想中"道"与"无"的和谐统一，又继承了"大化"与"游心"的庄学精神，加之其本身向往自由热爱田园的洒脱性格，造就了陶渊明田园诗歌的最大特点，即"物我合一""逍遥自由"的空灵美感，因此，其诗作中常常呈现着淳朴清新的田园意象和脱俗悠然的隐逸情怀。夏目漱石从在二松学校学习期间就开始钟情于陶渊明的诗作。和田利男在《漱石与陶渊明》中提到："数年前，在银座松坂屋举办的夏目漱石展上，我看到了夏目漱石挥毫书就的陶渊明《归去来兮辞》的前篇。原文的总字数多达三百三十八字，因此那副卷轴的长度是非常惊人的。这也体现了他对陶渊明的

---

① 夏目漱石著，陈德文译：《哥儿·草枕》，海峡文艺出版社，1986年，第110页。

喜爱程度非同一般。"① 夏目漱石在对陶渊明诗作的长期阅读研究中，审美情趣逐渐受到陶诗的影响。恰巧其所处的明治时期，正是日本西洋化进程如火如荼的时代，夏目漱石对日本社会这虚伪混乱的现状深感迷茫和厌恶，故而产生了一种避世的情绪，渴望寄情于山水，这也与逃避黑暗官场，在田园归隐生活中找寻恬淡快乐的陶渊明不谋而合。夏目漱石在陶渊明的诗中，发现了自己所向往的东西。他憧憬陶渊明的思想境界并把它作为自己的理想。《草枕》这部作品本身就可以看做是夏目漱石为尝试走进陶渊明的精神世界所搭建的桥梁。从《草枕》的场景安排就可以看出，那古井的温泉场就是一个被架构起来的，与陶渊明《桃花源记》中的桃花源非常相似的"非人情"天地，因此，此处引用陶诗"采菊"一句，不仅进一步表明了夏目漱石对于陶渊明诗歌境界的憧憬，也使抽象的"非人情"美学思想更加具体化了。

陶诗对夏目漱石的显著影响在《草枕》中的其余章节也多有表现。

　　原文：評して見ると木瓜は花のうちで、愚かにして悟ったものであろう。世間には拙を守ると云う人がある。この人が来世に生れ変るときっと木瓜になる。余も木瓜になりたい。②
　　译文：品评起来，木瓜是花中既愚且悟者。世间有所谓守拙之人，这种人转生来世一定变成木瓜。我也想变成木瓜。③

原文中"拙を守る"（守拙）一词来自于陶渊明《归园田居·其一》的"开荒南野际，守拙归园田"。守拙，即安于愚拙，不学巧伪，不争名利。潘岳的《闲居赋序》中有"巧官"，"拙官"二词，巧官善于钻营，拙官守正不阿。陶渊明就是典型的拙官，他反对机巧圆滑，反对官场生活中的八面玲珑、尔虞我诈，怕自己受到官场不良环境的影响而失其本

---

① 和田利男：《漱石と陶淵明》，乙骨书店，1971年。译文为笔者译。
② 夏目漱石：《草枕》，《夏目漱石全集3》，筑摩书房，1987年，第81页。
③ 夏目漱石著，陈德文译：《哥儿·草枕》，海峡文艺出版社，1986年，第208页。

心，因而辞官归隐，复归质朴无为、清心寡欲的生活，守住自己人格的独立和自由。夏目漱石在此以木瓜比喻世间坚守本心之人，并发出了自己来生也想变木瓜的感慨，这明显是受到了陶渊明的影响，在"守拙"的处世理念上，再次与陶渊明产生了共鸣。

夏目漱石在《草枕》中还引用了两首自己创作的汉诗《春日静坐》和《春兴》作为文中画工实践"非人情"的灵感之作，原文如下：

春日静坐

青春二三月。愁随芳草长。
闲花落空庭。素琴横虚堂。
蠨蛸掛不動。篆烟繞竹梁。
独坐無隻語。方寸認微光。
人間徒多事。此境孰可忘。
会得一日静。正知百年忙。
遐懷寄何处。緬邈白雲郷。

春興

出門多所思。春風吹吾衣。
芳草生車轍。廢道入霞微。
停筇而矚目。万象帶晴暉。
聴黄鳥宛転。觀落英紛霏。
行尽平蕪遠。題詩古寺扉。
孤愁高雲際。大空斷鴻帰。
寸心何窈窕。縹緲忘是非。
三十我欲老。韶光猶依々。
逍遥随物化。悠然対芬菲。

《春日静坐》中出现的"素琴"，是夏目漱石常用于作品中的一个意象。他之所以偏爱这个词语,也是受到了陶渊明的影响。《宋书·陶潜传》里有"潜,不解音聲。蓄一张素琴而无弦。每適有酒,輒撫弄寄其意。"由此可以看出,"素琴"是陶渊明美酒的伴侣,是他表达清闲、幽静的心境时所不可缺少的象征物之一,夏目漱石领悟到这一点,并把它应用到自创的汉诗中,用来烘托同样的诗境。至于《春兴》中的"落英纷霏"一词就更为明显,是化用自陶渊明《桃花源记》中的名句"芳草鲜美,落英缤纷"。

这两首诗表面上都是对于自然风光的描写,其实作者是在通过这种对自然的描写,表达一种超越尘世、自我、生死,不受任何内在外在的好恶、是非和形体、声色的限制,只与自然融合为一的快乐。这种境界也正是陶渊明在诗歌创作中的毕生追求。

小说中也引用王维的诗歌。如:

独坐幽篁裏、弾琴復長嘯、深林人不知、明月来相照。ただ二十字のうちに優に別乾坤を建立している。この乾坤の功徳は《不如帰》や《金色夜叉》の功徳ではない。汽船、汽車、権利、義務、道徳、礼義で疲れ果てた後に、すべてを忘却してぐっすり寝込むような功徳である。①

译文:独坐幽篁里,弹琴复长啸。林深人不知,明月来相照。仅仅二十个字,就建立起一个优雅的乾坤。这个乾坤的功德,并非《不如归》和《金色夜叉》那样的功德,而是对轮船、火车、权利、义务、道德、礼义感到腻烦以后,忘掉一切,沉睡未醒的功德。②

与之前提到的陶渊明的《饮酒》相同,王维的这首《竹里馆》也出现在文章的第一章节,并紧随"采菊东篱下,悠然见南山"一句其后,

---

① 夏目漱石:《草枕》,《夏目漱石全集3》,筑摩书房,1987年,第5页。
② 夏目漱石著,陈德文译:《哥儿·草枕》,海峡文艺出版社,1986年,第110页。

被当作东方诗歌意境的典范,进一步展现夏目漱石"非人情"的诗歌美学思想。

  王维是中国唐代最具盛名的山水田园诗人,同时也是一位出色的画家,以"诗中有画,画中有诗"的特点而著称。也正是因为他更善于用文字勾描出画面的感觉,才更适合以他的诗句,来为"非人情"在艺术领域"建立起一个优雅的乾坤"。他的诗风受陶渊明影响很大,也着力于从自然中寻找清幽恬适的心灵感受,但与陶渊明注重庄子"化"与"游"的风格略有不同的是,王维受老子"道"与"无"的空灵美学影响更大,加之禅宗"空与寂"的审美情调的催化,故其诗歌较之陶诗更明显地流淌着一股以"空"为美的灵动禅意。《竹里馆》是王维晚年隐居蓝田辋川时所作,全文虽没有使用类似"空""无""静""寂"这样的字眼,但是却以悠扬的琴声在深林中的空旷回音,将"空"的意境和"静"的效果传达的精准到位。这篇诗作色调清冷,禅意浓重,仿佛冰壶水镜一般,通彻剔透,完全脱离了尘俗之气。夏目漱石以这首诗来进一步论证"非人情"之美,是要与陶诗传达的诗境构成一种递进关系,将"非人情"推向一个崭新的境界。

  在文章的第四章节,作者再次引用了王维的诗句。

    原文:時計は十二時近くなったが飯を食わせる景色はさらにない。ようやく空腹を覚えて来たが、空山不見人と云う詩中にあると思うと、一とかたげぐらい倹約しても遺憾はない。①

    译文:时钟快到十二点了,丝毫看不出要开饭的光景。肚子越来越饿,这使我想起"空山不见人"的诗句。节约一顿也没有什么遗憾的。②

---

① 夏目漱石:《草枕》,《夏目漱石全集3》,筑摩书房,1987年,第24页。
② 夏目漱石著,陈德文译:《哥儿·草枕》,海峡文艺出版社,1986年,第135页。

这句"空山不见人"出自王维的《鹿柴》。

空山不见人，但闻人语响。
返景入深林，复照青苔上。

夏目漱石在这样的场景中引用王维的这句诗，有两层用意。首先《鹿柴》是一篇"非人情"色彩浓重的佳作，尤其是开头一句"空山不见人"，直接将整首诗带入了一个俗念不扰的境界。饥饿会带来焦虑和痛苦，这种感受是世俗的、"人情"的，但是如果将所处的环境换一种"非人情"的视角来观察，就会从中得到美的感受，从而得到超然的心境。这一句诗在文中就是起到了这样的作用，推动了主人公的情绪由"丝毫看不出要开饭的光景"的焦虑过渡到"节约一顿也没有什么遗憾"的淡然。作者表面是在讲述一件日常的小事，实则在向读者展示在世俗中寻求"非人情"心境的方法。其次，夏目漱石也并不想神化"非人情"的功德。王维的诗歌禅意剔透，意象空灵高远，比起陶诗所创造的境界，他笔下的"非人情"世界显然更加清幽绝俗，所以"空山不见人"这句诗从其字面也或多或少表现出了身处非人情世界中不可避免的冷清孤独。非人情的心境固然有助于人放松身心，乐观处世，可人的生活中不能完全脱离人情，若是长期处在与人情隔绝的环境，也会使人不堪单调寂寞，感受到新的痛苦，结果适得其反。作者在作品的第一章节中也曾这样写道："诚然，作为人世上的一分子，尽管十分喜爱，也不会长久置身于非人情的环境之中。渊明不可能一年到头都盯着南山瞧个没完，王维也不愿意在竹林中连蚊帐也不挂一直睡下去。……我当然也是如此。"① 由此可见，漱石在《草枕》中所要宣扬的，并不是生活上的避世隐居，而是心灵上的超脱淡薄。

除了山水田园诗外，《草枕》中还包含着许多显而易见的中国元素。

---

① 夏目漱石著，陈德文译：《哥儿·草枕》，海峡文艺出版社，1986年，第111页。

比如文中第三章描写旅馆房间时这样写道:"我仰卧着,偶然睁开眼睛一看,天窗上悬着镶有朱红木框的匾额,虽然躺着,却也清晰地看到写着这样一行字:'竹影拂阶尘不动。'"① 这句"竹影拂阶尘不动"来源于中国明末儒者洪应明(字自诚)所著《菜根谭》中的句子:"古德云;'竹影拂(扫)阶尘不动,月轮穿沼水无痕。'……人常持此意,以应事接物,身心何等自在";之后在论述文学创作客观性的时候还把艺术家们虚构出来的狭隘的艺术世界称为"壶中之天地",这指的是仙境,另一个世界。出自《后汉书·方术列传·费长房传》中的典故,即"汝南费长房,在市上遇一卖药翁,请他一同入药壶,在一座宫殿里品尝了美酒佳肴。"②

第四章在描写远望那美的身姿形态时,写道"她低着眉,从这边看不到眼睛的流转,所以才会觉得有这样的变化吧。古人云:'存乎人者,莫良于眸子。'真正是'人焉廋哉!'"③ 这两句均出自《孟子·离娄篇》:"存乎人者,莫良于眸子。眸子不能掩其恶。胸中正,则眸子了焉;胸中不正,则眸子眊焉。听其言也,观其眸子,人焉廋哉?"

第七章中描写自己在旅馆泡温泉的感受时这样形容:"每次入浴时所想的只是白乐天的'温泉水滑洗凝脂'的诗句。"

第十一章中还引用了宋代文人晁补之《新城游北山记》中的原句。"少时读晁补之游记,至今仍能背诵这样的句子。于时九月,天高露清,山空月明。仰视星斗,皆光大,如适在人上。窗间竹数十竿,相摩戛,声切切不已。竹间梅棕,森然如鬼魅立突鬓之状。二三子又相顾魄动而不得寐。迟明,皆去。"④

除此之外,文中还运用到了大量类似"方枘圆凿""蜀犬吠日""吴牛喘月"的成语,并且多次提到出自中国的陈设器物,书法字画等,这

---

① 夏目漱石著,陈德文译:《哥儿·草枕》,海峡文艺出版社,1986年,第124页。
② 同上,第127页。
③ 同上,第138页。
④ 同上,第196页。

些都是中国元素的具体体现。夏目漱石对这些中国元素巧妙纯熟的运用，不仅丰富了作品的内容，更升华了艺术表现力，将他所推崇的"东洋趣味"在作品中体现得淋漓尽致。

夏目漱石是一位以东方传统美学观念为主导，同时将汉文学、日本文化、西方格调融为一体的，具有开创意义的一代文学骄子。他之所以能在文学上取得如此斐然的成就，与他思想上的杂糅贯通是分不开的。通过《草枕》这部充满创新意义的作品就可以看出，中国文学不仅是夏目漱石文学风格的骨骼血肉，更是他永不枯竭的灵感源泉。《草枕》一作，不愧为其汉学造诣的完美体现。

作者简介

田羽，天津师范大学文学院比较文学与世界文学专业硕士研究生。

《哥儿》在中国的传播

谷 娥

《哥儿》是夏目漱石的早期作品，与《我是猫》一起，代表了漱石的早期风格和思想，以其语言特色和鲜明人物形象而受读者的喜爱。在1998年日本《文艺春秋》杂志社的评选中，《哥儿》获选为"20世纪你最喜欢的十本日本著作"中的第一名。《哥儿》（又译《少爷》）在中国也受到学者和读者的青睐，清理其传播情况也是漱石研究的题中之义。

一 《哥儿》在中国的翻译出版情况

《哥儿》在中国最早翻译是1930年，章克标译出小说的第五到八节、第九到十一节，分别载于《小说月报》的第二十一卷的第七号、第八号。1932年开明书店发行，由章克标选译集结的《夏目漱石集》。是中国的第一本夏目漱石文集，收中篇小说《哥儿》和散文《伦敦塔》、《鸡头序》共三篇。"这个选集，实际上只是体现漱石前期的作品特点的一个选本。《伦敦塔》是作者以伦敦留学为题材的游记性的随笔作品，《鸡头序》则是集中表明'余裕'论的一篇散文作品。而《哥儿》则是这个选集的压卷作品。"[1] 由此可知《哥儿》在夏目漱石小说介译中是继《我是猫》后的又一力作。

在1932年连载译本与《伦敦塔》、《鸡头序》集为《夏目漱石集》成为《哥儿》在中国的第一个全译本。在1956年开始重新修订原连载译

---

[1] 王向远：《王向远著作集·日本文学汉译史》（第3卷），宁夏人民出版社，2007年。

本，于 1958 年与丰子恺所译《旅宿》集为《夏目漱石选集》第 2 卷出版。章克标曾为汪伪政府任职等原因，故以开西为笔名。在章之后，至今有 13 位译者对其作过翻译，其中一些译者的译本又进行了再译与再版，翻译版本共有 18 种，具体情况如下表：

序号	译名	译者	出版社	出版时间	列入丛书
1	《夏目漱石集》	章克标	开明书店	1932	
2	《夏目漱石选集》第 2 卷	开西（章克标）	人民文学出版社	1958	
3	《哥儿》	开西（章克标）	人民文学出版社	1959	文学小丛书
4	《少爷》	金仲达	纯文学出版社（台北）	1982	纯文学丛书
5	《哥儿·草枕》	陈德文	海峡文艺出版社	1986	日本文学流派代表作丛书
6	《哥儿》	刘振瀛	上海译文出版社	1987	日本文学丛书
7	《哥儿》	胡毓文	人民文学出版社	1989	佳作丛书
8	《哥儿 日本名著详释读物》	尹钦文注释	上海外语教育出版社	1991	
9	《哥儿》	包寰，包罗	北岳文艺出版社	1994	世界中篇名著精选
10	《少爷》	石榴红文字工作坊	万象出版社（台北）	1994	
11	《少爷》	石榴红文字工作坊	花田文化（台北）	1995	
12	《少爷》	李孟红	小知堂文化有限公司（台北）	2000	
13	《哥兒》	陈德文	志文（台北）	2001	
14	《心 哥儿》	林少华	青岛出版社	2005	令人感动的一本书
15	《哥儿 插图本》	胡毓文，董学昌	人民文学出版社	2006	20 世纪外国名家精品
16	《哥儿》	林少华（中日）	中国宇航出版社	2008	日汉对照名家经典作品
17	《少爷》	傅羽弘（中日）	吉林大学出版社	2009	日本文学名著日汉对照系列丛书
18	《明治文坛的泰斗——夏目漱石》	王奕红（压缩普及版，中日）	南京大学出版社	2010	日本文学名著集萃

从上表可以看出《哥儿》的诸多译本的流传，使其也成为了中国夏目漱石作品传播的一个重要部分。这样多的译家和译本使得《哥儿》成为汉译夏目漱石作品中的一个很是特别的情况。

在这些译本中，影响较大的陈德文、刘振瀛、胡毓文、林少华的译本。从阅读感受来比较4个译本，大体上是这样：陈德文的译文整体上，译文简洁、文笔流畅、有着统一的语言风格；刘振瀛的译文准确有余却有些恪于文法，高频的主语的补缀和"了"、"的"、等副词的运用影响了句子简洁；胡毓文的译文简洁顺畅，语气相对较弱，哥儿的谈吐相对偏文，但却很直白晓畅，易于普通读者的接受；林少华的译本有着自成一体的语体特点，主人公的语体较弱，整本译文简洁有余却有着明显的"化"味——在译文中保留着较多的译者偏好，意译的倾向较大。拥有越是多样特色的译本，对于《哥儿》在中国的传播越是有利，可以越加充分的展示原文的特色，使读者和文化受益更多。

二 翻译家、编辑的介绍

（一）译本的前言、后记

译者	版本	介绍文字	作者
章克标	开明书店1932年版	《关于夏目漱石》	章克标
开西	人民文学出版社1958年版	序言	刘振瀛
开西	人民文学出版社1959年版	前言	编者
陈德文	海峡文艺出版社1986年版	序言	郭来舜
刘振瀛	上海译文出版社1987年版	译本序	刘振瀛
刘振瀛	上海译文出版社1987年版	译后记	刘振瀛
	《当代文学翻译百家谈》北京大学出版社1989年版	《片断的感想》	刘振瀛
胡毓文	人民文学出版社1989年版	前言	编者
包寰，包罗	北岳文艺出版社	前言	编者

续表

译者	版本	介绍文字	作者
林少华	青岛出版社 2005 年版	译者的话	林少华
胡毓文，董学昌	人民文学出版社 2006 年版	前言	译者
林少华	中国宇航出版社 2008 年版	译者的话	林少华
傅羽弘	吉林大学出版社 2009 年版	序言	傅羽弘
王奕红	南京大学出版社 2010 年版	《夏目漱石其人其作》	王奕红

上表所列的译者、编者的前言、后记中，一些是编者写的比较简短，只为推广书籍而作。有些则论述比较深入细致。比较重要的有如下几篇：

1. 章克标在《夏目漱石集》所作的《关于夏目漱石》一文，重点介绍了夏目漱石的文艺思想和他的创作情况。从夏目的个人经历对他创作的影响出发探讨了夏目之于江户儿的性格特点和滑稽洒脱风格。强调了俳句、写生文、余裕派（不以大事件、大问题做文章）及他"非人情"——"出世"思想，对我国诗人陶渊明的推崇，夏目的禅宗大乘佛教思想等方面的特点，并且点出了"漱石对文艺的根本思想，以为艺术是须使人愉快的……使人生觉得闲暇愉快有趣，是有方法的……表出'真'可以是文学，表出'善'可以是文学，表出'美'可以是文学……但是无论在那一种里，不能损毁了污辱了别种元素。"① 章克标还将夏目的作品分为了：浪漫的，幻织出梦的飘渺的情趣；在滑稽谐谑之中讽刺社会人生的，（将《我是猫》、《哥儿》归入此类）；心理小说这三类。论述到了《哥儿》"哥儿"为小说译名及夏目在主人公身上附着的"赤子之心"——有童心的大人，及在松山市职教经历对夏目创作的影响和对教育界的讽谏。章克标的论述简洁、清晰，所点击的均是夏目思想中的关键点，见解明了，富有启发性。

2. 刘振瀛为《夏目漱石选集》写的前言，详细地对夏目的生平、求学经历与他的创作概况进行介绍，并分析了《哥儿》的故事情节，讨论

---

① 夏目漱石著，章克标译：《夏目漱石集》，光明书局出版，1932 年，第 6—7 页。

了作品客观意义和现实意义，有着明显的20世纪50年代时代特征；

3. 郭来舜为陈德文的译本作的序言中，介绍了在日本传统幽玄文学之外绽放的日本现实主义文学流派的形成、发展与代表人物的创作特征、主要作品，夏目漱石作为现实主义中的一分子来介绍。

4. 在1987出版刘振瀛的译本中，刘振瀛作的前言是对《哥儿》作出了最为详尽、到位的点评，至今对《哥儿》的论述几乎无出他的观点。他介绍了夏目文学创作上前期和后期的特点，评论了夏目小说主题和写作动机，"对日本社会中作为官僚机构一环的教育制度的不满。"① 作品中"喜剧式的夸张手法"②。作品的"落语"口吻与"江户儿"气质特性，并追溯了日本滑稽小说中的"江户儿"形象，及夏目对民族传统文学的有益吸收借鉴。在译后记中，探讨了在日语翻译中"再现"日语原作的"滑稽幽默感"中遇到的语言取舍问题和落语特点。另外，在《断片的感想》中，进一步论述了《哥儿》的语言特色——"落语"特征，介绍了落语的发展历史、语言特色、表演形式、内容，特别是落语之于"江户儿"故事的发挥和其"游侠"精神；夏目对其的吸收。对主人公自述口吻及人物对话，对"哥儿"江户儿性格特征的展现，及这点与"落语"的联系。

5. 在2005年出版的，林少华的译本和胡毓文、董学昌的译本的前言中，相对简略地介绍了夏目的生平、创作概况、特色及《哥儿》内容和艺术特征。王奕红的《夏目漱石其人其作》也是如此。

6. 在2008年出版的傅羽弘的中日对照版，序言中傅羽弘介绍了夏目的概况及所译小说的主要内容，小说译名"哥儿"、"少爷"选择的简析，对以往小说中译本人物外号的译名进行了比较。

（二）推广类简介、概述及工具书

在译者和学者的研究情况之外，以向这些普通读者、学生和文学

---

① 夏目漱石著，刘振瀛译：《哥儿》，上海译文出版社，1987年版，第3页。
② 同上，第5页。

爱好者提供初步了解、获得对一国文学或作家、作品的初级知识为目的的著作。这类书籍为了满足所选定读者群的需要，内容是以对原著的节选或选译、改写、梗概叙述、对文本的评析和对作者的介绍够成。这些有着更大的读者群，对增加夏目漱石及其著作了解也起到了重要作用。

书名	篇目	出版社	时间	编者/作者
《日本的名作》	夏目漱石《哥儿》（节选）	福建人民出版社	1985	（日）小田切进著；山人译
《现代外国小说导读词典》	夏目漱石《哥儿》	学苑出版社	1990	王向远编
《简明日本文学辞典》	夏目漱石《哥儿》	东北师范大学出版社	1990	张岩峰等编著
《袖珍外国文学名著辞典》（据日本平凡社《袖珍世界名作事典》1981年版增删编译）	夏目漱石《哥儿》	中国国际出版社	1991	云桂宾等编译
《日本近代名作鉴赏》	《哥儿》	商务印书馆	1992	谭晶华编
《中学生中外名著导读 外国文学卷1》	《哥儿》	辽宁教育出版社	1992	骆英主编
《青少年世界文学导读》	《哥儿》	北京出版社	1993	龚肇兰，曾恬主编；李荣启等撰稿
《中外文学名著速读全书 外国卷3》	《哥儿》	华夏出版社	1994	蔡茂友主编
《中外文学名著集成 中国部分 第1卷》（节选）	《哥儿》	北岳文艺出版社	1997	马森彪主编
《富士山风韵 日本书话》	夏目漱石的《哥儿》（谭晶华）	江西教育出版社	1999	秦弓，孙丽华选编
《中外文学名著速读全书 第12卷》	《哥儿》	台海出版社	2000	蔡茂友主编
《日本小说经典》（节选）	刘振瀛	上海译文出版社	2006	叶谓渠编选
《日本现代文学 名家及其代表作》	《哥儿》赏读（选译、中日对照）	中国科学技术大学出版社	2007	王述坤编

三　学者的研究论文

论文题目	作者	发表刊物	发表时间
从《哥儿》看夏目漱石的内心世界	李光贞	山东师大外国语学院学报	2000-03-30
日本近代文学的奠基者——夏目漱石及其创作	蓝泰凯	金筑大学学报（综合版）	2000-08-15
夏目漱石文学在中国的翻译与影响	王成	日语学习与研究	2001-03-25
一篇讨伐日本教育界腐败的檄文——论夏目漱石的小说《哥儿》	蓝泰凯	贵阳师专学报（社会科学版）	2001-03-30
试析《哥儿》与《围城》的共同点——以对教育制度的批判为中心	孙绍红	解放军外国语学院学报	2001-09-25
八十多年来中国对夏目漱石的翻译、评论和研究	王向远	日语学习与研究	2001-12-25
试析《哥儿》与《围城》的共同点——以对教育制度的批判为中心	孙绍红	解放军外国语学院学报	2001-09-25
论夏目漱石的前期创作	吕兴师，王正东	丹东师专学报	2002-03-25
漱石文学与武士道	谭艳红	外国文学研究	2002-09-25
论日本近现代文学巨匠夏目漱石的前期创作——愤怒的夏目漱石	吕兴师	天津外国语学院学报	2003-05-20
浓浓的"落语"味——《哥儿》的艺术魅力之源	倪祥妍	苏州大学学报	2006-01-20
假面人生的一面透镜——试论"哥儿"形象的人格意蕴	吴舜立	陕西师范大学继续教育学报	2006-03-10
从《哥儿》的译本看文学翻译的艺术性与再创造性	黄莺	硕士论文（日语）	2007-04-01
关于文学作品《哥儿》的轻卑表现——从和敬语的表现形式相对比来看	吴宦熙	时代文学（下半月）	2008-08-15

续表

论文题目	作者	发表刊物	发表时间
从待遇意识角度论《哥儿》的轻卑表现	吴宓熙，杜云	宜宾学院学报	2008-10-25
从《哥儿》的中文译本看风格翻译的对策	李倩	硕士论文（日语）	2009-06-30
民国时期的夏目漱石文学中文译本稽考	孙宁	东北师大学报（哲学社会科学版）	2009-11-20
小论夏目漱石与其名著《哥儿》	沙欢，连花，魏亚坤	时代文学（下半月）	2009-12-15
论《三四郎》主体性的迷失——兼与《哥儿》比较	王星	名作欣赏	2010-05-01
《哥儿》的实证性研究	王方	硕士论文（日语）	2010-06-3
从夏目漱石《哥儿》中的被动句剖析日本民族的内心世界	郝慧敏	文学界（理论版）	2011-01-25
跨越国界的精神链接——试论鲁迅的《阿Q正传》与夏目漱石的《哥儿》	杨明	邢台学院学报	2011-03-15
关于《哥儿》中"红衬衫"人物形象塑造的研究	吴宓熙，杜云	名作欣赏	2011-06-01
日本名作《哥儿》中的师生关系解读	吴宓熙	名作欣赏	2011-08-01
评"哥儿"形象的人格魅力——夏目漱石自身的写照	向洁	琼州学院学报	2011-08-28
同化与异化策略在文学翻译中的应用	覃霄	硕士论文（日语）	2012-04-01
浅析夏目漱石初期作品的创作风格——从《我是猫》和《哥儿》来看	刘宇	文学界（理论版）	2012-08-25
从词汇翻译看译者的再创造性——以《哥儿》三译本为例	黄莺	齐齐哈尔大学学报（哲学社会科学版）	2012-10-15

从"中国知网"及"读秀"等学术论文库的搜索中，分析论述《哥儿》论文共有26篇。上表中的论文，大都秉承了之前译家们对小说的评析，一部分论文在译家的评述之上，作了更为细致的分析；而也有另辟

新径，从新的角度分析解析了小说。

按其立脚点是否在小说文本上，大致可分为两类：第一，围绕小说文本进行分析的论述，以小说文本为核心；主要解析了小说中的人物形象及其关系（人格意蕴、明治维新文化转型中知识分子的主体迷失思考、人物的人格魅力分析），小说语言特色（落语、与敬语相对的日语轻卑表现的形式），译本稽考，翻译词汇、风格等的探索。第二，关注小说文本之外的因素进行探讨，从小说出发将论点集中在作者夏目漱石纪历的实证考察、夏目漱石的内心世界、对社会现实的抨击、教育制度的批判，文化与民族性及其与中国作家、作品的对比分析。

四　网络传播

截止2012年11月19日，在网络传播中，贴吧多是学生们的相互交流学习资料和感想的场合，而博客日志类在内容上多是读者抒写一些阅读过夏目漱石作品后的感慨和钦佩喜爱之情，也有小说内容简介、相关创作背景、时代文化特点的介绍。百度百科有《哥儿》词条，其中介绍了小说的内容摘要和作者简介。

（一）关于《哥儿》的贴吧

1. 夏目漱石（4）——小说《哥儿》百度贴吧 http://tieba.baidu.com/p/365975169。

2. 夏目漱石《哥儿》的全文 百度贴吧 http://tieba.baidu.com/f?kz=815133345。

3. 在夏目漱石百度贴吧中，共有近200条回复，共有12条是关于《哥儿》：

1）关于《哥儿》在线阅读网站 http://zhidao.baidu.com/question/31463643.html；

2）关于《少爷》是否属自传？http://tieba.baidu.com/p/1013226870；

3）关于《少爷》的人物分析。http://tieba.baidu.com/p/1006414829；

4）《少爷》是否算是当时的青春文学？http://tieba.baidu.com/p/611870167；

5）《少爷》的译本连载，四条。http://tieba.baidu.com/p/29607633；

6）《哥儿》的阅读讨论。http://tieba.baidu.com/p/17945018；

7）在哪儿能买到《哥儿》？及其译本介绍。http://tieba.baidu.com/p/465637215；

8）寻找《哥儿》资料的。http://tieba.baidu.com/p/961719616；

9）寻找《少爷》毕业论文资料，关于《少爷》中的绰号研究。http://tieba.baidu.com/p/1214998307。

（二）读者博客日志

1. 夏目漱石——《哥儿》http://blog.sina.com.cn/s/blog_562d24660100o5w3.html。

2. 夏目漱石《哥儿》http://telltrue.blog.sohu.com/76744776.html。

3. 《心——哥儿 夏目漱石》http://hi.baidu.com/xintai_yi/item/2143b28c2e676b53e63d1990。

4. 沪江博客——走进日本 http://www.hjbbs.com/hjBlogPost.asp?EntryID=1082392。

5. 夏目漱石的《哥儿》http://www.kantsuu.com/zuopin/zuopin/200408/7520.html。

6. 洒脱正直的《哥儿》http://hs.hongdou.gxnews.com.cn/viewthread-5096176.html。

（三）豆瓣书评

书评有7篇，讨论了主人公少爷的直率、正义、浮夸，诙谐语言，主人公之间的关系与变化，夏目漱石创作上的独到之处和他的作品在日本的尊崇地位与原因。分别有：《日本人的麻疹书》、《是英雄还是狗熊》、《越发阴沉》、《内心、让人忍俊不禁的故事》、《让人忍不住喜欢的主人公》、《少爷与老罗》、《知恶而不为恶》。

总之,《哥儿》作为夏目漱石的名作,在中国广泛传播,以译介为主要传播途径,在学者和普通读者中产生一定的影响。小说的独特魅力,得到中国读者的普遍认可。如一位网民在博客中写道:作品"结构严谨,生动有趣,语言诙谐幽默,明快质朴,带有通俗文学中的'落语'的有益成分,滑稽而风趣。主人公的东京话与四国地区方言并存,对人物个性起到了烘托作用,很有特色,作品更主要是表现了爽朗的'江户儿'的典型性格,给日本文学史上增加了一个永久的可爱形象。"[1]

作者简介

谷娥,天津师范大学文学院比较文学与世界文学专业硕士研究生。

---

[1] http://hs.hongdou.gxnews.com.cn/viewthread-5096176.html

《永日小品》与中国文化

王佳雯

《永日小品》是夏目漱石的随笔集，是25篇散文随笔和短篇小说的合集。每一篇都充满了作者独到细致的深刻观察，而作者独特的叙事技巧，也使小品文体浑然天成的气氛不着痕迹。

一 《永日小品》在中国的译介情况

《永日小品》创作于明治42年（1909），属于夏目漱石的中期作品。1909年1月到3月，朝日新闻上连载了《永日小品》散文24篇，1910年5月收入春阳堂出版的作品集《四篇》之中，除《永日小品》之外，还收入了《文鸟》、《梦十夜》和《满韩各处》。

《永日小品》的最早汉语翻译是1923年，鲁迅和周作人兄弟为了促进白话新文学并介绍现代日本的小说，合力翻译了现代15位日本作家的30篇短篇小说，收入译文合集《现代日本小说集》，其中鲁迅先生翻译了11篇，包括夏目漱石的《永日小品》中的《挂幅》和《克莱喀先生》。《挂幅》描写了一个老人为了给亡妻立碑而不得不忍痛卖掉珍藏的挂幅的复杂心理，《克莱喀先生》塑造了英国一个迂腐又执着的老学究形象。这是夏目漱石作品在中国的最早译介，具有开创性的意义。《现代日本小说集》1923年6月由上海商务印书馆出版，列为《世界丛书》之一。2006年1月，新星出版社对《现代日本小说集》进行了再版，收入《新星鲁迅书系》之一。

20世纪30年代，日本文学研究专家和翻译家谢六逸翻译了《永日小品》中的两篇散文《火钵》和《猫的墓》。

《永日小品》中的首次完整翻译是由台湾译者张秋明完成,译本标题为《永昼小品》,收入翻译作品集《梦十夜》中,2002年9月1日由台湾一方出版社出版。大陆译者李振声也对《永日小品》进行了完整的翻译,收入作品集《梦十夜》中,2003年12月由广西师范大学出版社出版。

另外,华东师范大学出版社2008年出版的《十夜之梦·夏目漱石随笔集》中收录了《永日小品》中的5篇随笔,分别是《公寓》、《温暖的梦》、《印象》、《往昔》、《克雷格先生》,译者是李正伦和李华。收入《新世纪第一推荐丛书》。

二 《永日小品》中的中国文化元素

(一)解读作品标题中的中国元素

1. 关于"小品"。"小品"之名,本属佛教用语,最早出现在晋代《世说新语·文学》中:"殷中军读小品",句下刘孝标注:"释氏《辨空经》有详者焉,有略者焉。详者为大品,略者为小品。"即佛经称详本为"大品",简本为"小品"。鸠摩罗什翻译《摩诃般若波罗蜜经》,将较详的二十七卷本称作《大品般若》,较略的十卷本称作《小品般若》。可见,"小品"指佛经的节本,因其篇幅短小,语言简约,便于诵读和传播,故备受人们的青睐。晚明文人为逃避政治祸患,嗜佛成风,但只是逃于禅、隐于禅,大多数人并未真的遁入空门。所以他们根本没有耐性钻研深奥玄秘、卷帙浩繁的佛典,却对"小品"情有独钟。随着"禅悦"之风的兴盛,文士们将"小品"概念移植到文学中,便成为很自然的事了。明万历三十九年(1611),王纳谏编成《苏长公小品》,最早将"小品"视作文学概念。有人认为《苏长公小品》推动了明代小品文的勃兴。欧明俊《明清小品概说》云:"万历三十九年(1611),王纳谏编成《苏长公小品》,最早将'小品'概念移植到文学中。此后以'小品'名集者渐多。"陈继儒《〈苏长公小品〉叙》提出"短而隽异"作为"小品"的特征，这是晚明人最初的"小品"观，大体上指散文体，篇幅短小，隽永新异。陈继儒是晚明文坛"山人"一族的领袖人物，经他一号召，"小品"一词遂不胫而走，一时人人竞相写小品、选小品、论小品，蔚然成为风气。

故今人以描写人物事件、自然风景，及个人感物兴怀所成之短小文章，如书信、游记、书序、随笔、杂感等，通称为"小品文"，蔚成文体之一种。其实，自汉朝以来，许多文人一时兴会所至，偶书于笔之作品，皆可称之小品文也。夏目漱石自幼学习汉文典籍，对"小品"这一文体的接受和运用便很自然了。

这部小品集并没有早期创作的尖锐、讽刺的特色，而是多了一些平和深沉，也不同于同期散文诗《梦十夜》中荒诞幻想的梦境，《永日小品》记录了琐碎的生活点滴，比如和朋友共同庆祝元日节会；家里被小偷光顾；一盆火钵；一副年代久远的挂轴；街头的醉汉；早晨的雾；留学英国的见闻；儿时的经历；和朋友随意的谈话和聚会等，都能落笔成文，不过这些事情发生的时间和地点都很难断定，似乎作者回忆到哪里便随手写了出来，事情的真伪也难以断定，似乎是被作者的记忆剥离再经过加工后的影像。但是这些作品都符合小品文的特点：不拘格式，不甚严谨，文笔简洁精练、随意自由，抒写一己之见闻感触，表达一己精细之观察，动人之情思，透辟之见解，风格或幽默、或讽刺，有时低诉，有时评论，有时抨击，但都意味深刻隽永，是精美的小品文。

2. 关于"永日"。在中国，"永日"这个词语最早来源于《诗经·唐风·山有枢》："山有漆，隰有栗。子有酒食，何不日鼓瑟？且以喜乐，且以永日。宛其死矣，他人入室。"漆树长在山坡上，栗树长在洼地里，你有美酒和佳肴，为何不每天奏乐宴饮，欢享时光？在这样的快乐中一天天地度过，要不等你死了，别人进门享现成的快乐。这首诗意在讽刺那些吝啬的贵族，劝人们要及时行乐。"永日"的意思在这里是"消磨时光"。

除此之外"永日"这一词在中国古典典籍中出现了多次，比如 汉 刘桢《公讌》诗："永日行游戏，欢乐犹未央。"前蜀 韦庄《丙辰鄜州遇寒食》诗之五："永日迢迢无一事，隔街闻筑气毬声。"《梁书·王规传》："玄冬脩夜，朱明永日。"唐 李咸用《宿隐者居》诗："永日连清夜，因君识躁君。"唐 张九龄《登郡城南楼》诗："闭阁幸无事，登楼聊永日。"宋 陆游《闲居书事》诗："玩《易》焚香消永日，听琴煮茗送残春。"明 沈德符《野获编·督抚·阮中丞被围》："阮中丞始出视事，时方盛夏……偃卧时，稍起行，即手薙榛莽以消永日耳。"清 钱谦益《读杜小笺上》："归田多暇，时诵杜诗，以消永日。"清 陈梦雷《生年不满百》诗："永日恣挥觞，沉醉勿复醒。"除"消磨时光"的含义之外，还有"漫长的白天""从早到晚""整天"的含义。

另外，夏目漱石的这部作品还可翻译为《永昼小品》，"永昼"与"永日"含义类似，都是"漫长的白天"的意思。李清照的词中曾出现过"薄雾浓云愁永昼，瑞脑消金兽。"还有"春暖卷帘永昼长，池塘碧艳卧鸳鸯。"陆游的诗《题老学庵壁》中有这样一句"万卷古今消永昼，一窗昏晓送流年"中"永昼"也有说是"永日"的。

夏目漱石将随笔集命名为《永日小品》是否受到中国诗词中词意的影响我们不得而知，但是作品集名称中"永日"的含义可以理解为"漫长的白天"。其中的25篇作品大多描写的都是琐碎的生活经历，其来源都是对生活的细致观察。

（二）《永日小品》作品中的有关中国叙述

在《生意经》这篇作品中通篇谈到了日本人跟中国人和美国人做生意的区别。在日本人眼中"中国人一来事儿就好办了"，即使"遭虫蛀过的栗子占了七成"，打上包后照样能往中国送。但是跟美国人做生意，一旦没有按照合约条款严格进行，便需要支付赔偿金，甚至到了对簿公堂的地步。可见夏目漱石对中国人印象并不是很好，在他眼中，中国人是没有原则的，同时又怯懦而虚伪，胆小而恭顺。

在《挂轴》这篇作品中，老人视若珍宝的挂幅是中国元代画家王若水的葵花。王若水擅长画花鸟竹石，被人称为绝艺。作者借长刀老人对挂轴的珍惜与不舍体现了作者对艺术尤其是中国古典艺术的珍视。

（三）作品中的生死观与中国传统生死观的联系

夏目漱石在《永日小品》中体现生死观最明显的一篇文章是《猫之墓》。夏目漱石从身体的消瘦到眼神的寂寞、毛发的脱落等各个方面，细致地描写了一只猫慢慢走向死亡的过程，通过一只猫的死亡来表达作者对生死的印象。在作者眼中，死亡是一件大事，通过死亡可以让本身默默无闻的角色突然变得重要起来，也会通过死亡得到其他人的重视。"妻子特意跑去看了猫儿死时的情形，于是一反以往的冷淡，一下子喧嚷起来，吩咐常来我家的车夫买了方墓碑来，然后又让我给写点什么。""小孩儿一下子疼爱起猫儿来。他们在墓碑左右栽上两个玻璃瓶，瓶里插满了胡枝子花，将盛满了水的碗放在墓前，天天换花换水。""到了猫儿的忌日，妻子必定在墓前供上一段鲑鱼和一大碗拌了鲣节鱼的饭，从不忘记。"

在日本，对于祭祀的重视可以说深入其民族文化之中。在日本，盂兰盆节现已成为日本除元旦以外的最大节日。在盂兰盆节前后，学校放暑假，公司企业也都要放假7天到15天。大部分日本人会利用这个时间返乡祭祖。此时，日本家家设魂龛，点燃迎魂火和送魂火，祭奠祖先。而盂兰盆节又称中元节，是从中国传入日本的。在中国传统文化中，厚葬现象和久丧情节是中国人对死亡的一个基本心理。这来源于儒家对生死的看法。因此中国古代的祭祀很多，规模有大有小，祭祀的目的是"慎终追远，明德归厚"，即通过祭祀让活着的人道德醇厚，通俗地说就是让活人心里得到安慰。这在《周礼》、《礼记》等古典典籍中都有描写。这一丧葬礼仪传至日本，祭祀礼仪得以发扬光大。

另外作者也借着家猫濒死的故事写过对于死亡的无奈与畏惧。在死亡面前，平日活跃的身形没了生气，跟孩子生分了，食物再丰美都难以入喉，毛发稀稀拉拉地掉光了，寂寞无力的样子，不间断的呕吐，眼中的色泽逐渐黯淡无光。最后在深更半夜悄然离世，躺在了墓碑之下。漱石对死亡自从27岁罹患肺结核后，漱石一直疾患缠身。慢性结膜炎、神经衰弱、痔疮、糖尿病，还有最终致命的胃溃疡都摧毁着他的意志。身患恶疾的人最逃不开的便是死亡这个不愿面对的问题。我想这不仅是在日本，对死亡的未知和不确定性的畏惧是一个全球性的心理。在中国，经历儒家、道家、佛家思想的长期历史沉淀，人们对死亡的看法也是受这些思想的影响，对死亡始终采取否定、蒙蔽的负面态度，甚至不可在言语中对死亡有所提及，它是不幸和恐惧的象征；中国人对死亡的讳莫如深，使人们无法在日常生活中接受死亡，"善待"死亡，面对死亡较多表现出的是恐惧，而非面对现实地接受。"死生亦大矣，岂不痛哉。"

中、日文化都极其感慨世事多变，"人生无常"，而面对死亡除了本能的畏惧之外，中国更多表现出的是一种"安死"，而日本表现出的往往是"崇死"。"安死"却也是从畏惧之中而来，为了从畏惧中解脱出来，儒家认为把死亡置放在对"生"的社会意义和价值的冷静的理性把握中，并把这种把握塑建为个体的情感、心境、人格，这样面对死亡也就不会也不必过分哀伤恐惧了。而日本的"崇死"观念是感性地去把握生死，乃积极地主动地向神的归依，故呈现为对死亡的尊敬、崇拜和病态的美化。

比如《猫之墓》中对猫儿临死前的描写："眼神儿也稍稍有了些变化，一开始好像遥远的东西映在了很近的视线里似的，悄然间变得很沉静，但接下来便有了奇异的变动，而眼睛的色泽也逐渐阴沉了下来，到太阳落山时，我感觉到那眼里仿佛有闪电一闪而过。"这样的话语让人由衷感到濒临死亡时的神圣感和美感，即"崇死"观的具体体现。

三 结 语

《永日小品》并非夏目漱石最重要的作品，但这本薄薄的随笔集成了作者生活的浓缩。读来并不沉重，但很细腻，让读者不由自主沉浸到作者的心绪中，和他一同经历、一同感受，并久久回味，这也许就是漱石作品的独特魅力吧。从《永日小品》中可以看到夏目漱石与中国文化的深刻联系，这种联系对于"少时即喜学汉籍"的漱石来说，是一种"润物细无声"的内在影响。而《永日小品》在对中国现代小品文的创作也不无回响，这种清新、闲适、细腻的风格，从周作人、谢六逸的散文中不难看到其痕迹。

作者简介

王佳雯，天津师范大学文学院比较文学与世界文学专业硕士研究生。

◆

域外视点

Rabindranath and modernism in Bangla poetry[*]

Ipshita Chanda

In an essay titled "Modern Poetry/Adhunik Kavya", Rabindranath Thakur, the Indian poet who is being remembered on the hundred and fiftieth anniversary of his birth in China, translated 4 poems by Li Po.

Rabindranath was a conduit of many 'influences' from across cultures: his reading of poetry from across the world and what he imbibed from these readings is the subject of much speculation and analysis. My purpose in this paper is to trace his reading of Chinese poetry and his use of it in the formulation of his theories of art in general and literature in particular. Rabindranath is known in my country as one instrumental in forging a 'modern' Indian sensibility. The irony is that all the young poets who wrote in Bangla, the language which he also used, were both in thrall and opposition to him. For them, a modern sensibility would be one in which what we call 'Rabindrik' or related to Rabindranath, would be replaced: what replaced the structure of feeling and ideology that pervaded Rabindranath's work was, by their definition, 'modern'. Yet Rabindranath himself did not hesitate to experiment, change and move away from what

---

[*] 本文为作者纪念泰戈尔诞辰讲座讲稿。

was avowedly 'rabindrik': in fact his work is marked by dynamism of thought and opinion that would enable any serious student of his work and life to trace in his ouvre the history of thought of which literature is a vehicle. But literature is not only a vehicle of thought it is also a testimony to lived life. Our purpose in this paper is to study the interaction of these two aspects of literary production. In other words, we shall locate Rabindranath's reception of Chinese poetry in the literary, philosophical and political discourses which form the context for the reception and production of literature. For a comparatist, of course, the location of a text in the context of its reception and production form the very ground for study. Comparative methodology seeks to study literatures from different temporal and spatial locations which are in contact with each other through various means, thus yielding the condition of interliterariness within which literary phenomena are to be understood. The purpose of this paper is to investigate the role played by Rabindranath's reception of literatures of the world in the crafting of this modernity. The specific case that I offer for study is his reception of Chinese poetry.

Rabindranath came to China twice, and accounts of his visits as well as scraps of his own memoirs mention his meetings with a cross section of Chinese society which was itself undergoing the birth pangs of modernity at the time. This modernity eventually shaped into something very different from what Rabindranath advocated for India. This might lead us to believe that there was some fundamental difference between the sensibilities that Rabindranath brought and that of his Chinese hosts. But from Rabindranath's own work, it is possible to argue that his understanding of Chinese literature was central to his positions regarding both the technical and the philosophical aspects of a modern literary sensibility. This sensibility was NOT to be understood temporally, but in spirit. Rabindranath in this essay defines the 'modern' thus:

The river in its course suddenly takes on a new bend. Literature, similarly, does not follow the straight path always. When literature changes course, this change must be called modern...This modern is not about time but about mood.

And it is this spirit found in ancient Chinese poetry and philosophy that formed a crucial element in Rabindranth's conception of both the universal and the modern, and it is the nature of this spirit that this paper seeks to understand as it appears in Rabindranath's work.

In this essay, the writer uses a series of poems by Li Po to illustrate this view:

If anyone asks me what is pure modernity, then I shall reply that it is not seeing the world in a subjective way from a personal point of view: rather it is to see the world in a detached but immersed fashion. This seeing is pure and radiant; this seeing without delusion is unadulterated joy. Modern science analyses reality with an objective mind; modern poetry, should look at the world with the same objectivity: that is permanently modern.

Thus in Rabindranath's view, in the 19th century, poetry was suffused with the soul of the person who sees; now it is suffused with the soul of the thing seen. But immediately, he turns against this statement:

But it is stupid to call this modern: the joy given by this detached, simple vision does not characterize any specific time. It belongs to him whose eyes have the power to roam this unfettered world. The Chinese poet Li PO wrote more than a thousand years ago. But he was modern; his eyes were the eyes that had just discovered the world. So he writes in 4 lines, in plain language... .

> Why do I live among the green mountains?
> I laugh and answer not. My soul is serene.
> It dwells in another heaven and earth belonging to no man—
> The peach trees are in flower, and the water flows on… (Poems of Li PO, Trans. shigoyeshi, preface, p. 18)

And Rabindranath gives the translations of Li PO's Nocturne and On a Summer's Day from Obata Shigoyeshi's English translations. Obata Shigoyeshi's translation appeared in 1889. The date of the essay "Modern Poetry/Kavya" is 1339 BS/1937, published in a journal named *Parichay*, Introduction/Acquiantance. By then Rabindranath had been twice to China. Besides, evidences of his reading of Chinese poetry have been documented by Prof. Tan Chung. That he had read *Cathay* was evident in his use of Ezra Pound's *The River Merchant's Wife : A letter*, which in Li Po's collection translated by Shigoyeshi is the first of TWO LETTERS FROM CHANG-Kan. Comparing the two sources, ie. Obata and Pound, it appears from the order of the lines that the Indian poet used the latter. But he was not a literal translator : he used his own poetic discretion in this effort, and a single instance will suffice to show how he changed the tone of the poem in very crucial ways. Obata's line is

> So we both dwelt in Chang-kan town,
> We were two children, suspecting nothing

And Pound's translation read:

> And we went on living in the village of Chokan:
> Two small people, without dislike or suspicion.

Rabindranath translated this into Bangla: I give the literal translations, in the same order as they appear in the Bangla line, following the rules of Bangla syntax:

> In Chang'kan's alleys we lived close to each other
> Our age was small, our hearts filled with joy

The reader will notice that this change changes the very tone of the poem: the suspicion that haunts the translations of Obata and Pound disappears in the innocence of youth that Rabindranath reads in the poem. The joy with which he fills the hearts of the young people completely covers the suspicion that our other sources offer us. Perhaps the Indian poet was minimizing the quiet pain in *the River Merchant's Wife's letter* : first she could not, for bashfulness, turn her face to her husband's call. But

> At fifteen I was able to compose my eyebrows,
> And beg you to love me till we were dust and ash
> You always kept the faith of Wei-sheng,
> Who waited under the bridge, unafraid of death,
> I never knew I was to climb the Hill of Wang-fu
> And watch for you these many days.

Or, in Pound's translation,

> At fifteen I stopped scowling,
> I desired my dust to be mingled with yours
> Forever and forever and forever.

The topical allusion of Wei Sheng, who Obata tells us lived in the 6th century B. C. He was a young man of fidelity. He promised to meet a girl under a bridge in Chang-an, and waited for her there. Though the girl did not appear and the river water was rising, he would not leave his post and was drowned [152], is omitted by Pound, who reduces it to a single line: "Why should I climb the look out?"

It is strange that Rabindranath deletes these lines altogether: he indicates the deletion with three dots after "I smiled". The allusion to Wang Fu is not there in Pound who has just the single line which does not indicate to the reader the specific place of the look-out and the story that is popular about it in Chang'kan. There are several other changes in the poem made by the Indian poet that as I have indicated, change the tone of the poem. I would argue that the Indian poet is adapting the structure of feeling in the poem to a particular romantic idiom in his own language. The nature of the longing that we encounter in the Obata translation is transmuted first in its distancing from the actual scene of the poem, the town of Chang'kan with its own history, it's myths that are part of the lives of its inhabitants. And then, the geographical location of the poem too enters the picture:

  ...... Keu-Tang Gorge,
  Where the giant rocks heap up the swift river,
  And the rapids are not passable in May.
  Did you hear the monkeys wailing
  Up on the skyey height of the crags?

Pound once more reduces this to generality and makes one line out of three: "the monkeys make sorrowful noise overhead". But once more Rabindranath changes some specific reference in his translation. Again, the desolate impassable Keu tang, its eerie heights made more desolate by the wails of the monkeys slip out of Rabindrnath's translation. Following the word order of Bangla these lines are:

When I was sixteen, you went far to a land away from home
In Chu Tang's mountainous paths, whirlpools and rock piles amidst
The fifth month is here, I cannot bear it anymore.

This at least indicates that both Obata and Pound were Rabindranath's source texts: or else the reference to Chu Tang would not have occurred since it is not in Pound but there in Obata. But what about the monkeys: why does Rabindranath leave them out? The dramatization of melancholy which the sixteen year old wife feels, and the uncomplaining statement of her pain is distanced through poetic language. Again it is a topical allusion: the Bangla reader will not know Keu Tang gorge: but surely the feeling of desolation in their wails would have enhanced the atmosphere conjured up by craggy relentless rocks and dangerous whirlpools that separate the wife from her travelling husband. Rabindranath does not create the atmosphere of Li Po's poem. But his comment following this translated piece is:

In this poem the tone of sentiment is not at all loud, but neither do I see in it the mocking of hope or the crooked stare of disbelief. This is a very common theme, yet there is no dearth of rasa in it. If the style was made crooked and complex, it would have become 'modern'. Because that which everyone easily accepts in poetry, the moderns neglect to care about.

Given the elisions from the translated poem, it becomes important to understand what Rabindranath is aiming for. And it is clearly stated in general and specific terms in the next few lines of the same essay. Saying that a modern poet would show the husband wiping away his tears and looking back as he departed, while the wife began to fry prawn savouries. For whom were they meant? That is the note, the Indian poet says, which the moderns would end on. Imaginig an 'old fasfhioned reader's' objection to such a bathetic end, Rabindranath claims that the modern poets would answer such objections with the conviction that "If there is no stench in the poetry, it's artificiality and artifice cannot be erased, it does not become modern." His comment in reply is "The poetry of earlier times had something bourgeois and civilized about it: it was the civilization of propriety and accommodation. The poetry of modern times also has a bourgeois and 'civilised' element: it is the civilization of rotten meat."

And in this criticism which is being illustrated by Li Po's poem, shorn of specific locational markers, we find the Indian poet's agenda for modernity in literature:

The modernity of the western poets does not seem simple in comparison with the modernity of the Chinese poem. Their minds nudge the reader with the elbow. The world that they show is disintegrating, full of rubbish and grimy. Their own hearts are sick, unhappy, and disorderly. In such a condition they are unable to free themselves from the trammels of the world.

This returns us to our central theme : the Indian poet attempts to chart out his position regarding modernity, taking into account the criticism leveled against him by the young poets of his own language, who were struggling to extricate themselves from his long shadow. And in so doing, the literatures of the world provide him with examples on which to base his views. The translation of another of Li Po's poems occurs in the same essay, after the 'modern' sensibility has been described thus : " in the 19th century, poetry was suffused with the soul of the person who sees; now it is suffused with the soul of the thing seen".

The differentiation between the 'west' and 'Chinese poetry', which the Indian poet here underlines, may be seen as central to his conception of poetry, art and finally civilization. It is out of the conviction of this difference that he became, in his travels to China, Japan, Persia, and to the west and Russia, the voice of 'Asia. IN one of his talks in China, the poet said:

I have said that life is rebellious. Some of our eastern schoolboys may at once jump to the conclusion that this rebellion must take the form of imitation of the west. But they should know that while dead custom is the plagiarism from our own past life, imitation would be plagiarism from other peoples' life. Both constitute slavery to the unreal. The former though a chain, at least fits our figure: the latter for all it's misfits is just as much a chain. Life frees itself through its growth and not its borrowings.

Engaged in combating mental colonization and yet maintaining a balance of the spiritual and the material: this was the poet's idea of modernity, and it is towards this ideal that he worked. Misunderstood as advocating spiritualism, so typically eastern against materialism, so radically western, Rabindranath's visit to China in 1924 was representative of the conflict of mind that enveloped the whole of colonized Asia in the first decades of the twentieth century. Everywhere, the people of Asia were under the yoke of cultural imperialism : the freedom of the soul and the freedom in material terms, was the goal of Rabindranath's thought : and his interest in Chinese poetry and civilization thus became the reception of a poet who was also what Shelley had demanded poets should be a legislator to the world. Except that this was a divided world, divided between the colonizer and the colonized, polarized between matter and spirit, between east and west, and between tradition and modernity. Rabindranath's response may have been well expressed in the wisdom of the Tao:

> There are those who will conquer the world
> And make of it (what they conceive or desire).
> I see that they will not succeed.
> (For) the world is God's own Vessel
> It cannot be made (by human interference).
> He who makes it spoils it.

He who holds it loses it.

As a poet and as a thinker, Rabindranath constantly advocated harmony with the world rather than conquest. And the civilization of the west had deatroyed that harmony by opting for conquest rather than understanding and engagement. Rabindranath tried to demonstrate the folly of this by comparing the 'modern' west with the 'traditional' east : but we have already seen that for him the modern sensibility was not marked by time or by place. Rather it was distinguished by a certain attitude of mind that he discerned in Chinese poetry among other things, recognized and cherished.

It is possible to trace the contexts in which Rabindranath used Chinese poetry to illustrate his theories and ideology of the craft of the poet. Hence we may form an idea of his 'reception' of Chinese poetry as reader and poet. We have already seen the role it plays in his idea of 'modernity' of theme and sentiment. It is in form too that he evokes an example, to illustrate prose-rhythm, a form of poetry that marked the 'moderns' in Bangla literature. The irony was that Rabindrnath himself proved to be one of the most accomplished practitioners of this rhythm, though he was also the most musical and 'poetic' of all, One of the examples he provides of prose rhythm is Yuan chen :

> I dreamt I climbed to a high, high plain;
> And on the plain I found a deep well.
> My throat was dry with climbing and I longed to drink;
> And my eyes were eager to look into the cool shaft.
> I walked round it; I looked right down;
> I saw my image mirrored on the face of the pool.
> An earthen pitcher was sinking into the black depths;
> There was no rope to pull it to the well-head.
> I was strangely troubled lest the pitcher should be lost,

And started wildly running to look for help.
From village to village I scoured that high plain;
The men were gone: the dogs leapt at my throat.
I came back and walked weeping round the well;
Faster and faster the blinding tears flowed—
Till my own sobbing suddenly woke me up;
My room was silent; no one in the house stirred;
The flame of my candle flickered with a green smoke;
The tears I had shed glittered in the candle-light.
A bell sounded; I knew it was the midnight-chime;
I sat up in bed and tried to arrange my thoughts:
The plain in my dream was the graveyard at Ch'ang-an,
Those hundred acres of untilled land.
The soil heavy and the mounds heaped high;
And the dead below them laid in deep troughs.
Deep are the troughs, yet sometimes dead men
Find their way to the world above the grave.
And to-night my love who died long ago
Came into my dream as the pitcher sunk in the well.
That was why the tears suddenly streamed from my eyes,
Streamed from my eyes and fell on the collar of my dress

Rabindrnath comments:

This does not have the rhythm of poetry, it's rhythm is that of massed emotion. There are no obvious ornamentation in the choice of words, yet there is art.

How does this reach the level of literature: in simplicity and commonness of sentiment as well as in the economy of words ? In an essay entitled "The Relevance of Literature", Rabindranath ruminates on the nature of literature. Saying that he does not know what the etymology of the word in Sanskrit is, he proceeds to give it's meaning in literal terms. The Sanskrit word for literature, sahitya, is analysed by Rabindranath thus:

> The literal meaning of sahitya (literature) that one understands is closeness, meaning communion. People communicate out of many different kinds of need, but they also communicate out of the sheer need to communicate, that is for the cause of communion (sahitya) itself. People grow vegetable gardens to fulfill a need. But their need for a flower garden is completely different in nature. The aim of a vegetable garden is outside its precincts, in the collection of food. But the aim of a flower garden may be called the need for communion. The heart wants to go there-we walk in the flower garden, sit there, the heart is uplifted by these acts. From this we understand what the relevance of the literature. Its task is to create a communion of hearts, where this communion is its own end.

Such is the genre of literature, regardless of the language in which it is written. Rabindranath uses SAILING HOMEWARD by Chan Fang-sheng [fourth century A. D.] as an illustration:

> By Cliffs that rise a thousand feet
> Without a break,
> Lake that stretches a hundred miles
> Without a wave,
> Sands that are white through all the year,

Without a stain.
Pine-tree woods, winter and summer
Ever-green,
Streams that forever flow and flow
Without a pause.
Trees that for twenty thousand years
Your vows have kept.
You have suddenly healed the pain of a traveller's heart,
And moved his brush to write a new song.

The Chinese poem affects just such a communion, not only between man and man by expressing common and basic emotions identifiable across languages and cultures, a communion that occurs regardless and because of lanaguge. What draws our attention too is his comment that follows the translation:

The river, lake and mountain assuage the pain of the human heart. How can this be possible? Rivers and mountains have many natural qualities, but the placation of human woes is not one of them. Man's own mind extends itself into nature and finds its own solace amidst it. The material receives the touch of the human soul and becomes a human thing. When the meeting between the human heart and the humanized world occurs, there is a companionship out of which literature is born .

This communion of hearts through the written word is Rabindranath's contribution to the discourse of world literature. IT may not have been his theory: but as a poet, he could have practiced his ideals in no better way. His argument for literature as the communion of hearts, literally sahitya from sahit or with, becomes the key to communication. Language itself is the vehicle of this communication, and its cause as well. Rabindranath when asked to speak of comparative literature declared that he was going to speak of 'world literature' and in so doing suggested a method of cross-cultural reception. The relevance of literature then is in the language that it is able to call forth as its defining marker. It becomes literature through the use of a particular kind of language:

> A language that says some things and conceals others, some elements of it have meaning, some have tune. Only by making language conceal through indirectness, by mixing with it some images, by disordering it's meaning, in response to the material world, can man express the universe of behava within himself. ···the act of seeing is a common universal act. But when it is not left outside as a generality but mingled with the heart, it enables the poet to say wonderful things...

The reader of the English translation of the Chinese poem will notice that the translator has maintained a kind of metre that may not replicate the rhythm of the Chinese, but nevertheless respects the necessity of emphasis on tone that is the centre of Chinese poetry. Rabindranath however, does not maintain this metrical line: rather he uses an irregular line and sanskritised words like 'ucchcy' for high, even while simpler words exist in Bangla and are regularly used. he introduces the pace of kavya, constructed verbal art as the sources of Indian poetics defines it, in this irregular verse, even while the sanskritisation distances the diction from that used in everyday life. A certain sense of audible speech, the spoken voice, is retained in the irregular metre, much like rhythms of speech, but the vocabulary is not colloquial, giving it the elevated air of art. This was an idiom that Rabindranath perfected in literary Bangla, and with some changes, this is the language that is still used in what we may call 'cultured' circles, in society and in literature. This is the language that has marked the 'modernity' of Bangla literature. The younger poets reacted to it, imitated it, reviled it and parodied it; but the historical fact is that Rabindrnath himself did all this and even wrote poems that would be called identifiably un-Rabindranath like, Rabindrik, in a novel called "the Poem at the End". His open-ness to the future, perhaps natural for one so long-lived, is expressed in his own comments upon his craft. In the essay The Rhythm of Prose, he says

Finally I must say one thing, that the rights of poetry are expanding. It is building its nest in the territory of prose with the rhythm of emotions. Once I had begun my episode of poetry writing with rhythm, prose had not been summoned to that precinct then. Now when it is time for me to finish my part, I notice that poetry and prose are in negotiations. Before I exit, I too have added my signature to their letter of agreement. One era cannot be rejected just out of deference to another.

This gives us an idea of his desire for communion through the word, not only across space but across time as well. And that is the marker of the 'modernity': that it has the ability to establish a dialectic with 'tradition', a sensibility that he identifies in the Chinese poets of the 7th century, in the Persian poet Hafez of the fourteenth century, and many others, not only across Asia but across the breadth and depth of literatures written the world over.

The details of Rabindranath's visits to China, their actual impact and the resurgence of interest in him across the world on the occasion of the 150th year of his birth are all in some way connected to this fact; that he was able to bring his mind and heart to the feast of joy of this natural world. And the best tribute would be to retain this joy in him, rather than erect official institutions in his name, of which there are already too many. Rabindranath wrote a long dramatic poem about a parrot who is caged and educated by the king; this institutional education kills the parrot, mentally and finally physically. A surfeit of knowledge chokes the joy of learning. The Chinese poet Po Ch'I also wrote about a caged bird, comparing it to the death of knowledge in captivity:

> THE RED COCKATOO
>
> Sent as a present from Annam—
> A red cockatoo.
> Coloured like the peach-tree blossom,
> Speaking with the speech of men.
> And they did to it what is always done
> To the learned and eloquent.
> They took a cage with stout bars
> And shut it up inside.

That is the legacy of literature, left by great writers from India, China and the world over, for us, who study literature, but first and foremost enjoy it.

Biography

Ipshita Chanda, Professor at the Department of Comparative Literature, Jadavpur University, Kolkata, India. Field of Specialization: Comparative Literature, Literatures of Africa.

From the De-Based Literati to the Debased Intellectual: A Chinese Hypochondriac in Japan

Feng Lan

Two conflicting images —— the sick man and the robust new youth—conspicuously coexist in Chinese writings produced from the 1890s to the 1920s, reflecting the contradiction then inherent in the self-consciousness of the Chinese nation. The late-Qing intellectual Yan Fu (1895: 24) was perhaps the first prominent Chinese to conjure up the sick man in the national imaginary, in an attempt to alert his countrymen to the grave crisis their nation was facing. In subsequent literary portrayals, from the ulcerated Shandong landlord in Liu E's *Lao Can youji* (Travels of Lao Can, 1903 – 1906), to the lunatic in Lu Xun's "Kuangren riji" (Madman's diary, 1918) and the tubercular patient in Ba Jin's *Miewang* (Destruction, 1929), the physical or mental disorder of the individual was always presented metaphorically, as symptoms of the conditions of a moribund society. Thus, regardless of his actual age, the sick man embodied the aging and deteriorating sociopolitical tradition of the nation. "If a nation is ancient," Lao She (1998: 40) observed in a novel written in 1928, "its people are all 'born senile.' That is, as soon as they are born, they begin to suffer from dim slight, poor hearing, and feeble breath caused by too much phlegm and cough. " In contrast to the diseased and decrepit man was the new youth envisioned in a series of representations created during the same period, an image of the vigorous young Chinese personifying what Liang Qichao called "juvenile China" and Li Dazhao "youthful China" (Liang 1900: 7, 11 - 12; Li 1916: 201). Chen Duxiu (1915: 3 - 10) summarized a set of attributes for the "new youth" (*xin qingnian*), including autonomous agency, progressive orientation, global perspective, and knowledge of modern sciences. The vitality of this young citizen was thus seen to derive not so much from his youthfulness as from his newness, from that which could be cultivated only by a new education system and which enabled him to stand for China's modern intelligentsia.

These two seemingly incompatible configurations are mingled in the main character of Yu Dafu's "Sinking" (Chenlun), a story about a sick Chinese student studying in Japan, or rather, about a Chinese youth whose illness is caused precisely by his new mode of being. Yu completed "Sinking" in Japan in May 1921 and published it in a collection with two other stories in Shanghai in October of the same year. In the preface to the collection, which he wrote in Tokyo on July 30, 1921, as if already anticipating the confusion and controversy the story was to stir among readers, Yu calls attention to his aim of diagnosing the ailment of the young Chinese subject:

> The first piece "Sinking" depicts the psychology of a sick young man, and can be called an analysis of youth's *youyubing or hypochondria*. It also narrates in addition [*dai xu*] the modern man's depression—namely, sexual need and the clash between spirit and flesh —— but my descriptions fail here······ [In the story] there are also several places describing the oppression of our Chinese study-abroad students by Japanese nationalism. But I did not emphasize that in my descriptions, only putting in a few light touches to avoid being seen as making propaganda in literature. (Yu

1921b: 149)

In the original version of this oft-quoted passage, Yu uses the phrase *daixu*, a shortened form of either *fudai xushu* or *shundai xushu*, which can be translated as "narrate in addition," "narrate as supplement," or even "narrate in passing." Obliviously, here, Yu avoids overstressing the two additional themes: sexual depression, which he "narrates in addition," and anti-imperialism, which he purports to "de-emphasize." In spite of Yu's comments, however, these two themes have attracted the most critical commentary in China since the story's first publication, ①whereas his central concern with the psychological disorder of Chinese youth has not yet received cogent elucidation. This certainly does not mean that Yu's preoccupation with illness has escaped critical attention, but the fact is that those who have raised this topic often treat it in terms more philosophical than pathological: regarding it, say, as the sickening posture of an "egoist" exaggerating his sentimentalism (Su 1934: 385) or as the symbol of an aestheticist's "failed quest for unattainable beauty" (Zhang Fa 2002: 226). Meanwhile, the few other studies that have specifically dealt with Yu's

---

① Centered on these two themes, critical opinions on the story in China can be roughly divided into two groups. The first group (e. g. Su Xuelin 1934), representing a minority view, finds the story immoral and shallow. The second group includes two kinds of celebratory approaches: one praises the story as a real work of art in which eroticism serves a justifiable aesthetic purpose (e. g. Zhong Mi 1922), and the other, for which Guo Moruo (1959) set the basic tone, reads the story as a piece of "anti-feudalism and anti-imperialism". The latter approach still dominates Yu Dafu studies in mainland China (e. g. Yu Yun 1984: 53 –53; Zhong Yuzhou 2004: 243; Song 2004: 48). U. S. based literary scholars, although not uninterested in these themes, seem to pay more attention to other issues raised by "Sinking", including the relationship between the author and the protagonist, as well as the crisis of the individual. For a summary of major major American approaches to the story, see Kirk Denton 1992: 107 – 110. Denton captures the contradictory nature of May Fourth individualism by elucidating the dilemma of the story's protagonist torn between Western and Chinese modes of selfhood. I am indebted to Denton's study for illuminating the problematic of the May Fourth self, which has especially made me rethink the part that China's adoption of the modern education system played in conditioning the morbid existence of the Chinese individual in the early years of the twentieth century.

representation of the "disease of the times" (*shidaibing*) have tended to generalize his concern. Among them an early and yet still influential article by Qian Xingcun is noteworthy. By incorporating Max Nordau's formula of "*fin-de-siecle* degeneration," Qian undercuts the social and historical specificity of Yu's configuration of disease, diluting it to an abstract *problem of modernity*, as if it were the same problem that had troubled European intellectuals in the late nineteenth century (1928: 339 – 340). Qian's approach is echoed, though in an inverse fashion, in a recent study arguing that the disease of the modern man depicted in "Sinking" is caused by China's "lack of sufficient modernity" (Li Yin 2009: 119).

A number of crucial questions concerning the pathological, biopolitical, and artistic implications of the disease that the author bestows on the character remain to be addressed. First, why does Yu deploy the particular disease of hypochondria in the story? Second, insofar as hypochondria suggests the suspicion of an unnamable problem existing beyond the pathological sign, what symbolic meaning of the disease is encoded in the narrative? Third, given the author's unmistakable emphasis on the youth of the hypochondriac, what is the relationship between the disease and the protagonist's identity as a new-style student, and specifically a student pursuing a modern education in a diasporic state? Moreover, how can we convincingly contextualize that relationship from a broader sociohistorical perspective in order to reaffirm the often-dismissed linkage between the protagonist's illness and his nationalist ethos? Last, the author claims to present the story as a psychoanalytical account of the sick youth's clinical history. If so, what role does the disease play not only in determining the social existence of the literary character but also in shaping the structure of the narrative?

In my view, with its critical agenda embedded in an artfully contrived narrative of disease, "Sinking" should be construed as a Chinese *counterbildungroman*. By dramatizing the protagonist's failed pursuit of new learning (*xinxue*), which involves attending new-style schools and climaxes in studying abroad, the story interrogates the teleological efficacy of the modern and Westernized system of education that China started institutionalizing at the turn of the twentieth century; it undermines the then widely held conviction that the new-style education (*xinshi jiaoyu*) —a new mode of self-formation and hence a new model of cultivating the new state citizen (*xin guomin*) —could help to accomplish the grandiose goal of national salvation. In this sense, the story registers the fear of a generation of Chinese men of letters caught in the radical transformation of their social identities from traditional literati to modern intellectuals and the agony caused by the acute sense of cultural and political displacement that came from abandoning the Confucian model of person-making to seek reeducation not just in an alien system but often in an alien land. Yu Dafu thematizes such a historical sentiment by utilizing the psychoanalytical trope of hypochondriac melancholia to construct the degenerating existence of the main character. It is in the process of hopeless *chenlun*, *or* sinking, that the new education system is seen to gradually diminish the humanity of the Chinese subject, degrading him to a creature left with nothing but the sheer bestial instincts of perverse sexual desires. Instead of championing western modernity against Chinese feudalism, as many critics have insisted that it does, the story actually articulates a strong nostalgia for the lost Confucian tradition of learning sublimated in the fantasized context of the reinvigorated nation.

As Yu maintains in the preface, the key to the stigmatized life of the nameless protagonist in "Sinking" is his suffering from *youyubing* or *youyuzheng* , a neurotic mental disorder that serves in the story as the central trope providing a thematic order for the disordered life of the character. *Youyuzheng* is a Chinese loanword from the Japanese *yuutsusho*, itself a *kanji* rendering of the western concept of "melancholia", which is also what the Chinese term usually refers to in modern literary discourses. In that sense , S. M. Lau and C. T. Hsia , the cotranslators of "Sinking," are justified in rendering one instance of *youyuzheng* as "melancholy" in their English version of the story (Yu 2007: 34). Yet the Japanese term can also be used, although it is done so less frequently, to mean "hypochondria" and the notion of hypochondria is what Yu Dafu wants to highlight in his narrative. That is why he puts the English word "hypochondria" side by side with the Chinese term *youyuzheng* both in the story and in his preface (1921a: 41; 1921b: 149). As Susan Baur (1988: 22) explores in her work on hypochondria in the west, "throughout most of its history hypochondria was linked to melancholia." Baur shows that Robert Burton, the Renaissance author of the famous *Anatomy of Melancholy* (1621), included hypochondria in his analysis of melancholia and devoted four pages to list the hypochondriacal symptoms of melancholia (1988: 22 – 24). As a matter of fact, in pedagogical writings on psychology and psychiatry published during the early twentieth century, hypochondria was sometimes called "hypochondriacal melancholia" or simply "hypomelancholia" (Baldwin 1901: 491; Mendel 1907: 188). In other words, Yu's use of *youyuzheng* should be interpreted in terms of the interwoven meanings of "hypochondria" and "melancholia" and their psychological, aesthetic, and political implications.

Taken as a hybrid notion of "hypochondriac melancholia," Yu's *youyuzheng* denotes both the psychological experience of a severe depression and a pathological condition marked by imagined ailments. Employing the symbolism of disease is useful for Yu's purpose, not only because the protagonist in the narrative is a physically weak person, but also because he *embodies the diseased tradition* that the author reluctantly has to relinquish. Further, putting more emphasis on the hypochondriac dimension of the ailment allows the author to play with the ideological implications that lie beyond melancholia. In Western cultures, hypochondria has always been regarded as a paradigmatically male problem in contradistinction to the female "hysteria." In other words, aside from being an abnormal condition, hypochondria is a privileged property befitting the male protagonist. More important, the notion of hypochondria carries a heroic aura associated with some historical figures championed in the Western canon. For example, Thomas Carlyle, whose writing Yu knew well, recognized hypochondria as the kind of "misery" that constituted the source of the "very greatness" of figures such as Oliver Cromwell and Samuel Johnson. ① Similarly, hypochondria has been regarded as a contributing factor in the idiosyncratic lives of artistic geniuses such as Goethe and Dostoevsky (Kostovski 1974: 57). These are all culture heroes whom Yu worshiped and, more pertinent, with whom he would have liked his fictional protagonist in "Sinking" to identity.

Whether or not it was done consciously, Yu Dafu's explicit interpolation of the English term "hypochondria" into his Chinese narrative functions as a reminder that what distresses the protagonist is a malady transmitted from an alien origin. Therefore, to diagnose this disease one might begin by tracing its origin in foreign sources. One such source was the Japanese I-novel, in particular examples written by Satō Haruo. Yu held Satō in high esteem: "Among contemporary Japanese novelists, I admire Sato Haruo most…… His best work is of course his first work *The Sick Rose*, aka *Melancholy in the Country*."② First published in 1916 and then in 1918 in revised form, *The Sick Rose* is about a young Japanese man who calls himself a "hypochondriac" and who flees urban

---

① "Poor Cromwell," Carlyle observed, "a kind of chaotic man." The ray as pure starlight and fire, working in such an element of boundless hypochondria, unformed black of darkness! And yet withal this hypochondria, what was it but the very greatness of the man! The depth and tenderness of his wild affections: the quantity of insight he would yet get into the heart of things, the mastery he would yet get over things: this was his hypochondria. The man's misery, as man's misery always does, came from his greatness. " On Dr. Johnson, Carlyle commented:" At all events, poor Johnson had to go about girt with continual hypochondria, physical and spiritual pain. Like a Hercules with the burning Nessus'-shirt on him, which shoots-in on him dull incurable misery: the Nessus'-shirt not to be strip-off, which is his own natural skin!" (Carlyle 1907: 301 – 302, 248).

② Yu 1923b: 73. For a detailed study of the Chinese "reinvention" of the Japanese novel, see Keaveney 2004.

life to seek refuge in the countryside①. Sato's work may have inspired Yu to explore the intriguing idea of hypochondria, but Yu doubtless went much further by reappropriating it to tell a Chinese tale. Yu's second source, as already indicated in my earlier discussion, is the large number of western writers a fine command of English and German, and could read works in these languages, His favorites were mostly Renaissance and Romantic writers, in whose works melancholia appeared more as an intellectual strength and virtue than anything else. The third source of Yu's understanding of hypochondriac melancholia is books on psychology and psychiatry. From 1925 to 1919, Yu studied in the Eighth Higher School in Nagoya, enrolling as premed in his first year and then switching to the social sciences in his second. "Logic and Psychology" was a required course in the social sciences program, so Yu would have been introduced to basic psychology (Inaba 1984: 199 - 201)②. We do not know what textbooks were used, but in such a class he would have encountered contemporary western formulations of hypochondriac melancholia, were common topics in pedagogical writings on psychology in the early decades of twentieth century. Take, for example, a then standard textbook explanation of hypochondriac melancholia: in his textbook on psychiatry first published in German in 1902 and then translated into English in 1907, the renowned neurologist-psychiatrist Emanuel Mendel (1907: 188) characterized a typical hypochondriac melancholic as a patient who not only displayed severe depression but who was obsessed with "vivid self-accusations of preceding onanism and syphilis, of dissipated living, and

---

① Sato 1993: 45. In his "Afterword" to the revision, Stato refers to his novel in English as "my anatomy of hypochondria" (1951: 171). Clearly, he did not want to hide the fact that he borrowed this concept from western, perhaps German, discourses: in the novel, he uses the Katakana rendering for "hypochondria" to preserve its western pronunciation (1951: 64). Here I would like to thank Yoshi Yasuhara for providing useful information about, as well as thoughtful comments on, Sato's utilization of this concept.

② Curiously, in inaba's investigation of the school's curriculum at that time, the psychology course was listed as a required course for second-year students in social sciences but not for premed students. If that was the case, Yu should have taken this course during his third year in the Eighth Higher School.

other excesses." The idea that hypochondria involved not only depression but also the tendency toward self-depravation was to be further developed by Sigmund Freud; and the same idea, as my analysis demonstrates, would find its way into Yu Dafu's story.

Freud's theory began to catch the attention of Japanese intellectuals from the early 1910s to the 1920s, the time when Yu was living in Japan. According to Keigo Okingi, the first Japanese article on psychoanalysis, "The Psychology of Forgetfulness," appeared in 1912 in a journal of psychological research; over the next ten years, "psychologists and educators introduced Freudian psychoanalysis in a variety of forms," including the publication in 1914 of Yoichi Ueno's *A Lecture on Psychology*, which offered the "first systematic outline of psychoanalysis" by a Japanese psychologist (2009: 9). The introduction of psychoanalysis in Japan aroused widespread interest in "abnormal psychology" among not only medical doctors and psychologists but social critics and literary writers as well. In 1915 there even appeared in Japan a monthly journal called *Hentai Shinri* (Abnormal psychology), which published, among other things, works introducing Freud and Carl Jung as well as exploring topics such as sadism and masochism (Suzuki 1996: 217fn4). As is well known, it was during this time that Guo Moruo, Yu's fellow Chinese student and friend in Japan, came under the influence of Freudian psychoanalysis and applied its theoretical premises in his creative works, such as the short story "Can chun" (Late spring 1922). Yu himself did not directly mention Freud in his writing until a 1935 essay, in which he proposes to use Freudian theory to analyze a work by Liu Bannong (Yu 1935: 242). Nevertheless, it is highly unlikely that Yu Dafu, a former premed student as well as an iconoclastic young writer known for his notorious interest in topics of abnormal sexuality, did not learn about Freudian psychoanalysis during his years in

Japan.①

For our purposes, Freud's explication of hypochondria and melancholia, which theorizes the process from the sense of loss to self-degradation, provides an analytical framework that can help us to unpack the complex state of mind and irrational behavior of the protagonist in "Sinking". Freud elaborates on hypochoria in the 1914 essay on narcissism. In this essay, he recognizes hypochondria as a special case of neurosis, where in the patient is found to experience distressing and painful sensations but with no demonstrable organic disturbance. Freud's main concern here is the role of hypochondria in "the distribution of libido", namely the subject's mental and emotional investment of life energy associated with the sex drive (1914: 83 –84). Seen as a symptom of secondary narcissism, hypochondria for Freud manifests in the libidinal cathexis directed toward the self as a result of the loss of total interest in the outside world. Freud further develops his theory in the essay, "Mourning and Melancholia", written in 1915. In this essay, what has been previously termed hypochondria now in essence becomes melancholia: "loss of object, ambivalence, and regression of the libido into the ego." (1915: 258). First, melancholia is a painful dejection caused by the loss of the object of one's love. Second, the melancholic feels the pain resulting from the loss, but he cannot consciously perceive or explain what has been lost; in mourning, by contrast, there is no such ambivalence because "there is nothing about the loss that is unconscious." Third, and most important, what appears in melancholia but is missing in mourning is an "impoverishment of the ego on a grand scale," that is, the feeling on the part of the melancholic that his ego has become poor and empty. This

---

① For critical works that have established the influence of Freudian theory on Yu's early writing, see Mau-sang Ng (1988: 123 –24), and especially Jing Tsu's well-researched essay on masculine perversion in Yu Dafu and Guo Moruo (2000). For a general overview of psychoanalysis in China, see Jingyuan Zhang 1992.

leads to various symptoms of hatred directed toward the self: self-accusation, self-debasing, and even suicide, in the most serious cases (1915: 244 - 252).

Indeed, an enormous sense of loss permeates Yu Dafu's early works, especially "Sinking". He vividly captured that sense ten years after the publication of the story in an essay in which he recalls his stay in Japan

> Seeing the deterioration of my home country and suffering the humiliation in an alien land, all I felt thought, and experienced, could be summarized as nothing but disappointment and grief. I was like a newly widowed young woman, debilitated, demoralized, and doleful. It was out of the woeful cry of such a person that I wrote those stories in the much criticized collection Sinking, (1931: 249)

Yu's feeling of a devastating deprivation was uttered from the angle of a Chinese student in diaspora, and might be shared by those with a similar experience of uprootedness. Like his character in "Sinking ", and like other Chinese youth who went to school during the first decade of twentieth century, Yu belonged to generation of Chinese intellectuals that underwent two kinds of dispossession : in general, what they lost was the foundational value system that for centuries had sustained the sociopolitical formations of the Chinese society, the very base on which had rested the political and moral legitimacy of the Confucian literati : in particular, they lost the institutional mechanism for traditional education, which effectively ended in 1905 when the Qing government abolished the civil service examination system. This event represented the culmination of sociopolitical transformations in China that led to the flourishing of western-style school (yang xuetang) and overseas study (liuyang). As Yu Ying-shih (2003) has pointed out, the event was the turing point in the metamorphosis of Chinese literati (shi) into modern Chinese intellectuals (zhongguo xiandai zhishifenzi), In his inquiry, Yu Ying-shih compellingly argues that the different type of learning each pursued, but rather the different school function each possessed. The former had enjoyed an elite position in the power structure of the empire, serving as the guide of its spiritual life, guardian of its culture, and execute of its state affairs; the latter lost that privileged role as the credibility of the Confucian tradition eroded. So, the end of civil service examination system marked the beginning to the rapid marginalization of Chinese men of learning —— that is, their degradation in the sociopolitical life of the nation. No wonder this generation was a de-based one: not only in the sense of losing the supporting foundation, but also in the sense of *chenlun*, or "sinking." Of this generation, Chinese *liuxuesheng* (study-abroad student) felt the loss no less sharply, if not more, than other social groups.

China's practice of *liuxue* (study abroad), in its modern sense of "studying in advanced countries," could be traced back to the mid-nineteen century: Rong Hong (Yung Wing 1828 - 1912), who graduated from Yale College in 1854, is usually considered the first Chinese *liuxuesheng*. Government-sponsored *liuxue* projects began between 1872 and 1875, when the Qing courtsent four groups of boys, totaling 120, to America (Kong et al. 1994: 8 - 22). In 1875, the Qing government also began to send a small number of students to European countries, primarily Britain, France, and Germany (23 - 28). But such projects were soon discontinued because of both criticisms by conservative elements within the Qing court and mismanagement by Qing officials. It was not until the early decades of the twentieth century that the *liuxue* movement regained momentum. The number of Chinese students in the United States increased from 300 in 1906 to approximately 1200 in 1918, and reached 1,600 between 1920 and 1925 (Ye 2001: 9 - 10). In Europe, the number of Chinese students increased from 565 in 1914 to approximately 3,180 in 1923, with many of the students participating in a "work-study" program (Y. C. Wang

1966: 147). In Japan, the first group of thirteen government-sponsored Chinese students arrived in 1896. In the following decade, the number of Chinese students in Japan, whether on state scholarships or private funds, steadily grew from 500 in 1902 to 1,300 in 1904, and then jumped to 8,000 in 1905—an immediate outcome of the abolishment of the civil service examination in China. From 1896 to 1923, Japan attracted approximately 73,280 Chinese foreign-study students. ①

Chinese liuxuesheng at that time endured a double estrangement—ideological and social. The large-scale liuxue movement during the first two decades of the twentieth century clearly indicated the nation's painful recognition of the bankruptcy of the Confucian education system. For Chinese students, however, going to study in a foreign country was not a mere change of the site of schooling, but rather a change in modes of self-cultivation or person-making, and, for that matter, a change of mode of being. Moreover, such a change drastically transformed the temporal and spatial frameworks through which they had positioned themselves in relation to the nation and the world. For them, the traditional model of social success had been one of upward mobility, in the sense of ascending to the hierarchical center of the imperial superstructure by completing the journey from studying the Confucian classics at home, passing the civil service examinations in the city, and then obtaining a post at the court. That model was now giving way to a new model of outward mobility, one that was full of conceptual ambivalence and contradiction because it imposed a migration toward what used to be considered the "barbarian" peripheries far away from the center of civilization while offering a temporal shortcut from the premodern to the modern. The second displacement was social. The process of studying abroad en-

---

① This number is based primarily on Saneto Keishu's (1983: 451) research. For the years Saneto left uncounted, I used Wang Xiaoqiu's figures (2000: 355 – 356).

tailed the separation of youth from their families, communities, and home country. To study abroad was to live in complete disconnection from the familiar social relations that used to provide what had appeared to many Chinese the needed regulation and protection for their existence. Thus, *liuxue* turned out to be a highly disruptive operation of deterritorialization, creating an unprecedented space of exile into which many vanguard members of China's first generation of modern intellectuals were thrust.

The predicament of such a doubly de-based existence is what informs the life of the protagonist in "Sinking" and generates the conditions for his hypochondria behavior. Insofar as his problem is derived from the disruption of the national education system, the initial symptom of his pathological agitation should have already surfaced before his embarkation on the *liuxue* adventure. The account of the protagonist's early educational experience in China is set in a spatial configuration purposely juxtaposing two contrasting sites of schooling: one is the family study room, which is associated with images symbolizing the tranquil beauty of nature, poetic sublimity, traditional wisdom, and warmth of the nourishing origin; the other is the set of new-style schools that are described in terms of transience, instability, oppression, sterility, and foreignness. The protagonist's family lives in a small town on the Fuchun River in Zhejiang. From the windows of the study one can observe the changing beauty of nature on the river. This small room is compared to Tengwang Pavilion, a legendary building in Chinese cultural history associated with poetic composition and, by extension, the legacy of the country's creative tradition. In this peaceful room, the protagonist has spent a large part of his formative years, surrounded by family collections of books serving as his "good teachers and helpful friends" (Yu 1921a: 27). Even years after leaving home to pursue new-style education, he would frequently return to this study for temporary refuge whenever he felt frustrated in the outside world.

It is significant that the protagonist leaves his study roughly in 1906. According to the narrative, the protagonist graduates from the the county's higher primary school two years before the 1911 Xinhai Revolution. At that time in China, such a new-style school usually required three years of study, covering the last three grades of elementary education. This would mean that it is during the first year after the 1905 termination of the imperial civil service examination that the protagonist ends his private education at home and enters the new public school. Over the next two years, after his graduation from the higher primary school in 1909, the protagonist goes through four middle schools, but is happy with none. Two of these schools are public and two private, but they are all new-style schools operated under the guidance of imported principles of education; the two private schools are even directly affiliated with Christian churches and presided over by Westerners. As represented in the story, school life in these institutions is plagued by internal political conflicts, and the administrators are either despotic or incompetent. Above all, the protagonist feels dissatisfied with their academic quality. Eventually, he returns home to his small study, but after five years of new-style education, there seems to be no returning to his original self. He falls into the habit of envisaging himself, his social relations, and his environment in ways that smack of the strong influence of Western literature: in his fantasy, which transfigures his hometown into an idyllic realm, he morphs into a "romantic knight-errant" and the ordinary girls next door become young ladies of noble lineage; even more striking, he sometimes composes his fantasy literally *in a foreign language*. According to the narrator, it is at these moments of cultural alienation—the attempt to construct subjectivity in a delusional and alien discourse—that "the seeds of his hypochondriac melancholia were sown" (Yu 1921a: 27).

Such a sense of spiritual and cultural alienation intensifies with his *liuxue* experience in Japan, where he is now physically exiled from the homeland; in

Japan "his hypochondriac melancholia was getting increasingly severe" (Yu 1921a: 27). For a Chinese student at that time, study abroad in Japan entailed the kind of radical life change that would require courage, determination, and visionary dedication to the chosen pursuit. Part of the protagonist's problem is that he comes to Japan not of his own choice, but through the arrangement of his eldest brother. To a large extent, he is blindly following the trend sweeping through his generation of intellectuals to study abroad. Once in Japan, his dream of seeking fame and knowledge is quickly shattered by the cruel reality of the diasporic life, wherein his sharp sense of displacement is intensified by isolation, as well as by what he feels to be racial discrimination and Japanese women's contempt for Chinese men. Under these circumstances, the protagonist begins to doubt the purpose of his *liuxue* endeavor: "Why did I come to Japan? Why did I come here to pursue my studies? Since I did come, is there any wonder why the Japanese hold me in such contempt! Oh China, China! Why don't you grow rich and strong?" (24). What is ironic about this passage is that its nationalist sentiment, for which the author has been either praised or criticized, stems precisely from the fact that the protagonist does not legitimize his study abroad in nationalist terms. Instead, the protagonist comes to study in Japan because China has lost the cultural institutions that could have helped him to achieve personal fulfillment and social success at home. In ascribing his present suffering to his *liuxue* practice in the context of a national crisis, the protagonist seems to suggest that his participation in the *liuxue* movement is part of the problem rather than a solution, for it only confirms and, even more disconcerting, will further enforce his drifting away from that lost tradition. That is why in his soliloquy, following the previously quoted passage, the protagonist questions whether years of hard study abroad will translate into success when he returns to China.

Later in the story, the protagonist's "hypochondria took another form," symptomatic of a variation of alienation that in essence springs from the same sense of loss or of de-basedness. This time the problem arises from his quarrel with his eldest brother over some "trivial matters" (Yu 1921a: 41). The eldest brother, himself a former *liuxuesheng* in Japan, is now a judge in Peking with a pragmatic view about education and life. The protagonist's father died when he was three, and the eldest brother has acted more as a father than a sibling to the protagonist, taking care of matters of life and education, even to the point of dictating what he should study in school. In that capacity, the eldest brother appears to stand for the patriarchal order of the Chinese family whose decisions its younger members must obey. Although unspecified in the story, the "trivial matters" may have to de with a decision concerning the protagonist's study in Japan—only this time the protagonist stands up to his brother. As a consequence of the quarrel, the protagonist writes a long letter disavowing his kinship with his eldest brother. Considering the eldest brother's symbolic status as familial authority, the protagonist's letter amounts to cutting off his connection with his family. Yu Dafu once experienced a similar conflict with his eldest brother, Yu Hua, over whether he should study medicine or humanities in Japan (Yu 1915: 310 – 311). Yu Dafu eventually reconciled with his brother, but in the story the protagonist is never able to do so. This conflict, which results in the severing of his last tie with his family, pushes him toward suicide.

  Many critics have been baffled by the protagonist's placing blame for his personal suffering on China, largely because they have treated him not as mentally disturbed, but as a normal and rational person unexpectedly voicing irrational and groundless grievances. If we take the protagonist's lament about his country as the symbolic form of a hypochondriac's serious utterance, we may be able to infer some large meaning from it. The China that the protagonist constantly evokes is not a geopolitical entity, but rather an imagined totality of living values that give meaning to his existence in his relations to family, clan, country, and the world at large. This China, an ethno-ethical cosmos that the protagonist's spirit inhabits, takes on the characteristics of an organic body with spiritual purposes and corporeal needs and that has its own life and history fostered and sustained by specific cultural tradition and collective social experiences. In the mind of the hypochondriac subject, this organic being has an objective existence; it is something concrete that he can contemplate, play with, and even argue against, in his desperate struggle to affirm his own subjectivity. He often internalizes such a China in a way that it comes to acquire a gendered personality, something toward which he can direct his libidinal energy. For instance, feeling frustrated and humiliated in the Japanese brothel, he groans: "I will not love women any more, I will not love women any more! I will just love my country, and will treat my country as my lover" (Yu1921a: 49). With this form of personification and sexualization, the nation becomes his lover. It is the disappearance of this internalized China, the object of his love, that has completely disoriented the protagonist.

Nevertheless, what the hypochondriac loves is nothing but idealized replica of what is already absent; in other words, it is a projection of the unconscious, an embodiment of the vanishing object of desire. From the perspective of Freudian psychoanalysis, such a love would quickly turn into hate because the object of love, which is already lost, is hollow and can no longer satisfy the subject's craving. As narcissistic identification gives rise to self-loathing, the hypochondriac melancholic begins to abuse the self, "debasing it, making it suffer and deriving sadistic satisfaction from its suffering" (Freud 1915: 251). At the pathological level, self-debasement manifests itself in actions that are unhealthy for or harmful to the body; at the social level, it manifests itself in actions that are against social norms. Nevertheless, the performance of self-debasement is crucial to the very being of hypochondriac melancholic, for it not only reproduces the physical grounds for self-accusation, justifying and enhancing the verbal actualization of the neurotic depression. In this way, self-debasement turns out to be a discursive means by which the hypochondriac express his view on the object-loss and, by so doing, asserts his very existence as a hypochondriac subject.

In "Sinking," self-debasement is a major strategy by which the author organizes the protagonist's life in Japan into a coherent narrative structure. The self-debasing process unfolds in the protagonist's engagement in abnormal and perverse sexual acts, which steadily erode his sense of dignity and eventually drive him to suicide. Perhaps no other self-debasing act is more fitted to the debased individual than masturbation, by which the hypochondriac individual seeks the release of neurotic tension in autoerotic gratification. In the story, the description of the masturbator's desperate surrender to the onanistic addiction reveals a clash between a "sacred edict" of the Confucian tradition and the seduction of an eroticized Western culture, a confrontation in which the body is the locus of contention between opposing discursive forces, simultaneously engendering and confounding the protagonist's sense of guilt and shame with regard to sexuality. The sacred edict the narrative alludes to is the Confucian teaching in the first chapter of Xiao jing (Classic of filial piety): "A person receives his body, with its hair and skin, from his parents. Not doing any injury to it is the beginning of filiaty" (Wu et al 1991: 2001). Confucius is defining *xiao* (filial piety) as the root of the supreme *de* (virture), which sustains the order of the state as well as the harmony of the universe. Here, the body is not a property serving a self-contained purpose of the individual person; rather, the body acquires its human value and social legitimacy by functioning like a ritualized vessel enabling the continuity of the family and bringing honor to the family. For that reason, Confucius says that preserving the integrity of the body constitutes the "beginning of filiaty."

In the fictional world of "Sinking," this Confucius biopolitical doctrine fails to protect the protagonist from the contamination of the "evil thoughts", which come in the form of naked descendants of "Eve", and, even more enticingly, in the figure of a middle-aged "madam." Significantly, the narrator adopts the Chinese transliteration Yifu to preserve the Western pronunciation of "Eve", and even uses the English word "madam" to summon the appearance of mature seductresses, which testify to the narrator's intent to link the power of the "evil thoughts" to the irresistible temptation of the Western cultural imaginary. One of the things the protagonist dreads with regard to his masturbatory activity is that it might impair his brain, thus weakening his ability to write. But such a fear is greatly alleviated when he realized that he retains the mental capacity to compose poems; more important, he finds comfort in the discovery that Nikolai Gogol, the great Russian writer, had maintained a masturbatory habit throughout his productive life. Although he understands that masturbating might not preclude him from being a writer, the protagonist knows full well that his self-abuse and misplaced sexuality violate Confucian notions of the sanctity of the body and its scared utility for propagating the family line. Hence, from the narrator's perspective, masturbation is a blasphemous deed, a "sin" that is "the most harmful to the body" (Yu 1921a: 33).

Another form of self-debasement in the story is psychic and derives from the protagonist's wretched realization that he is descending into a bestial existence as a consequence of his perverse indulgence. In fact, we have already ascertained the consciousness of self-bestialization in his masturbation. In addition to his regressive masturbatory tendency, which the narrator attributes to an instinctual desire "passed down from his primitive ancestors" (YU 1921A: 32), the protagonist now perceives himself through animal imagery, portraying his post-masturbatory look as one of "dead fish" (Yu 1921a: 34). In the events narrated after that moment, images of beasts become a distinct signifier through which the dejected protagonist identifies himself. Such images, often invoked by the ego's fixation on an erotogenic item—something used by a woman or simply part of the female body—are related primarily to the protagonist's voyeurism. For instance, he notices that when Japanese women walk their movements would fling open the kimino and reveal "the pink petticoat, and the white plump thighs." He furtively glances at these charming parts' of Japanese women when he sees them passing by on the streets, but whenever he does so, he is filled with so much shame that he woula "call himself a beast, a wicked dog" (Yu 1921a: 48).

  Such strong self-chastisement may help to explain why, after a voyeuristic incident, he "flees" from his first boardinghouse, a small inn owned by a landlord and his grown daughter. It might not be coincidental that the protagonist develops both autoerotic and voyeuristic habits in this location; as a space associated with contingency, transitoriness, and social disconnection, the inn is more suggestive of a random and ambiguous field of libidinal cathexis than it is a nurturing home for the Chinese student in diaspora. After he peeps at the landlord's daughter taking shower in the bathroom, what the protagonist fears is not the likelihood of his being discovered. In fact, he is delighted, and even excited, at the thought that the girl has discovered his act. What he fears instead is that knowing who the peeper is, the girl would contemptuously dismiss this incident as the act of a lowly creature unworthy of attention. No wonder that right after the incident, as he hears the landlord bursting into laugher because, he assumes, the girl has just told the father about it, the protagonist is so upset that he decides to move out the following day. The *lowliness* of the debased protagonist reaches a new low in another and a slightly different type of voyeuristic act after he moves into a residence in a secluded plum garden. One day he stumbles upon a couple making love behind the bushes near his house. Instead of leaving the scene, he steadily crawls near the unknowing lovers, "like a wild dog stealing food, prostrating himself on the ground." Although he curses himself again for his depravity, the protagonist remains there in that position until the couple leaves. Afterward, he runs back to his bedroom "like a drenched cat or dog" (Yu 1921a: 44). Throughout the incident, the protagonist appears to behave, both physically and psychologically, like a crawling animal.

The unbearable intensity of his depression drives the protagonist onto an aimless excursion, which he takes as a release for his pent-up neurotic desires. He ends up, not surprisingly, in a Japanese brothel. It must be noted that in premodern China visiting brothels was not uncommon for Chinese men of letters. Throughout much of Imperial history, China's cultural elites, poets and writers in particular, were often seen to relish frequenting brothels, which satisfied their need for masculine power and served as a fount of creative inspiration. Although the protagonist in "Sinking" regrets visting this "lowly place," he seems to be even more disturbed by the fact that in his dealing with a prostitute, he fails to regain a sense of dignity and self-confidence as a normal and healthy man. His awkward and eccentric demeanor, a reflection of his contradictory mind-set incurred by having "the lust of an ape and the timidity of a rabbit," renders him an inadequate, impotent patron incapable of winning the prostitute's respect, not to mention arousing her desire for him. And even worse, he is forced to betray his nationality to the prostitute as a "Shinajin" (Chinaman), which for him is an extremely humiliating identity associated with lowly creatures because, he knows, the Japanese look down on "shinajin" the same way the Chinese look down on pigs and dogs (YU 1921a: 46, 48). Therefore, in deploring his degradation after leaving the brothel, the protagonist is devastated not so much by his descent into a despicable bestial state as by the thought that even this Japanese prostitute, herself already degraded enough in his eyes, would despise him because she, like other Japanese, regard him as an uncivilizable and unredeemable beast.

The disastrous experience of his brothel adventure is the last straw for this hypochondriac, and he finds himself in an utterly hopeless situation. Removed from any network of supportive social relations—including love, friendship, family, and homeland—he retreats more and more desperately into the self for sustenance and meaning. Already desocialized and empty, however, the self retains little more than corporeal instincts and desires, which can only drag it further down in its degradation. The only way to stop his sinking, as it were, into the fathomless abyss of dehumanization is to end his existence by committing suicide. And that is exactly what the protagonist does at the end of the story. Before throwing himself into the sea, he blames his imminent death on his country. Although strange to many readers, such a grievance directed toward the Chinese nation is only too natural for a hypochondriac melancholic, insofar as the China he has in mind is equated with a decaying national tradition, whose disappearance is the root cause of all his neurotic problems. Although he has indentified closely with that tradition, now in his final disenchantment he unleashes a barrage of self-hatred as a way of reproaching the disappointing object of his affections. In a way, what he tries to bury in the sea is not himself, but rather the incarnation of that which he both loves and hates: in short, the part of the ethno-ethical China that has been so de-besed and debased as to be denied any chance of redemption.

By describing the tragic fate of the protagonist, Yu Dafu re-creates a *liuxuesheng* image strikingly different from the two kinds of stereotypes in *liuxue* narratives by previous Chinese writers, the majority of whom, not insignificantly, had stayed in Japan. The first stereotypical image of Chinese *liuxuesheng*, inaugurated by Liang Qichao, was a heroic character committed to the lofty cause of national revitalization. Liang himself was not a *liuxuesheng*. As a political leader exiled in Japan, he nonetheless rallied around himself many Chinese students in whom he placed a great hope for his ideological project, because Liang recognized Chinese *liuxuesheng* as "China's future masters" empowered by their modern knowledge, fresh outlook, and, most important, their "heavenly mission to re-build the political and socio-moral foundations" of the emerging Chinese nation-state (Liang 1902: 21 -25). Such a visionary hope received a passionate expression in Liang's own novel *Xin Zhongguo weilaiji* (The future of new China, 1902), which featured *liuxuesheng* as the main players in China's political process. With Liang's influence as well as his promotion, there appeared in the following years a number of literary works, such as Zhang Zhaotong's "Ziyou jiehun" (Freedom of marriage, 1903) and Chen Tianhua's "Shizi hou" (Lion's roar, 1904 - 1905), which were all characterized by celebrating the revolutionary role of charismatic *liuxuesheng figures* in Chinese society. The second stereotype presented a negative configuration of *liuxuesheng* best represented in Xiang Kairan's novel *Liu Dong waishi* (Unofficial history of studying abroad in Japan), a multivolume work that began publication in 1916. This novel depicts *liuxuesheng* as a group of hopeless hedonists who came to Japan for the enjoyment of an unrestricted decadent life rather than for any noble purpose such as the search for knowledge.

"Sinking" is an alternative to the two types of writing just described. On the one hand, its author entertains no illusion about the emancipatory mission of *liuxuesheng*, not believing that mere acquisition of new learning and outlook from Westernized education would be a sufficient solution to the disorientation of the Chinese individual and the disintegration of his country. The author, who once poignantly called himself "a superfluous man emasculated by higher education", clearly does not see *liuxue* as form of salvation, but rather as a possible road toward alienation and, ultimately, degradation.① On the other hand, even though he allows his character to succumb to a decadent life, he does not en-

---

① [U2] Yu 1923a: 155. Yu made this remark shortly after he returned from Japan, and therefore the "higher education" he refers to is doubtless the Western-style college education he had received there.

dorse that life as pleasurable and enjoyable. Instead, he casts the protagonist's life in a profoundly critical light; such a life is an unfortunate repercussion of the collapse of a long-cherished cultural system and the loss of a desirable mode of existence. If the author has promised anything in his "analysis of the psychology" of a fallen *liuxuesheng*, he intends for the story to critique the empty promise made by the blind agenda of China's *liuxue* practice at that time, thus registering an alternative attitude toward the nation's ambivalent embrace of modernity during the May Fourth New Culture movement. It is from such a perspective that "Sinking" should be evaluated as a pioneering piece of *counter-bildungsroman* in the history of modern Chinese literature. In addition to its more literary distinctions, "Sinking" also helped lay the foundation for the critical and self-reflexive tradition of Chinese *liuxuesheng* literature. And it did so by conveying the author's powerful message through an ingeniously told story about a Chinese hypochondriac in Japan whose disease is the product of modernity itself.

Glossary

Ba Jin	巴金
"Can chun"	残春
dai xu	带叙
De	德
Fuchun	富春
fudai xushu	附带叙述
"kuangren riji"	狂人日记
Lao Can youji	老残游记
Liu Bannong	刘半农
Liu Dong waishi	留东外史
Liu E	刘鹗

Liuxue	留学
Liuyang	留洋
Lu Xun	鲁迅
Miewang	灭亡
Rong Hong	容闳
shi	士
shidaibing	时代病
"Shizi hou"	狮子吼
shundai xushu	顺带叙事
Tengwang Ge	滕王阁
Xiang Kairan (Buxiao Sheng)	向恺然（不肖生）
Xiao	孝
Xin Zhongguo weilaiji	新中国未来记
xin qingnian	新青年
xinshi jiaoyu	新式教育
xin guomin	新国民
xinxue	新学
yang xuetang	洋学堂
Youyubing	忧郁病
Youyuzheng	忧郁症
Yu Hua	郁华
Zhang Zhaotong	张肇桐
Zhangguo xiandai zhishifenzi	中国现代知识分子
"Ziyou jiehun"	自由结婚

Bibliography

Baidwin, James Mark, *Dictionary of Psychology Vol.* 1, New York:

Macmillan, 1901.

Baur, Susan, *Hypochondria: Woeful Imaginings*, Berkeley: University of California Press, 1988.

Carlyle, Thomas, *On Heroes, Hero-Worship, and the Heroic in History*, Boston and New York: Houghton Mifflin, 1907.

Chen Duxiu 陈独秀, "Jinggao qingnian" 敬告青年 (*A call to youth*), In *Duxiu wencun* 独秀文存 (Works of Chen Duxiu), 4 vols, Shanghai: Yadong tushuguan, 1927, 1: 1 – 10.

Denton, Kirk A, "*The Distant Shore: Nationalism in Yu Dafu's 'Sinking.'*", *Chinese Literature: Essays, Articles, Review* 14 (Dec.): 107 – 123, 1992.

Freud, Sigmund, "*On Narcissism: An Introduction*" In James Strachey, ed., *The Standard Edition of the Complete Psychological Works of Sigmund Freud*, 24vols, London: Hogarth Press, 14: 69 – 102, 1958.

"Mourning and Melancholia", In James Strachey, ed., *The Standard Edition of the Complete Psychological Works of Sigmund Freud*, 24 vols, London: Hogarth Press, 14: 239 – 260, 1958.

Guo Moruo 郭沫若 "Wangyuanjing zhong kan diren" 望远镜中看敌人 (*Look at the enemy from a telescope*), In Wang Zili 1982: 2: 533 – 536.

Inaba Shōji 稻叶昭二, *Yu Dafu: ta de qingchun he shi* 郁达夫——他的青春和诗 (Yu Dafu: his youth and poetry), In *Yu Dafu zhuanji liangzhong* 郁达夫传记两种 (Two biographies of Yu Dafu), Hangzhou: Zhenjiang wenyi, 1984.

Keaveney, Christopher T, *The Subversive Self in Modern Chinese Literature: The Creation Society's Reinvention of the Japanese Shishōsetsu*, New York: Palgrave Macmillan, 2004.

Keigo Okinogi, "Psychoanalysis in Japan." In Salman Akhtar, ed., *Freud and the Far East: Psychoanalytic Perspectives on the People and Culture* of China, Japan, and Korea. Lanhan, MD: Jason Aronson, 9 – 26, 2009.

Kong Fanjun et al. 孔凡军等, *Zouchu Zhongguo* 走出中国(*Going out of China*), Beijing: Zhongguo zangxue, 1994.

Kostovski, Ilja, *Dostoevsky and Goethe: Two Devils, Two Geniuses: A Study of the Demonic in Their Work*, New York: Revisionist Press, 1974.

Lao She 老舍, *Er Ma* 二马 (Ma and son). Beijing: Renmin wenxue, 1998.

Li Dazhao 李大钊, "Qingchun" 青春 (Youth), *In Li Dazhao wenji* 李大钊文集 (Selected works of Li Dazhao), 2 vols, Beijing: Renmin, 1984: 1: 194 – 205.

Li Yin 李音, *Wan Qing zhi Wusi: wenxue zhong de jibing yanshuo* 晚清至五四: 文学中的疾病言说 (*Discourse of disease in literature from late Qing to the May Fouth era*). Ph. D. diss, Shanghai: East China Normal University, 2009.

Liang Qichao 梁启超, "Shaonian Zhongguo shuo" 少年中国说 (On juvenile China), In *Yinbingshi heji* 饮冰室合集 (Collected works of the ice-drinking studio). 12 books, Beijing: Zhonghua shuju, 1989, book 1, vol. 5: 7 – 12.

"Jinggao liuxuesheng zhujun" 敬告留学生诸君 (Respectful remarks for all study-abroad students), In *Yinbingshi heji* 饮冰室合集 (Collected works from the ice-drinking studio), 12 books, Beijing: Zhonghua shuju, 1989, book 2, vol. 11: 21 – 26.

Mendel, E, *Text-Book of Psychiatry: A Psychological Study of Insanity for Practitioners and Students*, Tr. William C. Krauss, Philadelphia: F. A. Davis1907.

Ng, Mau-sang, *The Russian Hero in Modern Chinese Fiction*, New York: State University of New York Press, 1988.

Qian Xingcun 钱杏邨(A Ying 阿英), " Dafu daibiaozuo houxu" 达夫

代表作后序（Postscript to Yu Dafu's representative works），In Wang Zili 1982：2：337 - 359.

Saneto Keishu 实藤惠秀，*Zhongguoren liuxue Riben shi* 中国人留学日本史（A history of Chinese students in Japan）. Trs. Tan Ruqian 谭如谦 and Lin Qiyan 林启彦. Beijing：Sanlian. 1983.

Satō Haruo 佐藤春夫，*Den'en no yūutsu* 田園の憂鬱（Pastoral melancholia），Tokyo：Shinchosha, 1951.

Elegy. Tr. Francis B. Tenny, *The Sick Rose：A Pastoral*, Honoluu：University of Hawai'i Press, 1993.

Song Guihua 宋桂华，"Yixiang de chenlun" 异乡的沉沦（Sinking in an alien land），Shijie Huawen wenxue luntan, no. 3：45 - 48, 2004.

Su Xuelin 苏雪林，"Yu Dafu lun" 郁达夫论（On Yu Dafu），In Wang Zili 1982：2：381 - 392.

Suzuki, Tomi, *Narrating the Self：Fictions of Japanese Modernity*, Stanford：Stanford University Press, 1996.

Tsu, Jing, "Perversions of Masculinity：The Masochistic Male Subject in Yu Dafu, Guo Moruo, and Freud." *Positions* 8, no. 2：269 - 316, 2000.

Wang, Y. C. , *Chinese Intellectuals and the West*, 1872 - 1949, Chapel Hill：University of North Carolina Press1966.

Wang Xiaoqiu 王晓秋，*Jindai Zhong Ri wenhua jiaoliu shi* 近代中日文化交流史（History of cultural exchanges between China and Japan at the modern time）. Beijing：Zhonghua shuju2000.

Wang Zili 王自立, Chen Zishan 陈子善, eds. , *Xiao jing* 孝经（Classic of filial piety）. In *Shisan jing* 十三经（The thirteen classics）. 2 vols, Beijing：Yanshan, 2：2101 - 2108, 1991.

Yan Fu 严复，"Yuan qiang" 原强（On strength），In Niu Yangshan 牛仰山, ed. , *Yan Fu wenxuan* 严复文选（Selected works of Yan Fu），Tianjin：Baihua wenyi, 2006, 12 - 48.

Ye, Wenli, *Seeking Modernity in China's Name: Chinese Students in the United States*, 1900 – 1927, Stanford: Stanford University Press2001.

Yu Dafu 郁达夫, "Zhi Yu Hua" 致郁华 (Letter to Yu Hua), In Yu 1982: 9: 310 – 311.

——. 1921a, "Chenlun" 沉沦 (Sinking). In Yu 1982: 1: 16 – 53.

——. 1921b, "Chenlun zixu" 沉沦自序 (Author's preface to Sinking). In Yu 1982: 7: 149 – 150.

——. 1923a. " Xiewan le Niaoluoji de zuihou yipian" 写完了蔦萝集的最后一篇 (After completing the last piece of the Cypress Vine Collection). In Yu 1982: 7: 155 – 157.

——. 1923b, " Haishang tongxin" 海上通信 (Correspondence at the sea). In Yu 1982: 3: 71 – 77.

——. 1931, "Chan yu dubai" 忏余独白 (Confessional monologue). In Yu 1982: 7: 249 – 252.

——. 1935, "Du Sai Jinhua benshi" 读赛金花本事 (Reading the story of Sai Jinhua). In Yu 1982: 6: 240 – 242.

Yu Dafu wenji 郁达夫文集 (Collected works of Yu Dafu), 12 vols. Guangzhou: Huacheng, 1982.

"Sinking." Trs. S. M. Lau and C. T. Hsia, In Joseph S. M. Lau and Howard Goldblatt, eds., *The Columbia Anthology of Modern Chinese Literature*. 2nd ed, New York: Columbia University Press, 31 – 55, 2007.

Yu Ying-shih 余英时, " Zhongguo zhishifenzi de bianyuanhua" 中国知识分子的边缘化 (Marginalization Of Chinese intellectuals), Ershiyi shiji15 (June), online edition: www. cuhk. edu. hk/ics/21c/supplem/essay/9100057. htm, 2003.

Yu Yun 郁云, *Yu Dafu zhuan* 郁达夫传 (biography of Yu Dafu), Fuzhou: Fujian renmin, 1984.

Zhang Fa 张法, *Wenyi yu Zhongguo xiandaixing* 文艺与中国现代性

(*Arts and the modernity of China*), Wuhan: Hubei jiaoyu, 2002..

Zhang, Jingyuan, *Psychoanalysis in China: Literary Transformations*, 1919 – 1949. Ithaca, NY: Cornell East Asia Series, 1992..

Zhong Mi 仲密 (Zhou Zuoren 周作人), " Chenlun" 沉沦 (On "Sinking"), In Wang Zili 1982: 2: 304 – 308.

Zhong Yuzhou 钟玉洲, "Chongdong, yayi, chenyun: lun xiaoshuo 'Chenlun' de qingyu miaoxie" 冲动，压抑，沉陨：论小说《沉沦》的情欲描写 (Impulse, depression, fall: on the descriptions of sexual desire in the story "Sinking"), *Zhongshan daxue xuebao luncong* 24, no. 4: 241 – 246, 2004.

Biography

Feng Lan is Associate Professor, and Coordinator of the East Asian Division in the Department of Modern Languages and Linguistics, Florida State University.

◆ 译学评论

《苏尔诗海》苏达玛功行诗歌译释*

姜景奎

《苏尔诗海》是印度中世纪最为重要的经典文献之一，既是印度教的重要经典，也是具有代表性的文学作品。其作者苏尔达斯是一位盲人行吟者，他是"两派四支"① 有形派黑天支的代表人物，视印度教大神毗湿奴的凡间化身黑天②为至上神，以颂扬黑天的人间本事③为终生事业。关于苏尔达斯的生平，暂无定论。一般认为他生活在15世纪的七八十年代至16世纪的七八十年代之间，可能出生在婆罗门家庭，也可能出生于民间艺人之家，出生地应该在今北方邦的某个地区。苏尔达斯创作颇丰，据说有25种之多④，《苏尔诗海》是他的代表作，不仅代表了他本人创作

---

* 本文是教育部人文社会科学重点研究基地重大项目"《苏尔诗海》翻译与研究"（项目批准号：11JJD750006）的阶段性成果之一。

① 学者们习惯把中世纪北印度的宗教文学分为两派四支，即无形派的明理支和泛爱支、有形派的黑天支和罗摩支，前者认为神无形无品不可描述，后者认为神有形有品可以描述。格比尔达斯是无形派明理支的代表诗人，加耶西是泛爱支的代表诗人，苏尔达斯代表有形派黑天支，杜勒西达斯代表罗摩支。

② 据印度"往世书"载，印度教三大神之一毗湿奴主要有二十四次人间化身，重要的有十次，黑天是这十次化身中影响最大的两次之一，主要见于《摩诃婆罗多》和《薄伽梵往世书》等文献；另一次为罗摩，主要见于《罗摩衍那》。

③ 本事，原文Lila，意即印度教大神在人世间的娱乐生活。

④ 如《苏尔精诗集》、《苏尔诗海》、《文学之波》、《戈沃尔屯本事》、《黑蜂本事》、《生命之爱》、《〈薄伽梵〉语言》、《〈苏尔诗海〉之魂》、《苏尔〈罗摩衍那〉》、《本事剧》、《蛇王本事》、《服务之果》等。不过，经过研究甄别，多数学者认为只有《苏尔精诗集》、《苏尔诗海》和《文学之波》三部作品出自他的"手笔"，其他作品存疑。

的最高成就,也是中世纪有形派黑天支虔诚文学的最高成就。苏尔达斯之所以有今天的地位和声誉,《苏尔诗海》是主因。

《苏尔诗海》是一部具有某种叙事性质的诗歌集,由苏尔达斯吟唱、别人记录整理而成,由于吟唱的时间、地点不同以及记录整理人不一等因素,印度民间有多个传本。这些传本差别很大,篇幅长的有近五千首诗歌,短的只有五六百首。不过,其中心故事即黑天本事和主要目的即颂扬黑天是一致的。本文以提兰德尔·沃尔马编注的《〈苏尔诗海〉精选注释》为基础本,参照伯勒杰什沃尔·沃尔马编写的《苏尔诗海》、赫勒德沃·巴赫利和拉金德尔·古马尔编注的《〈苏尔诗海〉注释》、基绍利·拉尔·古普塔编写的《苏尔诗海全集》和天城体推广协会出版的《苏尔诗海》等版本,选取了其中与黑天儿时伙伴苏达玛相关的十二首诗歌,采取对译为主、注释和释译为辅的方式,从翻译和研究两个层面进行"再创作"尝试,试图摸索出印度经典文献翻译与研究的新路子。就版本而言,天城体推广协会本是学者们公认的比较全面的本子,① 本文随众,采用该版本的编号。

苏达玛是《苏尔诗海》中的一个小人物,是黑天的发小、同学,自小与黑天、大力罗摩两兄弟一起玩耍和读书。苏达玛出身婆罗门种姓,虽然从小家境贫寒,却乐于助人。和黑天一起在师父家里学习的时候②,苏达玛经常帮助黑天,成为黑天的好同学好伙伴。本文所选的十二首诗歌描述的是两人长大以后的事情,此时,黑天在德瓦尔卡为王,苏达玛在家乡娶妻家居。苏达玛生活拮据,但自尊心很强,本无心求助儿时伙伴黑天,无奈妻子力劝,只好带着几个米饭团硬着头皮去拜访黑天。身为国王,黑天没有忘记苏达玛,他爽快地接受了苏达玛带给他的米饭团,不事声张地赐予他家产房屋。黑天所赐之丰,连苏达玛本人也不敢相信。这里,诗人苏尔达斯要表达的是虔信思想,一则显示黑天的仁慈,恩泽

---

① 并不是说天城体推广协会的本子是《苏尔诗海》的全本,只是其出版比较早,收录的内容比较全,其中肯定有假托之作。实际上,《苏尔诗海》的规模至今并无定论。

② 在古代印度,学生一般吃住都在老师家中,侍奉师尊起居、打扫卫生、砍柴伐木等是分内之事。

遍及信众,二则展示如苏达玛般的穷苦信徒也能因虔爱黑天得到福乐,进而达到宣传黑天、歌颂黑天、虔信黑天的目的。

一、《苏尔诗海》第4844首

【原文】 略①

【对译】

摩图诛②处夫君去

摩图诛处夫君去,听说他是你朋友,
发小祛灾又灭祸,解脱授③和穆罗敌④。
若见深厚虔爱意,自心身爱即忘却。
既喜所有予信众,不思穷人或国王。
知足常乐你所颂,觐见福乐你却离。
苏尔达斯言,
恩主⑤赐见苏达玛,恒福尽予不再移。

【释译】

本诗描述的是苏达玛妻子劝苏达玛去拜会黑天以求得福乐的状况,

---

① 参见 Dhirendra Varma, *Sursagar Sara Satika*, Sahitya Bhavan Private Ltd., 1986, Sudama Carita, No. 9, p. 344.

② 摩图诛,原文 madhusudan, madhu 是一个恶魔的名字, sudan 为"诛灭"之义,全译为"诛灭摩图者",简译为"摩图诛",黑天的名号之一。

③ 解脱授,原文 mukund,通 mukunda,即 mukun + da。根据 Monier Williams Sanskrit-English Dictionary,其中 mukun 即 muku,通 mukti, mukunda 即 mukti dene vala,意思是"赐予解脱的人",即"解脱授",黑天的名号之一。

④ 穆罗敌,原文 murare,通 murari,即 mura + ari,其中 mura 指"五首阿修罗穆罗",他是大地女神之子阿修罗那罗迦(naraka)的帮手, ari 意为"敌人"。由于黑天在与那罗迦的斗争中杀死了穆罗,所以得名号"穆罗敌"。

⑤ 恩主,原文 prabhu,"主人"、"恩主"之义,此处固定译为"恩主",指黑天。

大致内容如下:

夫君啊,请你到黑天那里去吧,听说你是他的发小,他是你的朋友。黑天是个大英雄,他诛灭了恶魔摩图,杀死了阿修罗穆罗,是给予人们解脱的人,是个禳灾灭祸者;他慈爱信众,如果发现别人对他满怀深爱,他会非常高兴,会忘却自己的身心,会尽己所有帮助虔爱他的人,而不考虑这个人的身份如何,穷人和国王对他来说毫无二致。夫君啊,我知道你是个知足常乐的人,这没什么不好,但你却离弃了觐见这样的朋友和君王的乐趣和幸福。去吧,请你去拜会他。见到他以后,咱们将福乐无尽。

这里,苏尔达斯通过苏达玛的妻子歌颂了黑天的功绩,告诉世人黑天是降魔者,是给予信众福乐的仁慈之主,他值得敬仰、顶礼和膜拜。诗歌的最后一句"恩主赐见苏达玛,恒福尽予不再移"乃点睛之笔,恩主,也就是黑天,他即将赐见苏达玛,并给予他福乐,这种福乐将恒定不变,永享不尽。

二、《苏尔诗海》第4845首

【原文】 略①

【对译】

苏达玛边走边想

吉祥之主②怎见我?彼时出现祥瑞兆。
王宫门口前来到,无有谁人行阻拦。
四处张望入宫殿,得以来把诃利③见。

---

① 参见 Dhirendra Varma, *Sursagar Sara Satika*, Sahitya Bhavan Private Ltd., 1986, Sudama Carita, No. 10, p. 344.

② 吉祥之主,原文 sripati, 即 sri + pati, 从字面上可以有两种解释:其一, sri 意"吉祥", pati 意"主人",即"吉祥主",为黑天的名号之一;其二, sri 为吉祥天女的名号之一, pati 意"丈夫", sripati 即"吉祥天女之夫"、"吉祥天女之主",指毗湿奴大神,此处指黑天。

③ 诃利,原文 Hari, "大神"之义,黑天的名号之一。

辨得儿时之伙伴，诃利内心极愉悦。

苏尔言，

激动赤脚疾步趋，恩主世尊来相会。

【释译】

本诗描述了苏达玛去见黑天时的状况，大致内容如下：

苏达玛边走边想：黑天现在是国王，是吉祥之主，他会以何种形式见我呢？忐忑不安之际，出现了祥瑞之兆，这预示着他能见到黑天。苏达玛这样走着想着，不知不觉间来到了王宫门口。他本以为有人会上前阻挡，但却没遇到任何障碍。他小心翼翼，东张西望，慌慌张张地进了宫门，很快就见到了黑天。苏达玛进门后，黑天立刻认出了他，记起了这个儿时伙伴和老同学。黑天非常高兴，激动万分，疾步向前，迎接苏达玛，连鞋子也忘记穿了。他就这样平等仁和地会见了苏达玛。

这首诗是苏尔达斯展现穷人心态及黑天美德的代表作之一。儿时的苏达玛和黑天，虽家有贫富小别，但年龄相仿，玩耍、读书都在一起。现在境况大变，苏达玛在农村，和妻子过着食不果腹、衣不蔽体、屋不遮雨的日子；黑天则在德瓦尔卡做了国王，住的是宫殿，吃的是美食，穿的是锦衣，伺候自己的是娇妻丽妾，拥有无上的荣耀。二人差距可想而知。由于妻子劝说，也出于家境考虑，苏达玛来见黑天，寻求帮助。但他有尊严，不愿意失去颜面，自卑不自信的心理跃然纸上。黑天的表现是苏达玛没有想到的，"激动赤脚疾步趋，恩主世尊来相会。"黑天不嫌贫爱富，能记住儿时伙伴，能平等地会见老朋友。这里，诗人苏尔达斯从现实和理想两方面出发，一者描写了下层人民的精神状态；二者描写了上层统治者的优良品德。这是现实和理想的结合，是诗人对现实的升华和憧憬，更是他虔信黑天之理由的表达。所以，这首诗既有安抚穷人的意思，也有鞭策统治者的目的，更是颂扬印度教神灵的追求，可谓一石三鸟。

三、《苏尔诗海》第 4846 首

【原文】 略①

【对译】

大力之弟②远远见

儿时伙伴苏达玛，身体疲弱衣衫脏。
惬意卧躺睡床上，艳光旁边拂尘摇。
不安起身来迎接，见面双眼泪充盈。
扶上自己之座位，黑子问安沉着答。
何不予我携来物？衣服之中藏什么？
见颜触体我幸运，心中丝毫无痛楚。
　　　　苏尔言，
智者口嚼米饭团③，抓手不安④莲花女⑤。

【释译】

本诗承上一首，内容有部分交叉，描写苏达玛和黑天见面时的状况，大致内容如下：

---

① 参见 Dhirendra Varma, *Sursagar Sara Satika*, Sahitya Bhavan Private Ltd., 1986, Sudama Carita, No. 11, p. 344.

② 大力之弟，原文 balavir 或 balabir，bala 指大力罗摩，vir 或 bir 一般为"英雄"之义，在伯勒杰方言中有"兄弟"之义，全译为"大力罗摩之兄弟"，指黑天。

③ 米饭团，原文 tandul，字面意思指一种经过敲打脱壳和筛选的扁米，此处特指一种质量不好的扁米，一般为穷人食用。苏达玛去拜见黑天时，因为家里一贫如洗，只好带着妻子从别处讨要来的扁米作为礼物。见面后，黑天发现苏达玛羞于拿出，就主动将扁米拿过来吃下，以示厚待。

④ dhir，"耐心"、"稳重"之义，根据上下文，此处应作 adhira，为"不安"、"无耐心"之义。

⑤ 莲花女，原文 kamala，毗湿奴之妻吉祥天女的名号之一，这里指黑天之妻艳光。

黑天正惬意地躺在床上，妻子艳光在旁边为他摇着拂尘。此时，苏达玛出现了，他瘦弱不堪，衣服破旧肮脏，但黑天立刻认出了他，并急忙站起身，把他迎进屋，让他坐在自己的座位上。看着儿时伙伴穷困潦倒的样子，黑天很不安，满含泪水，嘘寒问暖。苏达玛呢？有些激动，有些惶恐，但仍能保持尊严，沉着应对，一一回答黑天的提问，并说自己看到并触碰了黑天很幸运，很高兴，别无他求。为了缓和气氛，也为了显示自己不把苏达玛当外人，黑天问苏达玛给他带来了什么礼物，衣服下面藏着什么，并亲手拿过苏达玛从家里带来的米饭团，毫不嫌弃地吃了起来。看着黑天嚼吃米饭团，待在旁边的妻子艳光不安起来，可能出于卫生和洁净考虑，便抓住黑天的手试图加以阻止。

苏尔达斯在这首诗里同样表现了黑天友善对待穷困朋友的美好品德。

四、《苏尔诗海》第 4848 首

【原文】略①

【对译】

但为此情献一切

苏达玛名既听闻，离开王座来相见。
诃利知为婆罗门，深情致礼洗其足。
相见拥抱苏达玛，同与自己坐一位。
妻子询问向莫亨②，你之朋友怎这样？
身体瘦弱腌臜现，步行前来自何处？

---

① 参见 Dhirendra Varma, *Sursagar Sara Satika*, Sahitya Bhavan Private Ltd., 1986, Sudama Carita, No. 12, p. 345.

② 莫亨，原文 mohan，黑天的名号之一。

求学光明①师尊处，苏达玛我同一塾。
苏尔言，
谁人能把黑子②评？恩泽信众无边际。

【释译】

本诗描述了黑天欢迎苏达玛到访并与妻子对话的状况，大致内容如下：

听说苏达玛来了，黑天赶紧离开王座，出来迎接。两人是发小，但苏达玛是婆罗门种姓，黑天是刹帝利种姓，黑天深知其礼。于是，黑天满怀深情、仁慈地为苏达玛洗脚。而后，他亲切地与苏达玛拥抱，并把他让到自己的王座上，两个人坐在一个座位上叙旧聊天。这一切都被黑天的妻子艳光看在眼里，她不明白身为国王的丈夫为何这样对待一个肮脏褴褛的穷苦人，就问黑天说，"您的朋友怎么是这个样子呢？身体瘦弱不堪，肮脏不修边幅，而且还是步行来的，他是哪里人啊？"妻子不仅不解，而且看不起苏达玛这个乡下人。黑天则毫不避讳，回答说，"他是我的同窗好友，我们曾在一个学校读书，光明是我们共同的老师。"

这首诗具有对比色彩，一则黑天和苏达玛，前者尊贵，后者落魄，但前者尊敬厚待后者；二则黑天和妻子艳光，前者没有贵贱之分，后者具有穷富之念。所以，"谁人能把黑子评？恩泽信众无边际。"凡人怎么能理解黑天呢？谁有资格评论他呢？他可是个仁慈之海，赐予信众的恩泽广大无边。"但为此情献一切"，诗人苏尔达斯追随黑天，为黑天恩泽所动，甘愿为黑天献出一切，自然希望其他信众也能为黑天奉献一切。

---

① 光明，原文 sandipan，黑天和苏达玛小时候的老师。
② 黑子，原文 syam，黑天的名号之一，多为牧区伙伴和牧女对黑天的称呼。

五、《苏尔诗海》第 4849 首

【原文】略①

【对译】

当初我们从师尊家去森林

替我聚拢拾木柴，所有劳苦自身受。
一日林中下大雨，滞留彼处不得回，
我未受累他恩赐，次日黎明回师门。
那日之事我未忘，苏达玛之恩惠施。
　　苏尔言，
自言自语穆罗敌，做何能把此恩报？

【释译】

本诗承上一首，是黑天对妻子问题的延展回答，大致内容如下：

黑天告诉妻子，苏达玛对自己有恩，并讲述了两人曾一起出去帮师尊家干活的经过："我和苏达玛经常一起出去捡拾木柴，他从不让我劳作，自己承担所有辛苦。一天，我们又出去捡拾木柴，中途下起雨来，雨很大，辨不清路，无法返回，我们不得不在森林里过了一夜，第二天黎明才回到师尊家里。苏达玛那次同样没有让我受任何委屈，他帮了我很多。那天的事情我至今未忘，一直记着他的恩情。"接着，黑天又自言自语道："哎，我怎么做才能报答他的恩情呢？"

这里，苏尔达斯把黑天描绘成一个知恩图报的君子。作为国王，黑天完全可以"忘记"小时候的事情，完全可以不理会穷困潦倒的苏达玛，

---

① 参见 Dhirendra Varma, *Sursagar Sara Satika*, Sahitya Bhavan Private Ltd., 1986, Sudama Carita, No. 13, p. 345.

但他丝毫没有这种想法,反而记忆犹新,实事求是地告知妻子苏达玛从前对自己的照顾和友情。这样的国王自然能够得到普通百姓的爱戴,自然也就成为大家顶礼的对象。

六、《苏尔诗海》第4852首

【原文】略①

【对译】

苏达玛返家

未予点滴明确示,内心厚赐婆罗门。
那般敝衣那般状,我有何处起变化?
妻子面前置何物,心里被堵神情慌。
暗自认可意满足:受到隆隆大尊重。
苏尔达斯言,
事情不被完成后,谁会相信其他人?

【释译】

本诗主要描述苏达玛自黑天处返家途中的心理状况,大致内容如下:
受到黑天的热情接待,苏达玛很高兴。他没想到黑天如此平易近人,对自己如此尊重。他自尊,也自卑,所以他没有开口,没有向黑天提出什么要求,不久就踏上了返家的路途。不过,他很清楚这次来的目的,妻子指望他能从黑天这里得到些什么,藉此改善家境。所以,在返家的路上他又开始了思想斗争:虽然黑天对自己非常尊重,内心也获得了很大满足,但表面上自己却没有任何变化,仍然穿着这身破旧的衣服,仍

---

① 参见 Dhirendra Varma, *Sursagar Sara Satika*, Sahitya Bhavan Private Ltd., 1986, Sudama Carita, No. 14, p. 346.

然这般狼狈不堪,回家怎么面对妻子呢?拿什么交差呢?他越想越沮丧,心口堵得厉害,感到惶恐。他哪里知道,黑天是全知者,口头上虽然没有一点明确表示,内心却已经赐予他很多很多,没有亲眼看到,苏达玛哪能相信这些呢?世人哪能相信这些呢?

与前首诗一样,苏尔达斯在这首诗里颂扬了黑天的伟大和仁慈,希望信众能有所了解,进而以黑天为至上,对他顶礼膜拜。

七、《苏尔诗海》第 4853 首

【原文】略①

【对译】

苏达玛看到宫殿感到怕

这里曾是我小屋,哪个国王来侵占?
猛搓双手捶脑袋,内心不由作联想。
脚置高处起站立,妻子正把路眺望:②
三界之主③尊重你,此刻何故转回去?
　　　　苏尔达斯言,
此乃恩主之本事,贫困痛苦均消除。

【释译】

本诗描述苏达玛返家看到家里变化后的状况,大致内容如下:

苏达玛返回后,没有看到自家原来的那个破旧的茅屋,茅屋原基上

---

① 参见 Dhirendra Varma, *Sursagar Sara Satika*, Sahitya Bhavan Private Ltd., 1986, Sudama Carita, No. 15, p. 346.

② 脚置高处起站立,妻子正把路眺望,原文 thadhi tiya ju marag jobai, uncai caran dharayau, 字面意思是妻子把脚放在高处,眺望道路,意思是妻子站在高处望路。

③ 三界之主,原文 tribhuvan kau nayak,指黑天。

却耸立着高大的宫殿,他感觉不妙,心生恐惧;他思前想后,搓手捶脑,却怎么也弄不明白。他想,这里明明是自己的小茅屋所在地,今天怎么了?是不是哪个国王来侵占了?另一边,他的妻子正站在高处,眺望他的来路。看到他迷茫的神情后,妻子说,三界之主黑天敬重你,赐予你这么多,你怎么不敢进去,反而要转身离开呢?

"此乃恩主之本事,贫困痛苦均消除。"是苏尔达斯的诗外音,他借苏达玛的疑惑向信众宣告:黑天降世的功行是为世人消除贫困、根除痛苦的,他是世人的大救星,是世人的唯一选择。

八、《苏尔诗海》第4855首

【原文】略①

【对译】

婆罗门看见自家犯迷惑

其它形式美建筑,一见内心生恐惧。
抑或某人夺彼地,某个强人来定居?
抑或我迷来它处,闻此诃罗②盖拉莎③?④
造物伤弱智者言,我们现今得此例,

---

① 参见 Dhirendra Varma, *Sursagar Sara Satika*, Sahitya Bhavan Private Ltd., 1986, Sudama Carita, No. 18, p. 348.

② 诃罗,原文 hara,源自动词根√hr,字面意思为"持有的"、"取走的"、"占有的",可引申为"毁灭的",代指"毁灭者",湿婆大神的名号之一。

③ 盖拉莎,原文 kailas,通 kailash,即位于今西藏普兰县境内的冈仁波齐峰(冈底斯山的主峰),印度河上游狮泉河的发源地,是印度教、耆那教、藏传佛教以及苯教的神山。印度教认为此山是湿婆大神的居所,世界的中心;耆那教认为此山是其第一代祖师勒舍波提婆(rsabhadeva)的涅槃之地;藏传佛教认为此山是胜乐金刚的住所,也是米拉日巴斗法战胜苯教徒的地方;苯教则认为自己就发源于此。

④ 闻此诃罗盖拉莎,原文 yah kailas jahan suniyat hara,意思是这就是传闻中湿婆的所在盖拉莎山吗?

若莲离林水中居，湖中仍被寒灼烧。
自后下来妻谓夫，请进家门手牵手。
　　苏尔达斯言，
此皆诃利之恩爱，如意神树①上门来。

【释译】

　　本诗承上一首，仍然描述苏达玛看到自己茅屋地基上有了宫殿之后的状况，大致内容如下：

　　看见自己的房子变成了宫殿，变成了完全不同于茅屋形式的高大壮美的建筑，苏达玛内心恐慌，非常迷惑。他不知道发生了什么，心想，是不是有人来抢夺了这块土地？是不是某个强有力的人看上了这里，来此定居了？或者是我迷了路，来到了其他地方？建筑这么雄伟，难道这里是传闻中的湿婆大神居住地盖拉莎山峰？唉，智者说，造物弄人，上天专门伤害弱者，一点都不错啊，今天我算是见到了活生生的实例了！唉，我一生无求，就想安安静静地生活，但就像莲花为了逃难钻入水中，水中的寒气也把它"烤"出水面一样，我这个老实人到哪里都会遇上倒霉事！正在他无奈瞎想之际，他的妻子从后面过来，牵着他的手把他招呼进屋。

　　同样，苏尔达斯以"此皆诃利之恩爱，如意神树上门来。"作为诗外音，颂扬了黑天对待普通信众宽厚仁慈的品德。

---

　　① 如意树，原文 kalapatar，通 kalpataru，又称 kalpadruma、kalpavrksa。在印度神话传说中，如意神树能够满足人的一切愿望，它与月亮、吉祥天女、天女兰跋、神马高耳、憍斯杜跋宝石、酒女神、医神檀文陀梨、甘露、如意神牛等宝物一同出现在诸天神与众阿修罗为求甘露，以曼陀罗山作搅棍、蛇王婆苏吉作搅绳，共同搅动乳海的过程中，后来被因陀罗带回栽种于其天国（svarga）中。印度有关如意神树的实际所指说法不一，一说为刺桐树，一说为椰子树，一说为菩提树。

九、《苏尔诗海》第4856首

【原文】略①

【对译】

我岂复返德瓦尔卡

我不识路亦不晓,无人告知没问询。
黑子定会言语说:他穷弃真贪心起。
求财致使茅屋失,何其艰辛翻盖就。
愚笨蠢钝近无海,造物为何终致惑?
瞧看之余我心想,内心恐惧梦境覆。
如意神树仆马象,财物娱乐一应全。
　　　苏尔言,
恩主难陀子②为友,宠爱有加予信徒。

【释译】

本诗和上一首一样,描述苏达玛看到自家变化后的迷茫状态,大致内容如下:

看到家里大变样后,苏达玛不敢相信自己的眼睛,有些迷惑。他想,我不认识路,也没有人告诉我怎么走,我自己也没有跟别人打听过,难道我走错了?难道我又回到了德瓦尔卡黑天的所在?唉,看到我回来,黑天肯定会说我不安分,说我因为贫穷放弃了真理和纯洁,说我起了贪念,再次回来向他索要施舍。他一下子又回过神来,看着高大的建筑,感觉自己求财不得反而失去了原先的茅屋,想到自己和妻子费尽艰辛才

---

① 参见 Dhirendra Varma, *Sursagar Sara Satika*, Sahitya Bhavan Private Ltd., 1986, Sudama Carita, No. 16, p.346.

② 难陀子,原文 nand-suvan,意思是"难陀的儿子",黑天的名号之一。

建起了茅屋，他自责愚蠢，羞愧得甚至有跳海而死的冲动。可是，附近并没有海，连寻死的机会都没有！他进一步联想，唉，造物主为什么要这么迷惑我呢？为什么让我起了求财之心呢？再一抬头，他又看见了面前的宫殿，看到了如意神树、仆人、马、象及其它财物，还有一应俱全的娱乐设施。看着看着，他觉得这些都是自己的东西，都是黑天的赐予，但又觉得自己似乎是在做梦，担心这些不是真实的。

这里，苏尔达斯着重描画了苏达玛的矛盾心理，他希望家中的变化是真的，是黑天赐予自己的实实在在的东西，但又担心不是，担心自己走错了路看错了家，担心自己是在做梦，甚至怀疑这是黑天的宫殿，怀疑自己不知不觉走回了黑天的所在德瓦尔卡。"恩主难陀子为友，宠爱有加予信徒。"是苏尔达斯的又一诗外音，他以全知者视角宣告，这一切都是真的，都是黑天的赐予，苏达玛是黑天的朋友，黑天对他的宠爱自然更胜一等，给予的自然也更多。

十、《苏尔诗海》第4857首

【原文】略①

【对译】

我的茅屋怎么了

我去拜会见牛护②，并以饭团作花销③。

曾有无颈破④水罐⑤，另有硬皮木饭钵，

---

① 参见 Dhirendra Varma, *Sursagar Sara Satika*, Sahitya Bhavan Private Ltd., 1986, Sudama Carita, No. 17, p. 347.

② 牛护，原文 gupalahin，通 gopala + hi，其中 gopala 是黑天的名号之一，hi 为语气词，起强调作用。

③ 原文 kharac，"花销"、"开支"之义，即苏达玛从家里给黑天带来作礼物的米饭团。

④ 原文 subhag，根据上下文，似为 bhagana/bhagna，"断裂"、"破裂"之义。

⑤ 原文 kal，根据上下文，似为 kalasa/kalasu，"水罐"之义。

虫蛀竹编成床榻，镶金床笫属谁人？
铁质陶土首饰无，妻子身上新穗衣①？
苏尔达斯言，
尚有何求向恩主？忧屋②穷人亦接受。

【释译】

本诗也承上一首，仍然描述苏达玛的迷茫状态，大致内容如下：

唉，我的茅屋怎么没有了？这里怎么出现了宫殿？我带着几个米饭团去拜见黑天，他也高兴地接受了饭团。但那只是几个饭团而已，怎么出现了这种状况？我的房子怎么变成了宫殿？家里原来只有一个低矮的茅屋，全部财产也只是一个断了瓶颈的破水罐、一个木制的硬邦邦的饭钵，还有一张被虫子蛀了的竹子编成的床；妻子的首饰更不用说了，不要说金的，连铁质陶土类的都没有。现在怎么啦？家里床笫镶满了黄金，妻子身上的衣服焕然一新，而且缀满了穗子。床是谁的？新衣服又是谁赐予的？苏达玛被眼前的变化惊呆了，他不停地这里看看那里瞧瞧，不敢相信自己的所见。

最后，苏尔达斯又站了出来，以全知者视角唱到："尚有何求向恩主？忧屋穷人亦接受。"意思是说，黑天对信众很仁慈，从房子到床铺，从衣服到首饰，各个方面都照顾到了。对穷人来说，防寒遮雨的房子是最重要的，也最担心这个。不过，黑天对他们接受有加，给予他们的不是一般的房子，而是宫殿美建筑！这样的主子谁不愿意追随呢？这便是苏尔达斯所要达到的目的。

---

① 原文 chirodak，根据上下文，与 chira 同义，"布边"、"布边上的缨穗"之义，引申为"带穗子的华丽服"。

② 原文 trasa tati，"担心茅屋"之义，即为没有为茅屋而担忧。

十一、《苏尔诗海》第4858首

【原文】略①

【对译】

亲爱的，朋友黑子如何会

夫衣肮脏身极瘦，且说何种方式触？
站起跑来满怀拥，见后询问处处安。
解衣饭团手中拿，艳光即在诃利旁。
既见俊美黑子德，所有女人遮衣笑。
苏尔达斯言，
恩主已经赐九宝②，若妻不嗔还将予。

【释译】

本诗描述的是苏达玛和妻子的对话，说的是黑天会见苏达玛的情形，大致内容如下：

苏达玛完全回过神来、恢复正常以后，妻子问他道："夫君啊，你和你的朋友黑子是如何见面的？你瘦骨嶙峋，潦倒不堪，脏兮兮的，他是怎么跟你接触的？你们拥抱了吗？"苏达玛则高兴地回答说："黑天很和气，一见到我就赶紧从王座上站起跑过来迎接，跟我紧紧拥抱，并体贴地问这问那，热情有加。不仅如此，黑天还自己动手，从我的脏旧衣服中'翻出'了你让我带给他的米饭团。因为不成敬意，我当时不好意思

---

① 参见 Dhirendra Varma, *Sursagar Sara Satika*, Sahitya Bhavan Private Ltd., 1986, Sudama Carita, No. 19, p. 348.

② 九宝，原文 navanidhi，指财神俱毗罗的九样财宝，包括莲花（padma）、大莲花（mahapadma）、海螺（shankha）、一种类似海豚或鳄鱼的海怪（makara）、乌龟（kacchapa）、穆昆陀宝石（mukunda）、万字茉莉（kunda）、青玉或蓝宝石（nila）和侏儒（kharva）。这里概指财宝。

拿出来，他的举动让我极为感动。"苏达玛接着描述道："黑天在对我做这些亲切举动的时候，他的妻子艳光和其他妾女就站在旁边。妾女们看到他如此行事，都用衣服遮着脸窃窃而笑。"由此，黑天的大度、友好和善解人意跃然纸上。

苏尔达斯诗外音道："恩主已经赐九宝，若妻不嗔还将予。"意思是说，黑天已经赐予苏达玛大量财富了，如果妻子艳光不生气，他还会赐予。这与本文的第一首诗歌即总第4844首诗歌中的诗句"若见深厚虔爱意，自心身爱即忘却。既喜所有予信众，不思穷人与国王。"相呼应，表现了黑天视信众如己出的美好品德。这是苏尔达斯极力宣扬的。

十二、《苏尔诗海》第4860首

【原文】略①

【对译】

无有讹利谁祛穷

苏达玛言美女听，相会讹利心不忘。
见到如此之境况，其他朋友岂相认？
陷于艰难无问安，无有交谈不理会。
讹利起取饭团礼，我未得空把话言。
苏尔达斯言，
降恩施惠予财富②，宝藏挪移亦不移。

---

① 参见 Dhirendra Varma, *Sursagar Sara Satika*, Sahitya Bhavan Private Ltd., 1986, Sudama Carita, No. 20, p. 349.

② 财富，原文 lachi，为 lakṣmi 的一个变体，字面意思为"财富"、"吉祥"，亦指毗湿奴大神的配偶财富女神。根据上下文，该词在此处可有两解：一指财富，即黑天施恩于苏达玛，给予他无限的财富，这些财富消耗不尽；二指财富女神，即黑天施恩把财富女神都给了苏达玛，因此苏达玛也就拥有了无尽的财富。

【释译】

本诗承上一首,描述的仍然是苏达玛和妻子间关于黑天的对话,大致内容如下:

苏达玛对妻子说:"美女啊,你要知道,我永远也忘不了与黑天见面的情形,它已深入我的内心。试想,看到我这么穷困潦倒的境况,谁还会认我这个朋友呢?别人不会关心陷入困境中的人,他们不会来问安,不会来找你说话,不会搭理你。但黑天就不一样,他从座位上站起来径直过来拿了我带给他的饭团礼物,我连话都没来得及说,真是感人啊!他真是大好人,他赐我无限财富,就像把财富女神都赐予了我似的。这些宝藏怎么挪移也移不动,怎么花也花不完。幸亏有他,否则,谁还会为我们祛除贫困呢?"

这里,苏尔达斯表达了与前几首诗歌一样的意思,即黑天是穷人的朋友、恩主和大救星,只有他才能拯救信众,只有他才值得世人去顶礼和膜拜。

通过上述十二首诗歌,苏尔达斯描述了自苏达玛在妻子的劝说下去拜见黑天至返回家中的过程,其中以苏达玛返家后不相信眼前发生的巨变为重点描述内容,歌颂了黑天祛穷禳灾、为信众着想的美好品德。在整个《苏尔诗海》中,这部分诗歌称为"苏达玛功行",描述的实际上是黑天功行的一部分,表现的是黑天富贵荣华以后不忘根本,热情接待潦倒故人苏达玛的故事。诗歌从自尊且自卑的苏达玛不想去求助黑天、但经不住妻子劝说去见黑天开始,中间体现了苏达玛的忐忑心理状态以及黑天的仁慈大度情怀,稍后描写了苏达玛不敢相信因黑天所赐家庭一夜富贵的状况,最后以对比的手法歌颂了黑天不同于凡人的至上形象。在这组诗歌里,作者苏尔达斯以苏达玛为显在的第一角色,以黑天为潜在的第一角色,以苏达玛的妻子、黑天的妻子以及黑天身边的其他妾女为第二第三角色,以全知者视角的描述方式,围绕颂扬黑天这一主题,环环相扣,层层递进,全方位地刻画了黑天对待信众的仁爱形象,塑造了他且人且神的至上者形象。由此,黑天成为印度教信众追随膜拜的重要对象。在这组诗歌中，黑天的形象是有血有肉的，是经得起信众感知的，是处于贫困阶层的普通百姓生存的原动力之一。这正是中世纪北印度特定状况下印度教社会可以接受和赖以延续的文化要求和生存必须。这也是《苏尔诗海》不朽的根本原因。

作者简介

姜景奎，北京大学东方文学研究中心，北京大学南亚研究中心，教授。

《吉檀迦利》冰心译本疑难点探析
——孟、英、中《吉檀迦利》对照研究

曾 琼

《吉檀迦利》冰心译本的经典性无可置疑，但通观整个诗集，其中也存在一些疑点，或是某些词句的含义还需进一步明确。事实上，其中一些理解上的难点并不只是存在于冰心的译本中，甚至也存在于英文版《吉檀迦利》中。为了能使汉语读者更好地理解《吉檀迦利》，本文除了通过与英文版的对比来审视冰心译本之外，在必要时，还将引用相关的孟加拉语诗文来进行对照，以期能更明确地阐释相关问题。在对《吉檀迦利》冰心译本的研究中，本文还分别援引了吴岩、汤永宽和白开元所翻译的《吉檀迦利》全译本，对这个三个译本本文称为《吉檀迦利》吴岩译本、《吉檀迦利》汤永宽译本和《吉檀迦利》白开元译本，在行文中分别简称为吴译、汤译和白译，其中吴译为上海文艺出版社1986年版，汤译为花城出版社2007年版，白译为中国广播电视出版社2006年版。

《吉檀迦利》冰心译本中值得注意和探讨的主要有三个方面，一是对几个较为关键的字词的翻译，另一个是冰心译本与英文版有较大出入的地方，第三个是在理解上存在难点的地方。

第一个方面，对几个较为关键的字词的翻译。我们首先讨论的是"song（s）"一词。英文版《吉檀迦利》初版时，其附加的标题便是"Song-Offerings"，由此可见"song（s）"一词在诗集中的重要性。这个

词在英文版《吉檀迦利》中共出现 28 次,冰心一般将其译为歌或歌曲,也译为唱、歌唱或发声(第 19 首),在第 48 首中译为鸟语。在这些诗篇中吴译、汤译、白译对"songs"的译法与冰心译本基本与无异。值得注意的是在第 84、101、102 和 103 首中冰心译本对"song(s)"一词的翻译。下面我们来分别看看英文版与冰心译本相关的诗句(下划线为笔者所加):

…and this it is that ever melts and flows in songs through my poet's heart. ①(Gitanjali:84)

……就是它永远通过诗人的心灵,融化流涌而成为诗歌。

Ever in my life have I sought thee with my songs. …

It was my songs that taught me all the lessons I ever learnt;…(Gitanjali:101)

我这一生永远以诗歌来寻求你。……

我所学过的功课,都是诗歌教给我的;……

I put my tales of you into lasting songs. …(Gitanjali:102)

我把你的事迹编成不朽的诗歌。

Let all my songs gather together their diverse strains into a single current and flow to a sea of silence in one salutation to thee. (Gitanjali:103)

让我所有的诗歌,聚集起不同的调子,在我向你合十膜拜之中,成为一股洪流,倾注入静寂的大海。

---

① Sir Rabindranath Tagore, *Gitanjali and Fruit Gathering* (*New Illustrated Edition*), New York:The Macmillan Company, 1918. 以下《吉檀迦利》英文译本均引自该版本,不再一一注明。

我们可以看到，在这 5 处，冰心都将"song（s）"译作了诗歌。对照吴岩、汤永宽和白开元译本来看，其中吴译在这几处与冰心的译法相似，均译为"诗歌"，而汤译与白译则都是译为"歌"或"歌曲"。究竟是"诗歌"还是"歌曲"，如果对照孟加拉语原文来看会更加清晰。在孟加拉语原文中，在这几处，所使用的都是"gaan（গান）"一词，这个词在孟加拉语中意为歌或歌曲。也就是说，在这几处，"song（s）"指的就是用来唱的歌曲。冰心对"song（s）"一词的词义肯定是了解的，但在这几处她却将其均译作了"诗歌"。

事实上，在冰心译本中出现"诗歌"一词的还有两处，诗句英文与译文分别如下（下划线为笔者所加）：

It is this sorrow of separation that gazes in silence all nights from star to star and becomes lyric among rustling leaves in rainy darkness of July. (Gitanjali: 84)

就是这离愁整夜地悄望星辰，在七月阴雨之中，萧萧的树籁变成抒情的诗歌。

The broken strings of Vina sing no more your praise. (Gitanjali: 88)

七弦琴的断线不再弹唱赞美你的诗歌。

"lyric"一词，吴岩译为"抒情之诗"，汤永宽译为"抒情歌曲"，白开元译为"抒情诗"。"praise"上面三位译者则分别译为"赞美你的歌"，"崇赞你的歌"和"颂曲"。"lyric"原意是指抒情歌曲，后来演化为指抒情诗，对照原文来看，在孟加拉语中这里用的是"sur（সুর）"一词，意为曲调、旋律。再结合整个诗句来看，这里描写的是静寂的夜晚，雨水降落时树叶发出的声音，因而在这里的"lyric"一词应当是更倾向于它的原意，也就是抒情歌曲之意。而"praise"一词的翻译，其余三位译者都选择了与歌或曲相关的词汇，而没有选用"诗歌"，那么在孟加拉语原

文中又是怎样呢？在孟加拉语原诗中，这里使用的是"bandanaa
(বন্দনা)"一词，意为用来唱的赞歌或赞美诗。在结合整个诗句来看，这
里与"praise"呼应的是"vina"（维纳琴）与"sing"（歌唱）这两个
词，因而也就不难看出这里"praise"一词应当着重指颂曲或赞歌。

　　冰心译本中将这几个词翻译为"诗歌"并非偶然，在1955年版的
《吉檀迦利》冰心译本译者前记中，冰心这样写道："这本'吉檀迦利'
是印度大诗人罗宾德拉纳特·泰戈尔的诗集。'吉檀迦利'就是印度语
'献诗'的意思。"① 在这篇前记中冰心始终将《吉檀迦利》称为献诗集，
由此可见，对于"song"的理解，从一开始，冰心就已经将其定位于诗。
虽然"诗歌"在汉语中既可以指诗也可以指歌，但在现代汉语中它已经
逐步发展为一个偏正结构的名词，主要指的是诗而非歌。因而在这里，
将着重于指歌或歌曲的词汇翻译成诗歌，显然缩小了原文的外延。在印
度教毗湿奴教派的传统中，以歌来赞颂和追求神是其一贯的特色，因而
这些词汇实际上具有印度文化特征，若缩小和限定"歌"的外延，或者
将"诗歌"仅仅理解为"诗"，那么无疑就削减了诗篇所传递的文化信
息。另一方面，泰戈尔自己对歌曲和音乐也十分重视，他还创作了许多
十分出色的歌、曲。泰戈尔曾说过，也许有一天人们不再记得他的其它
作品，但仍然会唱他所作的歌。

　　英文版《吉檀迦利》中另一个重要的词是"useless（ly）"。这个词
在英文《吉檀迦利》中共出现6次。之所以说它重要，是因为它对于理
解《吉檀迦利》的思想和诗集中其它的诗篇来说都是一条重要的线索，
同时，它也与泰戈尔的文学观、艺术观紧密相关。这里，我们希望通过
考察冰心译本中对这个词的翻译，来促进对这个词所蕴含的内在思想以
及对《吉檀迦利》的进一步理解。

　　首先来看冰心译本中的翻译。"useless（ly）"一词分别出现在《吉
檀迦利》第15、64、80和89首中，其中在第64首中出现3次，冰心译

---

　　① 泰戈尔著，谢冰心译：《吉檀迦利·译者前记》，人民文学出版社，1955年，第1页。

本一般将其译作"无用（地）"，只有第 80 首译为"无主地"。第 80 首中的英文诗句为："I am like a remnant of a cloud of autumn uselessly roaming in the sky, O my sun ever-glorious!" 冰心译本为："我像一片秋天的残云，无主地在空中飘荡，呵，我的永远光耀的太阳！"虽然我们无从考证为什么冰心在这里将"uselessly"一词译为"无主地"，但"无主地"与"无用地"两词之间的差异是显然的。下面我们再对照其它译本相关诗篇中对于该词的翻译：

篇目 译本	第 15 首	第 64 首	第 80 首	第 89 首
冰心	无用	无用地	无主地	无用的
吴岩	无用的	无用地	徒然	无谓的、无足轻重的
汤永宽	无用的	毫无裨益地；白白地；徒然地	徒然	无用的
白开元	无用的	茫然；无用地	无端地	无谓的

通过上表可以看到，各个译本对"useless（ly）"一词的翻译基本上都突出了其"无用的"、"白费地"、"徒然"之意。从词意上来说，这些翻译都是可行的。但究竟应该怎么理解"无用的"，结合孟加拉语原文以及其它相关资料来思考将是有益的。下面，我们先来看孟加拉文相应诗篇中与"usless（ly）"一词对应的词汇：

	第 15 首	第 64 首	第 80 首	第 89 首
英文	useless	uselessly	uselessly	useless
孟加拉语	অকাজের （无用的）	অকারণে （不必要的，多余的，无目的的）	অকারণে （不必要的，多余的，无目的的）	বিনা-কাজের （与工作无关的，无用的）

这里出现的四个孟加拉语词汇，实际上都是合成词。其中的"অ (o)"和"বিনা (binaa)"都是前缀，表示否定的含义。而"কাজ (kaaj)"的含义为工作，必要，用处等，"কারণ (kaaraṇ)"的含义原因、

动机、目的等。通过这里英文和孟加拉语的对比，我们发现，在孟加拉语原文中所用词汇的含义是偏重于指由于与工作或目的无关而无用的，意指没有实用价值的、没有实际效用的。如果我们结合泰戈尔在其它作品中对这里涉及的词汇的运用来考虑，将会更好地理解这里出现的"无用的"的含义。

在《什么是艺术》一文中，在论述动物与人最重要的区别时，泰戈尔这样写道（下划线为笔者所加）：

"The most important distinction between the animal and man is this, that the animal is very nearly bound within the limits of its <u>necessities</u>, the greater part of its activities being <u>necessary</u> for its self-preservation and the preservation of race.... But man,... He earns a great deal more than he is absolutely compelled to spend. Therefore there is a vast <u>excess</u> of wealth in man's life, which gives him the freedom to be <u>useless</u> and <u>irresponsible</u> to a great measure...."①

（动物与人最重要的区别就是，动物牢牢地受限于它的生存<u>必需品</u>，其活动的绝大部分对其自我生存和种族延续都是<u>必要的</u>。……但是人，……他赚取的远多于他定然被迫要花费的。因此在人的生活中有大量<u>过剩</u>的财富，这给他以自由，让他在很大程度上可以<u>没有实用</u>、<u>免于实责</u>。）

通过这段文字，我们发现，泰戈尔是在与生存必需品、必然的相对的意义上使用"无用的（useless）"一词，该词与"过剩的"一同出现，更进一步说明这里的"无用"指的是不注重实际的利益与效用。

而在《诗人的辩白》中，泰戈尔这样写道（下划线为笔者所加）：

---

① Rabindranath Tagore: "What Is Art?", edited by Sisir Kumar Das: *The English Writings of Rabindranath Tagore*: Volume Two, Sahitya Akademi, 2004（Reprinted）, p. 351.

"……但是，这样（的问题）现在出现了，像诗人这样在世界上十分<u>无用</u>的人也未能幸免于计算的必要。在我们国家的修辞论①中'味'一直被认为是无缘由的、无法描述的，因此那些从事'味'行当的生意人在这个国家不会缴纳必需和实用目的手里的税费。……"②

泰戈尔在这里用幽默讽刺的笔调写到了诗人的"无用"，所用的词汇正是"অকারণে（okaarane）"。紧接着，他便提到了在印度传统诗学中的"味"这一概念。印度古典诗学认为，艺术作品的意义就是味，而味与人的实际需要无关，印度古典诗学家新护认为它的唯一品质是可品尝性③。因此我们可以认为，在泰戈尔看来，诗人的"无用"与味的无用是一致的，二者都是对实用的目的无效。将这两段关于艺术和诗人的论述结合起来，便不免让人联想到"为艺术而艺术"、"艺术过剩说"和"美是无目的的合目的性"这样的诗学命题。以此再反观在《吉檀迦利》中出现的"useless"一词，我们便能更确切地理解它的含义。在第15、64、80和89首中与"无用的"相关出现的意象分别是歌唱、不知飘向何处的灯火、游戏和假日的享乐，在这些情境中的"无用"并非要取缔"我"或者"灯火"的价值，它们正是由于其"无用"，由于像是或者说本身就是游戏，而与创造活动密切相关。第64首中无目的漂流的灯火是一个具有代表性的意象，它可以是诗，可以是歌，可以是音乐，可以是一切艺术形式，因而它的价值和使命不在于点亮"我"房内的灯，不在于满足人的实际的需要，而在于去参与无缘由的、无实际效用的灯节，去参加与"他"一起的游戏。而持灯的女孩，则很容易让我们联想起缪斯。巧的是，印度教中的文艺之神也是女性。泰戈尔在论述自己的文学观时，

---

① অলংকারশাস্ত্র（olaṅkaarśaastra），指印度传统诗学。笔者注。
② 泰戈尔著：《诗人的辩白》，《罗宾德拉作品集（第12卷）》，加尔各答：国际大学出版社，孟历1410年，第431页。
③ 黄宝生著：《印度古典诗学》，北京大学出版社，1999年，第318页。

曾多次提到在他看来创造就是生命的游戏，也是"他"最喜爱的游戏，同时，正是由于生命有不止于实用目的的追求，生命有富余，才有了游戏，才有了诗歌。值得一提的，"游戏"也是《吉檀迦利》中的关键词之一，同时也是泰戈尔诗歌最为常见的主题之一，在泰戈尔对文学、艺术的论述中也经常使用这一词汇。

第二个方面，冰心译本与英文原诗有较大出入的几个地方。在这里需要说明的一点是，冰心所译《吉檀迦利》自 1955 年初版之后，再版、重版众多，其中湖南人民出版社 1982 年的版本缺失了第 62 首的最后一节，但这完全是漏印的结果。

冰心译本与英文原诗出入较大之处，首先是在一些词或词组的翻译上。如第 42 首第一节，"世界上没有一个人知道我们这无目的无终止的遨游"一句中的"遨游"，在英文原诗中为"pilgrimage"，即朝拜、朝圣，冰心却将其译为"遨游"，而"遨游"显然无法表达"朝圣"的意义。第 43 首中"你不曾鄙夷地避开我童年时代在尘土中的游戏"一句中的"童年时代"，在英文原诗中为"childish"，"childish"虽然是指与童年有关的，但含义并不是童年时代，而是指孩子气的、孩子般的，也可引申为不成熟的。在这首诗中，它主要侧重于表达"我"的游戏对于"你"来说是稚嫩的、不成熟的，像孩子般的，而并非特指"我"在童年时代的游戏。又如第 51 首最后一节中（下划线为笔者所加）"在深夜中<u>国王降临到我黑暗凄凉的房子里了</u>"与"<u>我们的国王在可怖之夜与暴风雨一同突然来到了</u>"这两句，在英文原诗中分别为"In the depth of the night has come the king of our dark, dreary house"和"With the storm has come of a sudden our king of the fearful night"，其意思分别是：在深夜之中<u>我们黑暗、阴郁之屋的国王</u>已经来临，以及，<u>我们可怕的夜之国王</u>已经与暴风雨一起忽然来临了。可见，在英文原诗中前一句中是黑暗的屋子的国王而非国王降临到我的房里，后一句是可怕的夜之国王而非国王在夜里，事实上，英文原诗中的这种含义很容易让我们想到泰戈尔的另一部作品《暗室之王》。第 65 首最后一节，"你把自己在梦中交给了我"一句中的"在梦中",在英文原诗中为"in love",即"在爱中",它与全诗基调和诗集的思想都是吻合的,不知冰心出于何种考虑将其译为了"在梦中"。

词汇和词组之外,冰心译本中也有一些句子与原文存在出入,包括对英文原诗中诗句的删减、增加、拆分合并等。如第42首第一节,"在清晓的密语中,我们约定了同去泛舟,",英文原诗在这一句之后,还有一个插入语,"only thou and I",即"只有你和我",在本文提到的其它三个译本中均有这一句的翻译,但冰心的译本却省略了。

又如第89首最后一句,冰心译本为:

"我也不知道这忽然的召唤,会引到什么无用的结局。"

这一句的英文原文:"and I know not why is this sudden call to what useless inconsequence!"

其余三个译本分别为:

吴译:我不知道何以忽然召唤我走向这无谓的、无足轻重的结局!

汤译:而我不知道这种突然引向无用的无关紧要的琐事是为了什么!

白译:我不知道为什么忽然召唤我走向无谓的、不合情理的结局。

通过比较可以看出,在冰心的译本中,省略了"why(为什么)",同时"inconsequence(不合逻辑的、无关的)"一词也没有得到充分的体现,而这个词应当是与"useless(无用的)"相互关联,共同表示与工作不相关、与实际效用无关之意。此外,冰心也在翻译中对某些诗句和段落进行了拆分或合并。如将英文原诗中第46首的第一节拆分为汉译本中的第一、第二节，将第47首、第77首最后一节中的最后一句都拆分为汉译本中的单独一节。

第三个方面是在冰心译本中存在的在理解上有难点的地方，事实上，这种理解上的难点有时是来自于英文原诗的难以确切理解。来看《吉檀迦利》第73首的第一节，冰心译本为：

"在断念摒欲之中，我不需要拯救。在万千欢娱的约束里我感到了自由的拥抱。"

在这里，两个诗句结合起来容易使人不解。其中第一句，如果说其含义是"我"在断念摒欲中可以获得自由，不需要拯救，从而将"断念摒欲"与"万千欢娱"并列为获得自由的两种方法，那么它便与下文对感官世界的强调产生矛盾，同时也与全诗的思想不符。在英语原文中，这一句为：

"Deliverance is not for me in renunciation. I feel the embrace of freedom in a thousand bonds of delight."

在其余各译本中将其译为：

吴译："对于我来说，得到拯救不在于自我克制。我在欢乐的千条束缚里感到了自由的拥抱。"
汤译："在自我克制中求得解脱并不是我所需要的。我在一千重欢愉的束缚中感觉到自由在拥抱我。"
白译："我不追求远离红尘的解脱，在重重愉快的束缚中，我能感受到自由的拥抱。"

可以看到，这三个译本对第二句的翻译与冰心译本相似，但三者对第一句的翻译均与冰心译本不同，且三者相似，由此看来主要的分歧在第一句上。

在孟加拉语原作中，第一句为："বৈরাগ্যসাধনে মুক্তি, সে আমার নয়।（《祭品集》第30首）①"直译为："弃世苦行中的解脱，那不是我的"，其内在含义便是"我"所需要的、我所追求的并不是苦行。将其与英文诗句结合起来，与文中列举的各个汉译本相比照，我们发现其余三个译本比冰心译本更为符合原文的意旨，含义也更清晰，同时也与诗篇的整体思想更为一致。

再来看诗集第35首，这是一首被认为体现了泰戈尔的理想和价值观的诗，其英文原诗为：

Where the mind is without fear and the head is held high;
Where knowledge is free;
Where the world has not been broken up into fragments by narrow domestic walls;
Where words come out from the depth of truth;
Where tireless striving stretches its arms towards perfection;
Where the clear stream of reason has not lost its way into the dreary desert sand of dead habit;
Where the mind is led forward by thee into ever-widening thought and action—
Into that heaven of freedom, my Father, let my country awake.

冰心的译诗为：

---

① 泰戈尔著：《祭品集》，《罗宾德拉作品集（第4卷）》，国际大学出版社，孟历1410年，第281页。

在那里，心是无畏的，头也抬得高昂；

在那里，知识是自由的；

在那里，世界还没有被狭小的家园的墙隔成片段；

在那里，话是从真理的深处说出；

在那里，不懈的努力向着"完美"伸臂；

在那里，理智的清泉没有沉没在积习的荒漠之中；

在那里，心灵是受你的指引，走向那不断放宽的思想与行为——

进入那自由的天国，我的父啊，让我的国家觉醒起来吧。

可以看到，冰心将"narrow domestic walls"译为了"狭小的家园的墙"，将"clear stream of reason"译作了"理智的清泉"。就英语单词本身而言，"domestic"既有家园的含义，也有国家的含义，"reason"一词既可以理解为理智，也可以理解为理性。但就具体的语境来看，在这首诗中，冰心对这两个词的翻译是值得商榷的。

阿马蒂亚·森在引用这首诗时认为：

…which, he argued, can limit both the freedom to engage ideas from outside "narrow domestic walls" and the freedom also to support the causes of people in other countries. Rabindranath's passion for freedom underlies his firm opposition to unreasoned traditionalism, which makes one a prisoner of the past (lost, as he put it, in "the dreary desert sand of dead habit").①

……他认为，爱国主义既限制了从"国家狭隘的围墙"之外吸收理念的自由，又限制了支持其他国家人民的事业的自由。罗宾德

---

① Amartya Sen: *Tagore and His India*, http://nobelprize.org/nobel_prizes/literature/articles/sen/index.html

罗纳特对自由的热情，构成其坚定不移地反对不合理的传统主义的基础。传统主义使人成为"过去"的囚徒（如他所说，迷失在"积习的荒漠"之中）①

虽然在翻译英文本《吉檀迦利》的时期，泰戈尔已经从激烈的民族政治运动中退隐，但他对民族的独立始终是坚持的，他对英帝国在印度的殖民统治也是反对的，他所追求的是东西方文学与文化之间的尊重、理解与平等的交流，这与他在20世纪30年代鲜明的反战态度和对极端民族主义的反对是一致的。由此可见，在这首诗中与"the world"（世界）相对的"domestic"一词所侧重表达应该是"国家"而非"家园"的含义。从19世纪后期开始，在印度资产阶级内部兴起了了文艺复兴运动，这场运动发源于孟加拉，最初的倡导者是罗摩·莫汉·罗易（Rammohan Roy）。罗易注重向西方学习，倡导用理性标准来检验宗教准则，以革除当时的宗教和社会弊端。泰戈尔正是在这场文艺复兴运动中成长，并可以说是它最杰出的代表之一。由此来看，在诗篇中与"the dreary desert sand of dead habit（积习的荒漠）"相对应的"the clear stream of reason"应当译成"理性的清泉"更为恰当，这样才能更准确地表达原文的思想内涵。

本文的研究，只是《吉檀迦利》以及泰戈尔诗歌孟英中对比研究的冰山一角。希望通过这样的多语种译本对照，能促进我们对泰戈尔诗歌以及思想的理解，也能促进新的泰戈尔诗歌经典译本的诞生。

作者简介

曾琼，天津外国语大学比较文学研究所副教授，研究领域：泰戈尔文学，印度近现代文学，中印比较文学。

---

① 此处引用刘建译文。见［印度］阿马蒂亚·森著，刘建译：《惯于争鸣的印度人：印度人的历史、文化与身份论集》，三联书店，2007年，第77页。

中西译坛上"美丽的错误"
——季羡林《罗摩衍那》和黑山《红楼梦》翻译对照考察

唐 均

一 序 说

中国印度学家季羡林，从梵文译出了印度两大史诗之一的《罗摩衍那》，在继承古代汉译佛经优秀传统的基础上，为汉语文学提供了价值不凡的全新译品。这是当今大多数中国学人耳熟能详的事情。远在遥迢中欧的斯洛伐克，汉学家黑山也从汉文译出中国古典小说的巅峰之作《红楼梦》，为这部中国小说在欧洲又增添了一部完整的异域版本，了解这一情况的中国人就未必有多少了。

而这两部都与中文学界都有所关涉的翻译文学作品，从其诞生的历程和译者所持的理念等方面，其实还有更多可资比较之处。这里将其对照考察，略作梳理，希冀从中管窥译品之所以优秀的某些共性之处。

二 季羡林与《罗摩衍那》

季羡林（1911—2009），山东临清人，1935年入清华大学学习，不久负笈德国哥廷根大学留学，1941年获得博士学位，1946年回到中国，受聘北京大学，历任北京大学东语系主任、北京大学副校长、南亚研究所所长等职①。

季羡林先生本是印度学专家，师从德国著名的西域写本研究专家瓦尔德施密特（Ernst Waldschmidt, 1897—1985）教授，同时也是德国吐火罗学奠基者之一西克（Emil Sieg, 1866—1951）教授的亲炙传人。他的博士论文题目是《〈大事〉偈陀部分限定动词变位研究》（*Die Konjugation des finiten Verbums in den Gāthās des Mahāvastu*），这是十分专深的印度古代俗语语法变化研究，他花费五年时间得以通过学位答辩②，从此就打下了研究佛教混合梵语（Buddhist Hybrid Sanskrit）的坚实基础。由此可见，研究佛教语言，原是季羡林先生的专长；而在与之密切相关的佛教历史、印度语言文化以及中印文化交流史等方面，他也取得了不俗的成就③。

季羡林先生从回国后应聘北大开始，在20世纪50年代至"文革"前夕也做了一些跟专业相关的工作，同时领衔培养了新中国第一批梵学专门人才；但由于当时社会环境的影响，他在德国花费十年青春所学的精深专业是无法开展起来的。"文革"之后中国恢复了正常的学术秩序，季先生除了继续培养一批梵学人才以外，仍有关于中印文化交流史的《糖史》、以及吐火罗文A方言（焉耆语）《弥勒会见记》（*Maitreyasamiti-Nataka*）残片的解读专著出版④，成为他晚年专业生涯的亮点。

将外语文学作品翻译成汉文，也是季羡林先生工作的一个重心。在20世纪50年代初，季先生就翻译了一些近代德国作家的作品，如托马斯·曼（Thomas Mann）的短篇小说等等；翻译最多的是安娜·西格斯（Anna Seghers）的短篇小说，已经结集《安娜·西格斯短篇小说集》，由作家出版社

---

① 蔡德贵：《季羡林传》，山西古籍出版社，1998页，第769—770页。
② 同上，第210—216页。
③ 王邦维：《北京大学的印度学研究：八十年的回顾》，载北京大学学报（哲学社会科学版），1998（2），第102页。
④ 同上，第631—633页，第637—641页。

出版①。但季先生在中国翻译史上的重要贡献，还是应该归功于他对印度梵文古典作品的大量迻译。从20世纪50年代中期起，他陆续翻译、出版了一些篇幅较小的古典梵文名著——剧本《沙恭达罗》（*Abhijñānaśākuntala*，1956）、民间故事集《五卷书》（*Pañcatantra*，1959）、剧本《优哩婆湿》（*Vikramorvaśīya*，1962）等等②，这些译作可以视为他的梵译汉工作的先声。

从1973年起，季羡林先生开始翻译印度两大史诗之一的《罗摩衍那》（*Rāmāya'sīya*，1962）这部史诗在印度文学史上和世界文学史上都占有极其重要的地位，对南亚东南亚各国有很大影响，有多种印度本土语言和印度以外语言的译本。它对中国也有影响，汉译佛经中已经发现部分故事片段，而在蒙、藏和新疆地区，以及云南少数民族地区，都有罗摩的故事流传和记载③。著名的四大古典小说之一《西游记》中，孙悟空的形象也显然受了它的影响。但是这部史诗却一直没有完整的汉译本，而季先生完成这一创举却也不是他的本意。

在其散文集《牛棚杂忆》第十九章《完全解放·翻译〈罗摩衍那〉》中，季羡林先生对自己迻译《罗摩衍那》的缘起有着较为完整的自我陈述④：在经历了"文革"中种种惊心动魄而又惨无人道的冲击、折磨之后，"侥幸"获得一个"可能成为'铁饭碗'"的"职业"——门房⑤。此时既无条件从事学术研究，也无心情著述散文，只好选择"原文长而又难"的外文作品从事"即使不会是一劳永逸，也可以能一劳久逸"的翻译工作来消解无聊⑥。所以选择了原文精校本约两万颂、每颂通常译为

---

① 李铮：《季羡林教授年谱》，见李铮、蒋忠新主编：《季羡林教授八十华诞纪念论文集（上）》，江西人民出版社，1991年，第3页。
② 同上，第3—4页。
③ 季羡林：《〈罗摩衍那〉在中国》，见《季羡林文集·第八卷：比较文学与民间文学》，江西教育出版社，1996年。
④ 季羡林：《牛棚杂忆》，见邓九平编：《季羡林散文全编·四》，中国广播电视出版社，1999年，第163—165页。
⑤ 同上，第163页。
⑥ 同上。

四行（还有更长的）、总计至少八万多诗行的《罗摩衍那》来进行翻译，彼时绝不会想到自己的译品还有出版机会的①。而当时向东语系图书管理员提出通过中国国际书店从印度订购《罗摩衍那》梵文精校本的要求，居然在不到两个月之后得以实现②，也纯属极度的偶然和幸运了。鉴于"文革"时严厉批判学者从事"涉外"专业工作的险恶社会环境，季先生在具体翻译时，是不敢把原书拿到那时的工作岗位——门房里去堂而皇之进行的③。他所能想到的一个妥善之举，就是晚上在家时将梵文诗句译成汉语白话散文，潦草写在纸片上揣入口袋，翌日在路上和工作间隙，趁着无人盯梢的时候，把散文改成"押韵而每句字数基本相同"的诗句④。整个史诗前三部的迻译工作就是这样胆战心惊地完成的。"文革"之后应出版社之邀才将剩下四部一并译竣，从而得以完整刊行的⑤。

这一大部头的印度史诗汉译本的偷偷完成，有赖于当时印度出版不久的八册梵文精校本《罗摩衍那》为底本，原文共七部18，755颂⑥；1980—1984年间，人民文学出版社出版了《罗摩衍那》第一至第七部，每年分别出版一至两册，鸿篇巨制，一共七部八册⑦。这部译著获得1994年度首届"中国国家图书奖"——中国国内图书出版的最高奖项⑧。另外值得一提的是，季羡林先生的《罗摩衍那》汉译本还是该史诗世界多种语言译本中英译本之外唯一的全译本⑨，在世界文学翻译史

---

① 季羡林：《牛棚杂忆》，见邓九平编：《季羡林散文全编·四》，中国广播电视出版社，1999年，第163—164页。
② 同上，第164页。
③ 同上。
④ 同上，第164—165页。
⑤ 蔡德贵：《季羡林传》，山西古籍出版社，1998年，第546—548页。
⑥ 李铮：《季羡林教授年谱》，见李铮、蒋忠新主编：《季羡林教授八十华诞纪念论文集（上）》，江西人民出版社，1991年，第4页。
⑦ 同上，第4—5页。王邦维：《北京大学的印度学研究：八十年的回顾》，载北京大学学报（哲学社会科学版），1998（2），第102页。
⑧ 王邦维：《北京大学的印度学研究：八十年的回顾》，载北京大学学报（哲学社会科学版），1998（2），第102页。
⑨ 王邦维：《梵学、印度学、东方学与中国文化研究——季羡林先生的治学范围和路径》，载中国文化研究，2010（春之卷），第22页。

上也具有独特的价值。

三 黑山与《红楼梦》

玛丽娜·黑山（Marina Čarnogurská，1940— ），斯洛伐克人，年轻时在捷克就学，师从长于西汉哲学（王充、桓谭）研究的捷克汉学家鲍格洛（Timoteus Pokora，1928—1985），她本人以研治先秦儒道哲学见长。20世纪90年代初平反之后始获允许进行学术研究工作，除了恢复姗姗来迟的博士论文答辩（1991年）以外，她还出版了多种汉学研究论著和译著，虽然逐渐年届高龄，仍然成为斯洛伐克古典汉学的中坚力量。其主要著述包括老子《道德经》多种文本的汇校翻译，还有《论语》、《荀子》的全译和《孟子》的节译以及相关研究等汉学著译成果，其中，《道德经》译释本（Lao-c': Tao Te Ťing），以及荟萃《论语》、《孟子》、《荀子》斯译片断的儒家经典选译本《子曰》（A riekol majster...），多次再版，畅销捷斯两国①。

本来，黑山在斯洛伐克布拉迪斯拉发考门斯基大学哲学院是以助教的身份教授中国哲学的，由此就可以向斯洛伐克科学院东方研究院下属图书馆借阅资料——该图书馆隶属于科学院，是当时斯洛伐克地区唯一可以借阅到有关中国原文材料的地方②。但是，由于她个人的政治出身问题，当时的斯洛伐克共产党指示考门斯基大学哲学院不得接受、承认其博士毕业论文，这样，从1973年到1990年平反之前，黑山一直在布拉迪斯拉发的阿尔法外文出版社的仓库中做登记员。这样的境遇使她完全脱离了学术实践，但她自己并没有放弃③。

---

① 根据黑山教授本人提供的资料写成。
② ［斯洛伐克］玛丽娜·黑山著，梁晨译：《〈红楼梦〉与其斯洛伐克语译本的产生历史》，见傅勇林主编：《华西语文学刊（第三辑"〈红楼梦〉译介研究专辑"）》，四川出版集团·四川文艺出版社，2010年，第55页。
③ 同上。

为了使自己不要忘记中文、保持中文水平，尤其是避免忘记中国的汉字，唯一的方法就是强迫自己每天积极地阅读中文，动笔做几段翻译。而在当时的政治气候下，黑山已经没有阅读中文原著的机会。而在中国文革时期从中国订阅古典名著也是不可能的。所以，当时能做的最简单事情就是在自己的藏书中挑选一个中文大部头作品，这样就可以用翻译来打发几年的时光，等待获得平反，希望结束这段不自由的学术"流放"并重返学校①。而且，这样庞大的翻译工作也还需要强大的精神动力来支持，据说最好的选择就是挑选一部在中国一直非常受重视的经典作品。就这样她选中了长篇小说《红楼梦》，每天做完本职工作后，她一般就在夜晚偷偷进行自己的翻译工作②。

　　其实，早在20世纪60年代初进入布拉格查理大学学习时，黑山就已在1965年的文学课上了解到了《红楼梦》这一中国古典文学名著，只是由于当时主修学业——中国古典哲学文献的翻译和哲学思想的研究而无暇细读③（鲍彦敏2007：332）。而在翻译《红楼梦》之前，她已有选译儒家经典《论语》、《孟子》、《荀子》部分章节的经验④。

　　确定了翻译《红楼梦》，接下来的首要问题就是原文底本的获取。那时的捷克斯洛伐克，唯一能读到中文原版书籍的地方只有捷克的鲁迅图书馆和斯洛伐克的科学院下属图书馆这两处。但当时黑山已经不是高校的在校学生，也不是布拉格查理大学的博士生，再加上政治原因，她并没有资格去那两个地方借阅图书。万般无奈之下，黑山只能求助于移民加拿大的弟弟，在华人社区帮忙找到中文原版书籍。后来她弟弟也居然

---

　　① ［斯洛伐克］玛丽娜·黑山著，梁晨译：《〈红楼梦〉与其斯洛伐克语译本的产生历史》，见傅勇林主编：《华西语文学刊（第三辑"〈红楼梦〉译介研究专辑"）》，四川出版集团·四川文艺出版社，2010年，第55页。
　　② 同上。
　　③ 鲍彦敏：《多瑙河畔的汉学家——记斯洛伐克文〈红楼梦〉翻译家黑山女士》，载《红楼梦学刊》2007（5），第332页。
　　④ 同上，第333页。

幸运地买到了香港广智书局出版的四卷本《红楼梦》①。

书买到了运到捷克斯洛伐克又成为问题——从加拿大邮寄中国图书到捷克斯洛伐克她这样"政治上有问题"的家庭,那是极为冒险的事。所以唯一可行的办法就是托人直接把书从加拿大带到斯洛伐克来。弟弟是"政治移民",当时不允许回到捷克斯洛伐克;而当时旅居匈牙利的斯洛伐克"政治难民"有热心帮助本国国民寻找由于政治原因失去联系的亲属的传统。她的表哥米兰·黑山(Milan Čarnogursky)就这样把《红楼梦》从加拿大带到匈牙利,再请他的姐姐辗转带到布拉迪斯拉发。于是,从1978年3月1日开始,每天晚上黑山在阿尔法出版社的仓库里结束工作以后,才得以坐在打字机前阅读和翻译《红楼梦》,节假日也不例外②。

如果那时声张在捷克斯洛伐克做汉学研究,国家安全警察就有可能马上禁止她们工作;而且那时捷克斯洛伐克处在苏联社会主义阵营之中,正逢苏中关系破裂,所以捷克斯洛伐克同中国的联系也就完全断绝了,当时在汉语翻译中如果被发现有"威胁国家安全"的译文,译者会被扣上"叛国"的帽子。也是由于这样的原因,所以她和当时也在布拉格用捷克语翻译《红楼梦》的汉学家(即Oldřich Král)既没有想到,也不可能相互交流、切磋翻译的③。当然还有更为重要的原因在于,捷译和斯译《红楼梦》的两位译者虽然尚有师承关系,但是在翻译理念上完全不同——黑山完全不赞同欧洲传统的字面对等翻译理论,而是在充分理解原文涵义后用斯洛伐克语转译出来,这样不仅让斯洛伐克语译文更符合斯语习惯,而且可以让读者一目了然,明白易懂④。显然,她对译文优劣的评价注重译入语读者的感受尽量切近原文读者,在相当程度上,这样的翻译理念带有奈达(Eugene A. Nida)主张的功能对等翻译理论之色彩,

---

① [斯洛伐克]玛丽娜·黑山著,梁晨译:《〈红楼梦〉与其斯洛伐克语译本的产生历史》,见傅勇林主编:《华西语文学刊(第三辑"〈红楼梦〉译介研究专辑")》,四川出版集团·四川文艺出版社,2010年,第58页。
② 同上,第55页。
③ 同上。
④ 同上,第59页。

更为准确地说,我们或可称之为"接受效果对等论"。

由黑山教授完成刊行的四卷《红楼梦》(*Sen o Červenom pavilóne*)斯洛伐克语译本,先由布拉迪斯拉发 Victoria Publishing Slovakia 出版社出版第一卷(1996),未几出版社破产,再由布拉迪斯拉发 Petrus 出版社完整出版全部四卷(2001—2003)①,从而打造出欧洲大陆语言中迄今亦不多见的一个《红楼梦》120 回全译本,并以其出色的装帧在欧洲获得国际印刷装帧奖②,而此译著又在 2003 年获得中国颁发的"红楼梦国际翻译奖"③,在《红楼梦》翻译和传播历史上都具有不可估量的价值和意义。

四 对照考察

上文分别梳理了中国人季羡林先生从梵文迻译《罗摩衍那》以及斯洛伐克人黑山从汉文迻译《红楼梦》的主要经历及其各自的最终成果。由此可以看出,两位成就了卓越翻译事业、并结出翻译硕果的学者,本身却完全不是冲着"译家"而去的。他们各自的专业,无论是印度学还是汉学,只能说同他们的大部头译著在底本上有着一些联系。但是,不同的国度,相似的社会政治环境,剥夺了两人进行正常学术研究工作的自由,他们在各自的异域历尽艰辛奠定的学术根基却难有机会顺利成长。而他们各自不得已的工作转向,也还得在偷偷摸摸的境地中才能够涉险进行。这种历史脉络的梳理,使我们似乎能够仅从文字描述中,就可以切身体会到身处亚欧大陆两端非正常的体制下学术资源巨大浪费和科学文明蹉跎坎坷的惊人一致性。

虽然最终历尽劫难之后,两人都还在自己的专业领域继续耕耘,也

---

① 根据黑山教授提供的著述目录写成。
② 鲍彦敏:《多瑙河畔的汉学家——记斯洛伐克文〈红楼梦〉翻译家黑山女士》,载《红楼梦学刊》2007(5),第 61 页。
③ [斯洛伐克]玛丽娜·黑山著,梁晨译:《〈红楼梦〉与其斯洛伐克语译本的产生历史》,见傅勇林主编:《华西语文学刊(第三辑"〈红楼梦〉译介研究专辑")》,四川出版集团·四川文艺出版社,2010 年,第 61 页。

有不菲的学术成果问世,但是最为宝贵的学术青春被无情耽搁掉,却也是不争的冷峻事实。即便有《罗摩衍那》汉文全译本填补梵语文学经典迻译的空白,但是季先生在印度古代俗语研究方面的成就,却再也无法超越他的博士论文的水平,而他从西克教授处继承而来的吐火罗语绝学,只有自己在解读新疆博物馆藏品时发挥一下功能,却没有机会将其传授给后辈中国学人,从而使"吐火罗文献出自中国,吐火罗学在外国"的学术尴尬至今犹存。同样,黑山在知天命之后才恢复学术自由,事实上渐趋高龄的羸弱之躯,已经不允许她在中国哲学研究方面像年轻学者那样开疆拓土了,她的工作更多的是集大成式荟萃老子研究和先秦儒家研究,在红学研究上也无力基于自己的斯洛伐克语《红楼梦》全译本再行深入探究,而且,她无论在哲学还是红学研究方面,至今也缺乏得力可靠的学术传人。斯洛伐克的古典汉学研究,在捷克和斯洛伐克分家以后正面临学术断档的严峻威胁。

另外一个方面,《罗摩衍那》汉译本在中国和《红楼梦》斯译本在斯洛伐克,其流行程度并不因其浩繁的卷帙而大受影响,很大程度上可能应当归功于两位译者相互之间类似的翻译理念。

季羡林先生在汉译《罗摩衍那》时坚持"诗译诗"的主张,简而言之就是译诗必有韵。诚如季先生本人在记述《罗摩衍那》翻译时附带提及的那样:"我一向认为诗必须有韵,我也要押韵。但也不是旧韵,而是今天口语的韵。归纳起来,我的译诗可以称之为'押韵的顺口溜'。就是'顺口溜'吧,有时候想找一个恰当的韵脚,也是不容易的。"①——这种押韵顺口溜的模式,实际上倒是切合了梵语原文史诗的传唱风格。如果说原文再印度的流行还有数千年历史积淀的惯性作用,那么其汉译在中国的传播较广却也得益于译文秉承大致风格的暗合吧。

黑山教授则认为,欧洲传统的字面对等翻译理论,在其引导下的翻

---

① 季羡林:《牛棚杂忆》,见邓九平编:《季羡林散文全编·四》,中国广播电视出版社,1999年,第164页。

译实践中，大多数中文经典原著的欧洲语言译本都没有达到甚至三流文学作品的程度；而大多数欧洲翻译家并不认为这是自己的问题，而是简单归咎为"汉语文学富含大量诗词"，本身从美学角度就没有达到欧洲文学的高度；在此翻译理论基础上的西方文学评论界理所当然地认为，比起欧洲奉为经典的那些传世之作，中国文学在丰富性和多彩性方面略逊一筹，情节较为难懂且语言晦涩①。所以她坚持认为，翻译中文原著要走一条新的道路，《红楼梦》描写的是跌宕起伏的家族命运，从而其译本也应该能给斯语读者身临其境的感觉，同时《红楼梦》中包含大量优美的诗词，在翻译的过程中也要尽量使斯语译文押韵流畅②。如果碰上哪些话在斯洛伐克语语境里让人琢磨不透，她就拆开来译，调整部分语序，让整体一句话通顺明了③。其实这种讲述性的翻译模式，在字面上和汉语原文可能大都不能一一对应了，但是在篇章语境上它能够很好传递原文的味道和意境，作为向文化背景差异极大的斯洛伐克读者传递篇幅宏大、结构复杂的《红楼梦》这样的中国小说之圭臬的内容和价值，形散而神不散的讲述语体风格确是一种可资尝试、且被实践证明是行之有效的翻译模式。

当时黑山并未对自己的翻译方法下什么定义，不过唯一能肯定其想法、支持其走一条新的非传统的"实践"翻译道路的正是其多年的授业恩师鲍格洛，尽管他在翻译王充《论衡》时使用的仍然是欧洲传统翻译理论④。

上述两部大型译作的基本翻译理念似有共通之处，就是都有意无意地采取了面向读者的翻译策略。这可能和两位译家的文学气质密切相关：季羡林先生有卷帙浩繁的散文集行世，其散淡的文笔自不待言；而黑山

---

① [斯洛伐克] 玛丽娜·黑山著，梁晨译：《〈红楼梦〉与其斯洛伐克语译本的产生历史》，见傅勇林主编：《华西语文学刊（第三辑"〈红楼梦〉译介研究专辑"）》，四川出版集团·四川文艺出版社，2010年，第56页。
② 同上，第60页。
③ 同上。
④ 同上，第57—58页。

也刊行了蔡琰(文姬)《胡笳十八拍》(*Osemnásť plačov hunskej píšťaly*)《悲愤诗》(*Dve piesne o bolesti a utrpení*)、老舍《月牙集》(*Kosák Mesiaca*)、苏叔阳《太平湖》(*Jazero pokoja*) 等的斯洛伐克语译文,其优美文笔在斯洛伐克也备受称道①。由此,他们二人注重译文文笔的美感,完全没有提及(或不加肯定)字面对等翻译的功效,也是这两部不同国度伟大译著的可比之处。相信如果在现行翻译学理论体系的精微考察下,有关的具体比较研究或许还有更为令人心折的成果。

五 尾 声

季羡林先生和黑山教授,都是因为各自环境的影响而"错失"了自己本来潜心"修炼"而积淀的专业研究方向,但在自己处于逆境下的某个"念头"驱使下,以其原本积攒的深厚(印度学/汉学)学术功底,保证完成了一个原不属于自己业务范围内的大部头译作,以此不期而遇的"美丽"结果,多少可以弥补自己学术研究的历史性损失。

另外我们注意到,与《罗摩衍那》齐名的印度另一大诗《摩诃婆罗多》(*Mahābhārata*),从20世纪80年代开始,由时已年近耄耋的金克木先生设计体例并领衔开笔,季金二人早期(1960年届)的优秀传人赵国华教授总体负责;未几赵不幸早逝,续由另一1960年届学生黄宝生牵头,在多位中国梵学专家的共同努力下,得以在21世纪初完成并付梓②。这样看来,如果说季老没有翻译《罗摩衍那》,现在可能还有其不绝如缕的梵学后继者们可以像完成《摩诃婆罗多》那样译成这部大诗(ādikāvya)的话,那么在古典汉学人才寥寥的斯洛伐克,在语言甚为近似、而古典汉学成果远远丰富的波希米亚(捷克)覆盖之下,恐怕时至今日都是难以有人来完成这项《红楼梦》斯洛伐克语翻译这项伟大工程的。这样说

---

① 根据黑山本人提供的著述目录和部分斯洛伐克国内读者的口头评价写成。
② 黄宝生:《前言》,见[印]毗耶娑著,金克木、赵国华、席必庄译:《摩诃婆罗多(一)》,中国社会科学出版社,2005年,第5—7页。

来，处于今天中国文化的世界性传播的语境中，我们更要推崇非正常体制造就的逆境带来的《红楼梦》斯洛伐克迻译之功。

参考文献

鲍彦敏：《多瑙河畔的汉学家——记斯洛伐克文〈红楼梦〉翻译家黑山女士》，载《红楼梦学刊》2007年第5期。

蔡德贵：《季羡林传》，山西古籍出版社1998版。

黄宝生：《前言》，见［印］毗耶娑著，金克木、赵国华、席必庄译：《摩诃婆罗多（一）》，中国社会科学出版社2005年版。

季羡林：《〈罗摩衍那〉在中国》，见《季羡林文集·第八卷：比较文学与民间文学》，江西教育出版社1996年版。

季羡林：《牛棚杂忆》，见邓九平编：《季羡林散文全编·四》，中国广播电视出版社1999年版。

李铮：《季羡林教授年谱》，见李铮、蒋忠新主编：《季羡林教授八十华诞纪念论文集（上）》，南昌：江西人民出版社1991年版。

［斯洛伐克］玛丽娜·黑山著，梁晨译：《〈红楼梦〉与其斯洛伐克语译本的产生历史》，见傅勇林主编：《华西语文学刊（第三辑"《红楼梦》译介研究专辑"）》，四川出版集团·四川文艺出版社2010年版。

王邦维：《北京大学的印度学研究：八十年的回顾》，载北京大学学报：哲学社会科学版，1998年第2期。

王邦维：《梵学、印度学、东方学与中国文化研究——季羡林先生的治学范围和路径》，载中国文化研究，2010年春之卷。

作者简介

唐均，西南交通大学外国语学院副教授，斯洛伐克科学院东方研究所研究员。

◆ 青年论坛

"心词论"与中国诗论
——以言志、缘情说为中心

占才成

"心词论"是日本平安第一歌人、"三十六歌仙"之一,与万叶时代的柿本人麻吕同被尊称为"歌圣"的纪贯之在他执笔的《古今和歌集假名序》中提出并阐释的日本早期和歌理论,被誉为日本"歌论的原点"[①]、"(日本)整个文艺理论的基本概念"[②],成为日本和歌理论的基石,对日本后世的歌论起着重要的引领作用。这一重要的和歌理论深受中国诗论"诗言志"的影响,也与中国西晋陆机的诗歌理论"缘情说"的诸多主张如出一辙。本文欲从比较文学的角度,兼顾采用影响研究与平行研究的方法,探寻日本歌论"心词论"与中国诗论言志、缘情说之间的关系。

一 "心词论"与言志说

(一)"心词论"与《古今和歌集序》

关于和歌理论中的"心"与"词",日本短歌理论研究者冈田诚一曾

[①] 实方清:《文芸理论における心词论(二)——中古歌论における展开》,《日本文芸研究》,1983年,第1页。
[②] 实方清:《文芸理论における心词论(一)——その成立と展开》,《日本文芸研究》,1982年,第1页。

撰文指出"心可以说是感动、构想,而词则可以理解为这种感动、构想的外在表现"①。这种阐释心、词关系的论述,在日本古代文献中也可散见。《古事记》序中有文曰:"然、上古之时、言意并朴、敷文构句、於字即难。已因训述者、词不逮心。"② 这其中提到的"言意并朴""词不逮心"就已经涉及了心与词的言说。上古时代,"言(词)""意(心)"皆朴实无华,遣词构文实属不易,而日本人使用汉字来进行表述,总觉得有时候词不达意。因情作文,文为情的外在表现,这样的实例又可见于《古事记》、《日本书纪》、《歌经标式》等日本古典文献之中。《日本书纪》有文曰"天皇聆是歌、则有感情。而歌之曰。"③ 有感而发,即作和歌,情感的表露是和歌的本质。因感情的触动而作和歌的事例在《古事记》与《日本书纪》中不胜枚举,在此聊举数例:"即匍匐廻其地那豆岐田而、哭为歌曰"④(《记》)"故、追到之时、待怀而歌曰"⑤(《记》)"见其兄沾雨、而流涕歌曰"⑥(《纪》)"慨然兴感歌曰"⑦(《纪》)。日本最早的歌论书《歌经标式》中也提及"言隐语露情也"⑧,以此阐述"言"与"情"的关系。

上述《古事记》、《日本书纪》、《歌经标式》等文献中虽然能散见关于"心"与"词"的论述,然而作为系统、理论歌论的"心词论",应该说最早是由纪贯之在《古今和歌集假名序》(以下简称《假名序》)中提出来的。《假名序》在冒头中写道:

---

① 冈田诚一:《日本短歌论》,教育出版センター,1974年,第16页。
② 仓野宪治、武田祐吉校注:《日本古典文学大系 1 古事记·祝词》,岩波书店,1958年,第46—48页。
③ 坂本太郎、家永三郎等校注:《日本古典文学大系 67 日本書紀(上)》,岩波书店,1967年,第443页。
④ 同上,《日本古典文学大系 1 古事记 祝词》,第222页。
⑤ 同上,第459页。
⑥ 同上,《日本古典文学大系 67 日本書紀(上)》,第401页。
⑦ 同上,第471页。
⑧ 藤原浜成:《日本歌学大系(第一卷)》,風間书店,1958年,第6页。

やまと歌は、人の心を種として、万の言の葉とぞなれりける。世の中にある人、ことわざ繁きものなれば、心に思ふことを、見るもの聞くものにつけて、言ひ出せるなり。①（假名序）

译文：和歌者，其讬根于心地，而发花于词林也。人生在世，不能无为。或为人、事、业之所感，以其心思所至，谕于见闻万物，而吟形于言也。

《假名序》中的这一见解，也可见于《古今和歌集真名序》（以下简称《真名序》）。《真名序》被认为是《假名序》的草案，在《真名序》开篇中也写道：

夫和歌者。讬其根于心地。发其花于词林者也。人之在世不能无为。思虑易迁。哀乐相变。感生于志。咏形于言。②（真名序）

"夫和歌者。讬其根于心地。发其花于词林者也。"可以说是"やまと歌は、人の心を種として、万の言の葉とぞなれりける"的汉语译文，其核心观点是一致。这里将和歌的本质——"心"与表现——"词"比喻为"根"与"花"，而这种比喻很容易让人联想到白居易"诗者、根情、苗言、华声、实义"③的观点。关于"心"与"词"的论述，虽然在日本古代文献中偶有出现，但是上升为系统、理论的歌论，可以说源于上述《古今和歌集》的假名序之中。

(二)"心词论"的言志观④

关于《古今和歌集序》的中国文献出典，日本学者渡边泰曾撰文指

---

① 小沢正夫校注訳：《古今和歌集》，小学馆，1971年，第49页。
② 同上，第413页。
③ 白居易：《白居易集（第三册）》，中华书局，1979年，第906页。
④ 关于"心词论"的言志观也可以参照拙文《〈古今和歌集序〉的言志观》（《乐山师范学院学报》，2013年第2期）。

出有"毛诗序、毛诗正义、论语、世说、陈鸿的长恨歌传、文选序、诗品"①等，这其中提到《毛诗序》、《毛诗正义》尤为引人注目。《毛诗大序》在其冒头中写道：

  诗者，志之所之也，在心为志，发言为诗。情动于中而形于言，言之不足，故嗟叹之，嗟叹之不足故永歌之，永歌之不足，不知手之舞之，足之蹈之也。②

  "诗者，志之所之也，在心为志，发言为诗"这对诗歌内容与形式的阐释堪称经典，被后世总结、概括为"诗言志"，朱自清先生后称其为中国诗论的"开山纲领"③。将《毛诗大序》与源于《古今和歌集序》的"心词论"相比较，我们可以看出它们之间的影响关系。

  首先，在论及和歌的发生论、本质论时，真名序提出"夫和歌者。讬其根于心地"，而这句话无论在句式还是意义上，都可以说来自于《毛诗大序》中"诗者，志之所之也"。《毛诗大序》中提出诗歌的本质在于"志"，这其中的"志"的意义虽然历来争议颇多，但是不可否认它主要指的是一种内心的精神活动，或者可以说在"诗言志"理论的发展演变中，"志"所赋予的一个意义"是以'情'为主的感情活动"④。《毛诗大序》在随后的进一步阐释中也提出"情动于中而形于言"，因此可以说诗歌的本质在于内心的感动，这是"诗言志"理论内涵的一个面。而真名序中"夫和歌者。讬其根于心地"则明显是接受了"诗言志"的这一观点，认为和歌根源于内心的感动。

  其次，在论及"志"与"言"、"心"与"词"的关系时，两者都主张诗歌是内心感情的流露。真名序直接接受了"诗言志"的"志"与

---

① 渡边泰：《古今和歌集の典拠について》，《福冈学芸大学纪要》，1954年，第211页。
② 陈子展校注：《诗经直解》，复旦大学出版社，1983年，第1页。
③ 朱自清：《诗言志辨》，广西师范大学出版社，2004年，第3页。
④ 王文生：《释"志"——"诗言志"诠之一》，《文艺理论研究》，2009年，第52页。

"言"的观点,提到"感生于志。咏形于言"。毋庸置疑,这源自于"在心为志,发言为诗"、"情动于中而形于言"的主张。而假名序中也论述道"世の中にある人、ことわざ繁きものなれば、心に思ふことを、見るもの聞くものにつけて、言ひ出せるなり。(人生在世,不能无为。或为人、事、业之所感,以其心思所至,谕于见闻万物,而吟形于言也。)"。假名序借用了"诗言志"的"言"的说法,没有直接提到"志",而换用了"心",但是这里的"心"指的也是一种内心的精神活动,冈田诚一解释为"内心的感动"[①]。因此,在表示感情活动这一方面,"心"与"志"可以说是一致的。《古今和歌集序》所主张的"心(内心的感动)"或是"志"进而表现为"言"或者"词",实际上也是"诗言志"所阐释的"志"与"言"的关系。"诗言志"中"言"的内涵是"表现而不是模仿"[②],即诗歌是内心的感情的流露,这与十八世纪末、十九世纪初西方浪漫主义运动中倡导的表现论美学不谋而合。华兹华斯在《〈抒情歌谣集〉序言》中指出"一切好诗都是强烈情感的自然流露"[③]。而中国古代诗论"诗言志"也主张"情动于中而形于言",认为诗歌是借助语言表达诗人感情的文学形式。这一观点通过中日古代文学的交流直接影响了日本歌论,从上述的《古今和歌集》两序中,我们可以明显看到这种影响的痕迹。

再次,感情的流露是"诗言志"理论在几千年的沉淀中形成的美学价值的一个方面,在讨论"诗言志"的内涵时,还有一点不能忽视。"'诗言志'对我们的另一个重要启示,是绝不能忽视关于诗与社会关系中的第二重的意义,即诗一旦产生,反过来又要以特殊的讽喻方式对社会发生积极的作用"[④]。因此,诗歌的社会功能也是"诗言志"美学价值

---

① 冈田诚一:《日本短歌论》,教育出版センター,1974年,第15页。
② 王文生:《释"言"——"诗言志"诠之二:"言"是表现而不是模仿》,《文艺理论研究》,1984年,第2页。
③ 华兹华斯著,曹葆华译:《〈抒情歌谣集〉序言》,见刘若端编《十九世纪英国诗人论诗》,人民文学出版社,1984年,第33页。
④ 郝树亮:《关于诗言志的再认识》,《清华大学学报》,1995年,第32页。

的一个重要方面。古有献诗、采诗，执政者以此观民风，知得失。《左传·襄公二十七年》"诗以言志"，其后句为"志诬其上而公怨之，以为宾荣，其能久乎"①。可见，诗歌的社会讽喻早就被诗人以及诗歌评论家们所重视。诗歌的社会功能也可以说是"诗言志"理论的一个侧面。

《毛诗大序》中对于诗歌的社会讽喻、政教主义作用有较为深刻的认识。在论及诗歌的社会功能时，《毛诗大序》中这样写道：

> 情发于声，声成文谓之音，治世之音安以乐，其政和；乱世之音怨以怒，其政乖；亡国之音哀以思，其民困。故正得失，动天地，感鬼神，莫近于诗。先王以是经夫妇，成孝敬，厚人伦，美教化，移风俗。②

《毛诗大序》认为诗歌可以对社会进行讽喻，以此让执政者正得失，而在维持社会秩序、人伦道德等方面也能起重要的作用。这是不折不扣的儒教"兴观群怨"的诗教观。《论语·阳货》中对诗歌的社会功能做出了高度的赞颂，"子曰：'小子，何莫学夫《诗》？《诗》可以兴，可以观，可以群，可以怨，迩之事父，远之事君；多识于鸟兽草木之名'"③。《毛诗大序》的论述正是这种诗学观的体现，而这种诗学观又直接影响着《古今和歌集》的真名序。真名序中在论述诗歌的社会功能时提出：

> 是以逸者其声乐。怨者其吟悲。可以述怀。可以发愤。动天地。感鬼神。化人伦。和夫妇。莫宜于和哥。④

这其中"逸者其声乐。怨者其吟悲"与"治世之音安以乐"、"乱世

---

① 杨伯峻：《春秋左传注》，中华书局，1981年，第1135页。
② 同上，《诗经直解》，第1页。
③ 金良言：《论语译注》，上海古籍出版社，2004年，第211页。
④ 同上，《古今和歌集》，第413页。

之音怨以怒",以及"感鬼神。化人伦。和夫妇"与"动天地,感鬼神"、"经夫妇"、"厚人伦"等惊人一致。另外,"可以述怀。可以发愤"又与"《诗》可以兴,可以观,可以群,可以怨"有异曲同工之妙。而"可以发愤"也深受"发愤著书"的影响。由此可见,真名序中和歌的社会功能论也源于中国古代诗论,而这种儒教的诗学观,正是儒学者们阐释"诗言志"的社会功能论的一个方面。

"诗言志"的诗歌社会功能论不仅影响着真名序的歌论观,也渗透在假名序歌论之中。关于和歌的社会功能,假名序也有类似于真名序的论述:

  力をも入れずして天地を動かし、目に見えぬ鬼神をもあはれと思はせ、男女の中をも和らげ、猛き武士の心をも慰むるは歌なり。

  译文:不假外力,即可动天地、感鬼神、和夫妇、慰武士者,和歌也。

因此,无论是真名序,还是假名序,在论述和歌的社会功能方面都直接受到了"诗言志"诗学观的影响,也都关注到和歌犹如汉诗一样,"以特殊的讽喻方式对社会发生积极的作用"。《古今和歌集》两序,从和歌的发生论、本质论、表现论到社会功能论等方面都深受中国诗论"诗言志"的影响,它全面系统地吸收和引入了"诗言志"的美学思想,为中日诗歌理论的交流做出了不可磨灭的贡献。

二 "心词论"与缘情说

(一)缘情说与《文赋》

"心词论"所主张的诗歌本质源于内心感动的学说,早在中国古代就已经存在。先秦、两汉时期有"物感说",认为"人心之动,物使之然也。感于物而动，故形于声"①。上文提到的《毛诗大序》中也有"情动于中而形于言"的言论。《楚辞》中屈原所作的《惜颂》一文也吟唱道："惜诵以致愍兮，发愤以抒情。"② 然而，首先作为独立的理论提出"缘情"一说的，还是西晋文学家陆机。陆机的著名文学理论论文《文赋》明确提出诗歌"缘情"的观点，强调了诗歌的抒情性、审美性。

  诗缘情而绮靡，赋体物而浏亮。碑披文而相质，诔缠绵而凄怆。铭博约而温润，箴顿挫而清壮。颂优游以彬蔚，论精微而朗畅。奏平彻以闲雅，说炜晔而谲诳。虽区分之在兹，亦禁邪而制放。要辞达而理举，故无取于冗长。③

在《文赋》里，陆机简要说明了"诗、赋、碑、诔、铭、箴、颂、论、奏、说"十种文体的特征及本质，并且将"诗"这一文体置于十种文体的首位，认为诗是因为情感而精妙、华美。从"诗言志"到"诗缘情"，这可以说是将中国诗歌理论又向前推进了一步。"诗言志"的"志"字究竟是何意？"言志"与"缘情"又到底是什么关系？众多学者提出了自己的意见，闻一多、朱自清侧重于阐述"志"的怀抱、志向之意，而当今的很多学者（如上文提到的王文生等人）更倾向于揭示"志"的抒情意义。但无论如何，比起"诗言志"来说，"诗缘情"更加旗帜鲜明地提出诗歌抒情的主张，更加促进了诗歌朝着艺术性、审美性的方向发展。因此说缘情说的出现将中国诗歌理论又向前推进了一步。而纪贯之在《假名序》中阐释的和歌"心词论"与我国西晋时代陆机在《文赋》中提出的"缘情说"有诸多相似之处，这也成为两者进行比较的基础。

---

① 纪晓岚编：《四库全书荟要 经部 礼记注疏》，吉林人民出版社，2002年，第211页。
② 马茂元选注：《楚辞选》，人民文学出版社，1980年，第119页。
③ 陆机著、张怀瑾译注：《文赋译注》，北京出版社，1984年，第29页。

(二)"心词论"的缘情观

西晋陆机明确提出了感情的抒发对于诗歌的重要性,认为诗歌的本质就在于抒情,这强调了诗歌的艺术性、审美性,把诗歌从诗教、"兴观群怨"的儒教政治化、社会化的思想束缚中解放了出来。中国诗论学者在魏晋南北朝以前,主要以秉持儒家思想的孔子、孟子、荀子等思想家为主,诗论染上了政教主义色彩。汉武帝时期,大臣董仲舒建议"罢黜百家、独尊儒术",将儒教、儒学奉为治国方针,在这一背景下,魏晋南北朝初期,魏文帝曹丕在《典论·论文》中提出"文章经国大业"的主张,这是诗言志思想在儒家思想阐释下的产物,它片面强调了诗言志的政治性、社会性、功利性的一面,而忽视了审美性、艺术性的一面。缘情说可以说也是深受诗言志思想的影响,但它发展了其审美性、艺术性的一面,促进了诗歌理论的独立与发展。

日本歌论"心词论"产生于日本平安时代初期,这一时期文学领域的显著特点就是崇拜唐风,汉文学在日本空前繁盛,汉诗文的敕撰集接踵而出。嵯峨天皇的弘仁期,编撰了两部有影响力的汉诗集《凌云集》、《文华秀丽集》,接下来淳和天皇时期受曹丕"文章经国大业"思想的影响,编撰了《经国集》,这几部汉诗集被称为"三大敕撰汉诗集",一度成为唐风一边倒的经典范例。除敕撰集之外,还有如:空海的诗文集《遍照发挥性灵集》及诗学书《文镜秘府论》、菅原道真的《菅家文草》、《菅家后草》、岛田忠臣的《田氏家集》、都良香的《都氏文集》、纪长谷雄的《纪家集》等等。在憧憬唐土思潮的影响下,不用说日本当时的文学、政治体制、法令文书等,就连都城平安京的市街都仿照中国唐朝长安而造,难怪日本文学史上要称这一时代为日本的"国风暗黑时代"。

因此,"心词论"与缘情说所诞生的历史背景在某种意义上说有相似之处。缘情说所诞生的西晋时代以前,儒教政教化思想在诗歌论领域里甚嚣尘上;而与此相对,诞生"心词论"的日本平安初期,唐风崇拜呈压倒趋势,并且这种唐风崇拜中也深深渗透着儒教政教化思想。

在上述历史背景下,可以说"心词论"与缘情说最重要的理论意义就在于革新，这也是两者最突出的类似点。缘情说脱胎于诗言志，但明确地标举了抒情的旗帜。虽然诗言志中的"志"也有研究者指出其中包含感情的意思，但是在西晋以前，诗言志理论一直为儒教思想家、文学理论家所阐述，在他们的影响和解读下，诗言志的"志"字明显带有政教主义色彩，所以后来闻一多和朱自清将这一"志"字解释为"怀抱、志向"，这不无道理。缘情说在理论创新上，敢于革故鼎新，这也使得它具有重要的意义。诗言志思想里虽然也认识到诗歌抒发感情的重要性，但是这种感情依然局限在儒教的伦理观念里面。

> 国史明乎得失之迹，伤人伦之废，哀刑政之苛，吟咏情性，以风其上，达于事变而怀其旧俗也。故变风发乎情，止乎礼义。发乎情，民之性也；止乎礼义，先王之泽也。

《毛诗大序》中"吟咏情性"的"情性"是为了"以风其上"，依旧强调的是诗歌的政治、社会作用，而"发乎情"，还需"止乎礼"，这里"发乎情"虽为人民内心的情感，但不超乎礼仪是受了先王教化的恩泽。可见，即便诗言志的"志"包含情感因素，但是在西晋以前的文学理论思想里，它依旧是受儒教的伦理道德所约束的，不全是真性情的表露。而缘情说直接言及情感，且不带所谓"止乎礼"的约束，更没有提及"怀抱、志向"，这在诗歌论的理论研究领域可以说是开了先河，摆脱了儒教政教化思想的桎梏，为后世的唐诗、宋词，甚至于明清小说的抒情因素的发展奠定了理论基础。

"心词论"也是在日本"国风暗黑时代"因这种汉诗文带来的功利化、政治化思想的影响下提出的和歌理论。"心词论"所诞生的《古今和歌集假名序》及其《古今和歌集》中体现了"心词论"提出者的二元分裂的思想意识。纪贯之是宫廷歌人，在宇多天皇、醍醐天皇等众多势力的支持下，他在和歌的世界里建立了不朽的功勋，因此，纪贯之的歌论不免浸染了君臣一体的思想。正如佐佐木忠慧所指出的"至少在贯之的认识里，奈良时代围绕和歌的君臣一体的状况依旧存在着，这也正是和歌理想状态的表露。"① 并且作为第一部敕撰和歌集的《古今和歌集》，政治化思想的渗透也是不可避免的。君臣一体的政教主义思想与上文所述的诗言志的"志"的政治性、功利性的一面密切相关。这可以说是《古今和歌集》及贯之歌论的"公的一面"。

然而，另一方面，"心词论"也明显体现了纪贯之歌论的另一个侧面。"心词论"所诞生的《假名序》较《真名序》的明显不同就是政教思想的淡化与诗歌审美意识的加强。我们再次比较《毛诗大序》与《真名序》和《假名序》的细微区别，也许可以窥见一斑。

○ 治世之音安以楽、<u>其政和</u>。乱世之音怨以怒、<u>其政乖</u>。亡国之音哀以思、其民困。<u>故正得失</u>、動天地、感鬼神、莫近於詩。先王以是経夫婦、<u>成孝敬</u>、<u>厚人倫</u>、<u>美教化</u>、<u>移風俗</u>。（『毛詩大序』）

○ 是以逸者其声楽。怨者其吟悲。可以述懐。可以発憤。動天地。感鬼神。<u>化人倫</u>。和夫婦。莫宜於和哥。（『古今集序真名序』）

○ 力も入れずして天地を動かし、目に見えぬ鬼神をもあはれと思はせ、男女の中をも和らげ、<u>猛き武士の</u>心をも慰むるは歌なり。（『古今集仮名序』）

虽然一般认为《真名序》多处是从《毛诗大序》中直译过来的，但是划线部分的"其政和""其政乖""正得失""成孝敬""美教化""移风俗"等语句还是没有被移植过去。《真名序》基本的出发点是《毛诗大序》，但是关于诗歌的功用论中诗歌与政治关系的露骨描述，《真名序》多少有些舍弃。到了《假名序》中，仅保留了"动天地""感鬼神""经

---

① 佐佐木忠慧：《紀貫之の歌論》，《宮崎学院女子大学研究論文集》，1973年，第5页。

夫妇"部分，可见，其淡化政教思想的意图。《古今和歌集》作为敕撰和歌集的同时，也包含着作为个体撰者的思想，"兼有由天皇的命令而编撰的国家事业的一面和由四名编撰者进行选歌的一面"[①]，这种二重性格正是"心词论"中反映的二元分裂。而《假名序》中的"私的方面"的性格也许就是日本著名国文学研究者荻谷朴所说的"新しい趣向"[②]。

"公的方面"与"私的方面"是《古今和歌集》及贯之歌论的两个方面，也是"心词论"中所表现的二元分裂的性格。如果说诗歌的社会性受中国诗论——诗言志思想的影响的话，那么旗帜鲜明地提出和歌的本质在于内心的感情，则可以说与缘情说有着惊人的相似之处。在论述诗歌感情的发生论时，"心词论"也与缘情说不谋而合。陆机《文赋》论及感情的发生过程提到：

遵四时以叹逝，瞻万物而思纷。悲落叶于劲秋，喜柔条于芳春。

诗人的感情借助"落叶""柔条"这些外部的客观世界展现出来，在陆机看来，诗歌正是客观的外部世界与主观的精神世界相互作用的结果。四季的迁移，秋风落叶，新绿柔条，这些客观的世界在寄寓了诗人的情感后，通过笔尖展现在读者面前。关于诗歌的发生，缘情说作了详细的阐述，而在《古今和歌集序》中也有如下描述：

世の中にある人、ことわざ繁きものなれば、心に思ふことを、見るのも聞くものにつけて、言ひ出せるなり。花に鳴く鶯、水に住む蛙の声を聞けば、生きとし生けるもの、いづれか歌をよまざりける。

---

① 増田繁夫：《古今和歌集の勅撰性——和歌と政治・社会・論理》，《日本文学研究資料叢書 古今和歌集》，有精堂，197年，第31页。
② 荻谷朴：《紀貫之の歌論》，《国文学 解釈と教材の研究》，1958年，第35页。

"心词论"出典《假名序》的上述"心に思ふことを、見るもの聞くものにつけて、言ひ出せるなり"表明和歌是歌人将心中的所思所想寄托于外部的所见所闻而吟咏出的,这给平安时代的美学意识"物哀"的出现奠定了基础。并且在《假名序》的后文中,纪贯之进一步论述道:

古の代々の帝、春の花の朝、秋の月の夜ごとに、さぶらふ人々を招して、事につけつつ歌を奉らしめたまふ。

歌人的情感寄托在"春花""秋月"这些客观世界的所见所闻之上,通过客观与主观的调和,形成一种独特的审美情趣,这与陆机的观点如出一辙。因此,可以说在诗歌的发生论上,缘情说与"心词论"都主张"情动于中而形于言"的"托物寄思"的观点。"心词论"与缘情说旗帜鲜明地提出诗歌的抒情性、审美性,将诗歌理论的发展引到艺术性的轨道上来,摆脱政教主义思想的束缚,给中日两国诗歌理论带来了一股新风,开辟了一个新的局面,并且在诗歌的发生论上都坚持"托物寄思"的观点,给两国后世诗歌论的发展带来了深远的影响,成为两国诗歌理论史上的重要观点,具有重要的意义。

参考文献

白居易:《白居易集(第三册)》,中华书局1979版。

陈子展校注:《诗经直解》,复旦大学出版社1983版。

郝树亮:《关于诗言志的再认识》,见清华大学学报(哲学社会科学版)1995年第2期。

纪晓岚:《四库全书荟要 经部 礼记注疏》,吉林人民出版社2002版。

金良言:《论语译注》,上海古籍出版社2004版。

陆机著,张怀谨译注:《文赋译注》,北京出版社1984版。

马茂元选注:《楚辞选》,人民文学出版社1980版。

王文生:《释"志"——"诗言志"诠之一》,见《文艺理论研究》,2009年第3期。

王文生：《释"言"——"诗言志"诠之二："言"是表现而不是模仿》，见《文艺理论研究》，1984年第5期。

杨伯峻：《春秋左传注》，中华书局1981年版。

朱自清：《诗言志辨》，广西师范大学出版社，2004年版。

[美]华兹华斯著，曹葆华译：《抒情歌谣集》，"序言"，见刘若端编：《十九世纪英国诗人论诗》，人民文学出版社，1984年版。

坂本太郎、家永三郎等校注：《日本古典文学大系67 日本書紀（上）》，岩波书店1967年。

倉野憲治、武田祐吉（校注）：《日本古典文学大系1 古事記 祝词》，岩波书店1958年。

実方清：《文芸理論における心詞論（二）——中古歌論における展开」》，见《日本文芸研究》，1983（2）。

実方清：《文芸理論における心詞論（一）——その成立と展开》，见《日本文芸研究》，1982（3）。

渡边泰：《古今和歌集の典拠について》，见《福冈学芸大学紀要》，1954（3）。

冈田诚一：《日本短歌论》，教育出版センター1974年版。

萩谷朴：《紀貫之の歌論》，见《国文学 解釈と教材の研究》，1958（7）。

藤原滨成：《日本歌学大系（第一卷）》，風间书店1958年版。

小沢正夫（校注訳）：《古今和歌集》，小学馆1971年版。

增田繁夫：《古今和歌集の勅撰性——和歌と政治·社会·论理》，见日本文学研究资料刊行会编：《日本文学研究资料叢書 古今和歌集》，有精堂1979年版。

佐佐木忠慧：《紀貫之の歌論》，见《宫崎学院女子大学研究论文集》，1973（1）。

作者简介

占才成，天津外国语大学日语语言文学专业硕士，南开大学在读博士。

虎关师炼《诗话》中的"美"与"善"

安　娜

虎关师炼（1278—1346）是活跃在日本镰仓（1192—1333）末期至南北朝（1336—1392）期间的临济宗高僧，博学多才，被誉为五山文学的先驱者，与绝海中津、义堂周信并称为"五山三杰"。其所著《诗话》是日本文学史上第一部以"诗话"命名的汉诗论，由内容互不相关的诗歌评论条目连缀而成，总三十则，包括对李白、杜甫、王维、韩愈、白居易、苏轼、黄庭坚、杨万里等二十余名唐宋诗人及诗的评价，对杜甫诗注的考证，论及孔子、唐玄宗、宋僧诗偈等内容。尽管虎关师炼在《诗话》中引用了大量中国宋代诗话中关于中国唐宋诗人与作品的评论，但并没有人云亦云，完全模仿，而是对许多问题阐述了自己的独特见解。其所表现出的诗学思想并非完全正确，但虎关师炼敢于阐述自己观点的文学批评精神对日本后世诗话产生了很大影响。作为日本中世唯一一部诗话，其学术价值和史料价值不可忽视。

虎关师炼的《诗话》论及其诗学思想中"理"、"醇"、"美"、"善""志"、"性情""雅正"七个重要要素中，关于"美"和"善"的论述非常详尽。《诗话》第21条中，有以下论述：

咸平间，林和靖卧孤山，有梅花八咏①。欧阳文忠公称赏其"疏影横斜水清浅，暗香浮动月黄昏"②之句。山谷云："'雪后园林绕半树，水边篱落忽横枝'③、似胜前句。不知文忠公何缘弃此而赏彼？文章大概亦如女色，好恶系于人"。予谓二联美则美矣，不能无疵。客云："何也？"曰："横斜之疏影，实清水之所写也。浮动之暗香，宁昏月之所关乎？又雪后半树者，形似也。水边横枝者，实事也。二联上下二句皆不纯矣"。客云："诸家诗多如此，何责之者深耶？"曰："诸家皆放过一著者也。二公采林诗为绝唱，我只以其尽美矣，未尽善矣言之耳"。《古今诗话》④曰："梅圣俞爱严维⑤诗。有云："柳塘春水慢，花坞夕阳迟"⑥善矣。夕阳迟则系花，而春水慢不系柳也。如杜甫诗云：'深山催短景，乔木易高风'，此了无瑕类。如是，诗评为尽美尽善也"。客曰："雪后半树，亦可为实事"。曰："尔。形似句好，实事句卑。读者详之"。⑦

此条中首先描述了欧阳修对林逋（967 - 1028）"疏影横斜水清浅，暗香浮动月黄昏"两句诗的称赞，接着则是黄庭坚认为林逋"雪后园林才半树，水边篱落忽横技"这两句更好。对于二人的评论，虎关师炼评价为"二联美则美矣，不能无疵"，认为这两联虽"美"，却有瑕疵。而后提出自己的见解，认为林逋之诗"只以其尽美也，未尽善也"。又以

---

① 林逋（967—1028），字林和靖。北宋隐逸诗人。元·方回（1227—1305）《瀛奎律髓》卷二十"梅花类"中引用了林逋的梅花八首，评论到："和靖梅花七律八首，前辈以为'孤山八梅'"。
② 林逋《山园小梅》。
③ 林逋《梅花》二首之一。
④ 《古今诗话》，卷数不详，原本遗失。《宋史》卷二百九艺文志〈集类文史类〉中记录到《古今诗话录》七十卷，作者李颀，一般认为这就是《古今诗话》。
⑤ 底本的《五山文学全集》中写作"玉维"，庆安三年刊本和《日本诗话丛书》中写作"王维"，但由于《六一诗话》等宋代诗话中都写作"严维"，故改为"严维"。下同。严维，约756年左右在世，唐朝诗人。
⑥ 《酬刘员外见寄》，《全唐诗》卷二百六十三。
⑦ 《诗话》第21条，《五山文学全集》第一卷，第236页。

《古今诗话》中的诗论为例,针对李颀就杜甫"深山催短景,乔木易高风"这两句诗作出的"了无瑕类"的评论,提出自己的更高评价,认为"像(深山催短景,乔木易高风)这样的(诗),应为'尽美尽善'"。

"尽美尽善"一词首次出现在《论语》"八佾"中①。其后,唐太宗李世民(599—649)赞赏晋代书法家王羲之(303?—361?)时说到"所以详查古今,研精篆术,尽美尽善,其惟王逸少乎?"②而"美"和"善"作为诗学理论中的重要概念,含有丰富的内涵。

首先,关于"美",南朝梁钟嵘(468?—518)就很重视"清"之美,在《诗品》中论及从汉代到齐、梁时代诗之美时,几乎全部用了"清"字③。唐代杜甫认为融合了诗的思想美和形式韵律美的诗才能称为好诗。他尊重意兴意象的"飞动"美,追求意兴与意象浑然一体的美④。而韩愈则尊崇气势之美和险怪之美,诗文中表现了"雄"、"奇"、"险"、"怪"各自的美及其融合的美⑤。到了宋代,追求"平淡"之美的诗人愈加增多。而虎关师炼所主张的"美",可以从他对林逋之诗作出的诗评中看出。

林逋为宋代隐逸诗人,其以梅为妻、以鹤为子的典故广为人知。其"疏影横斜水清浅,暗香浮动月黄昏"巧妙地描写了梅花的清幽之美,被誉为是赞美梅花的绝佳之句,被历代为人所欣赏。

在黄庭坚《山谷集》卷二十六"书林和靖诗"中,有这么一段话:

> 欧阳文忠公极赏林和靖"疏影横斜水清浅,暗香浮动月黄昏"之句。而不知林和靖别有《咏梅》一联云"雪后园林绕半树,水边篱落忽横枝",似胜前句。不知文忠公何缘弃此而赏彼?文章大概亦如女色,好恶系于人。

---

① 《论语》"八佾":"子谓《韶》,尽美矣,又尽也。谓《武》,尽美矣,未尽善也。"
② 《王羲之传·赞》,见《晋书》卷八十。
③ 陈良运:《中国诗学批评史》第六章"第一部诗论专著——诗品",第153—154页。
④ 陈良运:《中国诗学批评史》第十章"政教与审美结合的现实主义诗论",第239页。
⑤ 同上,第253页。

虎关师炼《诗话》中的叙述此内容与大体相同。

另外，《苕溪渔隐丛话》前集卷二十七"林和靖"中也有如下内容①：

> 山谷曰："欧阳文忠公极赏林和靖'疏影横斜水清浅，暗香浮动月黄昏'之句。而不知林和靖别有咏梅一联云'雪后园林绕半树，水边篱落忽横枝'，似胜前句。不知文忠公何缘弃此而赏彼？文章大概亦如女色，好恶止系于人"。苕溪渔隐曰："王直方②又爱和靖'池水倒窥疏影动，屋檐斜入一枝低'"③，以谓此句于前所称，真可处伯仲之间。余观此句，略无佳处，直方何为喜之？真所谓一解不如一解也。

在此段叙述中，欧阳修赞赏了林和靖"疏影横斜水清浅，暗香浮动月黄昏"这两句诗，黄庭坚则认为"雪后园林才半树，水边篱落忽横枝"两句更胜一筹。但相对于"疏影横斜水清浅，暗香浮动月黄昏"，王直方却比较喜欢"池水倒窥疏影动，屋檐斜入一枝低"。但王直方所喜欢的这两句在《苕溪渔隐丛话》的编者看来，略无佳处。此段话中提到的三首诗都是林和靖所写的梅花诗，但是欧阳修、黄庭坚、王直方、苕溪渔隐编者四人的见解却完全不同。正如黄庭坚所说的那样，文章就如女色一般，每个人的喜好都不同。

对于林逋的诗，虎关师炼通过自己与客人的对话表明了与欧阳修、黄庭坚不同的看法。即：

---

① 《诗人玉屑》卷十七"西湖处士"、《诗话总龟》后集卷二十八"咏物门"中均有相同的内容。
② 王直方（约1055—1105）江西派诗人，著有《王直方诗话》。
③ 林逋《梅花》二首之二。

二联美则美矣，不能无疵。①

　　横斜之疏影，实清水之所写也。浮动之暗香，宁昏月之所关乎？又雪后半树者，形似也。水边横枝者，实事也。二联上下二句皆不纯矣。②

　　二公采林诗为绝唱，我只以其尽美矣，未尽善矣言之耳。③

在虎关师炼看来，这两联虽然都写得很美，但仍有缺点。横生着的或是倾斜着的梅花树枝之倒影确实是映在清澈的河流中，但洋溢着的梅花香味却和昏暗的月光没有关系。另外，下雪之后，树枝被白雪遮挡，只显现出一半的样子，这种表现方法是"形似"。在水的旁边横生着的树枝却描写的是"实事"（描写树枝真实的形状），前一句是描写形似的句子，而后一句是描写实事的句子，所以虎关师炼在分析了林逋的四句诗之后，得出的结论就是这两联的前句和后句不纯。它们虽然都把景色描写得很美，可称之为"尽美"，但并不能说是"尽善"。

笔者认为，实际上，"疏影横斜水清浅，暗香浮动月黄昏"这两句中，前一句描写的是梅花树枝倒影这一事实存在的事物，而后一句描写的是似乎从哪里有香味漂浮过来的一种清幽的意境。前一句是写"实"，后一句是写"虚"，虚实不一致，有欠平衡，所以虎关师炼才会评价这两句为"不纯"的。

最后，虎关师炼以"形似句好，实事句卑"总结了自己的观点。也就是说，"形似"（形态相似，但并不是描写实物，只是描写出了和实际的形态大体相同、相似）的诗句好，而着实描写实物本身的诗句并不好。这里出现的"形似"是诗学的批评用语，在刘勰的《文心雕龙 物色》中曾有：

---

① 《诗话》第 21 条，《五山文学全集》第一卷，第 236 页。
② 同上。
③ 同上。

自近代以来，<u>文贵形似</u>，窥情风景之上，钻貌草木之中。

指的是在描写风景之时，贵在采用"形似"的语言。由此可见，虎关师炼评价"形似"的句子好，可能是他本人也在追求"形似"的美感。

"善"是"好"的意思，在诗学思想中有丰富的涵义。在宋代葛立方的《韵语阳秋》卷一①中，有

李白云："清水出芙蓉，天然去雕饰"。<u>平淡而天然处，则善矣</u>。

认为"善"的意思就是平淡且天然。

此外，在《六一诗话》的叙述中，梅尧臣说道：

诗家虽率意，而造语亦难。若意新语工，得前人所未道者，斯为善也。

论述了"善"的含义。梅尧臣所说的"善"，指的是将先人无法描述出的意境用"工（巧妙）"的语言描述出来，从而得到一种新的意境。而虎关师炼所认为的"善"需要通过他所认为"善"的诗句来分析。

大历十二年（777年），刘长卿（709－约780）被贬为睦州司马，心中充满怨愤，诗友严维听闻他的境遇之后，作了一首《酬刘员外见寄》，借以鼓励他。诗中，'柳塘春水慢，花坞夕阳迟'这两句为写景的诗句，描写了江南水乡的美丽风景，鼓励刘长卿应该在这样美丽的江南土地上转换自己的心情。诗句中的"柳塘"描写的是睦州的风景，"花坞"则指的是花田的美丽。对于这两句，诗论家们的看法不一。

首先，先看《六一诗话》中，梅尧臣对于严维"柳塘春水慢，花坞夕阳迟"这两句诗的评价。

---

① 《诗人玉屑》卷十"平淡 先组丽而后平淡"中记录了相同的内容。

圣俞常语予曰:"诗家虽率意,而造语亦难。<u>若意新语工,得前人所未道者,斯为善也</u>。必能状难写之景,如在目前,含不尽之意。见于言外,然后为至矣。……"严维'柳塘春水慢,花坞夕阳迟',则天容时态、融合骀荡,岂不如在目前乎。

正如刚才所述,梅尧臣所说的"善",指的是将先人无法描述出的意境用"工(巧妙)"的语言描述出来,从而得到一种新的意境。但是关于"美",他并没有论及。而对于严维的"柳塘春水慢,花坞夕阳迟"这两句,梅尧臣评价为"则天容时态、融合骀荡,岂不如在目前乎",认为它将风景描写得如同浮现在眼前一般,但并没有直接评价为"善"。

在《诗话总龟》前集卷五所引的《古今诗话》中,写到:

梅圣俞爱严维诗。有"柳塘春水慢,花坞夕阳迟"善矣。夕阳迟则系花,而春水慢不系柳也。如杜甫诗"深山催短景,乔木易高风",此了无瑕类。……如此等句,含蓄深矣,殆不可模仿。

这段话中记录了梅尧臣喜欢严维诗这件事。但是后面评价严维的"柳塘春水慢,花坞夕阳迟"这两句"善矣"的人,并不是梅尧臣,而是《古今诗话》的作者李颀。

此外,刘攽(1023—1089)和胡仔都对"柳塘春水慢,花坞夕阳迟"这两句诗发表了自己的见解。在《苕溪渔隐丛话》前集卷二十"严维"[①]中,记载着:

《六一居士诗话》云:"圣俞谓予曰:'严维诗'柳塘春水慢,花坞夕阳迟'。则天容时态、融合骀荡、如在目前'"。又刘贡父《诗

[①] 《诗人玉屑》卷十一"细较诗病"中记录了相同的内容。

话》云:"此一联细细较之,夕阳迟则系花,春水慢不须柳也。"苕溪渔隐曰:"春水慢不须柳,此真确论。但夕阳迟则系花,此论殊非是。盖夕阳迟乃系于坞,初不系花。以此言之,则春水慢不必柳塘,夕阳迟岂独花坞哉?"

这段评论中,刘攽认为夕阳的迟来可以与花相对应,而春水的迟来则和柳树对应不上。

胡仔的说法则和刘攽不同。春水迟来的确是和柳树没有什么联系,但是要说夕阳的迟来和花有联系却不对。夕阳的迟来对应的是"坞",初句与花并没有什么联系。如此一来,既然春水的迟来不一定与"柳塘"相对应,那么夕阳的迟来为什么就只对应"花坞"呢?

刘攽与胡仔都是就诗句中词语是否对应进行评价,并没有直接评价严维的"柳塘春水慢,花坞夕阳迟"这两句诗是否为"善",仅仅是表述了自己的看法而已。从虎关师炼直接引用李颀《古今诗话》中的"梅圣俞爱严维诗,有云'柳塘春水慢,花坞夕阳迟',善矣",且没有表达反对意见,可以推测虎关师炼是赞成李颀的说法,认为这两句是可称为"善"的。

将上述内容归纳起来,总结出虎关师炼所提倡的"善",实际上就是梅尧臣所说的用"工(巧妙)"的语言来描写景色,达到前人所不能达到的新意境。尽"善"之诗,能够给予读者眼前有美不胜收之景色的感受。

《古今诗话》中,李颀在评价完严维的诗后,马上对杜甫的诗进行了评价:

如杜甫诗云:"深山催短景、乔木易高风"[1]、此了无瑕类。……如此等句,含蓄深矣,殆不可模仿。

---

[1] 杜甫(712—770)《向夕》。

另外,《苕溪渔隐丛话》卷二十,《诗人玉屑》卷十七中,也直接引用了李颀对于杜甫诗的评价:

如杜甫诗云:"深山催短景,乔木易高风",此了无瑕类。

除此之外,关于杜甫"深山催短景,乔木易高风"的这两句诗,《集千家注分类杜工部诗》卷十一中叙述到:

洙曰:"啸赋清飚,振乎乔木"。苏曰:"乔木易得高风"。余曰:"《古今诗话》云:'如此一句,了无瑕类。含蓄深,殆不可模仿'。"

《集千家注杜工部诗集》卷十八中,也评价到:"意境静圆"。
而清代的仇兆鳌在《杜诗详注》卷二十中,引用了黄生(《杜诗说》卷七)和王嗣奭(《杜臆》)的说法,

黄生曰:"此诗伤客居寥落,情寓景中。三、四衰疾之悲"。……《杜臆》:"冬日苦短,深山蔽之,其晷更促。岁寒多风,乔木惹之,其声益悲。"

解说道《向夕》这首诗将人物客居寥落的伤悲之情寄寓于寒冬的景色之中。而"深山催短景,乔木易高风"这两句诗更加表现出了衰疾之悲。

清代的纪昀在《瀛奎律髓刊误》卷十五中说道:

山深则障日,树高则招风。眼前景写来真切。惜后半稍弱。一"同"字连人嵌入、末二句始不突然①。

---

① 元·方回《瀛奎律髓》卷十五"暮夜类",诸伟奇、胡益民点校,第302页。

说明了这两句诗中"山"的深幽和"日"相对应,"树"的高与"风"相对应,将杜甫描写的景色以"真切"来评价。迄今为止,这两句诗的构想就如《古今诗话》中所写的那样蕴含了深刻的涵义和韵味,令他人无法模仿。

尊崇杜甫是宋代诗坛的一个重要倾向。王安石、黄庭坚等人都十分喜爱杜甫的诗,胡仔、张戒等诗评家也高度评价杜甫的诗。可以说,对杜甫的崇拜实际上是宋朝诗话最基本的特色之一①。受到宋代诗话影响,日本五山禅林的禅僧们对杜甫也是给予了高度的评价。虎关师炼在《诗话》中称杜甫为"上才"②,并且在《诗话》第9条至第12条中评论了杜甫的四首诗。在虎关师炼《诗话》中,用四条内容来对特定的一个诗人或是诗进行评价的,仅杜甫一位。虎关师炼在宋代诗论家对其作出的"了无瑕类",即完美无瑕的评价的基础上,做出了更高的评价:

如是,诗评为尽美尽善也。③

认为杜甫的"深山催短景,乔木易高风"这两句诗表达了一种极佳的境地,可称为是"尽美尽善"。

相对于对杜甫的高度评价,虎关师炼对于晋代田园诗人陶渊明却做出了极为苛刻的评价。

或问:"陶渊明为诗人之宗④。实诸?"曰:"尔"。"尽善尽美乎?"曰:"未也"。"其事若何?"曰:"诗格万端。陶氏只长冲澹而已,岂尽美哉?"盖文辞施于野旅穷寒者易,敷于官阁富盛者难。元

---

① 芳贺幸四郎:《中世禅林の学問および文学に関する研究》,思文阁,1981年,第320页。
② 《诗话》第26条,《五山文学全集》第一卷,第239页。
③ 《诗话》第21条,《五山文学全集》第一卷,第236页。
④ 梁·钟嵘《诗品》中品"宋徵士陶潜"。

亮者，衰晋之介士也。故其诗清淡朴质只为长一格也，不可言全才矣。①

陶渊明（365？—427），是东晋末期著名的田园诗人。他的诗表现出了对于黑暗官场和世俗社会的厌恶，诗风朴素自然，用词巧妙，因此在中国诗坛获得极高评价。尤其是南朝的钟嵘（468？—518）就评价他为"古今隐逸诗人之宗"。在中国，后代诗人们对陶渊明极度崇拜，经常模仿他的诗风来进行创作。但是，虎关师炼却没有像中国的文人一样崇敬他，反而对其进行了严厉批判。在虎关师炼看来，诗格有很多，陶渊明只是擅长了其中的一格"冲澹"，因此他的诗并不能说是"尽美"。虎关师炼认为，诗人在旅居偏僻之地，生活困苦之时能够作出优秀的诗，但为官之后，过着富贵奢华的生活时却作不出好诗。陶渊明作为晋代衰败时期的一位高风亮节之士，他的诗只能说是擅长"清淡朴质"的风格，但他本人并不能说是一个全才。

虎关师炼主张的"美"是"形似"的美，"善"是指用"工（巧妙）"的语言来表现深刻的意境。所以陶渊明的诗中只表现出"冲澹"之感，并没有达到虎关师炼所提倡的"美"和"善"，所以虎关师炼便将他的诗评价为"未尽美尽善"。

除了没有给陶渊明的诗很高的评价之外，虎关师炼对于陶渊明的辞官隐居行为也进行了批判。

又元亮之行，吾犹有议焉。为彭泽令，才数十日而去，是为傲吏。岂大贤之举乎？何也？东晋之末，朝政颠覆，况僻县乎？其官吏可测矣，元亮宁不先识哉？不受印已，受则令彭泽民见仁风于已绝，闻德教于久亡，岂不伟乎哉？夫一县清而一郡学焉。一郡学而一国易教焉。何知天下四海不渐于化乎？不思此而挟其傲狭，区区

---

① 《诗话》第6条，《五山文学全集》第一卷，第229页。

较人品之崇庳，竞年齿之多寡。俄尔而去，其胸怀可见矣。后世闻道者鲜矣，却以俄去为元亮之高，不充一莞①矣。若言小县不足为政者非也。宓子之在单父也，讬五弦而致和焉②。滕文公之行仁也，来陈相于楚矣③。七国之时，滕为小国，鲁国之内，单父为僻县。然而大贤之为政也，不言小矣。况孔子为委吏矣，为乘田矣，为计当而已，牛羊遂而已④。潜也何不复邪？晋之衰也，为政者易矣。盖渴人易为饮也。我恐元亮善于斯，自一彭泽推而上于朝者，宁有卯金之篡⑤乎？夫守洁于身者易矣。行和于邦者难矣。潜也可谓介洁冲朴之士，非大贤矣。其诗如其人。先辈之称潜也，于行贵介，于诗贵淡。后学不委。随语而转以为全才也。故我详考行事合于诗云。⑥

这段话中，对于陶渊明身为彭泽县令，上任数十天后便辞官而去的行为，虎关师炼给予的评价是陶渊明只能称为"傲吏"，并不能称为贤人。其理由如下：

东晋末年，朝局混乱，每个官吏对于这个状况都是心知肚明的，作为彭泽县令的陶渊明理应早就知晓。既然已经接受了县令的官印，就应当在彭泽县实施贤政，让百姓看到早已丧失的仁风，受到久未体验的教化，这样岂不是很伟大？可陶渊明并没有考虑到这些，绝然辞官，解甲归田。从这样的行为就可以看出他的心中并没有装下黎民百姓。所以，虽然后人都对陶渊明的傲骨称赞不已，虎关师炼却并不赞同。

接着，虎关师炼又以宓子、滕文公、孔子的典故为例，说明即使是

---

① 底本中为"筦"，因语义不通，改为"莞"。
② 西汉·刘向（约前77—约前6）：《说苑》卷七"政理"。宓子，宓不齐（公元前521—？年），春秋末期鲁国人。字宓子贱。孔子学生。曾任单父宰相。事见《论语·公冶长》、《吕氏春秋·查贤》。
③ 《孟子》"滕文公章句上"。
④ 韩愈《争臣论》。
⑤ 元熙二年（420年），刘裕（363年4月—422，南北朝宋朝的第一位皇帝）强迫司马德文禅位，自立为帝。东晋灭亡，中国进入南北朝时期。
⑥ 《诗话》第6条，《五山文学全集》第一卷，229—230页。

在偏僻小地，只要施行了仁政，就会取得好的政绩。在虎关师炼看来，东晋末年的朝政腐败，更有利于官吏施行仁政。如果陶渊明施行德政，就有可能从一个小小的彭泽县令晋升为朝廷重臣。这样一来，就不会发生后来的"卯金之篡"，刘裕也就不会当上南北朝、宋朝皇帝。人为自己守节容易，治国却很难。所以陶渊明只能说是一个高洁朴素之人，却不能称之为贤人。他的诗也和他的为人一样。前人称赞陶渊明，是认为他行为高尚，写诗清淡，后来人们却由此转而称他为"全才"。对此，虎关师炼不以为然，便对他的行为进行考证，然后提出了不同的见解。

在日本的其它诗话中，也能看到对于陶渊明的批判。关于中日两国文人对于陶渊明的不同评价，祁晓明指出，这是因为在中国，以隐逸诗为"雅"，以"应制"、"台阁"诗为"俗"。而日本恰恰相反，以朝廷官僚中的典雅诗风为"雅"，以隐逸者的朴素平淡的诗风为"俗"。此外，祁晓明还指出，陶渊明隐逸到桃花源去，是为了逃避当时的政治纷争所采取的一种明智的处世方法，但对于崇尚君权的虎关师炼来说这是不能接受的。①

虎关师炼的这种见解和中国文人对于陶渊明的崇拜形成了强烈对比。对于陶渊明不为五斗米折腰的崇高气节，千百年来中国的文坛给予了极高荣誉和赞赏。虎关师炼没有追随这些，而是敢于说出自己的见解，对他作为一名官吏不实行仁政，反而索性辞官的行为进行了严厉批判。由此可见，虎关师炼在评论一个诗人是否是一个好诗人时，不仅会评论他的诗，还会重视他的人格和行为。这种方法，很像中国诗评中"论诗及事"的评论方法。同时，虎关师炼一直主张陶渊明应该在彭泽施行仁政，教化百姓，与他身为五山诗人身在禅林却心系朝政是不无关联的。

综上可知，虎关师炼所提倡的"美"指"形似"之美，"善"指用"工（巧妙）"的语言表现新的意境。这些诗论虽然并不能完全代表当时的日本中世文学思想，但却能反映出其中一个方面。

---

① 祁晓明《日本诗话中的陶渊明论——虎关师炼对陶渊明的批判》。

参考文献

蔡芸翔、田志刚:《胡仔诗话》、《宋诗话全编》第四册,江苏古籍出版社1998版。

陈良运:《中国诗学体系论》,中国社会科学出版社1992版。

陈良运:《中国诗学批评史》,江西人民出版社1995版。

房玄龄等:《晋书》,中华书局1974版。

郭信和、蒋凡:《李颀诗话》、《宋诗话全编》第二册,江苏古籍出版社1998版。

郭绍虞:《宋诗话辑佚》(上、下),中华书局1980版。

胡仔(宋)《苕溪渔隐丛话》,文渊阁四库全书。

黄庭坚(宋)《山谷集》,文渊阁四库全书。

欧阳修(宋)《六一诗话》,文渊阁四库全书。

阮阅(宋)《诗话总龟》,文渊阁四库全书。

沙岑:《张戒诗话》、《宋诗话全编》第三册,江苏古籍出版社1998版。

魏庆之(宋):《诗人玉屑》,世界书局1992版。

吴贤泽:《许顗诗话》、《宋诗话全编》第二册,江苏古籍出版社1998版。

吴淑钿:《近代宋诗派诗论研究》,文津出版社1996版。

萧华荣:《中国诗学思想史》,华东师范大学出版社1996版。

许顗(宋)《许彦周诗话》,文渊阁四库全书。

张伯伟:《全唐五代诗格校考》,陕西人民教育出版社1996版。

张伯伟:《中国古代文学批评方法研究》,中华书局2002版。

张思齐:《中国诗学丛书宋代诗学》,湖南人民出版社2000版。

张毅:《中国文学思想通史宋代文学思想史》,中华书局1995版。

祝穆:《新编古今事文类聚一》,景明万历甲辰金谿唐富春精校补遗重刻本中文1584年出版。

北村澤吉:《五山文学史稿》,冨山房1942版。

池田四郎次郎:《日本詩話叢書》,文会堂书店1921版。

船津富彦:《中国詩話の研究》,八雲書房1977版。

芳賀幸四郎:《中世禅林の学問および文学に関する研究》,思文阁1981版。

芳賀幸四郎:《中世文化とその基盤》,思文阁1981版。

虎関師錬:《済北集》(卷十一),鵞軒文庫慶安三年刊本(国立国会図書館蔵)

1650 版。

門脇広文：《中国古典新書続編 23 二十四詩品》，明徳出版社 2000 版。

久松潜一：《虎関師錬の詩観—文学評論史考—》，《国語と国文学》第二十二卷第十二（九—十二月合併号），至文堂 1945 版。

久松潜一：《増補新版日本文学史中世》，至文堂 1977 版。

久須本文雄：《虎関師錬の中国文学観》，花園大学内禅文化科研究所《禅文化研究所紀要》1980 年十二号。

祁曉明：《日本詩話における陶淵明論について虎関師錬の陶淵明批判》，《大阪大学言語文化学》2003 年 Vol. 12。

齋藤晌：《漢詩大系第七卷唐詩選（上、下）》，集英社 1965 年版。

千坂嶬峰：《五山文学の世界虎関師錬と中厳円月を中心に》，白帝社 2002 年版。

日比野純二：《《済北集》卷十一《詩話》について》，中世文学会《中世文学》二十三号 1979。

上村観光：《五山詩僧伝》，民友社 1913 版。

上村観光：《五山文学全集第一卷》，思文閣 1992 版。

松浦友久：《陶淵明・白居易論——抒情と説理》，研文出版 2004 版。

《集千家注杜工部詩集（上下）》，《天理図書館善本叢書漢籍之部》第三卷，八木書店 1981 版。

《国訳三体詩》，国訳漢文大成文学部第六卷，国民文庫刊行会 1924 版。

蔭木英雄：《中世禅林詩史》，笠間書店 1995 版。

玉村竹二：《五山文学》，至文堂 1955 版。

玉村竹二：《五山詩僧》，《日本の禅語録》第八卷，講談社 1978 版。

玉村竹二：《五山禅僧伝記集成》新装版，思文閣 2003 版。

猪口篤志：《中国歴代漢詩選》，右文書院 2007 版。

作者简介

安娜，天津外国语大学教育技术与实验室管理中心，教师。

绝海中津汉诗的古典意韵

朱雯瑛

起源于镰仓,繁盛于室町,衰落于江户时代的五山文学,因其作者作品数量众多,影响时间长久、范围广泛,而成为日本汉文学史上令人叹为观止的高峰。而五山文学之高峰当属有着"五山文学双璧"之称的义堂周信与绝海中津。绝海精于汉诗,被后辈禅僧们尊称为"诗祖",其缔造了五山汉诗最精粹的部分,将五山文学推向鼎盛,堪称五山文学第一人。江户时代著名汉文学家江村北海在《日本诗史》中赞誉道"绝海诗非但古昔中世无敌手也。虽近时诸名,恐弃甲宵遁①"。绝海中津留于后世的诗文集《蕉坚稿》中有诗 165 首,为后世诗文之范本。日本近代大文豪夏目漱石写有《题自画》一诗"机上蕉坚稿,门前碧玉竿",表达对绝海诗作的喜爱。中国明代僧录左善世道衍在《蕉坚稿》的序中赞道"故禅师得诗之体裁,清婉峭雅",明僧古春如兰在跋中赞道:"今观蕉坚稿,乃知绝海得益于全室为多。其游于中州也,观山水之壮丽,人物之繁盛,登高俯深,感今怀古。及与硕师唱和,一寓于诗。虽吾中州之士老于文学者,不是过也,无日东语言气习"。正如如兰所言,绝海壮岁至中土,历经九年参禅问道于江浙一带,广交文人墨客。师从文字禅之巨

---

① 日本江户时代的汉文学家江村北海在著作《日本诗史》对绝海中津诗文的评价,可谓对绝海评介中的代表之言。大谷雅夫:《日本詩史·五山堂詩話》,《新日本古典文学大系 65》,岩波书店,1991 年,第 77 页。

匠季潭宗泐（全室），在求法悟道的同时精进诗文。其诗作深受中国诗人影响，又得山川壮丽蕴染之力，格高意远，颇具自然天籁之气，未见日本诗人常有的"和臭"。笔者以《蕉坚稿全注》（荫木英雄著、清文堂、1998年）为据进行考察，发现绝海的165首汉诗中的引典，自先秦至明朝，经史集有《诗经》、《论语》、《史记》、《汉书》等35种，相关的103名诗人中，屈原、陶渊明、王维、李白、白居易、杜甫、杜牧、苏轼、韦应物等著名诗人出现频率居高。其中唐代诗人数量占据优势，亦可说其受到唐诗的影响显著。本稿旨从诗句、典故、诗风三个方面探寻绝海之诗与中国古典的深厚渊源，品味其中的幽幽古韵。

一 以故为新之妙

北宋王安石曾叹道，"世间好语言，已被老杜道尽；世间俗语言，已被乐天道尽"，提出在诗句中运用新的语言极其困难。北宋文豪黄庭坚认为"自作语最难，老杜作诗，退之作文，无一字无来处。盖后人读书少，故谓韩、杜自作此语耳。故之能为文章者，真能陶冶万物，虽取古人之陈言入于翰墨，如灵丹一粒，点铁成金也①"，肯定自行造词之困难，主张对古人诗词的借鉴，应当巧妙地利用古人之佳句，在旧诗句中增添新的情趣，达到言虽尽而意未竭的境地。绝海中津积极地效仿前人，在创作上独具匠心。其诗句中对中国诗句的借鉴可归结为以下三种，而这些借鉴皆非单纯的沿用，而是模仿上的创造，是对原文的升华。

首先是活用古人的佳句妙句，使其富于生命力。本稿以"取语"一词进行论述。《赋山水图，赠无外归瑞鹿》的"平生丘壑意，偏爱虎头痴"中的"平生丘壑意"即是对张镃《伏日》中"平生丘壑意，不受暑寒迁"的直接引用。说是模仿，不如说是剽窃。然而，诗的后句对诗赋予了新的韵味。绝海以顾恺之的小字"虎头"一语双关，在指代圆觉寺

---

① 黄庭坚《豫章黄先生文集》卷十九、〈答洪驹父书三首〉其二。

中虎头岩的同时,暗示顾恺之画谢幼舆肖像图的故事。谢幼舆是东晋的隐者,回答晋明帝的提问时说"一丘一壑,自谓过之①",诉说自己对山水的钟爱。因此,画家顾恺之将谢幼舆绘入岩石之间。由此,绝海给"丘壑"一词添加双层含义,从诗的世界引入绘画的世界,最后扩展到自然的世界。这虽说是对诗句的沿用,却赋予了新的情趣。"江流无声,断崖千尺。赤壁之游,风清月白"(《题画》二)也属于取语一类。诗句借鉴苏轼的《后赤壁赋》的"江流有声,断岸千尺"与"月白风清,如此良夜何",只是消除了江流之声。然而,由于听觉的移出,使得想象的空间无限延伸,诗境也随之开阔。这正是"虽取古人之陈言入于翰墨,如灵丹一粒,点铁成金也"的效果。于是,绝海在沿用古人诗句的同时,将更为深远的意味植入诗中,为诗赋予了新的生命力。

  唐代的张继以《枫桥夜泊》一诗名扬天下。绝海的诗中有三首可见此诗之踪影。僧人文焕章回姑苏时,绝海以"枫落秋江水,钟清夜泊船"来述说依依惜别之情,同时表达自己身在异乡的心情。诗句中的"枫"、"落"、"江"、"钟"、"夜泊"、"船"虽皆见于张继的诗,但由于姑苏这一特定的地名,却是诗景中常见的表达。绝海借鉴张继之诗,并非为描写姑苏夜景,而在借其诗意,表达游子"对愁眠"之心。这种表达深化了诗的主旨,提高了诗的格调,是"取意"之法。绝海借鉴《枫桥夜泊》所作的诗《钟声近》中有"清夜沉沉群籁收,疏钟声近月中楼"一句。万籁俱寂的夜里,远远传来稀疏的钟声,近在耳畔。钟声近,以有声衬无声,展现出一个静谧的世界。诗将《枫桥夜泊》中的落月高高悬挂,去除乌鸦的啼叫,开拓更为静寂幽远的意境。这也是"取意"。如前诗一样,未习其寂寥之心,而得月夜清幽闲静之趣。无论人之情感,物之情趣,皆为诗中隐藏之真意,即诗之宗旨。"取意"取原诗之真意,超脱形式上的模仿,注入新意。

---

  ① 刘义庆《世説新语》品藻第九。明帝问谢鲲:"君自谓何如庾亮?"答曰:"端委庙堂、使百僚准则、臣不如亮;一丘一壑、自谓过之。"

绝海之"取意"亦见于对长诗赋之宗旨的浓缩。欧阳修作宋代文赋之典范《秋声赋》。《秋声赋》从对秋声的描写转向对季节变化的理性思考，陈述对人生的感伤，深深地抒发诗人对宦海沉浮的感慨。绝海亦从季节的推移来感悟人生，"秋声一拂，青者化红。人甚于物，勗哉尔童"。绝海的诗未取《秋声赋》中对人生的浓浓感伤，亦无其迫人之势。绝海冷静地品味自然的变化，悟得人生之理，以"勗哉尔童"勉励后辈。虽说是"取意"，绝海却在此"盗取"之意上增添了新意。

"溪边古木弄残晖，千里行人初到时。自说三年征役恨，谁能双鬓不成丝"(《行人至》)是仿杜甫《兵车行》的主题而咏作的诗。《兵车行》是批判朝廷兵制的问答体诗。诗人通过设问引出对穷兵黩武、祸殃百姓的愤懑之情。《行人至》以"溪边古木弄残晖"为诗加入自然的背景，借景抒情，将全诗笼罩于静寂暗淡的氛围之中。"自说三年征役恨"一改杜诗一问一答的问答体，以"自说"独白的形式叙情。正因有"自说"，行人与诗人的对话得以在诗的世界之外展开。或者说，诗人自身虽未在诗中出现，却客观地记述了行人的"自说"。这与杜甫《石壕吏》中"无问有答"的对话形式相似。换言之，绝海将杜甫《兵车行》中行人的恨以《石壕吏》的形式表达出来。自《兵车行》中"取意"，自《石壕吏》中取其构造、即章法，开辟新的意境——即"取势"。然而，读者却无法从绝海的《行人至》中深刻地感受到杜甫诗中那种难以言尽的愤恨之情。绝海是室町时代深受朝野尊重的高僧。由于他位居五山官寺的最高位，虽处战乱之世，却未曾遭遇颠沛流离之苦，难以体味百姓析骸而炊之悲惨、锋镝余生之庆幸。因此，其诗中没有杜甫鸾飘凤泊的失意、对乱世的切身痛感与对社会的控诉。他站在禅僧的立场，以普度众生的慈悲心述说着对民众的同情。因此，相对于杜诗"沉郁顿挫"的诗风给予读者的强烈印象，绝海的诗给人以轻快平稳之感。

"诸昆若问南游事，八月飞槎两浙间"(《赠笑山侍司还土州省亲》)①、"到时诸昆如问我，倦怀不似昔清狂"(《送人之相阳》②)、"长安如有故人问，白首垂纶碧海前"(《送复无已归京》③)明显取《兵车行》中"有问有答"的形式。诗中没有《行人至》般的历史厚重与社会的悲哀,有的是对逝去的过去的回想与怀念。①是在中国游学生活的回忆,②是"清狂"的过去,③虽述说如今的禅定生活,其实与①相同,是对中国的怀想与回忆。而且,此三首诗中皆有"若"或"如",看似构成了提问与回答,实际是绝海的自问自答。问答体诗还有一首。"一笑问真宰,百年何寂寥"(《冬日怀中峰旧隐》)并非前述的"有问有答",亦非"无问有答",而取屈原《天问》的提问方式。东汉王逸在《楚辞章句》中提出"何不言问天?天尊不可问,故曰天问也①"。由于问天天亦不作答,故称为"天问"。绝海也对着"真宰"提问,"百年何寂寥",然而能作答的只有悟得真理的绝海本人。绝海向天问的,并非如屈原一样的怀才不遇,而是不满百年人生的寂寥。其时,不知绝海是否已然领悟。

绝海之"取势"还有对杜甫"当句对"的借鉴。杜甫首次将五言律诗的"当句对"引入七言律诗中,丰富了七言律诗的对句形式。杜甫的七言律诗中,"当句对"有八句。《曲江对酒》的"桃花细逐杨花落,黄鸟时兼白鸟飞"便是一例。在一句之中,桃花与杨花,黄鸟与白鸟对仗,且前后两句对偶。像这样的对句绝海的67首七言律诗中有五首。"碧海丹山多入梦,湘云楚水少同游"(《山居十五首》二①)、"浮岚浓翠湿窗纱,玉气丹光接太霞"(《山居十五首》七②)、"寒露清霜残夜梦,紫参红枣旧山秋"(《乡友志大道金陵卧病》③)、"怪岩奇石云中寺,新月斜阳海上舟"(《赤间关》④)、"宝树宝池天上寺,春风春雨过归期"(《古河杂言》一⑤)。①中,"碧海"与"丹山"在一句中成对,不仅名词的"海"与"山",形容词的"碧"与"丹"亦成对,并形成鲜明的色彩对比。后句的"湘云"、"楚水"中,表示地名的"湘"与"楚",自然景物的"云"与"水"分别对偶。相对于杜甫的"桃花"、"杨花"、"黄鸟"、"白鸟",绝海的"当句对"似乎更为巧妙。值得注意的是,杜甫的"自去自来梁上燕,相亲相近水中鸥"(《江村》)中出现动词的当句

---

① 王逸、朱熹编:《楚辞章句诗集传(精装本)》,岳麓书社、1989年。

对,并不见于绝海的诗中。绝海的"当句对"中形成对偶的名词全部为表示自然风物的词。这大概是由于绝海亲近于自然,在自然之中打开悟境,并于自然这一悟境中解放了自我。

本稿将绝海诗中对中国诗文的借鉴归结为"取语"、"取意"、"取势"三词。绝海的"取语"并非单纯的模仿,而是借助名诗文的佳句,添入新的情趣。在"取意"、"取势"时,绝海显现出极其巧妙的技巧。对同一首诗,取其二意,咏作不同的诗境,并且升华原诗的诗意,深化其意境。绝海学习名诗的章法,丰富诗的体裁,提高诗的艺术性。然而,单有诗句的借鉴并不能咏出佳品。锦上添花的是对中国典故的引用。

二 熔经铸史之趣

善用中国典故是绝海中津诗作的一大特色。典故精练简洁,寓意丰富,能为诗歌充实内容,加以润色。可谓"据事以类义,援古以证今"(刘勰《文心雕龙》)。历史故事能为诗情增添历史的厚重感,给读者以想象的余地,增加诗歌的思想性。与此相对,神仙故事等传说为诗歌添加奇幻之美,为读者开拓联想的空间,增加诗歌的艺术性。绝海通过引用《史记》、《后汉书》、《蒙求》、《庄子》等书籍中的故事,构成诗歌的综合美。

"深入朱仙临北虏,不知碧血痊南州。垄云空映吴员庙,湖水无期范蠡舟。四将元勋俄寂寂,两宫归梦谩悠悠。他年天堑人飞渡,添得英雄万古愁"(《岳王坟》)中引用了《庄子·外物篇》中的苌弘与伍子胥、《史记·货殖列传》中的范蠡、《宋史》中的中兴四将、钦徽二帝的故事。代表苌弘的"碧血"与岳飞抗金之地的"朱仙",同为忠臣而命运相异的"吴员"与"范蠡",岳飞等忠肝义胆的"四将"与愚昧的皇帝"两宫"分别形成对偶。由此,在工整韵律的同时,给诗歌赋予超越时空的历史感。诗中缅怀因莫须有的罪名含冤而逝的岳飞,继而跨越千余年追忆与其同样命运的忠烈之士苌弘与伍子胥,以英雄的悲壮为诗笼罩永劫的悲愤与哀伤。诗人即兴挥毫,在宏大的历史画卷上泼洒悲壮之色,勾勒出忠烈之姿。在诗中展开的广阔历史空间中,读者也与绝海一同回顾过去,共缅悲剧的英雄们。诗人在"兴亡一梦岁云徂,葵麦春风久就芜。父老何心悲往事,英雄有恨填平湖。朱崖未洗三军血,瀛国空归六尺孤。天地百年同戏剧,燕人又献督亢图"(《钱塘怀古次韵》二)中感慨南宋王朝的兴亡,寻觅早已远逝的历史痕迹。诗沉浸于亡国之恨中,似乎演绎着悲壮的历史剧。该剧如《平家物语》一样,以感叹世事的无常开幕。而后,百姓、英雄、战士、帝王等不同身份的人相继登场,痛诉国破之恨,家亡之哀。最后以"天地百年同戏剧、燕人又献督亢图"中的"荆轲刺秦"的典故将戏剧推向最高潮。荆轲受燕国太子丹之命,携藏有匕首的督亢地图图谋在晋见时刺杀秦王,失败后身亡,后燕国灭。诗人通过这一特殊的典故,将怀古之题普世化。换言之,以众人皆知的"荆轲刺秦"的故事,将荆轲之恨变为所有救国英雄之恨,将燕国的灭亡变为后世王朝之亡国。千百年来,无数像荆轲一样的壮士为国献身,繁及一时的王朝灭于强敌之手。"荆轲刺秦"的典故将诗的背景从南宋扩展到秦之后的王朝,诗人对过去的追忆因此无限延伸。南宋时代的该剧冲破时间的桎梏,加强了传说的色彩,由此其艺术性得以提高。另一方面,此剧以重色调演绎了王朝的兴亡,给观众即读者以思考的余地。释清潭评价此诗道:"绝海之诗雄奇。可称台阁儒绅所不及。(中略)如义堂只是寻常人勤奋之所作。至绝海方分天人之别。(中略)可谓前无古人,后无来者。非此八字无可赞赏①",高度赞誉绝海的诗才。

《画鹤》(仙质昂然胎化禽,乘轩曾感懿公心。千年留影松堂上,只尺蓬莱月色深)中引用《左传·闵公》中卫懿公爱鹤与《搜神后记》中丁令威爱鹤的故事,将历史故事与神仙故事相融合,丰富诗的内涵。卫懿公爱鹤成痴,给鹤官位俸禄,每次出游,必带鹤,载于车前,号称

---

① 原文为日文,笔者译。清潭:《名詩評釈》,《漢詩大講座》第九卷,アトリエ社,1936年,第123页。

"鹤将军"。辽东出身的丁令威亦是好鹤之人,学道成仙千年后化鹤回故里,飞舞而歌。诗人引用历史故事中的鹤给诗歌以现实感,再用神仙故事中的鹤给诗歌以神秘感,两者结合,模糊了现实世界与虚幻世界之间的界线。《古河杂言》(二)在诗的尾联(且待蓬莱清浅日,蹈鲸直欲访安期)中制造了一个神话的空间。诗与《画鹤》一样,以"蓬莱"一词开启神仙居住的仙界之门。"蹈鲸"源自李白的自称——海上骑鲸客。元和九年(1623 年)编纂的《后素集》神仙部中,记有"李白乘鲸图,为李白乘鲸,游于海上①"。"长庚入梦"与"捉月骑鲸"等传说,以及贺知章对李白的美称——"谪仙人"等都是世人将李白的理由。此处可以看到,五山禅林广习外典,涉猎老庄道家思想并深受其影响,而这种影响不仅体现在文学上,亦体现在绘画等艺术中。《古河杂言》(二)的尾联中麻姑、王方平、李白、安期生等人的出现,表明绝海亦接受了道家的神仙思想。在绝海的其他诗作中,也频频出现神仙的踪影,以及与神仙颇有渊源的故事。道家的神仙传说为诗歌的世界蒙上神秘的面纱,将读者的联想从诗的现实世界引向仙家居住的理想世界,进而至未知的想像世界,丰富了诗的意境,展示了诗的艺术高度。

绝海诗中出现的《蒙求》故事引人注目。《蒙求》是中国唐代儿童用的教科书,其特色是以四言韵文归纳名人逸事,每四字一掌故,内容相似的两句对偶,每八句换韵。由于朗朗上口,用于平安时代贵族子弟的教育,广为流传,甚至有"劝学院之雀鸣啭蒙求"之说。其中的故事亦受五山禅僧欢迎,绝海的前辈中岩圆月在其诗中引用《蒙求》8 次②之多。绝海诗中有"以志养亲者,岂徒师老莱"(《巧拙叟省亲》)中的"老莱斑衣"、"小斋萤雪愁同案"(《寄宥宽仲》)中的"车胤萤光"与"孙康映雪"、"桥架银河迥,松荣雨露新。相如题柱后,丁固梦应频"

---

① 原文为日文,笔者译。山崎诚:《後素集とその研究》(上),《調查研究報告》第 18 号,国文学研究资料馆文献资料部,1997 年,第 167 页。

② 参照森野知子:《中巌詩の特質;典故とその使用法》,《日本研究》Vol. 6,日本研究研究会,1992 年,第 15—16 页。

（《题扇面画》二）中的"相如题柱"与"丁固生松"等故事。"老莱斑衣"是二十四孝之一，指老莱子自年少起就孝敬父母，虽年过古稀，仍着彩衣扮婴儿嬉戏以取悦双亲。绝海以至孝之人老莱子为例，赞颂巧拙叟对父母的孝顺。《蒙求》中的典故仅用四字就表达寓意深刻的故事，偶俪之语，言简意赅。引用妇孺皆知的典故，更具说服力。若说典故是浓缩的表达，那四字一掌故的《蒙求》中的典故无疑是二次浓缩之物。若再将《蒙求》中的典故进行整合，如"小斋萤雪愁同案"之类，一句中包含车胤练囊借萤光苦读，孙康雪地借月光勤学的故事，诗句内容丰富，意味深长。而且，由于诸多典故的运用，使得诗歌表现空间扩大，艺术性得以提高。儒家典籍《蒙求》的故事在绝海作品中频繁出现，也说明绝海中津深受儒佛一致思想的影响及熏染。

三 诗中有画之美

大野实之助在《绝海与蕉坚稿》中指出"（绝海）学杜甫、苏东坡、黄山谷之诗。……绝海诗的特色在于，与盛唐王维、中唐韦应物二人所代表的唐代自然诗人的风雅相通的部分极其浓厚①"，但对其受到山水田园派的影响并未进行详细说明。据笔者考察，山水田园派诗人擅描山水自然风光，"一切景语皆情语"的风雅同样见于绝海描写自然景色的诗句中。绝海与韦应物之间的联系，正如大野氏所论，体现在诗句中多用"幽"字上，但就诗风而言，笔者认为其受王维的影响更为明显。

王维长于文学、绘画、书法、音乐，乃风华绝代、名贯古今的天才。北宋文豪苏轼曾绝口称赞其诗"味摩诘之诗，诗中有画，观摩诘之画，画中有诗"。王维精通佛学，以诗悟禅，以禅证诗，在其诗闲适幽深的艺术境地中处处蕴藏空门禅悦之奥妙。绝海的诗中亦透出与其诗风酷似

---

① 原文为日文，笔者译。大野实之助：《絶海と蕉堅藁》，《漢文学研究》，早稻田大学漢文学研究会，1962年10月，第74页。

之处。

　　"独坐幽篁里，弹琴复长啸。深林人不知，明月来相照"（《竹里馆》）是王维吟哦隐者闲静舒适生活的诗。诗人用自然平淡的笔调，以琴与口笛之音映衬月夜的幽静，以明月之光烘托深林的黑暗。诗中有现实的幽静之景，亦有虚幻的孤独之情，两者对立并整合。绝海也曾咏过如此的佳作。"山暮秋声早，楼虚水气深。知音今寂寞，壁上挂孤琴"（《期友人不至》）中以沉浸于夜暮中的早秋幽邃与水气氤氲中的小楼空寂书写诗人的寂寞。琴发出悦耳之音，却因无知音之人，只能孤独地依在墙壁上。绝海将情与景相融合，在无声的世界中又加无声的境界，通过自然景色烘托友人未至的寂寥之情。从中清晰可见禅之"空"。"林泉最幽处，猿鸟自成群"（《题白云山房画轴》）中并未使用表示声音的词语，但以猿鸟的活动为诗歌赋予声音，以有声衬无声，进一步烘托山林的空寂。王维的"山路元无雨，空翠湿人衣"（《山中》）中用浓郁的绿描绘出一个湿润的世界。漫步在无雨的山路上，穿行于苍翠欲滴的山岚中，似乎感觉衣衫亦已湿润。这样空寂润湿的山林景色在绝海的诗句"濛濛空翠沾经案，漠漠寒云满石楼"（《山居十五首》二）中更为浓郁地呈现了出来。小屋中的经案亦被山岚弄湿，这更加突出周围松柏的翠色欲流。绝海似乎特别钟爱湿润的空间，他在"浮岚浓翠湿窗纱，玉气丹光接太霞"（《山居十五首》七）与"透牖浮岚湿，缘阶细草薰"（《题白云山房画轴》）中以山岚设色之妙，呈现出雾气笼罩，草木飘香的世界。"千峰收宿雨，万象弄春晖"（《送俊侍者归吴兴》）以"收"字写意地绘出群山叠峦的雨后之景，气势恢宏。

　　王维的诗中充满了光与音律之美。诗人以对自然的敏感，捕捉细微之美，勾勒纤细之美。"明月松间照，清泉石上流"（《山居秋暝》），静寂的树木中，从松树枝叶上透出的月光照在石上流淌的泉水上，月光与水光交互辉映，无人的静谧中微微流动着细细的"清泉"之音。王维巧妙地将光与音律之美融入诗中。绝海亦在光与影的对比、声音的调和上匠心独具。"春风暖动鹁鸪草，海月光翻乌鹊枝"（《喜谅信元至》）中，诗人并未使用表示声音的词汇,却将春风吹动青草律动之音、树枝摇曳之音、风拂动之音、波浪翻滚之音、鹈鸰与乌鹊鸣叫之音相融合,在寂静的世界中演奏海的奏鸣曲;并以"翻"字描绘月影零乱之美,呈现出更为宏大的场面。绝海借助日月之光,雪、水反射之光,描绘光影明暗流动之景,为诗所表现的平面绘画赋予立体感,并将流水、风、波浪、鸟、虫的声音带入画中,将视觉的美感与听觉的美感相搭配,为诗赋予了生命感。

王维与韦应物在对色彩的处理上呈现出不同的特色。韦应物之诗,画面色彩较淡且清冷,而王维擅用鲜艳的色彩对比。韦应物的"青苔幽巷遍,新林露气微。经声在深竹,高斋独掩扉。憩树爱岚岭,听禽悦朝晖。方耽静中趣,自与尘世违。"(《神静师院》)创造出满目苍翠的诗境,而王维的"荆溪白石出,天寒红叶稀。山路元无雨,空翠湿人衣"(《山中》)在浓绿色中添加石头明快的白、枫叶鲜艳的红,描绘出色彩斑斓的绚丽景色。绝海中津也如韦应物一样,频繁地使用"清"、"幽"二字,但其诗较韦诗色彩对比鲜明,近似于王维诗中的色彩感。"柴门掩在水之湄,惯看沙鸥稍不疑。香气阴窗晨雾润,棋声深院夕阳迟。翠杨烟暗藏鸦叶,红杏花低挂鸟枝。买地剩栽松与竹,愿言长作岁寒期。"(《古河杂言》三)以树木的绿色作为基调,突出杏花的艳丽之红,又以柴门、沙鸥、乌鸦、鸟等暗色彩调为诗境增添沉静之色。与韦诗的清冷相比,显然倾向于王诗明快的诗风。"滴残松桂博々露,落尽兰苔淡々花"(《山居十五首》七)中纤细的色彩美,"京口云开春树绿,海门潮落夕阳空"(《多景楼》)中壮丽的色彩美。"云根山气润,野火藓纹干"(《三生石》)中未使用表示色彩的词语,却以云雾的白、野火的红、苔藓的绿、山石的赭石等色彩渲染画面。

"寒山转苍翠,秋水日潺湲。倚杖柴门外,临风听暮蝉。渡头余落日,墟里上孤烟。复值接舆醉,狂歌五柳前。"(《辋川闲居赠裴秀才迪》)是王维的代表作。王维在诗中将山、水、日、烟等景物以柴门为中心巧妙地联系在一起,勾画出一幅悠远闲静的黄昏图。这正是王维的

"诗中有画"。"于越晴峰翠作螺，钱湖新水碧生波。徒闻家近支郎住，安得诗同灵澈哦。满院梨花春昼静，空山蕙帐夜寒多。扁舟未遂东游约，孤负沧浪月一蓑"（《寄定静庵》）中，绝海用与王维相同的观察法，如绘图一般，描写着各种景物。画的中心，即视点，是小庵。诗人以定静庵为立足点，将远处的山峰、湖水，近处的庭园、船、月一收眼底，细细观察后置于诗中之画里，将绘画的"散点透视法"淋漓尽致地运用于诗歌的创作中。钱湖之水起微波，给诗以跃动之感；山水之绿与梨花之白交相辉映，为"画境"增添色彩之美；清朗的吟咏之声为闲静的"画境"注入生气，白昼到黑夜的变换与素娥之光一起带来光的明暗感。这悠然的美的世界中隐隐溢出诗人的孤独，借景抒情之法达到极致。

  王维的诗中有亲近于自然的闲适情趣，平淡的诗语中暗藏着深邃的意境。其清新雅致、冲淡恬静的诗风对绝海诗风的形成影响颇深。绝海与王维一样，思慕花鸟风月，以山水陶冶情操，借景抒情。在此风雅的背后有着两人在人生境遇上的相似性。王维位居尚书右丞，虽经几度沉浮，却没有杜甫等的落魄潦倒。绝海身居五山官职，三度任相国寺住持，司五山之下住持的任免权，受到幕府的重用。二人皆为贵族诗人。而且，王维虔心修佛，享有"诗佛"之美誉，使之与身为禅僧的绝海在精神、思想上有着相通之处，因此，两者在诗作的构思上也有相同。换言之，绝海私淑于王维，源自对相似经历的共鸣。

  五山文学前中期的作品多讴歌佛释高僧，弥漫着佛禅偈颂之气，自绝海中津起，方呈现不同倾向，转为脱离偈颂所斥的纯文学之风。绝海之诗中充满着清淡典雅之趣，自然闲适的诗境中洋溢着绘画的美感，蕴藉古风韵味。绝海中津自汉诗的母体——中国古典中寻求到诗作的源泉。他积极地修习中国古典，不断从中汲取养分，无限扩大创作的空间。他熔铸了中国古典诗美积淀的绚丽与灵动感，进行自身觉悟、历史感怀、民族情怀的融入构筑，重新铸造了富于生命力的艺术作品。中国古典为绝海提供了创作的灵感，使其题材丰富，言辞殊丽。绝海之诗兼备艺术的复合之美，丝毫不逊于中国诗人，受到中日两国学者的绝口称赞。

参考文献

房玄龄：《晋书》，岳麓出版社 1997 版。

黄庭坚：《豫章黄先生文集》，上海商务印书馆 1927 版。

刘熙载：《艺概·诗概》，上海古籍出版社 1978 版。

刘义庆：《世说新语》，重庆出版社 2007 版。

彭定求：《全唐诗》，中华书局 1996 版。

司马迁：《史记》，中华书局 1982 版。

中国唐代文学学会等编集：《唐代文学研究 12》，广西师范大学出版社 2008 版。

大谷雅夫等：《新日本古典文学大系 65　日本詩史·五山堂詩話》，岩波书店 1991 版。

大野実之助：《絶海と〈蕉堅藁〉》、《漢文学研究 10》，早稲田大学漢文学研究 1962 版。

芳賀幸四郎：《芳賀幸四郎歷史論集Ⅲ　中世禅林の学問および文学に関する研究》，思文阁出版 1981 版。

清潭：《漢詩大講座第九卷　名詩評釈》，アトリエ社 1936 版。

入矢義高：《新日本古典文学大系 48　五山文学集》，岩波书店 1990 版。

山崎诚：《後素集とその研究》（上）《調查研究報告第 18 号》，国文学研究資料館文献資料部 1997 版。

上村觀光：《五山文学全集第 3 卷》，帝国教育会出版部 1936 版。

森野知子：《中巌詩の特質；典故とその使用法》，见《日本研究》1992 年 Vol. 6 日本研究研究会。

玉村竹二：《五山文学——大陸文化紹介者としての五山禅僧の活動》，至文堂 1955 版。

蔭木英雄：《蕉堅藁全注》，清文堂 1998 版。

作者简介

朱雯瑛，天津外国语大学滨海外事学院日语系，讲师。

"异托邦"视域下的天津城市空间研究

王 素

福柯提出的"异托邦"概念是文化想象与生存于文化中的真实二者巧妙地缝合,是"被有效制定"的虚构地点,空间生产的实践归属于这种制定的过程,"可在文化中找到"又透露了它文化表征的属性。纵观天津的近现代城市空间,它显示的"真实"与"想象"之间的张力、"生产"与"表征"之间的纵深度都在叙述着这个城市的"异托邦"色彩。

一 异质文化想象与都市空间生产

在近代,西方各国殖民者将文化想象作用于天津的城市空间使其城市布局呈现为租界区与传统老城厢两种形态。这两种空间支撑两种异质文化,二者彼此陌生又彼此互补,并被同时地"再现、对立、倒转"。其中租界区域由比邻于海河沿岸的九个国家构成并呈现长方形带状,它们的这种空间布局形态使天津获得了"万国博物馆"的名声。区分它们的除了由士兵守卫的代表其政治势力的地理界线,还有矗立于空间中作为表达意义载体的建筑物,它们是自身力量的发声体。"万国博物馆"的称号形象地说明了这一事实,即近代天津是西方殖民者在他国再现宗主国想象的被实现了的"乌托邦",它叙说着自己充当各国精神在遥远东方展览馆的命运。殖民者一方面从宗主国舶来装饰风格和建筑材料,在物质上建构最有代表性的宗主国空间,另一方面建造设计各种用于公共活动的建筑空间,例如广场和广场中央的喷泉,以其宣传宗主国精神——"文明"和"现代化"。在近代天津的租界空间内部,每一个国家的租界范围构成一个小而有限的实体,它们因享受政治优惠而在政治上类似于一个国中之国。从整体来看,八国租界可视为一个更大范围的政治实体。由此,我们可以把空间并置的各国租界想象为象征宗主国精神的海外"民族共同体",这是符合安德森关于"民族"问题的理论的,他曾就"民族"提出了著名观点:民族是一个想象的政治共同体。① "万国博物馆"揭示八国对自身民族生动隐秘地想象。在实践民族想象建立民族共同体方面最显著的国家是墨索里尼时代的意大利。他们希望自己成为众帝国的领导者,为此他们极力在国外宣传自己的意大利灵魂和传播其美好形象。他们在天津的意租界采用了最能彰显民族性的被称为"新文艺复兴时代"的建筑风格,这种风格很成功地"复制"到其他的租界空间。它们还拉通了横穿意租界的主要交通动脉,各种重要的公共建筑也被安排于这条大道两旁,而此林荫道的名字就是"维托里奥·埃马努埃莱三世②大道"(Vittorio Emanuele Ⅲ Boulevard)。文化想象下的意大利租界汇聚着所有意大利人的目光,成为意大利文明在天津展示的典范与模板。各种意识形态的产物。③ "意式风情区"地处原意大利租界区,自从 2000 年开始,天津市政府就开始重新开发这片区域。现在这里有 133 处意大利风格的建筑已经被重修,但有很多其他的建筑在"破旧立新"的原则下

---

① 本尼迪克特·安德森:《想象的共同体——民族主义的起源与散布(增订本)》,吴叡人译,上海世纪出版社集团,2011 年,第 6 页。

② 维托里奥·埃马努埃莱三世(又译伊曼纽三世,意大利语:Vittorio Emanuele,1869 年 11 月 11 日—1947 年 12 月 28 日),意大利国王(1990 年 7 月 29 日—1946 年 5 月 9 日在位)兼阿尔巴尼亚国王(1939 年—1943 年在位)。1900 年其父亲翁贝托一世遇刺后即位,继续跟随八国联军入侵中国。镇压中国的义和团事件,又接受自由派内阁,默许土耳其战争(1911—1912)和参加了第一次世界大战。法西斯分子夺取政权后,他成为墨里尼的傀儡。1944 年,他任命王储翁贝托(即翁贝托二世)为摄政,本人放弃一切权力,但保持国王称号。1946 年逊位,意大利实行共和国制以后,与子流亡国外。

③ 包亚明主编:《现代性与空间的生产》,上海教育出版社,2003 年,第 62 页。

被摧毁。事实上很多从殖民时代流传下来的建筑只是保存了它的外貌，昔日的景象不能重现，而今的"意式风情区"是一个具有杂糅性质的空间，既像一个开放的博物馆，又像一个开放的商场，这个空间

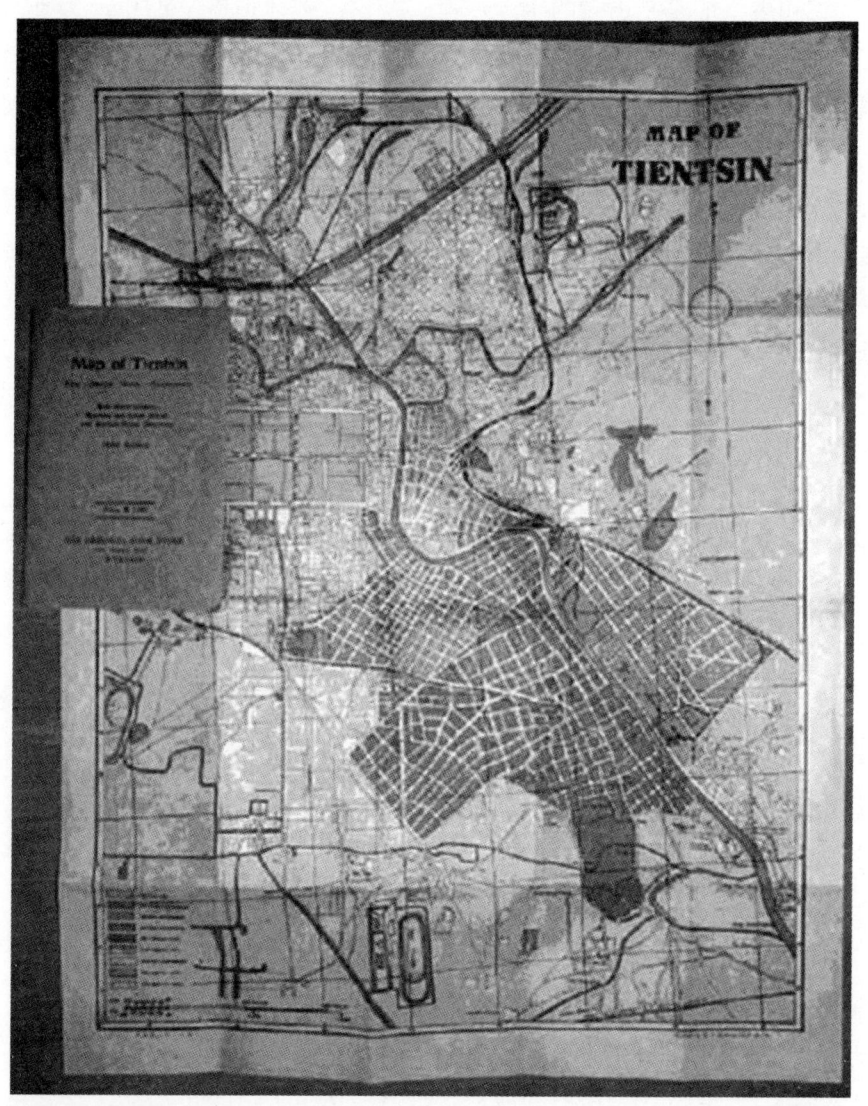

天津租界区域划分示意图（橘红日租界；蓝色法租界；绿色英租界；玫红德租界；黄色俄租界；黄色上部从上至下顺次是奥租界、意租界；黄色下部是比租界）

本质上体现的是"意大利商业公园"的性质,操纵其命运的权力希望把原殖民时代的空间当做资本放入市场以吸引外国和本国的消费人群。显而易见,"意式风情区"是空间生产的产品,我们凭着对这个产品的了解与知识积累,能复制出它的生产过程。以"意式风情区"的生产为摹本,权力在天津的其他前租界空间内都生产了类似的空间产品,例如原英租界的"五大院"精品住宅小区。"意式风情区"这一称谓本身也表征着当代世界"全球化"和"商业化"主流文化概念。"表征"一词是由英国伯明翰学派的领军人物斯图亚特·霍尔提出来的。"意式风情区"称谓可视为一个语言符号,既能指称现实存在于海河北面的那一块异域之境,也是对某种在人头脑中模拟和仿真的异国他乡的还原。用霍尔的逻辑来透视"意式风情区"这一名词,它能揭示一个被异质建筑填充的空间形式,并能引申出与这个空间有关的某种文化意义:"经济的全球化"和"文化的商业化"及它们对于大都市空间布局和建构上的强劲干涉欲望。

二 天津城市"异托邦"的表征

(一) 从"租界"到"意式风情区":"异托邦"的功能转换

同一"异托邦"会根据它所在的文化的共时性在功能上发生相应的变化,这是福柯对"异托邦"遵循的基本原则做的结论,赋予"异托邦"具体化、时间化和历史化的性质。近代天津租界的功能是配合外国势力对中国进行军事威胁、政治控制、经济掠夺、文化渗透。尽管租界的存在在某种程度上促进了天津向城市现代化过渡,但其侵略的本质是"现代化"的前提。当代租界空间被以保护文化遗产的名义受到重视,各种文化名人故居和特色名宅因其文化价值而炙手可热。各种风情区在近年更是成为租界的新名称,例如"意大利风情区"、"意奥风情区"、"五大道风情区",横贯九大租界的海河也被开发为"海河风情区",成为当代天津的名片。从租界的政治功能转变为风情区的商业功能,天津"异托邦"功能转换的前提是权力对近代租界历史和其地位的重新定位。如今,种种自觉与不自觉的'去殖民化'努力,使一个曾经是被帝国主义侵略的、西方的、外来的空间中,建构起了一种美的、高级的、时尚的、现代的西方主义同时也是爱国主义的、民族主义的认同。在全球化的语境下,天津租界的殖民身份被逐步淡化,而其被殖民时期带来的"近代化"、"现代化"副产品却成为自身城市国际化的良好标签,一种吸纳资本的契机。后殖民主义批评家霍米·芭芭(Homi Bhabha)认为,全球化过程创造了一种文化杂交性的第三空间,这些空间的出现使其他立场的存在变为可能。"① 学界有人认为"意式风情区"这一转变正成为表达当代天津城市文脉走向的特殊方式,当代天津的城市文脉正经历一种杂糅西方异域风情的多元文化的过程,小洋楼风格正形成当代天津城市形象新的认同标识。人类学家阿帕杜莱(Appadurai)提出过"重构'民族形貌'"观点。与民族形貌的流动性同理的是流动民族施于固定地域而带来的地域社会形貌的流动性。如果说天津在租界出现之前的城市形貌是"以土筑城"的稳定风格,这种状况在华北平原是极为常见的,那么外来民族建立租界之后,租界的发展进程远远超过了老城区,占据了天津城市的新的中心位置,并开始成为老城区发展的模版,天津的城市形貌稳定性被破坏,流动性是城市形貌的基本特征。从租界到意式风情区的功能转变是异托邦文化"同时性"在真实地点实践上的生动诠释。

(二)从"英国"到"意大利":"异托邦"的异质空间并存

"异托邦"的第三原则是在一个单独地点中可以并列数个彼此矛盾的空间。与社会文化的"同时性"这一外部原则相比,这是对"异托邦"内部分布特征的表达,这个特殊的空间内部呈现多种维度空间并存的状态,而在其中体验的人的主观感受随之立体丰富。美国记者 John Hersey 是曾经生活在天津的异国人,他情感体验极度复杂、多元,他在童年回忆中写道:

---

① 李东晔:《从"租界"到"风情区":一个中国近代殖民空间在历史现实中的转义》,中央民族大学博士学位论文,2007年,第90页。

"我出生在一个多么奇怪的城市。只需要三四枚中国铜币,我就能骑着单车从我在英国的家去意大利、德国、日本或者比利时。我步行去法国学习小提琴的课程;我去俄国必须穿过一条河,因为在俄国有一个非常漂亮的带湖的森林公园。我把从俄国森林公园的湖里捉到的带有某种奇怪味道的小蝌蚪放到鼻孔里闻闻然后把它们带回我英国的家。"①

在这段关于童年的回忆中作者提到的各国国家并非是真正的物质性实体,作者穿过海河到达俄国租界的这一行动引起的是自身一段神秘的心理旅程,它暗示了身体感知在体验时间和空间上的特殊功能,即能够把天津的租界空间体验为微型西方世界的复制。作为内部空间来体验的近代天津租界既完全"真实"又完全"失真"。后者是因为它的产生方式是通过对"故国"的凸透镜式的反映,在这个镜面里呈现的是夸张扭曲的图像,按照这个呈现机制被生产出来的"故国"复制品是一种补偿性替换,一种假想性的满足。

三 天津城市"异托邦"的生存意义

( ) 重构自我和身份

福柯在《不同的空间的正文与上下文》一文中曾提及存在一个"异托邦"与"乌托邦"交汇相融的经验,它是一面镜子,准确地说是一面凸透镜。"我"因此镜的存在和观照效果开始思考运作自身的工具理性,询问其具体操作程序,也因此在这种契机下反观自身之境遇并"开始重构我自己"。这就是凸透镜隐藏的文化意义,也是"异托邦"这种非常规

---

① J. R. Hersey, *A reporter at large : homecoming. I : the house on New China Road*, New Yorker, 10, 1982, 54.

空间的文化功能之表征,即让人们去反思那种现存之秩序的自鸣性和可靠性,询问自身文化正常运行的界限和条件,发现某些逻辑掩饰的"真实",这种对常规运行机制的反叛使理所当然的伦理纲常显得虚弱无力。"异托邦"启迪他者重构自我之功能必然导致我们关于文化身份这一新问题的思考。我们将天津置于"异托邦"视域探讨,将遭遇这个城市的"文化身份""城市身份"的困境。科伯纳·麦尔塞曾说"只有面临危机,身份才能成为问题。那时一向认为固定不变、连贯稳定的东西被怀疑和不确定的经验取代。"[1]"异托邦"的视角让天津城市身份问题得以聚焦和凸显,在外国势力入侵前的天津卫是一个单纯的以土筑为主的传统城市,与传统发展的节奏吻合,趋同性建筑占主导;由于列强的入侵,尤其是九国相继在津划定租界建立"国中之国",天津城市的异质性成分显著上升。以租界为基地,西方文明浸染了华北这个小城,改变着居住其中的中国人的生活习惯和思维范式,天津城市也开启了"近代化""现代化"的进程。租界"异托邦"的存在对于天津老城的功能相当于凸透镜对"我"的功能,它对天津城市的不断重构产生了深远影响。无论是近代开始的老城重建还是当代方兴未艾的"修旧如旧"宣传下的天津城市规划,这些行为皆是在"异托邦"这一凸透镜中凝视自我、重构自我。租界"异托邦"这种"现代"和"文明"空间为城市建设提供了的新模型。对于建构天津租界的九国来说,他们各自的租界空间是他们重构家园文化返乡的精神栖居地,是一个补偿性的"异托邦"。租界既是相对于宗主国的"他者",又是相对于东方文化的主体。因为租界是他们对本国的文化想象在他国被实现了的真实"异托邦",租界空间既凸显西方现代文明与民族精神,也掩饰了殖民入侵的本质;其次是因为在这场"故国"文化展览过程中,或多或少融入了当地的文化因子。西方逻各斯中心主义总以"他者"视域看待东方。他们一方面把差异文化的部分最大限度

---

[1] 乔治·拉伦:《意识形态与文化身份:现代性和第三世界的在场》,戴从容译,上海教育出版社,2005年,第195页。

地同质化，另一方面对待"他者"采取强调差异和碎片化，其结果就是使"他者"不断被弱化、被扭曲。这在各种外国资料记载上可以找到佐证，天津整体形象总是极度贫困、肮脏和落后。总之，殖民地作为一个典型的"异托邦"是本土建设者主体性建构的良好参照标准，虽然在过去的历史中殖民地结果使其自身的主体性丧失，但我们可以在丧失之处追溯流失的源头，因此仍然有希望重新书写自我的历史；而对于殖民国而言，殖民地是他们寻找文化身份与重构精神家园的实践场所。

（二）机械复制时代的文化再生产

"机械复制"是本雅明对未来艺术作品审美特征的预言。他认为艺术作品从最初的纯手工到手工复制最后到现代工业下的机械复制，整个过程中丢失的就是原作的"光晕"。"光晕"具体的含义是什么？可以从三个方面理解：第一是本真性；第二是膜拜价值；第三是距离感。以此视角观照被现代技术修复或复制以后重现于风情区的昔日西洋建筑，就会察觉它们"光晕"流失的印迹。我们用意大利租界区的修复活动做例子来揭示"光晕"流失的事实。原意大利租界修复活动是由意大利锡雷那历史城公司负责完成的，这么一个致力于复兴历史古城原貌的公司，以专业的团队做支撑。在这次修复过程中，锡雷那公司与中国工人合作，采用了许多专业的修复技术，对原建筑进行加固、清理和整合，最后这些原建筑呈现出全新的面貌。从修复的目标来看，中方在这次活动中并不致力于"本真性"的追求。在一次采访中，锡雷那公司透露，中国方面希望通过此次修复活动实现某种并不确定的意大利风格再现，建立意大利式"理想类型"的外观。锡雷那公司认为中国方面的这种倡导并不旨在保护代表某一种特定文化与语言的建筑，即保护原作品的珍贵的"本真性"。这种"本真性"就是本雅明所指出的"艺术作品的即时即地性，即它在问世地点的独一无二性。"这是任何完美的艺术复制品也会缺少的一种成分。原意租界区的每一个建筑都是一个历史的见证，是一个时代在空间上的证明。即使它们日渐残损，但它仍比修复成某种"理想类型"的风格更具意义，因为后者是复制技术唯一能完成的。中方致力于追求的理想风格最终使原意租界的建筑剥离了其当初的"膜拜价值"的性质。在修复完善以后的意租界成功转身为"风情区",这些修复一新的意大利风格的建筑被推向游客,成为某种具有展览品性质的物件。在此之前的意租界仅是某些特权阶级的享用之地,就如某些真品名画一般有类似的膜拜价值,现在它是"具有全新功能的创造物",其主要的功能就是展览功能。与原意租界的膜拜价值褪去相关联的就是其适当"距离感"的消失。如今风情区人流穿梭,"在一定距离之外但感觉上如此贴近之物"的独一无二的体验机会已经消失殆尽。由于以上情况的并置,如本雅明所描摹的那番"光晕之感"逐渐消退。让我们再次重温这种独特的审美体验,"在一个夏日的午后,一边休憩着一边凝视着地平线上的一座连绵不断的山脉或一根在休憩者身上投下绿荫的树枝,那就是这条山脉或这根树枝的光晕在散发"。① 这种感受已荡然无存。诚然,天津租界当年之"光晕"已经消失,在这种"文化再生产"的运行机制下,租界的艺术之美必然与"商业"风情杂糅,走向市场,走入流俗。

四 结 语

如果说天津城市是一个典型的"异托邦",是异质文化的殖民想象和西方列强的殖民入侵的结果,具有被动的属性。如今在各个城市兴建的异域之城,则是现代版的"飞地"再造行为,是一个城市建设者主动选择的结果。如武汉"光谷世界城商业步行街"之一的"西班牙风情区",这个异域之景进行的是与西班牙文化完全无关的商业活动,只有雕像堂吉诃德和桑丘潘不合时宜地置于广场前方。除了武汉以外,成都、广州、重庆、深圳、大连等地都在兴建各国风情区,作为商业和旅游活动的新高地。经济全球化的背景下,消费主义横行,影响了城市规划、文化建

---

① 瓦尔特·本雅明:《迎向灵光消逝的年代:本雅明论艺术》,许绮玲、林志明译,广西师范大学出版社,2004年,第63页。

设以及人们的日常生活。正如吉登斯所指出的,全球化不仅在宏观上改变了国际秩序,影响了政治和经济,而且正在改变着我们的日常生活。①在"全球化"的推动下,与全球化互为表里的消费主义把异域消费的潜在能力移植到我们的当前生活。一旦消费主义具有主导社会的能力,大众传媒和大众文化也必将影响社会生活,同时也反过来作用于消费主义,推动消费行为。"大众文化和大众传媒迎合着大众的心理,通过娱乐性的'狂欢文化'场面'复制'着大众的口味、兴趣、幻想和生活方式。"②大众文化和大众传媒通过各种途径对异域观念的生产引起大众对异域消费的冲动,这直接导致了各地异域之城的兴起。鲍德里亚在《物体系》里提到:"消费的对象并非物质性的物品和产品……而是在于,把所有以上这些元素组织为有表达意义功能的实质;它是一个虚拟的全体,其中所有的物品和信息,由这时开始,构成一个多少逻辑一致的论述。如果

武汉光谷世界城商业步行街规划图

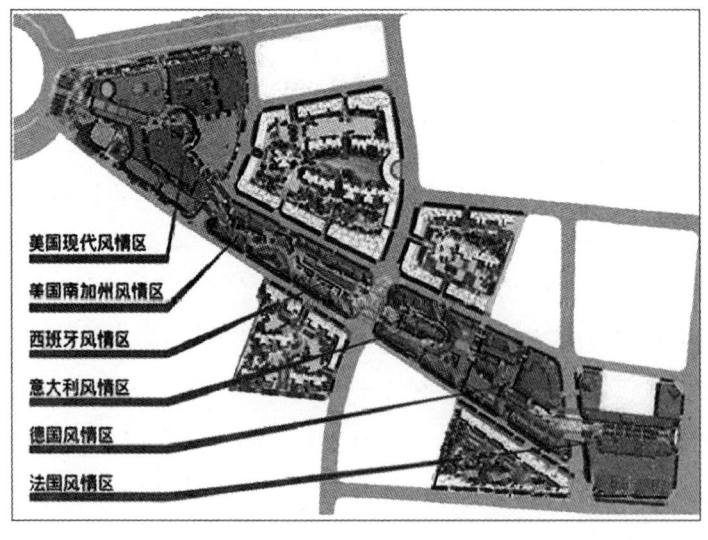

---

① 乔治·拉伦:《意识形态与文化身份:现代性和第三世界的在场》,戴从容译,上海教育出版社,2005年,第3页。

② 同上。

消费这个字眼要有意义，那么它便是一种记号的系统化操作活动。"① 在"全球化"的挟裹下，某一个时兴观念经过"消费主义"包装和大众传媒的宣传直接影响到个体的日常消费行为与审美标准，而这个过程是个体平面化的过程，这一机制下生产的城市也将趋于平面化、模式化和趋同性。这一点正是"异托邦"带给我们的启示和反思。

我们认为，以天津为例，分析城市"异托邦"的存在基础、文化表征与影响意义，有利于我们挖掘空间理论与当代都市文化之间共生互动的内在关系，并以此为基础探讨"异托邦"在理论和实践层面上的意义，期望能够为国内当前的城市文化建设、都市文化研究和文化批评提供有益的思考和借鉴。

参考文献

包亚明主编：《后现代与地理学的政治》，上海教育出版社2001年版。
包亚明主编：《权力的眼睛：福柯访谈录》，上海人民出版社1997年版。
包亚明主编：《现代性与都市文化理论》，上海社会科学院出版社2008年版。
包亚明主编：《现代性与空间的生产》，上海教育出版社2003年版。
本尼迪克特·安德森：《想象的共同体——民族主义的起源与散布（增订本）》，吴叡人译，上海世纪出版社集团2011年版。
丹纳赫等：《理解福柯》，刘瑾译，百花文艺出版社2002年版。
冯雷：《理解空间——现代空间观念的批判与重构》，中央编译出版社2005年版。
戈温德林·莱特，保罗·雷比诺：《权力的空间化》，见包亚明主编：《后现代性与地理学的政治》，上海教育出版社2001年版。
荆其敏：《天津的建筑文化》，天津大学出版社1998年版。
来新夏主编：《天津的九国租界》，天津古籍出版社2004年版。
李东晔：《从"租界"到"风情区"——一个中国近代殖民空间在历史现实中的转义》，中央民族大学人类学专业博士学位论文，2007年。
吕超：《比较文学视域下的城市异托邦——以英语长篇小说中的老北京和老上海

---

① 鲍德里亚：《物体系》，林志明译，台湾时报出版社，1997年，第221—222页。

为例》,上海师范大学比较文学与世界文学专业博士学位论文,2008年。

罗树伟:《引进近代文明:百年中国看天津》,天津人民出版社2005年版。

米歇尔·福柯:《不同的空间》,见周宪译:《激进的美学锋芒》,中国人民大学出版社2003年版。

米歇尔·福柯:《不同空间的正文与上下文》,见陈志梧译,包亚明主编:《后现代与地理学的政治》,上海教育出版社2001年版。

乔治·拉伦:《意识形态与文化身份:现代性和第三世界的在场》,见戴从容译,上海教育出版社2005年版。

斯图亚特·霍尔编:《表征:文化表象与意指符号》,徐亮、陆兴华译,商务印书馆2003年版。

童强:《空间哲学》,北京大学出版社2011年版。

瓦尔特·本雅明:《迎向灵光消逝的年代:本雅明论艺术》,许绮玲、林志明译,广西师范大学出版社2004年版。

汪民安:《身体、空间与后现代性》,江苏人民出版社2006年版。

汪民安主编:《后身体—文化、权力和生命政治学》,吉林人民出版社2006年版。

夏铸九:《殖民的现代性营造:重写日本殖民时期台湾建筑与城市的历史》,见《中国大学学术讲演录丛书编委会:中国大学学术讲演录2002》,广西师范大学出版社2002年版。

夏青等:《天津五大道历史街区空间形态及风貌特色解析》,载《天津大学学报(社会科学版)》2012年第3期。

薛毅主编:《西方都市文化研究读本·第三卷》,广西师范大学出版社2008年版。

赵福生:《Heterotopia:"差异地点"还是"异托邦"——兼论福柯的空间权力思想》,载《理论探讨》2010年第1期。

邹威华:《后殖民语境中的文化表征:斯图亚特·霍尔的族裔散居文化认同理论透视》,载《当代外国文学》2007年第3期。

Foucault, Michel, *Preface to The order of things*, Translation of Les mots et les choses [M], RandomHouse, 1970.

Foucault, *Question on Geography*, Colin Cordon (ed.), Power/Knowledge: Selected Interviews and Other Writings, 1972–1977, New York: Pantheon, 1980.

Foucault, *Texts/contexts of Other Spaces*, Diacritics, 16 (1), 1986.

J. R. Hersey, *A reporter at large*: *homecoming. I*: *the house on New China Road*, New Yorker, 10, 1982, 54.

Marinelli, Maurizio, *Making concessions in Tianjin*: *Heterotopia and Italian colonialism in mainland China*, Urban History, Vol. 36 No. 3. 2009.

Marinelli, Maurizio, *Self-portrait in a convex Mirror* : *Colonial Italy Reflects on Tianjin* (1901 – 1947), Transtext (e) s-Transcultures, 3, 2007.

Walter. Benjamin, *The work of art in the age of mechanical reproduction*, New York: Penguin Books Limited, 2008.

作者简介

王素,天津外国语大学比较文学与世界文学专业硕士研究生。

论克里斯蒂娃《恐怖的权力》中的 abjection 机制
——兼谈塞利纳的"卑贱"式写作

苏凌滢

一 引 言

朱莉亚·克里斯蒂娃是法国当代著名的符号学家、精神分析学家和女性主义批评家。她继承前辈学者弗洛伊德、拉康等人之衣钵，并在其基础上修正、补充和发展了他们的理论学说，同时形成了自己的富有创见的研究成果和理论体系。她主张的解析符号学着重区分于传统结构主义符号学的静止、封闭的系统，呈现出动态、开放性的特征。她的符号学"揭开了语言的基本的异质性"，即"语言是一个意指过程，语言实践既是一个体系也是一种越界（否定性），是声音生产的冲动性基础与声音发生于其中的社会空间的共同产品"①。在她看来，"符号"（semiotic）与"象征"（symbolic）是构成这个意指过程的两大要素。而符号的"物质性反抗"与象征的"稳定态"并存的机制则构成了这个意指过程的主体的

---

① 波拉·祖潘茨·艾塞莫维茨：《符号与象征的辩证空间——朱丽娅·克里斯蒂瓦哲学述论》，金惠敏译，南阳师范学院学报，2004 年第 4 期，第 2 页。

"异质性"。如何界定这个"表达主体",是克里斯蒂娃在其博士论文《诗歌语言的革命》中重点探究的问题之一。在这里,克里斯蒂娃并不主张将"表达主体"等同于现象学的超越论自我,而是将主体的成立置于整个意义生成的全过程中,即称之为"过程中的主体"(subject in process)。其中,正不断交织着"意义与不成意义的前意义·非意义"、"命题与快乐"、"符号象征态与前符号态"的争执和对话。① 所谓"符号象征态"即对应着已经建立起权威话语秩序的男性特质,而"前符号态"则对应主体、意义形成之前的母性之"场"(chora)。对于象征态而言,前符号态始终在干扰、威胁着它的稳定性,同时不断引诱主体回归到原初的与母亲合体的快乐之中。在象征界看来,这样的"快乐"所要付出的代价是主体与欲望客体的边界的消失,是主体的沦丧、湮没,是逻辑、秩序的混乱,是全部意义世界的崩溃。因此,必须将这个欲望压抑,同时将它的客体排出、弃却(abject)②,以保证主体的纯净。然而,欲望客体总是不服从压抑的,她无可消泯的"存在"本身就是一个永恒的象征性的"威胁"———一个污染主体的"卑贱物"(the abject)。这样,压抑与反压抑,弃却与反弃却,便构成了克里斯蒂娃在《恐怖的权力》中所论述的 abjection 的主要发生机制。本文试图阐释这一 abjection 理论的机能作用,并探讨这一理论在小说家塞利纳文学创作中的颠覆性实践。

二 Abjection

在《恐怖的权力——论 abjection》一书中,克里斯蒂娃试图通过符

---

① 西川直子:《克里斯蒂娃——多元逻辑》,王青、陈虎译,河北教育出版社,2002 年,第 117 页。

② 关于"abject"一词有不同的译法,在三联书店 2001 年出版的《恐怖的权力》中译本中译为"卑贱",而在日本学者西川直子所著的《克里斯蒂娃——多元逻辑》一书中译本中则译为"弃却",此外关于该词还有"卑污""贱斥"等多种解释。本文将取其动词义"弃却"(abject),名词义"弃却(机制)"(abjection)与"卑贱物/者"(the abject),形容词义"卑贱的"(abject)作论述。

号学与精神分析原理研究父亲出场之前的母——子二元关系，以及这个"前符号态"的"场"对后来形成的"符号象征态"的影响关系。关于母亲与孩子共同构成的这个前俄狄浦斯结构，在其前辈精神分析学家弗洛伊德与拉康的研究理论中都曾涉及，但并未得到有效的深入分析和把握。弗洛伊德主要作出了对父——母——子构成的俄狄浦斯三元结构的阐述，并根据无意识——前意识——意识的划分将这个三元结构对应于本我——自我——超我的审判。本我对应于母亲，自我对应于孩子，超我则对应于父亲。自我和超我的阶段都是从本我中分化出来的。拉康又进一步以现实界——想象界——象征界的三个审判发展了弗洛伊德的学说。然而，两类划分的研究结果均不能令后来的女权主义者满意，并被认为是有意规避或忽视了女性特有的性征，即异质性。基于此，克里斯蒂娃开始了对前俄狄浦斯的系统研究，并提出了"abjection"的重要理论。

1. "弃却"的发生机制

克里斯蒂娃认为，在最初的母子二元的前俄狄浦斯状态中，并不存在所谓的"主体"与"客体"之分，那时的母亲与孩子处于一种和谐的一体化之中。那么，是什么划定出一个"威胁物"并将它抛出"可能的、可容忍的、可想的边界"①？是什么阻止了这一"同化"的继续，并将"我"从中挣脱出来？弗洛伊德曾经假设了一个在符号——意义产生之前，对物质性的身体的异质性进行的"原压抑"。克里斯蒂娃将它解读为"那个总是被他人寄居的说话者的分割、抛弃、重复的能力"，同时却又从来没有这样一次"分离"能使一个完整的主/客体得以形成，因为来自"母性的焦虑"让我在象征秩序的包围下无法自足②。在此，欲动/本能内驱力（drives）构成了一个"奇怪的空间"——"场/子宫间"（chora）。按照克里斯蒂娃的话说，这个"场"乃是由本能内驱力及其在自发运动

---

① Kristeva, J: *Powers of Horror—An Essay on Abjection.*, Columbia University Press, 1982, p. 1.

② Ibid, p. 12.

过程中产生的壅滞所共同形成的一个非表达的总体。① 它将尚未形成的"自我"与一个"客体"相关联。这个"客体"是孕育我的母亲身体，在"原压抑"的作用下我被强行与她分离，然而"场"却通过不断地对抗压抑从而引导我进行"回归"。最终，这个冲动性运动本身转而"离心式"地捆绑在"他人"上，以"符号"（sign）的形式出现并形成"意义"（meaning）。至此，"我"便将自我表象为"符号"而进入意指阶段。而意指过程又通过"符号"来抗拒"场"的永久性"回归"。

在这里，"场"被标识为"第一次自恋"的空间，它便是克里斯蒂娃所说的"弃却"机制发生作用的场所。称之为"第一次"，是为了区分于弗洛伊德确立的俄狄浦斯期力比多从客体撤回到主体的第二次自恋。② 在前俄狄浦斯期的自恋中，对象没有确立，内/外没有边界，因而孩子将全部的力比多冲动提供给自己。这样，欲动由"无秩序的自爱"而满足，却不能与"表象"相结合。为了破除母亲烙印，割裂母子二元融合关系，从而进入符号——意义的生成阶段，"弃却"在此成为了一个必要的契机。它让"我"感觉到一个来自"卑贱物"的威胁，此物"近在咫尺，却不能吸收"③，它在"迷惑欲望，然而欲望不为所动"，继而转身将其"吐出"。正是这种"恶心"的感觉使我对它产生了排斥，产生了距离。这样，里边/外边的界限、"我"出现了。而另一方面，通过与"我"的对抗，这个客体"将我置于寻找意义的脆弱网结之中"。这个脆弱性，即表现为因"融合"之快乐的魅惑而生发的再次回归"场"的欲望。这样，"卑贱物"作为被抛弃的客体，又将我拉向意义崩溃的地方。此时，作为象征意义持有者的"超我"面临恐怖的威胁。他操纵着"自我"对"卑

---

① Kristeva, J: *Revolution in Poetic Language.*, New York: Columbia University Press, 1984, p. 25.
② 西川直子:《克里斯蒂娃——多元逻辑》，王青、陈虎译，河北教育出版社，2002 年，第 205 页。
③ Kristeva, J: *Powers of Horror—An Essay on Abjection.*, Columbia University Press, 1982, p. 1.

贱物"发起果决的弃却。最终"卑贱物"被流放在了外边,但从未停止对"我"的挑衅。"每个自我都在对峙它的客体,每个超我都在对峙它的卑贱物"①。这一过程,便是"弃却"的"两义性"机制。

2. 卑贱物——划出边界

"卑贱物赖以生存的那个人是个被抛弃者,他(自我)置放,(自我)分离,(自我)定位,因此他在流浪。"② 但他最关切的问题并非自身的"存在"(being),亦非自身的身份(Who am I),而是自身的"位置"(Where am I)。因此,这个"被抛弃者"成了"地盘、语言、作品的设计师",他在"不停地划定自己天地那变化无常的边界——因为由非客体,即卑贱物组成——总是对他的稳定性提出质疑,并迫使他重新开始"。③ 因此,他既是一个划界者,也是一个"迷路者",在迷路中得到拯救(避免"迷失"于卑贱中),在迷路中获得"享乐"(保证卑贱的存在)。在他看来,"卑贱物是一块被遗忘的领地,也是一块时时被回忆起来的领地。"④

那么,为何要将母亲的身体定义为"卑贱的"?因为她总是作为对立面,搅乱象征秩序的稳定性,而"我"必须从她当中分离出去或者把她当做恶心物吐出才有可能作为独立的"主体"存活于"象征界"当中。然而她又不是全然令人厌恶的,她始终在召唤着我,向我展示着魅力,成为我的本欲渴望回归的"场"——享乐的对象。也就是说,弃却机制是双向的,既有脱离母体的趋向又有回归母体的欲望。克里斯蒂娃认为,作为符号的开端,卑贱物同时既"接近身体的征兆(symptom)"又"接近升华(sublimation)"。⑤ 征兆就是"在躯体中构建一个无法吸收的外来者",升华则表示"命名的可能性"。"在征兆中,卑贱物侵入我的体内,

---

① Kristeva, J: *Powers of Horror—An Essay on Abjection.*, Columbia University Press, 1982, p. 2.
② Ibid, p. 8.
③ Ibid.
④ Ibid.
⑤ Ibid, p. 11.

使我变成卑贱物。"而"通过升华,我掌握着卑贱物。"① 也就是说,母亲这个异质性躯体要成为可控的,就得首先解决它的"不可命名"的问题(尽管从它自身来讲是不可能的)。对于它的存在,象征界如临大敌,不得不时时面临被吞噬、被欲望化,陷入迷失和混沌的威胁。因此,给它一个来自象征法则的界定,宣布它应被"弃却",以"卑贱"的名义,划定一条疆界,从此,它就在对面,与血、粪便、死尸等污秽并肩作战,时刻准备将"我"拉到恐怖的卑贱的边缘。

被弃却之后的母亲,成为了外部的"对象""客体",并最终成为被进行不在场化的语言符号。也就是说,是"弃却"这一机制将母亲作为"不在"的符号固定了下来,同时试图赋予她某种表意的可能性。每当"我"来到"不存在与幻觉的边缘",面对着这个"现实",如果我承认它,并屈从于力比多欲望的回归要求,它就"将我化为乌有"。卑贱物是"无意义"的,但又绝非毫无意义,它启动了一个分离和净化的机制,让一个日后可以生成意义的东西脱口而出。在这个意义上,"卑贱物和弃却是我的护栏,是我文化的开端。"②

3. "卑贱化"的象征性操演

性别研究学者茱迪斯·巴特勒曾毫不客气地指责克里斯蒂娃提出的"诗语言"理论是"自砸阵脚",认为她"将母性身体描述为承载了一套先于文化本身的意义"的做法,"不啻维护了文化是一种父权结构的观念",同时质疑这一发现"本身是否就是一个特定历史话语的产物,是文化的结果,而不是文化的秘密或者原初的成因。"③ 巴特勒总是敏感地抗拒任何在她看来带有性别文化操演目的的企图,但是,如果说克里斯蒂娃"诗语言"的建构、对"前符号态"的提出的确是依赖于"父系律法的再生产",借助了逻各斯解释系统而作出的一种假定的话,那么这种假

---

① Kristeva, J: *Powers of Horror—An Essay on Abjection.*, Columbia University Press, 1982, p. 11.
② Ibid, p. 2.
③ 茱迪斯·巴特勒:《性别麻烦——女性主义与身份的颠覆》,三联书店,2009 年,第 108 页。

定也应该是必要的。因为她随后提出的这一"abjection"理论即证明了它的必要性,并至少把大家的关注,引向了象征秩序的遭遇——"恐惧"/"恐怖症"(phobia)本身上。

"卑贱物"何以引发无穷无尽的"恐惧"?准确地说,引发恐惧的并非那个"无名之物"(nameless object),而是它的"无名性"(namelessness)。也就是说,倘若我们追问一句:"所谓'卑贱物'若不是'卑贱的',它会是什么?"时,会不会触发那个根源性的"恐惧"?这个"恐惧",与其说是来自一个"先在的客体",不如说正是恐惧者、战栗者本身所依赖的那个象征秩序脆弱性的投影。克里斯蒂娃认为,在"我"的无意识中总有一个幻觉,那就是:有一个先于"我"的语言存在的"开始"(尽管巴特勒认为这个"开始"可能本身就是一个"先在的话语"的产物),让我在进入象征秩序的过程中胆战心惊,生怕被拉回去,回到那个"原初"——一个可能是我的福地,也可能是我的坟墓——的地方。对于一个已经建立起一整套连续性的逻辑意义链的秩序而言,断裂和分歧应该是它时刻警惕的重大威胁。可怕的往往不是你在和这个威胁的对峙中败下阵来,而是它总在逃离你的视线,让你"抓不到"它。战场飘忽不定,你便只能用可以标示的东西构筑起自己的"防御性堡垒",让其余那些不在命题范围内的东西,一并坠落。排泄物,垃圾,尸体……"威胁"变得与它们同在,它本身是不是一样"污秽"?不知道。但它必须是污秽的,这样对它的战争才有了正义之名。而"卑贱物"就流淌在这条对抗污秽的边界之上,作为象征界的一个所指暂时缓解了那个根源性的"恐惧"。

造成母性的"本能异质性"被"留在象征秩序里最脆弱的地带"的正是象征秩序的主观性"恐惧"本身,而克里斯蒂娃在此仅仅充当了某些操演性机密的揭示者。也就是说,她的工作至少让我们从"恐惧"这一象征秩序的能动反应所引发的"卑贱化"效果上,窥见了一种律法试图通过生产它要予以否定的那个"客体"("卑贱物")达到"自我壮大和增衍"的目的所进行的文化操演。所以面对弗洛伊德提出的那个困惑了无数人的难题"原始压抑",克里斯蒂娃指出,"压抑"的产生并不来自于一个可以定位出的"起源"(primacy),也就是说,被压抑的东西并不真正"在场",而"引起压抑的东西却总是已经向……言语活动借助它的力量和权威"①。因此,是"象征功能的不稳定性"将一道禁令强加于母体之上,通过对她的"弃却"界定出文化的最初领域。而由此生成的"乱伦禁忌",成了象征秩序里"最有意义的东西"。

事实上,"卑贱物"经历了两个阶段,即从成为"恐怖症患者逃避的卑贱物"到成为"为分离的主体划界的卑贱物"②。而对"卑贱物"的净化过程伴随着对母亲客体与说话主体的区分。"应该被排除的东西作为应该被排除的东西而被认识,是集团同一性形成的第一步。"③ 这也正是"弃却"这种机制作为对各种象征性禁忌的"代码化"实践,对社会实施的统一建构。在此,按照以"净化"为首要目标的各种原始宗教的需要,这种"卑贱化"的象征性操演被划分为三个范畴:污秽仪式、食物禁忌和原罪。而它们都遵循着相同的操演性原则,即,在将这些"污秽"、"不洁"进行"弃却"的同时,把对它们的禁忌代码化——内化于主体的精神世界,并经历神圣仪式的升华。这样一来,"卑贱物"成了象征性的卑贱代码,罪恶也因语言的"祈祷仪式"而获得赦免。"对卑贱物的各种净化方式构成了宗教的历史"④,而最终"净化"被艺术这一源于宗教又高于宗教的形式演绎到了极致。克里斯蒂娃从现代文学实践中捕捉到一股散发着"卑贱"的气息,那是从"不可能"中获得"可能"的写作语言,其中就有塞利纳演出的"卑贱"式舞蹈——一种最别样的"风格"。

---

① Kristeva, J: *Powers of Horror—An Essay on Abjection.*, Columbia University Press, 1982, pp. 13 – 14.
② Ibid, p. 73.
③ 西川直子:《克里斯蒂娃——多元逻辑》,王青、陈虎译,河北教育出版社,2002年,第213页。
④ Kristeva, J: *Powers of Horror—An Essay on Abjection.*, Columbia University Press, 1982, p. 17.

三 塞利纳的"卑贱"陈述

路易·费尔迪南·塞利纳是20世纪法国著名作家,但同时也是一位颇受争议的人物,原因是他曾拥护希特勒并成为一名狂热的反犹太分子。年少时代就开始的军旅生涯使塞利纳亲身经历了一战那腥风血雨、兵戈裹尸的残酷场面。无情的战争与毁灭从此在他心中留下了永远的创伤。而退伍之后,他又选择了一个整日与疾病、受折磨的肉体与死尸打交道的职业——医生。这无疑具有了极强的暗示性,暗示着已经潜入塞利纳精神世界里的那种来自于战争与污秽——abjection的同时纠缠着"战栗"与"魅力"的两义性机制的发生作用。克里斯蒂娃认为,塞利纳文学是一种断片的、叫喊式的、割裂了线性秩序的写作,"它召唤出我们体内那避开了禁止、学习、言语,或与它们相抗争的东西。"① 在他的小说世界里,我们游历了一个又一个布满"污秽、憎恶、原罪"的场所,"这是个充满边界和摇摆不定的世界,身份脆弱而混乱不清,主体和它的客体游离不定,充满恐惧与挣扎,卑贱与旋律。"② 在克里斯蒂娃看来,塞利纳的反犹太主义写作及其作品独特的主题与文体风格正是在abjection的层面上体现的。

1. 主题

塞利纳的每一个故事,都离不开杀戮、尸体和战场。可以这么说,"战争"是他永恒的主题,而"死亡"是他唯一的主角。塞利纳的主题被形容为一种"痛苦的呐喊",因为"当被叙述的身份难以承受,当主、客体的边界发生动摇,甚至当里面、外面的边界也变得不确定时,叙述将成为第一个受到冲击的。"③在这种情况下,"整个叙述立场似乎被一种

---

① Kristeva, J: *Powers of Horror—An Essay on Abjection.*, Columbia University Press, 1982, p. 134.
② Ibid, p. 135.
③ Ibid, p. 141.

穿越卑贱的需要控制着"①，使"叙述"无法进行，只能转而"呐喊"。这个"呐喊式主题"，正是"叙述再现内部这种卑贱状态的最终证明。"②

1.1　母亲

塞利纳主题的内容除了涉及他在战场与医院期间经历的杀戮与肉体解剖之外，女人和犹太人也是两个非常重要的方面。克里斯蒂娃认为，母亲在塞利纳的作品中经常"占据着中心的位置"，并且"被两分化"。她既是"理想的"、"艺术的"、"美丽的"，又是"痛苦的"、"充满疾病的"、"衰弱的"；既有优雅的一面，也有卑贱的一面。在塞利纳看来，母亲既是生命的赋予者，也是生命的铲除者。是她孕育了生命无可挽回的根本性悲剧——走向死亡。她没有能够产生一个"不朽"的生命，是应该受到"责备"的。所以他愿意不厌其烦地大肆渲染女人（尤其是母亲）的"卑贱性"：

　　妈妈呀，她昏倒在楼梯扶手边……她把五脏六腑都吐了出来……喉咙管里冒出来一根胡萝卜……一块肥膘肉……整整一个绯鲤尾巴……③

以及：

　　妈妈的双腿，一只小，另一只大。④

克里斯蒂娃认为，塞利纳笔下的母亲所体现的"阉割"形象可以暂

---

① Kristeva, J: *Powers of Horror—An Essay on Abjection.*, Columbia University Press, 1982, p. 140.
② Ibid, p. 141.
③ 塞利纳：《分期死亡.》，见茱莉亚·克里斯蒂娃：《恐怖的权力——论卑贱》，张新木译，三联书店，2001年，第207页。
④ 同上，第225页。

时抚平"我""早熟的自恋创伤"①。这样一种"卑贱"式的书写流露出的对母亲的爱正好对应母亲自身的"卑贱性"——这是作者塞利纳（代表说话生灵）有意而为之的。这样做在一定程度上保护了说话主体不受"卑贱化"的威胁，尽管女人已经毁了他所有通向"无限境界"（the infinite）的可能。

1.2 犹太人

塞利纳强烈反对以宗教机构和道德机构为代表的象征制度，认为它们潜藏着人类本性的卑劣和低下，与"卑贱物"相妥协，是不完美的，无能的。而这一象征制度的顶点和祖先，正是犹太单神教。因此，塞利纳的反犹太主义也是个完全的、极端的非宗教主义。不过，他的颠覆策略并不是要瓦解象征制度本身，而是要改变它存在的形式。在那里，不存在任何模棱两可的"威胁"，只有一条绝对的、有保证的"神秘主义"的律法，和实实在在的物质性实体。

克里斯蒂娃认为，既然反犹分子塞利纳认识到犹太教是现存象征制度的始祖，而现代性所处的境况正是"社会或象征的代码"在"卑贱的设计面前"的"缺失"，那么反犹主义的愈发激烈化也在情理之中了。"被作为象征事实的人类本性无法坚守的顶点……正是卑贱。"② 塞利纳的反犹太写作，因此成为游历在"身份界限"上那些"模糊的、昏暗的区域中"的大胆冒险。他认为，正是犹太性形象集中了所有卑贱化的东西。它浓缩在塞利纳身上的"幻想"，是"暴君兄弟"、"坚不可摧的父亲"以及"异质的女人"。

1.2.1 暴君兄弟

塞利纳认为，犹太人是上帝的选民，是"享受父亲权力的英雄儿子"，这种令人羡慕的优越性使他具有"暴君"的指挥欲和控制欲。他想拥有一切，拥有金钱，拥有权力；他无所不在，无孔不入，从最原始的

---

① Kristeva, J. *Powers of Horror—An Essay on Abjection.*, Columbia University Press, 1982, p. 158.

② Ibid, p. 180.

"肛门控制"开始,侵入并统一整个世界……于是"犹太威胁"的幻影在塞利纳的世界里激起了"反犹太幻想"。在犹太兄弟这位想象的"攻击者"面前,塞利纳将自己幻化成一位"被攻击者"——欲望的客体。他被卑贱擒住,落到了"女性和受虐狂的地位,成为……享乐的奴隶。"

啊!我亲爱的魔鬼!垂顾一下吧!你是过分隐秘的施难者!在我眼里真是少见!我热爱你!请满足我的所有心愿!你让我憔悴!你看着我伤心!想到我还要忍受更多的痛苦,我就快活得要死……①

1.2.2 坚不可摧的父亲

在此,这位"暴君兄弟"的所进行的享乐并不是一种听从动物本能的自然行为,而是在父亲的"理性统治"之下支配自己的行为。他担心自己会沉湎于一丝"直接的人性",于是变得更加"暴戾"。他将自己认同于理性律法,从而从"兄弟"身份滑移到那位"坚不可摧的父亲"身份上。就是针对这个"父亲",塞利纳文本发起了"非常俄狄浦斯式的攻击"。在那里,"激情和音乐"(Emotion and Music)作为"律法和语言"(Law and Language)的对立面,迸发了出来。

在这一近似"谵妄"的状态中,克里斯蒂娃认为反犹太者恰恰暴露出了他虽是"否认的"但又是"极端的""信仰"——对犹太宗教绝对性,即父亲律法的信仰。因为他是被他所反抗的东西"拥有的仆人"——一方面是与那种绝对权力对峙下的"失败者",另一方面又觊觎着那种权力,由此他亦成为了父系律法权威性的另一种证明。在这里,abjection 被作为"创伤主题"写进了那种宗教,而反犹太者自身则向宗教的"补充物和反面"——即卑贱的异质性本身——"进行回归"②。

---

① 塞利纳:《屠杀琐事》,见茱莉亚·克里斯蒂娃:《恐怖的权力——论卑贱》,张新木译,三联书店,2001年,第264页。

② 西川直子:《克里斯蒂娃——多元逻辑》,王青、陈虎译,河北教育出版社,2002年,第235页。

1.2.3 异质的女人

女人似乎是个天生的欲望客体,她唤起了那个关于 abjection 的两义性机制,并且常常让说话主体陷入"一者"和"他者","法则"和"快乐"之间的界限的崩溃中。在塞利纳看来,犹太人,这位欲望"受惊"的兄弟,正胆怯地滚到父亲律法统治的阶下,成为他的尤物,他的客体,他的如"妻子"一般的"卑贱物",因而亦是"具有威胁的"。

在这个意义上,克里斯蒂娃认为,"反犹者没有弄错。"犹太教在继承其父系律法的同时,也负载了一个来自女性的异化的生灵。这是打在象征秩序上不可磨灭的双重烙印。塞利纳看到了这个卑贱性的所在,用本文发起了对"圣经憎恶"(把卑贱物进行象征代码化的禁忌和仪式)的猛烈攻击。但是他不过是以不同的方式步入了相同的宿命。由于缺乏宗教预言者所持有的那一套律法,他所演绎的 abjection,将无法通过任何命名来缓解那个根源性的"恐惧"。如果说象征秩序是用一层代码将"卑贱物"包裹在自身还能够控制的范围之内(尽管不可能消除它的威胁),那么塞利纳则刻意去置换这层代码本身所依附的那个象征秩序,用律法以外的东西(音乐、节奏、舞蹈……总之是"风格")去释放和放大"abjection",直至自身被它所占有。

2. 风格

塞利纳的目标是建立一种"物质的肯定性"(material positivity)的律法,而这种物质是"完全的"、"可以触摸"并"让人快乐"的,是消除了"它物",消除了"威胁",消除了"异质性"的"家庭、民族、种族和身体"。他渴望通过这些"物质性"的实体将各种差异"吸收到一种同一性中"(表现为千篇一律)。也就是说,构成"威胁"的"卑贱性"不存在了,人类被保存在"原始的自恋癖"当中。从而,一种"物质和意义的内在(immanence)"被强调了出来。在那里,无论男性还是女性、生命还是死亡,都共享一个"菲勒斯的崇拜"(glorification of the Phallus），它"并不给自己命名，只是以节奏的方式对感官交流"。① 于是，充满"风格"的塞利纳开始了他的"舞蹈"，那是升华了自恋癖这种"内在享受"的结果。在这里，非意义化的"音乐"成为能指。

在克里斯蒂娃看来，塞利纳的"风格"写作，就像"在黑夜深处的旅行"，它顶替了"上帝"退场后留下的"空白"。从此之后，塞利纳将对决自己的母语（象征法则）。就是说，他要从中肢解那个"语言"（规范）的架构，留下纯粹的"母性"（情感）的召唤。他要把"深层"的东西带到"意指的表面"，这个深层是"情感的身份"，是"生物学的真理"。塞利纳崇拜"情感"（emotion），他的写作亦以此为开端。他想通过"深层"到"表层"的推移来唤醒这个情感，同时也意识到"只有旋律能够揭示并掌握它"②。这个旋律，乃是"声音"的舞蹈。它将塞利纳以"风格"占据的那个"空白"位置重新填满，那里，语言不再创造什么意义，什么道理，它只鼓励并带出情感，让它跟随音乐狂欢，演化成新的"空白"——这不是先前的那个"虚空"（void），而是"风格"的空白，是塞利纳渴望的目标。

"大众口语"是塞利纳风格的宠儿。在他看来，"拒绝所谓'正确的'书面法语，……就是拒绝它所蕴含的社会意义和禁忌。"③ 而大众口语则以其带有"分离"、"拒绝"、甚至"仇恨"的特点制造出一种语义上的"模糊"，从而更加靠近塞利纳所要达到的"意义的空白"。也就是说，他想借助非传统的语汇来冲击进而颠覆他欲置换的那个律法所规定的"语言"，以移动意义，或重新创造意义，甚至消除意义。

塞利纳风格的另一特长就是通过对规范的句法结构的重新调配来重组"信息的逻辑"。他有意将句子中想要强调的信息成分"弹出"——也就是通过"前移"或"后移"的方式，让一个信息成分（如主语或宾

---

① Kristeva, J. *Powers of Horror—An Essay on Abjection*., Columbia University Press, 1982, p. 179.

② Ibid, p. 190.

③ 沈志明：《塞利纳精选集》，山东文艺出版社，2000 年，第 862—863 页。

语）独立出句子之外。这样，该成分就不承担任何语法功能，只作为一个"信息素"，将作者的意图明确地显现出来。这是"陈述句的逻辑"（句法）让位于"陈述的逻辑"（信息）的效果。于是，句子被"切片化"和"音乐化"，像是回归到一种儿童式的陈述。因为在儿童那里，"没有句子"，说话主体只服从情感冲动的支配，将想要表达的信息诉诸最直接的"词语"，不经任何语法加工。因此，塞利纳的句子也可以说是一种向"本我"的"回归"，但却是经过"风格"加工后的"回归"，目的是使句子"走出它的窠臼"，将"陈述"与"陈述句法"啮合起来，奏成"双手连弹"的琴律……

"情感化"是塞利纳文本的宗旨，他也为此在叙述中引进了一种别出心裁的标点符号技术——即三点省略号（…）和感叹号（!）。他常将省略号置于完整分句或原本可以形成逻辑关系的句段之间。这样做的效果是，对于分句而言，陈述并不随句法结构的完成而结束，它还在"继续"，还在"移动"，还在向其它"信息"蔓延……；对于逻辑句段而言，它将一个句子中诸如主语、表语、状语这些成分的逻辑关系割裂开来，让它们彼此独立，从而可以"主观"地将自己链接到其它不确定、不在场的逻辑成分上。感叹号的使用则加强了叙述的情感力度，让主题律动起来。此外，这种标点符号设计还保证了叙述主体的存在感不受叙述内容的湮没。"我们每读一次，我们每次从这一个断片跳到另一个断片，我们便使这个叙述的人的存在及其运动复现了出来。"[1]

克里斯蒂娃说，塞利纳交响曲中隐藏着一个"多元叙述者"，这是"自我的晕厥"，也是"卑贱的晕厥"，它只有借助于对幻想中的"仇恨客体"的激情，才能被书写。这一"幻觉"的焦点，是一个"原始的舞台"。在那里，塞利纳用他的文本风格，用标点、词语、句法的非常态化、音乐化、碎片化、情感化、极端化……为我们上演了一幕幕扣人心弦的动作戏——这些元素好似活化了的生命体，他们在旋转、在颤抖、

---

[1] 沈志明：《塞利纳精选集》，山东文艺出版社，2000年，第865页。

在狂欢、在怒吼，它们充当"卑贱"的喜剧精灵，与死亡共舞。塞利纳的写作正是这样一个以"节奏"代替"主人"，以"旋律"代替"他者"，以"风格"代替"上帝"的"非意义"的能指所在。它从一个"恐惧"开始，经历了"末日"式痉挛，最终回归为"卑贱者"的舞蹈。

四 结 语

克里斯蒂娃在《恐怖的权力》一书结尾处说明，她在这里所做的全部探讨都是为了揭示出"这个恐怖"（horror）及其背后的权力机制。在她看来，这个"恐怖"本身乃是"主观性"投射的产物，是象征秩序面临"语言的危机"（the Crisis of the Word）时的自我痉挛，它产生了它后来所依附的那个权力运作机制——abjection。正是通过宗教的、道德的、意识形态的代码化实践，象征秩序才得以暂时建立起个人和社会意义上的"平静"。而一旦压抑物复归，卑贱物作为被象征秩序隔离在外的异质的"魔鬼体"，将再度反抗并搅乱这个对主体而言原本就模棱两可的脆弱边界，这样，先前设定的对卑贱的一切净化和压抑机制便无法逃脱绝望的"末日"恐惧。文学，克里斯蒂娃认为可以从这一意义上被指定为是这层危机的"最高编码"，因为它无疑最准确地揭示了我们存在的隐秘真相——即无论作家本人还是他的文本实践，都必须同他自身存在既无法抗拒又不可分割的那个"复体"（它是异质的、是魔鬼般的、是女人的）作斗争。面对这个强大的卑贱化力量，我们的语言学已然失效。当务之急，文学必须承担起"能指"的责任，去弥补那个"空白"。而它必将首先自我卑贱化——分解成碎片，掏空全部意义，直至最后只回响一些纯净的、情感的、律动的"音符"……就像塞利纳的舞蹈。

参考文献

波拉·祖潘茨·艾塞莫维茨：《符号与象征的辩证空间——朱丽娅·克里斯蒂瓦哲学述论》，金惠敏译，载《南阳师范学院学报》，2004年第2期。

西川直子：《克里斯蒂娃——多元逻辑》，王青、陈虎译，河北教育出版社2002年版。

Kristeva, J: *Powers of Horror—An Essay on Abjection*. Columbia University Press, 1982.

Kristeva, J: *Revolution in Poetic Language*. New York: Columbia University Press, 1984.

茱迪斯·巴特勒：《性别麻烦——女性主义与身份的颠覆》，三联书店2009年版。

塞利纳：《分期死亡》，转引自：《茱莉亚·克里斯蒂娃. 恐怖的权力——论卑贱》，张新木译，三联书店2001年版。

塞利纳：《屠杀琐事》，转引自：《茱莉亚·克里斯蒂娃. 恐怖的权力——论卑贱》，张新木译，三联书店2001年版。

沈志明：《塞利纳精选集》，山东文艺出版社2000年版。

作者简介

苏凌滢，天津外国语大学比较文学与世界文学专业硕士研究生。

印度德瓦达茜制度与印度宗教

任锦华

德娃达茜是梵语 Devadasi 的音译。Deva：意为神；Dasi：意为奴隶。那么，德瓦达茜在印度宗教中实际上是指"神的奴隶"。南印度卡纳塔克邦一年一度的朝拜仪式上，将年轻的女孩贡奉给神灵已经成为千年不变的习俗了。女孩作为"神的奴隶"与神结为夫妻，并以"神妻"的名义长年生活在寺庙中。在现代文明疾速蔓延到全球各个角落的今天，德瓦达茜制度在印度依然得以保存和沿袭，与印度人民对于宗教的虔诚是密不可分的。如果把印度文化比作一棵大树，那么印度宗教便是它的根茎，而德瓦达茜制度则是这个大树上的一片叶——它是印度宗教的表现反映。

美国宗教史学家米尔恰·伊利亚德（Mircea Eliade）在谈到宗教现象时说道，"每一个现象因其告诉我们两件事情而具有意义：其一，它是一个神显，所以这揭示了神圣的某种模态；其二，它是一个历史事件，所以就揭示了当时人类对于神圣的态度。"[①] 因此，要解释德娃达茜这一特殊女性群体为何在南印度如此繁盛，只有还原其宗教背景，并且将这种现象放到相应的历史背景中去加以考查。

当时的信仰者相信，对德瓦达茜的尊敬以及对她们舞蹈的膜拜可以

---

① ［美］米尔恰·伊利亚德著：《神圣的存在》，晏可佳、姚蓓琴译，广西师范大学出版社，2008年，第2页。

获得好运；献祭女孩的家庭相信，将女儿献给神灵可以终生获得神灵的庇护。"甚至连婆罗门祭司也相信，庙妓门前的尘土都是神圣的。"① 这里的庙妓不是别的，正是指德娃达茜。于是，我们不禁要问，印度民众对于神庙舞女的这种崇拜心理是否是原始宗教的某种遗迹？如果是，那么，它又反映了印度先民怎样的心理状态呢？

本论文力图从宗教信仰角度去寻找的德娃达茜现象产生的神圣渊源，以及其中所反映的印度文明中对女性、性力以及舞蹈崇拜的历史。

一 德瓦达茜与女性崇拜

在德瓦达茜制度中，我们首先应当关注一对矛盾：即在极力贬低女性地位的印度社会，为何早期的德娃达茜作为女性，却能够在印度教的寺庙中取得备受尊敬的地位？既然《奥义书》和《摩奴法典》分别从意识形态和社会生活方面限制了印度女性在社会中的从属地位，那么德娃达茜制度在印度文化内部本身就是一个矛盾性的存在。既然如此，这个女性团体的繁荣是否符合了印度民众某方面的集体心理？是否可以认为，这种制度是先民对于女性崇拜的暧昧遗迹？

分析心理学家埃利希·诺伊曼秉承荣格的分析心理学方法，从心理层面分析了女性崇拜在人类社会中普遍存在的印记。她从群体心理学入手，解释了母亲崇拜在原始文明中存在的宗教渊源。荣格提出集体无意识的假设，认为集体无意识作为一种经验（既非推测，也非哲学），在群体中代代相传，而集体无意识又主要是由"原型"所组成。诺伊曼将"原型"概念运用到母亲崇拜的研究中，从世界宗教普遍存在的庙妓现象中找到大母神崇拜的"原型"。她认为："当分析心理学谈到大母神原始意象或原型时，它所说的并非存在于空间和时间之中的任何具体形象，

---

① A. Sommerville: *Crime and Religious Belief In India*, New Delhi: Shubham Offset Press, 2000, p. 4.

而是在人类心理中起作用的一种内在意象。在人类的神话和艺术作品中的各大女神形象里，可以发现这种心理现象的象征性表达"。①

历史学家通过大量史料研究，认为女性崇拜几乎是所有农耕文化的早期崇拜主题。例如19世纪瑞典人类学家巴霍芬就从经济政治角度论证了女性的光辉时代在史前存在的可能性。通过研究古代宗教与法律，巴霍芬认为，早期社会由于尚未建立"家庭"这一单位，人们生活在无限制的乱交状态下，子嗣的血缘只能通过母亲方面确认，出于财产继承的需要，经济统治权与政治统治权都集中在女性手中。

德·恰托巴底亚耶从唯物主义角度谁了印度前雅利安文明时期女性崇拜的可能性。因为"所有这些古代文明都从土地取得财富，农业是妇女的发明。"② 早期家业生产的经济基础奠定了女性在部落中的崇高地位。至少，有理由认为，在崇拜男性力量雅利安人到达印度之前，印度的普通民众将女性与土地联系在一起：相应地，控制土地的繁殖能力的巫术，就自然集中掌握在妇女手中了。尽管后来雅利安人带来畜牧生产方式，但并非所有的前雅利安人民都受到这种生产方式的影响，相反，"印度人民大众仍然像过去一样是土地的耕种者，对他们的古老圣母萨克提（Sakti）坚信不疑。"③ 这些非雅利安部落从未进行过吠陀的势力范围，他们以自己独特的方式保留了自然女神在本部落中的地位。德娃达茜制度也许可以被认为是非雅利安的大众式女神崇拜在印度的遗迹。

德娃达茜最初的家园既不在世俗的乡野，也不在市井，而是在供奉神灵的寺庙中，从某种程度上可以说明德瓦达茜制度是母亲崇拜在印度文化中的象征性表达。她们在大女神寺庙里与神同吃同住，无疑反映了这群特殊女性最初在印度宗教中的崇高地位。今天，她们的地位或许早

---

① ［德］埃利希·诺伊曼著：《大母神——原型分析》，李以洪译，东方出版社，1998年，第3页。
② ［印］德·恰托巴底亚耶著：《顺世论——古印度唯物主义研究》，商务印书局，1992年，第318页。
③ ［印］德·恰托巴底亚耶著：《顺世论——古印度唯物主义研究》，王世安译，商务印书局，1992年，第313页。

已被印度的居民遗忘，但是，作为一种宗教现象的遗产，它仍然是人们对于女性崇拜历史的集体无意识象征。荣格认为，在人类文化的早期状况中，占支配地位的不是个体心理，而是群体心理。在个人与群体之间，存在着一种"神秘参与"的关系。反映在原型女性心理学中，则是规模庞大的处女献身仪式。

宗教崇拜中以各种名义出现的大母神在世界各大古老文明中的普遍存在。例如，埃及女神塔－乌尔特（Ta-urt），古巴比伦女神伊希斯（Isis），希腊女神狄安娜，以及广泛流传于古希腊罗马的阿弗洛狄特和维纳斯。这些女神的原始职能都与生殖相联系。在弗雷泽看来，原始文明中之所以出现大母神崇拜现象，主要是由当时人类的生产方式所决定。印度的史前文明属于河流文明，居民主要依靠以灌溉支撑的农耕方式维持生计，他们耕种土地，种植谷物和果树，驯养牛羊等动物。一方面，农业生产和家畜养殖使得早期居民认识到无论是土地还是动植物的繁殖功能对于生存都具有重大意义；而另一方面，相对稳定的生活状态又培养出早期居民和平而内敛的世界观。而这两个方面，正好代表了女性身体的生殖能力以及女性阴柔的性格。

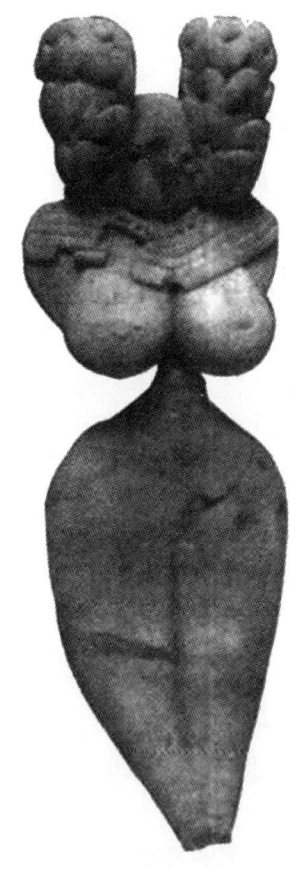

图1　梅赫格尔6期，有精美发型的赤陶女雕像，公元前3000年

对于土地孕育出庄稼，自然孕育出季节变化，印度河流域的先民似乎非常敏感。他们创造出人格化的天神和地母，二者一年一度的身体结合正是大地生物以及天气和季节变化的

根源。这一时期的神话表明,印度大地女神与她的男神配偶具有同等地位。而考古学方面的成就也支撑了这女神崇拜的事实。

在哈拉帕发掘的印章中,其中一枚有这样的画面:"菩提树中一位头上长角的裸体女神,她的面前有一位头上长角的长角跪拜者,后面跟着一头人面山羊,下方站着七个长辫子的侍女"。①

"这种崇拜也许同后来对于萨克提(Sakti)的崇拜并不完全相同,但在基本观念上似乎是一样的,那就是,相信女性的能力是万物的本源。"②

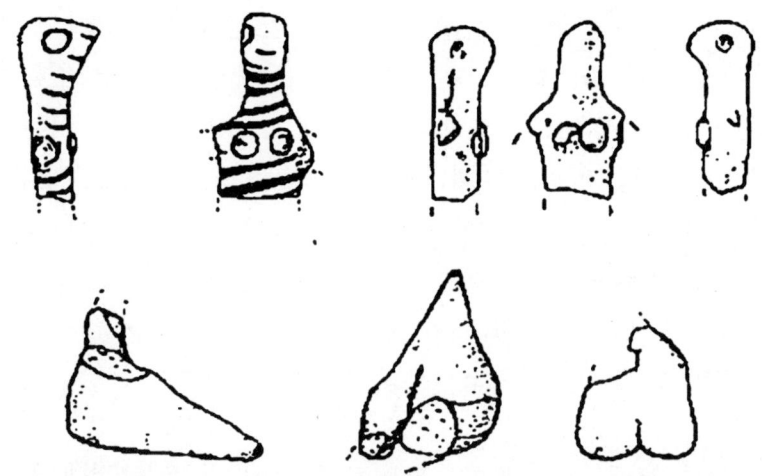

图2 哈拉帕前城市聚落的赤陶女像,公元前2800—2600年)

虽然真正意义上的德娃达茜在这一时期并未形成,但是她们的先辈——舞女已经产生。因而有学者认为,德娃达茜为神跳舞,以及她们的性服务职责,正是为了在宗教意义上达到其肉体与神无限接近,以求

---

① 方广锠:《渊源与流变:印度初期佛教研究》,中国社会科学出版社,2004年,第104—105页。
② [印] R. C. 马宗达, H. C. 赖乔杜里, 卡利金卡尔·达塔著:《高级印度史》(下),张澍霖等译,商务印书馆,1986年,第25页。

神灵泽福人类。① 黑格尔就曾指出:"东方所强调和崇敬的,往往是自然界的普遍的生命力,不是思想意识方面的精神性和威力,而是生殖力方面的创造力。特别是在印度,这种宗教崇拜是普遍的……表现为巨大的生殖女神像……"②

一方面,女性身体作为繁殖力的象征与农作物的收成密切相关,对女神的崇拜可以促成动植物的丰产;另一方面,在金属武器大规模运用之前,在原始的居民的眼中,生命与死亡是不可预测和解释的。他们对于女性的子宫和大地怀着相似的情感,因为它们都是生命的诞生和回归之地。女性身体正是大地的隐喻。因而,对女性身体的崇拜也恰能反映初民们对于生命本身的敬畏。在《梨俱吠陀》中,仍然有献给死者的歌谣唱道:"爬回到你的母亲,大地那里去吧。愿她将你从虚无中拯救出来!"③ 由此可见,在吠陀早期,女性在一定程度上仍然与大地相关联,享有男性不可比拟的神圣地位,或者至少可以说,大地仍然以母亲的形象出现,具有安抚灵魂的神力。

但是,到了吠陀中后期,大约于公元前14世纪到公元前9世纪之间,随着中央集权王国的形成,王权开始代表男性力量管理社会。金属冶炼技术日趋成熟,青铜工具以及后来的铁制生产工具开始运用于农业生产,对土地的大规模开垦成为可能,金属武器的使得又使得部落间的军事征战变得频繁。在农业上,人们不再被动受制于土地,而是积极参与到土地改造的活动中去,于是土地的生殖功能不再像以前那样重要;政治方面,而代表进攻的男性力量取代女性的生育能力,成为新的崇拜力量。女性神话在这一时期被改写,男性力量开始作为英雄力量在神话中被赋予崇高地位。火神阿耆尼与战神因陀罗在这一时期受到无上推崇,此外还有代表男性力量风神伐由和伐塔,闪电之神楼陀罗等。

---

① A. Sommerville: *Crime and Religious Belief In India*., New Delhi: Shubham Offset Press, 2000, p. 4.
② 黑格尔著:《美学》,第3卷上册,朱光潜译,商务印书馆,1979年,第40页。
③ 《梨俱吠陀》,X, 18, 10。

公元前5世纪左右，印度社会从早期形态过渡到古典形态。婆罗门教思想的日益成熟，男神取代女神而成为主神的趋势更进一步。"古老女性丰饶精灵在融合过程中首先是被升格为婆罗门神祇的配偶女神……女性的丰饶精灵则被配属于三大正统神祇，或者说附属于他们。"①

公元4世纪左右，情况开始有所转变。印度教受密教影响，内部开始出现对女性生殖力崇拜的倾向，不过这一时期的对女性崇拜的回溯仍然只是处于萌芽状态，并受正统婆罗门教的排斥。大约公元7、8世纪时，女神的地位更进一步发展，甚至出现了一种倾向，认为"女性的生殖力不再是神性的一个方面或其衍生物，她已超越了宇宙的两性原则，本身成为至高无上的宇宙的'终极实在'。这一思想将女神在宗教中的地位推向了顶峰。"② 到公元10世纪左右，产生了专门信奉女性生殖力的性力派。性力派崇拜萨克提（shakti，即女性力量），不再奉湿婆、毗湿奴等男性神作为至高无上的神，而是将他们的配偶杜尔迦、迦利、雪山神女、吉祥天女等女神推上了最高神的宝座。

在印度的众多女神中，与德娃达茜制度有着密切联系的则是哩奴迦（Shri Renuka）。将未成年女孩献给女神哩奴迦，是南印度民间一年一度的习俗。事实上，处女献身仪式普通存在于世界古代文明中。古希腊历史学家希罗多德就曾记载了古巴比伦的庙妓习俗："出生在那里的每一个妇女在她的一生之中必须有一次到阿普洛锹铁的神殿的圣域内去坐在那里，并在那里和一个不相识的男子交媾。"③ 与古巴比伦妇女将处子之身用来祭祀阿弗洛狄特一样，德娃达茜处子之身也是为了祭祀印度大女神哩奴迦。由此，可以发现在庙妓现制度中一个普遍事实：庙妓奉献处子之身的目的，都是为了取悦某位大女神（Great Goddess）。通过这种宗教性的"神秘参与"，女神接受到来自凡人的祭拜，赐予人类的福祉。

---

① ［德］马克思·韦伯著：《印度的宗教——印度教与佛教》，康乐、简惠美译，广西师范大学出版社，2005年，第416页。
② 朱明忠、尚会鹏：《印度教：宗教与社会》，世界知识出版社，第278页。
③ ［古希腊］希罗多德著：《历史》（上），王以铸译，商务印书馆，1997年，第100页。

在哩奴迦的节日上，献给寺庙里的女孩都是6—8岁的女童，并且待到女孩长到青春期以后，她们的处子之身也必须奉献给神灵。然而，为何德娃达茜在日后却要履行事与商业妓女类似的性服务义务呢？为何象征忠贞的哩奴迦反而成为妓女和德娃达茜的保护神呢？通观其他古文明，可以发现诸多类似现象。例如，在古希腊，献给性爱女神阿芙洛狄特的女性必须是童贞女，阿芙洛狄特既是处女的保护神，也是妓女的保护神；古巴比伦的女神伊丝塔（Istar），既是"魅人的巫女"，又是"圣洁的处女"。由此可见，德娃达茜与其她被献给大女神的贞女一样，具有某种宗教上的双面意义。

在德娃达茜与神灵的"圣婚"之夜，世俗的赞助者代替神灵得到了她的处子之身，由此经历了女性身体一次重要的变形。"女性变形的秘密首先是血的变形秘密，这使她经验了她自身的创造力，并使男人产生一种神秘的印象。"① 这种神秘在大女神的庇护之下得以显现。由此，原始生育的期望与对处女之身的敬畏在德娃达茜身上得到完美体现。

二　德娃达茜与性力崇拜

德娃达茜制度在民众中的流行迫使我们回到印度民众的世界观中去考察。除了上一节提到的与印度文化中女性崇拜的集体无意识有关之外，恐怕这种联系还是印度先民早期对性力崇拜的遗迹。关于这一点，可以从印度大众哲学顺世论中找到一些线索。顺世论哲学的宇宙发生论认为："像小孩的出生由男女结合而来，万物的创生也是由阴阳交媾而生成。"② 因此，与众多古老文明一样，印度早期文明将性力看作社会生活的重要组成部分，并将它推至形而上的哲学高度。

---

① ［德］埃利希·诺伊曼著：《大母神——原型分析》，李以洪译，东方出版社，1998年，第31页。
② ［印］德·恰托巴底亚耶著：《顺世论——古印度唯物主义研究》，王世安译，商务印书局，1992年，第76页。

弗雷泽认为，人类对性力崇拜的最初表现形式是巫术和仪式。出于对自然繁殖力的渴望，人类祖先希望通过对自然现象的摹仿而达到干预自然繁殖的目的。弗雷泽将初民对于自然的摹仿称为"顺势巫术"。"顺势巫术"是根据对"相似律"的随想而建立的。先民基于"相似"的逻辑推理，认为人类两性的结合可以促进动植物的丰产。"植物通过雄雌两性的性的结合来繁殖，根据顺势巫术的原则，这种繁殖是由植物精灵雄雌两性（或由男人女人扮演）婚嫁交配刺激的结果。"① 古希腊把春天想象成女神狄安娜与她的伴侣一年一度的相会，女神与伴侣的结合预示着繁育增产。根据古希腊习俗，妇女在未出嫁前都必须在狄安娜神庙里将处子之身献给陌生男子的习俗长年盛行，应该也是对女神功能的模拟。那么，很显然印度德娃达茜在叶蓝玛女神的神庙里履行性交仪式也是早期某种原始巫术仪式的遗迹了。

> 为了得致丰饶所使用的手段：在耕地里举行仪式性的性交，以及阳具崇拜（Linga，灵根崇拜）及崇拜妖魔的阴茎（干闼婆，Gandharva）等等，在印度也同样是古老的……在吠陀经典里，古老的丰饶之神鲁特罗（Rudra）及其性爱的、肉食的狂迷，具有一种恶魔的性质；它后来成为印度的三大神之一——湿婆，不但是而后古典梵文戏剧的守护神，同时也因普遍存在的阳具崇拜而受到尊崇。②

印度先民珍视性交活动，因为它带着对庄稼繁殖的希望。对此，德·恰托巴底亚耶也不只一次地指出，巫术对于古人控制农业生产的重要意义。他说，"巫术依靠这样一条原则：只要我们创造一种我们控制现

---

① ［英］J.G.弗雷泽著：《金枝》（上册），徐育新、汪培基、张泽石译，新世界出版社，2006年，第140页。
② ［德］马克思·韦伯著：《印度的宗教——印度教与佛教》，康乐、简惠美译，广西师范大学出版社，2005年，第174-175页。

实的幻觉,我们就真的能够控制现实。"① 但是,这种幻觉又必须在狂想中去制造,而性交活动中所蕴含的宗教式迷狂体验很自然被印度先民推崇。印度河文明时期,这一类巫术仪式如此流行,以至于随后到来的雅利安人也不得不受其影响,将他们原本对苏摩酒的热爱与性爱迷狂共同融入到对战神因陀罗的祷告中。因此,这种迷狂体验既存在于早期达罗毗荼人的民间信仰中,也存在于雅利安人的祭祀仪式中。

原始巫术中的"五摩字",即是五种以字母 m 开关的事物:madya(酒)、mamsa(肉)、matsya(鱼)、maithuna(性交)、mudra(神圣手印)。其中最重要的与酒相联系的性的狂迷。巫术者与女性创造力萨克提合而为一,萨克提后来即以拉克希米(Laksmi),杜尔迦(Durga),提毗(Devi),迦利(Kali),司雅玛(Syama)等女神名称出现,借着一个喝酒吃肉的裸体女来表现出来。狂迷是低下阶层的救赎追求的形式,所以正是在婆罗门的种姓秩序直到后来才贯彻的南印度,尤其长期地维持着。即使是精力相当旺盛的英国风纪警察也很难将性的狂迷压制下来,或至少完全清除其公然的活动。②

由此可见,达罗毗荼人在被迫向南印度迁移的过程中,虽然背井离乡,却没有忘记将它们对性力崇拜的热情带到新的居所。以至于后来这种热情日渐发展成为具在相当规模的德娃达茜制度,沿传至今。

在早期性力崇拜中,两性结合产生出的身体狂迷还是与神灵无限接近的一种途径。有万物有灵的时代,男女身体性具有物质与精神的双重意义:在物质上,它可以保证家庭兴旺,多子多孙;精神上,它可以使人达到欢喜的境界。但是,对性力的崇拜最初为正统的婆罗门教所不耻。由于正统婆罗门教主张禁欲,提倡人们通过正见、正道去认知神,因而婆罗门祭司将这种民间信仰对于性力的崇拜看作异端和巫术大加讽刺和

---

① [印] 德·恰托巴底亚耶著:《顺世论——古印度唯物主义研究》,王世安译,商务印书馆,1992年,第327页。

② [德] 马克思·韦伯著:《印度的宗教——印度教与佛教》,康乐、简惠美译,广西师范大学出版社,2005年,第414页。

排拒。在此,值得关注的并不是性力所带来的身体狂迷本身,而是性力崇拜这一事实在印度早期历史中的确存在过。正如马克思·韦伯所说,"对我们而言,重要的是其无疑起源于远古时代而又从未断绝且生生不息的这个事实。"①

"女性丰饶神崇拜——尽管被当做非古典的,然而却被接收于正统婆罗门主义门下——的种种形态,通常被称为性力派……市民的性力崇拜往往被发展成为对裸体女性的仰慕。"②

正统的婆罗门教虽然一方面主张禁欲,而另一方面,从梵天创造女人的神话中可以推断出他们对于宇宙起源的观点极有可能还是吸收了民间对于性力的信仰。神话中讲到,梵天创造了世界万物,唯独忘记了创造女人,于是世间生物不可再生。梵天只好求助于湿婆。湿婆便将自己左边的身体变成了女人帕尔瓦蒂(parvati),并将两边身体分开,在两性的结合中产生了更多的生物。这则神话表明,在婆罗门教中,仍然认可两性结合是生命产生与延续的源泉力量。

受密教影响的性力派在印度的兴起也从另一侧面证明了印度宗教土壤中本身蕴含着性崇拜元素。性力派将两性的结合视作通往神界必须借助的手段。对神灵的虔诚(bhakti)通过奉献自己所有的爱而得到实现。而对神灵奉献爱的过程在印度教信徒看来,则是一种神圣的交流方式,在与神的神圣交流中,信徒得以领会宇宙最深层次的奥秘。但是,在印度教中,神灵并非抽象的存在。性力派将女性视作神的化身,借助萨克提(Sakti,即女性的力量),他们得以向神灵奉献自己的虔诚(也即巴克提,bhakti)。这正是印度教文化中对性的态度与世界其他文化将普遍将性视作罪恶在宗教本质的差别。"对性力的崇拜使娱乐达到至高境界,人

---

① [德]马克思·韦伯著:《印度的宗教——印度教与佛教》,康乐、简惠美译,广西师范大学出版社,2005年,第415页。

② 同上,第417页。

们同时也借助这种崇拜获得启蒙。他们崇尚萨克提,将爱的体验看成一种信仰方式,一种与神交流的途径……女性代表萨克提,而男性则代表湿婆。"①

三 德娃达茜与舞蹈崇拜

在印度教里,舞蹈是一种隐喻,舞蹈是神的舞蹈而非凡人的舞蹈。因此,对于印度人来说,舞蹈不仅是一种审美体验,更是认识世界的一种方式。印度舞蹈可能起源于早期印度先民的巫术。历史学家将印度的舞蹈历史追溯到印度河文明时期。出土于哈拉帕——摩亨焦·达罗的青铜舞女雕像被认为是德娃达茜的前身。雕像一丝不挂,只有颈间佩戴一条项链,双臂缠绕几只手镯。舞女一只手扶着大腿,一只腿呈弯曲状,整个身体显示出女性身体的柔美。有的学者认为,"她的肤色说明她很可能是奴隶,即中世纪印度教寺庙中神奴的先辈。"②

公元前20世纪左右,当雅利安人南下带来战神因陀罗之时,达罗毗荼人的部落还热衷于舞蹈形式的巫术。然而,对于已经进入宗教信仰阶段的雅利安人来说,仍停留在巫术阶段的达罗毗荼舞蹈无异于一种异端仪式。自此,舞蹈作为一种边缘行为被排斥在重智慧的婆罗门教之外。有关印度舞女的文字记载最早出现在大约公元前1500年的《梨俱吠陀》中。虽然当时并没有以"德娃达茜"一词将她们命名,但是,至少已经有了专门以跳舞、唱歌谋生的种姓。这里的"种姓"很可能就是指今天的德娃达茜,虽然将这一职业的名称归为印度种姓之一并不准确,但是这也的确反映了当时已经出现了职业化的舞女。

婆罗多(约公元前100前—公元200年间)所著的《舞论》(Natyasastra)是印度第一部专门论述舞蹈和戏剧表演的专著。书中不但对戏

---

① Judith Lynne Hanna Dance: *Dance, Sex and Gender*,[M]. Chicago: The University of Chicago Press , 1988, p. 101.

② 刘建、朱明忠、葛维均著:《印度文明》,中国社会科学出版社,2004年,第292页。

剧理论作了系统的介绍，也对舞蹈表演形式作了严格规定。《舞论》吸取了前四本吠陀中关于舞蹈与戏剧部分，成为古印度第五大吠陀。它从《梨俱吠陀》吸收了诗歌；从《挲摩吠陀》中吸收了节奏与韵律，从而发展了音乐；从《夜柔吠陀》中吸收了礼仪，从而发展了舞蹈的肢体语言；最后，它吸引了《阿闼婆吠陀》中的咒语与祷告辞，发展出了戏剧中的情绪。① 由此可见，舞蹈表演在这一时期已经成十分正式的艺术形式。公元3世纪出现的"natakam nanartuh"（即用舞蹈表演戏剧）一词表明，在当时，戏剧与舞蹈的确不分彼此。到了公元5世纪，婆罗门教将两大史诗《罗摩衍那》和《摩诃婆罗多》中的神话加以改编并吸收到印度教信仰当中。这使得两大史诗的故事在民间广泛流传，史诗故事被改写舞蹈或戏剧，由舞女在印度教寺庙中进行表演。生活在这一时期的印度诗人迦梨陀娑在他的部分作品中就曾描写到当时在神庙中跳舞的舞女的状况。在《吉祥女孩》一书中，作者通过对桑伽姆文学作品的解读，也肯定了早期舞女与德娃达茜的同源关系："桑伽姆文学作品中对歌者和舞者都有大量的记载，正是在这些记载中，我们找到了德娃达茜的前身。"②

公元9世纪至11世纪期间，在不断的历史融合中，达罗毗荼人的丰饶神楼陀罗——也即湿婆的前身——被婆罗门教梵化，演变成舞神，地位不断提高，以致后来居于三大主神之一的地位。湿婆被奉为宇宙的创造者，而他的舞蹈则是宇宙之舞。印度教徒认为，世界的产生和毁灭都是由于这位大神的舞蹈。对湿婆的崇拜演变成林伽崇拜③。于是，肉欲上的献祭方式开始普及。而德娃达茜以女性身姿特有的柔美将肉欲与对湿婆的崇拜联系了起来，并将这种内在的肉欲以艺术的形式展示出来。

---

① Ragini Devi: *Dance Dialects of India*, New Delhi: Motilal Banarsidass Publ., 1990, p. 27.
② Saskia C. Dersenboom - Story: *Nityasumangali: Devadasi Tradition in South India*. Shri Jainendra Press, 1987, p. 16.
③ Linga，湿婆的化身，即男性生殖崇拜。

四 印度宗教对德瓦达茜命运的抑制

几乎在每一种文明中，宗教在对待女性方面都采取了矛盾的态度。一方面，它们赋予某些超世俗女性以崇高的地位，另一方面，它们又对俗世中的女性不屑一顾。在基督教中，圣母玛利亚被当做女性贞洁与母爱的典范加以推崇，而西方女性直到上个世纪60年代才开始为自己争取从家庭的束缚中走入社会的权利；在印度教与佛教的壁画与雕塑中，随处可见以女性为主角的艺术作品，但世俗的女性却只能通过男性力量才能得到解脱；即使是强调阴性力量的道教，也只是把女性作为男性获得长生不老的道具加以利用。由此可见，大多数宗教都有一个共通的观点：女人更接近自然，男人更接近文化。由男权话语所书写的宗教在借助女性力量接近自然的同时，又在制度上限制着女性的权利。因此，女性的光辉似乎只有当她是超世俗的存在时，才可能得到认可，因为只有超世俗的存在才不会对男性塑造的社会构成威胁。

宗教的隐喻性一度将德娃达茜放置到神圣的位置，使得她们的女性特质成为一种神秘的、可靠的以及可向往的力量；但政治与经济中隐藏的实实在在的利益又从未赋予这些印度边缘女性以真正的权力，公元6世纪的辉煌历史使得她们沉迷在宗教编织的谎言下，自动接受自身在本质上的屈从地位。她们所接受的自我是一种由印度宗教文化虚构的自我，事实上，她们不过是一群客体性的社会存在。

自19世纪中后期妇女解放运动在西方兴起以来，女性的地位已经得到明显提高。女性以主体身份在社会中发出自己的声音。作为第三世界的边缘女性，从总体上讲，德娃达茜的物质境况显然不可与逝去的辉煌时期同日而语，但是就"主体性"这一意义层面上讲，她们中的大多数已经意识到自身作为人而应当具有的全面意义。她们中一些不但开始接受现代教育，也与其他公民一样享有选举权。然而，"与物质和制度方面的改变相比，更难改变的是习俗和观念。在世界上的各个文化中，沿袭了千百年的习俗和观念的作用既是强大的,又是潜移默化的。作为一种无声的力量,它要求人们的遵从,无情地迫害越轨行为。"① 因此,只要产生于印度宗教的旧习俗、旧观念仍然存在,那么德娃达茜要真正在印度社会中取得其主体性地位就仍然有很长的路要走。

作者简介

任锦华,天津外国语大学比较文学与世界文学专业硕士研究生。

---

① 李银河:《女性权力的崛起》,中国社会科学出版社,1997年,第4页。

阿拉文德·阿迪加小说中的动物意象

王鸿盼

引 论

在中国古典文论中，从语源及其本义来说，意象应该有两个基本含义：（1）以具体名物为主体构成的象征符号系统的总体，源于《周易·系辞》"圣人立象以尽意"；（2）构思阶段的想象经验，源于《文心雕龙·神思》"独照之匠，窥意象而运斤"。被称为是意象派诗歌鼻祖的美国诗人庞德则把"意象"称为"一刹那间思想和情感的复合体"。正如袁行霈所指出的，物象是客观存在的，只有进入诗人的构思，经过审美经验和人格情趣两方面的加工，才变成了意象。"动物意象"即指以动物为载体的审美意象。

> 一个'意象'可以被转换成一个隐喻一次，但如果它作为呈现与再现不断重复，那就变成了一个象征，甚至是一个象征（或者神话）系统的一部分。①

---

① ［美］韦勒克·沃伦著：《文学理论》，刘象愚译，三联书店，1984年，第204页。

印度作家阿拉文德·阿迪加笔下的动物意象大致可以分为悲剧型动物意象、正义型动物意象和邪恶型动物意象。需要提请注意的是，这里的"正义"和"邪恶"只是从叙述者的视角而言，并不具有普遍的社会伦理意义。

一 悲剧型动物意象

鲁迅曾经说过：悲剧就是要把有价值的东西毁灭给人看。阿迪加通过悲剧动物意象，刻画了庶民被压迫的悲剧命运，反映了印度社会的现实情况。

在《白老虎》中，作者通过主人公巴尔拉姆的描述，用两个意象来描述印度社会现实，一个是弱肉强食的"动物园"，另外一个是互相争斗的"鸡笼"。

巴尔拉姆把经济繁荣的印度社会形容成了动物园，

> 一个自给自足、等级森严、秩序竟然的动物园。每个人都各司其职、乐得其所……时光到了1947年8月15日，也就是英国人撤出印度的那一天，感谢德里的政治家们，他们打开了动物园的笼子。飞禽走兽纷纷逃出藩篱，互相攻击，你死我活，丛林生存法代替了动物园法则。那些最为凶残、饥肠辘辘的动物们吃掉了其他动物，肚子也一天天地鼓了起来。肚子的大小可以解释今天的一切。[①]

通过动物园的比喻，阿迪加勾勒了印度社会独立之前与独立之后的变化：由于种姓制度的影响，独立之前的印度社会是"井然有序"的，而独立之后，"丛林生存法则"——暗示着经济因素——冲击了原有的社

[①] ［印］阿拉文德·阿迪加著，路旦俊，仲文明译：《白老虎》，北京，人民文学出版社，2010年4月版，第57页。

会秩序。

马克思·韦伯曾指出：

> 要在种型制度的基础上产生工业资本主义的现代组织是完全不可能的，在礼仪法规之下，职业的任何变动以及劳动技术的任何变化，都会引起礼仪地位的降低，在这种情况下，（印度）要从它自身中产生经济和技术革命哪怕是这种革命的萌芽是完全不可能的。①

从英国统治时期，资本主义的萌芽就被撒播在了印度大地上，尤其是印度独立之后，印度在工业化方面取得了巨大的成就，松弛了由种姓制度决定的劳动分工，一方面使得一些低种姓的庶民，比如巴尔拉姆和沙哈，可以冲破藩篱，提高自己的经济、社会地位，另一方面也使得一批庶民，比如巴尔拉姆的父亲维克拉姆，失去了原来赖以生存的种姓职业，在经济地位上遭受更大的压迫。

接下来，巴尔拉姆把印度社会描述成一个"鸡笼"：

> 几百只白灰色的母鸡和颜色鲜艳的公鸡被紧紧地塞在一个个铁丝笼里，像肚子里的寄生虫一样挤在一起，你啄我我啄你，在彼此身上拉屎，相互争抢这喘气的机会……看到自己兄弟的五脏六腑散落在四周。他们知道接下来就会轮到它们。但是它们毫不反抗，也不竭力跑出鸡笼……百分之九十九点九的印度人都被困在了鸡笼。②

从表象上来看，这两个意象并不一致，"动物园"是一个各种不同类型的动物共同生存的地方，不同的动物类型对应着印度社会的种制度、

---

① ［德］马克思·韦伯著：《印度的宗教：印度教与佛教》，康乐译，广西师范大学出版社，2010年，第12页。
② ［印］阿拉文德·阿迪加著：《白老虎》，路旦俊、仲文明译，人民文学出版社，2010年，第155页。

宗教信仰等方面的差异，而"鸡笼"里关着的只有一种动物，鸡笼内的斗争即庶民之间的同类相残，但是异"象"之外却存在着同"意"：过去压迫庶民的是种姓制度、宗教冲突等印度社会的旧伤，现在压迫庶民的还有经济因素和庶民内部厮杀等印度社会的新痛，旧伤新痛的交织，说明无论是过去还是现在，庶民都背负着被压迫的命运。从这个角度来看，《两次暗杀之间》中塑造的沦为女佣的婆罗门妇女、被人瞧不起的穆斯林齐亚丁等应该归属于"动物园"类型的庶民，而《高楼里的最后一个人》（Last Man in Tower）中策划谋杀邻居的居民们则属于"鸡笼"类型的庶民。

在《两次暗杀之间》中，"大象"无疑也是一个悲剧型的动物意象。报社记者古鲁拉杰·卡马特渴望能做出真正的新闻，揭露社会的丑恶，把光明还给国家，报社主编告诉他：

"你和我，还有报社里的人，都假装我们国家是有新闻自由的，但是我们都知道真像如何。"①

最终他的梦想破碎了，先是被报社安排离职休假，最后因为试图揭露人民党议员的受贿行为而遭枪杀。古鲁拉杰曾经两次见到大象，第一次是在他复职的前一天，他决心要揭露议员受贿之事，看见大象之后，他以为是自己的幻觉，第二次是在他被报社开除之后，他觉得自己彻底自由了，不用再受到报社的束缚，这一次他觉得终于清晰真实地看到了大象，大象叫他去写一部真实的历史。在描写送货童齐亚纳时，作者同样运用了"大象"这一意象。这是一只被驯兽员牵着给小孩当做坐骑取乐的大象，屁股上还挂着一串红绿灯，小孩子们骑完大象之后却不给钱，驯兽员于是咒骂印度是一个腐败的社会，

---

① ［印］阿拉文德·阿迪加著：《两次暗杀之间》，路旦俊、仲文明译，人民文学出版社，2011年，第140页。

这个庞然大物的眼睛斜瞪着，在黑暗中放着光芒，好像是在哭一样，它好像也是在说："不应该是这样的。"①

在印度神话中，象头神象征着智慧，至今仍深受印度人民的喜爱。在以上两篇小说中，大象要么被想象出来的，不存在的，要么是悲伤的，这样的叙事再现了20世纪后期印度社会的腐败：作为执政党的国大党内部存在严重的倒戈风和腐败风，官员们利用金钱左右选举，当选之后再利用职位捞取利益，各政党之间虽然表面上抨击其他政党的腐败行径，但是实际上在却阳奉阴违，逆行倒施。

随着国大党体制的瓦解，各个政党之间的竞争日益激烈，……激烈的政治竞选需要大量资金的支持，1967年一位议员候选人的平均竞选费用为20万卢比，1971年增加到48万卢比，1991年增至100万卢比；仅第七次印度大选的开支就高达4.2亿卢比。印度学者—哈桑指出，政治竞争发展的结果往往是形成了一种基于庸俗政治交易的"市场政治"；印度政治竞争的恶性发展为大量政治黑金的出现提供了条件。②

古鲁拉杰看到的大象是他想象出来的，真正的"民主"同样也是幻想；齐亚纳看到的大象被当做坐骑，任由好吃的孩童取乐却得不到报酬，暗示着印度的"民主"成为了各个政党实现各自利益的幌子，目的达到之后，政客们并没有实现他们的许诺。表面上是大象的悲剧，实则是印度的悲剧，这就是"大象"这一意象的隐含意义。

在《高楼里的最后一个人》中，比较突出的悲剧型意象是"流浪狗"和"螃蟹"。维什拉姆社区里的那条皮包骨头的流浪狗几乎和每个人都有

---

① ［印］阿拉文德·阿迪加著：《两次暗杀之间》，路旦俊、仲文明译，北京，人民文学出版社，2011年，第178页。
② 张树焕：《民主视角下的印度腐败原因探析》，《南亚研究》，2012第04期。

过接触,

> 它的皮肤像失去了皮下脂肪,它的胸骨清晰得像怪兽一样,好像有另外一个胃正在吃它的血肉一样。①

这条流浪狗就是马斯特吉的真实写照:孤独,瘦弱,生活在大厦的边缘。具有讽刺意味的是,参与策划并实施谋杀马斯特吉的普利太太曾经说自己拿到补偿金之后,想要开一家治疗受伤小狗的诊所,一方面普利太太是善良的,怜悯受伤的小狗,另一方面,她又是残忍的,对阻碍自己发财的老友马斯特吉痛下杀手。狗的生死完全掌握在别人的手中,这反映了庶民的被动地位。此外,阿迪加不惜笔墨描绘了沙哈吃螃蟹的过程,

> 他先用用长勺取出了椒盐螃蟹里烤熟的蟹肉,切开并吞下了比较容易取出来的胸部的肉,接着他把螃蟹的腿撕开来咀嚼,一边嚼蟹腿,一边咬开螃蟹的外壳,吸吮温软白嫩的蟹肉。服务员原本准备把螃蟹切开放在小盘子里,但是沙哈并不想这么用这么简单的方法来享受美味。一个小时以前还在呼吸着的东西,现在却到了他的嘴里,这才是他想要的感觉:再次感受那种由活生生的生命带来的好运。②

沙哈是一个相信星相的人,常常请星相占卜师为自己占卜,并且坚信吃鲜活的生命能给自己带来好运。这里的螃蟹象征的就是高楼里的居民,沙哈吃螃蟹的程序与他对付高楼居民的程序如出一辙:第一步,先吃容易的——对比较容易说服的居民分而治之,了解各个家庭的情况之后,有针对性地各个击破,让大家由反对拆迁的联盟心甘情愿地转化为支持拆迁,对抗马斯特吉的联盟;第二步,当马斯特吉成为众矢之的之

---

① Aravind Adiga, *Last Man In Tower*: New York: Alfred A. Knopf, a division of Random House., 2011, p. 45.
② Ibid, p. 155.

后，再借高楼居民之手杀死他，沙哈吃螃蟹的过程也就是他瓦解高楼的整个过程。通过"螃蟹"这一意象，充分说明了出身庶民的沙哈具有非凡的商业智慧，同时也反映了庶民之间互相压榨的社会现实。

二 邪恶型动物意象

在《白老虎》中，最为突出的邪恶型动物意象是蜥蜴。

在《白老虎》中，作者两次描写了蜥蜴意象，其象征意义十分丰富。第一次描写的蜥蜴象征着阻碍巴尔拉姆成功的现实条件——由家庭和种姓决定的命运。父亲知道儿子巴尔拉姆因害怕蜥蜴而不去学校念书，就亲自带他去学校，当面砸碎了蜥蜴，并坚持让他继续读书，要活出人样，不要再做牛马。蜥蜴被除掉了，阻碍巴尔拉姆的枷锁也被砸碎了，巴尔拉姆开始了他的成功之路。当蜥蜴第二次出现的时候，巴尔拉姆已经是一个可以拿到丰厚的薪水的司机，但是他并不甘心，他要做的是企业家。策划谋杀的前夕，他再一次看见了让他恐惧的蜥蜴，这一次，侄子达拉姆帮他杀死了蜥蜴，也粉碎了巴尔拉姆心中的最后一丝犹疑。第二天，巴尔拉姆带侄子去动物园的时候，感到自己的"手一上午都像断了的蜥蜴尾巴一样在不停抖动。"① 其实，这时候的巴尔拉姆已经是一只令人恐惧的蜥蜴了，随后他杀死了主人阿肖克先生。

"蜥蜴"这个意象代表的是阻碍巴尔拉姆的束缚，不仅包括家庭、种姓等，也包括新型的经济等级制度，蜥蜴的死亡则代表着束缚的终结。另外，值得注意的是，第一次砸碎蜥蜴的是代表传统庶民的维克拉姆，第二次杀死蜥蜴的是代表新生庶民的达拉姆，这样的安排也象征着一代又一代庶民群体想要挣脱束缚的要求。

---

① ［印］阿拉文德·阿迪加著：《白老虎》，路旦俊、仲文明译，人民文学出版社，2010年，第248页。

三 正义型动物意象

在阿迪加笔下,具有代表意义的正义型的动物意象是《白老虎》中的白虎。

白虎指的是孟加拉国虎,是世界一级保护动物,也是印度的国宝,在《白老虎》中,白老虎就是主人公巴尔拉姆的象征,白虎这一意象一共出现了两次。在第一次的叙述当中,来校检查的督导给巴尔拉姆取了个外号叫"白老虎"——丛林中一生只能见一次的罕见动物,这个外号赋予了巴尔拉姆冲破束缚的思想萌芽,在印度这样的"动物园"中,他懂得了适者生存的道理,开始了自己作为"白老虎"的旅程。在第二次叙述中,巴尔拉姆已经决定要谋杀阿肖克先生,在动物园中,他见到了在竹篱笆后走来走去的白老虎,当与老虎四目相接的一瞬间,他的"双膝开始颤抖,感到浑身轻飘飘的。"① 巴尔拉姆的自我意识彻底被激活了,表面上对主人阿肖克先生顺从的他,不愿意再做一只被关起来的白老虎,他终于痛下杀手,携巨款潜逃,利用这笔资金成为了一名成功的商人,作品通过"白老虎"这一意象,再现了庶民进行反抗的实践。

值得注意的是,"白老虎"和"蜥蜴"这两个意象呈现出了对称性的特点:均出现了两次,出现的时间也是一致的,第一次是在父亲坚持送他去学校读书的时候,第二次是巴尔拉姆策划谋杀阿肖克先生的时候;而这两个时间节点正是巴尔拉姆命运转变的关键时刻,父亲砸死蜥蜴——巴尔拉姆得到外号"白老虎"——巴尔拉姆反抗意识的觉醒,侄子达拉姆砸死蜥蜴——巴尔拉姆在动物园看见白老虎——巴尔拉姆反抗行为的实践。

综上所述,从《白老虎》到《两次暗杀之间》再到《高楼里的最后一个人》,阿迪加大量运用动物意象来实现隐喻和象征的表达,在他的作

---

① [印]阿拉文德·阿迪加著:《白老虎》,路旦俊、仲文明译,人民文学出版社,2010年,第250页。

品里，庶民的思考和表象常常是通过这些动物意象来进行关照的，作品中涉及的动物有三十多种，但是并不是每一个动物都是意象，只有能有助于我们"从一个意象出发，重新认识一个世界，艺术家心灵向往的那个世界"①的形象才能被称为是意象。阿迪加并不是随心所欲地使用动物意象，每一个选择都联系着他对庶民叙事的思考，对印度社会的反思，动物意象推动了作品的情节发展，有助于庶民形象的塑造，也表现了他独特的思维方式和审美追求。

参考文献

张树焕：《民主视角下的印度腐败原因探析》，载《南亚研究》，2012 第 04 期。

［印］阿拉文德·阿迪加：《白老虎》，路旦俊、仲文明译，人民文学出版社 2010 年版。

［印］阿拉文德·阿迪加：《两次暗杀之间》，路旦俊、仲文明译，人民文学出版社 2011 年版。

［德］马克思·韦伯：《印度的宗教：印度教与佛教》，康乐译，广西师范大学出版社 2010 年 9 月版。

［美］韦勒克·沃伦：《文学理论》，路旦俊、仲文明译，人民文学出版社 2011 年版。

［法］伊夫·塔迪埃：《20 世纪的文学批评》，史忠义译，百花文艺出版社 1998 年版。

Aravind Adiga, *Last Man in Tower*, New York: Alfred A. Knopf, a division of Random House, 2011.

Aravind Adiga, *Last Man in Tower*, New York: Alfred A. Knopf, a division of Random House, 2011.

作者简介

王鸿盼，天津外国语大学比较文学与世界文学专业硕士研究生。

---

① 伊夫·塔迪埃著，史忠义译：《20 世纪的文学批评》，天津，百花文艺出版社，1998 年版，第 121 页。

◆ 学术动态

2012 年英法文学动态

孙鲁瑶

英国和法国在欧洲文坛中居于核心地位,一直以来都是文学创作的中心,文艺批评的焦点和文化活动的重心,2012 年的英法文坛风生水起,知名作家力求推陈出新,文坛新秀跃跃欲试,为两国的文化活动注入勃勃生机。随着不少新书的出版和各类奖项的揭晓,英法文坛向世界展示了本年度值得注意的文学发展新动向,我们看到的正是一个不断创新发展、各抒己见的繁荣文化。

英国文坛动态

一、英国女作家希拉里·曼特尔再获布克奖

2012 布克文学奖 10 月于英国伦敦颁发,英国女作家希拉里·曼特尔凭借历史小说《死尸示众》(Bring up the Bodies)获此殊荣。2009 年,希拉里便已凭借"都铎王朝三部曲"的第一部《狼厅》摘得过这一奖项,二度加冕使其成为首位两次荣获布克文学奖的英国作家。

设立于 1969 年的布克文学奖是英国最重要的文学奖之一,每年颁发一次,授予当年出版的优秀长篇英文小说,且作者必须是英国、爱尔兰或其他英联邦国家公民。《死尸示众》是"都铎王朝三部曲"的第二部,讲述英王亨利八世及其第二任妻子安妮的故事。评委会认为,希拉里及其作品是现代文学的一个伟大成就。"她就像一个歌手或者画家,对表达自己的想法拥有完全的掌控力。"评委会主席彼得·斯托瑟德爵士说,"我们很自豪能够在她写作的时代阅读英语文学"。

2009年,《狼厅》(Wolf Hall)的横空出世一扫历史小说曲高和寡的窘态,摘取布克文学奖后更成为超级畅销书。希拉里用当代小说的方式讲述了一个16世纪的历史故事。续集《死尸示众》的信息量更大,写作技巧也更高超。就连作者本人都说,《死尸示众》比《狼厅》更完整,从形式上来看,或许真的更胜一筹。"都铎王朝三部曲"的前两部均取得了极大成功,希拉里在深感幸运的同时,也已着手制定第三部的创作计划。

——摘自凤凰网文化频道　2012年10月17日

二、安德鲁·米勒等人获科斯塔奖

在英国影响仅次于曼布克奖的科斯塔奖于2012年1月24日在伦敦揭晓,英国作家安德鲁·米勒(Andrew Miller)凭借其第六部小说《纯》(Pure)获此殊荣,小说有对人的肉体和精神之脆弱的探讨。其他科斯塔分类奖的角逐中,马修·霍里斯以《条条大路通法国》获得科斯塔传记奖;英国桂冠女诗人卡罗尔·安·达菲凭借诗集《蜜蜂》获得科斯塔诗歌奖;克里斯蒂·沃森的《小太阳鸟》摘得科斯塔小说处女作奖;而莫伊拉·扬的《血红之路》则获得科斯塔儿童作品奖。

——摘自《外国文学评论》2012年第3期

三、贾布瓦拉出版新作《献给印度的恋歌:来自东方和西方的故事》

英国作家贾布瓦拉于2012年2月出版其新作《献给印度的恋歌:来自东方和西方的故事》,其中包含11篇短篇小说,有4篇小说的背景在印度。贾布瓦拉不仅热爱小说创作,还热衷于写作电影剧本,因此,英国《文学评论》发表的介绍文章曾使用标题《从宝莱坞到好莱坞》,以介绍这位杰出的女作家。

——摘自《世界文学》2012 年第 2 期

四、英国女作家 J. K. 罗琳新作品全球首发

英国女作家 J. K. 罗琳的英文版小说《临时空缺》(The Casual Vacancy) 于 2012 年 9 月 27 日全球首发，中文简体字版同步预售，这是继《哈利·波特》系列后创作的第一部面向成年大众的小说。《临时空缺》的故事发生在一个优美恬静的英国小镇，一位教区议员突然死亡，引发了围绕议会空缺席位的争夺战，貌似平和的小镇一时间烽烟四起。罗琳称，自己从"极端势利"的中产阶级获取灵感，当中包括她自己的朋友。小说出版商小布朗出版社此前曝光了该书封面，封面设计是以强烈的对比色和一个充满悬疑色彩的"X"，宣告罗琳已转向更加严肃深刻的故事进军，完全不同于哈利·波特的风格，《临时空缺》以黑色幽默的笔调探讨了非常严肃的主题。

此书的中文简体字版将由人民文学出版社与上海九久读书人推出。出版方介绍，罗琳新作中文简体字版将于 2012 年 10 月 20 日在中国首发。

英国最大连锁书店水石书店的数据显示，《临时空缺》获得今年最大宗订单，据说超过 5 位数，网上预订数量更已超过 100 万册，有书商惊呼"这是 21 世纪新书发售的一次盛典"。然而，仍有业内人士质疑，《临时空缺》未必能创造《哈利·波特》系列的销售神话。

——摘自新浪网 2012 年 9 月 27 日

五、乔恩·麦格雷戈盖尔摘得都柏林文学奖

2012 年 6 月 13 日晚，都柏林文学奖颁出，英国作家乔恩·麦格雷戈盖尔凭小说《即便是狗》打败普利策奖得主、美国作家珍尼弗·伊根摘得大奖。2002 年他曾凭小说处女作《如果没有人谈论惊人的事物》入选当年布克奖长名单，《即便是狗》是他的第三本小说。

《即便是狗》讲述的是一群边缘人的破碎生活。故事的主人公是一名

酒鬼，他与一些瘾君子和无家可归者为伍，最终在圣诞节和新年之间死去。评委会称《即便是狗》是一次"无畏的试验"，并且是一部"成功运用叙事技巧的杰作"。它的叙事中有某种振奋人心的广阔的东西，使得读者愿意投入到作者的叙事实验中去。这部小说生动地向读者说明了小说可以怎样容纳新的技术和风格。乔恩·麦格雷戈盖尔称，他对《即便是狗》引起的反应感到震惊："2010 年此书出版时，读者的反应就让我惊讶。我在写作此书时觉得它似乎是一本难读的书——它是一本难写的书。但是我想要这样写这本书，我不想为了让它更易读而做出妥协——向人们脆弱的神经做出妥协，在一份如此庞大，如此出众的名单中脱颖而出是一个巨大的荣幸。"

本届共有 147 部作品参与角逐，评委会于今年 4 月公布了 10 部作品的短名单，其中包括珍尼弗·伊根获得 2011 年普利策和国家图书奖双料大奖的热门作品《恶棍来访》。

国际 IMPAC 都柏林文学奖于 1994 年创立，奖金高达 10 万欧元，是除了诺贝尔奖之外世界上最"慷慨"的文学奖。过去的获奖者包括诺贝尔文学奖得主赫塔·米勒、奥尔罕·帕慕克以及爱尔兰作家科尔姆·托宾。

——摘自新华网 2012 年 6 月 15 日

六、简·罗杰斯摘得英国最高科幻小说奖

英国最高科幻小说奖阿瑟·C. 克拉克奖日前揭晓，女作家简·罗杰斯凭借其 2011 年的作品《杰西·兰姆的圣约》摘得桂冠。

简·罗杰斯 1952 年生于伦敦，1994 年当选英国皇家文学学会会员。她共创作了 8 部小说，代表作有：《回家的旅程》、《她那栩栩如生的形象》、《怀先生的处女》等；曾获得萨默塞特·毛姆奖，入选《卫报》小说奖最终决选名单。

罗杰斯不仅凭借《杰西·兰姆的圣约》入围去年的布克奖，更打败一长串科幻小说界熠熠生辉的名字，如曾获雨果奖的英国作家钱纳·米埃维尔、查尔斯·斯特罗斯以及多次获雨果奖和星云奖的美国作家格里格·拜尔等，更以这部科幻小说处女作获得了 2012 年阿瑟·C.克拉克奖。

故事的背景设置在充满末日气息的未来，产妇死亡综合症随着毒化的空气四处蔓延。16 岁的女孩杰西·兰姆的父亲是一名遗传学家，他准备通过胚胎植入计划实现人类繁殖的目标，杰西决定加入第一批代孕母亲的行列。阿瑟·C.克拉克奖的主席汤姆·亨特说："它为科幻小说提供了一条探索严峻现实的通道，包括科学伦理、母子关系和如何做出决定等。"

阿瑟·C.克拉克奖每年奖励上一年在英国出版的最佳科幻小说，是英国最有名望的科幻奖项。此奖由英国科幻小说协会和科幻小说联合会共同管理，它们每年提供两位评审者，最近，科学博物馆也加入该奖，每年提供一位评审者。

——摘自凤凰读书频道

七、自费出版作家成畅销书作家

凯利·威金森是一位自己创作、自己出版的作者，近日他连连打败包括李·恰尔德、詹姆斯·佩德森和史迪格·拉森在内的文坛巨匠，连续三个月荣登亚马逊英国自出版作家、英国最畅销电子书作家的宝座。

威金森今年 31 岁，去年出版了其杰西卡·丹尼尔系列侦探小说中的第一部《锁定》，结果却快速登上了英国的 kindle 电子书销量排行榜。如今，这部侦探小说三部曲已经达到约 25 万册的销量，《锁定》则在圣诞节前夜售出其第 10 万册，凯利当之无愧地成为了亚马逊 Kindle 商店的最畅销作家。英国 Kindle 主管约翰·威劳比表示，这对于英国的独立出版业来说是一个"里程碑式的标志"。在此背景下，独立出版作家凯迪·史蒂芬斯同时也在同期推出了处女作《沙地之烛》。

威金森本也谈到："去年这个时候，我甚至还没开始写作《锁定》，而现在我却已经成为 kindle 商店排名第一的畅销小说作家，比起很多我从小开始阅读他们作品的作家,我的《锁定》甚至比他们的作品都要卖得好。"他当时只是因为自己在 2010 年即将迈过 30 岁的人生门槛,就决定这辈子该做些什么,于是才开始写作小说。

英国独立出版业的成功紧随美国,去年,美国的独立出版作家强尼·洛克和阿曼达·霍金也在 kindle 市场上获得了不错销量,分别售出了 100 多万册作品。

——摘自文汇读书周报 2012 年 3 月 5 日

法国文坛动态

一、伽利马出版社推出作品集《书写生活》

《书写生活》是法国女作家安妮·埃尔诺的最新作品集,一共收录了作者 11 部作品,包括《空橱柜》、《地位》、《外部日记》、《事件》、《耻辱》等几部比较有名的作品,另外还包括一些作家从未发表过的私人日记摘选和照片。

安妮·埃尔诺是当代法国文坛上有影响的女作家之一,她以一个女作家独特的视角和简洁细腻的笔触展现了战后法国的平民生活,尤其是那个时代法国女性的内心世界。1974 年,安妮·埃尔诺的第一部自传体小说《空橱柜》问世,至今已发表有十余部小说,她的小说可分成两大类,一类是以《地位》、《耻辱》为代表的自传体小说,另一类是以《单纯的激情》和《迷失》为代表的"私人日记"式小说,这些小说的发表每每引起轰动,读者蜂拥而至,引起了法国文学批评界的关注。她的作品题材朴素,视角独特,笔调平实,体现了一种追求写实主义与心理描写相融合的风格,这在历经现代主义众多流派洗礼的法国 20 世纪文学中,既代表了某种回归传统,又体现了现代主义的某种升华。

——摘自《世界文学》2012 年第 3 期

二、女作家荣升学院院士，中文版作品问世

法国女作家达尼埃尔·萨乐娜芙 2012 年 3 月 29 日正式成为法兰西学院院士。她是《世界报》、《欧洲信使》、《现代》等报刊特约撰稿人，发表著作三十余部，有小说、戏剧、散文、游记、论著等，曾多次获法国和欧洲的文学大奖，如小说《古比奥之门》获勒诺多奖（1980），小说《弗拉加》获让·吉奥诺大奖（2005），戏剧《毕竟》获玛格丽特·杜拉斯大奖（2006），传记《战斗的海狸》荣膺欧洲文学奖（2008）。她本人因文学成就获法兰西学院大奖，日前其代表作《战斗的海狸——波伏娃评传》已出中文版，并引起轰动。

"战斗的海狸"这一标题意味深长，通过这个旗帜鲜明的形象恰到好处地描绘了波伏娃这样一个形象鲜明的女人：私人和公共生活领域有着一丝不苟的人生规划，认为一切都由自己掌控，每个时刻都具有决定意味并体现自由。这位传奇女士，私底下有个俏皮的外号"海狸"。"海狸"的英语 Beaver 正好与她的姓 Beauvoir 读音相近，此外号便在亲友间不胫而走，终身伴侣萨特亦这样亲切地称呼她。海狸这个形象狡黠、稳健，与传统女性的温柔贤淑相去甚远，波伏瓦战斗的一生，也恰如海狸般孜孜不倦地做着聚沙成塔的构建。《战斗的海狸》旨在说明贵在坚持，坚持自己做出的每一个选择。

——摘自《世界文学》2012 年第 4 期

三、《快报》第六届读者奖揭晓

《快报》第六届读者奖 2012 年 6 月 12 日揭晓，玛丽·罗歇的小说《顺利康复》折桂。她用透着温情的轻讽笔调，通过描述人们生活中的喜怒哀乐来发现人性中美的一面。从读者奖项的揭晓可以看出，法国大众文坛正在呼唤朴素平实反映生活的质朴作品，大众的审美日益生活化，朴实化。

——摘自《世界文学》2012 年第 5 期

四、聚焦 2012 年法国出版季

2012 法国出版季与文学大奖季交叠，期间各出版社显示出几个特定的出版动向。各出版社今年纷纷出版已故作家的作品，如黑塞的短篇小说集《断续之课》，克里斯塔·沃尔夫的《天使之城》等，与此同时，让·科克托写于1951年的小说《绿宝石寻航》已于 2012 年 10 月 13 日首发。

9 月份法国出版季同时也热力推出了许多黑人作家的作品，其中包括几内亚作家蒂艾诺·莫内南波的小说《黑色恐怖分子》，玛肯齐·奥塞尔的作品《不朽的女人们》和玛丽丝·孔戴的《不加修饰的生活》。

最吸引眼球的是 2012 年出版季推出的三部传记小说，它们是获得 2012 年费米娜奖的作品——帕特里克·德维尔的《鼠疫与霍乱》，赛尔日·布兰利的《凝固的兰花》和玛里·鲁阿尔的《拿破仑或命运》。

同时，出版季还重磅推出了三部女作家的新作品：玛丽·布尔歇的《前进》、马克斯·蒙内的《愚蠢地理》和卡罗丽娜·维埃的《甜面包》。这三部作品各具特点，也有其共有的可贵之处，三部作品都摆脱了女性作家常易陷入的自恋式呻吟，而是将视界放得更高，从女性细腻敏锐的角度体察和思考社会和人性的角落，用词平易，但字里行间自见其功力。

——摘自新华网读书频道 2012 年 11 月 13 日

五、法国作家费拉里荣获 2012 年龚古尔文学奖

著名的龚古尔文学奖评委会 11 月 7 日在巴黎德鲁昂餐馆宣布：2012 年龚古尔文学奖颁给热罗姆·费拉里，其得奖作品为《罗马衰亡的训诫》（Le Sermon sur la Chute de Rome）。评委会在第二轮投票时选出了今年的得主。现年 44 岁的费拉里祖籍科西嘉热罗姆·费拉里 1968 年出生在巴黎。他是哲学教师，自今年开学以来担任阿布扎比（阿联酋）法国高中的教学顾问，他曾先后在阿尔及利亚首都阿尔及尔的国际高中和科西嘉首府阿雅克修的高中任教。为写《罗马衰落之宝训》一书，费拉里花了 6

年时间。

《罗马衰亡的训诫》书名来自圣奥古斯都西元410年的训话,在罗马城被洗劫之后,奥古斯都在伊波纳大教堂里对信徒说:"世界跟人一样,诞生,长大,灭亡。"费拉里以科西嘉的一家酒吧为中心背景,借主人公的经历,描述出有关希望破灭、挫折以及现实世界转瞬即逝的一则精彩寓言。

本书故事发生在法国科西嘉岛一间山区小酒馆里。一名哲学系在校生不惜中断学业,舍弃光明前程,和老朋友一起致力于将酒馆建成世界上最美好的地方。然而,乌托邦式的理想最终化为一场噩梦,亲手搭建的"完美世界"在两人面前土崩瓦解。整个小说犹如一则寓言,将破灭的希望、失败的挫折与世间万物的流逝交织在一起,读来耐人寻味。

得知获奖消息后,费拉里对媒体表示,非常高兴自己的作品能够得到认可。不过,各路媒体的密集追踪报道也让费拉里有些吃不消,坦言"仿佛一只被探照灯追逐的兔子"。

有评论认为,费拉里的文字优美动人,字里行间闪烁着来自古代训导文的灵感,但笔触又极其现代。《罗马衰亡的训诫》一书自出版发行以来已销售约9万册,通常龚古尔奖获奖作品的销量可达40万册。

设立于1903年的龚古尔文学奖每年颁奖一次,面向当年在法国出版的法语小说,是法国最负盛名的文学大奖。去年,法国作家亚历克西·热尼凭借处女作《法国兵法》折桂。

——摘自中国日报2012年11月8日

六、中国作家未入选"十大外国作家"

法国老牌杂志《文学杂志》在第522期特刊中评出过去一年内"十大外国作家",国内读者熟悉的库切、村上春树、略萨均榜上有名。

《文学杂志》此番邀请了诸多学者、文学评论家、翻译家和作家,选出去年7月到今年7月这一年在世界范围内产生影响的十位作家,并在这期特刊中对他们进行集中介绍,每位作家的介绍篇幅都长达数十页,其中包括作家访谈、作品解读和评选人所撰写的分析报告。在入选作家中有三位的作品不曾引进中国,他们分别是米莱娜·阿古斯(意)、爱德华·利莫诺夫(俄)和豪尔赫·赛普隆(西)。而上榜的奥地利作家彼得·汉德克的中译本小说则将由世纪文景出版。遗憾的是,榜上没有中国作家。

——摘自新华网 2012 年 12 月 2 日

七、法国热评莫言获诺贝尔文学奖

中国作家莫言获奖消息传出后,法国媒体纷纷在第一时间内介绍莫言的作品和生平情况,一些媒体用"中国的拉伯雷""中国的福克纳"来形容他。法国《新观察家》杂志网站评论说,莫言是中国作家里风格"最粗犷、最有力、最有独创性"的一个。《巴黎人报》说,莫言 30 多年来的创作,是对中国当代社会发展历程的"听诊"。

莫言多部作品的法语译者、普罗旺斯大学中国语言与文学教授诺埃尔·杜特莱对记者说,莫言的作品内容丰富,中国当下社会中的诸多主题——例如社会关系、腐败、传统的印记等等,他都给予关注,表现出了人类与社会关系的复杂性。

对杜特莱来说,他感到最有趣的,是莫言总是在尝试不同的写作风格。比如,《酒国》像是一本侦探小说;《丰乳肥臀》是一部宏大的史诗般的小说,足可以和托尔斯泰、巴尔扎克和马尔克斯的作品媲美;《檀香刑》有民间戏曲的印记;《蛙》的最后一部则是一出有萨特风格的戏剧。杜特莱说,莫言的与众不同之处,在于他强大的写作能力,以及独创又多元的写作风格。

杜特莱说,莫言有敢于触及中国当代社会最尖锐问题的勇气,而他总是从人性的角度来思考和写作这些问题。这就使他获得了一种独立的身份:他既不是异议人士,也并非官方作家,而是一位深植于他的社会和人民的独立作家。

法国是除中国本土以外,出版莫言作品最多的国家。法国瑟伊出版社编辑安娜·萨斯图尔内说,法国的出版商很久以前就与莫言建立了合作关系。她还说,法国的编辑们很早就意识到莫言是一位伟大的作家。

另一家出版亚洲作家作品的法国比基艾出版社编辑菲利普·比基艾表示,"是时候让大家了解和发现中国当代作家了。"他认为,在中国文学的"森林"里,莫言无疑是一棵"大树"。

——摘自人民网 2012 年 10 月 13 日

简评:

英法两国长久以来就是文学大国,一直都是文学创作和文学批评的焦点,诞生了许多世界级的作家,产生了大量有重要文学影响力的作品,他们的影响力是不可忽视的,因而两国文坛最新文学动态都值得密切关注。

从 2012 年英法文坛动态中可以看出如下几个特点。

首先,小说仍是撷取文学大奖的主要力量,平凡人的生活成为作家乐于描写的题材。从英国和法国文坛的获奖情况看,小说折桂的势头依旧强劲,这不仅反映了大众主流阅读的倾向体裁,更从另一个侧面显示了小说反映生活,折射现实,传递理想的巨大力量。小说主人公的身份多半为"普通人",他们平凡而质朴,毫无矫饰,与生活中各种琐碎、摩擦和社会中形形色色的人交融在一起,编织出延宕起伏的生活画卷——《即便是狗》便是最好的说明。从描写上层社会生活的主题渐渐转移向平凡小市民的生活这一现象,可以看出英国文学历经百年的变革,也可以看出新世纪文学主题演变的趋势,书写平凡人的生活成为作家创作的关注点之一。

其次,英法文坛持续呼吁创新精神和突破性尝试。英国和法国多部获奖作品在内容和形式上都不乏创新:《死尸示众》在形式和结构上较旧作《狼厅》更完整,故事的叙述更加新颖深刻;《临时空缺》是 J. K. 罗琳寻求创作转型后第一部面向成年大众的小说;《即便是狗》则是一次"勇敢无畏的试验",全新的叙事技巧在小说中运用的极为巧妙;《杰西·兰姆的圣约》则为科幻小说开辟了一条探索严峻现实的通道；《书写生活》力图达到回归现实和心理描写交融的创新视角；《罗马衰亡的训诫》将现代笔触同训导文相结合，充满了寓言的智慧。这些作品的成功都有赖于作家的创新和突破，他们为文坛带来一股清新之风。

此外我们还看到，英法文坛对中国作家莫言获诺贝尔文学奖大多持赞扬态度，这从一定程度上表明了西方文坛大多数人对中国作家的肯定。英国《卫报》撰文称，"莫言值得注意的是他对做些这门手艺的献身精神，在这个发热的文化背景中，莫言能够出来，承担文学使命，他是少数中国当代小说家中能够坚守文学的作家。"法国文坛也对莫言赞赏有加，认为他是"深植于社会和人民的小说家"。然而，反对的声音也时有显现，英国作家萨曼·拉什迪称莫言在政府面前是"懦夫"，因为他并非所谓的反对政府专制的"直言不讳人士"，将作家的成就与其政治思想挂钩，可见，西方敌视中国作家的态度仍然存在。因此，中国作家必须要有关于世界文坛动态和自身文学创作的清醒认识。

从英法文坛动态中我们还可以看到，虽然中国文学界在世界文坛中的影响力逐步提升，但总体上仍缺乏足够的话语权，这从法国《文学杂志》评选的十大作家中可见一斑，中国作家的缺席从一个侧面说明了中国文坛相对较低的关注度。因此，争取更多的话语权任重道远，这也应该成为众多作家努力的目标之一，中国文坛期待更高的活跃度和更有创新性、时代性和代表性的作品。

同时我们也应该多关注英法出版界的新动态，如法国一年一度的出版季，这有助于我们把握新的文学动向和时代要求。对于比较文学专业的学生而言，关注外国文坛动态是开阔眼界，从事比较文学研究的基本要求，各国动态积极也好，消极也罢，都不同程度地体现了他国社会主流价值观念，这对把握学术动向，定位前沿学术课题有着巨大的积极作用。

作者简介

孙鲁瑶，天津外国语大学比较文学与世界文学专业硕士研究生。

2012年北美地区文学动态

杜冰卉

美国文学动态

一、文学奖项

1. 美国国家图书小说奖

美国全国图书奖（National Book Award）每年颁发一次，授予前一年度内美国出版的美国公民所撰写各类目中最优秀的作品。1950年3月16日创办。该奖原分7个类目：诗歌、传记及自传、历史、当代思想、翻译、儿童文学和小说，现在该奖分为4个类目：小说、非小说、诗歌和儿童文学。每个类目奖金10000美元及一个水晶雕塑品。每类目获奖者由五名候选人中选出。美国国家图书小说奖是一年一度四个国家图书奖其中之一，授予美国公民写作的杰出的文学作品。自从1987年，此奖项由国家图书协会管理和承办，但是它是由作家颁给作家的。评委会成员是由五个在各自领域创造过伟大作品的作家组成的。此奖项授予那些从去年12月1号到今年11月30号由美国公民写作在美国出版的作品。国家图书协会接受出版商截止到六月十五的提名，要求在八月一号之前邮寄提名书籍给评委会。十月份会宣布参加最终候选名单的五部作品。获奖者会在十一月份的最终典礼上宣布。奖金有一万美元和一个青铜雕塑。其他候选人可以得到一千美元，一个勋章和由评委会写的美国通用的嘉奖。

（http://en.wikipedia.org/wiki/National_Book_Award_for_Fiction）

女作家路易斯·尔德里奇（LouiseErdric）以小说《圆形屋子》（The Round House）获得美国国家图书小说奖。小说讲述了一位少年努力调查在北达科他州保留地发生的一起袭击他母亲的事件过程，书中对种族暴力的出色叙述令人印象深刻。

路易斯·尔德里奇是以美国本土传统为标记的美国小说家，诗人和儿童书作者。尔德里奇被广泛认可为被批评家肯林思．林肯称作本土美国复兴第二波浪潮中最有影响力的作家之一。在2009年4月，她以小说 The Plague of Doves 入围了普利策小说奖的决赛名单。2012年11月，她因为小说圆形屋子荣获美国国家图书小说奖。

（http://en.wikipedia.org/wiki/Louise_Erdrich）

尔德里奇的《圆形屋子》在获得亚马逊年度图书的称号后，在纽约的典礼上又获得一万美元奖金的国家图书小说奖。她的小说发生在1988年的美国本土布瓦人聚集的保留地上，调查一个名叫乔的13岁男孩袭击他精神有创伤的母亲的案例。尔德里奇奥杰布瓦语和英语的作品都获得该奖项，讲述了本土女性的优雅和忍耐。

据纽约时报报道，她说这本书是关于在保留地进行的一个巨大的不公平的案例，谢谢给予它一次拥有更广泛的读者的机会。尔德里奇已经写过14本书了，她还是一家独立书店的拥有者。这部小说展示了她描绘把家庭联合在一起的爱，愤恨，需求，责任和同情等羁绊。

（http://www.guardian.co.uk/books/2012/nov/15/louise-erdrich-national-book-award-fiction）

2. 美国作家玛德琳·米勒（Madeline Miller）以其描写古希腊英雄同性恋情的小说处女作《阿喀琉斯之歌》（The Song of Achilles），赢得了英国柑橘文学奖。

女性小说奖又被称为柑橘文学奖是英国最富声誉的文学奖项，授予那些在英国出版的不限国籍用英语创作的原创长篇女性写作的小说。此奖项原先是有一家叫柑橘的通讯公司赞助的，因此得名。此奖项被设立是要奖励女性作家所做的贡献。获奖者可以得到3万英镑的奖金，和一个名叫贝茜的青铜雕塑。按照惯例，每年的三月份会宣布候选人名单。获奖者有五位地位崇高的女性组成的评委小组选出。

（http://en.wikipedia.org/wiki/Orange_Prize_for_Fiction）

玛德琳·米勒是一位美国小说家，她的处女作《阿喀琉斯之歌》发表于2011年9月。米勒花了10年的时间来写这部作品，其间她是作为一个拉丁语希腊语老师生活的。这部小说背景设在希腊，讲述的是发生在阿喀琉斯和帕特洛克勒斯之间的爱情故事。2012年5月，《阿喀琉斯之歌》获得柑橘文学奖，也使米勒成为第四位凭借处女作获得该奖项的作家。

在米勒的小说中，帕特洛克勒斯本身是一个王子，但是当他十岁的时候被一个小男孩欺负时意外地错杀了那个小男孩。他因此被他的父亲放逐了。来到了帕琉斯国王的宫廷，他很快成为国王的儿子阿喀琉斯忠实的朋友并对他产生了爱意。起初这些情意被阿喀琉斯的母亲女神西蒂斯挫败了，她有在任何时候都能看到两个男孩在干什么的神力。想象一下当你作为一个年轻的求婚者时你所能遇到最难缠的父母吧。

但是当阿喀琉斯和帕特洛克勒斯一起上山接受人头马身的喀戎的训练的时候，他们突然发现在那里西蒂斯是无法看到他们的。男孩们的爱情故事就这样开始了。

作家，评论家丹尼尔·门德尔森在纽约时报上评论到，这部小说有一个年轻人小说的开头，伊利亚特的身体和芭芭拉·卡特兰小说的结尾。

但是总体来看，这部小说收到了极佳的评论，她小说中透露的那股圆滑的品质使她成为一部畅销书。他的叙述风格老少咸宜，男女不拒，得到了商业小说和文学小说读者的喜欢。在宣布为获奖者之前，她的小说已成为畅销书。

（http://www.guardian.co.uk/books/2012/jun/02/madeline-miller-orange-prize-achilles）

3. 日本裔的美国女作家朱丽·大塚（Julie Otsuka）的《阁楼里的佛》（法文本《有些人从来没有见过大海》Certaines n'avaient jamais vu la mer）获得了费米娜外国作品奖。作品讲述了千万个日本年轻女性在上一世纪初是如何辗转来到美国的加州，来跟已经在那里定居的男性同胞谈婚论嫁的。此作品还获得了今年的笔会/福克纳奖。

费米娜外国作品奖是在 1904 年由 22 名作家为杂志费米娜设立的法国文学奖项。此奖项每年是由一个唯一的陪审团选定的，尽管奖项获得者不一定是女性。获奖者每年十一月份第一个星期四宣布。

（http://en.wikipedia.org/wiki/Prix_Femina_%C3%89tranger）

《阁楼里的佛》讲述的是一群日本"照片新娘"的故事，她们在 1919 年漂洋过海来到旧金山，嫁给那些只在相互交换的照片上看到的男人。"在我的家族里没有照片新娘，但这是非常普遍的第一代的故事。这是在 1924 年亚洲人禁止入境前数以千计的日本女人如何来到这个国度的。"她说道，"我阅读了很多口头历史，历史书和旧报纸。我需要了解两个世界，带来照片新娘的旧日本和她们移民迁入的二三十年代的美国。我记了很多关于这方面的笔记。"

许多照片新娘最后是以从事农业为生。随着时间的流逝，她们大部分都成了很有效率的农民，但是她们也遭受到了旁人的嫉妒。这些嫉妒如何影响到珍珠港事件后对日裔美国社团的抢劫和暴力了？如果她们在那里只是当一个园丁或女仆，或许她们就不会惹来如此多的怨恨。她们的农地如此富沃招人垂涎。当她们离开时正值丰收的季节,她们无法再感受到丰收的喜悦了。她们在国家安全的名义下被迫破产。这是白人农民的经济福利,他们夺走了日本人辛勤耕作的土地。

(http://www.thedailybeast.com/articles/2011/09/16/julie-otsuka-talks-about-new-novel-the-buddha-in-the-attic.html)

4. 1970年出生的美国犹太作家内森·英格兰德(Nathan Englander)以其小说集《当我们谈论安妮·弗兰克时我们谈论什么》(What We Talk About When We Talk About Anne Frank),获得了第八届弗兰克·奥康纳国际短篇小说奖。

弗兰克·奥康纳国际短篇小说奖是授予最佳短篇小说集的国际文学奖项。靠着两万五千欧元的奖金他被称作世界上奖金最高的奖项。每一年有六本书列入候选名单,最终决定由三位评委选出。

内森·英格兰德是一位美国作家,他出生在美国纽约长岛,成长于纽约西亨普斯德的一个传统犹太社团。高中就读于那桑郡希伯来学院,毕业于纽约宾厄姆顿纽约州立大学和爱荷华大学的爱荷华作家工作室。

(http://en.wikipedia.org/wiki/Nathan_Englander)

全体评委称赞这部小说有力而宏大,并补充到他们被作家在小说中表达的多层含义和用简洁当代的习语来表达古代种族主题而感染。"他的文章深沉,新鲜而公允,既不过分绚丽也不乏想象力。"评委兼诗人詹姆斯·哈珀说道,"内森·英格兰德的小说总是精雕细琢,建立在充满戏剧感和紧张氛围的前提下:一个正直的市民去西洋景,一个妇女象征性的把她的孩子卖给邻居,重演集中营回忆的夏令营,向一位反犹太分子复仇。"

(http://www.guardian.co.uk/books/2012/jul/09/nathan-englander-wins-frank-oconnor)

5. 2012 纽伯瑞儿童文学奖三名获奖者之一杰克·甘托斯的小说《诺福镇绝境》。

纽伯瑞儿童文学奖是儿童图书馆服务协会颁发的一个奖项,隶属于美国图书馆协会的一个分支。该奖项授予那些对美国儿童文学做出最独特贡献的作家。以 18 世纪英国青少年书籍出版商约翰·纽伯瑞命名,弗里德里希·梅尔彻在 1921 年提议,使它成为世界上第一个儿童文学奖项。

(http://en.wikipedia.org/wiki/Jack_Gantos)

《诺福镇绝境》是美国作家杰克·甘托斯的一个自传性小说。他由一个名叫杰克·甘托斯的男孩为主角,部分是根据作者在宾夕法尼亚州的童年经历写成的。据一个评论者所说,"真正的英雄"是"他的家乡和他的价值","一个对抗政治的信息"。美国图书馆协会授予甘托斯和《诺福镇绝境》2012 年纽伯瑞文学奖,称赞这部小说为今年"一部对美国儿童文学做出非常显著贡献的作品"。纽伯瑞的评委称这部书极其有趣。

二、作品

1. 《泥巴女人》

乔伊斯·卡罗尔·欧茨是一位美国作家。欧茨 1963 年出版了她第一部作品,自此以后她出版了十五部小说和一些故事,诗歌和非文学作品。她的小说 them (1969) 获得美国国家图书奖, *Black Water* (1992), *What I Lived For* (1994), and *Blonde* (2000) 都曾获得普利策奖提名。

《泥巴女人》中的女主角 M. R. 在学术界享有盛誉,一个杰出的教授,一位老练的管理者,一个无私的劳动者。但是有一种可怕的悲痛总想着吞没她。自己一个人住在像博物馆似的校长办公室是孤独,难熬的。她没有知己。她的地下情人不仅年纪比她大很多,而且已经结婚很多年,定居在遥远的哈佛。他已经很久没回家了,好像被女主角在职途上的上升所震惊。在不经意的时刻,M. R. 自己承认她那永不停止的工作就像一场磨炼,笔记本总是跟她形影相随。她想表达自己反对伊拉克战争和大学体制的想法,但是她必须要保持政治上的中立,奉承有钱的捐赠人,听从上一任就担任法律顾问无害的意见。灵魂深处,她被各种折磨。所以当我们知道她在去康奈尔大学去做一个关于反战的演说的途中,她发现自己驾车从旅馆开到了纽约州北部的一个荒郊,离她出生的城镇非常近。现在就是 M. R. 开始面对作为欧茨笔下人物的命运了。

作为一个作者和一个学术模范,欧茨工作着但终无法得到所有人的尊重。你听到她名字就会等待她书中无可避免出现的关于快节奏生活的笑话。但是她既无法写出一个文化上的划时代作品,也无法完成一部可以让她的笑话不在呆头呆脑的卓越的作品。黑色幽默和罪犯迷崇拜她,但是她的作品又无法达到帕萃西娅·海史密斯的高度。

(http://www.nytimes.com/2012/04/01/books/review/mudwoman-by-joyce-carol-oates.html? pagewanted = all&_r =0)

2. *Gone Girl*

Gillian Flynn 是一位美国作家和前任每周娱乐的电视评论员。她出版了 3 部小说: *Sharp Objects*(2006), *Dark Places*(2009), and *Gone Girl*(2012)。

弗兰的新作 *Gone Girl* 的开头太过纯洁,解释尼克和艾米·邓恩如何庆祝他们五周年结婚纪念日。艾米起来的很早开始做法式薄饼。尼克进了厨房欣赏她老婆的努力但是好奇为什么老是哼那首主题曲,关于自杀无痛这类东西。"你好,帅哥,"艾米对她丈夫说。"愤怒和恐惧袭上我的喉咙,"尼克回忆到,尽管弗兰小姐并没有立刻在他那壮观的小说中解释这一切。不管怎样,尼克吃完早餐就离开了家。他去工作了,艾米也消失在薄薄的空气中。

(http://www.nytimes.com/2012/05/30/books/gone-girl-by-gillian-flynn.html)

3. *The Racketeer*

John Grisham 是一个美国律师,政治家和作者,他因所写的警匪惊悚小说而出名。

在约翰·格里斯汉姆的新小说中大多数时刻你都会发现他的主人公马尔科姆·巴尼斯特，一个满腹嘲弄的联邦调查员，他宣布："很简单，你法典中找不到一个部分可以用来对付我。"格里斯汉姆先生更多的写的是关于罪犯或逃亡者，而不是关于这种敢于如此厚颜无耻的嘲笑当局的人。

（http://www.nytimes.com/2012/10/18/books/the-racketeer-by-john-grisham.html）

加拿大文学动态

1. 生于印度的加拿大籍作家罗辛顿·米斯垂（Rohinton Mistry）获得了本年度美国纽斯塔特国际文学奖。

纽斯塔特国际文学奖是两年颁发一次的文学奖项，由奥克拉荷马大学和他的国际文学出版物 *World Literature Today* 赞助。此奖项被广泛认为是除诺贝尔文学奖之外最具声望的国际文学奖，事实上它经常被称作美国诺贝尔文学奖。因为在过去四十一年总共有二十八位该奖的得奖者，候选人和陪审员获得诺贝尔文学奖。像诺贝尔文学奖一样，此奖项也不是授予一部作品而是全部作品。

罗辛顿·米斯垂是一个印度后裔用英语写作的加拿人籍作家。现在居住在加拿大安大略省的宾顿市，米斯顿出生于印度的孟买市。他信仰拜火教，属于拜火教社团。

（http://en.wikipedia.org/wiki/Rohinton_Mistry）

罗辛顿·米斯顿是唯一一个所有小说都曾进入布克文学奖候选名单的作家。例如 *a Long Journey*（1991）, *A Fine Balance*（1995）, and *Family Matters*（2002）全都把背景设定在印度的拜火教社团。1952 年出生在印度，从 1975 年开始成为加拿大的居住者，不久又成为加拿大公民。米斯顿承认他的教育和世界观都存在双文化的痕迹。"我完全成形与我自己的文化和家族。曾经我认为这是西方的文化，但是我现在知道这是一个不同的东西。这是印度和我对西方的看法。"或许这就是对于西方读者来说他如此易接近和有吸引力的原因，由于他的声音有他家族的回响。

米斯垂喜欢从家庭开始慢慢向外写，发展人物探索断层线在哪里，逐渐深入到人物生存的危险的社会，自然和政治环境。小说写作风格从容却从未是去读者的全神注意，人物形象巧妙地改变和发展着，交织性的叙述手法令人着迷。小说中的人物没有太多可以被记住和辨识所以更显神圣，他们经历的细节被一个画家的敏感所记录。米斯垂有一双伟大的眼睛和宽广的心，如果他描写的世界经常是残忍和无常的，他的人物却又在此生存的强大能力。

（http://www.guardian.co.uk/books/2011/mar/30/rohinton-mistry-profile）

2. 威尔·弗格森（Will Ferguson）凭借小说《419》获加拿大丰业银行吉勒文学奖。

丰业银行吉勒文学奖是授予那些用英语写作的短篇小说集加拿大作家。每年都有在出版商之间有一个评审团比赛来决定准入标准。此奖项是 1994 年一位多伦多的伤人杰克·拉宾洛维奇纪念他死去的棋子多丽丝·吉勒，一位多伦多星报的前任文学编辑。每年 11 月份都会有现金奖金。

2005 年 9 月 22 日，吉勒文学奖得到一家加拿大大银行丰业银行的赞助。获奖者的奖金因此提升到五万美元，4 万美元给最后获胜者，2500 美元给剩余的四个提名人。该奖项的官方名称也改成丰业银行吉勒文学奖。

（http://en.wikipedia.org/wiki/Scotiabank_Giller_Prize）

威尔·弗格森是一位因为对加拿大历史和文化的幽默言论而出名的

作家和小说家。他能成为一个成功的作家源自于他能像一个旁观者看待加拿大。就像他的第一部作品讽刺的书名 Why I Hate Canadians 描述那一样。弗格森出生在亚伯达省威密伦堡，以前是毛皮商贸中心的六个孩子家庭中排行老四。六岁的时候他的父母就离异了，16岁时他就辍学了。

（http：//en.wikipedia.org/wiki/Will_Ferguson）

他主要是以旅行作家和幽默作家而被大众认知，曾前无古人三次获得里柯克奖。在纯洁的文学小说领域他还相对算得上是一个新人。虽然《419》读起来像是惊悚小说，情节在有独创性的转变中达到高潮。吉勒奖的评委们显然在这部小说第一次被提名为最终获奖者名单时已看到很多不一样的东西。"很有可能就把《419》放入一些简单的类型分类中，但如此只会否认它的成就和天才，"评论家说道。弗格森的书采用了时事的主题，聚焦于把非洲作为基地的电邮诈骗。利用它来剖析形成加拿大和非洲社会的宽广的社会主题。结果就是一个深层讽刺，完全政客哲学的惊悚小说。

（http：//www.theglobeandmail.com/arts/books-and-media/will-fergusons-lucky-number-author-takes-giller-prize-for-419/article4786765/）

3. 琳达·斯伯丁（Linda Spalding）以《购买》（The Purchase）获加拿大总督文学奖（小说类）

琳达·斯巴丁是一位加拿大作家和编辑。作为雅克布·阿兰·迪金森和艾迪斯·塞纳的女儿，出生在堪萨斯州的托皮卡。在搬到安大略省的多伦多市之前她住在墨西哥和夏威夷。斯巴丁的工作已获无数奖项，她的非小说作品 The Follow 曾获得三瓣花图书奖的提名。此后，她又由因为对加拿大文学社的贡献而获得海滨节奖。2012年她又因为小说《购买》获得总督文学奖。

（http：//en.wikipedia.org/wiki/Linda_Spalding）

"温暖而有尊严的叙述,琳达·斯巴丁的《购买》有着令人耳目一新的具有追溯效力的判决。"2012 年总督文学奖的评委说道。《购买》获得了 2012 年总督小说文学奖,展示了她语言的天赋和描写真实故事的魅力。小说的故事灵感来自于她自己的家庭背景,讲述着一个年轻贵格会教徒的命运,在 18 世纪末期他从宾夕法尼亚州出发,带着他 5 个孩子和 15 岁的新妻子去开始新的生活。当他和一个年轻的奴隶交换他的马时候,这就成了一部良心挣扎和谋杀的史诗。

(http://www.kingstonwritersfest.ca/authors/2012/spalding.php)

4. 亚洲传统月:南亚裔加拿大文学

整个五月,CBC 图书将会突出亚裔加拿大文学作为亚洲传统月的一部分。CBC 制片人和亚裔加拿大迷阿德里安将会读一些他发现有影响力和鼓舞人心的小说。南亚裔加拿大人(包括先辈来源于印度,巴基斯坦,斯里兰卡和印度海外侨民从非洲或加勒比地区的人非洲或加勒比地区的人)是我们国家的多元文化的重要组成部分。事实上,根据 2006 年的人口普查在这个国家南亚裔加拿大人是最大的可见少数群体。

南亚裔加拿大公民的多数是外国出生的新移民,像大多数东亚血统的加拿大人一样。但是这组人有自己独特的地方,让他们变成加拿大人的经历与众不同。举一点,南亚裔加拿大人来自于不同的宗教背景,包括锡克教,印度教,伊斯兰教和基督教。虽然他们大多数能说我们其中一个官方语言,多数都有另一个母语。最常见的有旁遮普语,泰米尔语,乌尔都语和印地语。

在文化,宗教和语言上很多南亚裔印度人保持着与他们社团和传统很强的联结,在这个国家的社会传统中行走。家庭,责任和文化冲突是东亚裔加拿大作家小说中反复出现的主题。这些主题也出现在南亚裔加拿大文学中,虽然存在着不同的文化和历史背景。

(http://www.cbc.ca/books/2012/05/asian-heritage-month-south-asian-canadian-literature.html)

5. 威尔士出生的加拿大科幻奇幻女作家舟·沃顿（Jo Walton）以小说《在他者之间》（Among Others）获得雨果最佳长篇小说奖。

雨果奖每年由世界科幻协会颁给那些上一年度最好的科幻小说。该奖项是以前卫科幻小说杂志 Amazing Stories 的创始人雨果·哥呐斯巴克命名，并一度被称为科幻小说成就奖。此奖项被称为思索性小说的完美展示和最为人知的科幻作品文学奖项。雨果最佳小说奖每年授予那些上一年用英语写作或翻译成英语的科幻小说。长篇小说的标准是不少于4万字。

威尔士出生的幻想家乔·沃尔顿建立了一个建立在优雅，悄然颠覆的像 Farthing 这样的小说上的屡获殊荣的生涯。在 Among Others 这部沃尔顿的新作品中，十岁大的莫维娜和她的孪生妹妹莫佳娜在威尔士燃煤厂的废墟中寻找仙女而不是在花园的底部。

（http://articles.washingtonpost.com/2011－05－13/entertainment/35265225_1_fairies-novels-tolkien）

简评：

在美国和加拿大 2012 年的文学动态中，我们频繁地接触并感受到几个词语，如女作家、女人、族裔、历史、时事、政治等。

近几年，各大文学奖项以及新书单中常常闪现出女作家的身影，女作家的作品逐渐得到关注和认可，这可以说是对男性书写传统的进一步突破。女作家的作品也多以女性为主要描写对象，在肯定和赞美女性的价值以及力量的同时，也关注到了在以男性为主导的社会中，在男女平等的口号下，女性的生理以及心理的扭曲，可以说是女人向男人一样活着，女人的男性化，而不是男女的平等化。

2012 年，北美少数族裔的声音在文坛上也是此起彼伏，如日本裔美国作家大塚、美籍犹太作家内森、加拿大籍印度后裔米斯垂，加拿大籍南亚裔作家等，少数族裔作家的作品也逐渐摆脱边缘地位，发出了自己的声音，获得关注并取得了广泛认可。少数族裔的作品书写多带有民族传统色彩以及对历史的追忆和反拨，也有对他们当代生存状况的书写。生存在夹缝中的后裔们能更敏锐地观照到民族传统与异乡传统的碰撞融合以及成长。

  2012年的北美文坛中也有不少以时事为题材，关注当下人类精神状况的作品，如米勒以描述古希腊英雄同性恋情的小说《阿喀琉斯之歌》、沃顿的在废墟中寻找仙女的《在他者之间》等。长久以来，同性恋是一个非常隐晦的话题，在古代的欧洲，受基督教影响，绝大部分国家任务同性恋违反神灵的意志，由于世界各国文化、宗教的差异，至今人们对同性恋人群还存有争议。随着同性恋从精神病名册中除名，同性恋文化开始蓬勃发展起来，如今，社会对于同性恋的认同感愈来愈高，歧视同性恋者反而会受到大众的质疑。以同性恋为题材的小说也逐渐增多并受到关注，米勒小说的获奖也是对同性恋题材小说的一种肯定，这也体现了文坛对人的精神状况乃至人性的关注。

  总体来说，2012年的北美文学，让我们读到了更多的"边缘声音"，女性、少数族裔、特殊群体的呐喊较以前得到了更多的关注，被忽视被轻视甚至曾经被蔑视的群体逐渐走入人们的视野并为人们所接纳，这也可以算是向"人性"尊重和"人权"平等的道路迈出了坚实的一步。

作者简介

杜冰卉，天津外国语大学比较文学与世界文学专业硕士研究生。

2012年德意西葡年度文学报告

黄筱莉

德国文学动态

1. 毕希纳文学奖：

在当代德语文坛，以19世纪德国著名剧作家格奥尔格·毕希纳（1813–1837）的名字命名的毕希纳奖可谓最重要的文学奖项。该奖项始于1923年，最初的颁奖范围除作家外，还包括画家、演员等。该奖自1951年起成为文学奖，并由德国语言与文学科学院组织选拔，每年颁发给对当代德语文学作出优异贡献的一位作家或诗人。在1958年制定的章程中所确定的评奖标准为："该奖项颁发给用德语写作并表现突出的作家和诗人，获奖者本人要对现今德语文学界的发展起到巨大的推动作用。"德国当代文学史上的很多名家都曾获此殊荣，如君特·格拉斯、海因利希·伯尔、埃利亚斯·卡内蒂、克里斯塔·沃尔夫等。

2012年5月15日，德意志语言与文学科学院宣布，51岁的德国女作家菲丽西塔丝·霍普（Felicitas Hoppe）获得本年度的毕希纳文学奖。评选委员会在授奖理由中说："凭借1996年出版的《理发师的野餐》，菲丽西塔丝开创了一个多声部的文学世界。自此，她通过长篇小说、短篇小说以及散文对这个冒险家、伪君子、发现者和无用者的世界进行着探究。在一种简洁、诗意、执拗和纯粹的行文中她发现了一个叙述的宇宙，在这里'后现代'生存的基本问题经由自由和生成自由的想象得以彻底的展现。她的所有作品，例如旅行小说《Pigafetta》（1999）、流浪汉冒险小说《天堂，海外》（2003）、展现世间百态的《犯罪者和失败者》（2004）、对骑士小说的重新演绎《伊万·雄狮骑士》（2008）以及她的最新作品自传体小说《霍普》（2012）都在真实与虚构、自我认识与角色扮演之间自如穿梭。菲丽西塔丝·霍普追问自我演变的诸多可能，追问渴求的惊异和纠结之处，以一种不令人反感的方式展现出先验的视界。"评委会进一步阐释道："在当今这个对自己的琐事喋喋不休的文学界，菲丽西塔丝·霍普敏感、虽富有幽默感但却感伤的叙述艺术专注于个体的秘密。"评论者认为她的作品"娴熟地穿梭于真实与虚构，自我认识与角色扮演之间，追问自我演变的诸多可能，追问惊异和纠结的渴求"。

菲丽西塔丝·霍普1960年出生于德国下萨克森州的哈默尔恩，自1980年开始先后学习文学理论、修辞学、宗教学、意大利语和俄语，自1996年发表处女作、短篇故事集《理发师的野餐》后作为自由作家生活在柏林。至今已发表5部长篇小说、多部短篇作品集。在获得毕希纳文学奖之前，霍普已经凭借作品而多次获奖，例如视角文学奖、她家乡哈默尔恩颁发的捕鼠者文学奖等。

对于菲丽西塔丝·霍普获得毕希纳文学奖，文学评论界此次持欢迎和认可的态度，这与去年该奖颁给德国老作家弗雷德里希·克里斯蒂安·德利乌斯时评论界的怀疑形成了鲜明的对比。例如，她在费舍尔出版社的编辑奥利维埃·福格尔认为，菲丽西塔丝·霍普是一位"伟大的、一贯如一的叙述者。对于她终于获得这么一个重要的奖项，人们已经期待很久了"。文学评论家丹尼斯·舍克更是将她的获奖视为值得"欢呼的一天"。而且，我们似乎还可以有更大的希望，因为毕希纳奖是诺贝尔文学奖重要的风向标之一，德国作家海因里希·伯尔、君特·格拉斯，奥地利女作家耶利内克等德语国家诺贝尔奖得主都曾夺得过该奖。

2. 海涅文学奖

海涅奖乃德国最重要的文学奖之一,由杜塞尔多夫市设立于1972年,以19世纪大诗人海涅(1797—1856)命名,目前每两年颁发一次。亨利希·海涅奖评审团9月15日开会,决定将2012年的大奖授予德国大哲学家于尔根·哈贝马斯,附赠奖金5万欧元(约合人民币41.4万元)。

杜塞尔多夫正是哈老的家乡。1929年6月18日,他在此城出生。德国哲学家,社会学家。批判学派的法兰克福学派的第二代旗手。1929年生于杜塞多夫,曾先后在哥廷根大学、苏黎世大学、波恩大学学习哲学、心理学、历史学、经济学等,并获得哲学博士学位,博士论文题为《论谢林思想中的矛盾》。由于思想庞杂而深刻,体系宏大而完备,哈贝马斯被公认是"当代最有影响力的思想家",威尔比把他称作"当代的黑格尔"和"后工业革命的最伟大的哲学家。",在西方学术界占有举足轻重的地位。哈贝马斯是西方马克思主义重要流派法兰克福学派第二代的代表人物,著述丰富,迄今有数十部著作问世,主要代表作包括:《公共领域的结构转型》、《理论和实践》、《知识和人类旨趣》、《技术和作为意识形态的科学》、《社会科学的逻辑》、《合法性危机》、《文化与批判》、《历史唯物主义的重建》、《沟通与社会进化》、《沟通行动理论》、《真理与论证》、《包容他者》、《事实与价值》、《认识与兴趣》、《现代性的哲学话语》、《交往行为理论》、《晚期资本主义的合法性危机》、《后形而上学思想》等。评审团认为,哈贝马斯是"我们时代最重要的思想家之一",海涅奖以此向他毕生的作品致敬,这些作品讲自由,讲民主,极富思想启蒙的价值,对德国乃至整个欧洲的社会和政治建设,皆有重大意义。为什么要把文学奖颁给哲学家?首先,这样做并未偏离海涅奖的宗旨——强调基本人权,促进社会和政治进步,以及人民的相互理解。其次,正如评审团所言,亨利希·海涅既是作家,也是知识分子,哈贝马斯所继承的,正是海涅的传统。

海涅奖往届得主包括瑞士的马克斯·弗里施(1989)、德国的汉斯·马格努斯·恩岑斯贝格尔(1998)、以色列的阿摩司·奥兹(2008)

和法国的西蒙娜·韦伊（2010）等。

3. 德语图书奖

2012年10月9日，有"德语布克奖"之称的德语长篇小说最高荣誉德语图书奖（Deutscher Buchpreis）揭晓。本年度最佳德语小说颁给了女作家乌尔苏拉·克雷歇尔（Ursula Krechel）的《联邦州法院》（Landgericht，暂译名）。该书击败了另外5本短名单入围作品（其中包括呼声很高的Sand），夺得桂冠。

《联邦州法院》描述了一位二战后流亡归来的法官之内心纠葛，从社会建筑、生活方式到个体家庭氛围去观察早期的德国联邦共和国。行文中，克雷歇尔融汇了叙述、报告文学、散文与分析等多种风格于一体。由七人组成的评审团认为，《联邦州法院》政治锋芒锐利、质感动人。评委会称，"克雷歇尔在该小说中讲述了一位从二战流亡归来的法官理夏德·科尔尼策错综复杂的生活图景。他在对国家正义坚定信仰的驱使下回到祖国，却因为德国战后社会的偏狭而在重建尊严时遭受惨败。小说的语言在叙事、文献、简评与文本分析之间振荡摇摆，时而充满诗意，时而简练有力。克雷歇尔精准地刻画了德国重建早期的历史社会图景：既涉及建筑艺术、国民生活模式，又深入到家庭纷争的核心。《地方法院》是一部感人的、充满政治迫切感却又维持着惊人冷静的现代小说。"

乌尔苏拉·克雷歇尔1947年生于德国特里尔，后在科隆大学攻读文学、戏剧创作和艺术史。在大学期间她即开始为西德电台撰写广播稿，并于1969至1972年间在多特蒙德剧院担任剧评家。在大学期间克雷歇尔对中国历史文化表现出浓厚兴趣，上世纪80年代她曾到中国作学术旅行并阅读了大量中国小说与纪实文学作品，尤其专注于1938—1939年欧洲犹太难民到上海避难的那段历史，这段生活经历直接影响到她的小说《上海离何处遥远》的创作。自1977年发表首部诗集以来，克雷歇尔已经有12部诗集、多部散文集与剧作问世。2009年她发表了首部长篇小说《上海离何处遥远》（Shanghai fern von wo vor）。该书讲述了一群犹太人在1938年纳粹迫害之下逃离德国，到中国上海避难的经历。克雷歇尔在搜集了大量史料之后虚拟了几个犹太人的生活与命运,以及他们在上海的际遇,还原了当时18000多位犹太人的生活图景,该书也藉此成为德国当代纪实小说的重要代表,并为作者赢得了当年的约塞夫·布莱特巴赫奖,德国范围内奖金最高的文学奖项。

4. 巴赫曼文学奖

2012年7月8日,历时三天的第36届"2012年德语文学日"终于在奥地利克拉根福落下了帷幕,而众所期待的英格博格·巴赫曼文学奖也尘埃落定。这一次,俄裔德国女作家奥尔加·马蒂诺娃(Olga Martynova)凭借《我将会说:"嗨!"》成为了这个重要的德语文学奖项的得主并获得了25000欧元的奖金。

英格博格·巴赫曼文学奖是德语文学领域最重要的文学奖项之一,是奥地利克拉根福市为了纪念1926年在克拉根福出生的著名女作家英格博格·巴赫曼而出资设立的,首次颁发于1977年。而今年,共有14位作家参加了巴赫曼文学奖的角逐,他们分别为来自奥地利的伊莎贝拉·费穆尔、科内莉拉·特拉夫尼切克,出生在奥地利小城威尔斯、现居日本广岛的莱奥波德·费德迈尔、出生于奥地利现居瑞士的胡戈·拉姆内科;来自瑞士的西蒙·弗洛林、米亚姆·里希讷;来自德国的扎比内·哈辛格尔、丽莎·克雷茨那、英格-玛利亚·马尔科、马蒂亚斯·赛克尔、安德里亚斯·施蒂希曼,出生在德国现居芬兰的斯特凡·莫斯特以及出生在俄罗斯现居德国的奥尔加·马蒂诺娃和出生在波兰现居德国和瑞士的马蒂亚斯·那瓦特。在7月6日至8日的三天时间里,这14位作家朗读了自己迄今尚未出版发表的作品供公众评判,竞争可谓异常激烈,评委会也是经过多轮投票后,才最终确定俄裔德国作家奥尔加·马蒂诺娃作为此次巴赫曼文学奖的得主,因为评委会认为她的作品是此次参赛作品中少数能够超越个人生活领域的作品之一。

奥尔加·马蒂诺娃1962年出生于俄罗斯的杜丁卡,1991年她离开俄罗斯来到德国,目前居住在美因河畔的法兰克福。奥尔加·马蒂诺娃既用俄语也用德语进行写作,自1999年起她开始为《时代》、《法兰克福评论报》以及《新苏黎世日报》等知名报刊撰写文章。除此之外，她还出版过诗集、散文并且在2010年出版了长篇小说《甚至鹦鹉也比我们活得长久》。在此次的参赛作品《我将会说："嗨！"》中，奥尔加·马蒂诺娃描述了年轻的主人公莫里斯在叔叔罗伯特和婶婶阿妮塔家中度假时所经历的双重觉醒——诗学和性爱对他有着同样强烈的吸引力。他一方面被冷饮店的一个女店员深深吸引，而另一方面叔叔婶婶家所在的小城历史也令他感到无比的兴奋。奥尔加·马蒂诺娃同时也用轻松和富含隐晦的幽默笔触描写了叔叔和婶婶之间矛盾重重的关系。评委会认为小说展现了一个诗人"经由性爱而诞生"的过程，称这部作品为"轻松、灵巧的画像"，并且对奥尔加·马蒂诺娃作品中所展现的"无政府主义的幽默"以及她作品中对"人类历史的领悟"大加赞叹。更加触动评委的是奥尔加在作品中对文化历史的富有艺术性和幽默感的穿插，在评委看来，这使她的作品超越个人主题，从而具有世界性的意义。

另外一个值得提及的地方在于，巴赫曼文学奖并不是奥尔加·马蒂诺娃获得的第一个德语文学奖项。尽管她用德语写作的时间并不算很长，但她已经于2010年进入了德国图书奖的大名单以及ASPEKTE文学奖的小名单，并且于2011年获得了沙米索文学促进奖以及Roswita文学奖。因此，此次的巴赫曼文学奖只不过是对她的文学创作做出了再一次的肯定。

意大利文学动态

诺尼诺国际文学奖

1月28日，诺尼诺发奖仪式在意大利北方城市乌迪纳举行，中国诗人杨炼获奖。这也是中国作家第三次获得这一知名国际文学奖，2002年作家阿城和2005年作家莫言曾获这一殊荣。

诺尼诺国际文学奖评奖委员会由2001年诺贝尔文学奖获得者威·斯·奈保尔（曾于1993年获此奖项）担任主席。在颁奖现场，叙利亚著名诗人阿多尼斯代表评审团介绍杨炼及其作品。杨炼在从阿多尼斯手中接受银质奖座和奖金后,发表了题为《在一只坂的世界里》的受奖辞。

意大利诺尼诺国际文学奖(Nonino International Literature Prize)为意大利著名的国际文学奖之一,创始于1975年,颁发给除意大利之外的国家。每年颁发给一位享誉国际的作家(含诗人、小说家、戏剧家)。过去得主中包括阿拉伯著名诗人阿多尼斯(1999年)和2011年诺贝尔文学奖获得者托马斯·特朗斯特罗默(2004年)等。

评审会主席奈保尔在发表的授奖词中称:2012年诺尼诺国际文学奖获得者杨炼的诗意创作,构成当代中国思想的高标之一。奠基于他的千古文化之根,他重新阐释它,朝向当代张力再次发明和敞开它。他的诗句触及了关于我们存在的所有最重要提问,并提醒我们"诗歌是我们唯一的母语"。他在一种并非仅疏离于自己土地的漂泊中,把生存和写作的景观推到极致。

西班牙文学动态

1. 塞万提斯文学奖

塞万提斯奖是西班牙文化部为表彰杰出的西班牙语作家而设立。以小说《堂吉诃德》的作者塞万提斯命名。每年颁奖给在西班牙语文学领域做出突出贡献的西班牙和拉丁美洲作家。每年12月评出年度得主,次年4月23日(塞万提斯逝世的纪念日)在塞万提斯故乡的阿卡拉大学(Universidad de Alcalá)由西班牙国王亲自颁授,可说是西班牙语世界的文学最高荣誉,也因此有些评论说本奖是西班牙语世界的诺贝尔文学奖,本奖原本有项不成文的惯例:得奖前先获诺贝尔文学奖,就不列入评奖,如1977年的西班牙的诺贝尔文学奖得主文森特·阿莱克桑德雷·梅洛(Vicente Aleixandre Merlo),和1982年的哥伦比亚诺贝尔文学奖得主加西亚·马尔克斯都没有得本奖,1995年才由1989年的西班牙诺贝尔文学奖得主卡米洛·何塞·塞拉创下先得诺贝尔文学奖再得本奖的先例,因此加西亚·马尔克斯婉拒1997年的本奖,现在本奖奖金9万欧元。

西班牙作家何塞·曼努埃尔·卡瓦列罗·博纳尔多（José Manuel Caballero Bonald）获得2012年度塞万提斯文学奖。

卡瓦列罗·博纳尔德1926年生于西班牙西南部加的斯省城市赫雷斯-德拉福龙特拉，曾攻读航海术、经济、哲学和文学，获得过文哲学士学位，曾在10年间在哥伦比亚国立大学教授文学。卡瓦列罗·博纳尔多在26岁时发表了自己的处女诗集，此后在诗歌、小说、随笔等方面都有建树。作为诗人，他被批评界划为"50流派"。其文学作品比较丰富，并且体裁多样：有诗歌《猜测》（1952）、《短时的回忆》（1954）、《安特奥》（1956）、《死寂的时刻》（1959）、《通俗诗作》（1963）、《英雄的臭名》（1977）、《命运的迷宫》（1984），诗歌全集《我们是我们剩余的时光》（2004），2004年以其全部诗作获得索菲亚女王拉美诗歌奖。他还写有长篇小说《九月的两天》（1962年获简明图书奖）、《玻璃·猫眼》（1974）、《人们通宵闻鸟过》（1981）和《在父亲家中》（1988），以及论著《概论美酒》（1980）、《革命的古巴小说》（1968）、《佛拉门科的光与影》（1975）和《塞万提斯时代的塞维利亚》（1991）等。他曾三度获得批评文学奖。2005年博纳尔多被授予西班牙国家文学奖。西班牙国家文学奖是继塞万提斯文学奖之后最重要的西班牙语文学奖项。对于获奖，博纳尔多表示满意。他说："我很久以前就等待着这个奖项。人偶尔总会收到这样那样的奖项，但我还期待着更多其他的东西，因为获奖不是一名作家生活的全部。"

2. 西班牙纳达尔文学奖

纳达尔奖是西班牙最古老的文学奖。72岁的西班牙作家阿尔瓦罗·庞博（Alvaro Pombo）以所著小说《英雄不寒而栗》（El temblor del héroe），于日前获得了第68届纳达尔文学奖，并获奖金1.8万欧元（约合人民币14.5万元）。小说《英雄不寒而栗》谈的是一位退休大学教授对冷漠社会的生活经验。

庞博在佛朗哥独裁时期曾经流亡国外，从20世纪70年代开始文学创作，既写诗又写小说。他获得过行星文学奖和全国批评奖等。

3. 西班牙索菲亚王后拉美诗歌奖

2012年7月3日，年逾八旬的尼加拉瓜老诗人埃尔内斯托·卡德内尔以其全部诗作荣获2012年度索菲亚王后拉美诗歌奖。该奖项以西班牙王后索菲亚的名字命名，在西班牙语诗歌界享誉最高。评委会成员普遍认为，"对二十世纪的诗歌来说，这么重要的诗人被排除在这个奖之外，是不公平的"，"他多年被列入获奖候选人名单，早就该获此殊荣"。

埃尔内斯托·卡德内尔1925年生于尼加拉瓜古城格拉纳达一个富裕的家庭，中学毕业后留学墨西哥，在墨西哥国立自治大学攻读哲学和文学，并曾在墨西哥的几家杂志上发表诗歌。1947年，在获得文学硕士学位之后，他去了美国哥伦比亚大学研究美国文学。一年后前往法国、西班牙、意大利等国旅行，回国后开始创作其代表作《历史诗篇》。同时，他还与表兄科罗内尔·乌尔特乔合作翻译美国诗歌，并从事雕塑艺术。

从1970年起，卡德内尔访问古巴，秘鲁，智力和纽约，写了《在古巴》、《纽约之行》等诗篇，不久后又创作了歌颂桑迪诺民族解放阵线的长诗《民族之歌》等。1977年，他参加了桑迪诺民族解放阵线，并奉命去国外从事外交活动，访问过法国、德国、西班牙、瑞士、荷兰、意大利、苏联等十余国。1979年7月尼加拉瓜革命胜利后，他被任命为文化部长。就是年代，因对革命阵线领导层专断跋扈的不满而与之分道扬镳。

卡德内尔是一位多产的作家，除上面提及的作品外，还有诗集《没有人居住的城市》（1946）《征服者》（1947）《讽刺诗集》（1961）《爱情生活》（1970）《历史的翅膀》（1984）《宇宙颂》（1989）《黑夜的望远镜》（1991）以及散文与随笔《革命的神圣性》（1974）《在格拉纳达的岁月》（2002）回忆录三部曲《失败的人生》（1999）《陌生的群岛》（2002）《失败的革命》（2004）

在诗歌的创作手法上，卡德内尔采用了"表露诗"的概念，他在《尼加拉瓜诗选》序言中解释说："表露诗是根据外部世界，既看得见，摸得着的世界形象创作的一种诗歌。一般而言，这个世界是诗歌的具体世界。表露诗是一种客观诗，是叙事性的，是根据现实生活中的因素和具体事务，准确的细节数字、事件和话语创作的。"

卡德内尔的诗歌创作深受美国诗人艾兹拉·庞德、阿奇博尔德·麦克勒斯和托马斯·默顿的影响。庞德让他明白，诗歌可以"容纳一切"不存在散文专有的题材，小说或随笔可以写的，诗歌也可以写。他的诗中就容纳了统计资讯，书信片段，报刊社论，新闻消息，历史纪事，文献，笑话，轶事等这些被认为散文专有而非诗歌应写的东西。

除此，卡德内尔诗歌的另一个明显特征，就是具有强烈的社会倾向性和大众化倾向，大多叙事性强，避免过多的比喻而采用具体，熟悉的日常形象，为普通读者所喜闻乐见。他还认为，诗歌不应该远离政治，应以诗歌为武器以抵御外来势力对祖国的侵占，要支持人民的革命斗争，打破个人世界的局限而进入社会和历史，不仅在诗歌创作技巧上，而且在人生态度上都有巨大的创新。

凭借杰出的成就，卡德内尔在国内外获得过一系列荣誉：鲁文·达里奥最高文化勋章（1982）、法国艺术与骑士勋章（1985）等，1986 被选为民主德国艺术科学院院士，2005 年和 2007 年两度被提名为诺贝尔文学奖候选人，2009 年"由于成功继承了西方的古典传统并把它用于当代，以及他对美洲大陆原始居民的持久关心及其政治责任感"而获得巴勃罗·聂鲁达西班牙美洲诗歌奖。目前，他是公认的有世界性影响的大诗人，也是继聂鲁达和巴列霍之后拉丁美洲最杰出的诗人之人。

葡萄牙文学动态

卡蒙斯文学奖

86 岁的巴西著名短篇小说家达尔顿·特雷维桑（Dalton Trevisan）于 5 月 21 日获得了 2012 年的卡蒙斯奖，并获奖金 10 万欧元（约合人民币 81 万元）。

卡蒙斯文学奖（Camoes Prize），是 1989 年由葡萄牙和巴西政府联合创立、并由两国文学界资深人士组成的评委会评选及颁奖的文化奖项。

该奖以葡萄牙文学巨匠路易斯·德·卡蒙斯（1524—1580）的名字命名，每年评选一次。卡蒙斯文学奖项旨在丰富葡萄牙语文学与文化遗产，鼓励和奖掖葡萄牙语国家的作家。卡蒙斯文学奖评审团由6位作家成员组成，即葡萄牙、巴西各3位。作品评选范围为世界上所有使用葡萄牙语国家的优秀作家。

特雷维桑1925年生于巴西南部城市库里蒂巴，为深度隐居的文学奇人，以充满黑色幽默的志怪小说集闻名，最为人熟知者乃1965年出版的《库里蒂巴吸血鬼》（O vampiro de Curitiba）。

卡蒙斯奖评审团主席、巴西作家西尔维亚诺·圣地亚哥（Silviano Santiago）说，今年的决定是出于"文学作为语言艺术的一种激进选择（uma escolha radical）。"他赞扬了特老先生"用葡萄牙语所做的不断实验"，以及他"不为个人和社会生活所干扰，对文学事业的献身"。

简评：

1. 小说：对历史和生存的反思，在时间的沉淀中寻觅人性的痕迹。

2011年毕希纳文学奖颁奖辞："机警、睿智乂富有想象力的观察者，他在作品中探讨当今时代背后深层的历史维度，保有清醒的政治触觉，用反意识形态的文本来表现二十世纪德国精神状态的历史。"图书奖颁奖词："欧根·鲁格通过一部家庭小说反映了前民主德国的历史。他成功地将一家四代人近半个世纪的经历编排进精心设计的情节中。他的小说描述了社会主义的乌托邦，个人为这种理想国付出的代价，以及个人在集体中的逐渐失声。"到了2012年这种倾向似乎更加明显：在诺贝尔文学奖的评选中，莫言因"who with hallucinatory realism merges folk tales, history and the contemporary"击败了大家颇为看好的村上春树；同样，《联邦州法院》击败了呼声颇高的《沙》而获得德语图书奖，从这些现象的背后约莫可以窥见，无论是运用魔幻现实主义的手法，还是幽默讽刺的技巧，他们都因书写历史而恢宏，都因反思生存而深厚。既是一幅关于存在于时间的画卷，又是一曲描绘世间百态的乐章。

2. 诗歌：出世的思想和入世的情怀，在文化的漂泊中寻求语言之根。

2012 年意大利诺尼诺国际文学奖颁给了中国诗人杨炼，2012 年度索菲亚王后拉美诗歌奖颁给埃尔内斯托·卡德内尔，他们都可以称作"史诗诗人"，都具有其各自的民族特色，可以说是各自文化的"寻根派"，都曾高举理想主义与英雄主义，却一次次面临着生的迷惘与抉择，从神话、古籍、历史、自然中找寻和构建自己的诗歌王国。诗人无论是站在历史人的角度，还是用未来人的眼光，只不过都是对现实的迂回包抄，是想用过去或未来的视觉为现在世界寻找人类存在的理由，为现实生活趟出一条康庄的精神大道，为现代个体架通一座世俗通向灵魂的桥梁。

作者简介

黄筱莉，天津外国语大学比较文学与世界文学专业硕士研究生。

2012年俄罗斯等东欧国家文学动态

胡凯月

俄罗斯文学动态

1. "民族畅销书 2012"

俄罗斯图书奖"民族畅销书2012"角逐最终大奖的6部作品是亚历山大·捷列霍夫的《德国人》、弗拉基米尔·利茨基的《俄罗斯暴虐》、弗拉基米尔·洛尔琴科的《所罗门王的宝藏》、玛琳娜·斯捷潘诺娃的《拉扎里的女人们》、谢尔盖·诺索夫的《弗兰苏阿扎，或路达冰川》和安娜·斯塔罗宾涅茨的《活着的人》，其中有两部是手稿形式。

作为该奖的创立者，维克多·托波罗夫指出，"民族畅销书"无关政治。其评选机制从2012年起也有所变改，该奖项以往的获得者及角逐国内其他著名文学奖项的候选者都将无法参与此奖项的评选活动，这或许是"民族畅销书"品牌优化，进一步巩固"国家畅销书"权威的一步。亚历山大·捷列霍夫凭借其《德国人》获得了2012年度俄罗斯"国家最畅销书奖"。

2. 俄罗斯布克文学奖

俄罗斯布克奖于1991年由英国布克奖基金会建立，不久便成为最具权威性的俄语文学年度奖项，获得国际文化界的关注。1997年，布克奖脱离了英方的支持，该奖项更名为"布克－开放的俄罗斯"奖。该奖已经成为俄罗斯最重要、最权威的文学奖项之一，所有提名作品尤其是入围作品都有不俗的市场反响。2006年，这一奖项又恢复到1991年创立时的名称"俄罗斯布克"文学奖。2012年是俄语布克奖第21次颁奖。

2012年10月18日，俄语布克文学奖评委会在官方网站上公布了2012年度6部入围小说的短名单，最终决选结果于12月4日在莫斯科揭晓。56岁的莫斯科作家安德烈·德米特里耶夫（Андрей Дмитриев）以其小说《村夫与小青年》（Крестьянин и тинейджер）获得了2012年度的俄语布克奖。

小说发生在一个凋败的俄国村庄，大城市的青年纷纷下乡，不是为了响应号召，而是恰恰相反——逃避兵役。故事就沿着村夫与小青年这两条并行的线索展开。"我一直在写我自己的过去，我自己的感受和印象，还有我熟悉和热爱的地方。没有这些，我就永远也写不出这部小说。"德米特里耶夫告诉俄罗斯之声。《村夫与小青年》已经在2012年10月获得了亚斯纳亚波良纳奖，并入围过俄国大书奖的决选名单。

1956年，德米特里耶夫生于列宁格勒（今圣彼得堡），毕业于国立莫斯科大学哲学系，以在《新世界》、《旗帜》和《各民族友谊》等苏联杂志上发表短篇小说起步。评论界称他兼具蒲宁的音调和契诃夫的细节，是俄国现实主义传统的接班人。

3. 俄国大书奖（"巨著"奖）

"巨著奖"是俄罗斯最重大的文学奖，其奖金额度仅次于诺贝尔文学奖。它由"祖国文学援助中心"于2005年设立，俄罗斯联邦文化部、联邦出版与大众交际处、科学院俄罗斯文学研究所以及银行、企业、书商、杂志、广播电视集团等都是这一奖项的积极支持者。去年的大书奖颁给了米哈伊尔·希什金（Михаил ишкин）的书信体小说《信书》（Письмовник）。

2012年度俄罗斯"巨著"文学奖评选11月27日在莫斯科落下帷幕，老作家丹尼尔·格拉宁凭借新作《我的中尉》斩获大奖，获得300万卢布奖金。亚历山大·卡巴科夫、叶甫根尼·波波夫合著的《阿克肖诺夫》和有"乌利茨卡娅第二"之称的女作家玛琳娜·斯杰普诺瓦的《拉扎里的女人们》分获二、三名。

时年93岁的格拉宁是俄罗斯著名作家、社会活动家，曾获苏联国家文学奖、俄罗斯联邦总统奖、"圣彼得堡荣誉公民"称号。他从1949年开始发表作品，写出了大量关注历史和社会现实的佳作。其代表作有《野牛》（1987）、《陌生人》（1990）、回忆录《我的离奇回忆》（2009）等。长篇小说《我的中尉》关注的是二战的战争主题，作者描写的重心不是将军的丰功伟绩和部队的胜利凯旋，而是从一个普通中尉的角度，深刻地揭示了二战中的战壕真实。评委们一致认为，老作家之所以获奖，是因为这部作品表现出了他的"荣誉与人格尊严"。

4. 俄罗斯文坛常青树

在有"俄国文学主教"之称的索尔仁尼琴去世后，俄国人又开始把崇敬的目光投向瓦连京·拉斯普京。在这位作家诞生75周年之际，他的故乡俄罗斯伊尔库茨克州出面举办多种活动，其中就包括在北京俄罗斯文化中心举办的图片展、影展和学术研讨会，多方面彰显这位文学大家的不凡成就。

拉斯普京1937年生于俄罗斯伊尔库茨克州一个普通农民家庭，少年时代在安卡拉河畔的阿塔兰卡村度过，后入伊尔库茨克大学文史系学习，1959年毕业后从事新闻工作，1961年发表处女作《我忘了问廖什卡》。

上世纪七八十年代是拉斯普京创作的黄金时期，他陆续写出《最后的期限》（1970）、《法语课》（1973）、《活着，并要记住》（1974）、《告别马焦拉》（1976）、《永远活着，永远爱》（1981）和《火灾》（1985）等影响广泛的小说，其中一些小说还被改编成电影和话剧。苏联解体后，拉斯普京的文学创作一度沉寂，转而写作了大量政论，但自上世纪90年代起，他的新作再度接连面世，如《下葬》（1995）、《突如其来》（1997）、《伊万的女儿，伊万的母亲》（2004）和《西伯利亚，西伯利亚》（2006）等。如今，拉斯普京已成为当代俄罗斯文学中首屈一指的老作家。

5. 莫言两部长篇小说年底前将在俄罗斯出版

中国作家莫言的两部作品《酒国》和《丰乳肥臀》2012年在俄罗斯出版。

《酒国》是莫言第一部被完整译成俄语的长篇小说，此前他只有一些短篇小说被译成俄语。由这家出版社出版的莫言另外一部作品《丰乳肥臀》俄文版也将在12月面市。这两部作品都由俄罗斯翻译家叶戈罗夫翻译。

乌克兰、罗马尼亚文学动态

1. 乌克兰基辅举行国际书展

2012年10月3日，为期四天的第二届基辅国际书展在乌克兰首都基辅的国家文化艺术博物馆开幕。来自乌克兰，俄罗斯，白俄罗斯的100余家出版社以及60位知名作家参展。除了图书展销，举办新书介绍会，诗歌朗诵会，音乐会，讲座，作家见面会，慈善活动等。

2. 赵丽宏《沧桑之城》在乌克兰翻译出版

赵丽宏诗集《沧桑之城》的乌克兰文译本在基辅出版。《沧桑之城》是赵丽宏献给上海这座"母亲之城"的抒情长诗，长诗追溯上海的生命之源，将历史、现实和理想交织为一体，出版后曾引起广泛关注。乌克兰著名诗人阿里克塞·道格维在《沧桑之城》的乌译本序文中说："这部中国长诗佳作，可以让乌克兰人深刻地理解中国历史和文化的精髓。"

3. 罗马尼亚举办国际莎士比亚戏剧节

2012年4月23日，第8届罗马尼亚国际莎士比亚戏剧节在罗西南名城——克拉约瓦市开幕。

本届戏剧节的主题是"世界是戏剧，我们是演员"，来自英国、俄罗斯、德国、立陶宛、丹麦、法国、韩国及罗马尼亚本土的10余个剧团在布加勒斯特和克拉约瓦两地为观众带来不同风格的莎士比亚剧作。此外，戏剧节期间还举办研讨会、工作坊、音乐会、图书发行等相关活动。罗政府对此项活动予以大力支持，罗文化部、罗文化学院及地方政府等部门和机构拨付了专款。罗国家电视台、国家广播电台、《国家新闻报》、《每日事件报》等主流媒体均开设专题节目或专栏等广泛报道此次戏剧节。

4. 汉学著作《中国茶文化》在罗马尼亚获奖

罗马尼亚《历史》杂志文化基金会举行的 2011 年度颁奖仪式上，罗马尼亚汉学家安娜·布杜拉女士创作的《中国茶文化》一书获得"萨穆尔卡什奖"。

安娜·布杜拉是罗马尼亚著名汉学家，罗马尼亚社会历史科学院研究员，曾在中国生活、工作多年，精通中国历史，发表过大量有关中国历史的学术专著和论文。《中国茶文化》一书图文并茂，通过介绍茶的历史、中国茶分类、茶道及茶具等相关知识，展示了独具特色的中国茶文化。

5. 罗马尼亚举办第十九届锡比乌国际戏剧节

2012 年 5 月 25 日至 6 月 3 日，主题为"文化在经济危机中独树一帜"的第十九届锡比乌国际戏剧节在罗马尼亚著名历史文化名城锡比乌举行。

本次戏剧节为期 10 天，共有来自 70 个国家和地区的 2500 余名演职人员参加此次戏剧节。在 60 处不同场地，举办 300 多项活动，演出 150 余场，每天观众超过 60000 人。

锡比乌国际戏剧节始创于 1994 年，经过 18 年的发展，现已堪与阿维尼翁戏剧节和爱丁堡戏剧节比肩，跻身欧洲三大戏剧节之列。

6. 莫言小说《生死疲劳》罗文版在罗马尼亚发行

2012 年 11 月 24 日，诺贝尔文学奖获得者、中国作家莫言的小说《生死疲劳》罗文版 24 日晚在第 19 届罗马尼亚国际书展上举行了发行仪式。

简评：

2012 年对于东欧国家尤其是俄罗斯来说是一个文学上的丰收年。和 2011 年类似，俄罗斯文学氛围宽松，新的优秀文学作品不断涌现，各类文学文化活动也相当活跃。通过上文列举的多个例子来说，东欧文学在

2012年呈现以下特点。

首先,一系列的新作品吸引了众多的目光,并最终赢得各种大奖。各种文学奖项形式没有发生太大的变化,而且入围的并获奖作品有很多共同点。比如,"民族畅销书"在形式上并没有多大改变,不过今年在作品的筛选上侧重点有所不同。今年多偏重"粗暴的自然主义主题层面"的呈现,从小说《俄罗斯暴虐》到奇怪的作家"凶恶吸血鬼"的《俄罗斯,复兴吧!》等系列,颠覆了筛选的传统标准。俄罗斯布克文学奖方面,大奖评委会主席、资深评论家萨穆伊尔·卢里约指出,最终入选的6部作品虽体裁迥异,但主题相似,均阐述了人在困顿阴霾、危机四伏的世界里的孤苦和无助。

其次,罗马尼亚和乌克兰等国家的文学文化活动比较活跃。比如,乌克兰在基辅举行了国际书展,罗马尼亚举办了第十九届锡比乌国际戏剧节和国际街头戏剧节。这些文化活动的举办可以说明这些国家的文化活动相当活跃。

再次,中国的文化在周边影响力有所提高。尤其是2012年的诺贝尔文学奖授予了中国的莫言,使得很多国家的文坛都掀起一场中国热。很多国家都开始出版莫言的著名作品的译本。如《酒国》和《丰乳肥臀》今年年底前将在俄罗斯出版,《生死疲劳》罗文版也于24日晚在第19届罗马尼亚国际书展上举行了发行仪式。此外,赵丽宏诗集《沧桑之城》的乌克兰文译本在基辅出版,罗马尼亚汉学家安娜·布杜拉女士创作的《中国茶文化》一书获得"萨穆尔卡什奖",这些都可以证明中国文学文化在东欧国家的影响力。

作者简介

胡凯月,天津外国语大学比较文学与世界文学专业硕士研究生。

2012 年大洋洲文学动态

刘 骏

1. 安娜·冯德（Anna Funder）以作品《所有即我》（All That I Am）获迈尔斯·弗兰克林文学奖。

弗兰克林文学奖是每年颁发的，授予具有高度文学继承性的，表现各个阶段澳大利亚生活的小说。这个文学奖是根据米尔斯·弗兰克林的遗愿设立的，他因为1901年出版的澳大利亚经典小说《我的辉煌生涯》而闻名于世。

安娜·冯德的作品获了很多的赞美和奖励她的散文、专题文章和专栏出现在很多出版物。她还经常以公共演说家的身份四处演讲。安娜是悉尼科技大学创新艺术毕业生，《所有即我》这部作品是她博士论文的一个重要组成部分。这部作品在英国和澳大利亚出版，2012年2月在美国和意大利发行。

故事十分有趣，当希特勒在1933年掌权之后，布拉特、托罗、法比安和布拉特的丈夫汉斯·威斯曼一起飞往伦敦在那里继续抵抗法西斯的生活。在德国国会大厦被焚烧之后，希特勒在柏林准备了一场示范公审。在伦敦，法比安准备了一场对立的审讯，并且组织那些逃离德国的人成立一个陪审团。她接触一位地位显赫的纳粹党人，并从他那得到了一份泄露的来自德国的重要文件。始终受到盖世太保的威胁，法比安和另一位组织成员被发现死在公寓里。验尸裁定为自杀，布拉特和托罗确定他们是被谋杀的。

冯德的叙述清晰，易于阅读，严谨从而缺乏文体的独特性。托罗和布拉特的叙述是用一种意识流的回忆来写的，1939年生在纽约的托罗回忆着发生在二十年代和三十年代的事；布拉特是在21世纪初在悉尼去世的。我们受困在他们的内在生命直到他们死去的那天。真实的托罗是在纽约的一家宾馆自杀的。冯德笔下的托罗这样解释到："我在门臂上系了一个结，在我的头脑里则有一个更大的。我的感觉有如跳进一个冰冷池子前一样，犹豫、无目的。"

2. 保罗·卡特凭借作品《十一季》获得澳大利亚沃格尔文学奖

保罗·卡特是一位澳大利亚作家和老师。保罗·卡特出生在墨尔本，2001年获得迪肯大学的艺术学士学位。在攻读学位期间，他开始着手写第一部小说，这部小说一共花了九年时间。在2012年出版，这部小说是关于一位年轻的足球运动员杰森·达尔顿，出生在墨尔本的郊区。这部小说探讨着形成主角性格中的家庭，足球各种关系。

作为一个男孩杰森的生活是一种令人窒息的组合：平淡和艰难。他通过在学校踢足球摆脱他的上层中产阶级的朋友的嫉妒和自己在学校的碌碌无名。

他对成为明星有着丰富的想象，非常努力想要获得他。但是，这种爱开始承担他努力工作想要收获的果实时，一切都开始变味。足球一直安慰他，但他的成功遭遇悲伤的秘密时，他又变得默默无闻。亚足联，甚至一般运动都无必要明白这里发生了什么。

简评：

作为一个移民国家，澳大利亚的文学初始只是一片荒漠。由于移民大多来自英国，所以受英语文学影响很大。澳大利亚对于英国就像一个流散在外的儿子，澳大利亚人对于英国一直有着一份特殊的情结。所以流散文学成为澳大利亚文学的一大主流，内容上充满了对故土的怀念，写作手法也十分成熟，常采用意识流的写作风格。

作为一个热爱运动的国度，运动题材也是澳大利亚文学常用的题材。小说里经常介入了成功和家庭这样的情结。

作者简介

刘骏，天津外国语大学比较文学与世界文学专业硕士研究生。

2012年拉丁美洲文学动态

安　宇

一　获奖情况

1. 阿尔曼萨尔获国家文学奖（多米尼加）

据多米尼加《利斯丁日报》2012年1月26日报道，多米尼加文化部已宣布将2012年度的国家文学奖授予年逾7旬的老作家阿曼多·阿尔曼萨尔，奖金为一百万多米尼加比索。得知获奖消息后，阿尔曼萨尔感到喜出望外。

阿曼多·阿尔曼萨尔1935年5月22日出生，是著名长短篇小说家、电影评论家和新闻工作者。他属于60年代作家群体的代表人物，也是1966年创建的"拳头文学团体"的成员。参加该团体前就已从事文学创作，其写作和评论电影的热情十分高涨。在1966年首次参加的短篇小说评选活动中以作品《猫》获得头奖。此作被收录在国内外出版的短篇小说选中，为其带来广泛国际影响。此后他创作了众多短篇小说，以出色的故事真实地反映多米尼加人的生活和社会现实。2003年他决定创作长篇小说，于是写了《影子的世纪》。2007年又出版另一部长篇《公园里的陌生人》，小说故事发生在多米尼加共和国，写一个人身处困境中的痛苦。一个市民一天在小村庄的公园里醒来，不记得自己是谁，身上也没有带证件，在这种情况下，他感到十分焦虑。小说表现了多米尼加特鲁希略独裁统治时期的社会状况和人们的不幸遭遇。

阿曼多·阿尔曼萨尔的小说风格朴实，语言率直，不少作品被选作中学和大学的教材。他的电影评论每个周六都发表在《利斯丁日报》上。他的作品还有《阿尔基梅德斯》、《首领》等小说。

（摘自《世界文学》·2012/3）

2. 托雷斯获中美洲文学奖（尼加瓜拉）

据墨西哥《信息报》网络版2012年4月28日报道，尼加拉瓜著名作家和新闻工作者阿尔基梅德斯·贡萨莱斯·托雷斯以其长篇小说《两个男人和一条腿》获得由巴拿马工艺大学授予的、以巴拿马名作家罗赫利奥·西南的名字命名的2011—2012年度中美洲文学奖。参加本年度该奖角逐的共有16部作品。其中9部来自巴拿马，其他来自中美洲的其他国家。贡萨莱斯·托雷斯以笔名"佳核德72"提交的作品被评奖委员会看好，说"他的小说灵巧、朴实，主题是写一个人如何面对老年、病弱和死亡"。

贡萨莱斯·托雷斯1972年3月14日生于马那瓜，曾在尼加拉瓜中美洲大学攻读新闻，其后在多家媒体工作，1998年前往日本东京大学学习电讯，第二年回国，进《新闻报》供职。

在文学创作上，贡萨莱斯·托雷斯被认为和尼加拉瓜的塞尔希奥·拉米雷斯及利桑德罗·查维斯·阿尔法罗齐名，具有同样的高度。此前曾获西班牙第四届第六大陆国际黑色小说奖（2011年）、洪都拉斯第二届中美洲中篇小说奖（2010年）。他的不少作品被收入西班牙、墨西哥、哥伦比亚和古巴出版的作品集。

（摘自《世界文学》·2012/4）

3. 哈恩再获阿尔塔索尔奖（智利）

据墨西哥《信息报》网络版2012年5月10日报道，智利杰出诗人、随笔作家和批评家奥斯卡·哈恩以其诗集《最初的黑暗》获得智利经济文化基金会为推动和表彰优秀作家、音乐家、画家、剧作家、摄影师和雕塑家的艺术工作而设立的阿尔塔索尔奖。这是他继 2003 年获得此奖后再次被授以这一殊荣。此外，他还曾荣获智利作家协会阿莱尔塞奖（1961）、西班牙美洲之家奖（2006）、古巴何塞·莱萨马·利马奖（2008）和巴勃罗·聂鲁达西班牙美洲奖等多个奖项。

奥斯卡·哈恩生于 1938 年，曾在故乡的堂胡安·博斯科萨来斯会学会和成人学校读书，此后进智利首都的智利大学攻读教育学。1973 年 9 月 11 日皮诺切特发动军事政变后，哈恩被囚于阿里卡公共监狱，获释后逃往洛斯维洛斯城，躲在岳父母家继续从事文学活动。后来，他前往美国定居，在那里的马里兰大学攻读哲学博士学位，毕业后进衣阿华大学执教，后来回国从事文学研究工作，不久前被西班牙语言科学院委任为驻智利的通讯院士。

（摘自《世界文学》·2012/4）

4. 帕拉获聂鲁达拉丁美洲诗歌奖（智利）

据墨西哥《信息员》报 2012 年 6 月 8 日报道，继 2011 年获得塞万提斯文学奖后，智利著名"反诗歌"诗人尼卡诺尔·帕拉又获得 2012 年度以智利名诗人巴勃罗·聂鲁达的名字命名的拉丁美洲诗歌奖，奖金为 6 万美元。

评奖委员会高度评价帕拉漫长的文学生涯、他对拉丁诗歌语言的贡献、他的幽默风格、其"反诗歌"的多样化和使用通俗而朴素的语言歌唱日常主题的特点。得知获奖喜讯后，帕拉以自己的方式对记者说："非常感谢把这个我并不配得的奖给了我，有许多候选人可以得到它。我要控告那些选中我的负责人。"

尼卡诺尔·帕拉 1914 年生于智利，中学时代开始写诗，大学毕业后任中学数学与物理教师。那时他出版了首部诗集《无题》，获圣地亚哥城市奖。后来赴英美深造，研读了不少英美名家的作品。1954 年出版的名著《诗歌与反诗歌》，确定了他称为"反诗歌"的概念和形式：采用嘲讽、取笑、漫画式夸张、戏谑等手法表现人物和事物，打破了传统诗歌的陈规和保守性。这种诗歌在拉美诗坛引起强烈反响，受到其他诗人和广大读者的关注。在后来的半个多世纪里，帕拉的创作热情一直很高，陆续推出《悠长的奎卡》(1958)、《反诗歌诗集》(1960)、《俄罗斯歌集》(1967)、《圣诞节歌谣》(1983)、《帕拉诗页》(1985)、《和秃顶战斗的诗篇》(1993)等20多部诗集。杰出的诗歌成就为他赢得了20多个奖项和荣誉，包括国家文学奖(1969)、胡安·鲁尔福奖(1991)、索菲亚王后拉美诗歌奖(2001)等。

（摘自《世界文学》·2012/5）

5. 卡德纳尔获索菲亚王后诗歌奖（尼加拉瓜）

据西班牙《国家报》网络版2012年7月3日报道，87岁高龄的尼加拉瓜著名诗人埃内斯托·卡德纳尔获得2012年度在西班牙语文学界享有盛誉、以西班牙王后索菲亚的名字命名的拉丁美洲诗歌奖，奖金为42,100欧元。

索菲亚王后拉丁美洲诗歌奖1992年起由西班牙国家遗产保护委员会喝萨拉曼卡大学合办，授予一位健在的诗人的全部作品，迄今已有智利贡萨洛·哈罗斯、哥伦比亚阿尔瓦罗·穆蒂斯、阿根廷胡安·赫尔曼等20位诗人获此殊荣。

埃内斯托·卡德纳尔1925年生于尼加拉瓜古城格拉纳达一个殷实之家，曾赴墨西哥国立自治大学攻读哲学和文学，获文学硕士学位，后去美国研究该国文学，归国后于1954年4月参加尼加拉瓜革命斗争，因"四月起义"失败而被捕。1956年写一首题为《零点》的政治长诗，赞扬民族英雄桑地诺。1957年进入美国一家修道院，削发为僧，研究神学，同时致力于诗歌创作，陆续出版《可疑的海峡》、《圣诗》、《为玛丽莲·梦露祈祷》、《在古巴》、《纽约之行》、《没有人居住的城市》、《征服者》、《宇宙颂》等诗作。1977年他参加民族解放阵线，1979年尼加拉瓜革命胜利后被任命为文化部长。他被公认为世界级的大诗人,是继聂鲁达后拉美最杰出的诗人之一。

(摘自《世界文学》·2012/5)

6. 萨达获埃拉尔德小说奖(墨西哥)

据多米尼加《全景》日报 2012 年 7 月 27 日报道,墨西哥作家兼新闻工作者达涅尔·萨达以其作品《几乎从没有》获得由西班牙著名阿纳格拉马出版社举办的埃拉尔德长篇小说奖,奖金为 1800 欧元。参加本届小说奖角逐的作品多达 244 部,只有萨达的小说出类拔萃,幸运折桂。

达涅尔·萨达 1953 年生于墨西哥墨希卡利,80 年代登上文坛,先后出版短篇小说集《无主的玩具和基地故事》(1985)和《转让人注册簿》(1992,获哈维尔·比利亚鲁蒂亚奖),长篇小说《闪光的人生》(1994)和《为什么从不知道的真理像谎言》(1999,获何塞·富恩特斯·马雷斯奖)。

获奖小说《几乎从没有》的故事始于二十五年前,讲述的是 40 年代的墨西哥的真人真事,尽管有不少虚构的东西。主要故事是讲一位农学家和一位妓女的恋情,但后来他抛弃了她,在国家的另一个角落又爱上了另一个女人,最后也不欢而散。作者说,这是一出悲剧。

萨达的同胞和名作家卡洛斯·富恩特斯认为,他是"世界文学的希望"。萨达则认为"现代世界是悲剧性的"。

(摘自《世界文学》·2012/6)

7. 布里苏埃拉获阿尔法瓜拉小说奖(阿根廷)

据秘鲁《共和国》日报 2012 年 8 月 19 日报道,阿根廷作家莱奥波尔多·布里苏埃拉以其新作《同一个夜晚》获西班牙阿尔法瓜拉长篇小说奖,奖金为 175000 美元,另奖一座马丁·奇里诺的雕像。

莱奥波尔多·布里苏埃拉 1963 年生于阿根廷普拉塔市,曾进大学攻读文学,17 岁出版首部小说《编织水》,获 1985 年度福塔巴特奖。第二部小说《英国,一则寓言》获1999年的克拉林小说奖和布宜诺斯艾利斯城市奖。后又出版《女俘虏的快乐》(2001)、《我们来自遥远的地方》(2002)和《里斯本》(2010)等。

获奖作品《同一个夜晚》描述一位名叫莱奥纳尔多·迪埃戈·巴桑的作家的故事。他多年在外地工作,如今已40岁,得知父亲已经去世,便回到父母家照顾母亲。有一天他亲眼目睹邻居家遭到黑社会抢劫,这个不幸事件撕开了他回忆的堤坝:1976年,同一个邻居家就曾受到歹徒抢劫,那时他只有13岁,阿根廷还处在军政府的白色恐怖下。此事在他少年的头脑中留下不可磨灭的印记,特别是知道其父在整个事件中起的作用后。莱奥纳尔多决定据此写一部小说,以再现即将被人们遗忘的过去。为此,他进行了调查,调查的中心集中在迪安娜·库佩曼这个人物身上,在国家白色恐怖时期,她遭受过心理的折磨。作为调查的过程,小说写了1976年至2010年间的有关人员之间的对话,对话完全反映了阿根廷的黑暗政局、受害者的遭遇和刽子手们的丑恶嘴脸。

(摘自《世界文学》·2012/6)

8. 巴尔加斯·略萨获卡洛斯·富恩特斯奖

秘鲁大作家、2010年诺贝尔文学奖得主马里奥·巴尔加斯·略萨,上周获颁首届卡洛斯·富恩特斯西班牙语文学创作奖。墨西哥总统卡尔德龙为他授奖。

巴尔加斯·略萨在授奖仪式上说,富恩特斯(1928—2012)的处女作《最明净的地区》(1958)"是打破孤立的第一部拉美小说",这本书才是拉丁美洲文学爆炸的起点,而巴先生本人的处女作《城市与狗》又过了五年才出版,所以应该让位。

富恩特斯的一生,是高强度写作的一生。巴先生回忆,由于富恩特斯只用右手的一根指头打字,打到后来,手指也变了形。(摘自《中华读书报》)

(转自译林出版社12—05消息)

9. 牙买加林东·奎塞·约翰逊获金笔奖

牙买加配诵诗歌（dub poetry）之父林东·奎塞·约翰逊（Linton Kwesi Johnson）上周以其杰出的终身文学成就，获得了英国笔会颁发的金笔奖，从而跻身多丽丝·莱辛、哈罗德·品特、萨尔曼·鲁什迪、JG·巴拉德等大名家组成的往届得主团。

英国笔会主席吉莉安·斯洛沃（Gillian Slovo）赞扬约先生是"艺术上的革新家、用诗歌议政的开创者"。

约先生表示，对金笔奖感到"惊讶与谦卑"，因为他的诗来自"小小的"加勒比传统。

2009年，读书报曾经刊文，介绍过约翰逊其人其作。他是有史以来入选企鹅现代经典文库的第二位在世诗人，也是唯一的黑人诗人——前一位活着时的入选者是捷克大诗人、1980诺贝尔文学奖得主米沃什。

约翰逊的诗多以混合了牙买加方言的英语写成，拼写奇特，但识读难度不大。其内容高度关涉政治与社会现实，如警察暴行、种族主义、殖民主义、战争与民权运动。"写作乃政治行为，而诗歌就是文化武器。"约翰逊2008年对《卫报》说。

1952年，约翰逊生于牙买加赤贫的乡下，独赖《旧约》及其《诗篇》，令诗韵附体。他11岁随母移居伦敦，日后投身黑豹党，同时饕餮阅读，第一本诗集《生死之声》（Voices of the Living and the Dead）出版于1974年，诗选《吾革命友朋》（Mi Revalueshanary Fren）于2002年由企鹅现代经典文库出版。

约翰逊的诗不局限于文字，而更多用于舞台表演。他朗诵，乐队以西印度风格鲜明的音乐伴奏。诗与乐皆非即兴而为，而是事先完成。但配诵诗歌又绝非我们常见于文艺晚会的所谓"配乐诗朗诵"，而是更贴近地面、人生与人性，意非歌颂与抒情，而在批判。

去年获得金笔奖的是英国著名文学评论家、《牛津英国文学指南》主编玛格丽特·德拉布尔（Margaret Drabble）。

（摘自《中华读书报》）（转自译林出版社12—22消息）

二　出　版

1. 哥伦比亚：冈博亚出版新作《夜晚的祈祷》

圣地亚罗·冈博亚（1965—　）是哥伦比亚被认为仅次于加西亚·马尔克斯的著名小说家，他于上世纪末和本世纪初走红。他的小说《方法问题》（1997）于2005年被摄成电影，另一部作品《尤利西斯的综合病症》获2009年度法国美第契外国小说奖，他的小说还有《北京的十月》（2002）和《围困波哥大》（2004）等。其作品已被译成16种外国文字。

据西班牙《国家报》网络版2012年5月14日报道，他的长篇小说新作《夜晚的祈祷》日前由西班牙蒙达多里出版社推出。故事背景是2002年至2010年间的波哥大，正值阿尔瓦罗·乌里维总统执政时期。主人公是哥伦比亚青年、学哲学的大学生。他被指控贩卖毒品而被关入曼谷的监狱。他焦虑万分，如果不交代罪行，就可能被判处死刑。但是他更关心的是找到几年前在哥伦比亚失踪的妹妹。事情惊动了哥伦比亚驻新德里的领事。领事告诉他应该怎么办，同时答应实现他的愿望：帮他找妹妹胡安娜。领事后来找到了胡安娜，胡安娜讲述了乌里维统治期间实行的军事化、失踪人员的悲剧和她改变现状的决心。争取一个新的未来的决定推动她东奔西走，从东京到德黑兰，从沦落为妓女到结婚，为寻求正义而斗争。此外小说还以不少的笔墨描写为众多家庭带来灾难的暴力活动，反映了当今哥伦比亚社会的混乱和不安定。

（摘自《世界文学》2012年第4期）

2. 阿根廷：马塞洛·卢汉出版小说《摩拉维亚》

马塞洛·卢汉是阿根廷颇有名气的中年作家，1973年生于布宜诺斯艾利斯，2001年移居马德里，从事写作和新闻工作。迄今已出版《献给伊雷内的花朵》（2004）、《在某片天空中》（2007）、《绝望的等待》

(2009)和《燃烧在冬天》(2010)。其作品曾多次获奖,已被译成多种语言。

据西班牙《文化杂志》2012年5月12日报道,马塞洛·卢汉的新作长篇小说《摩拉维亚》日前由阿根廷阿莱夫出版社推出。其故事发生在上世纪50年代的阿根廷:一艘远洋客轮到达布宜诺斯艾利斯港,港口上有数千人挥动着帽子欢迎亲人们的到来。故事并不复杂,主人公胡安·赛菲利诺·科西克是一位阿根廷音乐家,他几乎以偷渡的方式搭船离开祖国,前往新奥尔良,在那里作为著名的阿尔弗雷多·佩加西乐团的首席手风琴工作了15年后发了财而衣锦还乡,回到他那个贫穷的村庄,想给母亲和妹妹一个惊喜,并表明他不是一个无用之人,不是一个什么也干不成的人,而是一个有高智商的人,值得人们尊敬的人。他本是一对捷克移民的儿子,由于父亲参加无政府主义活动而使他早早地成了孤儿。他在美国和一个捷克姑娘利迪亚结了婚,姑娘的家庭在德军侵占捷克后移居美国新奥尔良,双双相识而结为连理,一起回阿根廷。但是他的这个洋妞并不喜欢阿根廷,也不喜欢丈夫卖弄他的成功,她的举止、言谈和打扮又那么异类,结果他们被母亲赶出了家门。故事不乏讽刺意味,其结局可以说是一个小小的悲剧。

(摘自《世界文学》2012年第4期)

3. 哥伦比亚:加西亚·马尔克斯短篇小说全集出版

哥伦比亚作家、1982年诺贝尔文学奖获得者加西亚·马尔克斯是一位多产作家,他不但创作了《百年孤独》、《家长的没落》、《霍乱时期的爱情》和《迷宫中的将军》等多部长篇小说和《没有人给写信的上校》、《爱情和其他魔鬼》等数部中篇小说,而且还写了《蓝宝石的眼睛》、《格兰德大妈的葬礼》、《纯真的埃伦蒂拉与残忍的祖母》和《十二篇异国旅行的故事》等四本短篇小说集及大量散文、随笔。但是,他的短篇小说虽然为数众多,却一直没有一部他的短篇小说全集问世。

加西亚·马尔克斯已85岁高龄,据西班牙《世界报》2012年6月8

日报道,近来加西亚·马尔克斯的健康状况不佳,他的亲密朋友普利尼奥·阿普莱约说,他曾患淋巴肿瘤,他的弟弟不久前去世,连续的打击使他精神不振,头脑日渐糊涂,目前他的记忆已完全丧失,早就放弃了续写他的回忆录,甚至连他的一些老朋友都认不得了。在这种情况下,曾多次出版加西亚·马尔克斯作品的西班牙蒙达多里出版社决定推出他的短篇小说全集,这无疑对加西亚·马尔克斯是一个不小的安慰。据西班牙《世界报》2012年5月28日报道,这部小说全集已经出版,其中收入了加西亚·马尔克斯上述小说集中的全部作品和一些散在的作品,共计41篇。这样,他的短篇作品就不再处于零散状态,读者可以读到他的任何一篇短篇小说了。

(摘自《世界文学》2012年第5期)

4. 乌拉圭:奥拉斯夸加出版新作

何塞洛·贡萨莱斯·奥莱斯夸加(1959—)是目前乌拉圭文坛上成就斐然的作家,自上世纪80年代末推出首部小说《再见,博加特》以来,陆续出版《卡德尔以前的卡德尔》(1996)、《加德尔电码》(2005)和《1983》(2008)等多部小说。据乌拉圭《国家报》网络版2012年6月30日报道,贡萨莱斯·奥莱斯夸加又有一部题为《阿尔蒂加斯的流亡》的长篇小说问世。小说虽然不足200页,故事情节却并不简单:它至少有二三条叙事线索,试图再现乌拉圭历史上的若干神话。

小说的主人公是一位历史教授,他和一位电影编剧(书评家说他就是当下乌拉圭写电影剧本的安托尼奥·"塔科"·拉雷塔),编写一个关于阿尔蒂加斯的电影剧本。而实际上,作者本人就曾同"塔科"合作,打算编写一个关于这位乌拉圭国家独立的功臣的电影剧本,但后来放弃。正式这件事成了小说虚构的关键故事之一。故事情节主要有两个。一个是主人公在对过去的历史进行调查时发现了巴拉圭总统佛朗西斯科·索拉诺·洛佩斯的情人伊丽莎白·阿利塞·林奇的一个小圆珍宝盒,然后在调查中又了解了阿尔蒂加斯流亡巴拉圭的情形和三国联盟战争。另一个故事情节是讲述一段爱情史：教授和他 20 年前认识的一个女人，双双像久别的恋人，情真意切地叙旧，续写二人的浪漫故事。

（摘自《世界文学》2012 年第 5 期）

5. 加西亚·马尔克斯新闻作品选出版

泛美新新闻基金会日前推出了哥伦比亚大作家、诺贝尔文学奖得主加西亚·马尔克斯新闻作品集，题为《记者加博：加夫列尔·加西亚·马尔克斯新闻作品选》（Gabo periodista. Antología de textos periodísticos de Gabriel García Márquez），共 512 页。

基金会主席海梅·阿韦略对埃菲社说，本书选自加博成千页的新闻作品，还包括加博小传、其新闻从业大事年表和加西亚太太梅塞德丝的采访记等。

海梅·阿韦略说，加博的新闻是"生命中的文学……新闻是他的修养，他的精神结构的一种基本因素。之所以这样说，是因为他不停地感谢新闻、承认新闻和促进新闻。"

1976 年，加博告诉哈瓦那电台："我的第一个与唯一的职业就是新闻，我从来不是由于偶然的原因而成为记者的。我开始时就是记者，因为我希望干记者。"（摘自《中华读书报》）

（转自译林出版社 12—31 消息）

三　文学活动

巴西纪念亚马多百年诞辰

2012 年 8 月 10 日是巴西已故著名作家若热·亚马多诞生百周年纪念日。为纪念其百年诞辰，巴西文化部门特地成立了一个纪念委员会，负责举办各种纪念活动。纪念活动多种多样，最重要的是按照作家生前的愿望，把他位于贝尔梅约的住宅改建为亚马多纪念馆，展出亚马多和夫人加泰生前的个人用品,如衣物、首饰、图书、手稿和毕加索、卡里维、阿尔弗雷多·沃尔皮等朋友送他们的绘画等。纪念活动还有放映根据其小说《沙滩上的船长》改编的电影,重印作家的多部著名的小说,将其名著《加夫列拉,丁香与肉桂》搬上电视屏幕,出版其生前未及出版的作品,如亚马多和加泰之间的通信等。

若热·亚马多1912年8月10日生于巴西巴伊亚州南部的伊塔布那城,1931年出版首部小说《狂欢节的国度》,那时他只有18岁。两年后出版第二部小说《可可》。其后又出版《沙滩上的船长》(1937)、《无边的土地》(1943)、《奇迹商店》(1969)、《黄金果的土地》(1944)、《饥饿的道路》(1946)、《弗洛尔太太和她的两个丈夫》(1966)、《厌倦了妓女生涯的特蕾莎》(1937)等。1951年获"加强世界和平斯大林奖"。他于2001年8月6日在巴伊亚州圣萨尔瓦多尔逝世,享年88岁。

(摘自《世界文学》2012年第6期)

四 消 息

1. 迪亚斯·索利斯逝世

据委内瑞拉《宇宙报》文化栏2012年1月17日报道,委内瑞拉著名作家、文化批评家、教育家喝翻译家古斯塔沃·迪亚斯·索利斯因病于委内瑞拉首都加拉加斯逝世,终年91岁。

迪亚斯·索利斯1920年生于委内瑞拉苏克雷州圭里亚市,青年时代勤奋好学,成绩卓著,先后在加拉加斯教育学院获中等教育与英语教学硕士学位,在委内瑞拉中心大学获政治学博士学位。他被认为是华盛顿和芝加哥大学的英美文学专家,是杰出的英语文学翻译家,他所翻译的作家有艾略特、乔伊斯、莎士比亚、惠特曼、沃斯华斯等,1971年至1976年间曾任委内瑞拉中心大学文学系教授和该大学校长,1977年获"何塞·马利亚·巴尔加斯"奖章,1995年获国家文学奖。其文学创作以短篇小说见长,有《浪潮》(1940)、《雨落大海》(1943)、《两个时代的故事》(1950)、《五篇故事》(1963)和《短篇小说选》(1997)等短篇小说。

(摘自《世界文学》2012年第3期)

2. 阿根廷戏剧家赫内辞世

据阿根廷《民族报》2012年1月31日报道,阿根廷演员、导演、戏剧家和演员们的导师胡安·卡洛斯·赫内因病医治无效,在布宜诺斯艾利斯去死,享年82岁。

赫内是阿根廷和拉丁美洲戏剧界的杰出人士。1929年11月6日生于布宜诺斯艾利斯,早年即酷爱戏剧,喜欢演戏,后来成为成就斐然的剧作家,由于剧作和戏剧活动猛烈抨击现实而受到独裁当局迫害,他不得不流亡委内瑞拉。归国后任布宜诺斯艾利斯圣马丁剧院院长。其剧作有《拉·劳利托》(1975)、《有人敲我家的门》(1990)、《一片绿色和一棵西洋丁香》(2007)、《梦与不眠》(1992)、《英国人》(1974)、《娱乐结束了》(1967)和《铁匠与魔鬼》(1955)等。参加演出的剧目有《天使,女神和我》(1999)、《费耶罗的儿子们》(1975)、《堂塞贡多·松勃拉》(1969)和《图特·卡夫列罗》(1968)等。

赫内的逝世使他的亲人感到无比悲痛,赫内的戏剧成就和社会影响也使他的广大同仁和戏迷感到无比忧伤,文化界举办各种形式的活动缅怀这位剧坛上的巨人,寄托哀思,赞扬他对戏剧事业的热爱和人格的高尚。

(摘自《世界文学》2012年第3期)

3. 墨政府决定设立富恩特斯文学奖

据墨西哥《宇宙报》2012年7月4日报道,墨西哥政府已决定创办卡洛斯·富恩斯特西班牙语文学创作奖,以纪念不久前逝世的这位享誉世界的名作家。该奖奖额为25万美元,比塞万提斯文学奖(15.7万美元)、胡安·鲁尔福奖（15万美元）和罗慕洛·加列戈斯奖（10万美元）都高，仅次于西班牙的行星文学奖（50万美元），每年在富恩特斯的诞辰（11月11日）颁奖。

墨西哥国家文化与艺术委员会主席孔苏埃洛·萨拉萨尔女士在墨西哥艺术宫举行的新闻发布会上指出："设立这个奖是对墨西哥划时代的作家富恩特斯其人和其作品的确认，富恩特斯是一位不可效仿的知识分子，其著作使墨西哥变得更加伟大。"富恩特斯的遗孀西尔维亚·莱姆斯说："富恩特斯生前获得过无数文学奖。现在以他的名字设立一个文学奖，对他来说，肯定是一个惊喜。"

（摘自《世界文学》2012年第5期）

4. 略萨庆祝首部小说《城市与狗》问世50周年

秘鲁大作家、2010年诺贝尔文学奖得主马里奥·巴尔加斯·略萨日前在美国纽约庆祝了他的第一部小说《城市与狗》问世50年，同时推出这部小说的纪念版。

埃菲社报道，略萨在纽约塞万提斯学院回顾了创作生涯。

"写作是一种爱好。当我写第一批小说的时候，我同时感到着迷与困难。但是，困难一点也去不掉执著、激情和热情。"他说，"当故事开始有自己的生命，某种东西总是奥秘的。"

巴先生表示："由于这部小说，我学到很多东西，特别是组织故事、观点、语言，我学会了某种技术，后来我重复使用，并在其他小说里加以完善，我锤炼了一种写作方式，它与我的人格、情感和我对文学世界的不同看法有关。"

他强调说："几乎没有任何作家开始就知道，作家的写作形式是什么，因为这要在实践中去发现，因此第一批作品具有决定性作用。"

他说，这部小说在西班牙出版时，曾遇到佛朗哥政权的检查，经过一年的艰苦谈判，才得以出版。

（摘自《中华读书报》）（转自译林出版社10—21消息）

5. 巴尔加斯·略萨：政治摧毁了文学爆炸

秘鲁大作家、诺贝尔文学奖得主巴尔加斯·略萨说，在拉美文学爆炸时期，共同的热情和友爱把作家们联合在一起，然而，政治制造的巨大分歧，使爆炸最多持续了不到十年。

他是在马德里爆炸筒大会开幕式上作出上述表述的。本次会议旨在分析文学爆炸的文化回响。

文学爆炸的代表人物有加夫列尔·加西亚·马尔克斯、胡里奥·科塔萨尔、豪尔赫·路易斯·博尔赫斯、卡洛斯·富恩特斯、阿雷霍·卡彭铁尔和马里奥·巴尔加斯·略萨。

巴先生认为，自1960年其小说《城市与狗》出版，爆炸作家们曾经有过一段好日子，但随着古巴政府1971年逮捕了异见诗人埃尔维托·帕迪利亚，当年的同志便因政见不合而分道扬镳，巴先生本人是"最小的幸存者"。

但是他说，爆炸让世界知道拉丁美洲不仅出产独裁者和革命家，还有优秀的文学。

（摘自《中华读书报》）（转自译林出版社11—20消息）

简评：

从获奖情况和出版书籍来看，2012年度的拉丁美洲仍然以现实主义创作为主，聚焦政治的变革以及政治对现代人生活所带来的影响，有些是直接还原历史，有些则以某一时期的政治统治为背景，有部分作家本人就曾经遭受过政治迫害，流亡他国，这也成为他们创作的源泉之一。诗歌方面注重对形式的创新，以新形式表现对社会生活的诉求。

此外，设置的奖项比较多，可见拉丁美洲对文学创作的重视程度，同时，依然保留着"文学爆炸"时期的热情，有部分作家是从中发展起来的，现在依然在创作，老作家也在极力呼吁希望通过有效手段能恢复拉美文学爆炸的辉煌。

拉美与中国同属于第三世界国家，历史进程也有相似性，但从纯文学创作上看，较中国而言，同是政治题材和反映现实，中国多是应需要而作，具有明显的目的性，受众和艺术水平一般都叫低，反而是脱离社会的言情小说、生意经方面的成功学著作大行其道，涉猎纯文学的人愈发减少。但文学是具有社会功能的，它不应成为象牙塔中被高高悬挂而起只供人瞻仰的古董，如果不能对现实起到作用，不能为世人所欣赏，那它就丧失了存在的价值，变成了个人的宣泄之作。我想，这是当代文学创作者和文学研究者从他国文学动态中得到的最重要的意义。

作者简介

安宇，天津外国语大学比较文学与世界文学专业硕士研究生。

2012年度东亚（日韩朝）文学动态

于慧珺

日本文学动态

一、日本文学奖

（一）日本芥川、直木文学奖

1. 第146届芥川奖和直木奖（2012年1月17日）

第146届芥川奖：39岁的元城塔，获奖小说为《道化师之蝶》；39岁的田中慎弥，获奖小说为《共食》。

元城塔出生于日本札幌市，从日本东北大学毕业后，入东京大学读研究生，并修完了东大理论物理博士课程，可谓地道的"理科系作家"。其获奖小说《道化师之蝶》是一部带有实验性的作品，"蝶"的意象来自俄裔美国作家兼昆虫学家纳博科夫。在《道化师之蝶》中，多位作家操着数十种语言陆续登场，拷问着语言和写作的命题，五个章节相互串联，环环相套构筑成完整的"作品世界"，"演绎出文学的前卫性"。

田中慎弥生于日本山口县下关市，高中学历，工作经历为零，与有着博士背景的元城塔形成鲜明对比。此番获奖作品《共食》以昭和时代末期一座临近海峡的小镇为舞台，令人联系到田中的家乡下关。小说的主人公是名高中男生，他与粗暴的父亲生活在一起，目睹的性与暴力场面在他心灵中留下了无法抹去的烙印。芥川奖评委黑井千次表示，《共食》散发出传统作品所特有的淡淡的古典韵味，揭开了"海峡文学"新的一页。

第146届直木奖——60岁的叶室麟，获奖小说为《夜蝉记》。

叶室麟：曾五度入围直木奖，今年终如愿以偿。他出生于日本福冈县北九州市，曾在地方报纸做记者，50岁后开始创作。其获奖作品《夜蝉记》是一部历史小说，通过刻画一位被幽闭于山村等待切腹命运的武士形象，展开对生命意义的追问。叶室麟称，《夜蝉记》是向藤泽周平名著《蝉时雨》的致敬之作，他要以自己的眼光发现鲜为人知的历史画面。

2. 第147届芥川奖和直木奖（2012年7月17日）

第147届芥川奖：35岁的鹿岛田真希，获奖作品《冥土巡回》。

鹿岛田真希毕业于白百合女子大学文学部法文系。本次芥川奖获奖作品《冥土巡游》讲述了一个原本家境富裕的年轻主妇带着患有语言障碍的丈夫出去旅行，通过在旅行中对过去的种种回忆，开始重新认识现实，她甚至开始觉得，丈夫的"病"都是一种奇迹。重新认识现实的女主人公与家庭衰败却依然执着于过去不肯正视现实的母亲与弟弟形成了鲜明的对比。

第147届直木奖：32岁的辻村深月，获奖作品《做一个没有钥匙的梦》。

辻村深月生于1980年，毕业于千叶大学教育学部，2004年发表处女作《冰冷校舍的时间停止》，2011年凭借长篇推理小说《连接》获吉川英治新人奖，根据这部小说改编的同名电影将于2012年10月上映。辻村深月是新本格派推理小说作家绫行人的忠实读者，笔名中的便取自绫行人。她的小说文风细腻，以描写年轻人细腻的心理见长。本次获得直木奖的作品《做一个没有钥匙的梦》是一部短篇小说集，有五部短篇小说组成，分别为《志野町的小偷》、《石南地区的纵火》、《美弥谷地区的逃亡者》、《芹叶大学的梦与凶杀》和《君本家的诱拐》。从小说标题可以看出，这些犯罪都发生在与日常生活息息相关的地方，而每一部作品的主人公也的确都是普普通通的人。作者正是通过对这种普通人"一失足成千古恨"那一瞬间的描述，给读者带来一种揪心的感触。

（二）萩原朔太郎奖&Bunkamura双偶文学奖（2012年9月20日）

第20届萩原朔太郎奖：诗人佐佐木干郎（64岁），获奖作品：诗集《明日》。佐佐木干郎：诗集《明日》收录了21首诗歌，寄托了对东日本大地震受灾地的哀思。文艺杂志《新潮》11月刊也将刊载《明日》诗集的部分佳作。

第22届Bunkamura双偶文学奖——金原瞳（29岁），获奖作品：小说《母亲》。金原瞳出生于东京都，在身为儿童文学研究家、翻译家、法政大学社会学部教授的父亲熏陶下，逐渐在文坛上崭露头角。2004年，金原瞳凭借处女作《蛇环》获得日本纯文学最高奖芥川龙之介文学奖。

（三）日本第114届文学界新人奖（2012年6月）

第114届文学界新人奖——小祝百百合（32岁），获奖作品为《被小孩的手指戳到》。

《被小孩的手指戳到》通篇采用第二人称的叙事风格，利用冷静、客观的笔法，描述65岁主角HARU的身体特征和日常生活。随着故事的进行，作者刻意的让读者思考，究竟谁才是故事中的第一人称。直到故事的中段，读者才会明白，第一人称原来是主角在40多岁时已经失去的左手！换句话说，这是已经不存在的左手，从幻影的角度观察主角生活中的细节，以及和周遭人物的互动。评委的评语是："只要读了，就想一口气读完的很有魅力的小说，描写细腻、生动、幽默、老练，作品具有很高的水准。"小祝在著作中，刻意采用日文的"敬语体"来铺陈故事，並借此显现"左手"的客观性。不过却又透过巧妙的文字描述，让读者不会感受到枯燥、乏味。

（四）第11届小林秀雄奖和第11届新潮纪实文学奖

小林秀雄奖：著名指挥家小泽征尔（76岁）和村上春树（63岁）共著的访谈录《和小泽征尔谈音乐》书中主要记述了村上春树对小泽征尔的访谈录。

新潮纪实文学奖：增田俊也 获奖作品《木村政彦为何没有杀力道山》

小林秀雄奖、新潮纪实文学奖是日本于 2002 年为纪念现代批评创始人小林秀雄 100 周年诞辰而设立的奖项，每年一届，授予上年 7 月 1 日至当年 6 月 30 日发表或发行的、使用日语表述的、基于自由精神与开放型理智创作的、呈现新的世界面貌的作品，小说、戏剧、诗歌等虚构作品不在授奖之列。小林秀雄奖侧重于内容知性的文学作品，新潮纪实文学奖则以社会新闻、时事评论类的文学作品为主。获奖作品刊登在《思考者》（新潮社）10 月号上。

（五）第 33 届日本文学 SF 大奖

创设于 1980 年的日本 SF 大奖，其最大的特色在于超越了小说、评论、动画、影视等门类，每年遴选和彰显最优秀的 SF 作品。2012 年获奖者及获奖作品为：月村了卫（49 岁），获奖作品《机龙警察·自爆条项》；宫内悠介（33 岁），获奖作品短篇小说集《盘上之夜》。

月村了卫：毕业于早稻田大学第一文学部。大学毕业后在预备学校当了几年讲师，后成为知名动画脚本家，撰写过《NOIR》、《天地无用》、《少女革命》、《圆盘皇女》等动漫脚本，2010 年因创作《机龙警察》系列小说而出道为小说家。此番获奖作品《机龙警察·自爆条项》是《机龙警察》系列小说第二部，描写了近未来警察特别搜查部与国际恐怖组织的殊死搏斗，作品还以浓重的笔墨，刻画了警察局的黑幕，兼具奇幻、推理、警察小说与冒险活剧的特色，满足了读者的各种口味。

宫内悠介：同样毕业于早稻田大学第一文学部。大学毕业后曾游历印度、阿富汗等地，还参加过麻将专业考试。获奖作品《盘上之夜》为其处女作，曾入围第 147 届直木奖。该短篇小说集以围棋、象棋、麻将等对战为题材，描写了围绕盘上游戏、桌上游戏的种种奇迹。日本 SF 大奖评委堀晃称，《盘上之夜》让人们从盘面当中，看到了超越理性界限的奇妙宇宙。

特别奖——《尸者的帝国》：由伊藤计划、圆城塔两位作者共同完成，该作品被授予了特别奖。这部作品系 2009 年英年早逝的科幻小说奇才伊藤计划未完成的著作，伊藤计划的友人、芥川奖作家元城塔在原稿的基础上进行续写，最终完成了《尸者的帝国》，带有传奇性的诞生经历令这部作品在今年的评选中备受瞩目。

二、文学作品

（一）《死因百科》

《死因百科》经翻译家橘明美编译后，进入了日本图书市场。"在美国，每年有 3 人被鳄鱼吞食，143 人被雷劈死，3761 人因自慰撒手人寰"收录上述各种离奇死因的美国畅销书《死因百科》来到日本后，让自杀率极高的日本民众纷纷开始思考人生。在发达国家中，日本的自杀率最高，每年每 10 万人中就有 25 个人自杀。因此可以很矛盾地说，日本不仅是世界第一长寿（男女平均寿命）的国家，同时也是世界自杀率第一的国家。前者体现了日本的社会经济发展水平，而后者则反映了日本人的生死观。生与死都很"出众"的日本人民，读罢美国畅销书《死因百科》后，掩卷长叹，纷纷开始思考人生。

（二）《文学少女》特别蓝光 BOX

轻小说《文学少女》是小说家野村美月与插画家竹冈美穗共同推出的推理轻小说系列，首卷于 2006 年 4 月发售，目前小说已完结。《文学少女》系列获得多国读者的普遍好评，以情节深度与高难度技巧著称。本作每卷都以一部实际存在的经典小说为主线文本，推动剧情前进，故事以文艺部部长天野远子和部员井上心叶为主角对各种事件进行解谜。

（三）大叔、和尚及文学少女图鉴

介绍某个领域的普通人的"一般人图鉴"2012 年在日本很火爆。

1.《大叔图鉴》：具有代表性的是《大叔图鉴》（小学馆）。作者中村 Rumi 将街上看到的普通大叔进行分类，并用插画进行说明。对于亚文化系书籍来说，售出 3 万本就可以算是畅销书了，而这本《大叔图鉴》2012 年已经卖出了 11.8 万本。中村 Rumi 在学生年代就对大叔的独特存在感兴趣，并以大叔为主题进行创造。为了更好地理解大叔的深层魅力，她决定将之书籍化；于是，她花了 5 年时间，每天在街上拍摄大叔，收集资料。她在同学小林由佳的协助下，将拍摄到的 5000 多张照片进行了分类整理，最终出版。

2.《美型和尚图鉴》：聚集 40 位美型和尚的《美型和尚图鉴》在 2012 年 2 月末发售，至今已经售出 1.8 万本。为什么这本书能够热卖？负责编辑的高田顺子认为："虽然有禁欲印象，但是僧侣有搔动女性心灵的魅力。"在日本，"制服"系列的书籍的很多，僧侣也算是其中一种特别的存在。

3.《文学少女图鉴》：于 2012 年 7 月末发售，51 位文学少女在书中分别介绍了自己喜欢的三本书。与《美少女图鉴》等收罗各色美女写真的书籍不同，这本书深入普通女性的内心，是一本"心灵裸体写真集"；这也是《文学少女图鉴》受到热捧的原因之一。

（四）轻小说《刀剑神域》

2012 年度图书销售排行文库轻小说榜单中，川原砾原著、abec 插图的《刀剑神域》以年销量 36.8 万本的成绩夺得第一。《刀剑神域》系列也在今年发布的轻小说系列总销售量排行榜上，力压第二名的《加速世界》（年销售 103.4 万本），以年销售 276.4 的成绩刷新了记录。单行本销售量排行的第二名也是《刀剑神域》系列第二部《艾恩葛朗特》（2009 年 8 月发售）、第三名是《刀剑神域》系列第九部 Alicization Beginning（今年 2 月发售），第四名是第三部《妖精之舞》（2009 年 12 月发售）、第五名是第十部《Alicization Running》（今年 7 月发售），第六名是第四部妖精之舞（2010 年 4 月发售），将单本销量排行榜的前六名独占。

（五）2012 年度日本十大畅销书

1.《倾听力》：高居榜首的《倾听力》副书名为《打开心扉的 35 项启示》，作者阿川佐和子是位随笔作家和电视节目主持人，她在 18 年间采访了 800 多人，包括十来岁的童星、对媒体三缄其口的著名选手、商界大腕等等，采访对象无论男女老少，均会在她面前敞开心扉，吐露自己的心声。阿川佐和子在书中以轻松的随笔笔调，首度披露了自己与人沟通的秘诀，令读者在商业谈判和日常会话中，都能成为"倾听达人"。

2.《随处绽放》：排名第二的《随处绽放》是一部人生指南与自我启发类的书，作者渡边和子 85 岁，是位修女，曾任圣母清心女子大学校长。她在书中传递了这样的信条：人无论身处何种境遇都能绽放光彩。有评论认为，在经济不景气、失业严重、大震灾造成的悲剧使日本近乎沉没的今天，《随处绽放》教会人们不再逃避，勇敢地活出自我，用笑容给周围的人带来幸福。

3.《新·人间革命》：日本创价学会名誉会长、宗教思想家池田大作的《新·人间革命》堪称年度畅销书排行榜中的"常青树"。该书收录了《母亲的诗》、《严护》、《人间教育》、《灯台》四章，被称作"以世界为舞台，奏响民众凯歌"的小说。

4.《谷田的员工食堂》："社食本"《谷田的员工食堂》及其续集已连续 3 年跻身十大畅销书排行榜。为了保持健康，不少人又开始回归传统，低糖、低盐、低热量的传统日式饮食理念重新受到重视。既能控制卡路里，又可品尝美食的食堂食谱，是在当前新的饮食习惯下对传统日式料理的健康升级。

5.《编舟》：排名第五的小说《编舟》以幽默诙谐的笔调，写尽了辞书编辑部的人生百态，销量突破 50 万册。该书是本年度日本书店图书大奖的获奖作品。

6.《事关无痛死亡的医疗：建议"自然死"》：这是一本对现代医疗发起挑战的书，作者中村仁一倡导人们应该自己决定自己死亡的时刻，用"自然死"来替代癌症的晚期治疗。

7.《怦然心动的人生整理魔法》："新一代整理教主"近藤麻理惠的百万畅销书《怦然心动的人生整理魔法》及其续集位列第七，累计销量超过 130 万册。这是一本谈整理的实用书，却更像一部人生指南，强调"心动"才是唯一正确的取舍标准，透过物品可以与自己对话，让整个生命都跟着蜕变。

8.《不灭之法——对宇宙时代的觉醒》：大川隆法的通俗宗教读物也

一直是日本年度畅销书排行榜上的常客，其特点在于将宗教理念运用于日常生活，他的《不灭之法——对宇宙时代的觉醒》此番居第八位，该书着眼于进入宇宙时代，未来的人类如何生存与繁荣。

9.《其实很厉害！大人的广播体操》：近来广播体操风靡日本，由整形外科医生、医学博士中村格子所著的《其实很厉害！大人的广播体操》也登上了年度畅销书排行榜的第九位。看似简单的广播体操，实际上是一项"究极的锻炼"，对健康、瘦身均有很大的益处。

10.《年过半百仍看似三十来岁的生活方式》：此书与健康相关，作者南云吉则是当今日本最受欢迎的医师，曾任大连医科大学客座教授，现年57岁的他外表看上去只有30岁。他提出了一套"人生百年计划"的行程表，强调只要改变饮食和生活习惯，就能越活越年轻。

韩国文学动态

一、韩国女作家申京淑获"英仕曼亚洲文学奖"

2012年3月15日，"英仕曼亚洲文学奖"在香港颁出。韩国女作家申京淑凭借《寻找母亲》获奖，申京淑也成为英仕曼亚洲文学奖成立5年来，首位获得这一殊荣的女作家和韩国作家。在她的获奖感言中，申京淑强调，是故事把这个世界连接在一起，"在我们生活的这个世界中，我们每天都需要沟通，而能让我们深深连接在一起的就是故事。我希望我的故事能给他们力量，所以我的小说的结局是美好的。"

对于《寻找母亲》的获奖，英仕曼亚洲文学奖评委主席 Razia Iqbal 表示："这本书异常动人，在刻画一个母亲形象的同时，也透视了一个韩国家庭的传统和现代两面。小说仔细探索了一个家庭的内在生活，情节生动曲折。这个故事的情节错综复杂，但同时也是生气勃勃的。"亚洲文学奖董事局主席 David Parker 说："这是一本触动心灵、富有人情味、情节错综复杂的精品。故事内容既反映韩国本土文化，也能放诸海外。世界任何地方的读者都会爱上这个故事。"

申京淑 1963 年出生在韩国全罗北道的井邑郡，初中毕业后，16 岁的她就只身前往首尔一家电器工厂当上了女工。白天同工友一起上工，晚上申京淑在一家女子高中读夜校。1982 年，申京淑考上了首尔艺术大学的文艺创作系，正式踏上了文学创作之路。1985 年，还在上学的申京淑凭借中篇小说《冬天的寓言》入选《文艺中央》新人文学奖。1993 年出版的短篇小说集《风琴声起的地方》，引起了韩国文学界的关注。1995 年，以她和哥哥在首尔打工的经历撰写成的小说《单人房》也曾一度引起轰动，这本小说也有中文版。

二、韩国文学作品海外升温 政府支持促新一波"韩流"

近年来，韩国文学作品在海外的受欢迎程度正在逐年升温，韩国文学翻译院翻译的韩国文学作品从 2001 年的 15 部增加到 2011 年的 54 部。目前，韩国政府已开始制定更多的支援政策来支持版权输出事业，以期促成世界范围内新一波"韩流"的到来。事实上，除了韩国，不少其他国家也在努力推动文学作品进军国际市场。近期，北欧推理小说在欧美掀起热潮，源于瑞典作家与新闻记者斯蒂格·拉森创作的"千禧"系列小说三部曲引发的阅读热。瑞典希望创造自 1945 年童话《长袜子皮皮》出版后的第二次神话，包括瑞典在内的北欧作家之间的竞争非常激烈。法国也积极推进版权海外输出，积极扩大和海外出版界的交流与合作，通过各种努力，推广法国文学。对于缺少大众化特色的法国纯文学作品，法国政府会承担部分费用，协助海外出版社发行出版。

三、中韩合办《Go China》期刊

2012 年 8 月 30 日下午，借第十九届北京国际图书博览会平台，由五洲传播出版社主办的"《Go China》新闻发布会"在京举行。

《Go China》：是五洲传播出版社与韩国本地文化出版机构合作，以中国的教育、旅游、文化和生活资讯为主要内容，以韩国本地读者为受众，在韩国本土发行的综合资讯类杂志。杂志的核心内容是为韩国人提供来华留学的各种教育信息，除此之外，还涵盖文化、休闲、娱乐、旅游、投资等各种服务性信息,旨在为准备来中国的韩国人提供在华生活、学习、工作的资讯,是韩国人关注中国、学习中文、了解中国文化的重要窗口。

朝鲜文学动态

一、朝鲜出版发行金正日选集

《金正日选集》增补版第16卷于2012年8月由朝鲜劳动党出版社出版发行。选集收录了金正日从1991年12月至1992年4月发表的谈话、信函等12篇著作。选集里还有就在旅日朝鲜人总联合会工作中牢牢树立主体、大力推进统一祖国运动等革命和建设中的一系列问题提出思想理论和方针的著作。

二、朝鲜图书展示会在京开幕

2012年9月7日,由民族出版社和朝鲜出版物进出口公司共同举办的"朝鲜图书展示会"在京开幕。本次展示会共展出朝鲜图书期刊800余种,内容包括领袖著作类、时政类、哲学类、文学类等,代表着朝鲜近年来在人文社会科学和自然科学研究领域所取得的最新成果。举办此次图书展示会就是借助图书和相关的交流活动,推动中朝图书出版交流,扩大版权贸易,进而加深对朝鲜社会的了解,促进对朝鲜问题的学术研究,不断增进两国人民之间的友谊。

此次展会之前,民族出版社代表团访问朝鲜,与朝鲜出版单位和相关业务部门进行了广泛的业务交流和洽谈,与朝鲜外国文图书出版社签署了《合作协议书》和《中英朝科技词典》等中朝合作出版项目合同;与朝鲜科学百科全书出版社议定编译相关文集的步骤和出版程序;与朝鲜教育省出版局就共同撰写朝鲜《中学1—6年级汉语教材》等达成意向。

简评:

2012年度东亚文学动态主要涉及的是日韩朝三国的文学作品获奖情

况，畅销书籍，以及涉及文学领域的事件。从日韩两国的获奖作品和畅销书籍来看，主要还是大众文学创作居多，纯文学创作所占的份额较少。就日本第147届芥川奖和直木奖的获奖者鹿岛田真希、辻村深月来看，可以看出日本文学也由原先的纯文学创作走向了大众文学创作的道路，并且这种大众文学创作也被日本文学界高度认可。

除此之外，日本的女性文学在日本文坛的地位也尤为重要。从近5年的芥川奖和直木奖获奖情况来看，获奖者确实以女作家占为多，而今年的芥川奖和直木奖均为女性，可以说是偶然事件，但偶然背后也有必然——那就是日本文学历来有女性传统，可以说日本文学的气质也是女性的。日本文学的"女性气质"由来已久，古代日本男人当权，使用的是汉字，为了普及大众的识字率，创造了以女性为主要使用群体的日本假名，也可以说，在日本的历史中，男性主要是书写政治，而文学其实是由女性在书写。日本第一部长篇小说《源氏物语》，其作者就是女性，并且其题材也是以女性为主。由此可见，日本文学中的女性传统由来已久。在当今的社会中，女性文学越来越受到关注，她们有着比男性更加丰富的生活经历和阅历，感悟着由女孩向女人的蜕变，体味着为人妻为人母的生命过程，在她们笔下的文学作品更贴近生活，更贴近人的内心，更值得我们去仔细品味，进而反思我们每个人的内心世界。

另外值得一提是，在2012年度的日本文学奖的获奖作品以及日本畅销书中不难看出，如今的题材和以往有所不同。如今的题材更多的是以日本的经济现状为背景，着实地关心社会现实，关注自我心理在当今社会的变化状况，从宏观的角度来观察这个时代与社会，从微观的角度透过社会审视自己的内心，特别是在2012年日本海啸引起的核辐射事件之后，作家们纷纷投入到对日本当今社会局势的审视与思考，目光转向诸如此类的关注社会现实的题材创作上，这一点也是我们值得注意的一个文学动向。

作者简介

于慧珺，天津外国语大学比较文学与世界文学专业硕士研究生。

2012年印度文学年度报告

李一松

1. 诗人巴塔获印度2012年印度文学院奖

据《印度斯坦时报》(Hindustan Times) 12月21报道,以"写短诗的大诗人"著称的旁遮普诗人达香·巴塔(Darshan Buttar)被授予印度2012年度印度文学院奖。巴塔以诗集《最后的颤动》获得这项国家文学奖。该奖项每年一届,评奖对象为用24种印度主要语言之一进行创作的优秀作品。此届评奖范围是2008年1月1至2010年12月31,三年间出版的图书。

"我感到十分荣幸,这是对我数十年来努力创作的肯定。"在接受《印度斯坦时报》采访时,身为银行雇员的巴塔说。他的获奖诗集《最后的颤动》出版于2009年,收有44首以二人问答形式创作的诗歌。巴塔认为,"它探讨的是现代性的绝望主题和人际关系的危机"。

巴塔发表过6部颇具声望的作品。1984年,他以作品《干燥的云》闯入文坛,另有其他诗集《潮湿的风》(1994)、《话语、城市和尘土》(1996)等。他的诗作短小精炼、韵律优美、极富哲思,其部分作品已列入旁遮普帕蒂亚拉大学研究生班课程。

2. 吉特·塔伊尔的《寐城》入围英仕曼亚洲文学奖及布克奖

英仕曼亚洲文学奖(Man Asian Literary Prize),常称为曼亚洲文学奖、曼氏亚洲文学奖,于2007年设立,每年颁奖一次,颁奖对象为未以英文出版过的亚洲小说。2010 年开始，颁奖将对象改为授予颁奖前一年以英文出版的亚洲小说。该奖旨在通过评选出的亚洲作家英文作品来极大地提高亚洲文学的国际赏识与影响力。其颁奖对象限于以下 27 个亚洲国家或地区的作家：阿富汗、孟加拉国、不丹、柬埔寨、东帝汶、印度、印度尼西亚、日本、老挝、马来西亚、蒙古、缅甸、尼泊尔、朝鲜、巴基斯坦、巴布亚新几内亚、菲律宾、新加坡、韩国、斯里兰卡、泰国、台湾、香港、澳门、马尔代夫、中国大陆、越南。

吉特·塔伊尔是印度著名诗人、小说家、歌词作者以及音乐家。其著名作品有：《这些错误是正确的》(Tranquebar, 2008)、《英国》(2004, Penguin India, Rattapallax Press, New York, 2004)、《双子座》(Viking Penguin, 1992)。他的第一部小说《寐城》Narcopolis, (Faber & Faber, 2012) 同时入围了 2012 年度布克文学奖以及曼氏亚洲文学奖。

3. 著名孟加拉语作家逝世

著名孟加拉语作家、印度文学院奖得主赛义德·穆斯塔法·西拉杰逝世，享年 82 岁。西拉杰从事短篇小说，小说和儿童文学创作达 40 年以上。

4. 2012 年印度斋浦尔文学节开幕

2012 年印度斋浦尔文学节于 1 月 24 日在印度拉贾斯坦邦首府斋浦尔开幕。加入本届活动的布克国际文学奖于当天下午公布该奖最新提名名单，中国作家阎连科入围。

创立于 2006 年的斋浦尔文学节是亚洲重要的文学盛事之一。开幕讲座题为"啊，再活一次！"，由获奖无数、很少露面的高龄印度孟加拉语作家、社会活动家马哈斯维塔·德维主讲。本届文学节嘉宾包括来自英国的克里斯托弗·里克斯等老作家，也有撰写中国题材纪实三部曲的美国驻华记者彼得·赫斯勒等近几年来在文坛上活跃的中新生代以及安宗·哈桑等印度著名作家。

另附：斯里兰卡小说家 Shehan Karunatilaka 凭借《Chinaman：The

Legend of Pradeep Mathew》摘得英联邦作家奖（Commonwealth Writers' Prize）

作者简介

李一松，天津外国语大学比较文学与世界文学专业硕士研究生。

2012年西亚地区文学动态

黄杭西

一、土耳其

1. 2012年5月15日土耳其作家奥尔罕·帕慕克获得哥本哈根大学颁发的松宁奖，获得奖金100万丹麦克朗（约合人民币110万元）。

松宁奖创办于1950年，以丹麦作家卡尔·约翰·松宁（1879—1937）命名，用以表彰对欧洲文化作出杰出贡献的个人，每两年颁发一次，欧洲各大学集体提名候选人，哥本哈根大学主持颁奖，往届得主包括君特·格拉斯、瓦茨拉夫·哈韦尔、英格玛·伯格曼、西蒙娜·德波伏瓦、达里奥·福、汉娜·阿伦特、伯特兰·罗素和于尔根·哈贝马斯等人。

"奥尔罕·帕慕克对欧洲文化作出的最大贡献，在于他对文化边界的明确挑战，以及他对跨越这些边界之多种可能性的阐述。"哥大的松宁奖评审团发表声明说，"他的作品存在着一种强烈的信念，坚信一个更少文化边界的欧洲，一个包容的欧洲，它不以东方和西方来做选择，而是努力团结东西两方。"

2. 2012年10月 帕慕克的第二本小说《寂静的房子》首次被翻译成英文。

它讲述了一个土耳其家庭在1980年军事政变时期的故事。在伊斯坦布尔附近，Fatma生活在祖辈留下的公馆里，等待着每年夏天一次的家庭团圆。这里曾经是渔村,如今已成为有钱阶级的度假地。孙辈中,老大 Faruk 是一位酗酒严重的历史学家,他苦恼着如何把在地方文献中发现的新材料用于历史叙述;敏感、"左倾"的妹妹 Nilgün 则仍在寻找着从政的机会;Metin 是高中学生,他追求时髦的西式生活,幻想着去美国,尽管他去美国的唯一可能就是祖母卖掉家里的老宅。然而,是仆人 Recep 的侄子 Hasan,一个高中辍学的右翼民族主义者,让团聚的一家人陷入了困扰土耳其一个世纪之久的关于现代性的论争中。

3. 2012 年 12 月 7 日土耳其大作家奥尔罕·帕慕克的新书《率性而多感的小说家》出版。本书是作者哈佛大学诺顿讲座的讲稿集,呈现小说家创作背后的思考。"有些小说家以了解他人为傲;有些则以不被他人了解为傲。这些互相矛盾的目标恰与小说本质相符。小说艺术最主要的矛盾之处就是,小说家即努力表达自己个人的世界观,却也透过他人的眼睛看世界。"

帕慕克 1952 年生于伊斯坦堡,代表作包括《纯真博物馆》、《我的名字叫红》、《雪》、《黑色之书》等,他关注土耳其社会现实,又能以恢宏格局俯瞰世界,又善于以充满图像的文字烘托气氛,2006 年获诺贝尔文学家。

帕慕克出神富裕的文学家庭,曾梦想当画家,后来成为小说家,但他坚信"小说基本上就是视觉性的文学创作。"他说"我完全可以理解为何我欣赏的伟大的小说家都会努力地想成为画家,或是会羡慕绘画。因为写小说的任务就是想象一个世界——一个先是以图像形式存在,最后才化为文字的世界。"

4. 2012 年 12 月 9 日土耳其政府决定取消对 453 本从 1949 年以来一直被视为"具有颠覆性"的书籍的禁售令。其中包括马克思和恩格斯的《共产党宣言》和列宁的《国家与革命》。

二、埃及

1. 2012 年 1 月 7 日极具声明的埃及小说家易卜拉欣·阿斯兰因心脏病不适入院治疗,随即去世。

1935 年，阿斯兰生于尼罗河三角洲的坦塔，很快随家迁居开罗。1960 年代末，阿斯兰以短篇小说步入文坛，渐成为这一代作家的中坚人物，其小说集《夜湖》（1971）和《悲伤的酋长》（1983）享有赫赫威名，后者曾在 1991 年以《基特卡特》之名被搬上银幕，成为埃及影史上的经典之作，反过来也放大了阿斯兰的声望。1999 年出版的小说《尼罗河的麻雀》也被改编成了获奖影片。

2. 由埃及文化部国家翻译中心翻译的中国作家莫言小说《红高粱家族》11 月初将隆重出版。这将是本年度诺贝尔文学奖获得者莫言第一部被正式翻译出版的阿拉伯语作品，因此具有特殊的意义。

三、伊朗

2012 年 4 月伊朗学者胡塞尼翻译的首部波斯文《孙子兵法》在首都德黑兰面世。胡塞尼在伊朗伊斯兰自由大学开设了《孙子兵法》课程和培训班，已有两年时间，用他翻译出版的首部波斯文《孙子》作为教材，讲了 4 个学期，他还给伊朗企业界和学术界作了 10 多场讲座，伊朗大学生和企业管理者被神奇的东方智慧深深吸引。

四、以色列

以色列最著名的女作家之一、女权主义活动家娜奥米·拉根（Naomi Ragen）剽窃他人作品之事实成立，须向原告萨拉·夏皮罗（Sarah Shapiro）赔付 23.3 万舍克勒（约合人民币 40 万元）。这一金额是该国法院有史以来因侵犯知识产权，而向一位作家开出的最高罚单。

这不是拉根女士第一次被控抄袭。作家米卡尔·塔尔（Michal Tal）诉拉根所著《汉娜·门德斯的幽灵》（The Ghost of Hannah Mendes）剽窃一案，由以色列高等法院在上诉环节裁定被告无罪。2010 年，作家苏迪·罗森加登（Sudi Rosengarten）亦提出诉讼，指控拉根的小说《他玛的牺牲》（The Sacrifice of Tamar）剽窃。

娜奥米·拉根娘家姓特尔林斯基，1949 年 7 月生于美国纽约一个极正统犹太教家庭，1971 年与丈夫移民以色列，1978 年自耶路撒冷希伯来大学获硕士学位。

五、巴勒斯坦

2012年6月29日巴勒斯坦的伯利恒的圣诞教堂被联合国教科文组织列入世界文化遗产名录。联合国教科文组织大会同意接纳巴勒斯坦为会员,该组织也因此成为首个接纳巴勒斯坦为正式成员的联合国机构。

六、沙特阿拉伯

2012年9月12日,在沙特阿拉伯西南部的塔伊夫,第六届欧卡兹市场传统文化节当天开幕。文化节期间举办诗歌朗诵、戏剧表演、手工艺展示和文化论坛等活动。始于公元前4世纪的欧卡兹市场曾是阿拉伯半岛重要的商贸中心,来自叙利亚、也门等国的商人骑着骆驼到此进行商品交易。

七、黎巴嫩

2012年3月27日黎巴嫩作家拉比阿·贾比尔获得伊斯兰文坛令人瞩目的第五届阿拉伯国际小说奖(阿拉伯布克奖),获奖小说为《贝尔格莱德的德鲁兹人——哈纳·雅各的故事》,是一部新历史小说。小说以史诗般的画面,向读者展示了哈纳在流放巴尔干半岛的途中,以及在贝尔格莱德城堡里长达十二年颠沛流离、凄凉艰苦的囚狱生涯。一切结束后,哈纳回到了自己生活的村庄,却发现早已物是人非了,原来年幼的女儿已为人妻,曾经年轻的妻子一鬓发斑白。

拉比阿·贾比尔出生于1972年,黎巴嫩作家。长期从事新闻工作,自2001年以来在黎巴嫩《生活报》文化周刊《视野》任编辑。第一部小说《黑暗的河》获1992年黎巴嫩小说评论奖。创造包括《黑茶》、《最后的房间》、《地下城》等。

简评:

经济基础决定上层建筑,西亚地区国家普遍政治不太稳定,经济发展水平较低,以及并不自由的人文环境,致使西亚地区文学发展相对艰难，文学形式比较单一，整体局限性较大。对比世界其他地区尤其是发达国家，更突显了经济发展与政治稳定以及自由的人文环境对一国或一地区文学发展的重要性。尤其是中东地区的国家，更是长期处于军事动乱中，经济发展受到极大的制约。战乱频繁的春秋战国之际孕育产生了诸子百家，乃是因为有自由的人文环境。因此，西亚地区文学发展相对滞后、单一、匮乏可视为是国家即政府对文学的过度管制，即缺乏自由的人文环境。

作者简介

黄杭西，天津外国语大学比较文学与世界文学专业硕士研究生。

2012年东南亚文学动态

刘 凌

文学是文化的重要组成部分，东南亚国家独特的文化决定了其文学的多样性。其文学的特点表现在：一是与宗教关系密切。东南亚国家中信奉伊斯兰教的约占人口总数五分之二。佛教占东南亚总人口的三分之一。基督教占人口总数的将近16%。而像泰国这样的国家，佛教虽说不是国教，但也早已成为"非国教的国教"。在强大的宗教背景先，其文学必定带有很强的宗教性。二是表现为后殖民下的书写。东南亚国家除泰国没有被殖民外，其余的国家都遭受过西方列强的殖民统治。殖民统治带来的影响是多方面的，它既给东南亚国家带来的沉痛的被殖民经历，又为它们带来了西方式的文明。所以在现在东南亚作家的作品书写中就少不了对殖民统治的反思，以及对殖民后文化的反省等主题。尽管已经脱离的殖民统治，但是东南亚得天独厚的地理位置已久是西方国家觊觎的对象，而为了巩固与东南亚国家在文化上的往来，于是便设立了诸多的文学类的奖项奖励东南亚国家用英语等创作的作家，如英仕曼亚洲文学奖。再次作为中华文化圈的辐射地带，东南亚国家的作家创作在主题、表现内容以及语言等方面都明显有汉文化的特色，如"新加坡大专文学奖"就是由新加坡国立大学中文学会、南洋理工大学中文学会和新加坡福建会馆共同主办的奖项，2012年获奖的作品就有朱昕辰的《锦瑟》、陈素蕊的《华文之于我》等带有浓重中华文化特色，甚至是直接反映中国文化影响的作品。

东南亚国家早在1961年就成立了"东南亚国家联盟",目的就是加强东南亚国家间的经济、文化等方面的合作。所以东南亚国家既有超越国界的文化合作,又有促进、反映本国文学的文化活动。

1. 英仕曼亚洲文学奖(Man Asian Literary Prize)

"英仕曼亚洲文学奖"成立于2007年,每年颁发一次,授奖的对象包括中国、日本、朝鲜、韩国、泰国、菲律宾、马来西亚、印度尼西亚等亚洲34个国家。该奖与英国的"布克奖"一样受到英仕曼集团的资助,设立的目的在于奖励"每年度亚洲作家书写的最好、能显著提升亚洲文学的国际意识与欣赏力英语作品"。

今年获此殊荣的是来自马来西亚陈德黄,获奖作品为《夜雾园》(又译《夕雾花园》)。陈德黄于1972年出生于马来西亚的槟城,在英国伦敦大学毕业后回吉隆坡担任律师,他于2000开始写作,2007年出版了第一本小说《雨之赐》,并入围了当年的布克奖13强。2012年他的第二本小说《夜雾园》为其又赢得2013年斯科特历史小说奖,小说主要描写了一位从二战时日本战俘营生还的马来西亚妇女,在老年时回顾当年的岁月。

2. 东南亚作家奖(Southeast Asian Writers Award)

"东南亚作家奖"授予的对象为东南亚国家联盟成员国的作家,覆盖的领域包括诗歌、小说、戏剧和民间传说等。授奖仪式在曼谷举行,由泰国的皇室主持。2012年获得此奖的作家包括文莱作家蓬吉冉·哈吉·穆罕默德·宾·蓬吉冉·达米特(Pengiran Haji Mahmud bin Pengiran Damit)、印度尼西亚作家欧卡·鲁斯米尼(Oka Rusmini)、老挝作家段哈义·栾帕西(Duangxay Luangphasy)、马来西亚作家伊斯梅尔·卡桑(Ismail Kassan)、菲律宾作家查尔森·翁·翁(Charlson Ong Ong)、新加坡作家素珍·克里斯汀·林(Suchen Christine Lim)、泰国作家魏帕斯·室利通(Wipas Srithong)以及越南作家庄·庄·丁(Trung Trung Dinh)。

3. 湄公河文学奖

2012年,来自老挝、柬埔寨、越南等国家的15部作品其中包括5部小说、5部诗歌和4短篇小说等获得了"湄公河文学奖"。该奖项旨在促进湄公河沿岸国家间的和谐与稳定，交流与合作，并认识到湄公河沿岸国家独具魅力的文化遗产。

4．泰国

2012年2月1号，第八届泰国"青年都柏林文学奖"获奖者揭晓。"青年都柏林文学奖"由《国家》杂志主办，爱尔兰大使馆协办的文学奖，面向泰国的青少年，旨在提高泰国学生的英语写作能力，促进学生的创造性思维。本届大赛的主题是"我最重要的决定"，获得本届大赛优胜奖的是泽达蓬·宁曼泰德翁。

泰国法政大学"东南亚研究计划"教授常维特·卡瑟室利获得2012年由日本福山市颁发的"福山奖"，也称"福山亚洲文化奖"。"福山奖"目的在全球化的大潮中，保护亚洲本土的原生文化，维护文化的多样性，在平等对话的前提下，相互交流与沟通，促进文化的和谐。常维特·卡瑟室利教授因其在历史研究领域，特别是对大城王朝卓越的研究而获此殊荣。

2012年8月9号至10号泰国诗纳卡宁威洛大学举办"文化与艺术亚洲会议"。会议的宗旨是汇集世界各地的专家学者，分享彼此的研究和学术工作，在亚洲艺术和文化领域创造一个共同的学术网络。本次会议讨论的问题包括：艺术、文化、教育、电影、戏剧、舞蹈、音乐、流散等。

朱拉隆功大学国际事务部与"东南亚作家奖"以及"亚太作家与翻译家协会"简称AP联手举办国际论坛迎接联合国"世界图书之都2013"。本次活动从2012年11月5号持续到11月9号，地点分别设在朱拉隆功大学和文华东方酒店。此次研讨会的主题为"触碰世界2012"，共分两个主题：一是"文学奖的价值所在"，一是"翻译之亚洲"。研讨会的第二个主题涉及亚洲作家文学翻译的重要性问题，旨在获得国际上的话语权。到会的共有来自20个国家和地区的120名参会者。

5．新加坡

新加坡举办"新加坡文学奖"（Singapore Literature Prize）。"新加坡

文学奖"每两年举行一次,由新加坡"图书委员会"举办,并得到"国家艺术委员会"的大力支持,它旨在激发公众对新加坡语文学创作的兴趣与支持,通过奖励新加坡作家的出版作品,促新加坡的文学天赋。获得英语类冠军的是泰艾迪(Eddie tay),获奖作品为诗集《城市的精神生活》(The Mental Life of Cities)。《城市的精神生活》是对现代都市和新生活的反思,诗集用中英双语写成,暗示着诗人的文化土壤根植于香港和新加坡两种不同的文明当中。获得中文类冠军的是培安(Yeng Pway Ngon),获奖作品为小说《画室》(Art Studio/ Hua Shi)。《画室》讲述了一群充满抱负的年轻人离开自己的国家,自我放逐追求理想生活的故事。小说记录下了主人公们关于友情、爱情的经历,奋斗过程中遇到的困难以及面对死亡时的孤独。

泰米尔语类的冠军获得者是罗曼檀·婆那万(Ramathan Vairavan)。获奖作品为诗集《卡维特拜 库兹班泰卡尔》(Kavitbai Kuzbanthaikal)。《卡维特拜 库兹班泰卡尔》以自然流畅的笔调记录了作家生活中的所见所闻。作品包含105首诗歌,涉及自然等领域。马来语类优胜奖的获得者是阿·贾阿法·穆纳西普(A. Jaafar Munasip),获奖作品为短篇故事集《贾戈》(Jago: Yang Terlupa & Dulupakan)。

"学者出版社亚洲图书奖"由"新加披国家图书发展委员会"和"学者出版社"共同举办,主要目的是推动儿童图书的发展。学者出版社成立于1920年,是世界上最大的儿童文学分发商。2012年获得该奖冠军的为美国作家清·杨·拉塞尔(Ching Yeung Russel),获奖作品为《弹力绳》(Bungee Cord Hair),一、二、三等奖获得者分别为新加披的宝玲·罗·图安·李,林安苏(Ang Su-Lin)和卡瑟琳·萧(Katherine Seow)。

新加坡大专文学奖(Singapore Tertiary Chinese Literature Awards,简称"STCLA")是由新加坡国立大学中文学会、南洋理工大学中文学会和新加坡福建会馆共同主办并且由联合早报,李氏基金等协办的中文文学奖。其前身是南大中文学会的"云南园文学奖"和国大中文学会的"肯特岗奖",从第四届开始得到新加坡福建会馆的长期支持。第一届新加坡大专文学奖举办于1998年，截至目前，已成功举办了十四届。2012年获得小说类冠军的是杨旖丽的《晨曦博物馆》，获得散文类冠军的是的孙一凤的《板面人生》，获得诗歌类冠军的是邓文琦的《外面的世界》，获得赏析类奖项的是何颖舒的《身陷"迷宫"：政治困境与心灵迷思——以〈奉和永丰殿下言志十首〉为例浅析庾信人生的两难"迷宫"》，获得喜剧类奖项的是朱昕辰的《锦 瑟》，获得"新秀奖"的是林维彬的《"异族"之叛》和蔡诗敏的《话末》，而获得本次奖项"联合早报奖"的是陈素蕊的《华文之于我》。

6. 菲律宾

"帕兰卡奖"又名"卡洛斯·帕兰卡文学纪念奖"，成立于1950年，旨在鼓励菲律宾作家提高自身的写作水平，发展菲律宾文学。"帕兰卡奖"分"英语文学作品"、"菲律宾语文学作品"、"地方语文学作品"和"青少年文学作品"四大块。该奖被《马尼拉标准报》称为菲律宾的"普利策奖"。

在2012年获得此奖项的第一名作家为有罗伯特·阿罗·比·德古兹曼（Robert Arlo B. De Guzman），获奖作品为《实际的目标》（Practical Aim）；卡洛马·阿康热尔·达欧阿娜（Carlomar Arcangel Daoana），获奖作品为《优雅的鬼魂》（The Elegant Ghost）；彼得·索利斯·瑞拉（Peter Solis Nery），获奖作品为《标点符号》（Punctuation）；瑞贝卡·卡恩（Rebecca E. Khan），获奖作品为《在途中》（In Transit）；格蕾丝·庄（Grace D. Chong），获奖作品为《白鞋》（The White Shoes）；罕穆德·波洛塔欧罗（Hammed Q. Bolotaolo），获奖作品为《关于传说》（Of Legends）等。

"菲律宾国家图书奖"是由"国家图书发展委员会"和"马尼拉评论圈"赞助的文学奖，该奖成立于1982年，每年评选一次，奖项囊括文学类和非文学类两方面。菲律宾语最佳小说的获得者是埃德加·加拉比亚·萨马尔的《下一个 ng 909》（Sa Kasunod ng 909），外国类最佳小说的获得者是玛·谢希莉娅·洛克辛·纳瓦翻译、原著为拉蒙·穆宗斯的

《马戈萨图比格：萨拉冈汀的故事》。英语最佳短篇小说的获得者是达瑞尔·德加多，获奖作品为《在身体取代水之后》。英语最佳散文类的获得者是马里迪斯·威图格的《黎明前的时刻：菲律宾高等法院的堕落和无名的崛起》等。

"金书奖"是由"菲律宾图图书发展委员会"每两年一次颁发的奖项。覆盖范围包括文学、自然科学、宗教、艺术等领域。改奖项的审核极为严格。2012年菲律宾-美国研究专业的讲师乔伊·巴里奥斯凭借作品《水中之花：爱恨之诗》获奖。

7. 印度尼西亚

"雅加达艺术委员会小说竞赛"（Jakarta Arts Council Novel Competition）是由雅加达艺术委员会举办的每年一度的小说竞赛，该竞赛在印度尼西亚知名度相当高，奖金最高为2千美元。2012年获得一等奖的是作家安迪那·迪安·德薇·法特玛，获奖作品为《年鉴》。

简评：

2012年东南亚国家的文学活动主要体现了一下几个方面的特点：一是主要东南亚国间的文学交流与合作。这一特定的形成和"东南亚国家联盟"的成立有着密切的关系，在"东南亚国家联盟"成立之后，联盟内的成员国家更加注重彼此在经济、文化上的合作与沟通。第二个特点是多语种创作。东南亚国家普遍经历过移民和知名，所以多语种的创作成了这些国家的显著特点，此外一些本民族的地方语创作特色也相当的突出，这和东南亚国家近些年来对本土文化的保护直接相关。第三个特点是一些奖项由外国的机构赞助或颁发，而这些奖项的目的基本都在于提升东南亚国家人们的英语创作水平。

作者简介

刘凌，天津外国语大学比较文学与世界文学专业硕士研究生。

2012年非洲文学动态

刘 骏

1. 尼日利亚作家巴巴图德·罗提米（Babatunde Rotimi）以《孟买的共和国》（Bombay's Republic）获凯恩非洲写作文学奖。

凯恩非洲文学奖（Caine Prize for African Writing）颁给以作品表现非洲精神，并用英文出版的非洲短篇小说作家。该奖以布克公司前任董事长和布克奖经营委员会主席迈克尔·凯恩命名，因而得到"非洲布克奖"的别名，2000年首次颁奖。

首届凯恩奖于2000年在津巴布韦首都哈拉雷的2000年度国际书市期间颁奖，次年9月在内罗毕书市再次颁奖。每年7月份在牛津大学的一次宴会上宣布获奖者，届时所有入围的候选人都应邀参加。该活动为期一个星期，包括作品朗读、签名售书以及和媒体见面的机会。该奖得到了包括布克公司在内的世界许多大公司的赞助，四位非洲的诺贝尔文学奖得主沃莱·索因卡、纳丁·戈迪莫、纳吉布·马哈福兹和约翰·库切也都是凯恩奖的赞助人。该奖奖励给一位非洲作家用英语发表一篇短篇小说，其作品应反映非洲的敏感问题，奖金为15000美元（合9000英镑）。

巴巴图德·罗提米是尼日利亚作家和剧作家。他出版的作品包括诗集和小说集，包括 *Little Drops*, *A Volcano of Voices* and *Die Aussenseite des Elementes*。巴巴图德的戏剧在以下机构都曾上演过，例如伦敦的 Institute of Contemporary Arts，瑞典的 National Touring Theatre，芝加哥的 Halcyon Theatre，同样曾在 BBC World Service 上播放过。

一个描述在第二次世界大战中一位尼日利亚士兵在缅甸斗争的富有黑色幽默的故事使得尼日利亚作家巴巴图德．罗提米获得凯恩非洲写作奖。

巴巴图德在他的获奖作品中讲述了一位孟买中士的经历，他凭借这部短篇小说打败了来自肯尼亚、马拉维、津巴布韦和南非的获奖获得这个享有盛誉的奖项。评委主席，小说家和诗人伯娜丁·埃瓦里斯托称赞了他小说里生动的描述。她评价到，"他的强有力的黑色幽默和高耸的激烈的叙述风格揭露了殖民计划的侵略本质和要求独立的心理状态。"

埃瓦里斯托曾经说过想找一个摆脱传统非洲小说叙事方式得赢家，她希望可以拥有一个比在非洲大陆常见的悲剧更广阔的叙述图景。

巴巴图德谈到自己写作这部小说的动力时，他说到非洲的二战史和前赴缅甸前线的尼日利亚人的故事都没有受到历史合理的叙述。伴随着这些故事长大，也读过很多关于这方面的故事，他也觉得有必要纪念这些死去的士兵。

"理解现在我们必须探索过去，"他这样认为，"在非洲文学中我们遗失了太多的故事，我们必须重拾他们才能更好地认识现在。"

在巴巴图德的小说中，当军队招募人员来到孟买的小镇时他们是被忽视的。人们耸着肩说道，蜥蜴和壁虎可能会结婚，这是他们自己的事我们管不了，但是蝴蝶在他们的结婚典礼上把自己的礼服跳成碎片就是一件十分愚蠢的事了。但是当前方报告传到人们的耳朵，希特勒会和他那残忍的军队驻扎在边境上，事情会变得难以想象，那些无法成为奴隶的人就会被他生煎当做养的狗嘴里的食物。当听到这个消息时悲痛在他们的心中迅速激荡，人们纷纷报名入伍。

在缅甸，孟买人吃惊于日本脱离了他们不熟悉的战场。但是在战争之前有着这样一个传言，非洲人就要过来了，他们会吃人。非洲士兵被这些留言所刺激,他们往敌人那发放传单,声称不光会杀了他们还会把他们煮熟当晚餐。

(http://www.guardian.co.uk/books/2012/07/03/rotimi-babatunde-wins-caine-prize)

2. 卢旺达女作家斯科拉丝蒂克·穆卡松加(Scholastique Mukasonga)以《尼罗河圣母》(Notre-Dame du Nil)获勒诺陀文学奖。

斯科拉丝蒂克·穆卡松加是位出生于1956年的卢旺达作家,她的家族被种族灭绝。由于她的祖国存在着强烈的种族问题,她经受着一个充满暴力的童年。她是她们家族唯一一个幸存的人,目前在诺曼底居住。

当有人告知她小说《尼罗河圣母》获奖了,她还以为是对她开玩笑。投票进行了十轮,由作家和评论家组成的评委依然没能选出一个优胜者。但是这时前任勒诺陀和诺贝尔文学奖获得者勒·克莱齐奥提醒他们穆卡松加的小说有实力获奖,她的小说在春天公布的长名单中被认为是热门作品但随后却被剔除出名单。穆卡松加当时在卡昂,当结果被公布出来时她只好匆忙的跳上一个前往巴黎的火车去领奖。

《尼罗河圣母》的故事发生地点设定在靠近尼罗河水源的一所寄宿学校,当时卢旺达种族大屠杀正在爆发。当时胡图宗派暴徒包围着学校,整个故事讲述着就是围墙内的友谊,敌意,迫害和煽动种族暴力。

(http://www.english.rfi.fr/node/140130)

3. 2012年津巴布韦国际书展——全球化与数字时代的非洲文学

津巴布韦信贷文化基金给予2012年津巴布韦国际书展一万五千美元的赞助其举办每年的文学盛典。津巴布韦国际书展是非洲最大的,品类最多的书展,包括图书,杂志和其他材料的文学物件的展示。这次盛事吸引了来自世界各地的参展商,给文学爱好者们提供了一个独特的网络平台。这届书展将在哈拉雷公园举行,从2012年7月30日开始到8月4日结束。文化基金在这个项目由始至终都会得到瑞典国际发展机构的资金支持,国际开发协会已经认识到鼓励和建设津巴布韦文学作品地位的需要。在文学艺术这一领域内,文化基金还运作着其他不同的项目。包括和标准报合作的一年一度的儿童写作比赛,因为认识到从小鼓励和指导儿童创造力的必要性。另外还有和津巴布韦国家艺术委员会和坐落于哈拉雷市的西班牙大使馆联合合作发行的 2011 年度第二版津巴布韦艺术词典。

4. 南非文学协会 2012 年度大奖颁奖

耶瓦德·奥莫妥索凭借作品 Bom Boy 获得作家处女作奖。

"事情开始进展的像在勒克的嗓子里长了一棵树一样。"耶瓦德·奥莫妥索的小说就以这样的开头开始了。作为一篇非常闪耀的处女作,她的小说是属于魔幻现实主义领域的,介乎民间传说,论文集和现代小说之间。勒克·登顿的父亲是一位尼日利亚人,母亲是一位南非的有色人种。当时的局势无法控制,他们只好把小勒克交给一对开普敦的白人夫妇抚养,可爱的简和善良的马库斯。简由于身患疾病突然死亡后,在这个人人疏远的城市勒克更觉孤单。作为一个小大人,他孤居一人但想与他人接触。他开始无止境的和医生作预约只为了能有基本的人际交流。他最后在一些旧信中从他的生身父亲那得知关于他们家族诅咒的秘密,他开始把现在和过去拼凑起来。

迪安乐·特霍维凭借作品《数棺材》获得 K. SELLO DUIKER 文学纪念奖。

杰尼·威廉姆斯凭借作品《毕生之作》获得文学新闻奖。

依格里德·德·考克凭借作品《另一标志》获得诗歌奖。

马克印托什·泼勒拉凭借作品《我的父亲是野兽》获得创造非小说奖 。

(http://www.sala.org.za/Winners.aspx)

5. 2012M&G 文学节

这次文化节旨在研究那些关于南非社会和人民的作品。由邮报,卫报和市场戏剧院主办，此次文学节将会在剧院里聚集一批作家和读者进行为期一周的辩论，从8月28日到9月1日。这个项目还把目光放在普遍文学各种不同的主题，例如电子书的迅猛发展，如何让孩子热爱阅读和表达自由的限制。

（http://mg.co.za/article/2012-07-27-mg-literary-festival-2012-full-programme-1）

简评：

2012年非洲小说的创作主要还是集中在以下两个主题：殖民统治和种族问题。作为最后一个摆脱殖民统治的大陆，无疑他们对那段的历史的回忆是痛苦的，但是对这段历史的总结和整理无疑是具有非凡意义的。种族矛盾问题依然是困扰非洲大陆的问题，这导致了非洲很多国家的局势很不稳定。由于题材的限制，目前非洲作品的基本创作手法还是立足于现实主义。但是创作手法多样化现象已经很突出，黑色幽默，魔幻现实主义层出不穷。

还有一个非常突出的情况是非洲文学受欧洲影响还是很突出，表现在非洲重大文学奖都是在欧洲办发，由欧洲公司赞助，各种文化节也是有欧洲各家机构赞助的。这一方面体现了世界化和商业化的趋势，另一方面也体现了欧洲对非洲文学上的控制。总体上来说非洲文学在现实主义创作的道路上稳步发展，但是后殖民对非洲文学的影响还是根深蒂固的。

作者简介

刘骏，天津外国语大学比较文学与世界文学专业硕士研究生。